Jean-Michel Guenassia

Eine Liebe in Prag

Roman

Aus dem Französischen von
Eva Moldenhauer

Insel Verlag

Die Originalausgabe erschien 2012
unter dem Titel *La vie rêvée d'Ernesto G.*
bei Albin Michel, Paris

Erste Auflage 2014

Druck: CPI – Ebner & Spiegel, Ulm
Printed in Germany
ISBN 978-3-458-17585-8

Für Gisèle, Henri, Roger

Die Wahrheit ist, dass es keine Wahrheit gibt.
Pablo Neruda

Bei den Kaplans aus Prag war man seit vielen Generationen Arzt. Josefs Großvater, Professor Gustav Kaplan, hatte einen Stammbaum gezeichnet, der bis zum Anfang des 17. Jahrhunderts zurückreichte, bevor sein Name in die Geschichte einging, als Entdecker der Kaplan-Krankheit, eines dermatologischen Leidens, das eine Nichte von Franz-Joseph entstellte.

Über fünfzig Jahre hatte er damit zugebracht, kreuz und quer durch das Kaiserreich zu reisen, um sorgfältig die Daten der Geburten, Eheschließungen, Verschwägerungen und Todesfälle zusammenzutragen, in Epochen, in denen jede Frau eine Menge Kinder bekam, der Familienstand ebenso zufällig war wie die Grenzen, und selbst wenn es auf seinem Dokument Streichungen, Fragezeichen und einige Lücken gab, so hatte er doch ungefähr die Geschichte all jener Ärzte rekonstruiert, die sich vermehrten wie die Karnickel.

Josef sah Eduard wieder vor sich, seinen Vater, der in Prag in einem schönen Gebäude in der Kaprova-Straße praktizierte, wie er auf dem Esstisch das kostbare, ein Meter fünfzig lange Pergament entrollte, nachdem er es aus seinem grünen Lederetui gezogen hatte, und ihm die Mäander einer wirren Verzweigung erklärte, bei der sich bestimmte Linien auf beunruhigende und zweideutige Weise überlappten oder kreuzten. Josef hatte daraus Schlüsse gezogen, die er für sich behielt. Niemand konnte leugnen, dass es mehrere arrangierte Ehen zwischen Vettern, Onkeln und Nichten gegeben hatte. In jener fernen Zeit und in diesen geschlossenen Gesellschaften hatte der Überlebenstrieb Vorrang.

Vielleicht lag in diesen wiederholten Verbindungen eine

Erklärung für das fehlende Unterscheidungsvermögen jener Population und für den verhängnisvollen Irrtum, der zu ihrer Auslöschung führen sollte. Da sie sich immer wieder sagten, dass sie das außerordentliche Glück hatten, unter der Regierung der Habsburger zu leben, waren die Juden schließlich zu der Ansicht gelangt, die Österreicher und die Preußen seien Freunde, und als diese eintrafen, so schön in ihren schwarzen Uniformen, hegten sie keinerlei Misstrauen.

Oft hatte sich Josef gefragt, ob er verantwortlich war für die gedämpfte Stille, die sich zwischen seinem Vater und ihm eingenistet hatte, oder ob der eine wie der andere außerstande war, mit dem Gegenüber zu reden, eine Art affektive Barriere (Wörter, die ihnen nicht über die Lippen kamen und sich hinter einem verschwörerischen Lächeln verbargen). Man sagte sich, dass diese Worte verletzen oder alles verderben würden, dass man sie tief in sich verschließe und mit den Jahren stapele, bis daraus eine unüberwindliche Mauer entstehe.

Josef war sich des Ernsts des Ersten Weltkriegs nicht bewusst gewesen. In Prag schien er weit weg zu sein, eine Art Spiel für Erwachsene, das – er war damals acht – mit der Gründung der Tschechoslowakischen Republik zur allgemeinen Zufriedenheit ein Ende fand. Seine Mutter Teresa kümmerte sich um seine Erziehung, sprach unterschiedslos französisch und deutsch mit ihm, Letzteres fiel ihr leichter, und sie hatte vor, Russisch mit ihm zu lernen, um Puschkin im Original zu lesen. Sie schwärmte für den Walzer, die Musik des Glücks, Eduard war steif und fühlte sich unwohl dabei, er dachte, Lächerlichkeit töte, und lehnte es ab, aufzufallen. Deshalb wollte Teresa ihrem Sohn das Walzertanzen beibringen, und sie brauchte keine langen Erklärungen. Zu ihrer großen Überraschung beherrschte er es bereits.

»Du bist schön, mein kleiner Prinz, du tanzt wie ein Wiener«, sagte sie ihm, während sie sich drehten.

Sie tanzten fast jeden Tag im Salon (er tanzte so gut, dass sie vergaß, dass er erst acht war).

Die Verwüstung zeigte sich zwei Jahre später, die Grippe dezimierte das Land, sorgte für zehnmal mehr Tote als der Krieg.

Als sein Sohn zehn Jahre wurde, war Eduard zum erstenmal an einem Geburtstag abwesend. Teresa fühlte sich müde und begann zu husten. Wie jedes Jahr schenkte sie Josef eines jener bei Hetzel erschienenen fein illustrierten Bücher. Er erwartete ein weiteres des von ihm verehrten Jules Verne, er erhielt *Die Geschichte eines Gelehrten durch einen Unwissenden* von René Vallery-Radot, in der der Schwager die Biografie seines Schwiegervaters Louis Pasteur erzählt. Enttäuscht blätterte Josef darin, ließ sich nichts anmerken und sagte, er sei entzückt und werde es in den Ferien lesen.

Teresa bekam keine Luft mehr, ihr Atem verlosch in einem Röcheln. Als Josef sie zum letzten Mal sah, hatte sie kaum noch die Kraft, ihre Hand zu heben, sie war fast blau, ja, nachtblau, und wollte nicht, dass er näher kam. Innerhalb von acht Tagen wurde sie von einer Lungenentzündung hinweggerafft.

Das Licht der Kindheit war entschwunden.

Josef empfand keinerlei Kummer, weinte nicht. Man fand ihn verdammt stark für sein Alter, ihm war nicht bewusst, dass er sie nicht wiedersehen würde. Eduard, der sich wegen der Grippeepidemie in Wien aufhielt, wurde zu spät benachrichtigt, kam gerade noch rechtzeitig zur Beerdigung. Immer warf er sich vor, nicht da gewesen zu sein, als seine Frau ihn gebraucht hatte. Er verfügte über keinerlei Mittel, die Krankheit einzudämmen, war aber der unumstößlichen Meinung, es wäre ihm gelungen, sie zu retten, er hätte ihr von seiner Kraft gegeben und, dieses eine Mal, zum Herrn gebetet.

»Weißt du, mein Sohn, wenn ich da gewesen wäre, hätte es vielleicht ein Wunder gegeben. Verstehst du?«

Josef nickte. Sie sprachen nie wieder davon. Doch er fragte sich, warum die Fremden, zu denen sein Vater reiste, um sie zu behandeln, wichtiger waren als seine Mutter. Oft gingen sie zusammen zu ihrem Grab, sie nahmen sich bei der Hand. Eduard murmelte ein Gebet, und sie umarmten sich fest.

Nie las Josef das schöne Buch von Vallery-Radot.

Er stellte es in die Bibliothek seines Zimmers neben die anderen und dachte nicht mehr daran. Mit den Jahren vergaß Josef seine Mutter und seinen Schmerz, wie sehr er sie geliebt hatte und wie sehr sie ihm gefehlt hatte.

1923, im Jahr seiner Bar-Mizwa – eine böse Erinnerung, sein Vater war nicht religiös, hatte jedoch Wert darauf gelegt, dass er sie beging –, fuhren sie für vierzehn Tage nach Karlsbad, wo Eduard jene Kuren machte, die ihm so gut taten; er ging jedes Jahr dorthin, um sich von seinem anstrengenden Leben in Prag zu erholen. Im Hotel begegnete er einer eleganten, etwas korpulenten Frau, Katharina, einer österreichischen Witwe mit zwei Kindern. Gemeinsam fuhren sie in der Kalesche mit einem Korb voll Pfefferkuchen und buntem Gerstenzucker, machten lange Spazierfahrten, hatten den wohligen Eindruck, allein auf der Welt zu sein, und lachten viel.

Einige Monate später sah Eduard nach dem Abendessen von seiner Zeitung auf.

»Wir müssen reden, mein Sohn.«

Auf einer Wienreise habe er Katharina zufällig wiedergesehen, es sei eine Person mit vielen Vorzügen, aus sehr guter Familie, sie empfänden ein Gefühl tiefer Zuneigung füreinander und zögen in Erwägung, ihre Geschicke zu vereinen, sie werde ihm eine gute Mutter sein, sie liebe ihn wie ihre eigenen Kinder, werde hier bei ihnen wohnen, es gebe genügend Zimmer, und er werde noch jemanden einstellen.

»Verstehst du dich gut mit ihr, mit ihren Söhnen?«

»Ja, sie sind sehr nett.«

»Bevor ich sie um ihre Hand bitte, möchte ich wissen, ob du einverstanden bist, ob du keine Bedenken dagegen hast.«

Josef sah seinen Vater an. Stille trat ein. Josef hatte keinen wichtigen Einwand vorzubringen, Katharina war eine fröhliche, zuvorkommende Frau, die akzentfrei Gedichte von Gérard de Nerval vorlas und ihm *Töchter der Flamme* geschenkt hatte: »Zur Erinnerung an unsere hübschen Spazierfahrten«, hatte sie auf das Vorsatzblatt geschrieben.

»Offen gestanden: lieber nicht. Wir kommen doch gut miteinander aus.«

Eduard richtete sich auf, nickte, als hätte sein Sohn soeben ein mathematisches Postulat oder eine unanfechtbare Evidenz formuliert. Statt seine Zeitung weiterzulesen, ging er zu Bett. Josef war überzeugt, sein Vater werde sich darüber hinwegsetzen, aber er hörte nichts mehr von Katharina, er sagte sich, wenn man so leicht auf sie verzichten konnte, war es vielleicht nicht ganz so ernst, wie es schien. Sie erwähnten diese Geschichte nie wieder. Nur etwas änderte sich, sie fuhren nicht mehr zur Kur nach Karlsbad, verbrachten ihre Sommer vielmehr in Bayern.

Manchmal, wenn sein Vater von seiner Zeitung aufsah, blickte er ins Leere, und Josef fragte sich, ob er noch immer an sie dachte.

Während seines Studiums beteiligte sich Josef an der Gründung der Prager sozialistischen Studentenbewegung und wurde zum Sekretär, dann zum Vorsitzenden der Sektion Medizinstudenten gewählt, die je nach Jahrgang sieben bis zwölf Mitglieder hatte. Wegen seiner flammenden Erklärungen für die kostenlose medizinische Behandlung verabscheuten ihn seine Professoren und der Rektor. Seine Plakate, die die Freigabe der Empfängnisverhütung (einschließlich für Minderjährige) und die Einführung der Knaus-Ogino-Methode als eines idealen Systems der Geburtenkontrolle propagierten, trugen ihm den Hass der Konformisten ein. Es brachte das Kunststück fertig, dass der Kardinal sich mit dem Großrabbiner von Prag aussöhnte und sie gemeinsam beim Dekan der medizinischen Fakultät protestierten.

Eduard verstand seinen Sohn nicht, seine Aggressivität, seinen Zorn. Warum musste er jeden Tag gegen sein eigen Fleisch und Blut aufbegehren? Was hatte er in der Erziehung versäumt, das ihn in zu einem Ungläubigen werden ließ? Er hatte keine Angst vor dem Ärger, den er am Ende seinetwegen bekäme, aber er fürchtete, dass sein Sohn schließlich von der ganzen Gesellschaft geächtet würde, dass seine Bemühungen, einen Mann aus ihm zu machen, umsonst gewesen wären. Wozu Josef zur Demut aufrufen und wiederholen, jemand mit seiner Herkunft solle die Obrigkeit nicht provozieren, wenn er seinen Vater zu den Fossilien rechnete, die die Revolution im gegebenen Augenblick hinwegfegen werde, und, sobald es dunkel war, mit seinen Genossen, dem Abschaum des schlimmsten Pöbels, in den Gassen von Prag lauthals sang: »Endlich weht der glückliche Wind des Sozialismus und wird die Bourgeois vernichten ...«

Mit seinen feinen Gesichtszügen, seiner stolzen Haltung, seinen Locken im Wind ähnelte Josef einem jener jungen florentinischen Herren mit dem klaren Lächeln von Ghirlandaio. Er führte ein ausschweifendes Leben, zeigte sich mit surrealistischen Gaunern, fröhlichen Kommunisten, verbrachte seine Nächte im *Chapeau Rouge*, wo er sich an den aus den Vereinigten Staaten gekommenen Dixielandbands berauschte. Am liebsten ging er ins *Lucerna* oder ins *Gri-gri*, zwei verrückte Tanzlokale, in denen bis zum frühen Morgen ununterbrochen Walzer, Javas und Tangos gespielt wurden, sich die Tanzpartnerinnen wie Liebende für die Ewigkeit an ihn schmiegten. Es machte ihm Spaß, sich mit seiner Partnerin zu drehen und mit ihr zu verschmelzen in dieser Musik, die sie in ihren Bann schlug. Sie sagten, er sei der beste Tänzer von Prag und verdrehe ihnen den Kopf, was ihm ungemein schmeichelte.

Die überirdische und brüderliche Stimme von Carlos Gardel wühlte ihn auf.

Carlitos, wie er ihn liebevoll nannte, war der Mann, der ihm am meisten bedeutete. Er besaß die vollständige Sammlung seiner 78er Schallplatten, die für teures Geld aus Argentinien importiert wurden, entdeckte auch oft unbekannte Titel. Ein mexikanischer Musiker übersetzte ihm einige zauberhafte Lieder. Enttäuscht von diesen Jungmädchengedichten, lernte er sie auswendig, denn auf Spanisch klangen sie sehr viel schöner. Der jähe Tod des Sängers im Jahr 1935 machte ihn zu einem Waisen. Weinend lauschte er ihm stundenlang, ohne recht zu wissen, ob die unendliche Traurigkeit der Musik oder sein ungerechtes Ende ihn derart quälte. Von nun an trug er eine Frisur wie Gardel, rechter Scheitel und straff zurückgekämmtes Haar mit einem Hauch Pomade. Er gab die schlampige Kleidung seiner Genossen auf, um sich die Eleganz seines entschwundenen Idols zuzulegen, einen gut geschnittenen, ein klein wenig taillierten Anzug, eine gestreifte Krawatte oder eine Fliege und ein dazu passendes seidenes Ziertuch.

Mit ernster Stimme sang er *Volver*, und auch wenn er die Worte nicht verstand, gelang es ihm bisweilen, die Träne in der Kehle zu finden, die dieses Lied so anrührend machte.

»Ich will Bandoneonspieler werden«, versicherte er ein wenig betrunken seiner neuen Eroberung auf der Karlsbrücke, als die Sonne über der Gespensterburg aufging.

Voller Leidenschaft wagte er sich ans Akkordeon, brach nach drei Wochen die Kurse ab, es war ein schrecklich kompliziertes Instrument.

Um sein Medizindiplom zu feiern, schenkte ihm Eduard

einen Maßanzug aus schwarzem Alpaka und lud ihn ins *Evropa* ein, eines der schönsten Restaurants von Prag. Josef bemerkte, dass sein Vater dem Oberkellner und mehreren anderen Kellnern bestens bekannt war, die ihn mit verschwörerischer Miene grüßten, er rief sie bei ihrem Vornamen, und diese wiederum kannten seine Lieblingsgerichte und den von ihm bevorzugten Wein.

»Einen gut gekühlten Tokajer, Herr Kaplan?«

»Wenn Sie ihn haben, Daniel, nehme ich gerne einen Oremus aus dem Jahr 29.«

Schweigend warteten sie, bis man sie bediente. Josef bewunderte die üppigen Voluten des Jugendstilgewölbes. Eduard kostete den goldenen Wein mit dem Zeremoniell eines Kenners, schloss die Augen, atmete tief aus.

»Göttlich.«

»Ich wusste gar nicht, dass du hier verkehrst.«

»Es gibt vieles, was du nicht weißt.«

Eduard hatte große Pläne, er wollte die andere Wohnung auf dem Treppenflur mieten, Frau Marchova, die alte Hausbesitzerin, die ihn verehrte, war einverstanden, er behandelte sie wegen ihrer ewigen Rückenschmerzen; sie war entzückt, dass Josef, den sie eine Ewigkeit nicht mehr gesehen hatte, sich in ihrem Gebäude niederließ, dessen Wohnungen sie nur an Ärzte und Zahnärzte vermietete.

Eines Tages, natürlich nicht gleich, aber er dachte mit Vergnügen daran, würde Eduard die Praxis seinem Sohn überlassen. Josef setzte seinen Träumen ein Ende. Er wollte nicht auf die herkömmliche Weise praktizieren und beabsichtigte, sein Studium fortzusetzen.

»Was möchtest du denn machen, mein Sohn?«

»Forschen, Papa.«

›Mein Gott!‹, dachte Eduard bestürzt, lächelte ihm jedoch zu, als hielte er es für eine wunderbare Idee. ›Warum sind die Kinder nur so kompliziert?‹

Josef weigerte sich, jüdische Mädchen mit ausgezeichneter Erziehung kennenzulernen, um eine Familie zu gründen. Sie waren derart langweilig und durchschaubar mit ihrer aufgesetzten Schüchternheit, sie ähnelten im Kleinformat bereits ihren Müttern, und wenn sein Vater welche einlud, bereitet es ihm Vergnügen, Sinnloses von sich zu geben, um sie zu schockieren.

Er schrie seine Professoren an und sagte ihnen, bei der Revolution würden sie erschossen (er werde persönlich dafür sorgen), demonstrierte gegen die doch tolerante Regierung und verteilte Flugblätter am Ausgang der großen Synagoge, um die Legalisierung der Abtreibung zu fordern. Gegen ihn wurde Strafanzeige erstattet.

In jener Zeit war mit den guten Sitten nicht zu spaßen. In höchster Not beschloss Eduard, Josef müsse das Land verlassen, und unter dem Vorwand, ihm auf der besten Universität der Welt eine Spezialisierung in Biologie zu ermöglichen, schickte er ihn nach Paris.

Josef reiste ab, ohne jemanden zu verständigen, und vergaß Tereza, seine derzeitige Freundin. Zwei Tage Zugfahrt, und er landete auf einem anderen Planeten. Plötzlich kam ihm Prag wie eine triste, in Naphtalin getränkte Provinzstadt vor. In Paris spazierte er am Rande des Vulkans. Saufgelage folgten beschwörenden Versammlungen, doch die Versprechungen, die Welt zu verändern und lieber zu sterben als aufzugeben, hielten ihn weder davon ab, zu arbeiten, noch bis zum Morgengrauen zu tanzen und sich eine Menge Freunde fürs Leben zu machen.

Es fand sich eine Dienstmädchenkammer in der Rue Médicis mit Blick auf den Jardin du Luxembourg. An einem hoffnungsvollen Morgen bot er Marcelin seine Gastfreundschaft an, einem mittellosen Jurastudenten, Anarchisten und Bonvivant, der davon träumte, die Unterdrückten zu verteidigen, sein Brot als zweiter Akkordeonspieler in den Pariser Tanzlokalen oder in den Schenken von Joinville verdiente, versicherte, der Java sei der schönste Tanz der Welt, wunderbar die Tangos von Gardel spielte und mit seiner Familie, Bourgeois aus Calais, gebrochen hatte.

Seine Freundinnen fragten sich, wann Josef schlief.

»Ich habe keine Zeit«, sagte er und rannte ins Bichat Krankenhaus, wo er in der Abteilung für Infektionskrankheiten Externer war.

Sein Arbeitgeber schlug ihm vor, sich für den Großen Kursus in Mikrobiologie am Institut Pasteur einzuschreiben, Eduard war bereit, die Studiengebühren zu zahlen.

»Mit Vergnügen, mein Sohn.«

Es bedeute eine enorme zusätzliche Arbeitsbelastung, aber es lohnte die Mühe, um ins Allerheiligste vorzudringen. Jeden Nachmittag von November bis März begab er sich in das berühmte Laboratorium im ersten Stock des Südflügels, über der von Roux persönlich eingerichteten Tollwut-Abteilung.

Der Unterricht schien dazu angetan, ihm zu gefallen: wenig Theorie und viel praktische Arbeit: Anlegen von Kulturen, mikroskopische Untersuchung, mikrobielles Färben, Inokulation, Autopsie infizierter Tiere, Isolieren der Keime. Doktor Duclaux, ein Freund von Pasteur und einer der Erfinder der biologischen Chemie, behauptete, die Bakteriologie beginne mit der Handarbeit, die der des Gehirns überlegen sei. Josef fiel durch seinen Pragmatismus, durch seine Effizienz im Umgang mit den Instrumenten auf und bekam die besten Noten.

Fünf Monate Hast, sodass er sogar die Stunden und Tage vergaß, ohne Zeit für das Mittagessen oder das Abendessen zu finden, aß nur ein Stück Kuchen im Bus oder in der Metro und schlief bis zur Endstation. Er war glücklich und überzeugt, entdeckt zu haben, was er wirklich mochte.

Im April, als der Große Kursus endete, hatte er den Eindruck, in Ferien zu sein, und fand eine Stelle als Laborpraktikant in der Abteilung von Legroux, wo über den gefährlichen Rotzbazillus beim Pferd gearbeitet wurde.

Als er eines Morgens nach Hause kam, fand er eine seiner Eroberungen in den Armen seines Kumpels Marcelin, und nach der ersten Schrecksekunde wurden sie von seinem Gelächter überrascht.

Josef verachtete die Eifersucht wie alle Formen von Besitz.

Seine ungestüme Rechthaberei, seine Beherrschung der Dialektik, seine Böswilligkeit und sein rollender böhmischer Akzent trugen ihm eine Menge Beleidigungen und Schlägereien ein.

»Weißt du, was der Kanake dir sagt?«, brüllte er und stürzte sich auf sein Gegenüber, wobei er auf die Nase zielte.

Er steckte ebenso viele Schläge ein, wie er austeilte, verbrachte nicht wenige Nächte in den Ausnüchterungszellen der Polizeistationen, aber die Kommissare hatten ganz andere Sorgen, als sich um Studentenstreitereien zu kümmern.

Innerhalb weniger Monate erhielt Josef die Bestätigung, dass Träume Wirklichkeit werden konnten. Die Volksfrontregierung kam an die Macht. Doch die Bourgeoisie weigerte sich, sich ausplündern zu lassen, und schickte sich an, Widerstand zu leisten.

Für alle war es eine Frage des Prinzips, nicht nur des Geldes. Es ging darum, wer die Befehle gab und den anderen gegenüber sein Gesetz durchsetzte. Die Straße tobte, es gab zahllose Demonstranten, Tausende von Fabriken waren besetzt. Nacheinander legten alle Berufe die Arbeit nieder. Das Land kam zum Stillstand. Anfang Juni wurde zum Generalstreik aufgerufen.

Man befand sich am Rand des Bürgerkriegs.

In letzter Minute gaben die Arbeitgeber nach. Lohnerhöhungen, Vierzig-Stunden-Woche, zwei Sonntage pro Woche,

Monatszahlung, Kollektivvereinbarungen, bezahlter Urlaub und vor allem das zwiespältige und unziemliche Vergnügen, die Arbeitgeber auf die Knie gezwungen zu haben, sie genötigt zu haben, die Kröten zu schlucken, die unvergleichliche Freude, endlich gewonnen zu haben. Und die für viele unerhörte Entdeckung: Man war nicht gezwungen, auf ein besseres Leben im Jenseits zu warten, man konnte es auf der Erde erreichen, und dieses Mal waren es nicht immer dieselben, die dazu verurteilt waren, den Gürtel enger zu schnallen und Trübsal zu blasen.

Am Ende seines ersten Studienjahrs in Paris hätte Josef nach Prag zurückkehren sollen, um seinen Erfolg mit seinem Vater zu feiern, über die Zukunft zu sprechen, Zeit mit ihm zu verbringen, wie er es in seiner Jugend getan hatte, aber eine emotionale Widrigkeit war dazwischengekommen. Das heißt, die Liebe zu seinem Vater war von einem Gefühl überdeckt worden, das sie zunichte gemacht hatte. Nein, kein politisches Engagement und keine Liebesleidenschaft rechtfertigt alle Niederträchtigkeiten. In Wahrheit hatte er seinen Vater allein um seines Vergnügens willen im Stich gelassen.

Er hatte einfach keine Lust gehabt.

Mit sechsundzwanzig hatte er gehandelt wie ein egoistischer Halbwüchsiger. Er kam zu dem Schluss, dass die Liebe nichts Absolutes war, sondern eine quantifizierbare Größe, deren Gewicht oder Intensität sich wie mit einem Schieber messen ließ, zum Beispiel von 1 bis 10. Welche Falte unseres Herzens sorgte für die Anstrengungen, wenn unser Vorrat an Liebe nicht ausreichte?

Eduard hatte sich nicht unfreundlich geäußert, als er ihm seine Absicht mitgeteilt hatte, mit Freunden der Fakultät nach Schottland zu reisen. Im Gegenteil, ohne die geringste Bitterkeit hatte er geantwortet:

»Gute Reise, mein Sohn, amüsier dich schön.«

Und er hatte ihm telegrafisch eine beträchtliche Summe anweisen lassen.

Marcelin wurde wirklich sein Freund, als er ihm Ernest vorstellte, den Chauffeur von Carlos Gardel während dessen Parisaufenthalten, bis zum letzten Mal, 1934. Ernest redete gern, man brauchte ihm nur ein oder zwei Flaschen Bier zu spendieren, und er erzählte von Gardels unendlicher Sanftmut, wie er die Leute hinter der Kamera im Studio von Joinville bezauberte, wo er drehte (der Regisseur stand derart in seinem Bann, dass er vergaß, »Schnitt« zu sagen). Die Dreharbeiten dauerten ewig, am Ende des Lieds sagte der Produzent, nur des Vergnügens wegen, ihn zu hören: »Wir machen eine zweite Aufnahme für das Licht.« Carlos wusste genau, dass es geschah, um ihn noch einmal zu hören, mit Freuden begann er von vorn, und noch einmal, und es wurde immer besser. Und so war die Legende entstanden: Bei jedem Lied sang er besser.

Seit Carlos' Tod bei diesem verfluchten Flugzeugunglück hörte Ernest nicht auf zu weinen, und er hatte zu trinken angefangen.

»Ich schwör dir, Josef. Untröstlich.«

Ernest trug auch den begehrten Titel eines Vertrauten. Er schwor, dass Gardel schlicht und einfach Franzose war, dass er in Toulouse geboren worden und im Alter von zwei Jahren ausgewandert war, an einem melancholischen Abend habe er ihm gestanden, er behaupte nur seiner Mutter zuliebe, Argentinier zu sein: Sie zitterte vor Angst, er könnte während des Kriegs mobilisiert werden, und als guter Junge wollte er ihr keinen Kummer machen.

»Das ist die schiere Wahrheit, Josef. Spendier mir noch 'ne Flasche, und ich erzähle dir, wie Carlos den Tango erfunden hat.«

Getreu dem Prinzip, das besagt, dass der Tag geschaffen wurde, um zu arbeiten, und die Nacht, um sich zu amüsieren, ging Josef sogar aus, wenn Regen oder Kälte die Bourgeois und die Demonstranten von den Straßen fernhielt oder wenn er am Ende des Monats pleite war. Er konnte an den Fingern einer Hand abzählen, wie oft er, vor allem vor einem Examen, vor drei oder vier Uhr ins Bett gekommen und ohne Müdigkeit um sieben Uhr aufgestanden war, um in die Universität zu eilen. Er war von den »Sternschnuppen« adoptiert worden, einem Trupp von Nachtschwärmern, Pharmazie- und Medizinstudenten zusammen mit Söhnen, die ihre Familie wegen ihres ausschweifenden Lebens verstoßen hatte, ein wenig verbeulten Überlebenden des »Grand Jeu«, Dandys, ihren Weg suchenden Künstlern, ewigen Studenten, die vergessen hatten, in welcher Fakultät sie eingeschrieben waren, und deren gemeinsames Ziel auf dieser Erde darin bestand, sie maximal auszukosten, bevor die Welt explodierte.

Sie hatten sich geschworen – frei bleiben oder sterben –, sich niemals von den aufreizenden Verführerinnen mit ihrem göttlichen Lächeln einwickeln zu lassen, die nur davon träumten, einen Mann zu finden und ihn ein Leben lang in Fesseln zu legen.

Sie würden nicht den gleichen Fehler begehen wie ihre Väter.

Jedesmal, wenn einer von ihnen sich reinlegen ließ, weil man am Ende immer auf ein durchtriebenes Mädchen stößt (früher oder später lässt sich jeder einfangen), weigerten sie sich, zur Hochzeit zu kommen, und erneuerten ihr Versprechen, frei zu bleiben.

Josef, dieser schöne elegante Junge mit dem glänzenden Haar, dem reizenden Akzent und dem betörenden Lachen, verführte die Mädchen, die sich auf den Bänken zu Tode langweilten, während die Männer endlos über die Probleme der Volksfront, die Dramen des Spanischen Bürgerkriegs und den Aufstieg des Faschismus diskutierten, Dinge, die diesen Damen ebenso schnuppe waren wie ihr zweiter Liebhaber. Nicht, dass sie ihnen keine Aufmerksamkeit schenkten, aber schließlich war es nervtötend, immer nur über Politik zu reden. Er dagegen tanzte. Er tanzte, als hätte er den Tanz erfunden. Die Mädchen ließen Konventionen und Gerede außer Acht und umwarben ihn.

Beim ersten Mal war er überrascht. Es gehörte sich nicht, dass eine Frau einen Mann, den sie nicht kannte, um einen Tanz bat (oder es war ein schlimmes Mädchen).

Doch im Grund missfiel es ihm nicht, wenn eine Schöne die Tanzfläche überquerte, zögerte, manchmal an ihm vorbeiging, mit unschuldiger Miene wieder kehrtmachte und vor seinem Tisch stehen blieb. Die Gespräche stockten vor dieser stehenden Unbekannten. Er erhob sich und entführte sie wortlos in die Strudel eines Walzers oder eines Tangos. Die Berufstänzer, die Loddel und die Gigolos wichen zurück, wenn er die Tanzfläche betrat. Die Musiker spielten viele Zugaben, nur um des Vergnügens willen, zu sehen, wie ihre Musik sich vor ihren Augen verkörperte. In seinen Armen wurde eine tolpatschige oder steife Tänzerin luftig leicht, was ihm den Ruf eines Don Juans und die Hochachtung der Freunde eintrug.

Dabei war das ein Irrtum, Josef war kein Verführer. Hätte er eine Frau ansprechen wollen, dann hätte er wahrscheinlich nicht gewusst, wie er es anstellen sollte, aber der Tanz vertrieb seine natürliche Schüchternheit. Am Ende des Balls lud er seine Eroberungen in die Dienstmädchenkammer ein, und das klappte fast immer. Mit Marcelin hatte er vereinbart, dass derjenige, der zuerst da war, dem anderen den Platz ließ, eine Runde drehte und nach einer Stunde mit einer frischen Baguette zurückkehrte.

Nicht genug Platz für drei.

Sobald das Akkordeon erstarb, wurde er wieder ein Mann wie die anderen (ein richtiger Aal). Keinem Mädchen gelang es, eine dauerhafte Beziehung zu ihm herzustellen. Wenn sie mit hoffnungsvoller Stimme die Möglichkeit in Erwägung zogen, sich wiederzusehen, im Bois de Boulogne Boot zu fahren oder ins Kino zu gehen, antwortete er, er werde im Krankenhaus erwartet, und bei seiner fertigzuschreibenden Dissertation, seinem Praktikum im Institut Pasteur, dem Berg von Kulturen, die noch anzulegen seien, nein, wirklich, es sei kein böser Wille, aber es sei unmöglich, und wenn es dunkel wurde, wechselte er das Tanzlokal.

In Mode war gerade die Emanzipation der Frau, die Forderung nach dem Frauenwahlrecht, die Verbannung des Java. Josef erkannte, dass es sich nicht nur um politische Forderungen handelte, vielleicht saß das Übel tiefer. Wie ein unheilbarer Bruch.

Seine Eroberungen akzeptieren seinen guten Willen immer weniger.

Alice warf ihm ihre Stiefelette an den Kopf, und sie hätte ihm ein Auge ausgeschlagen, hätte er ihre Reaktion nicht mit der gewohnten Schnelligkeit vorhergesehen. Von nun an ließ er sich jeden dritten Abend (im Durchschnitt) beschimpfen. Odette nannte ihn einen Schweinehund, Germaine grausam, Suzanne verachtenswert, Nicole perfide, Lucie niederträchtig und scheinheilig, Claudette den widerlichsten Mann, dem sie je begegnet sei, und anscheinend kannte sie sich aus, Jeanne einen miesen und abstoßenden Tänzer, Rose bedachte ihn mit Vogelnamen, andere mit Namen von Nagetieren oder Ungeziefer, und Jacqueline, eine Philosophiestudentin der Sorbonne, die so reizend aussah mit ihrem Haarschnitt à la Louise Brooks, bezeichnete ihn als Sardanapal im Kleinformat. Andere straften ihn mit Verachtung und hatten das Nachsehen.

Was es einem verleiden konnte, eine Frau zum Tanzen aufzufordern.

»Was haben sie bloß alle, hä? Kannst du mir das sagen?«, fragte Josef Marcelin, nachdem Yvonne ihm ins Gesicht geschleudert hatte, Typen wie ihn hätte sie noch nie, nie, nie gesehen, und er sei ein kleines Arschloch.

Manche brüllten, schrien, weinten, ohrfeigten ihn, warteten vor seiner Tür auf ihn, schlugen Krach im Haus, nahmen die Concierge zum Zeugen für sein ungehöriges Benehmen, der es jedoch völlig egal war. Die meisten sagten nichts, zuckten enttäuscht die Achseln und entschwanden in ihre Einsamkeit. Zuweilen begegnete er ihnen bei einer Abendgesellschaft oder in einem Nachtclub erneut, ohne dass er sich erinnern konnte, ob er sie kannte oder nicht, ob er sie in der Fakultät bemerkt hatte oder anderswo, oder dass er mit einer tanzte, ohne sich an ihr gemeinsames Abenteuer zu erinnern, und wenn sie ihn in seiner Kammer fragte, ob er sie wiedererkannt habe, verneinte er und ließ sich als Rüpel, Flegel, Grobian und Schnösel beschimpfen.

In Wahrheit war Josef mit einer Behinderung geschlagen, die ihm ungemein zu schaffen machte, er war kein Physiognom.

Eine wahre Achillesferse.

Er, der sich mühelos dicke und unverdauliche medizinische Abhandlungen einprägte, vergaß rasch die Mädchen, mit denen er intim gewesen war. Nach wenigen Wochen verflüchtigten sich ihre Züge in einem Magma verschwommener, anonymer Gesichter.

»Du bist einfach ein Macho!«, schleuderte ihm Margarita entgegen, die aus Andalusien geflohen war und Tango tanzte wie eine Königin, sich weigerte, ihn anzureden, ihn jedoch mit den Augen rief, sobald sie ihn im *Moulin de la Galette* erblickte (er war der einzige Mann in Paris, der tanzte wie ein Argentinier).

Josef wusste nicht, was diese spanische Vokabel bedeutete. Er hörte sie zum ersten Mal. Aber nicht zum letzten Mal. Sie musste ihm die Bedeutung erklären und insistierte: Nein, es sei kein ausschließlich ihren Landsleuten vorbehaltener Terminus, er treffe auch auf die Franzosen, die Tschechen und alle anderen zu. Damals waren die Männer Machos, es lag in der Natur der Dinge und war für sie kein Problem.

Josef sagte sich, dass diese Frauen nicht alle unrecht haben konnten, und nahm sich vor, diese Männerkrankheit durch seine Bemühungen und wiederholte Aufmerksamkeiten zu beseitigen. Er flehte Margarita an, ihm dabei zu helfen, sie begann zu lachen (der ideale Mann sei lediglich ein perverses Trugbild). Sich zu ändern und zu bessern war seine Obsession. Er beobachtete sich, kontrollierte die kleinsten seiner Gesten, Worte, Blicke und Haltungen.

Seine Versuche erwiesen sich als fruchtlos, verstärkten nur seinen Ruf als der schlimmste aller Schweinehunde, versehen mit einem Hauch Lasterhaftigkeit, vielleicht einer Prise Sadismus, doch welch ein Tänzer. Hast du gesehen, wie er sein linkes Bein vorschiebt? Wenn er sie zu einer Tasse Milchkaffee einlud, wusste er nie, was er ihnen sagen sollte; wenn er sich mit ihnen zum Abendessen verabredete, vergaß er es; und wenn er sich daran erinnerte, sagte er zu Gwladys: »Guten Abend, Simone, wie geht es dir?«, und Valentine war genauso empfindlich wie Irène oder Julie, wenn sie sah, es ist kaum zu glauben, wie er eine Brasserie mit einem Strauß Anemonen in der Hand betrat und sich an einen anderen Tisch setzte, mit ungeduldiger Miene auf seine Uhr schauend.

Das bestärkte ihn in dem Gedanken, dass die Frauen, abgesehen vom Tanz und vom Geschlecht, komplizierte, schwer zufriedenzustellende Wesen voller Hintergedanken waren.

Auf dem Ball in *La Coupole* sagten einige seiner Freunde, sein Problem sei psychischer Natur (also nicht leicht zu behandeln). Zwei von ihnen meinten, er leide an chronischer Prosopagnosie, was er vehement von sich wies. Zwei andere tendierten zum Narzissmus und stritten um die Schwere der Krankheit, und ein letzter optierte für primäre Misogynie, eine banale Diagnose, aber dieser letzte Spezialist befand sich noch im ersten Jahr seines Medizinstudiums. Dieses

Syndrom des Tänzers war Gegenstand endloser Diskussionen. Denn in keinem der Standardwerke der Psychologie wurde erwähnt, dass Ödipus Walzer oder Tango getanzt hatte.

Maître Meyer, ein gerissener und sympathischer Anwalt, bei dem Marcelin sein Praktikum machte, hatte Josef – umsonst – das Rezept verraten, das er im Justizpalast anwandte, wo er täglich Hunderten von Personen begegnete, sodass er den Drehwurm bekam und nicht mehr wusste, ob es Richter, Justizbeamte, Gerichtsvollzieher oder Kollegen waren.

In Wahrheit hatte er das Rezept gegen eine Tangostunde eingetauscht. Josef hatte ihm erklärt, wie man seinen Partnerinnen nicht auf die Füße tritt, da dieses Ungeschick die wahrscheinliche Quelle seiner Misserfolge in der Liebe sei. Dank Meyers klugen Ratschlägen stürzte Josef von nun an mit einem offenen und natürlichen, fast freundschaftlichen Lächeln auf die glückliche Erwählte zu und rief freudig: »Wie geht es Ihnen seit all der Zeit? Wie ist es Ihnen ergangen?«

»Zögern Sie nicht, die Lippen zu öffnen und Ihre Zähne zu zeigen«, hatte Maître Meyer betont. »Ihre Worte müssen Spontaneität und Aufrichtigkeit verströmen.«

Er hatte es ihm sogleich demonstriert, und Josef hatte den Eindruck gewonnen, sein bester Freund zu sein. Auch wenn diese mephistophelische List einige Male klappte, wurde er andere Male schroff abgefertigt:

»Aber wir kennen uns doch gar nicht! Für wen halten Sie mich?«

Oder: »Letztes Mal hast du mich geduzt, du Schwein.«

Sicher war es nur eine Notlösung, aber bei Weitem den öffentlichen Beschimpfungen vorzuziehen. Die Freundinnen seiner Kameraden machten ihm wieder Mut, indem sie schworen, im Vergleich zu denen sei er ein Engel. Wenn ihre Freunde sich an ihr Gesicht und ihren Vornamen erinnerten, hätten sie auch nicht mehr davon.

Als Viviane den verrauchten Saal des *Balajo* betrat, drehte Josef gerade mit Olga einen englischen Walzer, den er wegen der bedächtigen und verkrampften Bewegungen wenig schätzte. Er merkte nicht, dass alle Männer diesen weiblichen Neuling mit offenem Mund und lüsternem Blick anstarrten. Viviane hatte schlanke Beine, einen eng anliegenden Rock aus grauer schottischer Serge, die Statur einer Amazone, eine Korsage in Blütenform und lockiges Haar.

Auf dem Podium spielte Marcelin Akkordeon, er hatte sie sofort erspäht. Bei ihrem Anblick hatte er sich gesagt:

›O la la la la.‹

Hinter der Balustrade folgte Viviane dem Zickzack des Paars, ihre Augen leuchten auf. Am Ende des Stücks dankte Josef Olga und ging zu seinem Tisch zurück. Die Kapelle fuhr mit einem Musettewalzer fort, die Tänzer strömten auf die Tanzfläche. Viviane lehnte drei Aufforderungen mit einer unmerklichen Kinnbewegung ab, stellte sich auf die Zehenspitzen, um Josef ausfindig zu machen, ging langsam auf ihn zu. Er hob die Augen, erblickte sie, eine sich wandelnde, von ihrer glitzernden Korsage kaum angedeutete Gestalt, dachte:

›Was für schönes Haar sie hat, man könnte meinen …‹

Er konnte sie mit niemandem vergleichen. Nie hätte er gedacht, dass sie ihn ansehen könnte. Kein Mann kann so arrogant sein, um zu glauben, ein solches Mädchen hätte ihn gewählt.

Sie blieb stehen. Es konnte sich nicht um einen Zufall handeln. Sie reichte ihm eine mollige, warme Hand. Ein schlangenförmiges goldenes Armband spätägyptischen Stils schlang sich um ihren Unterarm. Josef zitterte, als er sie zur Tanzfläche führte. Man wich ihnen aus. Josef verbarg seinen Stolz, aber er blitzte dennoch auf. Viviane konnte nicht gut tanzen, sie trat ihm mit ihren spitzen Absätzen auf die Füße. Ein Detail, dem Josef keine Beachtung schenkte. Nur den Frauen fielen ihre zögernden Schritte auf, und sie wechselten lächelnd spöttische Blicke.

Sie hielten nur inne, wenn die Kapelle alle Dreiviertelstunde eine Pause machte. Er lud sie an die Bar ein, um ein Glas zu trinken. Sie sagten einander nichts von Bedeutung. Nur Dinge wie: Wie heiß es heute ist, und: Heute Abend sind irrsinnig viel Leute da, und: Kommen Sie oft hierher? Oder andere Bemerkungen über proppenvolle Tanzlokale. Sie sahen sich an, ohne etwas zu sagen. Sie wischte sich die Stirn. Josef dachte: ›Es würde mich wundern, wenn ich die hier vergesse.‹

Die Kapelle begann wieder mit *Les Roses blanches*. Mein Lieblingslied, sagte sie. Josef trat beiseite, um sie vorbeizulassen, und als sie ihn streifte, roch er ihr Parfum: ein Hauch Mimose oder Jasmin, er wusste es nicht genau, ein Duft nach Mittelmeer, nach einem sonnigen Land. Sie trällerte die Worte. Sie hatte eine besondere Art, ihn zu halten. Die anderen Frauen legten ganz leicht ihre Hand auf seinen Arm oder seine Schulter. Viviane klammerte sich fest, ständig kam sie dicht an ihn heran und berührte ihn leicht. Mitunter spürte er die Spitzen ihrer Brüste, ihr etwas weiches Fleisch unter der Seide, ihre unbekannte Feuchte, ihre unerbittlich sich wiegenden Hüften, ihren Oberschenkel, der sich an seinem rieb, ihre ungeschickte Atemlosigkeit, ihr Haar, das ihm ins Gesicht flog, ihren verschleierten Blick, der ihn einhüllte. Er fragte sie nach ihrem Vornamen. Ich liebe diesen Vornamen.

Sie warteten nicht, bis das Lokal schloss, um zu gehen. Josef sagte Marcelin ein paar Worte ins Ohr:

»Es wäre besser, wenn du heute nicht nach Hause kommst.«

»Kein Problem«, antwortete er säuerlich.

Als er ihnen nachschaute, sagte er sich, obwohl er überzeugter Atheist war:

›Lieber Gott, bewahre uns vor Frauen mit einer Stupsnase, die einen kleinen runden Arsch haben, auf hohen Absätzen stöckeln und sich schminken wie Filmschauspielerinnen.‹

Viviane gehörte zu der Art von Frauen, die man nicht vergisst. Ihr eilte der wohlig-verruchte Ruf einer Herzensbrecherin voraus und das Getuschel der Mauerblümchen, nichts Erwiesenes. Man flüsterte auch, dass sie an Stelle des Herzens einen Stein habe, eine schamlose Person sei, die die Unglücklichen gar nicht mehr zähle, die sich ihr zu Füßen geworfen hätten und sie anflehten, sie nicht zu verlassen. Man sprach vom missglückten Selbstmord eines Schuhhändlers aus Nevers oder vom Wahnsinn eines Notars aus Rouen. Dieses Gerücht war aufgekommen, nachdem sie Mady versichert hatte, früher sei sie einmal wirklich sentimental gewesen, was einige aber zu sehr ausgenutzt hätten. Eines Abends habe sie ihr geraten, sich vor Kapitänleutnants in Acht zu nehmen wie vor der Pest, alles, was sie beteuerten oder schrieben, sei Schwindel und sonst nichts, und jetzt habe der Brunnen kein Wasser mehr, sie empfinde mit keinem Mann mehr Mitleid, alle seien Hohlköpfe, Jammerlappen, selbst wenn sie reich seien und ihr Vermögen in die Waagschale würfen.

Als sie erwachte, ergriff Josef zum ersten Mal die Initiative und fragte, ob sie sich wiedersähen. Zu seiner großen Überraschung akzeptierte sie mit kindlich naiver Freude und wünschte ihm zum Abschied einen schönen Tag.

Am Abend trafen sie sich in einer Brasserie an der Place Clichy. Sie war eine Naschkatze, schwärmte für Wiener Schokolade. Er lauschte ihr mit Genuss. Dabei war eine Unterhaltung mit ihr nicht besonders fesselnd, sie hatte eine schrille Stimme. Josef nahm die Blicke der anderen Männer wahr, und es überkam ihn das sicherlich törichte (aber ungemein angenehme) Gefühl der Eitelkeit.

Viviane arbeitete als untergeordnete Beamtin im Marineministerium. Sie beaufsichtigte die Buchung der Waffenbestände in den Überseedepartements, insbesondere in Cochinchina, eine strategische Aufgabe, wenn man die dortige Lage kannte, Josef war sie nicht vertraut. Von Viviane erfuhr er alles oder fast alles über die Kolonien, was sie wusste, auch wenn sie nie dort gewesen war. Ihre Beschreibungen waren von militärischer Genauigkeit, wenn sie ihm von den Panzerkreuzern oder den Torpedobooten erzählte, von der *Béarn*, der *Fougueux*, der *Frondeur*, der *Jean Bart*, und wenn die Unterhaltung stockte, fragte Josef, was es mit dem Flaggschiff *La Lorraine* auf sich habe und aus welchen Gründen seine riesigen 340-mm-Kanonen sechs Grad nach rechts oder nach links schossen, und ob es trotz seiner wiederholten Havarien wohlbehalten angekommen sei. Unter dem Siegel der absolutesten Verschwiegenheit (»Du versprichst es doch?«) verriet sie ihm, dass sie große Probleme mit der Instandhaltung der beiden Generatoren in Saigon hätten, die fast auf siebzig Grad anstiegen (höheren Orts war man deswegen sehr beunruhigt).

Wenn Josef ihre Worte trank, so deshalb, weil die Tschechen von Natur aus verträumt sind, kein Meer haben und für Schiffsgeschichten und alles Geheimnisvolle schwärmen.

Im zweiten Jahr seines Paris-Aufenthalts wurde Josef mit einer großen Gewissensfrage konfrontiert. Spanien versank in Feuer und Blut. General Franco stürzte bei dem Versuch der Rückeroberung der Macht die in innere Streitigkeiten verstrickte republikanische Regierung und gewann unerbittlich an Terrain. Nazi-Deutschland und das faschistische Italien unterstützten ihn, auf der anderen Seite nörgelten die Demokratien herum und wichen aus. Die Volksfrontregierung von Léon Blum, die es mit einer mehrheitlich pazifistischen Öffentlichkeit und vielen anderen Problemen zu tun hatte, drückte sich und flüchtete sich in eine wenig ruhmvolle Nichteinmischung, die den Faschisten das Feld überließ.

Aus der ganzen Welt meldeten sich über fünftausend Freiwillige zu den Internationalen Brigaden und unterstützten die republikanische Regierung. Es bedurfte Mut, um sich in ein unbekanntes Land zu begeben und dem Tod ins Auge zu sehen, wenn die meisten noch nie eine Waffe in der Hand gehabt hatten. Es herrschte ein wahrer Aufruhr, fast ein Wettstreit darüber, wer sich melden würde und wie. Jeder hatte seine Beziehungen und seine Kontakte. Josefs Freunde meinten, er wäre einer der Ersten, der sich verpflichtete. Er aber fragte sich, ob er in eine der französischen Brigaden eintreten könne oder ob er zum Bataillon Dombrowski stoßen müsse, das sich aus Tschechen, Ungarn und Polen zusammensetzte.

Wahrscheinlich hatte Viviane einen schlechten Einfluss. Als er ihr seinen Entschluss mitteilte, in den Kampf zu ziehen, fragte sie ihn, warum. Er erklärte, der Bürgerkrieg in Spanien gehe weit über einen einfachen Kampf zwischen verfeindeten Brüdern hinaus, hier stünden sich zwei Weltanschauungen auf Leben und Tod gegenüber. Unsere grundlegenden Freiheiten hingen davon ab. Sie insistierte:

»Was schert es dich, was in einem Land passiert, in das du noch nie einen Fuß gesetzt hast?«

Er formulierte seine Erklärung anders:

»Auf der einen Seite sind die Faschisten, auf der anderen die Demokraten. Wenn wir verlieren, sind wir erledigt. Dann siegen die Kirche und der Kapitalismus.«

Viviane verstand nichts von Politik.

»Glaubst du, die Spanier würden für euch kämpfen, wenn die Russen die Tschechen angreifen?«

Josef beschloss, das Ende des Universitätsjahrs abzuwarten, und erklärte, dass seine Abwesenheit keinen Einfluss auf den Ausgang des Kriegs habe. Mit seinem Biologiediplom, behauptete er voller Überzeugung, könne er der Sache weit nützlicher sein, und er ließ niemanden an seiner Entschlossenheit zweifeln. Von seinen Forschungen und seinem zweiten Großen Pasteur-Kursus in Anspruch genommen, hatte er keine Zeit mehr, an Versammlungen und Demonstrationen teilzunehmen, und er äußerte sich skeptisch zu dem kopflosen Enthusiasmus seiner Gefährten, die ihre Wünsche für die Wirklichkeit hielten.

Die einzigen Gespräche, für die er sich begeisterte, betrafen die pathogenen Substanzen, die baldige Identifizierung des Pockenvirus, die Verwendung des Penizillins bei der Behandlung bakterieller Infektionen und die Forschungen, die der Entdeckung eines Antibiotikums gegen die Tuberkulose galten.

Und seine Dissertation natürlich, ein Monument im Werden. Über *Sipuncula*, die Spritzwürmer.

Einige betrachteten ihn misstrauisch, andere sprachen nicht mehr mit ihm, als sie erfuhren, dass er seine Nächte damit verbrachte, auf den Bällen der Bastille mit Viviane zu tanzen. Seine spitzfindigen Erklärungen, man könne Sozialist sein und trotzdem den Walzer lieben (das sei nicht unvereinbar, im Gegenteil), überzeugten niemanden.

Seine Genossen fuhren ohne ihn.

Ernest hatte sich verpflichtet. Aber er war depressiv.

Josef wollte nicht zugeben, dass er sich vom Fatalismus und von der Resignation, die in der Bevölkerung grassierten, hatte anstecken lassen. Jeden Tag bestätigte irgendeine schlechte Nachricht, dass die Tage der Republik gezählt waren. Er verlor seinen Freund Marcelin, als er ihm erläuterte, er sei geboren, um zu heilen, nicht um zu töten, und er sah, wie sich sein Gesicht zu einer Miene unglaublicher Verachtung verzog. Marcelin ging fort, ohne sich von ihm zu verabschieden. Josef erfuhr, dass er sich einem anarchistischen Bataillon in Barcelona angeschlossen hatte. Es ging heiß her, man konnte es sich gar nicht vorstellen.

Und dann, eines Abends, vergaß er Viviane. Unglaublich, nicht wahr?

Wie ausradiert.

Vielleicht ist die Zuneigung ja vollkommen löslich, da keine einzige Spur von ihr übrig bleibt. Womöglich existiert sie nur in unserer Einbildung.

Ihre Abendessen, ihre Soireen im *Nogent*, ihre Liebesnächte – ausgelöscht, leer. Er erinnerte sich erst daran, als er im *Élysée-Montmartre* einen zwangsläufig sehnsuchtsvollen Tango tanzte, mit einer Bretonin aus Lorient, einem ständig lachenden Nervenbündel. Er zögerte, bei Viviane vorbeizuschauen, um sich zu entschuldigen, sagte sich, das Beste sei zu warten, bis ihr Zorn verrauchte. Er entwarf mehrere erstklassige Entschuldigungen, beschloss dann nach reiflicher Überlegung, zu sagen, er sei wegen einer schrecklichen Operation im Krankenhaus aufgehalten worden. Er geduldete sich einen Tag, zwei Tage, den Samstag, den Sonntag, keine Viviane. Auch nicht am Montag. Sie kam nicht, um sich nach ihm zu erkundigen. Er war gekränkt, fragte sich, ob sie vielleicht einen Unfall gehabt hatte, ob es in ihrer Familie ein Drama gegeben hatte oder ob sie möglicherweise gleich ihm Opfer eines Gedächtnisverlusts geworden war. Er hörte nie mehr von ihr und sah sie an keinem der Orte wieder, die sie gemeinsam aufgesucht hatten.

Eine merkwürdige Art, sich zu trennen. Aber gibt es eine bessere? Ein gegenseitiges Verlassen ohne Sieger und Besiegte.

Und zwischen ihnen, war das denn gar nichts?

Kurz darauf, nachdem er seine Dissertation vorgelegt hatte, wurde ihm, dank seinen vorzüglichen Ergebnissen beim Großen Kursus, ein ausnehmend interessanter Vorschlag gemacht: Am Institut Pasteur von Algier war ein Posten zu besetzen.

Ein solch ehrenvolles Angebot würde es kein zweites Mal geben.

Josef erinnerte sich nicht mehr, welcher Philosoph bewiesen hatte, dass die Chance nie zweimal an die Tür klopft. Wenn man sie nicht ergreife, nutze sie ein anderer. Seine letzten Freunde stellten fest, er sei letztlich genauso wie sie, für eine schöne Karriere gebe er seine Überzeugungen preis. Er antwortete, dass die spanische Republik erledigt und

Francos Sieg unausbleiblich sei, es nütze nichts, an dem großen ehrenvollen und heldenhaften, aber sinnlosen, selbstmörderischen Kampf teilzunehmen. In Algerien werde er den Kampf auf seine Weise fortsetzen.

Es war eine unruhige Zeit. Nachdem Hitler sich Österreich einverleibt hatte, beschloss er die Wiedervereinigung Deutschlands mit dem Sudentenland, das seit dem Versailler Vertrag zur Tschechoslowakei gehörte. Da Frankreich und Großbritannien mit der Tschechoslowakei ein Bündnisabkommen unterzeichnet hatten, kündigte sich ein neuer Weltkrieg an. Jedes Land mobilisierte seine Truppen. In München, auf einer Konferenz der letzten Chance, retteten der Premierminister des Vereinigten Königreichs und der Präsident des französischen Nationalrats den Frieden, indem sie dieses Land dem Führer überließen. Die Erleichterung, den Krieg verhindert zu haben, siegte über das gegebene Wort und über die Strategie, und die dankbaren Massen bejubelten ihre Führer, die sich dieses Abkommens schämten.

Josef telefonierte mit seinem Vater, um sich nach seinem Befinden zu erkundigen, und fragte ihn wegen seines Vertrags um Rat. Die Stelle wurde nicht gut bezahlt, und bei all den drohenden Ereignissen zog er es vor, in die Heimat zurückzukehren. Eduard redete es ihm aus, meinte, seine Anwesenheit ändere nichts am Lauf der Geschichte, er müsse diese außergewöhnliche Chance ergreifen. Dass sein Sohn vom größten Laboratorium der Welt ausgewählt worden war, war für ihn ein Glück und eine Ehre, die jedes Opfer rechtfertigten, und er ließ ihn schwören, nach Algier zu gehen.

Vier Tage später sollte sich Josef in Marseille einschiffen. Sechsundzwanzig Stunden Überfahrt.

In der Nacht vor der Einschiffung hatte er einen Albtraum, aus dem er zitternd und schweißgebadet erwachte. Er irrte in einem Schlachthaus umher, das voller Leichen von Männern mit durchgeschnittener Kehle war, von Frauen mit aufgeschlitztem Bauch, die ein Metzger mit ausgestochenen Augen verfolgte. Er hörte den Atem der Menge, der über seinen Schädel strich. Und dann sprang ihm das Ungeheuer an die Gurgel und verschwand wie durch Zauberei. Eine grauenvolle Stille. Von der Decke regnete Blut. Es klebte an ihm. Er versank in gerötetem Treibsand, versuchte mit verzweifelten Bewegungen, oben zu bleiben und sich nicht nach unten ziehen zu lassen.

Am nächsten Morgen rannte er zum großen Postamt in der Avenue Saint-Antoine, musste drei Stunden auf seinen Telefonanruf warten, fürchtete, die Abfahrt seines Schiffs zu versäumen. Es gelang ihm, die Verbindung zu bekommen, sein Vater war gerade dabei, seine Praxis zu verlassen. Er riet ihm dringend, zu fliehen, solange noch Zeit dazu sei. Eduard wollte nichts davon hören. Mindestens zehnmal wiederholte Josef, er müsse weggehen, aber sein Vater war entschlossen zu bleiben. Auch wenn Zehntausende von Tschechen ihre Koffer packten, er weigerte sich, sein Land zu verlassen. Er fühlte sich nicht bedroht. In Prag war eine Mehrheit vernünftiger Leute der Meinung, dass Hitler nicht so töricht sei, die Alliierten anzugreifen, dass er früher oder später auf der Suche nach seinem Lebensraum über Russland, seinen natürlichen Feind, herfallen werde. Er sei lediglich daran interessiert, die tschechische Rüstungsindustrie an sich zu reißen, also sei nichts zu befürchten.

In der Nacht der Überfahrt konnte Josef wegen des Lärms der Motoren und des stampfenden Schiffs keinen Schlaf finden, er verbrachte seine Zeit an der Reling und folgte den Windungen dreier Möwen, die spielerisch über den Steven hinwegflogen. Ein bläuliches Licht ging vor der Sonne auf. Die Möwen verschwanden. Er suchte sie in der Unermesslichkeit und erblickte in der Ferne, in Richtung des Kontinents, zur Linken eine undeutliche Küste.

›Unmöglich ist das Spanien!‹, sagte er sich mit Recht. ›An dieser Stelle ist kein Festland.‹

Doch am auftauchenden Horizont verloren, verlief, zerklüftet unter den blassen Wolken, ihn verhöhnend, eine gewundene Linie zwischen Himmel und Meer.

»Hätte ich meinem Impuls nachgegeben, dann wäre ich jetzt tot.«

Christine

Josef schlief, als die *Lépine* im Hafen anlegte. Er hatte das langsame Travelling vor der Einfahrt in die Bucht mit der an die Hügel geklammerten Stadt verpasst. Sie hatte sich ihm nicht dargeboten, er hatte weder dies wogende Amphitheater betrachten noch den anderen Passagieren lauschen können, die bekannte Stätten nannten und wiederholten.

Wenn Josef an Algier zurückdachte, war der erste Eindruck, der ihm einfiel, jenes Licht aus schmelzendem Gold, als er, noch verschlafen, die Tür zum Schiffsflur geöffnet hatte; das endlose Blitzlicht eines unsichtbaren Fotografen hatte ihn gezwungen, sein Gesicht mit den Händen zu schützen. Er roch Vanilleduft, eine Hitzewelle bespritzte ihn. Er fragte sich, ob Feuer ausgebrochen sei, aber es herrschte keine Panik, kaum dass man das Surren des Krans vernahm, der Bananenbüschel auf den geschäftigen Kai entlud. Langsam spreizte er die Finger, um sich an dieses Glühen zu gewöhnen, hob die Augen, erblickte ein paradiesisches Blau, wie er es noch nie gesehen hatte, weder in Prag noch in Paris, von jeder Unreinheit leergefegt, warm und schillernd, ein schwebendes monochromes Monument, dessen einzige Funktion darin zu bestehen schien, einen zu hypnotisieren.

An jenem Spätnachmittag des Oktober 38 entdeckte er, im Alter von achtundzwanzig Jahren, endlich den Himmel und die Sonne, entdeckte die Docks in Form einer wie eine Welle aufsteigenden Arkade und, stolz darauf gesetzt, ein Gewirr von Kuben, die ein verrückter Architekt zusammengeschweißt haben mochte, und die kaskadenartig zu den blendendweißen, dem Meer trotzenden Gebäuden hinabstürzten, und er begriff, was »Algier, die Weiße« bedeutete.

Josef verließ das Schiff, die beiden Koffer in der Hand, und hielt nach der Person Ausschau, die ihn abholen sollte. Auf dem Kai befanden sich nur arabischer Docker mit zerfurchtem Gesicht und schweißfleckigem Unterhemd, die den Frachtraum entluden. Keiner der Seeleute konnte ihm Auskunft geben.

Er wartete über eine Stunde im Schatten eines Lastwagens, fragte den wachhabenden Offizier, der von nichts eine Ahnung hatte, beschloss, ein Taxi zu nehmen, dessen Auspuff ebenso viel Rauch ausstieß wie ein Schiffsschornstein. In seinem rot-schwarzen Panhard unterhielt ihn der Chauffeur mit Klagen über die Hitze dieses Spätsommers, der kein Ende nahm.

Auf den ersten Blick sah Josef keinerlei Unterschied zur Hauptstadt, die gleichen Haussmann'schen Avenuen mit einer lärmenden Menschenmenge, Straßenbahnen, die inmitten undisziplinierter Fußgänger fuhren, überfüllte Caféterrassen, ineinander verkeilte Autos, tadellose Geschäfte, wie in Paris gekleidete Frauen. Er war in Afrika an Land gegangen, irgendetwas hätte der Sahara ähneln müssen mit Dünen, Kamelen, Tuareg, einem Hauch von Abenteuer, Geheimnis, und nun fand er sich in einer westlichen Stadt wieder.

Er war enttäuscht.

Sie kamen an einen riesigen Platz, der mit Reihen von Jugendstillaternen und Palmen gesäumt war und erdrückt wurde von einem gigantischen, vieleckigen Monument von makellosem Weiß in maurischem Stil, das Josef für eine Moschee hielt. Der Taxifahrer erklärte ihm, es sei das Große Postamt (glücklicherweise befänden sich die Moscheen in der Kasbah). Schließlich erblickte Josef eine Frau, die in einen Haik gehüllt war, einen weißen Schleier, der zum Teil ihr Gesicht verdeckte, etwas weiter entfernt einen Einheimischen in gestreifter Djellaba, der einen mit zwei Körben voller Gemüse beladenen räudigen Esel hinter sich her zog und in einer Gasse verschwand. Das Taxi erklomm die Serpentinen breiter Avenuen. Der Fahrer deutete auf das massige Kunstmuseum, empfahl ihm Spaziergänge in dem für seine Kühle, seine exotischen Pflanzen und seine nach Menthol duftenden Eukalyptusbäume berühmten Versuchsgarten. Durch das heruntergelassene Fenster atmete Josef tief ein, aber es kam nichts.

Das Ende der Bucht verschwand im Hitzedunst, die ganze Stadt verflüchtigte sich darin.

Das Taxi hielt vor einem riesigen dreistöckigen Palast, der genauso weiß war wie die benachbarten Gebäude. Es gab keinen Aufseher am Eingang; Josef trat ein und erblickte weitere im Park verstreute Gebäude. Er betrat das erstaunlich stille Hauptgebäude, in dem die erholsame Kühle und das Halbdunkel einer Kathedrale herrschten. Seine Rufe »Ist da jemand?« blieben ohne Antwort. Er klopfte an sämtliche Türen eines langen Flurs, drückte sie zögernd auf, die Zimmer waren leer. Es konnte doch nicht sein, dass um fünf Uhr nachmittags niemand mehr da war. Er öffnete die Glastür am Ende, erblickte ein geräumiges Laboratorium mit Dutzenden von Reagenzgläsern, Petrischalen, Tropffläschchen, Messröhrchen, die im Wasserbad erhitzt wurden, Phiolen, Keramikmörsern, Tropftrichtern sowie vier Männer in weißen Kitteln zu beiden Seiten einer mit Mikroskopen bestückten Arbeitsplatte. Einer von ihnen erhitzte einen silbrigen Behälter an der Flamme eines Bunsenbrenners, schloss dann die Zwinge, goss den Inhalt vorsichtig in eine Brom-Ampulle, die eine gelbe Lösung enthielt. Er nahm einen Spatel, schüttelte. Der Mann hielt den Glaskolben am ausgestreckten Arm, versetzte ihn in eine leichte Drehbewegung, die Flüssigkeit wurde dunkelgrün.

»Katastrophe!«, rief ein Mann mit weißem Haar und rundem Gesicht.

»Dabei sind wir doch von derselben Probe ausgegangen«, sagte sein Nachbar.

»Womöglich ist es wieder eine andere Art«, antwortete derjenige, der ihm gegenüberstand.

»Dann fangen wir eben mit den anderen Proben nochmal von vorn an.«

Alle Schultern sackten ab, Josef vernahm entmutigtes Gemurmel, es klang wie »Wir haben kein Glück« und »Ich kann nicht mehr« und »Das schaffen wir nie«.

Der Mann mit dem Bürstenschnitt bemerkte ihn, der wartend an der Tür stand.

»Ich bin Josef Kaplan. Ich bin gerade angekommen.«

»Kaplan? … Das darf doch nicht wahr sein. Die verarschen mich wohl! Ich habe ihnen ausdrücklich gesagt, dass Sie mich nicht interessieren. Wir alle hier sind Biologen. Was ich brauche, ist ein Entomologe!«

Josefs Karriere am Institut Pasteur begann nicht unter den besten Auspizien. Der Chef hieß Edmond Sergent. Er fragte ihn nicht, ob er eine gute Reise gehabt habe oder ob er leicht hergefunden habe. Auf den ersten Blick machte er den Eindruck eines leutseligen, gutmutigen Mannes, was ein Irrtum war. Bestimmt aber war er ein kleiner Chef, ein Feldwebel, wie er sie im Krankenhaus hatte ertragen müssen.

Josef folgte ihm in sein penibel aufgeräumtes Büro im ersten Stock. Eine Stunde lang versuchte er am Telefon denjenigen in Paris ausfindig zu machen, der Kaplan eingestellt hatte. Immer wieder erklärte er, Kaplan sei nicht das Problem, ohne Zweifel sei er ein bemerkenswerter Mikrobiologe, vor allem, wenn er im Großen Kursus geglänzt habe, er aber brauche einen Entomologen, einen bewährten Doktor der Naturwissenschaft, notfalls einen Veterinär, das habe er Guérin ausdrücklich gesagt und Tréfouël wiederholt, es seit einem Jahr immer wieder in die Anträge hineingeschrieben, die anscheinend keiner gelesen habe, oder man schere sich nicht darum, und er sehe nicht ein, warum er weiterhin Berichte liefern sollte, die keiner berücksichtige. Als er erfuhr, dass Louis Martin persönlich Josef engagiert habe, antwortete er niedergeschlagen, nein, er habe keine Lust, mit ihm zu sprechen.

Er legte den Hörer auf, der eine Tonne zu wiegen schien, und blieb gedankenverloren sitzen. Josef sah sich schon auf dem Schiff zurückreisen, sagte sich, alles in allem habe er es nicht eilig, zurückzukehren, für ein paar Wochen habe er genug Geld, um das Land zu entdecken.

Durch das Fenster sah er zwei Palmen, die ihn zu grüßen schienen. Vielleicht war die Wüste nicht weit? Danach würde er nach Spanien gehen. Dort könnte er für irgendetwas nützlich sein. Und dann würde er heimfahren und seinen Vater wiedersehen.

Sergent richtete sich auf und stieß einen Seufzer aus.

»Sie haben Glück, dass wir unterbesetzt sind und ich Ihre Dissertation über die intrazellulare Verdauung der Sipuncula und ihrer Blutzellen mit großen Interesse gelesen habe. Sie haben satzungsgemäß eine Probezeit von einem Jahr. Danach sehen wir weiter. Willkommen in Algier, Monsieur Kaplan.«

Für Josef begann ein neues Leben, wie er es sich vor einem Monat nicht hätte vorstellen können. Nach seiner etwas hektischen Pariser Episode hatte er den Eindruck, sich wie durch einen Zauberstab in einen Zisterziensermönch verwandelt zu haben. Sein Wunsch, von Sergent und den anderen akzeptiert, von ihnen als Biologe anerkannt zu werden, der ein würdiger Mitglied ihres Team ist, war so groß, dass er sich klaglos allen Anforderungen unterwarf, dankbar die mühsamsten Aufgaben, die eintönigsten Arbeiten akzeptierte. Er hatte keine feste Arbeitszeiten, konnte dreißig oder vierzig Stunden hintereinander arbeiten. Mehrmals fiel er auf ein Feldbett in einer Laborecke und hatte einen traumlosen Schlaf.

Ein Mönch stellt keine Fragen, er gehorcht. Dieser Gehorsam wurde zu einer tiefen Quelle innerer Zufriedenheit, wie er sie nie zuvor gekannt hatte. Er brauchte nicht mehr zu wählen oder zu entscheiden, tat, was man ihm sagte, lebte in einer idealen Welt, in der es keinen Feind und kein Problem gab. Sein Tagesablauf war organisiert, ohne die geringste Lücke verplant.

Keine Minute, um zu zweifeln.

Man hatte ihm ein Zimmer in der Pension Montfleury reserviert, das von den Morenos geführt wurde, sieben Minuten zu Fuß entfernt. Wochenlang beschränkten sich seine Wege auf dieses Hin und Zurück. Sonntags genehmigte er sich am Spätnachmittag, wenn möglich, eine kleine Entspannung in dem großen Versuchsgarten, der auf seinem Weg lag, und setzte sich unter einen riesigen Eukalyptusbaum, um *Précis d'entomologie* zu lesen, ein dickes Handbuch von 1924, das zwar veraltet, aber noch immer ebenso fesselnd wie lehrreich war.

Am Abend seiner Ankunft war Madame Armand, Sergents Sekretärin, so nett gewesen, sich um ihn zu kümmern, sie war zwar nicht dazu da, Verwaltungsaufgaben zu erledigen, aber sie hatte für ihn telefoniert. Josef hatte Glück gehabt. Vor zwei Tagen war ein Zimmer mit Ausblick frei geworden. Sie hatte für ihn den Institutspreis ausgehandelt. Ansonsten wäre es ihm teurer zu stehen gekommen; bei seinem Gehalt hätte er es sich nicht leisten können. Bis dahin würde er leben wie im Paradies. Josef begnügte sich mit diesem bescheidenen Zimmer, aus dem er, wenn er sich rechts aus dem schmalen Balkon beugte, in der Ferne ein rechteckiges Stück Meer sah.

Es war angenehm, aber überflüssig, denn er kam so spät nach Hause, dass es nutzlos war, die Fensterläden aufzumachen.

Er hatte sich angewöhnt, morgens um sechs Uhr aufzustehen, und er brach zur Arbeit auf, sobald er sein Frühstück mit den anderen Pensionsgästen eingenommen hatte, die größtenteils auf der Durchreise waren oder Handelsvertreter, die ihm ihre Tournee durch den Ort erzählten und denen er mit verständnisvoller Miene nickend zuhörte.

Die Gerüchte über einen möglichen Krieg waren verstummt. Niemand schien beunruhigt zu sein, man hielt ihn für einen ängstlichen Menschen.

»Wir haben genug durchgemacht, auf beiden Seiten, verstehen Sie, junger Mann, für Sie haben wir gekämpft, es wird nichts passieren, keiner will einen neuen Krieg«, erklärte ihm Monsieur Moreno.

Er hatte seinen linken Arm und sein linkes Bein in einem Schützengraben der Argonne eingebüßt und verbrachte seine Abende auf einem Stuhl vor der Tür, lästerte über die Regierung und kommentierte die Ergebnisse der Fußballmeisterschaft Nordafrikas mit seinen Nachbarn, die ebenfalls ihre Stühle holten, während die Frauen nebenan über wer weiß was redeten. Diese Ansammlungen zwangen die Passanten, das Trottoir zu verlassen, aber es störte niemanden, denn alle kannten sich, der einzige Unbekannte, den man seit Langem gesehen hatte, war letztlich er selbst.

Josef hatte noch immer ein schlechtes Personengedächtnis, und um nicht ins Fettnäpfchen zu treten, hatte er sich den Trick von Maître Meyer zu eigen gemacht. Er grüßte alle mit breitem Lächeln, streckte die Hand aus und sagte:

»Wie geht es Ihnen heute? Wie schön, Sie zu sehen.«

Im Viertel fand man diesen Tschechen sehr sympathisch. Wäre nicht sein komischer Akzent gewesen, dann hätte man ihn für einen Hiesigen halten können. Dabei hatte sich Josef die Mentalität des Landes noch nicht angeeignet.

Eines Abends, als es heiß war wie zur Mittagszeit, schlug man ihm freundlich vor, sich zu setzen und mit der Gruppe zu plaudern. Er erklärte, das sei unmöglich: Er begebe sich ins Institut, um eine Liste der Experimente aufzustellen. Niemand glaubte ihm. Noch nie hatte man einen Arzt um diese Uhrzeit arbeiten sehen, außer natürlich, wenn er nachts geholt wurde. Diese höfliche Ablehnung sorgte lange für Gesprächsstoff.

Zwei sehr unterschiedlich starke Clans standen sich gegenüber. Die Männer behaupteten, er zeige die ganze Herablassung der »patos«, jener Franzosen aus dem Mutterland und mehr noch der Pariser (die seien unschlagbar, was Überheblichkeit und Verachtung angehe). Nach diesem unverrückbaren Urteil gingen ihnen die Argumente aus. Sie hatten dem stürmischen Wortschwall der Frauen nichts entgegenzusetzen, die ihn im Gegenteil für überaus charmant hielten mit seinem entrückten Lächeln, seinen feinen Bewegungen, seinem glänzenden Haar. Vor allem war er stets gut gekleidet, mit einer bei den Algeriern ungewohnten Eleganz, denn diese waren immer nachlässig gekleidet und schlecht rasiert und holten ihren Anzug nur zu Beerdigungen oder Kommunionen hervor. Er musste eine verwandte Seele gefunden haben.

»Der beste Beweis ist«, sagte Denise, die immer das letzte Wort hatte, »dass Madame Moreno sich zwar um seine Wäsche kümmert, aber weder um seine Anzüge noch um seine Schuhe. Habt ihr gesehen, er ist wie aus dem Ei gepellt, ich sage euch, dafür sorgt seine Schöne.«

Kein Mann konnte irgendetwas darauf erwidern. Nachdenklich sagten sie sich:

›Der Mistkerl ist wohl ein ganz Flinker!‹

Sie konnten sich nicht vorstellen, dass ein Mann, und sei er auch Tscheche, imstande war, geschickt mit einem Bügeleisen oder einer Schuhbürste umzugehen. Da er nicht wusste, dass er im Viertel im Mittelpunkt des Klatsches stand, ließ sich Josef also die ihm gebotene Chance entgehen, adoptiert zu werden.

Das Einzige, was ihn interessierte, waren die Nachrichten aus seiner Heimat. Anfangs kaufte er jeden Morgen den *Echo d'Alger*, aber die internationale Seite war anämisch, ihr einziges Ziel bestand darin, die Bedeutung Frankreichs und seines Kolonialreichs sowie seine bedeutende Rolle bei den internationalen Beziehungen zu rühmen. Bald war vom Münchner Abkommen nicht mehr die Rede. Die Tschechoslowakei war geschluckt worden, die Zeitung zählte die positiven Aspekte der Regierung des Führers auf.

Josef erhielt kurze Briefe vom seinem Vater. In Prag stand alles zum Besten. Er behandelte den deutschen Offizier, der jetzt die Hälfte seiner Wohnung in Anspruch nahm, zum großen Leidwesen der Eigentümerin Madame Marchova, die es ablehnte, mit dem Besatzer zu sprechen. Die Briefe waren immer länger unterwegs oder gingen verloren. Josef schrieb, den Schreibblock auf den Knien, in der Ruhe des Versuchsgartens, kaum gestört von den fernen Schreien der Kinder, die Cowboys und Indianer spielten …

Schon lange habe ich keine Nachricht mehr von Dir erhalten, ich hoffe, dieser Brief wird Dich bei guter Gesundheit erreichen. Ich erinnere mich nicht mehr, ob ich Dir schon geschrieben habe, dass ich von meinem Zimmer einen herrlichen Blick aufs Meer habe. Das heißt, auf ein Stück davon, weil ein Gebäude davor steht. Auch von dort, wo ich Dir schreibe, sieht man das Meer, ich habe sogar den Eindruck, es zu hören. Nächstes Mal kaufe ich eine Postkarte, damit Du es siehst. Im Institut habe ich noch immer so viel Arbeit, und ich bin sehr froh, dass …

Er hob den Kopf, da ihm nichts mehr einfiel. Ein frischer Wind hatte den Dunst vertrieben. Die Stadt zeigte sich klar und deutlich mit scharfen Gegensätzen im Umriss der Bucht.

Plötzlich war ihm, als entdeckte er sie und wäre er gerade angekommen.

In weiter Ferne zeichnete sich dort, wo Meer und Himmel ineinander übergingen, eine bergige Küste ab, oder es waren undeutliche Wolken, die diese Täuschung bewirkten, denn unmöglich konnte es dort eine sichtbare Küste geben. Er spähte und kniff die Augen zusammen, bis ihm die Schläfen schmerzten, doch er sah eine bläuliche Masse formloser Berge, und der Horizont verschwand.

Seit seiner Ankunft arbeitete Josef unter der Leitung von Doktor Donatien an einer neuen Form von remittierendem Fieber bei den Schafen. Sergent hatte nicht mehr mit ihm gesprochen. Sie grüßten sich mit einer Kopfbewegung, wenn sie einander im Flur begegneten. Auch zu den anderen Ärzten aus dem Team hatte der junge Mann kaum Beziehungen, ihre Diskussionen betrafen ausschließlich ihre Forschungen. Wenn sie miteinander sprachen und er das Zimmer betrat, unterbrachen sie sich, fragten, was er wolle, und warteten, bis er wieder gegangen war, um weiterzureden. Seine Kollegen stellten ihm keine Frage über sein vorheriges oder derzeitiges Leben. Eines Tages, in der ersten Woche, plauderte eine Gruppe im Garten des Instituts im Schatten des Zürgelbaums. Als Josef versuchte, sich an der Unterhaltung zu beteiligen, verstummten sie. Ein andermal hatte Josef wissen wollen, ob die Doktoren Foley und Parrot aus Algerien stammten und hier studiert hätten, und sie hatten ihn fassungslos angesehen, als seien diese Fragen der Gipfel der Indiskretion. Josef hatte sich für die Störung entschuldigt.

Er wusste nicht, ob er insistieren oder warten sollte, ob sie von Natur aus geringschätzig waren oder ob es einen Grund dafür gab. Sie hatten die missliche Neigung, ihm die Überwachung der laufenden Experimente zu überlassen, er wagte nicht, sich zu weigern, sie im Auge zu behalten und sich für sie darum zu kümmern. Immer werden die lästigen Arbeiten dem zuletzt Gekommenen zugeschoben.

Josef aß allein in der Küche im Souterrain, wo er das dreistöckige Essgeschirr leerte, das die alte Moreno am Morgen vorbereitet hatte. Da ihr aufgefallen war, dass er nie zum

Abendessen nach Hause kam, hatte sie die Portionen verdoppelt, damit er auch abends etwas zu essen hatte. Sie war nicht dazu verpflichtet. Für die anderen Pensionsgäste tat sie das nicht. Die Kost war nicht im Pensionspreis inbegriffen, aber das Institut war etwas anderes, dort arbeiteten sie für das Gemeinwohl, ohne sich zu schonen und ohne auf die Uhr zu schauen. Es war ihr Beitrag zum Fortschritt der Wissenschaft. Josef blieb nachts gern allein, wenn die anderen zu ihren Familien gegangen waren.

Dann gehörte das Institut ihm.

Er schlenderte durch die Säle, prüfte die Karteikarten, rekonstruierte die Arbeiten, leitete die Analyse aus den Berichten ab, ging anderen Spuren nach, merkte sich die Praktiken der einen wie der anderen, ihre Klassifizierungs- und Organisationsmethoden, berichtigte ihre Irrtümer und achtete darauf, nicht die Aufmerksamkeit des Chefs zu erregen. Sergent leitet die Abteilung, ohne dass ihm das Geringste entging, mit einer seltsamen Mischung aus Kampfgeist und Wohlwollen, und jeder, der im Laboratorium Verantwortung trug, legte ihm direkt Rechenschaft ab. Mit verwirrender Leichtigkeit konnte er von den ständigen Arbeiten über die Malariaprophylaxe oder von den Problemen, die bei der Hautritzung bei Neugeborenen mit BCG auftraten, oder von der Entwicklung des Antitollwutimpfstoffs übergehen zur Entwicklung von Abschreckungsmitteln gegen die Wanderheuschrecke oder zur Verwendung des löslichen Sulfonamids gegen das Trachom und die körnige Bindehautentzündung. Er hatte ein untrügliches Gedächtnis, und man musste ihm die Ergebnisse der Forschungen unverzüglich mitteilen. Alles ging von ihm aus und kehrte zu ihm zurück, seine Autorität war derart offenkundig, dass niemand sich hätte vorstellen können, auch nur die geringste seiner Anordnungen in Frage zu stellen. Wenn er mit seiner rauen Stimme eine Hypothese formulierte, war das sogleich eine neue Spur. Und wenn er einen Zweifel äußerte, hörte man unverzüglich und ohne Bedauern auf. Fast vierzig Jahre lang leitete er nun schon das Labor als absoluter Boss.

Seit drei Wochen befasste sich Josef mit dem Serum gegen die Schafpocken. Er verbrachte viele Stunden mit dem Auge dicht am Mikroskop, bis er das Lid nicht mehr öffnen und sich nicht mehr aufrichten konnte. Wortgetreu folgte er dem festgelegten Protokoll, aber nichts funktionierte. Er wagte nicht zu fragen, nahm die Pockentests in der vorgegebenen Reihenfolge vor.

Eines Morgens fand Sergent ihn schlafend auf dem Feldbett im Schafstall, wo er die Auswirkungen der Impfung eines Teils der Herde überwachen sollte. Josef wurde vom Schrei eines markierten Schafs geweckt, das Sergent sorgfältig untersuchte.

»Es scheint mir in großartiger Form zu sein«, versicherte Sergent zufrieden.

»Glauben Sie?«, wagte Josef zu fragen.

»Nach dem, was ihm injiziert wurde, lebt es noch.«

Sie sahen sich in der Küche wieder. Josef goss den Kaffee in große Schalen, die sie schweigend tranken.

»Kaplan, sind Sie mit Ihrer Arbeit zufrieden?«

»Natürlich, Monsieur, es ist sehr interessant. Das Problem ist nur, dass ich mich ein wenig abseits von der Gruppe vorkomme.«

»Solange Sie im Praktikum sind, betrachten die anderen Ärzte Sie nicht als einen der ihren. Nicht einfach, in die Kongregation aufgenommen zu werden. Sie müssen durchhalten. Und sind Sie gut untergebracht?«

»Die Pension ist in Ordnung. Ich schlafe nur dort. Madame Moreno bereitet mir die Mahlzeiten.«

»Sie sind immer noch in dieser schäbigen Pension! Was soll das denn heißen?«

Unzufrieden stand Sergent auf und verschwand ohne ein Wort.

Am Nachmittag suchte Madame Armand Josef auf und

verkündete in schroffem Ton, sie habe für morgen Mittag einen Termin mit dem Vermögensverwalter des Instituts für ihn vereinbart.

»Wenn Sie sich über etwas zu beschweren haben«, fuhr sie fort, »wenden Sie sich besser direkt an mich.«

Sie machte auf dem Absatz kehrt, bevor Josef ihr hatte antworten können.

Algier, die Geheimnisvolle. Niemals war er über den Zeitungsverkäufer an der Ecke der Rue de Lyon hinausgekommen, unter dem Vorwand, er habe zu viel Arbeit, um spazieren zu gehen.

Er hatte keine Lust, die Stadt kennenzulernen, und zog es vor, ein Fremder zu bleiben, gleichsam auf der Durchreise.

Er hatte Madame Armand entgegengehalten, er wolle nicht in eine Wohnung ziehen, er habe keine Zeit, sich darum zu kümmern. Die Pension Moreno sage ihm vollkommen zu, und sie hatte geantwortet, dass jeder Arzt Recht auf eine Dienstwohnung habe, sobald er zum Praktikum zugelassen sei. Es gebe keinen Grund, dieser Regelung zuwiderzuhandeln. Er hatte den Trolleybus genommen, war nach einer endlosen Strecke an der Station Opéra ausgestiegen, war einen Augenblick herumgeschlendert, hatte sich in der Richtung geirrt und sich verlaufen, überall die gleichen Straßen, das gleiche Gedränge wie in Paris, bevor er sich aufraffte und eilige Passanten nach dem Weg fragte.

Die dörfliche Ruhe seines Viertels hatte sich in ein Tohuwabohu verwandelt, in dem die Frauen einander von einem Gebäude zum andern zuriefen, Lieferanten, die mit ihren überladenen Rollkarren in alle Richtungen rannten, und Verkehrsstaus. Er landete auf der Rampe Magenta, entdeckte, dass nur der Hafen auf Meereshöhe lag. Die Stadt Algier überragte das Mittelmeer, war auf Gewölben und Arkaden in die Höhe gebaut, als ob sie ihm misstraute und sich vor ihm schützen wollte. Deshalb konnte man es an jeder

Straßenecke sehen, es überall bewundern. Der Trolleybus fuhr in der entgegengesetzten Richtung vorbei, er zögerte, er fühlte sich wohl in der Pension Moreno und hatte keine Lust, sein Leben zu ändern. Mit fünfzehn Minuten Verspätung kam er in der Rue Dumont d'Urville an, das Büro Morel war geschlossen. Auf einer Tafel wiesen die Öffnungszeiten darauf hin, dass mit der Pünktlichkeit nicht zu spaßen war. Er ging die Treppe hinunter, als die Tür aufging.

Ein etwa dreißigjähriger Mann mit gewelltem Haar, Zigarette im Mund, elegant in seiner Weste mit Hahnentrittmuster, eilte mit vorgestreckten Armen auf ihn zu.

»Monsieur Kaplan? Hatten Sie Schwierigkeiten, herzufinden?«

Josef hatte keine Zeit zu antworten. Der Mann sah ihn eindringlich an, mit gerunzelten Brauen und argwöhnischer Miene ergriff er drei lange Sekunden seine Hand, und sein Gesicht hellte sich auf.

»Ich freue mich, Ihre Bekanntschaft zu machen. Wie geht es Ihnen?«

»Kennen wir uns?«

»Ich habe sie im *Balajo* gesehen, mit einer prachtvollen Frau, es gab nur Sie auf der Tanzfläche, alle bewunderten Sie, ein herrlicher Tango, sie tanzen genauso gut wie Fred Astaire.«

»Sie übertreiben.«

»Ich schwöre Ihnen, bestimmt hat man es Ihnen schon gesagt. Es war wie im Kino. Ich dachte, Sie seien Tanzlehrer.«

Er war so unnormal entgegenkommend, dass Josef sich fragte, ob nicht auch er von Meyers Lektionen profitiert hatte (oder vielleicht war er ja selber Anwalt). Bald merkte er, dass es bei ihm spontan war. Immer wieder sagte er, wie er sehr er sich freue, ihm begegnet zu sein, ein großes Glück.

Dieser Mann war ihm sofort sympathisch.

Josef konnte nicht ahnen, dass diese Begegnung mit Monsieur Delaunay sein Leben umwälzen würde. Dieser sprach sehr schnell und ließ ihm keine Zeit, seine Einladung zum Mittagessen abzulehnen.

»Ich nehme Sie in meine Kantine mit, Sie werden begeistert sein.«

Er zündete sich eine Zigarette an und bot auch ihm eine an. Er steuerte seinen Citroën Traction mit Bravour, schlängelte sich durch die Lücken im Verkehr, wobei er lachte wie ein Kind, nutzte die Stärke seines Wagens, um die Trolleybusse auf der linken Spur zu überholen und sich in letzter Sekunde wieder einzureihen, sich den Platz erzwingend, ohne auf das Hupen und die Beschimpfungen zu reagieren, die seine energische Fahrweise begleiteten, ganz damit beschäftigt, die unvergleichlichen Vorzüge seines 7CV zu rühmen, der ihn keinen Centime gekostet habe. Er wollte unbedingt, dass Josef erriet, auf welche Weise er ihn bekommen hatte. Nein, er war ihm nicht geschenkt worden, und er hatte ihn auch nicht gestohlen. Er hatte ihn gewonnen!

»Jawohl!«

An einem Abend, an dem er unerhörtes Glück hatte, im Kasino der Corniche de la Pointe Pescade. Elf Stunden Baccarat mit Gewinn beim Alles-oder-Nichts-Spiel. Etwas noch nie Dagewesenes. Nach und nach scharten sich immer mehr Gäste um den Tisch, um die Partie zu verfolgen. Der andere ließ nicht locker. Verdoppeln! Verdoppeln!

»Zuletzt hatte ich eine Sechs, er auch. Er bat um eine Karte, um zwei. Auf dem Spieltisch lag ein Vermögen. Ich war gezwungen, eine Karte zu ziehen. Und Gott hat mir eine Drei gegeben. Ja, eine Drei, ich traute meinen Augen nicht. Er zitterte wie Espenlaub, er konnte nicht zahlen. Er hat mir seinen Wagen angeboten. Und hier ist das gute Stück. Ich begegne ihm von Zeit zu Zeit, aber er geht mir aus dem Weg. Sein Vater hat ein Zementwerk. In Algier sind sie kleine Spieler. Jetzt will niemand mehr mit mir spielen. Aber im Grunde ist es besser so, ich habe ja gar nicht die Mittel.«

Sie fuhren etwa zehn Minuten. Maurice parkte auf dem

Trottoir dem Meer gegenüber. Josef, der auf ein karges Firmenrestaurant gefasst war, befand sich am Rand eines um diese Jahreszeit leeren Sandstrands mit einem kleinen Fort aus Beton an der Ecke.

Eine große Holzbaracke überragte das Meer mit einer riesigen, auf Pfählen gebauten Terrasse.

Beim Eintreten fand Josef einen vertrauten Geruch wieder und suchte vergeblich in seinem Gedächtnis, woran oder an wen er ihn erinnerte.

Maurice kannte alle Welt: den Wirt, einen gewissen Padovani, seine Frau, die Kellnerin, mehrere Gäste, denen er die Hand gab und nach ihrem Befinden fragte. Jedem stellte er Josef als einen der besten Tänzer der Welt vor, auch als eines der hohen Tiere am Institut Pasteur, einen sehr großen Arzt, Spezialist irgendeiner gefährlichen Krankheit, an der man innerhalb von fünf Minuten sterben könne, gerade hätten sie ein Heilmittel gefunden, man dürfe beruhigt sein. Aus Dankbarkeit spendierte der Wirt ein randvolles Glas Anisette, begleitet von einem halben Dutzend kleiner Teller, man konnte knabbern. Es war köstlich.

Der alte Padovani war entzückt, als man ihn schließlich zu seinen Kümmelbohnen beglückwünschte, zu seinen Harissa-Kartoffeln, seinen gegrillten Kichererbsen, seinen scharf gewürzten Sardinenfilets und seinen eingelegten Lupinenkernen.

»Hausgemacht, auf mein Wort.«

Josef brauchte lange, bis er begriff, dass es sich nur um Amuse-Gueules handelte. Maurice erklärte, das sei bei Weitem die beste Kemia von Algier. Josef ließ sich das Wort zweimal wiederholen und buchstabieren. Niemand wusste, wie es genau geschrieben wurde, ob mit einem K oder einem Q, es war allen egal. Padovani servierte noch eine Anisette. Josef war Alkohol nicht mehr gewohnt, ihm drehte sich der Kopf. Maurice redete, die anderen lachten. Die Ankommenden gesellten sich zu ihnen. Sie klopften einander zwei-

oder dreimal auf die Schulter. Josef drückte wohlwollenden Männern die Hand. Einige umarmten ihn, als hätten sie ihn schon immer gekannt. Solche Überschwänglichkeit war er nicht gewohnt. Seit seiner Ankunft litt er unter dem Mangel an menschlicher Wärme und machte sich nun ohne Weiteres die Riten dieses Stammes zu eigen. Er tat es den anderen gleich, klopfte auf Rücken, setzte ein Küsschen auf jede Wange und ließ das Siezen fallen.

Klopfen, Küsschen, und man duzte sich. Das zeremonielle Getue war etwas für Chinesen.

Zum erstenmal in seinem Leben legte ihm ein Unbekannter, sein Nachbar, die Hand auf die Schulter, er zweifelte einen Augenblick, aber es war eine freundschaftliche Geste, die keinen Anlass für Verwirrung gab. Als Josef seine Runde spendierte, wurde er endgültig adoptiert. Er bemerkte hinten im Saal ein Podest mit hohen Hockern, fragte, wozu das Klavier und das Akkordeon dienten. Wir sind ein Tanzlokal, erklärte der Wirt, natürlich das beste von Algier, und man tanze jeden Abend, den Gott werden lasse, mit einer Kapelle.

Und plötzlich kehrte seine Erinnerung wieder. Dieser undefinierbare Dunst war der des *Balajo* oder des *Mimi Pinson*, eine Mischung aus Schweiß und Zigaretten, wogenden, vom Walzer erhitzten Brüsten, weiblichem Parfum, Puder, der bei Tangodrehungen zerstoben war und für immer in der Luft schwebte, sich trennenden heißen Körpern, eine unverwechselbare Spur. Josef verstand, warum Maurice sagte, die Padovani-Bäder seien das Paradies auf Erden. Noch eine Anisette. Diesmal eine kleinere. Ein paar Nüsse. Scharf gewürzte Oliven. Das Meer hinter den Panoramafenstern des Pontons. Algier, die Blaue. Er fragte, wo er sei. Vielleicht wegen der Trübung durch die Anisette, der wiedergekehrten Erinnerungen an Viviane, wo ist sie?, und der anderen Entschwundenen oder wegen des Stimmengewirrs verstand er »Turm zu Babel«.

»Ich wusste nicht, dass das hier ist«, murmelte er.

»Ich schwöre es, Bruder. Du bist in Bab-el-Oued«, schrie sein Nachbar.

Maurice Delaunay war ein unverbesserlicher Träumer, der hartnäckig mit beiden Füßen auf der Erde stand. Als er klein war, hatte ein Lehrer ihn gefragt:

»Was willst du einmal werden?«

Während seine Schulkameraden antworteten, Flieger, Ingenieur oder Feuerwehrmann, hatte er gesagt:

»Ich will reich sein.«

»Das ist kein Beruf, Maurice.«

»Ach!«

Er sah sich als Gründer der zweihundertundersten Familie, in einem riesigen Büro aus Mahagoni mit Blick auf den Arc de Triomphe, Perserteppichen, geschnitzten Elefantenzähnen, unverständlichen Gemälden, wie er sie in den Zeitschriften gesehen hatte, die die Großtaten der Industriekapitäne rühmten, mit ihren Pelzkragen, ihren italienischen Lackschuhen, ihren zweifarbigen englischen Limousinen, umringt von Künstlern, Berühmtheiten in Abendtoilette, russischen Tänzern und von Jean Cocteau. Er würde beflissenen Sekretärinnen Befehle erteilen, man würde ihm gehorchen wie einem General, mit einer lässigen Handbewegung würde er am meisten bieten, um Renaissance-Nippes zu erwerben, man würde ihm applaudieren. Er suchte lange, auf welchem Gebiet sein Talent offenbar würde, hatte sich nacheinander als Hersteller von Schönheitscremes für Damen, von Kabrioletts, Haushaltsgeräten, schönen und billigen Kleidern gesehen, als Filmprozent und bei vielen anderen lukrativen Tätigkeiten.

Die Wirtschaftskrise von 29 hatte ihn verunsichert. Wenn so viele Vermögen sich im Nu verflüchtigten, wenn so viele bewundernswerte Männer sich umbrachten, weil sie ruiniert waren, Männer, die noch am Tag zuvor Galadiners gegeben hatten, wie konnte er da hoffen, sein Ziel zu erreichen?

Seine Eltern waren auf die Idee gekommen, die Familie in die Kolonialausstellung von 31 im Bois de Vincennes mitzunehmen. Sie war gigantisch, und es war unmöglich, alles zu besichtigen; obwohl sie sie an sechs Sonntagen besuchten, gelang es ihnen nicht. Die Besucher, es waren Dutzende von Millionen, waren von der zivilisatorischen Mission des Abendlands überzeugt, das Wohltaten und Fortschritt über die ganze Erde verbreitete; besonders Frankreich hatte zum größten Glück des Menschgeschlechts seine Kultur und seine humanistischen Prinzipien zu bieten. Marschall Lyautey, der Kurator der Ausstellung, bekräftigte, der wahre Auftrag des kolonialen Wirkens bestehe darin, ein Werk des Friedens und der menschlichen Solidarität zu verwirklichen. Der heranwachsende Maurice war davon tief beeindruckt gewesen.

Die schmerzlichen Ereignisse von 36 bestätigten die grausame Ungewissheit, die auf den anständigen Leuten lastete. Aus den besetzten Manufakturen, den abscheulichen Forderungen der betrunkenen Ungläubigen, die es einem verleideten, etwas zu unternehmen, zog seine Mutter den einzig tauglichen Schluss:

»Das einzig Dauerhafte und Sichere im Leben, mein Sohn, ist die Erde. Sie enttäuscht uns nie. Auch der Stein natürlich. Eine Fabrik kann von undankbaren Arbeitern besetzt werden, die Börse kann untergehen wie die *Titanic*, eine geniale Idee kann sich als unvorhersehbares Desaster erweisen, aber ein Mietshaus, bei einer anerkanntermaßen solventen Gesellschaft versichert, bleibt bestehen.«

Sie beglückwünschte sich, ihre Mitgift in drei Wohnungen auf den Boulevards investiert zu haben, die sie an ordentliche Beamte vermietete, sowie in zwei Geschäfte neben den Grands Magasins, was ihr eine gegen Schicksalsschläge, Konkurrenten und Unruhen des Pöbels abgesicherte Rente bescherte.

»Zum Glück ist in diesem Land das Eigentum heilig, man

kann sagen, was man will, aber unsere Roten sind nicht so schlimm wie die anderen.«

Nachdem Maurice dreimal beim Abitur durchgefallen war, viel laviert und des Öfteren seine Meinung geändert hatte, hatte er endlich seinen Weg gefunden: sein Glück im Immobiliengeschäft zu machen. Das war absolut sicher, er war dafür geschaffen.

Er wusste noch nicht genau, wie, er musste die Sache unter all ihren Aspekten untersuchen. Sein Vater Philippe hatte ihm erklärt, auf ihn dürfe er nicht zählen, um seine Extravaganzen zu finanzieren, er werde keinen Centime in seine neue Marotte (noch so ein dämliches Projekt) stecken. Noch nie habe man jemand ohne Geld gesehen, dem es gelungen sei, zu bauen; und was die Banken betreffe, so seien sie, anders als Dummköpfe seines Alters glaubten, nicht da, um Geld zu leihen, sondern um es denen vorzustrecken, die bereits welches hatten. Wenn er sein Brot verdienen wolle, müsse er mit ihm schuften, früher aufstehen und früher zu Bett gehen, dürfe sich nicht mehr in Nachtlokalen herumtreiben, müsse sich anstrengen, um es zu etwas zu bringen, er werde ihm ebenso wenig etwas schenken, wie sein eigener Vater ihm etwas geschenkt habe, als er nach dem Krieg angefangen habe, im Laden zu arbeiten; sonst werde seine Schwester seinen Platz einnehmen, Pech für ihn.

»Hélène? Sie ist noch nicht mal achtzehn.«

Maurice hatte seine kleine Schwester immer nur für ein Mädchen gehalten, das heißt für ein Geschöpf, das dazu bestimmt ist, zu heiraten, Kinder zu kriegen und bürgerlich zu leben; dass sie in einem Klempnereiunternehmen arbeiten wollte, kam ihm ebenso komisch wie unpassend vor, und dass sein Vater dem Glauben schenkte, war Teil jener verderblichen Revolution, die auch die ausgeglichensten Geister schwächte.

»Deine Schwester hat einen starken Charakter, wenn

sie etwas will, kriegt sie es auch. Da keiner meiner Söhne Lust hat, das Geschäft zu übernehmen, werde ich nicht alles dichtmachen oder einem Fremden verkaufen. Zum Glück ist sie da, ich werde sie ausbilden. Sie wird es schaffen.«

Maurice scherte das so wenig, dass es den Anschein von Edelmut erweckte. Er wünschte ihnen viel Glück, umarmte seine Schwester, für die er Zuneigung empfand, und verließ mit zwei Koffern das Haus. Einen Moment lang hatte er mit dem Gedanken gespielt, in die Vereinigten Staaten auszuwandern; er sprach fließend Englisch, die einzige Errungenschaft seines dürftiges Studiums, er war wirklich sprachbegabt; alle Welt hatte ihm gesagt, es sei in Amerika viel schwieriger, reich zu werden, als behauptet wurde, nahezu alle Einwanderer schufteten für nichts und wieder nichts, man müsse sich abrackern wie ein Idiot, um es zu etwas zu bringen (außerdem sei es gefährlich, an jeder Ecke werde geschossen).

Also ging er nach Afrika. Das Empire würde zu etwas nütze sein. Da unten, das fühlte er, war noch alles möglich, es gab unendliche Reichtümer, Arbeitskräfte im Überfluss.

Als er die *Ville-de-Marseille* verließ, verliebte er sich wie jeder Reisende in diese überwältigende Stadt, die schönste der Welt. Dort wollte er leben.

Er gab sich weniger als zehn Jahre, um erfolgreich zu sein. Algier war New York.

»Ich werde reich sein, bevor ich dreißig bin.«

Vierzehn Tage nach seiner Ankunft hatte er dank eines seiner neuen Freunde eine recht gut bezahlte Arbeit als Vertretergehilfe gefunden, Bezüge plus Spesen und Provision, bei Morel, dem größten Vermögensverwalter Algeriens. Dieser war beeindruckt gewesen von seiner Entschlossenheit (ein guter Verkäufer weiß sich zu verkaufen, nicht wahr?) und seinem Oxford-Englisch; selbst wenn die Beherrschung dieser Sprache in seinem Beruf von keinerlei Nutzen war, sie war auch kein Hindernis. Der Posten verlangte totale Mobilität und passte zu einem Junggesellen wie ihm. Es war genau das Richtige, Maurice reiste für sein Leben gern. Entfernungen machten ihm keine Angst, auch nicht das Reisen im Bus, die kleinen Hotels im Hinterland, die Hitze, der Staub und die Mücken.

Maurice hatte beschlossen, sich die Taktik der Königskobra zu eigen zu machen; niemand sieht sie kommen, man geht an ihr vorbei, ohne sie zu bemerken, unauffällig fixiert sie ihre Beute, lacht innerlich und stürzt sich dann auf sie, um sie zu verschlingen. Unfehlbar. Gibt es einen besseren Posten, um den algerischen Immobilienmarkt zu studieren, sein Potenzial, seine Bedürfnisse, seine Risiken, zu den einflussreichen Kreisen vorzudringen, sich bekannt zu machen und Anerkennung zu erringen, bevor man sein eigenes Geschäft aufzieht?

»Man kann sagen, was man will, um Erfolg zu haben, braucht man auch Glück.«

»Mögen Sie Fisch?«, fragte Maurice.

Josef erriet, dass er ihn mögen sollte, antwortete, er schwärme dafür. Maurice war begeistert. Das Mittagessen bei Padovani war einfach: gegrillter oder fritierter Fisch. Die Auswahl hing vom Tagesfang ab: Sardinen, Goldbrassen oder Rotbarben. Wenn die Schiffe nicht ausfuhren, zwei- oder dreimal im Jahr, war es wie abends: Gegrilltes, Lammkoteletts, Merguez.

»Mer… was?«

Maurice war sicher, dass Josef sich über ihn lustig machte. War eine solche Ignoranz vorstellbar? Josef erklärte, er sei erst vor zwei Monaten angekommen und lebe in relativer Abgeschiedenheit. Genau in diesem Augenblick schwenkte Maurice Delaunay endgültig um. Er war herzlich gewesen, wie man es mit einem neuen Kunden sein muss, er hatte dem Ausnahmetänzer seine Bewunderung gezollt, aber ein Mann, der imstande war, mit ernsthafter Miene derart zu übertreiben, war in diesem Land eine gesuchte und überaus salonfähige Person.

»He, wisst ihr was?«, rief er lauthals. »Josef Kaplan behauptet, er wisse nicht, was eine Merguez ist!«

Allgemeines Gelächter. Schon lange hatte man keinen so guten Witz mehr gehört. Mit ausgestreckter Hand trat der Wirt an den Tisch.

»Die Freunde nennen mich Pado.«

Josef setzte seine maliziöseste Miene auf, Lächeln bis zu den Ohren, hochgezogene Augenbrauen, die zusammengekniffenen Augen von einem, der beteuert: Ich habe euch auf den Arm genommen, und innerhalb weniger Sekunden hatte er mehr Freunde als jemals zuvor. Und natürlich den Ruf eines Menschen mit trockenem Humor. In Algier hatte der Spaßvogel Zugang zu allem und jedem. Padovani grillte Lammkoteletts und eine Merguezkette.

›Verdammt ist das scharf‹, dachte Josef mit brennender Kehle.

Von nun an sollte für Josef Glück mit dem Geruch des Holzkohlegrills in Verbindung stehen. Das begriff er erst sehr viel später, lange nachdem er in die Tschechoslowakei zurückgekehrt war und sich zu Recht rühmte, die Merguez ins Land Kafkas eingeführt zu haben.

»Wir duzen uns, wenn du nicht nichts dagegen hast? Das ist mir lieber.«

»O ja, das ist besser«, hatte Josef spontan geantwortet.

Maurice hatte nicht studiert: schuld waren unfähige Lehrkräfte und die Überzeugung, dass er schlau genug war, darauf verzichten zu können und im Leben Erfolg zu haben. Josef hörte ihm zu, fasziniert von seiner Überzeugungskraft und seinen unschlagbaren Argumenten. Maurice zufolge musste die Schule lediglich Lesen, Schreiben und Rechnen lehren.

Alles Übrige war Quatsch, Unfug und Stuss.

»Leute wie wir brauchen ihren faulen Zauber nicht. Sie sollten vielmehr das Leben lehren.«

»Wie wirst du es anstellen, um zum Erfolg zu gelangen?«

»Es sind noch zwei, drei Punkte zu klären. Die derzeitige Unruhe ist Geschäften nicht zuträglich, ich nutze die Zeit, um meinen Plan auszufeilen, die Details der Details zu studieren, Personen zu treffen, auf die es ankommt, mir wichtige Freunde zu machen. Im gegebenen Augenblick wird es klappen, so wie zwei mal zwei vier ist. Ja, anders geht's nicht. Du musst wissen, Josef, es gibt im Leben nur zwei Arten von Menschen: die Lokomotiven und die Waggons.«

»Ich sehe die Dinge anders als du. In meinem Beruf ist der Zweifel Pflicht. Ich will die Grenze verschieben und etwas entdecken.«

Maurice meinte, die Tätigkeit des Instituts beschränke sich auf den Impfstoff gegen die Tollwut. Josef erklärte ihm einen Teil ihrer Forschungen.

»Ich wusste nicht, dass es noch so viele unbekannte Krankheiten gibt«, sagte Maurice. »Das ist bestimmt rentabel.«

»Das ist nicht unsere Hauptsorge. Unser Ziel besteht nicht darin, Gewinn zu machen. Wir verkaufen die Impfstoffe zum Selbstkostenpreis. Darauf legen wir großen Wert. Es war das Ideal von Pasteur.«

Als er von Neuem das Serum gegen die Schafpocken erwähnte, das verheißungsvoll zu sein schien, legte Maurice entsetzt die Gabel hin.

»Bist du wirklich sicher, dass keine Gefahr besteht?«

Maurice zeigte Josef die Wohnung, die für ihn bestimmt war, Rue Géricault, ein schönes Haussmann'sches Gebäude auf Arkaden mit einem ziemlich langsamen Piston-Aufzug, der sie im fünften Stock absetzte. Drei ineinander übergehende weiße Zimmer mit Blick auf den riesigen Nelson-Square, eine Küche mit marokkanischen Zellige–Fliesen und eine Speisekammer für eine kinderreiche Familie, ein Bad mit einer Badewanne aus makellosem Email, im Flur so viele Wandschränke, dass man gar nicht wusste, was hineintun, und vom Balkon aus sah man ein schmales Rechteck Meer.

»Das kann ich nicht bezahlen.«

»Es ist eine Dienstwohnung.«

»Sie ist zu weit weg.«

»Mit dem Trolleybus bist du in einer Viertelstunde da.«

»In der Pension macht man mir mein Essen, ich kann nicht kochen.«

»Es kommt dich billiger, wenn du im Restaurant isst. Und außerdem sind wir Nachbarn.«

Zur Linken erstreckte sich senkrecht über fünf Stockwerke hinweg die monumentale Fassade des *Majestic*-Kinos mit den roten Buchstaben auf weißem Grund.

»Ich wohne auf der andern Straßenseite, dem Buchstaben E gegenüber. Gehst du gern ins Kino?«

»Ich habe schon seit einer Weile keinen Film mehr gesehen.«

»Das kannst du hier nachholen. Es laufen gerade *Die Abenteuer des Robin Hood* mit Errol Flynn, ich liebe die amerikanischen Filme. Ich würde ihn gern nochmal sehen. Soll ich Plätze für morgen Abend reservieren?«

»Ich habe zu viel Arbeit.«

»Wann hast du Schluss?«

»Ich habe keine festen Zeiten. Ich höre auf, wann ich will, wenn ich müde bin.«

Josef war hin und her gerissen zwischen seinen Vorsätzen und der Sympathie, die Maurice ihm einflößte, wie ein böser Geist, der gekommen wäre, um ihn in Versuchung zu führen, in sein Pariser Leben zurückzulocken, doch am Geländer lehnend und sich im Wind einer weißen Sonne wärmend, bei dem Kindergeschrei, das aus dem Square heraufschallte, den Palmen, die ihn umgaben, und der Milde dieses Nachmittags sagte er sich, dass es im Grunde genommen nicht unvereinbar war, im Gegenteil. Seine Entscheidung stand fest, er würde weder Widerstand leisten noch kämpfen müssen, er würde sich nicht von seiner Verpflichtung im Institut ablenken lassen, er würde in diesem Land etwas Bedeutendes vollbringen und sich wenn möglich Samstag abends und sonntags eine schöne Zeit gönnen. Maurice nahm sein blaugoldenes Päckchen Bastos-Zigaretten, bot ihm eine an. Sie rauchten in aller Ruhe.

»Du kannst es ja versuchen. Wenn es dir nicht gefällt, gehst du, wenn du willst.«

Maurice half ihm, seine Sachen in der Pension abzuholen. Die alte Moreno versprach, das bis zum Ende des Monats bezahlte Zimmer für ihn freizuhalten. Ein einziger Gang genügte, um seine beiden Koffer zu transportieren.

»Sag, du kennst doch Algier gut, wo kann man Postkarten kaufen?«

Maurice machte es sich zur Gewohnheit, ihn morgens mitzunehmen und jeden Abend abzuholen, er hupte lange, um ihm Bescheid zu geben. Josef brauchte nicht auf die Uhr zu sehen, es war neun Uhr, er zog seinen Kittel aus, löschte das Licht, verließ sein Labor, und da er der Letzte war, fiel niemandem auf, dass er früher ging.

Dreimal vergaß ihn Maurice. Josef wartete, sah ihn nicht kommen, schloss daraus, dass er vermutlich etwas Besseres zu tun hatte, nutzte die Zeit nicht, um seinen Rückstand aufzuholen, und ging, da kein Trolleybus mehr fuhr, zu Fuß nach Hause, eine gute Stunde Weg, nur den Abhang hinunter.

Wären Josef und Maurice sich in Paris begegnet, wären sie nie Freunde geworden, im Gegenteil, sie hätten sich wahrscheinlich beschimpft. Dabei hatte weder der eine noch der andere das Lager gewechselt. Daher kamen sie zu dem Schluss, dass das milde Klima, das so blaue Blau des Meeres und des Himmels sie weniger kriegerisch stimmte, behaupteten, all diese Geschichten über rechts und links und den

Klassenkampf seien ihnen im Grunde schnuppe, sie würden ihre Ideen doch nicht an ihrer Stelle entscheiden lassen. Sie irrten sich. Die Schönheit des Landes hatte keinerlei Einfluss auf ihr Verhalten, es gibt kein blutigeres Meer als das Mittelmeer.

Josef schrieb oft an seinen Vater, ein kleines Licht, das sich unerbittlich entfernte, er schickte ihm auch drei Postkarten mit Standbildern der Stadt. Sein Vater liebte Skulpturen. In Algier gab es nicht viele. Sie waren pompös und von seltener Schwerfälligkeit.

»Du kennst Prag nicht?«, sagte er zu Maurice. »Wir fahren zusammen hin. Ich werde dir die schönsten Standbilder der Welt zeigen. Ich hätte zurückkehren sollen, um meinen Vater davon zu überzeugen, wegzugehen, er wäre gezwungen gewesen, auf mich zu hören, wir wären zusammen abgereist.«

»Du machst dir umsonst Sorgen. Du wirst sehen, alles wird sich einrenken.«

Sie aßen bei Padovani zu Abend. Schon am zweiten Abend hatte Josef das angenehme Gefühl, ein Stammgast zu sein. Ein aufrichtiges Lächeln, begleitet von einem »Wie geht es ihm heute?«. Sie hatten jetzt ihren Tisch, an einem Fenster, niemandem wäre es eingefallen, sich dort hinzusetzen. Bevor sie etwas bestellten, brachte Michèle, die Kellnerin, die Anisettes und die Amuse-Gueules und nannte ihnen das Tagesgericht.

Eine weitere Flasche Mascara.

Man kam, um ihnen die Hand zu schütteln, ihnen auf die Schulter zu klopfen, einige durchquerten den Saal, um mit ihnen anzustoßen. Sie durften mehrmals denselben Witz in unterschiedlicher Form erzählen. Was hast du genommen? Fritierten Fisch! Auweia!

»Die schöne Frau, mit der du getanzt hast, war das deine Freundin?«, fragte Maurice.

Josef nickte, suchte nach Worten:

»Wir hatten eine wacklige Beziehung.«

»Hast du sie geliebt?«

Josef wusste die Antwort nicht.

Wie jeden Abend begann um zehn Uhr, in einem grünen Licht, die Kapelle zu spielen. Zwei Akkordeonisten und ein Schlagzeug. Sie machten ihre Sache nicht schlecht. Der Ältere war begabt, liebte den Paso doble, spielte Variationen über *España Cañi*. Josef erkannte diese wunderbare Musik wieder, durch alle Poren drang sie in ihn, wärmte ihn.

»Wir hatten eine merkwürdige Trennung.«

»Bestimmt hast du sehr gelitten.«

Josef zuckte mit den Achseln, sprach lauter, um sich verständlich zu machen:

»Viviane hatte … eine Haut … nicht wie Seide, nicht wie Satin, noch weicher … wie eine Pfingstrose … Hast du schon mal eine Pfingstrose berührt? Wenn ich ihren Körper berührte, zitterte ich.«

Josef nickte. Ein Akkordeonwirbel, Vivianes Finger, die sich an seinen Rücken pressten, ihr Duft nach Jasmin und Mimosen, die Stimme von Gardel. Hatte sie ihn überhaupt vermisst?

»Warum habt ihr euch getrennt?«, fuhr Maurice fort.

Josef dachte: ›Das passiert, wenn einer der beiden weniger liebt als der andere‹, aber er schwieg und lächelte. Niemand hatte ihm jemals die geringste Frage gestellt. Wirklich ein Freund. Sie stießen wieder an.

»Dem hier muss man misstrauen. Schön fruchtig, aber 13 Grad. Er haut einen hinterrücks um.«

Maurice stellte Josef den Ankommenden vor. Er hatte nur beste Freunde. Er machte Reklame für ihn. Als hätten sie sich schon immer gekannt.

»Der beste Tänzer, den ich je gesehen habe. In Paris schlugen sich die Frauen darum, mit ihm zu tanzen.«

»Fordern Sie mich auf?«, fragte eine Brünette in einem geblümten Kleid.

Fast hätte Josef ihre Hand ergriffen. Zu riskant, auf *Weiße Rosen* Walzer zu tanzen.

»Nicht heute Abend. Ein andermal.«

»Das würde mich wundern«, sagte sie und machte auf dem Absatz kehrt.

»Ehrlich, du hättest nicht ablehnen dürfen. In Algier halten sich die Mädchen für Herzoginnen, die Reputation, verstehst du, sie machen nie den ersten Schritt. Los, geh hin.«

»Dieses Lied bringt Unglück.«

»Mein Schatz tanzt gern«, gestand Maurice, »ich sollte Unterricht nehmen, meinst du nicht?«

»Das würde nichts nützen. Hör gut zu, Maurice, den Mädchen ist es egal, wenn du wie ein Bügeleisen tanzt. Denke nicht an die anderen Männer, sie schauen nur auf deine Frau. Du, du hast zuerst Viviane gesehen, du erinnerst dich noch heute an sie. Tanz und Liebe ähneln sich. Sieh ihr gerade in die Augen. Sonst nichts. Für den Anfang ist der beste Tanz der Java. Wenn sie die Hände um deinen Hals legt, spiel nicht den Ganoven, keine Hände in den Taschen, das können sie nicht ausstehen, auch nicht auf den Hüften, das ist was für Spießer. Leg deine Finger sanft auf den Beginn ihrer Hinterbacken.«

»Das wird sie nicht mögen.«

»Mein Kumpel Marcelin sagte, der Hintern der Frauen sei für den Java erfunden worden. Drück nicht, lächle nicht. Sie muss zweifeln können. Sie sind nicht dumm. Schritte wie eine Ente. Die Schultern ein wenig eingezogen. Und lass sie keine Sekunde aus den Augen. Entspannt. Gerade ein Blatt Zigarettenpapier passt noch zwischen euch. Nicht mehr und nicht weniger. Du drehst dich ein wenig, ohne dich zu beeilen. Und dann gleitet deine rechte Hand ihr Hohlkreuz hinauf, die andere den Oberschenkel hoch. Ein leichter Druck. Du fixierst sie noch immer, ohne zu lächeln. Du wiegst dich sanft in den Hüften. Sie ist gezwungen, dir zu folgen.«

Entgegen den Regeln des Savoir-vivre baten die Frauen ihn um einen Tango, sie brauchten nicht zu insistieren, Josef nahm fast immer an, auch bei denen, deren Gesicht ihm missfiel oder die aussahen wie ein Fass oder ihm auf die Füße traten. Wenn er zufällig mit einer Partnerin zweimal tanzte, ging sogleich das Getuschel los, denn zu dieser Zeit war der Klatsch der Hauptsport der Frauen im boshaften Algier.

Kein Mädchen konnte Josef verstehen.

Er war weder auf eine Frau noch auf eine gute Partie aus. Das war ihm völlig einerlei. Das Einzige, was er auf der Erde liebte, war, in seinem Labor zu arbeiten, so oft wie möglich zu tanzen, leise nach den Platten von Gardel zu singen und am Ende des Tages in der Mole der Admiralität zu schwimmen, selbst wenn das Wasser eiskalt war.

Letztlich kannte man die Tschechen nicht, und vielleicht liebte er ja die Frauen nicht, murrten manche verdrießlich, aber sofort kam ihnen ihr sechster Sinn in die Quere: Ein Mann, der so gut Walzer tanzte, konnte unmöglich die Frauen nicht lieben. Man verzieh ihm seine Ablehnungen, seine »Ich werde sehen« oder seine »Sobald es möglich ist, lasse ich es Sie wissen«; man forderte ihn abermals auf, und er wich aus wie ein Schlafwandler.

Gewöhnlich ging Maurice keine Risiken ein. Diesmal aber hatte er auf der Avenue de la Marne beim Ausscheren weder Zeit noch Platz, um den Trolleybus zu überholen, er hätte sich einreihen müssen, aber er drückte das Gaspedal durch. Der Traction war nicht sehr spritzig. Josef schloss die Augen, versteifte sich auf seinem Sitz, klammerte sich an den Haltegriff und wartete auf den Zusammenprall. Der Lastwagen von der andern Straßenseite trat voll auf die Bremse, kam leicht ins Schleudern, hupte. Maurice scherte im letzten Augenblick ein, beschimpfte den Fahrer durch das offene Fenster, brach in Lachen aus, schrie mehrmals zufrieden »ja«, nervös auf das Lenkrad klopfend. Abrupt parkte er in der Nähe der großen Moschee.

Josef war noch nie in die Kasbah vorgedrungen, eingehend betrachtete er dieses dösende und heruntergekommene maurische Viertel. Verschlossene Häuser mit bröckelndem Putz waren ineinander verschachtelt, gewundene Durchgänge verloren sich in dunklen Treppen. Sie gingen durch ein finsteres Gässchen, anscheinenden eine Sackgasse, in der sie nicht nebeneinander gehen konnten.

Maurice führte ihn in eine seiner anderen Hochburgen. Das Restaurant *Le Marseillais* war proppenvoll. Sie mussten warten, bis sie an die Reihe kamen. Die Kellner trugen riesige Tabletts mit pyramidenartig gestapelten Speisen. Maurice traf mehrere Bekannte, stellte Josef als einen seiner besten Freunde vor. Man wählte sein Essen auf einer großen Tafel aus, alles zum gleichen Preis. Für einen Franc. Das war praktisch für die Rechnung, man zählte einfach die Teller.

Josef schlug vor, seine Flasche Champagner zu spendieren. Das Haus hatte keinen, sie begnügten sich mit einem ziemlich herben Sidi Brahim. Maurice, der plötzlich von übertriebener Jovialität in Niedergeschlagenheit verfiel, schenkte sich nacheinander drei Gläser ein. Auch wenn viele die Verbindung von Ursache und Wirkung zwischen dem Alkohol und der Liebe erfahren oder beschrieben haben, so hat sie doch noch niemand klar und deutlich erklärt. Warum verleitet verzweifelter Liebeskummer zum Trinken? Um den Schmerz zu vertreiben? Um sich davon zu überzeugen, dass man sich irrt? Um die Gegenwart auszulöschen? Um sich Mut zu machen? Sich zu strafen? Zu träumen, dass nichts verloren ist? Oder vielleicht erklärt eine seltsame Mischung aus alledem die Ungereimtheit der Worte. Josef brauchte nicht lange zu drängen, bis er sein Herz öffnete.

»Ich liebe sie bis zum Wahnsinn, und sie liebt mich ebenso, trotzdem wird sie mich verlassen.«

Christine – das war ihr Vorname, er sprach von ihr, als

würde Josef sie kennen – bereitete ihm unendlich viele Probleme (er trug das seine dazu bei). Sie war Schauspielerin und hatte beschlossen, Algier zu verlassen, um nach Paris zu ziehen.

Stur wie ein Maultier. Ausgeschlossen, sie umzustimmen.

»Wenn du sie liebst, könntest du ihr folgen. Du hast keine Verpflichtungen.«

»Ich bin hierhergekommen, um reich zu werden! Ich kann jetzt nicht zurück, ich hab keinen roten Heller. Wie würde ich dastehen?«

»Warum sollte ihre Karriere unwichtiger sein als deine?«

»Sie arbeitet ununterbrochen. Sie spielt Theater, macht eine Tournee nach der andern. In diesem Land gibt es eine Menge Theater. An Arbeit fehlt es nicht. Sie lehnt Rollen ab. Seit einem Monate probt sie Tag und Nacht ein neues Stück. Das genügt ihr nicht, Madame braucht neue Herausforderungen.«

Christine hatte genug vom algerischen Theater, sie träumte vom Film. Der letzte Film, den man in Algier gedreht hatte, war vor drei Jahren *Im Dunkel von Algier*, in dem sie eine Nebenrolle gespielt hatte, man sieht sie in zwei Szenen, davon einer mit Gabin. Seitdem nichts mehr.

Sie hatte Gabin geschrieben und ihn um Rat gefragt, aber er hatte nicht geantwortet. Sie war nach Paris geflogen, um in den Filmstudios von Billancourt vorzusprechen für eine Rolle in einem Kostümfilm, der während der Revolution spielte. Da sie nie etwas gehört hatte, war sie überzeugt, sie müsse an Ort und Stelle sein, um Erfolg zu haben. Ihr Entschluss stand fest, am Ende ihres Stücks oder der Tournee, falls es eine geben sollte, wollte sie nach Paris abreisen.

»Wenn sie geht, passiert ein Unglück. Ich bin verrückt vor Liebe, verstehst du? Du musst mir helfen, Josef.«

Maurice hatte eine Theorie des Schauspielers entwickelt, der das Theater in den Himmel hob und das Kino an den Pranger stellte. In Wirklichkeit hatte er nur aufmerksam Interviews mit berühmten Schauspielern in *Cinémonde* und *Cinérevue* gelesen. Ihnen zufolge wurde der Beruf eines Schauspielers, der wahre, auf der Bühne ausgeübt. Maurice verstand zwar den Unterschied nicht so recht, aber er vertraute ihnen. Sie schienen das Kino zu verachten, eine rein lukrative, künstliche Tätigkeit für diejenigen, die auf den Brettern gescheitert waren vor einem Publikum von Kennern, das alle auspfiff, die weder Präsenz noch Stimme hatten, um in den Klassikern zu überzeugen. Das Kino war die Kunst der Täuschung, bei der der Schauspieler nur noch ein Spielzeug in den Händen eines geschickten Regisseurs war.

»Wenn Raimu, Jouvet und Guitry dasselbe sagen, kann man ihnen doch glauben, oder?«

Er holte einen zweimal gefalteten Zeitungsartikel aus seiner Brieftasche, faltete ihn behutsam auseinander und las ihn mit bewegender Stimme vor:

… Mit der Musik erklärt man die Geschichte, mit dem Licht sagt man dem Zuschauer, worauf er schauen soll, mit der Montage zwingt man ihm auf, was er sehen soll. Der wahre Schauspieler braucht diese Kunstgriffe nicht, um das Publikum aus Fleisch und Blut zu überzeugen, ein Publikum, das sich bewegt, hustet, atmet, applaudiert, pfeift, zittert, es ist das Publikum, das den Schauspieler macht. Im Kino befindet sich ein Bildschirm zwischen dem Schauspieler und seinem Publikum …

»Genau das musst du ihr erklären.«

»Wir kennen uns doch gar nicht.«

»Ich habe ihr oft von dir erzählt. Sie brennt darauf, dich kennenzulernen. Morgen hat ihr Stück Premiere.«

»Ich habe keine Lust, ich langweile mich im Theater«.

»Bitte tu mir den Gefallen! Gib dir einen Ruck.«

»Wenn ihr Entschluss feststeht, wird kein Argument der Welt sie umstimmen. Liebst du sie wirklich? Dann heirate sie.«

»Daran habe ich schon gedacht, aber sie ist gegen die Ehe.

Sie behauptet, sie sei ein Gefängnis für die Frauen. Sie will unbedingt ihre Freiheit behalten.«

»Eine Feministin! Da hast du keine Chance. Im Grunde hat sie nicht unrecht. Vielleicht muss man ihr die Sache anders darstellen. Magst du Kinder? Willst du eine Familie gründen?«

»Sie sagt, Kinder seien der Anfang der Knechtschaft. Für sie ist Hausfrau eine Beleidigung. Sie will sich in ihrem Beruf entfalten, von niemandem abhängig sein, sich nicht um Hausarbeiten kümmern.«

»Insistiere, das weiße Kleid, Mendelssohn, die Hochzeitsreise nach Venedig, das funktioniert.«

»Ich habe bei meinem Alter geschwindelt.«

Wäre Josef eine Frau gewesen, dann hätte Maurice ihn gerührt, er hätte ihn in die Arme genommen und getröstet. Er hätte gelacht und ihm verziehen. Doch niemand konnte auch nur einen Sou auf Christines Reaktion setzen, wenn sie von seiner Lüge erführe. Sie war keine von denen, die das mögen.

Maurice gehörte zu jener Rasse von kleinen Pfauen, unverbesserlichen Schürzenjägern, Märchenerzählern und Schwadroneuren. Manche tragen hohe Absätze, andere Schulterstücke, einige kämmen ihr Haar von hinten nach vorn oder färben es jugendlich kohlschwarz, und er war ein unbelehrbarer Süßholzraspler.

Einer, der mit vertraulicher (fälschlich gleichgültiger) Miene zu verstehen gibt, er sei der heimliche Enkel von Rockefeller (nicht immer einfach), Versuchspilot in dem neuen französischen Düsenflugzeug (vor allem nicht darüber sprechen), stiller Agent des Geheimdiensts, inkognito (ich vertraue Ihnen).

»Du bist dreiundzwanzig? Unglaublich. Auch ich bin auf dich reingefallen«, gab Josef zu.

»Das ist meine Stärke, ich sehe viel älter aus. Für die Geschäfte ist das phantastisch.«

»Die Frauen sind komisch, wenn du mit einer anderen schläfst, sagt sie sich: So ist das Leben, die Typen sind Schweine, da kann man nichts machen. Aber so etwas verzeiht sie dir nie.«

Weißlicher Rauch kam aus einem Fabrikschlot aus Backsteinen. Ein berauschender Orangenduft umhüllte die vier- bis fünfhundert Personen, die sich auf dem Platz dieses Gewerbegebiets entlang dem Boulevard Thiers auf den Anhöhen von Algier drängten. Geduldig wartete Maurice an diesem Abend mit Josef und einigen Freunden. Sie versuchten ihn von den medizinischen Vorzügen des *Amer Picon* bei der Behandlung der Malaria zu überzeugen.

Es sei erwiesen.

Dieser Aperitif sei zuerst ein Medikament gewesen, das die französische Armee in erheblichen Mengen bestellte, um die Truppe zu behandeln. Josefs Skepsis schockierte sie, seine Ungläubigkeit bewies, dass er noch immer ein Fremder war.

»Vor ein oder zwei Jahrhunderten konnte man wohltuende Wirkungen beobachten, wenn Chinin in einer Überdosis verabreicht wurde«, behauptete Josef. »Heute müsste man Hunderte Liter trinken, um ein Ergebnis zu erzielen, aber vorher würde man an Zirrhose sterben. An Malaria sterben immer noch genauso viele Menschen.«

Er hatte keine Zeit, weiterzusprechen, die Menge rückte vor, sie betraten eine leerstehende, schlecht beleuchtete Lagerhalle.

Keinerlei Plakat, keinerlei Hinweis ließ vermuten, dass ein Schauspiel gegeben werden sollte. Kein Schalter, keine Eintrittskarten, keine Platzanweiserin, auch keine Stühle oder Sessel.

Sie blieben stehen, dicht an dicht, die Eintretenden schoben diejenigen weiter, die nur langsam vorrückten. Maurice und Josef wurden von ihren Freunden getrennt und lehnten schließlich an einem Pfeiler, es dauerte eine halbe Stunde, bis alle Platz gefunden hatten, die Türen wurden geschlossen, die Lichter schwächer, nach und nach trat Stille ein.

Eine Reihe von Spotlichtern beleuchtete die vorhanglose Bühne.

Der schwere Orangengeruch verdrängte den Rauch von Hunderten Zigaretten.

Es wurde dunkel.

Schreie, Schüsse, Gebrüll.

›Schlechter Anfang, Amateurtheater‹, dachte Josef.

Eine schwache Glühbirne beleuchtete kaum die Szenerie. Lauteres Gebrüll.

Josef seufzte resigniert, wie lange mochte ein Stück an einem solchen Ort wohl dauern, vermutlich lang.

Schritte von Stiefeln, wie ein Allegro-Konzertstück, eine Kavallerieattacke.

Josef lief ein Schauer über den Rücken. Drei Männer und eine Frau in der Uniform der deutschen Wehrmacht erregten seine Aufmerksamkeit. Ein Offizier, Soldaten. Die Handlung entwickelte sich einzig durch flüchtige Beleuchtungen auf der kahlen Wand weiter, kein Bühnenbild, weder Möbel noch Requisiten, bald ein Büro, bald eine Zelle, ein Flaschenzug mit den Laufrollen als Folterkammer, eine Vertiefung in der Wand für eine andere Zelle.

Maurice stieß Josef leicht mit dem Ellbogen an.

»Das ist sie«, flüsterte er, mit dem Kinn auf sie deutend.

Christine war erbarmungslos, methodisch, ruhig. Soeben war der Gesuchte verhaftet worden. War es der Schriftsteller Kassner, ein hoher Verantwortlicher der Partei auf der Flucht? Niemand wusste es, man besaß nur eines seiner ekelhaften Bücher ohne Foto, warum sind die anderen verbrannt worden?

Eine andere Frau flehte sie an, appellierte an ihre Menschlichkeit, sie stieß sie rücksichtslos weg.

»Das ist Nelly«, murmelte Maurice.

Eine Stunde oder zwei? Josef hätte nicht sagen können, wie lange die Vorstellung gedauert hatte. Sie war ihm kurz vorgekommen. Noch nie hatte ein Theaterstück ihn so aufgewühlt und hingerissen. Maurice war der Erste, der applaudierte, das Signal gab. Einmütiges Glück. Wie sich anders bedanken, als Bravo rufend in die Hände zu klatschen, bis es wehtat?

Zwei Spotlichter gingen an. Die Schauspieler kamen nicht heraus, um vor das Publikum zu treten, die Menge insistierte, frustrierte Zuschauer stellten sich auf die Zehenspitzen, wo waren sie denn?

Sie waren verschwunden, keine Schauspieler, kein Theater mehr. Nur noch der Orangenduft.

Die Menge verließ den Schuppen und blockierte den Verkehr.

»Wie fandest du es?«, fragte Maurice. »Ehrlich.«

Er ließ Josef keine Zeit für eine Antwort. Maurice hatte nur Christine gut gefunden, ein solches Vergnügen, sie auf der Bühne zu sehen, wie sie sich bewegte, ihren Text sprach, als glaubte sie wirklich daran. Unglaublich diese Aufrichtigkeit. Ohne sie: absolut uninteressant. Das Übrige, das Stück, er war nicht begeistert. Theater wie abstrakte Malerei, ohne Logik und ohne Realismus. Er hatte nicht viel verstanden von dieser völlig verdrehten Geschichte. Wer war wer, wer war wirklich Kassner, warum suchten die anderen ihn so verbissen und schrien unentwegt? Nicht leicht, sich in dieser Leere zurechtzufinden, traurig, dass sie nicht die Mittel hatten, sich ein Bühnenbild zu leisten. Sie hätten sich anstrengen können, mit drei Stück Holz, Vorhängen, einem kleinen Anstrich. Er hatte keinen Augenblick daran geglaubt. Er hatte Bemerkungen im Publikum gehört, anscheinend war er nicht der Einzige, der sich gelangweilt hatte, er war um ihre Zukunft besorgt, hierzulande wollte man sich bei einem Schauspiel zerstreuen und nicht vor lauter Bäumen den Wald nicht sehen.

»Es muss doch überraschende Wendungen geben, Verwechslungen und Bonmots, oder?«

Josef erklärte, es sei eine neue Ausdrucksform, die einen politischen Ansatz entwickele, der mit dem herkömmlichen Theater breche, und vor allem eine Warnung vor dem, was in Deutschland geschehe, aber Maurice ließ sich nicht davon abbringen:

»So öde wie nur irgendwas, dazu zwei Stunden im Stehen, keine Stühle zum Hinsetzen, wir werden verarscht!«

Der Gedanke, auf Christine zu treffen, machte ihm zu schaffen.

»Du kannst ihr nicht sagen, was du wirklich denkst, Maurice. Meiner Meinung nach wäre es das Beste, du sagst ihr, dass du es bewundert hast, dass du gar keine Worte für dein Glück findest, sie habe hervorragend gespielt, und alle Zuschauer hätten zufrieden gewirkt.«

»Ja, du hast recht.«

Von der Höhe seiner fünfundzwanzig Jahre herab rühmte Albert Mathé im Namen der Moral die Askese. Lauthals verkündete er, die Kunst sei lediglich ein Propagandainstrument im Dienst der Bourgeoisie, das kommerzielle Theater sei tot, von nun an müsse es die Seelen aufklären, sich in ein Mittel kultureller Befreiung verwandeln, und seine Funktion bestehe darin, ohne ideologischen Inhalt eine politische Botschaft zu übermitteln, über die soziale Wirklichkeit zu informieren, folglich müsse im Mittelpunkt des Ausdrucks die Geschichte stehen, und die Dramaturgie habe das Individuum mit seinem persönlichen Schicksal zugunsten einer epischen Dimension außer Acht zu lassen.

Mathé war 35 Malraux begegnet, als dieser nach Algier gekommen war, um seinen Roman *Die Zeit der Verachtung* vorzustellen, das erste Buch, das über die Nazi-Barbarei und ihre Verletzungen der menschlichen Würde geschrieben worden war. Er hatte ihn um die Genehmigung gebeten, ein

Theaterstück daraus zu machen, Malraux hatte ihm ein Telegramm mit einem einzigen Wort geschickt: »Spiel.«

Sein Ensemble war kollektiv, anonym am Werk: Die Autoren, die Techniker, die Schauspieler wurden nicht genannt, sie traten nicht vor das Publikum, wollten nicht berühmt sein, verdienten wenig oder gar kein Geld; um ihren Unterhalt zu bestreiten, hatten sie Berufe, und um zu leben, hatten sie das Theater. Für die Plätze musste man nie zahlen, der Zuschauer konnte sich an den Kosten beteiligen, wenn er wollte. Man verlangte nichts von ihm. Er wurde ebenso wichtig wie die Schauspieler, sollte am Ende des Stücks an ihre Stelle zu treten, man wollte nicht das Vergnügen, sondern sich die Welt bewusst machen und sie verstehen.

Davon abgesehen war er bei Padovani wie zu Hause. Er hatte dort sogar ein Stück gespielt.

Michèle unterbrach ihn, um die Speisen zu servieren. Die Schauspieler, Josef und Maurice hoben den Arm, die Teller gingen von Hand zu Hand, sie begannen zu essen. Es waren so viele Leute da, dass Padovani ihnen ein Tisch auf die offene Terrasse gestellt hatte. In diesem beginnenden Dezember und dieser herrlichen Nacht hätte man meinen können, es wäre Frühling, das Meer war ruhig und der klare Himmel voller Sterne.

Auf dem Podium umgarnten Tony und Jeannot, zwei Zigeunergitarristen, die im Halbkreis vor ihnen tanzenden Amateure. Am Strand sitzende Gruppen plauderten oder genossen das gedämpfte Konzert.

Josef schloss die Augen. Diese Musik ging ihm durch und durch, nicht nur die Virtuosität, der innere Sturm, die Trunkenheit der Drehung. Sein Kopf bebte, auch seine Lippen. Als er die Augen öffnete, sah Christine ihn amüsiert an.

»Tanzen wir?«, fragte er.

»Es ist eine Musik zum Zuhören«, antwortete sie.

»Aber mir kribbelt es in den Beinen«, sagte Nelly.

Sie stand auf, die Zigarette im Mund, sie war keine, die

sich vom Gerede des klatschsüchtigen Algiers beeinflussen ließ. Von diesen Kleinbürgern, diesen Nieten war nichts zu erwarten. Das interessierte sie nicht die Bohne. Da sie von jeher als verdorben abgestempelt war, setzte sie ihre Ehre darein, ihrem Ruf alle Ehre zu machen. In der Schule wurde sie bestraft, aber sie senkte nicht die Augen, die unverschämte Person, sturer als ein Maulesel, sie antwortet, stellt euch das vor! Sie rauchte auf der Straße, ging ohne Hut aus, lachte zu laut, schminkte sich wie eine Rumtreiberin, zog Bühnenkleider an, sie war keine Hure geworden, sie spielte Theater, tat, was ihr gefiel und wann es ihr passte, und jetzt hatte sie Lust, mit diesem Typen zu tanzen, der Lust zu tanzen hatte.

»Aber sachte«, sagte Christine, »er hat großen Liebeskummer gehabt.«

Josef war nicht zufrieden mit Maurice, der die Augen senkte. Er konnte doch nicht wissen, dass sie es ihm weitersagen würde, da siehst du es, den Frauen ist nicht zu trauen, alles Schnattergänse, du sagst ganz leise etwas unter dem Siegel der Verschwiegenheit, die vertrauliche Geschichte eines sehr lieben Freundes, nie würde ein Mann es weitersagen, sie dagegen erzählt es ihren zwei oder vielleicht drei besten Freundinnen …, man muss schweigen, nie mit jemand reden. Aber genau betrachtet war es gar nicht so schlimm, außer dass es in Algier jetzt wohl nicht mehr viele Leute gibt, die es nicht wissen.

Es ist schon verrückt, was sich zwei Typen alles mit einem einzigen Blick sagen können.

Josef hätte es schlechter treffen können. Nelly hatte grün schimmernde Augen. Unglaublich. Und überhaupt kein Rhythmusgefühl, sie ließ sich führen, eine richtige Schauspielerin, sie folgte ihm auf den Millimeter.

»Man muss nicht traurig sein«, flüsterte sie, sich an ihn pressend

Seit Langem kannte Josef die Sentimentalen, er antwortete nicht, ein schwaches Lächeln, er wusste genau, dass die

Frauen für Männer schwärmten, die Liebeskummer gehabt hatten, sie hatten Anrecht auf einen privilegierten Status. Mit einem Heiligenschein. Das hieß, dass sie geliebt, gelitten, vielleicht geweint hatten, dass sie sensibel waren, nicht solche Rohlinge wie die Algerier, sondern etwas Besonderes, mit ein wenig Wärme und Zärtlichkeit konnte ein misshandeltes altes Herz wieder schlagen, noch einmal dienen. Sie selbst hatte es durchgemacht, ein richtiges Dreckschwein, ein Typ von hier, hin und wieder begegnete sie ihm, seine Familie hatte sie abgelehnt, eine Schauspielerin, wo denken Sie hin, er hatte sie weggeworfen wie eine alte Socke, sie hatte eine Weile gebraucht, sich davon zu erholen, zum Glück hatte sie ihre Arbeit, wer weiß, was ohne Mathé aus ihr geworden wäre, er war ein Gentleman.

Tony und Jeannot legten eine Ruhepause ein. Grünes Licht, sanfte Musik, ernste Sachen. Padovani setzte seine Ehre darein, seinen Gästen die letzten Neuheiten zu bieten, er schwärmte für Bing Crosby, Ray Ventura, Lucienne Boyer und auch Jean Sablon, obwohl er keine Stimme hatte. Rina Ketty sang mit ihrer reizenden italienischen Stimme *J'attendrai*. Die Tanzfläche füllte sich. Nelly kannte die Worte auswendig.

»Es ist mein Lieblingslied. Sie tanzen sehr gut. Wie hieß sie?«

»Daran will ich nicht mehr denken.«

Und es begann eine Geschichte.

Christine war glücklich, ihre beste Freundin hatte endlich das richtige Los gezogen, schwierig, einen Makel an diesem seltsamen Kauz zu finden, noch kein hartgesottener Junggeselle mit seinem glänzenden Haar, seinem eleganten taillierten Anzug, ohne knickrig zu sein, ein sehr begabter Arzt, wie Maurice versicherte, der ihn in Paris gekannt hatte, er sagte auch, seine ehemalige Freundin sei schön gewesen wie eine Orchidee, es gibt Männer, die sind Weltmeister darin, ihre Geschichte zu verbergen, er sah nicht verzweifelt aus, die Traurigkeit musste tief im Innern sitzen, solchen wie ihm würde sie nicht oft begegnen.

»Bist du wirklich sicher, dass er nicht verheiratet ist?«, insistierte Nelly.

Sie hatte so ihre Idee, wie man Josef behandeln müsse.

»Für den Tango allein interessieren sich die Männer nicht.«

Listig stellte sie ihm kluge, unschuldige Fragen, wie lange er schon hier sei, ob er die Stadt möge, was er bei seiner Arbeit mache, ob er lange zu bleiben gedenke, sie wollte ihm nicht zeigen, dass er ihr gefiel, sie hatte die aalglatten Typen ebenso satt wie die Handelsvertreter, sie hatte keine Ahnung von Biologie, noch weniger von Forschung, und die Schule hatte sie abgebrochen, um Schneiderin zu werden, nicht unangenehm, als Heranwachsende hatte sie davon geträumt, Jeanne d'Arc zu sein und Frankreich zu retten, die raue Stimme liegt am Tabak, es gelang ihr nicht, abzunehmen, sie kannte auch die Tschechoslowakei nicht, sie war nicht viel gereist.

»Ach, es ist sehr kalt? Mir graut vor der Kälte, einmal war ich in Paris, da hab ich schrecklich gefroren.«

Irgendwann werde sie sich einen Mantel aus Silberfuchspelz oder aus Alaskahasenfell kaufen, sie spare dafür.

»Wenn man Filme drehen will, dann doch in Paris oder Hollywood, oder? Ich hab's nicht eilig, ich mag Ihren Akzent, doch, ich schwöre Ihnen, das ist mal was anderes als die Männer von hier, die haben eine heiße Kartoffel im Mund, ich habe keinen Akzent, was? Im Theater geht das nicht, da ist Mathé unerbittlich, er sagt, eine Bérénice mit dem Akzent von Bab-el-Oued verdiene es nicht zu leben. In diesem Land sind die Männer unbeweglich, nichts rührt sich, sie leben noch im Mittelalter, die Frauen im Haus mit den Kindern. Ich ertrage sie nicht mehr. Christine noch weniger als ich. Mit den hiesigen Typen mögen wir nicht mehr ausgehen, sie widern uns an.«

»Ach ja?«

Nelly hätte es nicht tun sollen, das gehörte sich nicht, nicht beim ersten Mal, nicht beim ersten Tanz. Lag es an diesem Burschen oder an seiner Wärme oder an den Liebespaaren, die sie umkreisten in Erwartung der ewigen Wiederkehr, am Schwindelgefühl, viele Leute heute Abend, was?, die Hände um den Hals, die lachenden Augen, die klopfenden Herzen, sie hatte Lust dazu, das ist alles, er hätte es nicht gewagt, er war gut erzogen, die Männer trauen sich nicht immer oder nur die Flegel, die Tschechen sind bestimmt schüchtern, sie lehnt sich an ihn, er beugt sich leicht vor, sie schämt sich nicht, sie schließt die Augen, Zittern ihrer auf die seinen gepressten Lippen, sie küsst ihn wie eine Frau, die Lust hat zu küssen, wirklich, nicht wie im Kino, ein Liebeskuss, er drückt sie sehr fest an sich, das unverhoffte Glück der Körper.

Mathé schloss Josef ins Herz, ein erträumter Ausweis, um augenblicklich akzeptiert und in die Gruppe aufgenommen zu werden, sonst wäre er lediglich der Freund von Maurice gewesen, das heißt ein Pariser, und der kleine Freund von Nelly (was nicht originell war). Weil er Tscheche war, weil Mathé in dieser kolonialen Stadt nie einem begegnen würde, weil er von Prag träumte, Kafka verehrte und in der Tatsache, dass Josef denselben Vornamen und dieselbe Initiale hatte wie der Held von *Der Prozess*, ein einzigartiges Zusammentreffen sah.

»Diese Gleichheit ist ein Fluch«, gestand Josef. »Ich bin 1910 geboren, Kafka hatte noch nichts veröffentlicht. Für mich ist er kein wirklich tschechischer Schriftsteller. Wenn man zweisprachig ist, schreibt man in der Sprache seines Herzens. Ich weiß nicht, in welcher Sprache er träumte, aber wie Rilke hat er sein ganzes Werk in Deutsch geschrieben. Es war die vorherrschende Sprache und gesellschaftliche Anerkennung, und Brod hat ihn in Berlin veröffentlicht. Noch heute ist nicht alles von ihm in Tschechisch übersetzt.

Außerhalb der intellektuellen Kreise bleibt er verkannt und wird wenig geschätzt.«

»*Das Schloss* ist gerade auf Französisch erschienen, es ist mehr als ein Roman, Sie können nicht leugnen, dass er in Ihrem Land spielt.«

»In der Originalversion weist nicht das kleinste Detail darauf hin, dass *Der Prozess* oder *Das Schloss* in Prag spielt, kein einziges. Es gibt keinen Schriftsteller, der so wenig Prager ist wie Kafka.«

»Ihnen zufolge könnte es auch in Afrika spielen?«

»Wo Sie wollen.«

»In Algier? In Oran?«

»Die Geschichte könnte überall spielen. Wenn Kafka rätselhaft erscheint, so liegt es daran, dass er nie eine Lösung für seine persönlichen literarischen Probleme gefunden hat, seine Bücher sind alle unvollendet geblieben. Wenn ein Romancier einen Roman nie zu Ende bringt, ist das nicht ein Eingeständnis der Ohnmacht? Kafka wollte, dass man sie verbrennt, er war sich über ihren Wert nicht im Unklaren. Sein Freund Brod hat ihn verraten und für sich eine Aufgabe gefunden: Er hat sie neu geschrieben und umgestaltet. Warum, was meinen Sie? Kafka war außerstande, eine Handlung zu entwerfen, einen Schluss zu finden, deshalb stieß er in seinem Labyrinth jedes Mal auf eine Sackgasse, wand sich durch eine Pirouette heraus, die das Ende hinausschob, oder er legte sein Manuskript in ein Regal und wandte sich einem anderen Text zu.«

Maurice hatte Josef daran erinnert, dass er Christine die Leviten lesen, sie davon überzeugen solle, auf ihre Pariser Karriere zu verzichten. Während des Essens griff Josef von der Seite an, fragte Christine, was sie für Pläne habe. Mathé, der ihm gegenübersaß, antwortete an ihrer Stelle: *Die Zeit der Verachtung* habe eine ungeheure Resonanz gehabt, er habe soeben mit einem Theater eine Reihe von Vorstellungen und eine Tournee in Algerien vereinbart, vielleicht auch in Tunesien, er habe einen Vorschlag von Radio Alger für Hörspiele aufgegriffen, er habe mehrere Ideen, darunter eine Bearbeitung der *Brüder Karamasow*, die ihm am Herzen liege.

»39 hätte ein gutes Jahr für uns sein können«, schloss er.

»Glauben Sie, dass es Krieg geben wird?«, fragte Josef.

»Er hat schon begonnen, wir haben es nur nicht gemerkt.«

Gute Vorsätze werden gefasst, um sich selbst zu zerstören. Man ändert sich nie.

Am Ende lebte Josef wie in Paris. Nelly war sein schlechter Vorwand. Sie lachte über jede Kleinigkeit. Es war angenehm. Sie sagte, sie habe genug Elend erlebt, weigerte sich, darüber zu sprechen, schwor, nicht mehr daran zu denken, es sei für immer aus ihrem Gedächtnis getilgt.

Neben anderen Vorzügen besaß Nelly die Gabe der festen Überzeugung. Es drängte sie danach, die anderen davon zu überzeugen, dass sie recht hatte, sie vertrug keinen Widerspruch, gab nie auf, hatte ungewöhnliche Diskussionsfähigkeiten, und wenn man kriegsmüde war oder einem die Argumente ausgingen, gab man ihr recht, ja, man könne nicht das Gegenteil behaupten. Dennoch musste man Widerstand leisten, sie misstraute denen, die zu schnell nachgaben:

»Das sagst du nur mir zuliebe, dass du einverstanden bist.«

Sie behauptete, Liebeskummer ähnele neuen Lederschuhen, anfangs schmerzten sie, häufig auf unerträgliche Weise, man meint, man werde dran sterben (aber noch nie sei jemand gestorben, weil ihm die Füße wehtaten), mit dem großen Kummer sei es genauso, nach einer mehr oder weniger langen Zeit, nachdem man mehr oder weniger gelitten habe, finde man sich damit ab und räume ihn in eine Ecke, wo er verkümmere, eine harmlose alte Trophäe.

Nachdem sie sich lange mit der Frage beschäftigt hatte, war sie zu dem Schluss gekommen, der Komplize der Verzweiflung sei die Einsamkeit, man dürfe daher nie allein bleiben und müsse traurigen Leuten aus dem Weg gehen, genau dazu seien Freunde da, Schuhspanner gegen den Katzenjammer.

Oft bemerkte sie, dass Josef geistesabwesend wirkte, mit ferner Stimme »nichts« antwortete, wenn sie ihn fragte, woran er denke, sie riet ihm:

»Bleib nicht in Prag, komm wieder hierher.«

Oder wenn er trotzdem dorthin zurückkehrte:

»Du musst dem Unglück ins Auge sehen, ihm Fragen stellen, eine Lösung finden, damit es aufhört, dich zu behelligen. Sprich mit ihm. Wenn es zu hart ist, zögere nicht, zu feilschen. Wenn es Angst hat, dass du es aufgibst, wird es mit dir verhandeln.«

Als sie ihm zum ersten Mal diese Ratschläge gab, hielt er sie für eine freundliche Phantastin, eines jener ein wenig übergeschnappten Mädchen, von denen ihm ein gutes Dutzend begegnet war. Josef gehörte nicht zu denen, die den Frauen die Stirn bieten, er zog es vor, auszuweichen, sich mit einem Lächeln zu entziehen, etwas zu murmeln wie wir werden sehen, Schätzchen.

Und dann eines Nachts, sehr spät, während sie, den Kopf auf seiner Schulter, leise schnarchte, wandte er sich mit lauter Stimme an seinen Vater, der ihn im Dunkeln anstarrte, auch er konnte keinen Schlaf finden, sie plauderten über banale Dinge, wie sie es vorher nie getan hatten, über das Wetter und die Versorgung, Josef sprach von seiner Arbeit im Institut, Eduard war wirklich interessiert, stellte viele Fragen, er war sehr stolz und empfahl ihm, sich nicht in den Vordergrund zu drängen, sie beschlossen, sich hin und wieder zu treffen, und regelten auf diese Weise etliche Probleme.

Natürlich nicht alle.

Zum Schluss wusste Josef nicht mehr, ob er seinen Vater sah oder von ihm träumte, ob dieser magische Kontakt in den Bereich der Telepathie oder des Unterbewusstseins fiel.

Diese Augenblicke blieben ihm in so deutlicher Erinnerung, dass er ganz verwirrt war. Wie jenes Mal, als sein Vater ihm erzählt hatte, dass sein Oberst, der Johann Sebastian Bach liebte, ihm eine Aufnahme der *Goldberg-Variationen* in der Interpretation von Wanda Landowska geschenkt hatte. Noch nie in seinem Leben hatte er etwas so Schönes gehört. Sie lauschten zusammen, erschüttert, und hatten Tränen in den Augen.

Nelly hatte auch eine Art Archimedes-Theorie für Kummer und Traurigkeit entwickelt, die sie immer fröhlich stimmte, und es gelang ihr, die anderen davon profitieren zu lassen, mit Hilfe von Fragen, auf die man nur mit Ja antworten konnte.

»Liebst du deinen Vater wirklich? Denkt er vor allem an dein Glück? Hat er dich nach Paris geschickt, damit du ein großer Arzt wirst? Hat er dich gedrängt, nach Algier zu gehen? Hast du nie gedacht, dass er dich zu deinem Besten weggeschickt hat? Träumt er davon, glücklich zu sein? Ja, ja, ja, also wo ist das Problem?«

Je größer die Verzweiflung, desto mehr Fragen musste man ihr zufolge stellen, und wenn man es richtig machte, trat sie fast immer den Rückzug an. Das Erstaunlichste an diesen Verhandlungen mit dem Leid war für Josef, dass sie ihn spontan befragte, ohne Methode und Kalkül.

Sie behauptete auch, dass die Zukunft nicht existiere und eine Erfindung der Pfaffen sei, um die Menschen zu zerbrechen und am Gängelband zu führen. Da wir nicht wüssten, wie viel Zeit uns noch blieb, solle man tun, wozu man im Augenblick Lust habe, ohne es auf morgen zu verschieben. Wenn man grübele, wenn man zaudere, sei man verloren. Sie verbinde nichts mit dem Künftigen und belästige niemanden mit ihren Ängsten vor dem folgenden Tag.

Nelly sprach nie von ihrer Vergangenheit, als wäre sie erst gestern geboren worden oder als hätte sie das Gedächtnis verloren, unmöglich, irgendetwas Genaues über ihr vorheriges Leben zu erfahren, woher sie kam, wo sie aufgewachsen war, Erinnerungen waren ihr fremd. Sie lebte nur für den Augenblick, in den Tag hinein, ohne andere Pläne, als sich zu fragen, wo sie nach der Vorstellung essen gingen.

»Ich öde dich die ganze Zeit mit meinem Vater an, aber du erzählst mir nie von deiner Familie.«

»Wir sind zusammen, es gibt nichts anderes außer uns.«

Abgesehen von der Vergangenheit, die sie verbarg, und von der Zukunft, vor der sie floh, diskutierte Nelly leidenschaftlich über alles, war immer guter Laune, regelmäßig verstieg sie sich in abenteuerliche Darlegungen. Das erste Mal ging es um die unbestreitbare Existenz von Atlantis. Als unangenehmer Cartesianer wagte Josef Zweifel anzumelden.

»Wetten?«, sagte sie herausfordernd.

»Worum wetten wir?«

»Um eine Liebesnacht.«

Nelly verlor liebend gern. Josef auch. Sie wettete oft.

Wenn sie versicherte, der Zufall existiere nicht, unser Schicksal beherrsche uns nicht und es sei folglich sinnlos, sich wegen nichts und wieder nichts graue Haar wachsen zu lassen, unterdrückte er seinen Einwand, das sei absurd. Sie hielt es für selbstverständlich, dass die beiden besten Freundinnen der Welt mit den beiden Freunden Josef und Maurice zusammen waren.

Das stand von vornherein geschrieben.

»Es gibt keinen Zufall«, folgerte Nelly.

Nelly bewohnte mit Christine ein schönes Appartement mit Blick auf die Admiralität, das zu zweit nicht teuer war. Ergebnis: Die Mädchen wohnten nur zehn Minuten von den jungen Männern entfernt.

Gleich nach ihrer Begegnung schlief Nelly häufig bei Josef. Seit Viviane hatte er nicht mehr mit jemandem zusammengelebt. Bei ihr wusste er es nicht, er stellte diese idiotische Frage nicht. Er hatte rasende Lust auf sie, sie auch, das war alles, die Mechanik der Sinne war schlicht und einfach unkontrollierbar. Nie verabredeten sie sich, es kam nicht in Frage, sich zu binden.

»Wir sehen uns wieder.«

Er ging im Theater vorbei, oft aßen sie zu zweit in einem Restaurant am Meer, gingen Hand in Hand nach Hause, oder wenn er zu viel Arbeit hatte und sie nicht treffen konnte, klopfte sie gegen Mitternacht viermal an die Tür, mit einer kurzen Pause nach dem ersten Klopfen (ein konspiratives Zeichen), sie machte nie Licht auf der Treppe. Im Dunkeln tasteten sie sich zueinander wie zwei Magneten, die sich verfolgen, schweißten sich mit unwiderstehlicher Härte und Zärtlichkeit zusammen und wussten nicht mehr, wer von ihnen heftiger bebte. Er brauchte Zeit, bis er einschlief, mit erhitzter Haut, brennenden Ohren machte er die Nachttischlampe an, wurde nicht müde, sie anzusehen, wie sie nackt im Bett lag, die Laken verknäult, Spuren dieser magnetischen Augenblicke.

Am Morgen hörte sie nicht, wie er sich fertig machte und das Haus verließ, sie stand gegen Mittag auf, er bereitete ihr immer ein Frühstück, sie zog die Tür hinter sich zu, hatte und wollte keinen Schlüssel. Nie war die Rede davon, dass sie zu ihm zog, sie wäre gezwungen gewesen, ihre Auffassung von der Zukunft zu überdenken, oder sie hatte einfach keine Lust dazu.

Es gab Nächte, in denen sie die Tür verschlossen fand, in seine Arbeit vertieft hatte Josef sie vergessen, über sein Mikroskop oder seine Reagenzgläser gebeugt. Sie beschwerte sich nicht.

Es gab Nächte, in denen sie nicht kam, in denen er um Mitternacht das Licht im Vorplatz löschte, vergeblich auf ihr Klopfen wartete, auch er stellte keine Frage und sagte sich, morgen sei eine andere Nacht.

Wenn Christine und Nelly sie zum Abendessen einluden, hauptsächlich sonntags und montags abends, an Ruhetagen, kam jeder der jungen Männer mit zwei Flaschen, entweder Mascara-Rosé oder Tlemcen-Rotwein, Christine wollte keine Mischung, um Kopfschmerzen zu vermeiden.

Bei der Essensvorbereitung zerbrachen sie sich nicht allzu sehr den Kopf.

Christine setzte ihre Ehre darein, nichts zu tun, behauptete, Maurice fest in die Augen sehend, die Männer seien nur dazu gut, Champagnerflaschen zu entkorken, Konservendosen zu öffnen, Tapeten anzubringen, die Koffer zu tragen und noch für zwei oder drei Dinge, bei denen es ihnen gelungen sei, sich unentbehrlich zu machen, sie behauptete, sich nicht daran zu erinnern, wann sie zum letzten Mal einen Kochtopf, einen Putzlappen oder einen Besen angerührt habe.

Glücklicherweise erhob Nelly keinerlei feministische Forderung, bereitete gut gelaunt alles vor, in der benachbarten Bäckerei gekaufte Blechkuchen mit Paprikaschoten, Tomaten mit Thunfisch in Öl, nicht zu hart gekochte Eier, Vinaigrette-Gurken, violette Artischocken und Berge von geriebenen Karotten mit Zitrone, nichts ist besser für rosige Wangen und einen frischen Teint, und wenn sie mutig war, richtete sie sie mit Kreuzkümmel an, köstlich, aber ungewöhnlich.

Zweimal machte sie jenes Omelette mit scharfer roter Wurst, für das sie schwärmte, und zweimal wurde Maurice so krank, dass die alte Landru es nicht wiederholte.

Sie mochte es nicht, wenn man sich über ihre Kochkünste lustig machte, behauptete, im Gegenteil, Risotto mit Tintenfischen und Seeigeln gelinge ihr besonders gut, die sie in den Zeiten der Proben zubereitete, Mathé versicherte, er habe nie Besseres gegessen. Als Josef sie überreden konnte, für ihn zu kochen, hatte Christine widersprochen und geschworen, bei ihr werde eine Frau niemals einen Mann bedienen, sie hätten nur Anrecht auf Erdnüsse und Oliven, sodass Josef und Maurice von nun an Vorsichtsmaßnahmen trafen und ein Hähnchen vom Grillrestaurant an der Place Nelson mitbrachten. Die Mädchen gingen lieber ins Restaurant, das war nicht teurer, weniger anstrengend und besser, aber häufig waren sie zu faul, um auszugehen.

Eines Abends, als sie Karotten knabberten, hob Christine ihr Rotweinglas auf Nellys Wohl.

»Übrigens, alles Gute zum Geburtstag«, sagte sie und leerte es auf einen Zug.

Maurice und Josef waren überrascht, dass sie sie nicht verständigt hatte, sie hätten in der Avenue de la Marne eine Nougattorte bestellt und ein Geschenk gekauft, das war das Mindeste.

Nelly graute vor Feierlichkeiten an feststehenden Daten, jeder Tag sollte ein Fest sein, und besonders verabscheute sie Geburtstage. Kein Grund, die verschwundene Jugend und die unvermeidlichen Falten zu feiern.

Nach vielem Drängen gestand sie, sie sei vierundzwanzig geworden und ihr fehle ein Zahn.

»Und du«, fragte sie Josef, »wie alt bist du eigentlich?«

Er wollte gerade antworten, als er die gerunzelten Brauen von Maurice bemerkte.

»Ein bisschen älter als du. Ist das wichtig?«

»Ich pfeife drauf.«

»Ich bin ganz deiner Meinung«, sagte Maurice, »auch mich deprimieren Geburtstage.«

»Ihr seid nicht lustig«, folgerte Christine. »Es ist doch schön, Kerzen auszublasen.«

»Entschuldige, dass ich es sage, aber für eine sogenannte moderne Frau ist das altmodisch«, sagte er.

Christine erhob sich wortlos, schnappte ihre Jacke, ihre Handtasche und ging türschlagend hinaus. Maurice zögerte, dachte, sie werde vielleicht zurückkommen, fragte die anderen, was er denn Schockierendes gesagt habe, und rannte ihr dann hinterher, sie hörten ihn im Treppenhaus »Kiki, warte auf mich« rufen, seine Stimme entfernte sich und erstarb.

Nellys Hauptgesprächsthema bestand darin, über Leute zu schwatzen, die Josef nicht kannte oder denen er nur ein- oder zweimal begegnet war. Leicht und wie selbstverständlich verband sie die einen mit den anderen, erzählte unter dem Siegel absoluter Verschwiegenheit Ressentiments, Trennungen, Marotten, kaum zu glaubende Torheiten. Ihr zufolge hatte die Hälfte der Stadt mit der anderen Hälfte geschlafen, hatte sich heimlich geliebt, verkracht, versöhnt, wieder gezankt; ein schwindelerregendes Karussell von Abenteuern, Verlusten, Wiedersehensfreuden, Hassausbrüchen von Algerienfranzosen, neben denen die Montaigus und die Capulets Witzfiguren und der Marquis de Sade ein Chorknabe waren, Familiengeheimnisse, die ins letzte Jahrhunderts zurückreichten, ein Tohuwabohu trüber, oft inzestuöser Leidenschaften, Geschichten von Jungfrauen, über die die Eingeweihten schmunzelten, im letzten Moment arrangierten Ehen, Entbindungen in der Ferne, ein ganzer Reigen unbekannter afrikanischer Sitten und noch viel schlimmere Dinge, über die sie nicht sprechen konnte, denn sie hatte Stillschweigen geschworen.

Ein unerschöpflicher und scharf gewürzter täglicher Fortsetzungsroman.

Sie tauschte ihre Nachrichten mit ein paar nahen Freundinnen aus, mit denen sie ein Informationsnetz von beängstigender Effizienz bildete. Jeden Tag kümmerte sie sich um Josefs algerische Erziehung, begann mit einem »Wo war ich stehen geblieben?«, das einen perfekten Übergang ermöglichte.

Schließlich kannte Josef eine Menge Personen sehr genau. Wenn Nelly sie ihm bei Padovani oder anderswo vorstellte, hielten sie sein Lächeln für Freundlichkeit, sie wären erschrocken gewesen, hätten sie gewusst, dass dieser sympathische Ausländer mehr über sie wusste als ihre eigene Mutter. Josef war diese Monologe leid, er selbst hatte nichts zu berichten, außer dem Fortschreiten seiner Forschungen, aber dafür interessierte sie sich nicht. Mehrmals hatte er sie unterbrechen wollen, um ihr zu sagen, dass er mit diesen kleinen Schändlichkeiten nichts zu tun habe, aber sie hatte derart grüne Augen, dass er lieber schwieg.

Nelly war in Bezug auf sich selbst wortkarg, wenn er sie nach ihrer Arbeit fragte, sprach sie nie vom Theater, von Tschechow, Brecht oder sonst einem Autor, sondern von Mathé: seiner Präzision, seiner Menschlichkeit, seinem Enthusiasmus, seiner ungeheuren Bildung, seiner Energie, seiner Einfachheit, seinem Humor, seiner Inbrunst, weshalb Josef sie fragte, ob nicht zwischen ihnen etwas gewesen sei. Sie blinzelte.

»So gut wie nichts. Er ist ein außergewöhnlicher Mensch. Vollkommen anständig. Er mag dich sehr.«

»Und wie ist er zu Christine?«

»Männer stellen im Allgemeinen zu viele Fragen.«

Von Nelly erfuhr er, dass Maurice schließlich Christine auf der Straße eingeholt hatte, sie hatte ihn schmoren lassen, er hatte sich entschuldigt, sie hatte ihm verziehen. Josef begriff nicht, was er sich hatte zuschulden kommen lassen, Nelly erinnerte sich nicht mehr. Christine und Maurice waren kein Gesprächsthema.

»Du bist sein Freund, du würdest ihm alles erzählen, sie will das nicht.«

Zweimal im Monat begab sich Maurice für seinen Chef auf eine Rundreise, endlose Strecken, die eine ganze Woche dauerten, wenn er die Gegend um Oran oder Constantine abgraste, nicht lustig, aber lehrreich.

Dann verbrachten sie einige Abende zu dritt. Nie redete Josef so viel wie in Maurices Abwesenheit. Gewöhnlich stellte ihm niemand (absolut niemand) die geringste Frage über seine Tätigkeit. Man begnügte sich mit einem Nicken, einem bewundernden »O wie schön«, manchmal beglückwünschte man ihn und ermutigte ihn, weiterzumachen.

Anfangs fühlte sich Josef über diesen Mangel an Neugier enttäuscht. Christine dagegen verlangte tausend Erklärungen und Präzisionen über seine Arbeit und diese furchtbaren Krankheiten, ersparte sich keine Beschreibung der Schmerzen und ihres Verlaufs, wollte Details über die Experimente, die Nelly den Magen umdrehten.

»Hört auf, von so widerlichen Dingen zu sprechen. Ist doch wahr, wir sind beim Essen.«

Christine gehörte nicht zu denen, die gehorchten. Wenn sie sich etwas in den Kopf gesetzt hatte, konnte niemand sie davon abbringen (vor allem Nelly nicht). Sie bohrte weiter, fuhr fort, ihn auszufragen, mit dem Gedächtnis eines unermüdlichen Schreibers.

»Wie ist es Ihnen übrigens gelungen, die Rolle der Hundezecke bei der Übertragung der kutanen Leishmaniose nachzuweisen?«

*

Die Silvesterfeier des Jahres 39 war etwas Besonderes. Nelly hatte Angst davor, Josef freute sich darauf.

Er hatte beschlossen, es solle die größte und schönste sein, die man je erlebt habe. Niemand erinnerte sich, wie diese Idee entstanden war, wer sie in die Debatte geworfen hatte. Sie hatte sich in der Luft verbreitet, heimtückisch überflutete sie ein Duft vom Ende der Welt, mit der von allen geteilten Überzeugung, dass die Sanduhr sich umgedreht hatte, wahrscheinlich die letzte Silvesterfeier vor der Explosion. Man hatte nur noch Lust, sich ein letztes Mal zusammen zu amüsieren, diesen Abend als wunderbare Erinnerung zu bewahren, die sie später heraufbeschwören und sich dabei sagen könnten: Wenigstens sind wir glücklich gewesen.

Niemand hätte sich vorstellen können, woanders hinzugehen als zu Padovani. Die Plätze waren gezählt, nur den guten Kunden würde dieses Privileg gewährt werden, aber es gab so viele davon, wenn man die Verwandten, die Freunde der Freunde mitrechnete, der Wirt musste jede vierte Reservierung ablehnen, seine Frau brachte Stunden damit zu, zu erklären, es gebe zweihundertsechzig Sitzplätze, und wenn man die Tische zusammenrücke, komme man an die dreihundertzehn heran, etwas noch nie Dagewesenes.

Es kamen mehr Leute als vorgesehen. Die Tanzfläche war geopfert worden, Padovani hatte Tische dazu stellen müssen, er hatte geschwankt, aber es war zu kalt, um welche auf die Terrasse zu platzieren. Man konnte seinen Tisch nur mit Mühe verlassen, und die Kellnerinnen hatten die größte Mühe, sich zwischen ihnen zu bewegen, sie stellten die Gerichte am Ende jeder Reihe ab, und sie gingen von Hand zu Hand. Die Bestellungen verloren sich in der Luft. Aus Verzweiflung bedienten sich einige direkt, viele Flaschen verschwanden aus der Bar, ohne gezählt zu werden. Die Padovanis stritten sich, sie schrie, es sei seine Schuld, er schrie noch lauter, er könne nichts dafür.

Es war unvorhersehbar.

Leise spielte die Kapelle, aber es herrschte ein solcher Lärm, dass man sie nicht mehr hörte.

Mathé, von seiner neuen Freundin und Christine flankiert, belegte mit seinem ganzen Ensemble den üblichen Tisch am Fenster, Josef saß ihnen gegenüber und versuchte, Mathés präzise Fragen zu beantworten, der ihn ausfragte, als wäre er ein Kafka-Spezialist. Josef hatte ihm bereits erklärt, dass er diesen Autor wenig schätze. Ohne sich um seine Vorbehalte zu kümmern, kam Mathé darauf zurück, er habe über ihre Meinungsverschiedenheit wegen der Interpretation von *Der Prozess* nachgedacht, er behauptete, er sei ein bemerkenswertes Manifest über das Absurde, Josef dagegen hatte für die fehlende Rationalität nicht das geringste Interesse.

»Wenn Josef K. verhaftet wird, bleibt er frei. Bei seinem Verhör verteidigt er sich nicht, er wird nicht angeklagt, im Gegenteil, er ist es, der das System kritisiert. Die Wohnung des Gerichtsdieners dient als Gerichtssaal, während seines Prozesses hat die Frau des Gerichtsdieners ein sexuelles Verhältnis mit einem Studenten. Das alles ist ohne jeden Sinn, diese Situationen nehmen dem Text die Kraft des Alltäglichen. Diese Wirklichkeit muss irrational und unverständlich sein.«

»Aber gerade das geschieht in den faschistischen Ländern«, erwiderte Mathé.

»Es ist ein Irrtum, Kafka metaphorisch zu interpretieren. Er ist im Nichts, in einer wirklichkeitsfremden Welt gefangen, sie dagegen sind in der Negation der Rechte.«

»Es reicht! Könnten wir an einem Silvesterabend nicht über etwas Lustigeres diskutieren!«, rief Nelly.

Josef erhob sich. Da er seinen Stuhl kaum bewegen konnte, kletterte er auf den Tisch, packte Nelly bei der Hand, hievte sie mit der Kraft seines Handgelenks hoch. Ohne sich um die Aufschreie und Proteste zu kümmern, ging er vorwärts, wobei er versuchte, nicht auf die Teller zu treten, zog Nelly mit sich, sie stieß ein paar Gläser um, »tut mir leid« schreiend. Josef bat einen der Schauspieler, das Fenster zu öffnen. Ein eiskalter Windstoß drang ins Restaurant. Er schwang sich aufs Fensterbrett, half Nelly, ihm zu folgen, sie gerieten aus dem Gleichgewicht, ruderten mit den Armen. Sie sprangen auf die leere Terrasse. Da eine Kapelle dem Dirigenten gehorchen muss, der sie mit ausgestreckten Fingern leitet, begannen die Musiker schließlich in der eingekehrten Stille zu spielen. Die verblüffte Menge drängte sich hinter den Scheiben. Josef zog Nelly in *Wenn wir am Wasser entlanggehen* hinein. Das Meer war schwarz, es gab keine Sterne, keinen Mond. Sie hatten die Fläche für sich allein, sie drehte sich zu schnell, versteifte sich, stolperte über ihre Füße, kam ihm immer näher.

»Mach die Augen zu«, murmelte er.

Sie drehten und drehten sich, sie ließ sich führen. Fast war es das Glück. Ein halbes Dutzend Paare tat es ihnen gleich.

Die Mutigsten, die keine Angst vor der Kälte hatten, in ihre Mäntel eingemummt. Maurice im Dreiteiler zog Christine an der Hand. Sie hatte keine Lust zu tanzen.

»Du wirst schon sehen«, sagte er. »Es ist ein großer Augenblick.«

In der Mitte der Tanzfläche stand Christine ihm gegenüber, darauf wartend, dass er sie in die Arme nahm, um sie herum ging der Reigen weiter. Plötzlich fiel Maurice auf die Knie, breitete die Arme aus. Nacheinander blieben die Paare stehen und umringten sie.

»Liebste Christine, ich habe die Ehre, dich um deine Hand zu bitten.«

Sie brauchte einige Sekunden, um zu verstehen, öffnete den Mund, ihre Lippen bebten. Nervös suchte Maurice etwas in seiner Tasche und zog ein rotes Kästchen heraus.

»Liebling, das ist für dich.«

Er öffnete das Kästchen, deckte einen in einen goldenen Ring eingefassten Diamanten auf, den er seiner Geliebten darbot.

»Zu unserer Verlobung.«

»Du bist wohl auf den Kopf gefallen!«

Mit der erhobenen Rückhand schleuderte sie das Kästchen von sich. Der Ring flog davon, zwölf anmutig synchronisierte Hälse folgten den Loopings. Fassungslos sah Maurice, wie sein Diamant sich mitten im Wald der Beine verlor, sein erster Reflex war, loszustürzen, um ihn an sich zu nehmen. Christine ging ins Restaurant zurück. Einen Augenblick zögerte er, rutschte einige Schritte auf Knien, besann sich anders, stürmte wie ein Rugbyspieler ins Gedränge, um nach dem Juwel zu suchen. Glücklicherweise befand sich unter den Umstehenden eine ehrliche Algerierin, die ihm den wirklich hübschen Ring, den sie gefunden hatte, in der hohlen Hand präsentierte und, als Maurice ihn an sich nehmen wollte, die Finger schloss.

»Ich dagegen heirate Sie auf der Stelle«, sagte sie gerührt.

›Noch eine Verrückte!‹, dachte Maurice. Er öffnete ihre Hand und nahm den Ring an sich.

»Christine! Christine!«, schrie er, sich einen Weg bahnend.

Sie war verschwunden, von der Menge verschluckt. Er wankte vor dieser unüberwindlichen Mauer wie ein angeschlagener Boxer. Maurice weinte ohne jede Scham Perlen unendlicher Traurigkeit. Er trank einen Schluck und noch einen, schniefte noch immer. Mathé tröstete ihn, gab ihm seine Zigarette, legte ihm die Hand auf die Schulter, ein Bruder.

»Weißt du, Christine ist ein nettes Mädchen. Man darf ihr nicht böse sein.«

Zum Glück hatte Maurice seinen improvisierten Antrag vor den schicksalhaften zwölf Glockenschlägen gestellt. Im abergläubischen Algier ging nur das Jahr 38 schlecht zu Ende. 39 hatte noch jede Chance. Der Countdown war ohrenbetäubend, die Null wurde auf triumphale Weise gefeiert.

Sogar hysterisch (anscheinend war das hier üblich).

An Mathés Tisch keine Gefühlsausbrüche, man umarmte sich nicht.

»Es wird ein schlimmes Jahr werden«, behauptete er. »Sie hätte zustimmen sollen.«

Die Männer behandelten diesen Dummkopf Maurice nicht zimperlich. Was für eine Idee, ein solches Risiko einzugehen! Warum hatte er sich nicht unter vier Augen erklärt? Im Grunde wusste man nicht viel über diesen Pariser. Wenigstens sind wir schlauer (wir kaufen nichts ohne das Einverständnis der Eltern). Beim weiblichen Geschlecht dagegen erfuhr das Image von Maurice eine erhebliche Aufwertung. Hinter dem unternehmenslustigen Mann verbarg sich ein Romantiker. Heutzutage gab es nicht mehr viele von ihnen. Die dreißig Zeugen dieser Szene und die Tausend anderen, denen sie in den nächsten Tagen hinterbracht wurde, fragten sich lange: Liebte sie ihn nicht oder liebte sie einen andern? Dieser letzten Hypothese gab man den Vorzug. Vor allem, weil es eine Sünde ist, die Ware zu verderben, man hielt Christine nicht für so dumm, wählerisch zu sein. Hinter dieser Ablehnung verbarg sich ein anderer Mann.

Zwangsläufig.

Und nach Ansicht dieser Kennerinnen ähnelte er Mathé, ihre Hand hätten sie dafür ins Feuer gelegt. Nelly und die anderen Schauspielerinnen hoben die Augen zum Himmel, schworen bei allen Heiligen, dass das ein kollektives Phantasma sei. Niemand glaubte ihnen.

Im frömmlerischen Algier galt die Ehe als etwas Ekstatisches, die wenigen Mutigen, die nach vielen Umschreibungen die Frage mit Christine zu erörtern wagten, waren entsetzt. Christine hasste die feierliche Verpflichtung, das Gelöbnis in guten und in schlechten Tagen hatte bei ihr etwa dieselbe Wirkung wie beim Stier das Schwenken des roten Tuchs.

»Nicht der Tod scheidet dich von dem Mann, den du liebst, sondern deine Idiotie schlägt ihn in die Flucht«, sagte sie einer Furchtlosen, die wissen wollte, ob sie Maurice liebe. »Niemals werde ich heiraten! Die Sklaverei der Frau gehört abgeschafft!«

»Was machst du, wenn du ein Kind bekommst?«, insistierte die Kühne.

»Ich werde nie ein Kind bekommen! Man schwängert uns, um uns zu fesseln, uns zu verbieten zu leben! Ich bin kein Dienstmädchen! Wenn er ein Kind will, soll er's doch selber kriegen!«

Sie hätte sich weniger Feinde gemacht, wenn sie auf das Kreuz gespuckt hätte. Niemand diskutiert mit einem Stier. Man weicht ihm aus, oder man tötet ihn. Man überließ sie ihrer Gereiztheit und bedauerte den armen Maurice, er hatte wirklich nicht das richtige Los gezogen.

Die unlösbaren Probleme des Lebens lassen sich in zwei Särgen unterbringen, denjenigen, die man in einer dunklen Ecke versteckt, wo man sie allmählich vergisst, sodass sie einen nicht mehr behelligen, ein vielleicht erstickter (oder auch nicht erstickter) Abszess; und denjenigen, die einen aufschürfen wie Angelhaken, man blutet weiter, ohne es zu merken, und das sind die schlimmsten, denn man gewöhnt sich daran, mit dem Schmerz zu leben.

Am Neujahrsmorgen, an einem regnerischen Sonntag, läutete Josef an der Tür von Maurice. Dieser antwortete nicht. Josef widerholte, sie sollten bei den Mädchen zu Mittag essen. Schließlich machte Maurice auf, in gestreiftem Schlafanzug, mit dem verquollenen Gesicht eines Mannes, der nicht geschlafen hat. Josef hatte die größte Mühe, ihn zum Mitkommen zu überreden. Maurice hatte keinen Hunger, er wollte allein bleiben und verabscheute den 1. Januar. Sie kamen zu spät. Mit einem Strauß rosa Gladiolen, denn die Frauen liebten diese scheußlichen Blumen.

Sie gerieten in Verzückung, hatten keine so große Vase, stellten sie ins mit Wasser gefüllte Spülbecken. Ein großes Hähnchen bruzelte im Ofen. Es roch nach einem Tag des Glücks. Die Mädchen servierten den Aperitif mit Oliven, Mandeln, Käsekanapees. Man stieß an und wünschte sich alles Gute. Außer Maurice. Er stand auf, ein wenig zeremoniös, hob seinen Arm und brachte einen Toast aus.

»Christine, mein Herz, verzeih mir wegen gestern Abend. Vergessen wir das Heiraten, die Formalitäten und so weiter. Das brauchen wir nicht. Wenn man zusammenleben will, muss man einander respektieren, oder?«

Er leerte sein Glas in einem Zug. Stille. Nur das Schlabbern der Zunge auf den von der Anisette feuchten Lippen.

»Woran denkst du dabei?«, sagte Christine.

»Ich sagte mir, dass du bei mir wohnen könntest. Du hättest Platz.«

»Bleiben wir unabhängig. Wir können zusammenleben,

jeder bei sich zu Hause, können uns sehen, wenn wir Lust dazu haben. Ich will keine Alltagsroutine, dich nicht fragen müssen, was du heute machst, und dich antworten hören: ›Das Übliche.‹ Meinst du nicht, das wäre besser?«

Er setzte sich, sagte fast nichts zu dem Essen, gab keinen Kommentar zu dem Brathähnchen. Dabei hatte sie sich doch einmal angestrengt.

»Glückwunsch, Mädchen, es ist köstlich«, sagte Josef. »Nicht wahr, Maurice?«

»Ja.«

Maurice erwähnte seinen missglückten Antrag nicht mehr, Christine spielte nie darauf an. Das Leben ging weiter. Doch Maurice lag ein kleiner Stein auf dem Herzen.

*

Sergent verabscheute es, telefonisch zur Zentralregierung gerufen zu werden. Das bedeutete immer eine sehr schlechte Nachricht. Männer fielen um wie die Fliegen in einer Stadt der Mitidja, Kinder wurden blind, nachdem sie von Insekten gestochen worden waren, Viehherden wurden durch eine merkwürdige, im Djebel aufgetauchte Epidemie dezimiert, die Weinstöcke verfaulten aus irgendeinem verdammten Grund, ein unbekannter heimtückischer Wurm kroch unter die Haut und hundert andere grässliche Missgeschicke, dieses Land trachtete mit allen Mitteln danach, das ganze Elend der Welt aufzuhäufen. Die Zentralregierung fand keine andere Lösung, als Sergent um Hilfe zu bitten, sie hatte kein Budget dafür, auch kein Personal, sie wollte Paris um einen Zuschuss bitten, aber bei den Ereignissen durfte man sich keine allzu großen Illusionen machen. Sergent schimpfte, er habe schon beim letzten Mal geschworen, es sei das letzte Mal, es sei physisch nicht zu schaffen, seine Ärzte brüteten über Forschungen, die auf keinen Fall unterbrochen werden könnten, und seien mit Arbeit überlastet.

»Herr Gouverneur, ich bedaure außerordentlich, ablehnen zu müssen.«

»Für Frankreich, Sergent, für unsere zivilisatorische Mission. Die Versorgung unserer Truppen ist in Gefahr. Außerdem sind Sie Reservist!«

»Es ist das letzte Mal.«

Als Madame Armand die Türen aufstieß und »Versammlung in einer Viertelstunde!« bellte, kamen die Klarsichtigsten mit einem Stapel Arbeitsberichten und Zusammenfassungen laufender Experimente, die Dienstältesten hatten eine Entschuldigung, ihre Frauen würden sich scheiden lassen, wenn sie noch mehr arbeiteten, und bei ihrem bescheidenen Gehalt (auch in diesem Jahr sei es nicht erhöht worden) hätten sie nicht die Mittel, Unterhalt zu zahlen. Es bestand eine stillschweigende, freundliche und feste Abmachung zwischen diesen Ärzten, die entschlossen waren, nicht mehr nachzugeben, hin und her gerissen zwischen den Prioritäten und am Rande des Nervenzusammenbruchs.

Josef war nicht abgehärtet genug.

»Ich habe einen Berg Arbeit«, war seine einzige Verteidigung. »Sie hatten mir gesagt, es sei dringend.«

»Sie müssen es sich einteilen. Bei uns, junger Mann, haben die Tage vierundzwanzig Stunden und die Wochen sieben Tage.«

Die Aufgabe musste unverzüglich erledigt werden. Ein Viehzüchter aus dem Dorf Saint-Arnaud in der Umgebung von Sétif, etwa dreihundert Kilometer östlich von Algier, einer Gegend von Hochplateaus, erkannte, dass seine Viehherde an Piroplasmose litt, übertragen von einer gegen die übliche Behandlung resistente Zecke. Der Bauer Fagès belieferte das Heer, und da die Moral der Truppe der Menge der Verpflegung direkt proportional ist, war die Sache von vordringlicher strategische Bedeutung.

»Wenn Sie sich beeilen, kriegen sie noch den Nachtzug, gleich morgen früh sammeln Sie die nötige Menge Zecken ein, und nach der Punktion der Rinder können Sie am Abend zurückfahren. Sie haben Glück, denn im Sommer erstickt man dort.«

Sechs Monate sollte Josef ein- oder zweimal in der Woche nach Sétif reisen, in dem lärmenden Waggon fand er kaum Schlaf, war vor Müdigkeit zerschlagen, und nie hatte er Gelegenheit, die Unterpräfektur aufzusuchen oder die römischen Ruinen zu besichtigen.

Bei der ersten Reise wurde Josef von einer Delegation von etwa dreißig Persönlichkeiten empfangen, der Unterpräfekt war mit dem Kommandanten der Militärsektion gekommen, außerdem die Pfarrer, Bürgermeister, Notabeln und Bauern der Region, deren Vieh auf geheimnisvolle Weise einging. Der Veterinär sprach mit ihm wie mit dem wiedergeborenen Pasteur, sie empfingen ihn mit tausend Aufmerksamkeiten, überreichten ihm eine herrliche Schachtel frischer Feigen. Fagès, den größten Landwirt, schreckte weder der Verlust des Verpflegungsmarkts der Armee noch sein baldiger Ruin, sondern der unabwendbare Tod seiner Herde, seine Tiere entleerten sich und hörten auf zu fressen.

Josef blieb mit ihm im Stall, bürstete sanft das Fell der Rinder, packte die Zecken mit einer Pinzette, warf sie in ein Röhrchen mit dünnen Papierblättchen, verschloss es mit einem Wattepfropfen zur Belüftung und Konservierung während der Reise, punktierte alle Tiere, lehnte Essen und Unterbringung ab, bestieg den Nachtzug mit der Ausbeute, die er analysierte, und entdeckte verblüfft, dass mehrere Tiere von fünf verschiedenen Zeckenarten infiziert waren, und auf manchen waren sie zu Hunderten.

Bestürzt betrachtete Sergent die Glasplättchen unter dem Mikroskop.

»Erschreckend«, murmelte er. »Glücklicherweise haben wir nur zehn Prozent Kontaminierte. Zuerst müssen die gesunden Tiere isoliert werden. Im Allgemeinen finden die meisten Infektionen im April statt, nur zwei Zeckenarten sind das ganze Jahr über aktiv, und es sind nicht die gefährlichsten.«

Die Tests an den Kulturen zeigten, dass eine erhöhte Dosis konzentrierten Chinins gegen diese Milben wirkte. Schließlich fand Josef die richtige Dosierung. Ein gutes Drittel der Herde war eingegangen. Trotz der relativ hohen Kosten wurde beschlossen, Präventivbehandlungen vorzunehmen. Josef wurde beauftragt, den Zustand der Tiere zu bestimmen, und es gelang ihm, einen Kalender der Milbenbehandlung aufzustellen. Während dieser Zeit arbeitete er fast ununterbrochen, womit er das alte Sprichwort bestätigte, das besagt, ein guter Forscher brauche vor allem einen widerstandsfähigen Hintern.

Sergent, der mit seiner Familie im obersten Stock wohnte, stellte ihm sein Badezimmer zur Verfügung, seine Frau brachte ihm starken Kaffee und Kekse. Sie schimpfte mit ihrem Mann, wenn sie Josef auf seiner Arbeitsplatte schlafend vorfand, sagte, ein Arbeitgeber, gleich welchen Ansehens, müsse seine Angestellten schützen, und (was Sergent wenig schätzte) die neue Gesetzgebung über die Vierzigstundenwoche gelte auch für die jungen Ärzte des Instituts. Sie zwang Josef, nach Hause zu gehen, indem sie ihm in Erinnerung rief, dass der Herr die Sonntagsarbeit verbiete, riet ihm, sich nicht um seinen Ruhetag bringen zu lassen, wenn er so alt sei wie Sergent, habe er noch genug Zeit, sein Leben im Labor zu verbringen.

Eine große Befriedigung verschaffte Josef nicht nur, dass er diese Aufgabe erfolgreich beendet hatte, sondern auch, dass er ein vollwertiges Mitglied des Teams geworden war. Von nun an erkundigten sich seine Kollegen nach ihm, fragten nach den Fortschritten seiner Forschungen, sprachen auf einfache Weise mit ihm und wollten seine Meinung zu ihren Arbeiten wissen. Einige luden ihn sonntags zu sich zum Essen ein. Dort saß er wieder neben jungen Mädchen aus der guten Gesellschaft von Algier, die genauso langweilig waren wie die in Prag, und unter dem Vorwand, er habe zu viel Arbeit, lehnte er diese Einladungen ab.

Für Josef hätte das Leben angenehm sein können, hätte ihn nicht der Gedanke an seinen Vater gequält. Es verging keine Nacht, in der er nicht jählings voller Angst in seinem Prager Zimmer erwachte. Er bekam keinen Brief von Eduard und war sich nicht sicher, ob seine Briefe ihn erreichten. Er hätte so gerne seine Stimme gehört.

Die Telefonverbindungen waren vom Zufall abhängig. Da er in seiner Wohnung kein Telefon hatte, musste er in das große Postamt gehen. Zweimal gelang es ihm, in weniger als fünfzehn Minuten Prag zu bekommen, sonst musste er sich im Allgemeinen viele Stunden gedulden. Sie befanden sich auf beiden Seiten eines Gefängnistors und warteten, dass es sich öffnete. Jedes Mal war es eine ungeheure Freude, eine wahre Befreiung, das Gefühl, einander so nahe zu sein, von Neuem vertraut, als würden sie später den Abend zusammen verbringen.

»Madame Marchova lässt dich grüßen, sie hat mich gefragt, ob du eines Tages in die andere Wohnung auf dem Treppenflur ziehst oder ob sie sie vermieten kann.«

»Ich komme nicht so bald nach Prag zurück, Papa. Und bestimmt nicht, um dort zu arbeiten.«

Josef fragte nach Einzelheiten über das Leben in Prag, sein Vater beruhigte ihn immer wieder, es gebe keinerlei Problem, die Deutschen kümmerten sich vor allem um industrielle Dinge, sein Oberst sei charmant, er habe ihm geraten, Nietzsche zu lesen, den er verehre, habe ihm sein persönliches Exemplar von *Menschliches, Allzumenschliches* überlassen, sein Lieblingsbuch. Sie führten lange Gespräche. Eduard, der sich wie alle Ärzte mit der Philosophie schwertat, hatte die größte Mühe, diesen verwirrenden Begriff von der Chemie der Gefühle zu verdauen, glücklicherweise hatte Gerhard (so hieß sein Oberst mit Vornamen) ihm erklärt, dass er seinen Trieb sublimieren und mit der Metaphysik Schluss machen müsse. Als sein Vater den Anruf unter dem Vorwand abkürzte, seine Lektüre zu beenden, begriff Josef, dass er nicht frei reden konnte, vielleicht saß sein Oberst ihm gegenüber.

Meistens dauerte das Warten endlos. Anfangs nahm Josef sein Entomologiekompendium mit, las auf einer Bank oder plauderte mit den anderen Teilnehmern über das unergründliche Geheimnis der Telefonvermittlung.

Das einzige Thema endloser Diskussionen.

Anscheinend hing die Wartezeit nicht mit den politischen oder militärischen Zufällen zusammen, aber man war sich nicht sicher. Mehrmals erreichte man bei ernsten Gefahren oder diplomatischen Krisen problemlos Anvers, Sevilla, Florenz oder Hamburg. Wenn dagegen gar nichts Besonderes passierte, war die Verbindung unterbrochen, und niemand konnte sagen, warum.

Sie bildeten eine Gruppe, die sich gut kannte und sich nach ihrem Herkunftsland benannte. Als Josef ankam, hielt ihn ein Italiener oder ein Spanier, die am stärksten vertretenen Nationalitäten, über den Stand der Dinge auf dem Laufenden. Für Holland sei es unmöglich, auch für Polen sei nicht der richtige Tag, für Deutschland warte man schon seit dem Morgen. Oder: Heute bestehe eine Chance, der Ungar habe schnell Budapest bekommen. Einige erwähnten die Rolle des Geheimdienstes, ohne Genaueres sagen zu können, oder die der Zensur, man wusste nicht mehr so recht, welche, die des Wetters auf dem Kontinent, der unter Schnee lag, während wir noch badeten, oder den Zustand des algerischen Netzes, das aus dem Ersten Weltkrieg stammte, die Rolle der Armee, die die Leitungen beschlagnahmten, das der Volkfront geschuldete Chaos, die Rolle der Trotzkisten oder der englischen Regierung.

Alle starrten auf die riesige Uhr, die sie dort oben in der Längshalle bedrohte.

»Meint ihr nicht, dass sie vorgeht?«

Nicht allein die auferlegte Stille war unerträglich, sondern die völlige Wehrlosigkeit, wie die Blöden Tausende von Kilometern von zu Hause herumzusitzen und ohne Hoffnung zu warten, mit diesen widerlichen Zweifeln, die einem das Gehirn zerfraßen. Meistens geduldeten sie sich umsonst, das Postamt schloss um sieben Uhr, sie fanden sich auf den Stufen wieder und fragten sich, ob sie am nächsten Tag ihr Glück versuchen sollten, verabredeten sich, sprachen einander Mut zu und gingen jeder für sich nach Hause.

Josef, der diese kostbare Zeit von seiner Arbeit abzwackte, kam nur einmal in der Woche und auch dann nur, wenn es ihm gelang, sich am späten Nachmittag davonzustehlen, ohne aufzufallen. Trotz Enttäuschung und Entmutigung kam er immer wieder hierher, darauf zu verzichten, wäre einer Abkehr, einem weiteren Verrat gleichgekommen.

*

Vielleicht blendeten dieses Traumland und seine weiße Sonne ihren Geist, oder der hier einem Frühling gleichende Winter verweichlichte sie, jedenfalls waren die Algerier davon überzeugt, dass es keinen Krieg geben werde, eine Unmöglichkeit, die sich mathematisch errechnen ließ. Im letzten Krieg habe es neun Millionen Tote und acht Millionen Invaliden gegeben, in Deutschland hätten sie ihre vier Millionen Tote bestimmt nicht vergessen können. Sollten sie denn verrückt genug sein, von Neuem zu kämpfen? Sicher sei es Einschüchterung, vermutlich Bluff, jeder bringe seine Figuren in Stellung, nehme seine Vorteile wahr, die Stärksten profitierten von den Schwächsten, so sei das Leben, im letzten Moment würden sie aufhören.

Man beruhigte Josef, riet ihm davon ab, die Pariser Presse zu lesen, sie dramatisiere, um ihr Papier zu verkaufen, er solle sich an die Zeitungen aus Algier halten, die der Regierung unerschütterliches Vertrauen schenkten, die werde die Katastrophe schon vermeiden. Im Institut meinten seine Kollegen, mit dem Ende des Spanischen Bürgerkriegs werde alles wieder seinen gewohnten Gang gehen. Umfragen hätten gezeigt, dass eine breite Mehrheit der Bevölkerung das Münchner Abkommen billigte. Angesichts der Aggressivität Hitlers waren sie unschlüssig, genauen Informationen zufolge sei die Armee nicht gut vorbereitet, und man müsse aufrüsten. Die Älteren erinnerten sich noch an die vier Jahre Grauen und verurteilten das Wettrüsten.

Christine war die entschlossenste Pazifistin, der Josef je begegnet war, und zudem die überzeugendste. Nelly hatte Josef anvertraut, wobei sie ihn schwören ließ, es nicht weiterzusagen, dass Christine ein Mündel der Nation gewesen sei. Das hatte ihr Mathé verraten (Christine sprach nie davon), beide hatten 14 in der Marneschlacht ihre Väter verloren. Seit sieben oder acht Jahren hatte sich Christine als Aktivistin der Frauenbewegung hervorgetan. »Auf der ganzen Welt werden in erster Linie die Frauen, ob Französinnen oder Araberinnen, kolonisiert und unterdrückt, wie Kälber behandelt. Wir schreien uns in der Wüste die Lunge aus dem Hals. Genauso gut könnte man eine Katze dazu bringen wollen, die Rechte der Maus anzuerkennen.«

Die Sympathisantinnen ließen sich an zehn Fingern abzählen, spalteten sich wegen nichts und wieder nichts, verbrachten mehr Zeit damit, sich zu streiten, als zu kämpfen. Ein Kampf ist eine heilige Handlung. Christine ließ sich nicht entmutigen, unterzeichnete eine erhebliche Anzahl von Manifesten, organisierte Treffen, Versammlungen, Komitees, bestürmte pausenlos die lokale Presse, damit sie Debatten und Veranstaltungen über das Wahlrecht und die Gleichheit der Frauen, über die Zwangsehen, die stillschweigend erduldeten Brutalitäten, die Empfängnisverhütung und die Abtreibung ankündigte. Sie unterlag einer ständigen Zensur, die beiden wichtigsten Zeitungen, *La Dépêche algérienne* und *L'Echo d'Alger*, veröffentlichten nichts unter dem Vorwand, dass diese Informationen ihre Leser nicht interessierten. Die erstere, rechtgerichtet, ignorierte sie, die zweite, radikal-sozialistisch, konservativ und kolonialistisch, verabscheute sie. Nur *Alger républicain* veröffentlichte ihre Mitteilungen, aber es war eine linksstehende Zeitung, die nur wenige Menschen lasen, und diese brauchte man nicht mehr zu überzeugen.

Im Jahr 33 war Christine erst dreiundzwanzig. Sie hatte sich an der Schaffung des algerischen Initiativkomitees für die Amsterdam-Pleyel-Bewegung beteiligt, die die imperialistischen Kriegsdrohungen anprangerte und die allgemeine Abrüstung propagierte, eine riesige Welle von Millionen Frauen und Männern forderten von ihren Regierenden den Frieden. In Algier hatten etwa tausend Mitglieder die weiße Karte mit blauen Buchstaben erhalten und klebten jedes Jahr die Marke mit dem Abbild von Henri Barbusse, Romain Rolland oder Maxim Gorki darauf; nach der Volksfront war die Bewegung zerfasert, Opfer innerer Streitigkeiten. Christine hatte mit dem Allgemeinen Zusammenschluss für den Frieden weitergemacht, der sie ebenfalls enttäuscht hatte, und nun war sie voller Begeisterung der Frauenliga für den Frieden beigetreten, deren Manifest sie aufgewühlt hatte.

Zum ersten Mal erhoben sich Frauen nicht aufgrund ihrer politischen Ansichten, sondern als Frauen gegen den Krieg: »An die Frauen, die unermüdlich das Leben verteidigen. Wir, Mütter, Frauen, Schwestern, erklären, dass wir uns nicht wie 14 mit der Tötung unserer Söhne, unserer Gefährten, unserer Brüder abfinden werden.«

Ihre Gruppe zählte nur noch sieben Teilnehmerinnen. Jede von ihnen bezog auf einem Platz oder an einer wichtigen Kreuzung Position, stellte einen Klapptisch auf und ließ die Unterstützungspetition unterschreiben. Sie erklärten, diskutierten, versuchten, die Leute von ihrer Meinung zu überzeugen, bekamen oft Unterschriften von alleinstehenden Frauen, wurden von den weit zahlreicheren Frauen ermutigt, die nicht ohne die Einwilligung ihrer Ehemänner unterschreiben wollten; auch mehrere Musliminnen, vor allem junge, die nicht den Schleier trugen, engagierten sich. Bei den Ehepaaren kam es zu Zwischenfällen, denn ganz allgemein schätzten die Ehemänner die Sache ganz und gar nicht, und nicht selten wurden sie von ihnen beleidigt, sogar angerempelt, die Petition wurde ihnen entrissen und zerfetzt, der Tisch mit einem boshaften Fußtritt umgestoßen. Sie verhandelten, jedoch vergeblich. Dann regten ihre Frauen sich auf, brüllten, belästigten sie. Manchmal mischten Sympathisanten sich ein, der Ton wurde immer gereizter, Schreie, Beschimpfungen.

Trostlos für eine pazifistische Bewegung.

Mehrmals mussten Polizeibeamte einschreiten, sie konfiszierten die kostbaren Unterschriftslisten. Von heute auf morgen, als hätte sie Anweisungen erhalten, änderte die Polizei ihr Verhalten. Fast jeden Tag erhielten die Frauen einen Bußgeldbescheid wegen öffentlicher Ruhestörung: den ersten über fünfunddreißig Francs, das ging gerade noch; die folgenden beliefen sich auf sechzig Francs, das war abschreckend, sogar für die Verbissensten, außer für Christine.

»Man will uns ersticken, man hofft, uns zum Schweigen zu bringen, wir geben nicht auf!«

Auf die so mühsam zusammengehaltenen Ersparnisse wurde zurückgegriffen. Die Angehörigen, die Gäste von Padovani, Mathé und die Schauspieler trugen, aus Überzeugung oder aus Wohlwollen, ihr Scherflein bei. Josef war die Ausnahme. Er wog den Hut mit schiefem Gesicht hin und her und reichte ihn ostentativ an seinen Nachbarn weiter, ohne den kleinsten Geldschein hineinzuwerfen.

»Du könntest uns helfen und deine Freundschaft zum Ausdruck bringen.«

»Wenn du Geld brauchst, will ich dir gern welches leihen oder schenken, aber für diese absurde Sache meine Solidarität zu bekunden, kommt nicht in Frage. Ihr spielt Hitler in die Hände.«

Als die Sparbücher geplündert waren, kam der Tag, an dem die Geldsammlungen nicht mehr ausreichten, die Gutwilligen fanden den Beitrag unzumutbar. Nach einer stürmischen Generalversammlung versprachen die Frauen, nach anderen Mitteln zu suchen und die apathische Bevölkerung aufzurütteln, und sie beschlossen, nur noch einmal pro Woche, Samstag morgens, auf der Place des Trois-Horloges beim Triolet-Markt zu demonstrieren, zusammen mit etwas kräftigen Genossen, die Respekt einflößten. Sie konnten nicht mehr viele Leute gewinnen, es ging ums Prinzip, um zu zeigen, dass die Bewegung existierte. Christine spürte, dass sich der Kriegsgedanke in die Köpfe einschlich, für die einen eine Offenkundigkeit, für Christine aber Gift.

»Warum sind diejenigen, die den Frieden verteidigen, feige und die, die den Krieg befürworten, mutig?«

Maurice holte Josef nicht mehr im Institut ab. Zweimal war er unverrichteter Dinge umgekehrt, weil Experimente unmöglich unterbrochen werden konnten, ohne dass er wusste, ob er gekränkt sein sollte wegen eines »Ich weiß nicht, sobald ich kann«, mit der genervten Miene desjenigen zwischen den Zähnen gemurmelt, der zu viel Arbeit hat, gegenüber dem, der nicht genug Arbeit hat.

An jenem Nachmittag Ende Januar 39 war Josef überrascht, als Maurice unerwartet in sein Labor stürzte. Sie hatten sich nicht mehr gesehen seit jenem Neujahrsessen, an dem Christine es abgelehnt hatte, bei ihm zu wohnen.

Als Josef ihn erblickte, seine fiebrigen Lippen, unordentlich gekleidet und nach Worten ringend, dachte er: ›Dieser Esel hat es noch mal versucht, und sie hat ihn wieder zum Teufel geschickt.‹

»Du musst kommen, es ist dringend.«

»Ich kann nicht, ich brauche noch ein oder zwei Stunden.«

»Christine ist verhaftet worden!«

Zusammen mit den Mitgliedern der Frauenliga für den Frieden hatte sie beschlossen, beim Besuch von Eduard Daladier gegen diese hinterhältigen Bußgelder zu protestieren. Während einige an die Passanten Flugblätter verteilten, schwenkten andere pazifistische Plakate. Sie wurden angerempelt, bespuckt. Trotz des gewaltigen Ordnungsdiensts, der durch die Zwischenfälle bei Daladiers Besuch in Tunis vorgewarnt war, war es Christine gelungen, den Sicherheitskordon zu durchbrechen und den Wagen des Ratspräsidenten zu blockieren, um ihm eine Petition zu übergeben, in der der Rüstungsstopp gefordert wurde, wobei sie gegen die Scheibe trommelte, bevor sie von Polizeibeamten rücksichtslos festgehalten wurde. Ein Freund hatte Maurice verständigt.

Bis zum Abend klapperten sie alle Polizeireviere der Stadt ab, wurden von einem zum andern geschickt, ohne die geringste Information zu erhalten, warteten auf einer Bank darauf, dass man geruhe, sich mit ihnen zu befassen, erklärten zehnmal ihre Situation. Im Revier auf dem Boulevard Gallieni schickte sie ein Wachtmeister zum Zentralkommissariat. Man betrachtete sie voller Argwohn, fragte, ob sie Mitglieder dieser Bewegung seien, ob sie zur Familie gehörten. Maurice war wütend. Er hatte seinen Ausweis zeigen müssen und sah sich schon als Sympathisant registriert. Dabei beteuerte er lauthals, er habe mit diesen verrückten Weibern nichts zu tun, sie sei nur seine Freundin, sie wollten heiraten, schließlich sei es kein Verbrechen, verliebt zu sein.

»Wir sind nicht gezwungen, dieselben Ansichten zu haben. Ich bin mit ihr nicht einverstanden!«

Ein korsischer Polizeiinspektor hatte ihnen anvertraut, sie sei eine Furie, vier Männer, und zwar kräftige, seien nötig gewesen, um sie zu bändigen. Der Regierungschef habe einen richtigen Schrecken gekriegt, alle hätten an ein Attentat geglaubt.

Um dieser Angelegenheit keine Bedeutung zu geben, die sie nicht hatte, werde sie nur wegen Beleidigung und Schmähung von Polizeibeamten gerichtlich belangt.

»Weniger konnten wir nicht tun, sie war wirklich zu ausfallend«, erklärte der Inspektor.

Er versicherte, dass sie bald freikomme. Maurice schäumte.

»Das ist Wahnsinn! In was mischt sie sich ein? Konnte sie nicht in aller Ruhe Schauspielerin bleiben? Siehst du, was dabei rauskommt, wenn sich Frauen mit Politik befassen? Schluss mit dem Schwachsinn, oder ich lasse sie fallen! Sie verdirbt mir mein Leben! Ich werde die Dinge wieder in die Hand nehmen, glaub mir, sie kriegt von mir was zu hören.«

Sie warteten Stunden. Man verkündete ihnen, sie werde unverzüglich vor Gericht gestellt. Sie schaffte es gerade noch, nach Hause zu gehen. Nelly war furchtbar beunruhigt. Da sie über die Demonstration nicht informiert war, war sie zuerst zu Maurice, dann zu Josef gegangen, hatte vor verschlossener Tür gestanden, die Nachbarn gefragt, keiner konnte ihr Auskunft geben.

In den Justizpalast überführt, stand Christine am nächsten Morgen vor der Strafkammer, die über auf frischer Tat ertappte Täter befand, als einzige Frau inmitten von elf Männern, darunter sechs Arabern. Sie hatte zerzauste Haare, eine geschwollene Oberlippe, ihre weiße Bluse voll granatroter Flecken, ihr gerötetes Taschentuch an die Nase gepresst, und ihre Handflächen waren aufgeschürft, da sie sich in den Teer gekrallt hatten. Man tat ihr einen Gefallen, sie kam als Erste dran. Josef und Maurice setzten sich erschöpft in die dritte Reihe. Mit ihren leichenblassen Gesichtern sahen sie aus, als säßen sie auf der Anklagebank. Ein Rentner, der hier seine Tage verbrachte, vertraute ihnen an, dass der Vorsitzende ein knallharter Bursche sei. Christine lehnte den Beistand eines Anwalts unter dem idiotischen Vorwand ab, sie sei unschuldig, und rief, sie werde gegen die Polizei wegen Körperverletzung Anzeige erstatten. Der Vorsitzende erklärte ihr, sie habe nicht das Wort, sie schimpfte ihn einen Militaristen.

»Und ich bin stolz darauf, Madame.«

»Sie sind einfach ein Schlächter!«

Er ließ sie von den Gendarmen abführen. Der Staatsanwalt forderte eine außergewöhnlich harte Strafe. Sie wurde zu sechs Monaten Gefängnis mit Bewährung und zu tausendfünfhundert Francs Geldbuße verurteilt. Alle waren über diese Riesensumme fassungslos.

Nächster Fall.

Am Abend wurde Christine freigelassen. Sie sollte ihre Entlassungspapiere unterschreiben. Sie weigerte sich kategorisch, verlangte, von einem Arzt untersucht zu werden, damit er die zugefügten Misshandlungen feststelle. Als der Wachtmeister sie bat, schleunigst abzuhauen, schimpfte sie ihn fettes Polypenschwein. Er zögerte einen Augenblick, setzte eine verächtliche Miene auf und antwortete, sie solle sich bei den Irren behandeln lassen. Maurice und Josef griffen ein, um sie zum Gehen zu bewegen, was bei ihrer Gereiztheit schwierig war, sie verlangte ihre Handtasche. Anscheinend hatte sie sie bei der Rangelei während ihrer Festnahme verloren. Sie weigerte sich zu gehen, solange man ihr nicht ihre Sachen zurückgegeben habe, wollte die Polizei auch wegen Diebstahls anzeigen.

»Alles Drecksäcke!«

»Wenn Sie sie nicht auf der Stelle mitnehmen, buchte ich sie wieder ein«, sagte der Polizist zu Maurice und Josef.

»Ich will meine Handtasche wiederhaben! Wo ist mein Portemonnaie? Sie haben sie geklaut! Scheißpolypen!«

Selbst zu zwei hatten sie alle Mühe, sie hinauszuschieben. Kaum waren sie am Fuß der Treppe angelangt – lag es an der wohltuend kühlen Nacht oder am Abklingen des Zorns –, beruhigte sich Christine und verfiel von höchster Erregung in Lethargie. Wortlos gingen sie die menschenleere Rue d'Isly entlang. Sie bewegte sich wie ein Automat, sie warfen ihr kurze Blicke zu.

Plötzlich erstarrte sie. Im Spiegel eines erleuchteten Modegeschäfts erblickte sie ihr geschwollenes Gesicht. Sie trat näher, bis sie mit der Nase an die Scheibe stieß, fuhr mit zitternder Hand über ihre Lippen, brachte ihre Frisur in Ordnung, betrachtete ihre zerschundenen Handflächen, tupfte sie mit ihrem Taschentuch ab und drehte sich langsam zu Josef um.

»Sag, bin ich entstellt?«

»Ich werde dich behandeln.«

»Ich werde morgen nicht spielen können.«

Maurice trat näher, nahm ihre Hand, drückte einen Kuss darauf, lächelte ihr zu.

»Mit ein wenig Schminke wird man nichts sehen. Ehrlich.«

»Wir haben nichts Böses getan. Es war für den Frieden.«

»Es sind Rohlinge«, sagte Maurice.

Es waren oberflächliche Wunden, Abschürfungen, die Josef sanft mit Seife auswusch und mit Wasserstoffsuperoxyd reinigte. Die Lippe war gequetscht, mit ihrem kussechten Lippenstift würde man nichts mehr davon sehen, außerdem hatte sie ein Hämatom an der linken Hüfte, anscheinend war nichts gebrochen. Christine hatte um sich geschlagen, vielleicht hatte sie einen Beamten gebissen, sie erinnerte sich nicht mehr, ein anderer hatte sie hochgehoben, sie heftig zu Boden geworfen, an einem Arm weggezogen, sie hatte Widerstand geleistet, aufzustehen versucht, einen Schlag mit dem Ellbogen auf die Nase gekriegt, dann war sie getreten worden.

Christine war fest entschlossen, Anzeige wegen Diebstahls ihrer Handtasche und Körperverletzung zu erstatten, es kam nicht in Frage, den Mund zu halten, sie hatte keine Angst, es gebe hundert Zeugen, die die gegen sie verübte Aggression, das brutale Vorgehen der Polizisten und ihre Verbissenheit beweisen könnten.

»Sie haben Angst vor uns, unsere Waffen sind unsere Ideen.«

»Wenn du willst, ich kenne einen Anwalt, einen zähen Burschen«, versicherte Maurice.

»O ja!«

»Morgen früh gehst du zu meinem Arzt, der dir ein Attest schreibt.«

»Du hast recht.«

»Es ist eine Frage des Prinzips, mein Schatz. Den Frieden darf man nicht auf die leichte Schulter nehmen.«

»Wie gut, dass du da bist.«

Josef beobachtete Maurice: Er wirkte schrecklich überzeugt, wich seinem Blick jedoch aus.

»Hitler wird sich nicht mit schönen Worten aufhalten lassen«, warf Josef ein. »Die deutschen Pazifisten hat er umgebracht, ebenso diejenigen, die gegen ihn opponierten. Der Krieg wird nicht zu vermeiden sein.«

»Weißt du, was für ein Blutbad das bedeutet? Es ist Wahnsinn«, sagte Christine.

»Mit Faschisten kann man nicht diskutieren. Die Konfrontation ist unumgänglich. Was machst du, wenn sie angreifen? Wir werden gezwungen sein, uns zu verteidigen. Man muss sich vorbereiten.«

»Wenn alle so kämpfen wie du in Spanien, braucht sich Hitler keine Sorgen zu machen.«

»Was du sagst, ist erbärmlich.«

»Manche sind eben mutig, andere nicht.«

Verwirrt richtete Josef sich auf, verletzt und wütend zugleich.

»Man muss also in Spanien gekämpft haben, um gegen Hitler zu sein? Das wirkliche Problem für euch Pazifisten ist eure abgrundtiefe Dummheit.«

Er ging, ohne sich umzudrehen. Niemand dachte daran, ihn zurückzuhalten oder zurückzurufen. Am Abend glaubte er, dass Nelly bei ihm läuten werde, oder Maurice. Niemand kam.

Jeder Tag, der verging, verletzte Josef ein wenig mehr. Er sagte sich, es sei aus zwischen ihnen, es sei besser, sich zu ärgern und allein zu bleiben, als sich zu verraten, aber ihm wurde bewusst, dass er ein ernstes Problem hatte, er war zu hart mit seinen Freunden und außerstande, sie zu halten. Er bereute nichts. Aber dieser Bruch lastete auf ihm. Bei seiner Arbeit oder nachts dachte er unaufhörlich daran, fand, dass Christine recht und unrecht zugleich hatte, konnte nicht umhin, ihre Charakterstärke und ihren Mut anzuerkennen, für ihre Ansichten einzutreten. Vielleicht hatte sie auch den wunden Punkt getroffen. Hatte er nicht gute Vorwände gefunden, sich nicht den Internationalen Brigaden anzuschließen? Oder hatte er vor den anderen begriffen, dass die Sache verloren war und es nichts nutzte, einen von vornherein verlorenen Kampf fortzusetzen?

Nach zwei Wochen tauchte Nelly wieder auf. Sie wartete rauchend vor dem Mietshaus auf ihn, sie erblickte ihn von Weitem, als er Zeitung lesend heimkam.

»Du schmollst?«

Er wusste nicht, was er antworten sollte, zählte sieben Kippen auf dem Boden. Sie insistierte:

»Wir sind uns nicht böse?«

Er hatte vergessen, wie grün ihre Augen waren.

Nelly war von erfrischender Schamlosigkeit. Sie neigte den Kopf auf unwiderstehliche Weise. Langsam näherte sie sich seinem Gesicht, küsste ihn auf den Mund. Auf der Straße! Vor allen Leuten! Großer Gott, so was tat man nicht. Sie hatte eine Gänsehaut. Er auch.

Er packte sie, zerquetschte sie beinahe. Passanten wandten den Blick ab. Unfreundliche, unhörbare Bemerkungen wie: »Es ist nicht zu fassen.« Er hörte auch: »Wohin soll das noch führen?«

Mit Vergnügen verlor Josef seinen Ruf als untadeliger Arzt.

Nelly nahm ihn an der Hand, sie warteten nicht auf den Aufzug, rannten die Treppe hoch, im dritten Stock waren sie außer Puste, Nellys Busen klopfte heftig, Josef keuchte, sie küsste ihn wieder, atmete sein Erschauern. Sie hinderte ihn daran, Licht zu machen, stolpernd erklommen sie die letzten Stufen, im Dunkeln fand er das Schloss nicht, sie riss ihm die Jacke vom Leib, er murmelte: »Und wenn jemand kommt?« Sie hörte es nicht oder scherte sich nicht darum. Ihre Finger betasteten sein Gesicht, seine schweißgebadete Haut. Sie liebte ihn auf dem Treppenflur. Seine Halsschlagader klopfte zum Zerplatzen. Er erkannte die Radiomusik des Nachbarn vom fünften Stock, Martinique, eine gedämpfte Jazzmelodie rhythmisierte ihren Flug.

Sie aßen im Restaurant am Nelson-Square zu Abend. Sie machte keinerlei Anspielung auf den Streit, sprach von dem neuen Stück, das Mathé ständig mit ihnen probte: *Der Held der westlichen Welt* des irischen Dramatikers John Millington Synge, keine Minute hatte sie mehr für sich (womit sie zu verstehen gab, dass dies der einzige Grund ihres Verschwindens war). Auch Mathé spielte mit, übersetzte und bearbeitete den Text während der Proben.

»Wie soll man sich zurechtfinden, wenn man jeden Tag die Rolle wechselt?«

Sie nahm seine Hand, drückte sie verlegen, trank noch ein Glas Rotwein und fragte, ob er damit einverstanden sei, Christine wiederzusehen.

»Warum nicht?«

»Ich hatte Angst, dass du ablehnst. Es wäre wunderbar, wenn alles wieder so wird wie vorher.«

Josef verpasste die Premiere des Stücks, die während einer seiner Reisen nach Sétif stattfand, von wo er gegen ein Uhr morgens zurückkehrte. Im *Alger républicain* las er eine lobende Kritik, fand unter der Fußmatte eine von Nelly und Christine unterschriebene Einladung.

Er werde voller Ungeduld erwartet.

Trotz seiner Müdigkeit konnte er nicht anders, als ins *Œuvre moderne* an der Place du Général Bugeaud zu gehen. Glücklicherweise hatte man ihm einen Platz freigehalten. Der Saal war brechend voll. Sehr schnell wurde er ins vorige Jahrhundert versetzt, in ein nur angedeutetes irisches Dorf mit einem Brunnen und einer Leinwand, auf die ein Baum am Fuß eines Hügels gemalt war. Mathé spielte den Sohn, der sich anklagt, seinen Vater getötet zu haben, und sich schneidig dem Zorn und der Verachtung der Dorfbewohner stellt, seine Diktion war unvollkommen.

»Das liegt an der schauderhaften Akustik dieses rechteckigen Saals«, schwor Nelly später, die in der Rolle der Pfarrerstochter besonders überzeugte.

Josef war überrascht von der Begeisterung des Publikums, das zehn Minuten lang stehend applaudierte. Er hatte die größte Mühe, zu den Künstlerlogen zu gelangen, und hörte lobende Bemerkungen über Christines Darbietung. Als die Tür aufging, sah er nur sie im Gedränge des Raums. Sie eilte auf ihn zu, entzückt, dass er gekommen war, umarmte ihn herzlich, er sagte ihr, er habe sie bewundert und außergewöhnlich gefunden. Sie war überrascht.

»Wirklich?«, sagte sie zweimal, ungläubig und glücklich.

»Ich schwör's dir«, versicherte er mit der Aufrichtigkeit eines ertappten Diebs. »Es war faszinierend, umwerfend, du warst … einmalig.«

Sie strahlte.

»Du kannst dir gar nicht vorstellen, wie froh ich bin.«

Josef war kein Heuchler. Im Grunde verstand er nicht viel vom Theater. Er war davon überzeugt, dass sie bemerkenswert gewesen war. Auch Maurice umarmte ihn, nahm ihn nach Art des Landes bei der Schulter.

»Ich bin so glücklich, dich zu sehen, altes Haus. Sie ist toll, nicht wahr? Kommt, ich lade euch ein. Das müssen wir feiern.«

Bei Padovani war Mathé enttäuscht. Noch nie war so wenig Geld im Hut gewesen. Ein Schauspieler behauptete, es bestehe eine ursächliche Beziehung zwischen der Höhe der Einnahmen und der Zufriedenheit der Zuschauer.

»Noch nie habe ich einen so glücklichen Saal gesehen«, versicherte Josef.

»Geizhälse, ja. In Zukunft werden wir Eintritt nehmen.«

Maurice hob sein Glas, brachte einen Toast auf ihre wiedergefundene Freundschaft aus.

»Ihr hattet euch gestritten?«, fragte Mathé.

»Oh, nicht der Rede wert«, antwortete Nelly.

»Wir werden nicht mehr zulassen, dass die Politik uns entzweit«, fuhr Maurice fort. »Wir sprechen nicht mehr darüber. Wir haben tausend angenehme Gesprächsthemen. Wer eine polemische Diskussion anzettelt, wird bestraft. Er muss alle ins Kino einladen. Und aus schierer Freude lade ich euch morgen ins *Majestic* ein, dort wird *Nur Engel haben Flügel* gespielt, es soll ein ausgezeichneter amerikanischer Film mit Gary Grant sein.«

»Warum gehen wir nicht lieber ins *Trianon*? Dort gibt es *Hafen im Nebel*«, fragte Nelly.

»Ich habe schon vier Karten reservieren lassen.«

Christine verabscheute Filme, die die männliche Gewalt verherrlichten, und konnte es nicht leiden, wenn man das Programm für sie auswählte. Maurice mochte noch so überzeugend versprechen, dass sie sich keine Minute langweilen würden, so viel Action gebe es mit den Flugzeugen und so viel Spannung mit den Fliegern, es sei keine weinerliche Schnulze wie bei Carné, und danach werde er ein Eis spendieren, aber die Mädchen beschlossen, allein ins *Trianon* zu gehen, denn sie mochten schon im Voraus die Liebesgeschichte zwischen dem desillusionierten Deserteur und dem gefallenen Mädchen.

»Ihr wollt mich doch nicht auf den Karten sitzen lassen. Sie werden nicht zurückgenommen.«

»Wir wollen uns doch nicht wegen eines Films streiten, wenn wir unsere Versöhnung feiern«, wandte Josef ein. »Wir gehen nächste Woche hin. Er wird bestimmt noch lange gezeigt.«

Josef ging zur Bar, beugte sich zu Padovanis Ohr. Dieser nickte, suchte aus seiner riesigen Sammlung eine 78er Schallplatte aus, verschwand hinter der Zwischenwand, und es erklangen die ersten Takte von *Volver*. Josef ging zum Tisch zurück, reichte Christine die Hand, und sie folgte ihm, ohne zu zögern. Er tanzte mit geschlossenen Augen, sie schloss sie ebenfalls. Sie glitten über die Tanzfläche, hinweggetragen von Gardels Musik, drehten sich langsam inmitten der anderen Paare. Sie tanzte wirklich gut, er spürte ihren bebenden Körper, sie ließ sich gehen, aber nicht zu sehr. Und ihre auf seinem Nacken liegende Hand streichelte ihn, nein, sie lag lediglich auf seiner Haut. Und ihr Bein berührte das seine …

Am Ende applaudierten die Tänzer.

»Ich liebe dieses Lied«, sagte er.

»Es ist wirklich ergreifend.«

»Weil Gardel es für uns singt. In Prag hatte ich alle seine Platten.«

Dann legte Padovani *El día que me quieras* auf, einen überwältigenden Tango des argentinischen Sängers. Josef war im Begriff, Christine vorzuschlagen, weiterzutanzen, als sie ihm den Rücken kehrte.

»Forderst du mich auf?«, fragte Christine Maurice.

»Oh, hör zu, ich bin müde. Ich muss früh aufstehen. Ich gehe nach Hause.«

Er gab ein Handzeichen. Die Kellnerin kam mit ihrem Block.

»Bitte die Rechnung, Michèle.«

»Du wirst doch nicht wieder damit anfangen«, sagte Christine.

»Ich hatte gesagt, ich lade euch ein.«

»Und wem? Mir nicht. Wir halten es wie sonst auch. Jeder zahlt für sich.«

»Nein, ich tue es gern.«

»Kommt nicht in Frage. Ich bin alt genug, um mein Essen selbst zu bezahlen, ich habe deine Herablassung satt.«

»Was meinst du damit?«

Christine packte ihre Handtasche, wühlte zwei Sekunden darin, bevor sie sie auf den Tisch warf.

»Nelly, leih mir etwas Geld.«

Nelly kramte in ihrem Portemonnaie, holte zwei Zehn-Franc-Scheine und ein wenig Kleingeld heraus.

»Ich bin nicht sehr reich, mehr habe ich nicht.«

»Wir werden doch wegen eines armseligen Essens kein Aufhebens machen«, sagte Maurice.

»Ich will keine Wohltat. Ich habe dir doch gesagt: Du wirst mich nicht kaufen.«

»Ich kann dir die Gagen der nächsten Tournee vorstrecken«, schlug Mathé vor.

»Ich schulde dir bereits zwei Monate.«

»Hier, mein Anteil«, schaltete Josef sich ein und griff nach seinem Portemonnaie.

»Ich will kein Geld von einem Militaristen!«

Die ständigen Bußgelder sowie die enormen Gerichtskosten hatten Christine ruiniert. Ihre Mutter, zu der sie ein kühles Verhältnis hatte, ohne dass man wusste warum, hatte ihr aus Saint-Étienne telegrafisch Geld angewiesen und ihr klargemacht, es sei das letzte Mal; das Mindeste, wenn man um Hilfe bat, sei es, den Leuten, die man hätte lieben sollen, zu danken und ein frohes Jahr zu wünschen. Dank einer Freundin von Mathé gab Christine nachmittags Schauspielunterricht, eine angenehme, aber schlecht bezahlte Arbeit, außerdem wirkte sie in Hörspielen mit, doch diese zusätzlichen Einnahmen ermöglichten ihr kaum das Überleben. Es war ihr gelungen, im Restaurant *Le Marseillais* anschreiben zu lassen, obwohl es sonst nie jemandem Kredit gab, und auch Padovani half ihr, trotz der finsteren Blicke der alten Padovani, die an diesem Abend nicht an sich halten konnte:

»Meine kleine Christine, es tut mir leid, es dir zu sagen, aber wenn man nicht die Mittel hat, sich das Restaurant zu leisten, isst man zu Hause.«

»Oh, der Wirt hier bin ich! Du kannst kommen, wann du willst, meine Schöne.«

»Ich bin nicht deine Schöne!«

Türknallend ging sie hinaus, gefolgt von Maurice. Padovani war verblüfft. Die Wirtin triumphierte:

»Deine Rechnung kannst du in den Wind schreiben.«

Wenig später tauchte eine hübsch verzierte Tafel über der Theke auf. Niemand achtete darauf. Jedes Mal, wenn ein Gast den alten Padovani um einen kleinen Aufschub bat – »Du kennst mich ja« –, schickte er ihn zu seiner Gattin, diese deutete auf die Tafel, und der Bittsteller erfuhr konsterniert, säumige Zahler hätten schändlicherweise den Kredit zur Strecke gebracht.

Um dieser misslichen Situation abzuhelfen, wurde einstimmig eine Änderung beschlossen, die jungen Männer würden die Mädchen zu sich zum Abendessen einladen und jedes zweite Mal kochen. Die Uhrzeit variierte, wenn es eine Vorstellung gab, wurde es spät. Es kam nicht mehr in Frage, Geld, das man nicht hatte, in Restaurants auszugeben, die zwar sympathisch waren, aber nun unerschwinglich für Christine, die man nicht allein lassen konnte. Es fiel eine enttäuschte Bemerkung von Nelly zum Übermaß an Spaghetti, Omeletts und Reis mit Tomatensoße in der männlichen Küche; und eine zynische zu den kulinarischen Talente der

Frauen von heute, aber war nicht das Wichtigste, zusammen zu sein?

Natürlich herrschte bei ihnen nicht die Atmosphäre der Restaurants, die sie gerne besuchten, nicht das Lachen, die idiotischen Witze, nicht die Freunde, die Kumpel, die man nach langer Abwesenheit wiedersah und die einem ihr Leben erzählen, so wie man einen Graben zuschüttet. Sie waren nur zu viert, mit langen Schweigeminuten, Themen, die man nicht anschneiden durfte, wollte man sich nicht überwerfen. Maurice hatte ein Kristall-Detektor-Radio aus Bakelit, das die Wellen vom andern Ende der Welt einfing (von New Orleans, versicherte er). Sie setzten sich in einen Kreis, lauschten unbekanntem Jazz, Klarinettensolos, die sie aufwühlten. Josef kaufte ein Grammophon mit Selbstabschaltung sowie ein Dutzend 78er Schallplatten von Gardel.

Wie hatte er nur so lange warten können, ihn wiederzuentdecken?

Die Mädchen durften nun regelmäßig Konzerte hören, fanden es am Ende aber zu süßlich. Er schlug ihnen vor, zu tanzen, war bereit, den Tisch und die Sessel beiseite zu räumen, verzichtete darauf, sein Phonograph war nicht stark genug, und außerdem war es lächerlich, seine Essecke als Tanzdiele zu benutzen.

An manchen Abend blieb jeder mit der Seinigen allein.

Zwischen Nelly und Christine bestand ein großer Unterschied. Die eine ließ sich gerne einladen, die andere nicht.

»Ich bin feminin, nicht feministisch. Ich gestatte dir, mich einzuladen«, präzisierte Nelly. »Nicht allen Männern wird diese Ehre zuteil.«

Josef zahlte gern für Nelly, ohne hinzuschauen oder zu rechnen. Im Allgemeinen teilten sie ihre Rechnungen auf.

Was Christine anging, so galten ihre Forderungen nach finanzieller Unabhängigkeit. Nachdem sie Maurices Heiratsantrag abgelehnt hatte, hatte sie ihm noch einmal erklärt: sie akzeptiere die Gesetzgebung nicht, die sie zu einer Minderjährigen machte, sie zwang, ihrem Ehemann zu gehorchen, für eine Anstellung seine Erlaubnis einzuholen, ebenso um ein Bankkonto zu eröffnen oder einen Pass zu erhalten. Maurice hatte die Gelegenheit beim Schopf gepackt:

»Aber ich erlaube es dir, mein Schatz.«

»Gerade diese Erlaubnis ist mir unerträglich. Ich bleibe lieber ledig. Ich will leben, existieren, und zwar nicht nur als die Frau von jemandem!«

Die Liste ihrer Forderungen war recht lang. Sie wollte wählen und bei Wahlen gewählt werden können wie die türkischen oder die englischen Frauen, selber über ihr eigenes Geld verfügen können, ohne auf den guten Willen ihres Mannes angewiesen zu sein, sie forderte Gleichheit der Löhne, eine gerechte Aufteilung der Arbeiten im Haushalt, dieselben Arbeitsplätze wie die Männer, freien Zugang zu den seit dem Gesetz von 1920 verbotenen Verhütungsmitteln. Vor allem konnte sie das Dogma nicht mehr ertragen, das vom Papst, der Kirche und den anderen Religionen unentwegt in die Köpfe gehämmert wurde, die zum Ideal erhobene Unterjochung: Der natürliche Platz der Frau ist der Herd.

»Diese Ungerechtigkeiten bringen uns um, alle diese unerbittlichen Brutalitäten, sie werden nie ein Ende nehmen«, sagte sie zuweilen müde.

»Welche Brutalitäten?«, fragte Maurice besorgt.

Josef und Nelly bemerkten eine Veränderung bei Maurice. Bisher war sein Interesse für öffentliche Angelegenheiten immer gering gewesen. Doch in diesen wirren Zeiten war es schwierig, nie seine Überzeugungen zum Ausdruck zu bringen. Er empfand einen tiefsitzenden Hass auf die Volksfront, die das Land ruiniert habe. Bisher hatte er wiederholt, was er überall gehört hatte: Mussolini habe Italien wiederaufgerichtet, indem er den Italienern Arbeit gab, man brauche einen starken Mann, um mit diesen faulenzenden Armen aufzuräumen, die davon träumten, den Reichen ihr Geld zu klauen.

Anfangs hatte Christine gefragt: »Was geht dich das an? Du hast kein Geld.«

»Ich werde reich sein. Und ich habe keine Lust, für den bezahlten Urlaub zu schuften.«

Wie die anderen hatte er sich für den Krieg entschieden. Es ging nicht anders.

Und dann war er im neuen Jahr, von der Gnade berührt, auf einmal ein überzeugter Pazifist geworden, brandmarkte die Kriegstreiber mit dem Eifer der Neubekehrten, begann Romain Rolland zu verschlingen und empfahl allen dessen so anrührende Lektüre, er lachte nicht mehr über die grotesken Ansprüche des schwachen Geschlechts, hatte seine spöttischen Andeutungen über ihre Frustrationen oder ihre psychischen Defizite vergessen und erwies sich als ein Weggefährte auch der leidenschaftlichsten Suffragetten, bereit, sich trotz seiner neuen Gewaltlosigkeit mit den zahlreichen Leuten zu prügeln, die sie als Megären und Rabenmütter beschimpften.

Nie war Maurice so pazifistisch und feministisch wie in Christines Gegenwart. Wenn sie nicht da war, blieb er, offen gestanden, genau so, wie man ihn immer gekannt hatte, und dachte wie alle. Gnädig vermied man, diese Diskrepanz hervorzuheben. Diese unvorhergesehene Entwicklung – Josef sprach von Gleichschaltung – trug ihm die Anerkennung und Bewunderung seiner Liebsten ein.

»Wie kann sie ihn lieben?«, fragte Josef.

»Liebe macht blind, nicht wahr?«, antwortete Nelly, die es ablehnte, dieses Dilemma mit ihrer Freundin zu erörtern. »Endlich ist sie glücklich, das ist die Hauptsache.«

»Was findet sie an ihm?«

»Er ist fröhlich, ein schöner Mann, voller Enthusiasmus, er betet sie an.«

»Sie passen nicht zusammen. Sie ist weiter als er.«

Soeben hatte Maurice das Geschäft des Jahrhunderts abgeschlossen. Das erste seiner afrikanischen Bestimmung. Aller Welt hatte er ausführlich davon erzählt. Man begriff, dass er die Wahrheit sagte, denn er änderte kein Detail. Bei Padovani gab er mehrere Runden aus und machte sich neue Freunde. Für einen Pariser war er nicht kleinlich. Er nutzte die Gelegenheit, Christines Schulden zu begleichen, er wusste nicht, wie er ihr es sagen sollte, er war sicher, dass sie es nicht schätzen würde. Er hatte für die Agentur ein riesiges Haus mit allem Drum und Dran verkauft, mit einem Park im englischen Stil, einem geradezu normannischen Obstgarten, einem richtigen Palmenhain, einem Pferdestall, Nebengebäuden und dem Meer in der Ferne.

Eine Glanzleistung. Ein von Anfang bis Ende mit Meisterhand abgewickeltes Geschäft. Er war von Morel, seinem Chef, der mit Komplimenten geizte, öffentlich beglückwünscht worden. Niemand hätte gedacht, dass es ihm gelänge, diesen Besitz loszuschlagen, der bei der gegenwärtigen Lage zu diesem oder zu jedem anderen Preis unverkäuflich zu sein schien. Er hatte einen vor Kurzem hierher versetzten General gefunden, dessen Frau, die sich in dieses Land verliebt hatte, auf diese Weise ihr Erbe anlegte. Dieser ehrbare Militär aus Saint-Amand-les-Eaux hatte keine Ahnung vom Wort »Feilschen«. Nie wäre es ihm in den Sinn gekommen, über den Preis zu verhandeln. Und als seine geliebte Gattin, die Mutter seiner fünf Kinder, ihm bestätigte, dass es der Wohnsitz ihrer Träume sei, wandte er sich Maurice zu, nahm sein Monokel ab und schlug die Hacken zusammen.

»Abgemacht. Ein zügig abgewickelter Verkauf.«

Maurice empfand Unbehagen gegenüber diesem anständigen Mann, ein seltsames und unbekanntes Gefühl, dessen er sich später mühelos entledigen sollte (aber er war ja noch Anfänger im Immobiliengeschäft).

Schweiß auf der Stirn. Ein unmerkliches Zittern der Unterlippe.

Als er seinem General – so nannte er ihn – verkündete, er habe die Initiative ergriffen, für ihn zu verhandeln, und habe einen erheblichen Nachlass durchgesetzt, begann dieser, das Angebot abzulehnen. Man könne glauben, er habe nicht die Mittel, seine Familie unterzubringen. Maurice musste insistieren, er könne es nicht ertragen, dass ein Offizier der französischen Armee getäuscht werde.

»Das wäre eine große Unredlichkeit, General.«

»Ich bewundere Ihre Skrupel, junger Mann, das kommt heutzutage selten vor.«

Der General fand ihn reizend, sicher komme er aus einer vortrefflichen Familie. Man sehe die gute Erziehung. Auf diese Weise wurde Maurice in die Entourage des Generals aufgenommen, zu den köstlichen Imbissen eingeladen, die seine Gattin einmal im Monat am Sonntagnachmittag gab, sie nannte sie »garden parties«, dort traf er die beste Gesellschaft.

Die algerische Crème de la Crème.

Sollte das Paradies je existiert haben, dann hätte es an dieser erhabenen Küste liegen können, wo sich, soweit das Auge reichte, an der Spitze eines makellosen Sandstrands ein Wald von Pinien erstreckte, zum Ufer geneigte diskrete Wächter, Palmenhaine, ein opalschimmerndes Meer und diese gedämpfte Stille, dieser wie Kaschmir leichte Wind, irgendwo zwischen Sidi Ferruch und Zéralda, so nah und so fern von Algier. Dort fühlte man sich wie zu Beginn der Welt, allein auf Erden. An diesem überaus glücklichen Sonntag Ende August 39 überflog Christine einen Leitartikel, Nelly ließ sich bräunen, Maurice und Josef machten den Toten Mann.

»›Wir sind am Ende der Rutschbahn angelangt. Wir konnten nicht anhalten, als noch Zeit dazu war. Europa wird explodieren‹«, las Christine.

»Wenn du aufhören würdest, dich mit diesen Zeitungen

zu vergiften, wüsstest du nichts davon. Nutze das Glück«, sagte Nelly, ohne die Augen zu öffnen.

»Es ist vielleicht unser letzter Sonntag.«

»Los, Mädchen, kommt baden«, schrien die jungen Männer.

Anfang September überfiel Hitler Polen, man war darauf gefasst und doch überrascht, Frankreich und England erklärten ihm den Krieg. Man sah einen Frontalzusammenstoß von unerhörter Brutalität voraus. Verdun oder die Vernichtung. Etwa ein Jahr lang geschah nichts oder fast nichts. In Algier lebte man weiter wie zuvor, man hörte die Nachrichten im Radio, sie waren nicht gut, aber es hielt niemanden davon ab, zu arbeiten, zu tanzen oder im Familienkreis ein Eis essen zu gehen. Im Gegenteil, man wollte noch ein bisschen leben. Man gewöhnte sich an diesen komischen Krieg. Einige sagten voraus, dass er nie stattfinden werde, alles sei arrangiert, unter der Hand ausgehandelt wie der Nichtangriffspakt zwischen Deutschland und der UdSSR.

Christine war noch zuversichtlich.

»Niemand hat Lust, für Danzig oder Polen zu sterben. Es besteht eine echte Chance, den Frieden zu retten.«

Die allgemeine Mobilmachung wurde angeordnet. Das 19. Armeecorps bildete sich im größten Durcheinander. Maurice wurde der 1. algerischen Infanteriebrigade zugeteilt, einer der beiden Einzigen, die nicht in die Hauptstadt beordert wurden, und dann als Ordonnanz in den Generalstab versetzt. Außer den engsten Freunden wusste niemand, wie er das angestellt hatte. Er gab keinerlei Detail preis, war diesmal von erstaunlicher Diskretion, vermutlich hatte man ihm empfohlen, so wenig wie möglich darüber zu sagen.

»Mein guter Stern«, versicherte er den Skeptikern.

Im Generalstab sah er seinen General wieder, den er mit dem Citroën Traction von dem Anwesen abholte, das er ihm verkauft hatte, und den er abends zurückbrachte, bevor er nach Dienstschluss nach Hause fuhr. Die Stimmung im Kommandozentrum war, wie er versicherte, von olympischer Gelassenheit. Hinter ihnen (also hinter uns) stand das Reich, das kolossale französische Kolonialreich mit seinen dreizehn Millionen Quadratkilometern, seinen siebzig Millionen Einwohnern, seinen unermesslichen Reichtümern. Endlich würden seine Bevölkerungen dem ewigen Frankreich, das ihnen so viel gebracht hatte, ihre Dankbarkeit zeigen können. Dieses für die Räuber, einschließlich der Engländer und Amerikaner, unerreichbare Hinterland würde dem Kolonialministerium sechshunderttausend ausgebildete und ausgerüstete Männer zur Verfügung stellen.

Maurice erlebte einen ruhigen, aber mit viel Verantwortung verbundenen Krieg im Fort national und griff selbstsicher die von Christine entwickelte Argumentation auf. Nein, er sei kein Drückeberger, so bringe er seine pazifistischen Überzeugungen zum Ausdruck. Und er habe eine sagenhafte Arbeit, das könne man sich gar nicht vorstellen. Auf diese Weise entging er dem verhängnisvollen Schicksal der Soldaten der drei nordafrikanischen Divisionen, die beim deutschen Angriff an vorderster Front eingesetzt wurden, quasi dezimierte Regimenter aus Franzosen und Einheimischen, Kanonenfutter ohne militärischen Nutzen.

Als tschechoslowakischer Arzt war Josef von der Mobilisierung nicht betroffen. Aber es gab ein tückisches Gesetz, das ausländischen Ärzten zu praktizieren verbot. Man wusste nicht genau, ob es auch für Algerien und für die Forschung galt. Er selbst stritt mit seinen Kollegen pausenlos über die neue Behandlung der Malaria auf der Basis von Mykoplasmen. Er hatte sich erfolgreich dem äußerst gefährlichen Test der Prämunisierung unterzogen. Zu wiederholten Malen für viele Stunden in einer sterilen Kammer eingeschlossen, war er von Dutzenden, vielleicht Hunderten von Anopheles-Mücken gestochen worden, die im Labor geschlüpft waren und deren Larven aus verseuchten Teichen stammten.

Er war nicht erkrankt, denn um den Parasiten übertragen zu können, muss die Stechmücke von einem an Malaria erkrankten Menschen angesteckt worden sein. Diese erste latente Infektion schützte Josef wie ein natürlicher Impfstoff gegen eine Superinfektion. Dem Beispiel Pasteurs folgend hatten alle Ärzte diese Technik an sich selbst getestet, und keiner war je an Malaria erkrankt.

Sergent hatte erreicht, dass das Personal, das im Alter war, zu den Fahnen gerufen zu werden, ihm als Beitrag zur Kriegsanstrengung zugeteilt blieb. Das Institut musste der Armee Impfstoffe gegen Typhus und Pocken liefern, die Arbeitslast war beträchtlich, aber keiner beschwerte sich.

Nur Nelly fand, es sei unmenschlich, seine Tage und Nächte derart mit Schuften zu verbringen. Vor allem die Nächte.

*

An Silvester 40 hatte keiner Lust zu feiern. Sie aßen einfach zu viert zu Abend, hörten das Konzert von Debussy im Radio, wobei sie einige Flaschen Boulaouane Gris tranken, wünschten sich mit ungewohnter Rührung ein gutes neues Jahr, ermaßen ihr Glück, noch zusammen zu sein, während die anderen Paare getrennt waren. Nach Mitternacht, wahrscheinlich hatten sie zu viel getrunken, fühlte sich Nelly in sentimentaler Stimmung, sie begann *J'ai ta main* zu trällern, ein Chanson von Charles Trenet, den sie verehrte, wobei sie Josef ansah, ihre grünen Augen glänzten, er nahm ihre Hand, Christine und Maurice taten es ihnen gleich, und alle sangen im Chor um den niedrigen Tisch herum:

Viens plus près, mon amour
Ton cœur contre mon cœur
Et dis-moi qu'il n'est pas de plus charmant bonheur
Que ces yeux dans le ciel, que ce ciel dans tes yeux
Que ta main qui joue avec ma main …

Am Montag, dem 16. März 1940, als am späten Nachmittag Maurice in Uniform im Institut aufkreuzte, war er kreidebleich. Josef dachte, Christine sei ein Unglück zugestoßen. Mit fiebriger Hand reichte Maurice ihm ein Telegramm: »Äußerst ernste Angelegenheit, stop. Kontaktiere mich dringend, stop. Philippe Delaunay.«

»Das ist mein Vater. Bestimmt hat es eine Katastrophe gegeben. Ich flehe dich an, Josef, lass mich nicht im Stich.«

Maurice hatte Angst zu telefonieren. Er fürchtete eine schlechte Nachricht. Auch wenn er ihn sehr liebte, hatte er doch kaum Kontakt zu seiner in Paris gebliebenen Familie. Sie hatten lediglich eine Neujahrskarte ausgetauscht. Josef brachte ihn zum Postamt, sah seine unter der Uhr sitzenden alten Freunde wieder. Sie versuchten noch immer, ihre Angehörigen anzurufen. Seit der Kriegserklärung dauerte es immer länger, außer für die Italiener, die nicht in den Konflikt verwickelt waren. Josef hatte den Versuch aufgegeben, seinen Vater in Prag zu erreichen, er konnte seine Tage nicht mit Warten verbringen. Sie sprachen nachts miteinander.

Die Telefonistin bekam Paris in zehn Minuten. Sie betraten die Kabine drei.

»Nur Mut, Alter«, sagte Josef.

Maurice holte tief Luft, hob den Hörer ab, in dem es Hallo tönte, gab Josef den Kopfhörer.

»Papa, ich bin's, Maurice. Wie geht es dir?«, gelang es ihm mit tonloser Stimme zu sagen.

»Es geht um deine Schwester, mein Großer.«

»Hélène! Ist sie tot?«

»Nein, sie ist schwanger.«

»Das ist nicht möglich! Sie ist … sie ist …«

Verstört überlegte er, wie alt sie war, ließ sich auf den Hocker fallen, riss Josef den Kopfhörer aus der Hand.

»Warum treibt sie nicht ab?«, rief er aus.

Sein Vater sprach weiter.

»Mein Gott!«, murmelte Maurice zweimal.

Er bekam Farbe, die der Wut, des Zorns, richtete sich auf. Josef ließ ihn in der Kabine allein, schloss die Tür, um die Intimität dieses Familiengesprächs zu wahren. Es nützte nichts, Maurice brüllte: »Die Schlampe! Die Schlampe!« Man hörte ihn noch am andern Ende der Post. Josef zündete sich eine Bastos an, meinte, jedem seiner auf der Bank sitzenden Freunde eine anbieten zu müssen. Sie rauchten fünf Minuten, anderswohin schauend, und sprachen über das für die Jahreszeit recht schöne Wetter. Maurice hängte brutal auf, blieb niedergeschlagen stehen. Sein Unterkiefer zitterte. Schwankend kam er heraus, versetzte der Tür einen gewaltigen Fußtritt und brach in Tränen aus. Josef legte ihm die Hand auf die Schulter, drückte ihn an sich. Sie verließen das Postamt, in dem Grabesstille herrschte.

So viele Missgeschicke heutzutage.

Hélène, seine Schwester, seine geliebte kleine Schwester, hatte sich von einem Unbekannten schwängern lassen, na ja, eine Redensart, sie kannte ihn natürlich, aber sie wollte seinen Namen nicht sagen, ihr Vater hatte geschrien, sehr laut, sie hatte ihm frech geantwortet.

Lieber wolle sie sterben.

Ihre Mutter hatte geweint und weinte noch immer.

Hélène hatte den Namen des »Übeltäters« nicht verraten, es gab kein anderes Wort zur Bezeichnung dieses Hurensohns, der ein kaum siebzehnjähriges, seit drei Wochen achtzehnjähriges Mädchen missbraucht hatte, dem eine wunderbare, nun verpfuschte Zukunft verheißen war, eine gute Partie mit einer schönen Mitgift, von der sie jetzt nicht das kleinste Bisschen bekäme, Pech für diese dumme Pute, kein anständiger Mann würde sie jetzt noch haben wollen, womöglich kannte man den Schurken, sein Vater hatte keine Idee, wer das sein mochte, woraus folgt, dass es nicht nützte, den Mädchen eine gute Erziehung zu geben, das Laster liegt ihnen im Blut, jawohl.

Der Idiot von Arzt hatte eine Fettanämie diagnostiziert, anscheinend war sie dick wie eine Kuh. Hätte sie es wenigstens gleich gesagt, denn ein eingestandener Fehltritt hätte sich beheben lassen, aber die blöde Gans hatte sechs Monate gewartet.

»Ich dachte, ihr seid sehr katholisch?«

»Warum sagst du das?«

»Ist die Abtreibung von der Kirche nicht ausdrücklich verboten?«

»Das hier ist was anderes. Jedenfalls hat es sich erledigt.«

Maurice war so niedergeschlagen, so traurig, dass er fürchtete, er werde anfangen zu flennen wie eine Heulsuse. Er wolle Christine für eine Weile nicht mehr sehen. So lange, bis der Kummer vergehe.

Josef solle ihr ausrichten, dass er sich angeschlagen fühle.

»Ach ja?«, hatte sie besorgt gesagt.

Josef konnte wohl schlecht lügen, oder las sie in seinem Blick, oder ließ er sie darin lesen? Sie dachte: ›Er verbirgt mir die Wahrheit, mein Maurice liegt im Sterben‹, sie wollte nichts mehr hören, rannte zu ihm nach Hause, fand ihren Liebling am Boden zerstört, rasend vor Wut und Demütigung. Auch voller Würde.

»Du verstehst, in unserer Familie ist die Abtreibung unvorstellbar.«

Sein Vater hatte beschlossen, Hélène aufs Land zu schicken, um der Scham und der Schande zu entgehen, ein Onkel besaß ein Holzunternehmen in Périgueux. Die Entbindung ginge dort völlig diskret vonstatten.

Wäre nicht Krieg gewesen und dieses ganze Chaos, dann wäre Maurice nach Paris gefahren, seine Schwester und er hätten miteinander gesprochen wie früher, sie hätte ihrem großen Bruder den Namen des Mistkerls anvertraut, der ein schwangeres Kind im Stich ließ, er hätte ihm die Fresse poliert, ein Mann muss seine Verantwortung übernehmen, sonst ist er kein Mann, oder? Ein Taugenichts, jawohl.

Christine beugte sich zu ihrem Geliebten, legte ihm die Hand auf die Schulter, er hielt den Kopf gesenkt, sie fuhr mit der Hand durch sein Haar, streichelte sein Gesicht, küsste ihn auf die Stern, schließlich lächelte er ihr zu.

»Du liebst deine Schwester?«, fragte Christine.

»Ich bete sie an.«

»Meinst du nicht, dass sie Unterstützung braucht? Sie ist jung, sie ist verloren, verlassen. Ein Kind zu haben ist kein Drama, sondern ein Glück.«

»Soll das heißen, dass du akzeptieren würdest, ein Kind zu haben?«

»Warum nicht?«

»Mit mir?«

»Mit wem denn sonst, Dummkopf! Sobald wir klarer sehen.«

Auf Drängen von Christine schrieb er einen langen, ungewohnt langen Brief an seinen Vater. »Man muss verzeihen, Papa, das ist unsere Christenpflicht«, schrieb er mit seinen runden Buchstaben. Wenn er zögerte, diktiere Christine ihm die Worte: »Wir müssen sie unterstützen, ihr in dieser harten Prüfung beistehen, statt sie zu quälen. Eine Schande wäre es, sie jetzt im Stich zu lassen.« Und Nelly präzisierte: »Wozu wäre eine Familie sonst da, mit einem Fragezeichen, Maurice. Mir hat ein Bruder wie du gefehlt.« Inspiriert fuhr sie fort: »In diesen wirren Zeiten, in denen wir leben, wird dieses Kind für unsere Familie, für ihre Zukunft ein Hoffnungsschimmer sein.« Josef fügte hinzu: »Zorn und Bitterkeit sind Gifte, die die Gesundheit untergraben. Sie braucht Ruhe, Stärkungsmittel und rotes Fleisch. Das ist besser für ein schönes Baby«, erklärte er, »und keinen Alkohol und keine Zigaretten. Los, schreib's hin, worauf wartest du? Es ist zu ihrem Besten.«

Mit dieser ökumenischen Botschaft hatte Philippe Delaunay nicht gerechnet. Er dachte nach, sein Sohn hatte nicht unrecht, er stieg in seiner Achtung: ›Er ist besser, als ich dachte. Wie schön, wenn ein Sohn seinem Vater eine Lektion erteilt.‹ Er tröstete seine Gattin.

»Das Unglück ist geschehen«, sagte er, »wir werden ihr unsere Liebe zeigen, der Augenblick ist gekommen, dass wir unsere christlichen Überzeugungen in die Tat umsetzen. Wir brauchen uns dessen nicht zu schämen, sie wird bei uns entbinden.«

Seine Frau war sprachlos und zeigte ihrer Tochter den Brief, der alles verändert hatte. Dieses Schreiben festigte die Liebe, die Hélène für ihren älteren Bruder empfand, für immer, und sie vergalt es Maurice mit ewiger Dankbarkeit.

»Du weißt«, sagte Nelly, »ich höre dich nachts, wenn du mit deinem Vater sprichst.«

»Ich träume oft von ihm.«

»Du träumst nicht, du sprichst mit ihm.«

»Ja, in meinen Träumen spreche ich mit ihm.«

Eine unwahrscheinliche Niederlage. Kolonnen von Zivilisten, verstört wie Schlafwandler, auf den bombardierten Straßen, ohne einen Blick für die Leichen in den Straßengräben. Orléans, Gien – dem Erdboden gleichgemacht. Hunderttausende von Männern der alliierten Armeen in Bedrängnis, in der Falle von Dünkirchen in die Enge getrieben, versuchen, im allgemeinen Durcheinander an Bord der Schiffe zu gehen, Paris ist eine verlassene Stadt, die Wehrmacht defiliert auf den Champs-Élysées, und Hitler steht aufgekratzt gegenüber dem Eiffelturm.

Scham und Bitterkeit.

In Algier konnte man nicht ahnen, was dort oben vor sich ging. Ende Mai kamen Telefonanrufe nicht mehr durch. Außer im Generalstab, aber Maurice durfte nichts sagen. Geheimhaltungspflicht. Da man ihm ständig in den Ohren lag (»Uns kannst du es doch sagen«), rutschte es ihm schließlich heraus:

»Es steht sehr schlecht.«

»Machst du Witze, Maurice?«

»Es ist die Katastrophe. Ja. Alles ist im Eimer.«

Wie sich diesen Albtraum vorstellen? Es gab das Radio mit seinen geschönten Nachrichten. Die mehr oder weniger präzisen Zeitungen mit ihren mickrigen Fotos. Bestürzung ergriff einen nur im Kino. Noch nie waren so viele Leute in den Sälen gewesen. Die Filme waren einem egal, man wollte nur die Wochenschauen sehen. Die Leute standen im Dunkeln auf, schrien, weinten, weigerten sich zu gehen, blieben mehrere Vorführungen hintereinander, um den Horror noch einmal zu sehen. Diejenigen, die es gesehen hatten, erzählten es den anderen weiter, die ihnen nicht glaubten. Es gab welche, die schworen, es sei alles Propaganda. Die französische Armee sei doch da. Sie habe sich doch nicht in Luft aufgelöst. Wo war sie?

Gerüchte verbreiteten sich. »Im *Vox* gibt es die neue Wochenschau von Gaumont.« Man rannte hin. Es waren dieselben oder ihnen ähnliche andere. Oder im *Plaza* oder im *Rialto*. Man zog durch sämtliche Kinos. Es gab ungewohnte Warteschlangen. Man fragte die Kassiererin nur, wann die Wochenschauen gekommen seien.

Die Zeitungen sprachen von hunderttausend getöteten Franzosen. In den Wochenschauen hieß es sechzigtausend auf Seiten der Alliierten? Wie sollte man es wissen? Wer hat sie gezählt? Mit wem sind wir seit der Kapitulation verbündet? Mit den Deutschen? Mit den Engländern? Auf welcher Seite stehen wir?

Wer ist mit uns?

Im *Marignan* war es erschreckend. Schlimmer als ein Kriegsfilm. Es gab keine Musik.

Die Brücke von Sully-sur-Loire aufgerissen, das Schloss in Trümmern, die Stadt wie eine Müllhalde, ein einziges noch stehendes Haus, eine endlose Schar von Ameisen, verirrte Zivilisten und Soldaten mit gesenktem Gewehr auf der Suche nach einer Brücke, und an den Ufern des Flusses Leichen, zu Hunderten aufgereiht.

Man war niedergeschmettert. Christine weinte. Sie wollte allein sein.

Die einzige gute Nachricht in dieser finsteren Zeit brachte Maurice. Seine Schwester hatte gerade einen Jungen bekommen. Es war eine schwere Geburt gewesen. Der Arzt hatte sich geweigert, einen Kaiserschnitt vorzunehmen. Aus Prinzip. Deswegen hatte sie viel durchgemacht.

»Das wird ihr eine Lehre sein«, hatte Maurice kommentiert. »Und sie will noch immer nicht sagen, wer der Vater ist. Das wird ihr kein Glück bringen. Ein Kind, das während des Zusammenbruchs zur Welt kommt, ist kein gutes Omen.«

»Wie kannst du solche Abscheulichkeiten sagen?«, hatte Christine erwidert. »Ich finde dich widerlich! Meinst du nicht, dass sie es schwer genug hat?«

Am Ende musste Maurice es zugeben.

»Mhm, das Balg heißt Franck.«

*

Josef analysierte die enttäuschenden Ergebnisse der neuen Behandlung gegen die Malaria, als Sergent ihn aufsuchte. Er setzte sich ihm gegenüber, auf die andere Seite der Arbeitsplatte.

»Wir müssen reden«, sagte Sergent.

»Die letzten Tests sind negativ«, antwortete Josef und deutete auf eine Reihe von Reagenzgläsern. »Ich muss wieder von vorn anfangen, ich werde mehr Zeit brauchen als vorgesehen. Bei diesem Röhrchen, und das ist noch ärgerlicher, habe ich eine positive Reaktion, obwohl das Serum nicht von einem Malariakranken stammt, ich hatte höllisch aufgepasst, ich sehe nicht, wo ich einen Fehler gemacht habe.«

Sergent war in Gedanken versunken. Josef glaubte, er sei

wegen dieser Nachricht verärgert. Nach langem Schweigen seufzte Sergent.

»Ich hätte nie gedacht, dass ich eine so schmutzige Arbeit machen muss. Ich habe Ihnen zwei Fragen zu stellen. Ich bitte Sie um aufrichtige und eindeutige Antworten. Sind Sie Jude, Kaplan?«

»Ja, es ist die Religion meiner Geburt, aber ich bin nicht sehr gläubig.«

»Ob Sie viel oder wenig Jude sind, ändert nichts. Schenken Sie mir volles Vertrauen?«

»Natürlich, Monsieur.«

Am 4. Oktober dieses finsteren Jahres 40 hatte die Regierung von Marschall Pétain ein Gesetz erlassen, das die Internierung der ausländischen Juden vorsah. Drei Tage später entzog ein weiteres Gesetz den Juden aus Algier die französische Staatsbürgerschaft. Bereits im August hatte ein Gesetz den Juden, ob Franzosen oder Ausländern, die Ausübung des Arztberufs untersagt. Admiral Abrial, der neue Generalgouverneur, war soeben eingetroffen, um diese Texte mit großem Eifer anzuwenden.

Sergent musste alles stehen und liegen lassen und ein Formular über die ethnische Zusammensetzung des Institutspersonals ausfüllen, unter Angabe der rassischen Herkunft bis zu den Großeltern väterlicher- und mütterlicherseits. Israelitische oder moslemische Einheimische durfte er nur im subalternen Personal behalten. Für das klinische Personal kam das nicht in Frage.

»Ich ahnte, dass es früher oder später ein Problem geben würde«, sagte Josef.

»Mein lieber Kaplan, ich habe lange nachgedacht, Ihre Nationalität wie Ihre Religion verurteilen Sie. Es gibt nur drei Lösungen. Als Arbeitgeber einer öffentlichen Einrichtung bin ich gezwungen, Sie zu entlassen, Sie werden verhaftet, Sie werden interniert, zuerst hier und dann in der Hauptstadt. Unnötig, zu betonen, wie sehr dieser Gedanke mich abstößt. Zweite Möglichkeit, Sie verlassen das Institut, um irgendwohin zu fliehen. Unter den derzeitigen Umständen werden Sie nicht weit kommen und zwischen zwei Gendarmen zurückgebracht und ins Gefängnis gesteckt. Letzte Hypothese, ich kann Sie irgendwohin schicken, wohin nie jemand kommen wird, um sie zu verhaften, aber ich muss Ihnen sagen, dass die dortigen Lebensbedingungen für einen Europäer äußerst schwer sind.«

»Habe ich denn die Wahl?«

»Ich gehe für das Institut ein großes Risiko ein, wir müssen sehr diskret sein. Haben Sie schon von unserer Versuchsstation gehört?«

Sergent fuhr sehr schnell auf der engen Straße. In aller Eile mit Verpflegung und Labormaterial beladen, alles sorgfältig verstaut und geschützt, raste der Juvaquatre durch die Nacht. Nachdem sie den Lieferwagen des Instituts bis zum Rand vollgepackt hatten, waren sie zu Josefs Wohnung gefahren. Sergent hatte ihn begleiten wollen, um ihm beim Tragen seiner Sachen zu helfen. Josef besaß noch immer nur die beiden Koffer, mit denen er vor zwei Jahren in Algier angekommen war. Was sollte er mit all den Sachen machen, die er seitdem erworben hatte?

»Nehmen Sie nur das Nötigste mit. Lassen Sie alles andere da, Sie werden es nicht brauchen.«

Josef hätte gern sein Grammophon mitgenommen, die Gardel-Schallplatten und sein Kristall-Detektor-Radio, als Sergent ihn stoppte.

»Dort, wo Sie leben werden, gibt es noch keinen elektrischen Strom. Sie müssen alles dalassen, es ist der Beweis für Ihre überstürzte Abreise.«

Sergent wollte nicht, dass er auch nur die kleinste Nachricht hinterließ. Es bedrückte Josef, fortzugehen, ohne Nelly, Christine und Maurice Bescheid zu geben.

Das ekelhafte Gefühl, sie zu verraten.

»Was werden sie denken? Es sind meine Freunde.«

»Sie können nichts für sie tun. Eine erste Verhaftungswelle ist in den nächsten Tagen vorgesehen. Die Juden kommen als Erste dran, sie werden in ein in der Region Oran eröffnetes Internierungslager gebracht, darauf folgen die Gaullisten, die Freimaurer, die Kommunisten, die spanischen Republikaner und die algerischen Nationalisten. Es werden eifrig Listen aufgestellt. Und es heißt, dass ein weiteres Lager in der Gegend von Constantine eröffnet wird. Wir haben es mit einer tödlichen gesellschaftlichen Infektion zu tun, die sich blitzschnell ausbreitet, mit einer Epidemie, gegen die es im Augenblick kein anderes Mittel gibt als die Flucht. Sind Sie mit der Frau verlobt, die bei Ihnen wohnt?«

»Mit Nelly? Wir leben unabhängig voneinander. Sie hat keinen Schlüssel zu dieser Wohnung.«

»Umso besser. Dann brauchen Sie sie auf diesen Leidensweg nicht mitzunehmen. Niemand darf wissen, dass sie abreisen und wohin Sie gehen. Sind es Leute, die Sie lieben, dann werden sie es verstehen, wenn Sie es ihnen erklären, sobald der Krieg vorbei ist. Sollte die Polizei sie befragen, so werden sie die Wahrheit sagen: Sie sind ganz plötzlich verschwunden, ohne sich von ihnen zu verabschieden, und haben nur ein paar Kleidungsstücke mitgenommen. Man wird glauben, dass Sie den Zug nach Tunis, Marokko oder in den Senegal genommen haben, und man wird Sie vergessen. Das ist das Beste, was Ihnen passieren kann.«

Während der Fahrt gab ihm Sergent Anweisungen zum Forschungsprogramm. Er sprach laut, um das Geräusch des hochgejagten Motors zu übertönen. Hin und wieder versicherte er sich, dass Josef ihn richtig verstanden hatte und vorbehaltlos zustimmte.

»Dieses Projekt wurde vor ein paar Jahren begonnen, es hat große Verzögerungen gegeben, und es wird sich noch lange hinziehen, es wäre ideal, wenn Sie zwei oder drei Jahre bleiben.«

Josef schaute ihn an, um zu erraten, ob er es ernst meinte, er sah lediglich den Umriss seines runden Gesichts, von der Glut seiner Zigarette nur schwach beleuchtet. Sergent starrte auf die steinige Straße.

»Das ist das Minimum, um gute Arbeit zu leisten. Jedenfalls werden die Kampfhandlungen lange andauern. In Ihrer Lage können Sie wohl nicht vor Ende des Kriegs zurückkommen, schreiben oder irgendjemanden sehen. Sie werden in einer der ungesündesten Gegenden Algeriens leben. Ein absolut unwirtlicher Ort. Außer meinem Bauleiter gibt es im Umkreis von fünfzehn Kilometern keinen Weißen, und es sind unglückliche Bauern. Die meiste Zeit werden Sie mit Arabern leben, von denen die meisten nicht Französisch sprechen. Sie dagegen haben Glück, Sie sind vor der Malaria geschützt. Sie werden etwas Großes vollbringen können. Als ich jünger war, wäre ich glücklich gewesen, eine solche Aufgabe zu übernehmen. Dupré kümmert sich alle fünf oder sechs Wochen um die Versorgung mit Baumaterial und Nahrungsmitteln, Sie können ihm vertrauen. Während der Regenzeit kommt der Lastwagen manchmal nicht durch, Sie werden irgendwie zurechtkommen müssen.«

Sergent parkte langsam am Straßenrand, nahm eine weitere Zigarette, bot Josef eine an. Er schaltete die Scheinwerfer aus. Sie rauchten stumm.

»Ich muss Ihnen noch etwas sagen, Kaplan, Sie dürfen Ihren Posten nicht verlassen, bevor ich eine Vertretung gefunden habe.«

»Ich weiß nicht, ob ich allein so lange durchhalten kann.«

»Sie werden viel zu beschäftigt sein, um daran zu denken, die Einheimischen sind ohne jede gesundheitliche Versorgung. Die Wissenschaft ist ja schön und gut, aber Menschen zu behandeln ist wesentlich.«

»Das habe ich noch nie gemacht.«

»Wenn Sie ein Kind mit geschwollener Milz vor sich haben, werden Sie merken, dass die Malaria nicht nur ein Forschungsgegenstand ist. In dieser Gegend hat es schon immer eine erschreckend hohe Sterblichkeit gegeben. Von jetzt an ist Ihr Problem kein Glasröhrchen mehr, das sich blau oder weiß verfärbt, sondern ein sterbendes Baby.«

Josef versuchte die unsichtbare Landschaft jenseits der schwarzen Fensterscheibe zu erkennen. Er musste auf kartesianische Weise nachdenken, das Für und Wider, die Vorteile und Nachteile abwägen, sein Geist war leer, er schloss die Augen, das Bild des durchsonnten Algier auf der Brücke des Schiffs bei seiner Ankunft kam ihm in den Sinn, er dachte an diese weiße Stadt, wo es sich so gut leben ließ, wo er so glücklich gewesen war, er sagte sich, dass es, vorläufig oder vielleicht für immer, zu Ende sei. Wer konnte sagen, wie dieser so schlecht begonnene Krieg ausgehen mochte? Und was sind alles in allem zwei oder drei Jahre, wenn man gerade dreißig geworden ist?

»Meinen Sie, ich bin dazu imstande?«

»Wenn ich nicht überzeugt wäre, hätte ich Sie nicht vorgeschlagen.«

Josef rauchte seine Zigarette zu Ende, kurbelte die Scheibe herunter, um die Kippe hinauszuwerfen, eisige Luft drang in den Wagen. Er streckte Sergent den rechten Arm entgegen, die beiden Männer wechselten einen langen Händedruck.

»Noch etwas, Sie können nicht mehr Kaplan heißen. Von nun an sind Sie Doktor Garnier.«

Aus der Innentasche seiner Jacke zog Sergent ein grünes Heft und gab es ihm.

»In diesem Heft finden Sie das Programm der Experimente, das ich ausgearbeitet habe, Sie werden es in vivo ausführen. Sie allein werden die richtigen Entscheidungen treffen. Was die materiellen Details angeht, so werden Sie nicht mehr offiziell vom Institut entlohnt. Ihre Vergütung wird auf ein Konto überwiesen, über das Sie nach Ihrer Rückkehr verfügen können, und Ihre Urlaube werden Sie dann alle auf einmal nehmen. Wenn möglich werden wir Ihre Wohnung für Sie freihalten. Machen Sie sich keine Sorgen, niemand wird Ihnen die geringste Frage stellen. Weil sich niemand in diesen gottverlassenen Winkel wagt. Außerdem gibt es keine Straße.«

Sergent hatte wie immer recht. Die geteerte Straße endete in Zegla, einem etwa fünfzehn Kilometer von der Station entfernten Dorf. Man konnte diese Strecke nur auf dem Rücken eines Maulesels auf einem steinigen Pfad zurücklegen, der mit der Regenzeit im Oktober verschwand. Eine Zeitlang war davon die Rede gewesen, diese ausweglose Gegend mit Elektrizität zu versorgen, aber die Akte war zwischen zwei Ministerien verloren gegangen, und es bedeutete eine Ausgabe, die zu tätigen niemand sich vorstellen konnte. Nach zwei endlosen Kilometern endete der tückische Weg. Es war nur noch ein Feld mit ausgewaschenen Wagenspuren. Sergent fuhr im Schritt, jeden Zentimeter ins Visier nehmend, doch seine Bemühungen erwiesen sich als nutzlos, der Juvaquatre wirbelte Staubwolken auf, scharrte scheppernd über den Boden, litt, schien fast auseinanderzubrechen, als hätte er keine Stoßdämpfer und keine Federung mehr. Am Ende eines Gefälles änderte sich die Landschaft, gelbliche Pfützen tauchten auf, eine undurchdringliche Vegetation aus Dornen und Gestrüpp, Schilf und Zwergpalmen.

Und Teichen. Endlos.

Sie brauchten noch gut zwei Stunden, bis sie am Ziel waren. Ouled Smir war ein tief eingeschnittenes Tal im Hinterland von Sidi-bel-Abbès, im Norden eingeklemmt vom Atlas Daia, dessen Regen sich wasserfallartig in eine lehmige Ebene voll zahlloser Sümpfe ergoss. In der feuchten Jahreszeit vereinten die Fluten sich, verbunden durch windungsreiche Gräben, Hecken hoher Gräser und Sträucher, eine riesige Brache, in der das stehende Wasser in den Falten eines verwilderten und feindseligen Geländes moderte.

In den zwanziger Jahren hatte der Staat dem Institut Pasteur mehrere Hundert Hektar dieser trostlosen Erde überlassen. Die Spende einer reichen Erbin hatte es Sergent ermöglicht, einen Hügel aufschütten und darauf, wegen ihrer Abgeschiedenheit unter den größten Schwierigkeiten, eine Versuchsstation zur Bekämpfung der Malaria errichten zu lassen, nach dem Modell derjenigen, die in Boufarik in der todbringenden Ebene der Mitidja so großen Erfolg hatte. In Wirklichkeit handelte es sich um eine Gruppe von vier Häusern, darunter einer großen offenen Scheune, die als Maultierstall diente und ein Viereck bildete, in dessen Mitte ein zweiunddreißig Meter tiefer Brunnen trübes Wasser lieferte, das gefiltert und abgekocht werden musste.

Und ringsum ein verödeter Weiler, ein Dutzend Hütten aus Strohlehm und Astwerk.

Sich den Rücken reibend verließ Sergent den Wagen, stieg auf das Trittbrett und hupte mehrmals. Josef wartete im Innern. Sie gewahrten eine an einer kleinen Mauer kauernde alte Frau, umringt von weißen Hühnern, die Nahrung suchten. Sergent ging zu ihr, diskutierte einen Augenblick lang mit ihr, kehrte zu Josef zurück.

»Sie sind auf der Baustelle. Ich weiß nicht, wo. Wir werden sie suchen müssen.«

Sie machten sich auf die Suche nach Carmona, dem Bauleiter, und seinen Arbeitern.

»Sie werden sehen, ein eigenartiger Typ. Man muss einen bestimmten Charakter haben, um in diesem Winkel leben zu können. Die Natur ist uns keine große Hilfe. Hier ist alles kompliziert. Wir haben Mühe, Arbeiter zu finden und sie zu halten. Man muss sie führen können, sonst gehen sie. Die Verständigung mit ihm ist unkompliziert: Er ist für die Arbeiten zu ständig, Sie für die Medizin.«

Das Reich des Schlicks. Die Araber nannten es das Land der Trostlosigkeit. Man kam kaum voran, verirrte sich wie in einem Labyrinth, war schnell erschöpft, wenn man bis zu den Waden im Schlamm versank. Da das Terrain nahezu kein Gefälle hatte, konnte das Wasser nicht abfließen. Zahllose Insekten, endemische oder unbekannte Arten, vermehrten sich rasch. Die Zecken töteten die Säugetiere. Sogar die Ratten waren geflohen. Dichte Wolken von Mücken hatten Europäer und Einheimische vertrieben, außer einigen Berberfamilien, die Carmona für die Baustelle hatte halten können.

»Als ich diese Gegend entdeckte, sagte ich mir, dass es Gott gefallen habe, hier die für den Menschen schlimmsten Hindernisse anzuhäufen, als hätte er ihm das Leben unmöglich machen wollen. Ein Reinfall der Schöpfung«, hatte Sergent gescherzt, als er ihm das Gebiet zeigte, in dem er künftig arbeiten würde.

Sie warteten zwei Stunden lang, Carmona und seine Arbeiter blieben unsichtbar, ungeduldig sah Sergent auf seine Uhr.

»Ich kann nicht länger bleiben. Nachts ist die Straße unbefahrbar. Ich muss los.«

Sie entluden den Lieferwagen mitten auf dem Hof. Sergent zeigte ihm sein Haus mit dem Fliegenvorhang an der Tür, zwei spärlich möblierte Räume ohne Fenster, ein schmales Esszimmer mit einem Holztisch, drei Korbstühlen und einer Kochnische mit einem Holzherd, einem Spülbecken, einem Wandschrank für Vorräte, ein Schlafraum mit einem Kachelofen, einem Schrank und einem baldachinartig von einem Moskitonetz umhüllten Bett.

»Es ist natürlich spartanisch, aber die Matratze ist bequem. Alles Wichtige befindet sich nebenan.«

Das zweite Haus war geräumiger, ebenfalls ohne Fenster, es diente als Labor, und mit seiner Arbeitsplatte aus Porzellan, seinem sorgfältig in Regalen aufgereihten Material, seinen Brom- und Dekantierampullen, seinen Rundkolben, seinen Bunsenbrennern, seinen Reagenzgläsern, seinen Versuchsröhrchen und drei Mikroskopen hätte man glauben können, man sei im Institut. Ein Apothekerschrank enthielt ein paar Medikamente. Josefs Auftrag war ein doppelter: die Einheimischen behandeln und das Vorsorgeprogramm gegen die Malarie in die Wege zu leiten. An der Wand ein Feldbett mit einer braunen Decke und einem entlang der Mauer eingerollten Moskitonetz.

»Das dritte Haus ist das von Carmona. Er wird bestimmt bald zurückkommen.«

Er half ihm die Sachen auszuladen und die Kisten im Labor unterzubringen.

»Dupré wird in vier und fünf Wochen für Nachschub sorgen. Sie haben einen ausreichenden Vorrat an Nahrungsmitteln. Notieren Sie, was Sie brauchen, er wird es Ihnen beim nächsten Mal mitbringen. Wenn es irgendetwas Dringendes gibt, wenden Sie sich an Carmona. Lassen Sie sich Zeit, sich einzurichten, hier vergehen die Stunden anders, man hat es nie eilig; ob morgen oder übermorgen oder in einer Woche, es ist einerlei. Für die Beleuchtung sorgt die Petroleumlampe, man steht mit der Sonne auf und geht mit ihr zu Bett. Viel Glück, Kaplan.«

Josef brauchte nicht lange, um seine Sachen in den Schrank zu räumen. Auf dem Tisch, über den er mit dem Finger strich, lag kein einziges Staubkorn, auf den Möbeln und dem Boden auch nicht. Er machte eine Runde durch den angrenzenden Weiler, sah niemanden, die alte Frau war verschwunden. Im Hof meinte er den Gesang einer Frau zu hören, eine ferne Stimme wie eine Sirene. Er spitzte die Ohren, vermochte nicht zu unterscheiden, ob seine Phantasie ihm einen Streich spielte oder ob es der leichte Windhauch war. Gegen vier Uhr ging er unter einem grauen Himmel um den Hügel herum, ein in einem Meer von Sümpfen verlorenes Eiland. Man hörte keinen Laut, keine Brandung, keinen Vogel am Himmel. Er wartete noch eine Weile. Bis Einbruch der Dunkelheit.

Anständigerweise konnte er nicht einfach verschwinden, ohne seine Freunde zu benachrichtigen. Er riss ein Blatt aus einem Heft und begann im trüben Licht des schwindenden Tages zu schreiben:

Meine liebe Nelly,

Wir hatten Gelegenheit, über all die Gesetze zu sprechen, die uns verbieten, zu leben. Ich konnte nicht mehr in Algier bleiben. Ich hatte eine günstige Gelegenheit zur Flucht, ich konnte Dir nicht Bescheid sagen. Ich glaube, dass Du mich verstehst. Ich wünsche Dir alles Gute …

Seine Worte schleppten sich dahin, tonnenschwer, er war überrascht, dass er ihr so wenig zu sagen hatte. Er knüllte den Brief zusammen, warf ihn weg. Nicht ihr sollte er schreiben.

Im Halbdunkel, das von dieser gottverlassenen Erde am Ende der Welt Besitz ergriff, kehrte seine Torheit wie ein Bumerang zu ihm zurück, die monströse Absurdität seiner Mitmenschen erdrückte ihn. Am liebsten wäre er auf die Knie gefallen und hätte Christine im Verzeihung gebeten, Verzeihung für die Millionen künftiger Leichen, das unsägliche Elend, die zahllosen Zerstörungen, und ihr zugerufen, dass sie tausendmal recht gehabt hatte, trotz der unabwendbaren Gewissheit der Niederlage mit solcher Energie für den Frieden zu kämpfen, ohne die Sarkasmen und die Verachtung zu fürchten. Auch nicht die Anschuldigungen, feige zu sein. Immer sind die Pazifisten die Mutigsten, es ist so einfach, Krieg zu führen, seinen Nachbarn zu töten, Kinder abzuschlachten, der letzte Überlebende zu sein, wenn es gegolten hätte, zu wollen, dass alle leben. Wie die anderen war er von unerträglicher Arroganz gewesen. Er hatte sein überhebliches Lächeln aufgesetzt, ihre lächerlichen Bemühungen verspottet, ihre Flugblätter mit Füßen getreten, ihre schlecht geschriebenen Plakate, ihre Bußgelder als göttliche Strafe verhöhnt, ihre Enttäuschungen, die ihr wie Dolchstöße ins Herz drangen. Er hatte die Schultern gezuckt, die Augen zum Himmel gehoben, wenn sie sagte: »Ich bitte euch, erinnert euch an die große Schlächterei. Nie wieder.« Er hatte mit der Herde gegrinst und sich nie die geringste Mühe gegeben, ihr bei ihren verzweifelten Versuchen zu helfen, er hatte ihr gesagt: »Christine, du machst dich lächerlich.« Sie hatte geantwortet: »Ich weiß, und ich schäme mich nicht.«

Als Josef aufwachte, erblickte er eine Zimmerdecke aus ins Violett spielenden rauen Backsteinen und brauchte zehn Sekunden, bis er begriff, wo er sich befand.

Er dachte: ›Das ist nicht wahr!‹

Verwirrt setzte er sich auf den Bettrand und presste die Hände an den Kopf. Es war kein Albtraum, sondern Wirklichkeit. Für lange. Der Eindruck, den ein unschuldiger Gefangener haben mag, den man für Jahre in einer Zelle vergisst. Zumindest war sein Gefängnis geräumig. Er sollte sofort anfangen und nicht grübeln. Es war eine Prüfung.

Ein Wissenschaftler, eine Mission.

Neun auf seiner Armbanduhr, noch nie war er so spät aufgestanden. Die Versuchsstation war menschenleer. Diese großspurige Bezeichnung musste ihr von einer sehr humorvollen oder sehr verdrießlichen Person verliehen worden sein. Oder einer unsinnig hoffnungsvollen.

Er brachte den Tag damit zu, sein Labor einzurichten, das Material auf seine Weise zu ordnen, mit dem Versuch, dieselbe Anordnung wie in Algier herzustellen. Eingehend studierte er das grüne Heft, das Sergent ihm gegeben hatte. Es erwartete ihn erhebliche Arbeit. Neben der Behandlung der Einheimischen, die ein Viertel seiner Zeit in Anspruch nehmen würde, rechnete der Chef mit einem guten Jahr, um ein vollständiges Verzeichnis der Larven anzufertigen, die in den stagnierenden Wassern und dem Schlamm vorkamen, zusammen mit einer Nomenklatur der Wasserpflanzen, ihren Zustand und die organische Struktur des Terrains zu analysieren, um zu klären, ob zwischen dem Säuregrad des Wassers und der Vermehrung der Anopheles-Mücke eine Beziehung bestand oder nicht.

Ein Jahr, vielleicht zwei.

Plötzlich überkam ihn ein schrecklicher Gedanke, der ihn auf der Stelle niederschmetterte. Und wenn sich Carmona mit seiner Familie einfach aus dem Staub gemacht hätte? Wie sollte man seine Abwesenheit sonst erklären? Er trat auf die Türschwelle, schaute sich um, die Station war noch immer menschenleer, die Umgebung von unendlicher Ruhe. Was würde er tun, wenn er allein bleiben müsste? Ihm bliebe nichts anderes übrig, als auf Duprés Kommen in vier oder fünf Wochen zu warten. Er hatte Trinkwasser, Vorräte für drei Monate, nichts hinderte ihn daran, mit dem Verzeichnis zu beginnen.

Es war der erste Tag eines neuen Lebens.

In ein jungfräuliches Heft mit schottisch gemustertem Umschlag schrieb er:

28. Oktober 1940.

Tag 1. Heute beginnt mein Robinson-Leben.

Im Moor bewegte sich Josef vorsichtig, nach einer hypothetischen Erhebung Ausschau haltend, um in diesem Lehmboden nicht einzusinken. Nach drei Metern steckten seine Lederschuhe in rotem Matsch, sie waren nicht wasserdicht, seine Füße platschten in einer klebrigen Suppe, seine Hosenbeine waren verdreckt, Spritzer besudelten auch seine Jacke. Josef überlegte, ob er weitergehen oder umkehren sollte.

›Ich brauche Gummistiefel‹, sagte er sich. ›Dringend. Auch Kittel. Ich muss das alles für Dupré aufschreiben.‹ In sein Heft notierte er unbehaglich: *›Um Stiefel Größe 41 bitten‹*. Er fügte hinzu: *›zwei Paar‹*. Er holte tief Luft, machte einen Schritt und noch einen, es war gar nicht so schwer, nur anstrengend, die Füße aus diesem Schlamm zu ziehen, und er ging weiter, ohne sich um seinen Anzug und seine Lackschuhe zu scheren.

Er ging eine Stunde lang, untersuchte die Brücken aus übereinandergeschichtetem Geäst, die geschickt die Sickerfurchen des Terrains bedeckten und es ermöglichten, über die Wagenspuren zu kommen. Er erblickte einen kreisenden Schwarm von Kiebitzen, erkannte in der Ferne sich bewegende Schatten. Ein Dutzend Araber grenzten eine trockengelegte Parzelle ab mit einem etwa fünfzig Zentimeter hohen Wulst aus Schlamm. Sie trugen eine helle Tunika, eine beige Weste, Pluderhosen mit bis zu den Waden aufgekrempelten Beinen und einen weißen Turban.

Ihre Schaufeln warfen Klumpen nasser Erde auf die kleine Mauer und klopften sie glatt. Einige von ihnen saßen auf dem Erdwall und rauchten in aller Ruhe. Josef sah eine weitere Gruppe, die auf dem benachbarten Becken Deiche aufschüttete. Einer nach dem anderen hörten sie auf zu arbeiten und drehten sich zu ihm um. Josef konnte keinen Bauleiter erkennen. Er trat näher, sie rührten sich nicht. Er wandte sich ihnen zu.

»Ich Doktor«, versuchte Josef und schlug sich mit der flachen Hand auf die Brust.

Ausdruckslos starrten sie ihn an.

»Sprechen Französisch?«

Ein runzliger alter Mann schüttelte den Kopf, drehte sich um und deutete mit dem Arm auf das benachbarte Feld. Josef sah einen hochgewachsenen Araber auf sie zukommen. Lange Schritte wie Sprünge. Sie wichen zur Seite, um ihn vorbeizulassen. Sein Hemd stand offen, sonst trug er die gleiche Kleidung wie die anderen. Er blieb einen Meter vor Josef stehen, steckte seine Schaufel in den Boden. Er war mindestens zwei Meter groß, aber vielleicht ließ ihn seine Schlankheit ja größer erscheinen. Ein gegerbtes Gesicht, ein ergrauender Bart. Er musterte Josef von oben bis unten, sein

Blick machte bei an seinen Füßen halt, die in ihrer Lehmkruste steckten.

»Ich bin der neue Doktor. Sprechen Sie Französisch?«

Müde wischte sich der Mann mit dem Ärmel die Stirn ab, hob seinen gesenkten Turban. Er hatte schwarze Augen, vorspringende Wangenknochen.

»Ich suche den Bauleiter.«

»Ich bin Carmona.«

Tag 4. 31. Oktober 1940.

Heute morgen habe ich vor meiner Tür ein Paar Gummistiefel gefunden. Sie waren ein wenig groß und verdreckt. Geputzt sind sie wie neu und bestens geeignet, sich in diesem Planschbecken zu bewegen. Sie reichen mir bis zu den Knien. Ich vermute, dass Carmona sie hier hingestellt hat. Wer sonst? Nach unserer Begegnung ist er ohne ein Wort zu den anderen auf das Feld zurückgekehrt, sie haben weitergearbeitet, ohne mich zu beachten. Ich habe einen Augenblick gewartet und bin dann umgekehrt. Ich weiß nicht, ob er im Haus gegenüber wohnt. Ich hätte ihm tausend Fragen zu stellen, aber er ist ungreifbar. Geht er mir aus dem Weg?

Tag 11, glaube ich, oder 12?

Es ist das letzte Mal, dass ich sie nummeriere. Ich will nicht Gefangener eines jeden Tags werden. Ich habe niemandem Rechenschaft abzulegen. Das Datum genügt, solange ich es nicht vergesse. Dupré um einen Kalender bitten. Ich brauche ihn nicht unbedingt, aber alle Ärzte haben einen.

Es kommt vor, dass ich Carmona begegne. Auf der Station oder an einer Wegbiegung. Er nickt mir zu. Ich nicke zurück. Er bleibt nie stehen, fragt mich nichts. Ich habe mich ohne ihn eingerichtet. Er wird mit mir reden, wann er es will. Er bewohnt das Haus gegenüber.

21. November 1940.

Heute Morgen habe ich meine Uhr auf dem Tisch liegenlassen. Ich lege sie abends dorthin, wenn ich schlafen gehe, und habe sie vergessen. Ich habe den Tag damit zugebracht, im Moor herumzukriechen, um Proben zu entnehmen. Ich hatte Angst, dass sie mir gestohlen wird. Die Tür lässt sich nicht abschließen. Ich sagte mir, das sei eine Prüfung, ich werde es ja sehen, wenn ich zurückkomme. Ich hänge sehr daran, sie ist mir am Tag meiner Bar-Mizwa von meinem Vater geschenkt worden. Es ist eine Lange von absoluter Präzision, und sie war noch nie kaputt.

Als ich am Abend zurückkam, lag die Uhr noch immer auf dem Tisch. Sie war um 15 Uhr 11 stehengeblieben. Ich weiß nicht mehr, wie spät es ist. Weiß es Carmona?

17. Dezember 1940.

Heute ist Dupré gekommen. Wenn man bedenkt, dass ich nie oder fast nie mit ihm gesprochen habe, gerade mal Guten Tag, Guten Abend. Ich war so froh, ihn zu sehen und endlich eine menschliche Stimme zu hören. Stolz hat er mir die Bronzemedaille gezeigt, die er zu seinem dreißigsten Dienstjubiläum im Institut erhalten hat, er ist bei dessen Gründung vor dem Krieg eingetreten, da war er sechzehn. Er hat dem Personal den Aperitif spendiert. Sie haben auf alle angestoßen, die mobilisiert worden waren. Sergent hat sein Glas erhoben und präzisiert: »Auf alle unsere Abwesenden, wo immer sie sein mögen.« Kurz darauf hat er ihm mitgeteilt, dass es Zeit für eine Lieferung sei.

Er hat mir Zeitungen mitgebracht. Er sagt, es sei richtig gewesen, wegzugehen! In Algier wurden Tausende Juden festgenommen. Davon abgesehen geht das Leben weiter. Er war mit seiner Frau in Sturmhöhe, *es scheint ein sehr schöner Film zu sein. Er hat mir gestanden, dass man mich für distanziert hielt, aber das sei falsch. Er hat nicht unrecht. Es stimmt, dass ich den Leuten nicht entgegenkomme.*

Er hat die Vorräte und das Baumaterial ausgeladen. Ich bin ihm zur Hand gegangen. Ich habe gesehen, dass er das schätzte. Ich fragte ihn, ob es ihn nicht störe, dass Carmona nicht da sei. Schroff hat er geantwortet: »Je weniger ich den sehe, desto besser geht es mir.« Sie kommunizieren nur schriftlich mit Hilfe eines Hefts, das sich im Stall befindet.

Dort hinterlässt er den Lohn für die Bauarbeiter. Es war mir nicht klar, dass sie bezahlt werden. Er erklärt mir, in der Gegend gebe es keine Arbeit, das Institut sei das einzige, das Berber und Kabylen beschäftigt. Man zahlt ihnen einen geringen Lohn, und ein Teil der Vorräte ist für sie bestimmt. Mit fünfzig Francs kann hier eine Familie einen ganzen Monat leben! Wenn man ihnen mehr gibt, nutzen sie anscheinend die Gelegenheit und gehen. Sie sind privilegiert, die anderen verhungern.

Ich habe für Sergent ein Memorandum über meine Einrichtung geschrieben mit einem Bericht meiner Arbeiten. Ich sagte kein Wort über Carmona. Ich glaube, er wird verstehen, warum.

Bevor er wegfuhr, habe ich ihn gefragt, wie spät es sei, aber ich habe einige Zeit gebraucht, das Labormaterial einzuräumen, und danach war es idiotisch, meine Uhr auf eine ungefähre Zeit zu stellen.

19. Dezember 1940.

Vielleicht werde ich verrückt. Ich höre Stimmen. Nicht ständig. Oft. Die Stimme einer Frau, die in der Ferne singt. Schrill, näselnd. Ich bin außerstande zu bestimmen, ob es eine menschliche Stimme ist oder das Produkt meiner Phantasie.

31. Dezember 1940.

In Wirklichkeit schon der 1. Januar 41, wenn ich diese Zeilen schreibe. Ich bereitete mich darauf vor, Silvester zu feiern. Nicht einfach, ganz allein fröhlich zu sein, voller Er-

innerungen an die glücklichen Silvesterabende in Algier. Wo sind meine Freunde in dieser so besonderen Nacht? Feiern sie, gehen sie zu Padovani tanzen? Oder bleiben sie in dieser finsteren Zeit zusammen, um sich einander näher zu fühlen? Es ist untertrieben zu sagen, dass Nelly und Christine mir fehlen. Ich denke ständig an sie. Werden wir uns eines Tages wiedersehen?

Ich kochte mir gerade Tomatenreis, als es an der Tür klopfte. Einen Augenblick glaubte ich, es sei Carmona, ich öffnete einem alten Araber, der eine Augenbinde trug. Er schien in Panik zu sein. Er spricht recht gut Französisch. Ich folgte ihm in sein Haus aus Strohlehm, wo auf einer Decke sein Enkel im Sterben lag. Er hatte einen monströs angeschwollenen Bauch, als hätte er einen Kürbis verschluckt. Kaum hatte ich die Hand darauf gelegt, brüllte er vor Schmerz. Das Kind war etwa vier oder fünf, es wurde von Krämpfen geschüttelt. Die Milz oberhalb der falschen Rippen war vergrößert und hart wie Holz. Es war nichts zu machen. Meines Wissens oder jedes anderen Arztes auf dieser Welt gibt es keine Behandlung dagegen. Vier hockende Frauen sahen mich durchdringend an. Man hörte nur das Knistern des Feuers, das direkt auf dem Boden brannte. Der alte Mann fragte mich, ob ich ihn retten könne, ich habe ihm die Wahrheit gesagt. Er hat es den Frauen übersetzt, sie fingen an zu weinen. Im Labor hatte ich nichts, absolut nichts, um sein Leid zu lindern. In diesem Stadium hat Aspirin keinerlei Wirkung. Ich habe Äther genommen und ihn auf einen Wattebausch geträufelt. Er ist eingeschlafen. Ich hielt ihm die Hand. Er ist zweimal aufgewacht, fixierte mich mit einem fremden Blick. Er schien keine Schmerzen zu haben. Er starb am frühen Nachmittag, wir haben es nicht einmal gemerkt.

Sie sind fortgegangen. Der alte Mann trug das Kind in den Armen, den Körper in eine Decke gehüllt. Wenn ich richtig verstanden habe, ist ihr Friedhof ziemlich weit von hier entfernt. Ich sah Carmona zwischen den anderen in dem Lei-

chenzug. Innerhalb von fünf Minuten sind sie aus meinem Blickfeld verschwunden.

Ich habe für Sergent eine Notiz geschrieben: »Sie haben mich in dieses Land geschickt, damit ich die Mission des Instituts erfülle. Wenn Sie wollen, dass ich bleibe, muss ich eine richtige Apotheke zur Verfügung haben. Entweder behandle ich die Leute und kann ihre Schmerzen lindern, oder wir sind zu nichts nütze.«

11. Januar 1941.

Der alte Mann heißt Ali. Er hat zwei Jahre lang den Ersten Weltkrieg in Frankreich mitgemacht. In Douaumont hat er ein Auge verloren, er hat einen Orden bekommen, er ist sehr stolz darauf. Sein Enkel hieß Belkacem. Es ist der dritte, der innerhalb von zwei Jahren gestorben ist. Vor langer Zeit sind zwei seiner Kinder an Malaria zugrunde gegangen. Ich finde diesen Mann außergewöhnlich. Er beklagt sich nicht. Über nichts. Wenn er traurig ist, zeigt er es nicht. Im Gegenteil, er lächelt, scherzt. Er hat eine Arbeit, er wird bezahlt. Seine Familie hat zu essen. Er lebt in entsetzlichen, mittelalterlichen Verhältnissen, aber er versichert, es gebe Schlimmeres. Sein Sohn, der Vater des Kleinen, ist von der französischen Armee eingezogen worden, er hat keine Nachricht von ihm, er hofft, dass es ihm gutgeht.

Ali duzt mich. Ich ihn auch.

Ich stelle ihm Fragen über Carmona, er tut, als hörte er nicht, ich insistiere, er schüttelt den Kopf, antwortet nicht oder beiseite. Wenn ich frage, warum Carmona wie ein Araber gekleidet sei, versichert er, der Saroual sei praktischer als unsere Hose und ich solle es ausprobieren.

Er sagt, dass ich sein Freund bin. Ich hätte mir nicht träumen lassen, hier einen zu haben.

Ich habe ihn gefragt, ob er manchmal eine Frauenstimme höre. Er bejahte. Alle hier hören sie. Hin und wieder. Es ist der Wind, der aus dem Atlas bläst.

25. Februar 1941.

Vor zehn Tagen habe ich mit der Vorbeugungskampagne gegen die Malaria begonnen. Das von Sergent ausgearbeitete Programm besteht darin, an die gesamte Bevölkerung Chinin zu verteilen, es wird die Malariakranken behandeln und bei den Gesunden präventiv wirken. Es scheint, dass vierzig Zentigramm Chininchlorhydrat die richtige Dosierung ist. Danach kommt es oft zu Magenschmerzen, Gehörstörungen und in einigen Fällen zu vorübergehenden Schwindelgefühlen. Am längsten dauert es, Dragees von zwanzig Zentigramm dieses Salzes mit einer Umhüllung von dreißig Zentigramm Zucker herzustellen. Die Kinder sind ganz verrückt danach, bei ihnen wird die Dosis auf zehn Zentigramm und bei den ganz Kleinen auf fünf Zentigramm reduziert. Die tägliche Verabreichung ist überaus zeitraubend. Aber es geht nicht anders.

Ali hilft mir ungemein. Wenn er mich nicht begleiten würde, könnte ich mich unmöglich im Labyrinth der Sümpfe zurechtfinden. Dank ihm kann ich eine Gesundheitstour organisieren. Er ist mein Dolmetscher und hat mich auch in einen anderen Weiler geführt, in dem etwa fünfzehn Familien leben. Nur zerlumpte Greise, Frauen und eine Schar Kinder. Sie leben nicht in Hütten, verstaubte Stoffbahnen dienen als Zelte. Nach dem, was ich verstanden habe, ist ein Teil der Männer eingezogen worden, die anderen arbeiten auf Baustellen. Ihre Armut ist schwer vorstellbar. Die Kinder tragen Fetzen am Leib, die Säuglinge und die Kleinkinder sind nackt und spielen auf dem schlammigen Boden. Sie haben keinen Brunnen, schöpfen Wasser aus dem Moor, das auch als Abwassergrube dient. Sinnlos, sie zu behandeln, solange sie in dieser Kloake leben. Sie müssten sich in der Station niederlassen, wenigstens hätten sie dann einen Brunnen, und ich könnte mich um sie kümmern, statt über eine Stunde im Moor zu verlieren, um zu ihnen zu gelangen. Ali sagt, das sei unmöglich, es sind Leute aus dem Süden, Kabylen, Steinklopfer, sie sind daran gewöhnt, in diesen Zelten zu kampieren. Er selbst ist Berber, sie können nicht zusammenleben. Ich habe insistiert, er antwortete, dass es schon immer so war, mein Freund, niemand kann etwas daran ändern. Ihre Frauen tragen keinen Schleier. Man kann ihnen helfen, sie behandeln, aber nicht mit ihnen leben. Sie nehmen uns das Wenige weg, das wir haben. In acht Tagen oder drei Monaten sind sie woanders hingezogen.

Allein kann ich nichts ausrichten. Ich war entschlossen, mit Carmona darüber zu sprechen. Von meiner Türschwelle aus sehe ich, wie er sich entfernt, gleichgültig. Als ob ich nicht existierte. Er verschwindet schnell. Noch immer höre ich diese singende Frauenstimme.

9. März 1941.

Seit einigen Tagen war der Himmel mitten am Tag grau mit gewaltigen Wolken, einer dichten Armee explodierender Kathedralen. Detonationen wie von einer Kanone. Ein ununterbrochenes Sperrfeuer. Und dann wurde es einförmig schwarz, ohne den kleinsten Zwischenraum, alle Farben waren verschwunden. Auch die Vögel. Ein endloser, tiefer Mantel hat uns bedeckt. Der Regen hat sich verstärkt. Ich kannte die gewaltigen algerischen Wintergewitter, die auf die Stadt niederrauschten und die Straßen in Bäche verwandelten. Hier sind es prähistorische Wolkenbrüche. Liegt es an der Nähe der Berge, oder kündigt sich die Sintflut an? Noch Bedrohlicheres? Ständiges Krachen. Die durchtränkte Erde bebt nicht mehr. Das Wasser spritzt hoch, brandet auf. Eine Woche lang strömender Regen. Die Wogen nagen uns an. Überall Gischt. Keine Ruhepause. Das Moor verschwindet unter der Lawine. Totale Isolierung wie am Anfang der Welt. Ausgeschlossen, eine Zigarette anzuzünden. Sogar unter meinem Dach bin ich nass. Der Pegel steigt. Noch ein paar Tage, und wir ertrinken.

In der Nacht (oder war es der verschwundene Tag) hat es an die Tür geklopft, ich meinte, es sei Carmona, endlich. Ali sagte mir, dass die Station morgen evakuiert werde. Später sei es nicht mehr möglich. Ich werde nur das Allernötigste mitnehmen. Was ich tragen kann.

Ich weiß nicht, wie spät es war, als ich aufwachte. Sogleich hörte ich ein sonderbares, ungewohntes Geräusch. Absolute Stille. Es regnet nicht mehr.

25. März 1941.

Dupré steckte fest. Er konnte nicht weiter. Sergent hat ihm befohlen, in Sidi-bel-Abbès zu warten. Im ganzen Land gab es Überschwemmungen. Dutzende von Toten. Vermisste. In Tlemcen war ein Berg abgerutscht. Zehn Tage, bis der Pegel sank. Dupré ist zwanzig Mal im Schlamm stecken geblieben. Stellenweise war die Straße verschwunden. Er schwört, dass es in Algier stärker regnet als in Paris. Hier in dieser riesigen Grube war es noch schlimmer. Alle Deiche, alle aufgeschütteten Mäuerchen sind weggerissen worden. Als hätte die Erde sich für unser lächerliches Tun rächen wollen. Jahre verlorener Arbeit. Man muss wieder von vorn anfangen. Dupré lädt alles aus, hat es eilig, zurückzufahren. Beim nächsten Mal wird er weiteres Baumaterial mitbringen.

Ihm zufolge kann man für die Leute hier nichts machen. So sei es nun mal.

Jedenfalls ist der Weiler verschwunden. Seine Bewohner ebenfalls. Ali sagt mir, dass sie auf eine Anhöhe geflüchtet sind. Sie sind es gewohnt, jedes Jahr ist es dasselbe, aber dieses Jahr ist das schlimmste, das es je gab. Vielleicht wegen des Kriegs. Der Hügel ist zur Hälfte zerflossen.

5. Juli 1941.

Ali stellt mir eine Menge Fragen, woher ich komme, wie mein Land ist, warum ich in meinem Alter nicht verheiratet bin und warum ich keine Kinder habe. Es ist so heiß, dass man nur zwischen 4 und 10 Uhr morgens das Haus verlassen kann. Später ist es ein Glutofen. Das Wasser verdunstet.

Überall dringen die Mücken ein. Ich habe das Gebälk mit Leinwand verkleidet und eine Schleuse aus Moskitonetzen konstruiert, es gibt ganz schlaue, vielmehr schlimme, die wer weiß wo hereinkommen.

Seit einigen Wochen teste ich ein neues Produkt: das Dichlorodiphenyltrichloroethan, das Sergent mir gerade hat schicken lassen. Dieses Insektenvertilgungsmittel ist unglaublich wirkungsvoll, keine Anopheles-Mücke übersteht es. Wir werden Erfolg haben.

28. Oktober 1941.

Schon ein Jahr. Selten habe ich mich so frei gefühlt wie in diesem unwirtlichen, kargen Landstrich. Ich bin alleiniger Herr meines Lebens. Ich glaube, dass das mit der Abwesenheit einer Uhr zusammenhängt. Ich stehe auf, gehe zu Bett, schlafe, esse und arbeite, wann und wie ich will, im Rhythmus einer rein inneren Uhr. Es gibt keine Fenster. Um zu wissen, ob es Tag oder Nacht ist, muss ich die Tür öffnen.

Oft höre ich diese aus dem Jenseits kommende Stimme, an manchen Abenden recht deutlich, als wäre sie vom Wind herbeigetragen worden. Dabei weht heute keiner, und doch höre ich sie.

Carmona und ich haben nie miteinander gesprochen, aber er hat mir Stiefel gegeben. Hier herrscht Freiheit. Mir ist aufgefallen, dass er keine trägt. Auch die anderen Araber nicht. Ich weiß nicht, warum ich das schreibe. Er ist kein Araber. Sie gehen barfuß im Schlamm. Oder mit offenen Sandalen.

21. November 1941.

Die vorbeugende Chininbehandlung nimmt viel Zeit in Anspruch, aber es ist eine ungeheure Befriedigung, ihre Wirksamkeit festzustellen, vor allem bei den nun geschützten Babys und Kleinkindern. Seit einem Jahr hat es keine Infektion mehr gegeben. Von fern beobachte ich die Fortschritte von Carmonas Arbeiten, ohne mich einzumischen.

Mit dieser Kampagne, den neuen klinischen Chinin-Tests und den Forschungen über die Zecken hatte ich so viel zu tun, dass ich keine Zeit mehr zum Lesen hatte.

Oder vielleicht keine Lust mehr.

Mein einziger Kontakt zur Welt beschränkt sich auf die Zeitungen, die Dupré mir mitbringt. Er überlässt mir L'Écho d'Alger *und* La Dépêche d'Algérie. *Leider sind es keine fortlaufenden Nummern. Ich lese alles, von der ersten bis zur letzten Seite, einschließlich der Todesanzeigen und der Kleinanzeigen. Ich lese langsam, damit ich was davon habe. Es ist wie ein Schwall Sauerstoff, das Leben geht weiter, und ich stehe nicht vollständig abseits.*

Der Krieg verläuft schlecht, Hitler triumphiert überall. Er hat ganz Europa erobert, die UdSSR ist dem Zusammenbruch nahe. Amerika schaut weiter zu, und das Massaker hält an. Mein Aufenthalt an diesem Ort ist noch lange nicht zu Ende.

La Dépêche *hat einen ungewöhnlichen Fortsetzungsroman veröffentlicht. Ich habe ihn ausgeschnitten und zweimal gelesen. Es ist ein großer Roman.* Erster am Seil *erzählt die heldenhafte und menschliche Geschichte eines jungen Bergführers, sein Leben, seinen Kampf gegen den Schwindel, die Schwierigkeiten des Alltags, aber auch von der Brüderlichkeit der Menschen, ihren Kämpfen der Selbstverwirklichung. Und vor allem von den Bergen. Majestätisch, faszinierend, erbarmungslos. Eine richtige Liebesgeschichte.*

Eines Tages werde ich nach Chamonix reisen.

7. Januar 1942.

Ich hatte das Vergnügen, Sergent zu begrüßen, der den Lieferanten spielte. Zwar erhalte ich seine stets überaus präzisen Notizen, die Dupré mir mitbringt, aber ihn von Angesicht zu sehen ist ein wahres Glück. Nie bin ich so froh gewesen, jemanden zu sehen.

Die Nachrichten aus Algier sind nicht gut. Alle haben

Angst. Weygand hat Abrial abgesägt und weiterhin eifrig die Rassengesetze angewandt. Es hat zahllose Festnahmen in der jüdischen Gemeinde gegeben, viele haben sich in französischen Lagern wiedergefunden, die Lebensbedingungen sollen dort grauenhaft sein. Pétain hat wiederum Weygand ausgebootet und durch einen anderen Getreuen ersetzt.

Sergent sagte mir, er sei sehr zufrieden mit meiner Arbeit, meine Beobachtungen in vivo seien besonders nützlich. Ihm zufolge soll ich mich auf das Absenken des Gamenozyten-Prozentsatzes konzentrieren und die neuen Dosierungen unter Hinzufügen von Atebrin testen.

Im Mai wird Dupré mit einer Lieferung kommen, die kompliziert zu werden verspricht. Er wird Süßwasserfische bringen, die direkt aus Texas stammen. Die Gambusen fressen Mückenlarven, und wegen ihrer kleinen Größe (zwischen dreißig und vierzig Millimeter) können sie die Larven inmitten der Pflanzen verfolgen. Sie sind, versichert er, ebenso gefräßig wie fruchtbar. Er ist sehr an den außergewöhnlichen Erfolgen interessiert, die mit DDT erzielt wurden. Er ist überzeugt, dass die baldige Antwort auf die Malaria weniger von der Grundlagenforschung zu erwarten ist als von den Maßnahmen, die gegen die Larven ergriffen werden: Versprühen von Insektiziden, Entwässerung und Trockenlegung der Feuchtgebiete, intensive Aufforstung, um das Verdunsten des Wassers zu beschleunigen und es mit allen Mitteln zum Fließen zu bringen.

Als ich Carmona und sein fortwährendes Schweigen zur Sprache brachte, kam von ihm eine erstaunliche Reaktion. Er rief aus: »Bei Ihnen also auch!« Ich habe nicht gleich reagiert. Schicksalsergeben zuckte er die Achseln. Der erste Bauleiter vor ihm, hat er mir anvertraut, ist drei Wochen geblieben, der zweite acht Tage. Er dagegen ist seit drei Jahren hier und macht die Drecksarbeit.

23. März 1942.

Seit einer Weile habe ich keine Rasierklingen mehr. Ich habe vergessen, Dupré darum zu bitten. Also lasse ich mir den Bart wachsen. Anfangs hatte ich ihn mit der Schere gestutzt, aber das habe ich aufgegeben, es ist hier unnötig. Es steht mir gar nicht so schlecht. Schade, dass Christine mich nicht sehen kann, es würde ihr gefallen. Nelly sicher nicht, denn sie zankte mit mir, wenn ich ihr sonntags die Wange zerkratzte.

Ali sagt mir, dass ich ihnen immer ähnlicher werde. Ich kann nicht herausfinden, ob er sich über mich lustig macht oder es ernst meint.

2. Mai 1942.

Ich habe Dupré verpasst. Schade. Es ist ein solches Glück, hin und wieder Französisch zu hören. Und er bringt mir Nachrichten. Bei ihm habe ich den Eindruck, in Algier und mitten im richtigen Leben zu sein. Ich weiß nie genau, wann er kommt. Ich kann nicht ständig auf der Station bleiben und auf ihn warten. Bei meiner Rückkehr fand ich vier ein Meter hohe Fässer, im Innern wimmelt es von Tausenden von Fischen. Er hat auch mehrere Hundert Eukalyptuspflanzen dagelassen. Ich finde den überaus angenehmen Geruch des Versuchsgartens wieder. Ich muss es so einrichten, da zu sein, wenn er vorbeikommt, aber ich weiß nicht, wie.

26. Juni 1942.

Im Écho d'Alger *folgender Artikel auf der Theaterseite:* »Nun wird den Hörern von Radio Alger schon die zweite Woche die Übertragung ihres Hörspiels vorenthalten. Die Gründe für diesen untragbaren Streik sind bei den unverschämten Forderungen der Schauspielerinnen zu suchen, die dieselbe Bezahlung wie ihre männlichen Kollegen verlangen, weil sie angeblich die gleiche Arbeit machen. In den besonders schmerzlichen Momenten, die unser Land durchmacht, hätte man sich von Seiten dieser schamlosen Suffragetten mehr Bürgersinn erhoffen dürfen.«

Christine, daran erkenne ich dich.

30. Juni 1942.

Drollige Kurzmeldung am Ende der Theaterseite des Écho d'Alger: »Da den Damen Schauspielerinnen ihre Forderungen nach gleicher Bezahlung erfüllt wurden, haben sie den Weg ins Studio zurückgefunden. Ab Dienstag werden die Hörer von Radio Alger endlich wieder ihre Lieblingsradiosendung genießen können, dann wird zu ihrem größten Vergnügen *Das Haus an der Düne* von Agatha Christie gesendet.«

Christine, ändere dich bloß nicht.

4. September 1942.

Heute habe ich eine Entbindung hinter mir. Die erste und hoffentlich die letzte. Es war wirklich grauenvoll. Ali hat mich wie immer im letzten Moment geholt. Er schien in Panik zu sein. Es ging um seine Enkelin, das habe ich jedenfalls verstanden, beschwören würde ich es nicht. Er hat mich durch das Labyrinth geschleppt. Ihr Brüllen war mindestens hundert Meter weit zu hören. Die junge Frau, sie muss etwa sechzehn oder siebzehn sein, war in einem jämmerlichen Zustand. Die Wehen mussten schon vor Langem eingesetzt haben, das Kind steckte fest, der Kopf lag nicht richtig, die Frauen, die sie umringten, schrien genauso laut wie sie. Ich musste sie hinauswerfen und habe nur Alis Frau dabehalten, die ein wenig Französisch spricht. Ali hat Wasser heiß gemacht. Ich war ziemlich in Panik, ich versuchte, die fernen Erinnerungen an meinen kurzen Aufenthalt an der Prager Universitätsklinik wachzurufen. Damals meinte ich, das sei Sache der Hebammen und nicht der Ärzte, und dass ich nie würde entbinden müssen.

Sie war unglaublich bleich, das Kind bewegte sich nicht, sie litt entsetzlich, ich habe ihr eine Morphiumspritze gegeben, die sie beruhigte.

Wer hat Vorrang: die Mutter oder das Kind?

Sie spricht kein Wort Französisch. Die Alte übersetzte. Mehrmals ist sie fast gestorben und immer irgendwie zurückgekommen, ich sagte ihr, sie solle pressen, sie verstand, machte unglaubliche Anstrengungen, am Rande der Agonie. Woher nahm sie diese Kraft? Irgendwann hat sie genickt, noch stärker gepresst, aber dieses verdammte Baby steckte fest. Sie begann zu zittern. Sie konnte nicht mehr. Ihr Körper erschlaffte. Wie lange kann eine Frau derartige Schmerzen aushalten? Es blieb mir nur noch eine Lösung, und davor graute mir. Es gelang mir, das Skalpell aus meiner Tasche zu nehmen. Ich sagte der Alten, sie festzuhalten, und ich habe einen Dammschnitt vorgenommen. Sie hat kaum reagiert. Mir tat es wohl weher als ihr. Ich war blutüberströmt. Und dann gab es einen Moment, wo die Angst verflogen ist. Meine Bewegungen waren sicher, die Antworten klinisch. Es gelang mir, den Hinterkopf des Babys zu erwischen, ich habe gezogen, es leistete Widerstand, sie brüllte, ich habe noch stärker gezogen, es ist mit einem Ruck rausgekommen. Ich konnte es gar nicht fassen, es in Händen zu haben. Angespannt warteten wir ein paar Sekunden, es fing an zu schreien, um zu signalisieren, dass es lebte. Ich habe es gesäubert, habe die Nabelschnur durchtrennt und es auf seine Mutter gelegt, die es in die Arme nahm und die Kraft fand, es zu küssen und mit wahnsinniger Liebe an sich zu drücken.

Ich gab ihr noch eine Anästhesiespritze, um sie zu nähen. Wieder trommelte mein Herz, ich hatte den Eindruck, mich selbst zu nähen, ich war schweißgebadet. Hoffentlich muss ich das nie wieder tun.

Sie hat mir ein Lächeln geschenkt, um mir zu danken. Wird sie sich erholen? Ich kann nicht mehr viel für sie tun. Ich werde die beiden jeden Tag aufsuchen. Das Baby sieht aus, als wäre es sechs Monate alt, ein riesiger Kopf von achtunddreißig Zentimeter, und es wiegt viereinhalb Kilo.

Es hat auch durchsichtige Finger, eine unglaubliche Kraft und langes, sehr seidiges schwarzes Haar.

14. November 1942.

Die Alliierten sind in Algier gelandet. Dupré hat mir erzählt, in welch unglaublicher Geschwindigkeit es ihnen gelungen war, die Stadt einzunehmen und in Algerien die Führung zu übernehmen. Kaum, dass man einige Kanonenschüsse und ferne Feuerstöße hörte. Der Jubel des Volks scheint riesig gewesen zu sein, als die Engländer und die Amerikaner durch die Rue d'Isly defilierten. Sergent lässt mir ausrichten, dass er an mich denkt und mich, sobald er einen Nachfolger gefunden hat, zurückholen wird. Das Einzige, was ich nicht verstehe und Dupré und Sergent auch nicht, ist, wie die Amerikaner Admiral Darlan zum Hochkommissar haben ernennen können, ihn, der Pétain so treu gedient und die Kollaboration mit den Deutschen unterstützt hat. Man kann doch nicht derart ungestraft die Fronten wechseln.

31. Dezember 1942.

Das Jahr geht in völliger Ungewissheit zu Ende. Ich wartete auf Sergent oder wenigstens auf Dupré. Was ist los? Warum kommen sie nicht? Warum lassen sie so lange auf sich warten? Haben sie mich vergessen? Jeder Tag zieht sich endlos hin. Seit zehn Tagen habe ich die Station nicht verlassen, um sie ja nicht zu verfehlen. Und noch immer diese Stimme, die sich bei Einbruch der Dunkelheit hören lässt. Dabei weht nicht der geringste Wind.

7. Januar 1943.

Endlich Sergent. Ich erwartete ihn wie den Messias. Aber bei so schlechten Nachrichten wäre es mir lieber gewesen, wenn er nicht gekommen wäre. Aber er wollte sie mir unbedingt selbst bringen. Darlan ist Ende Dezember von einem jungen Widerstandskämpfer ermordet worden, der zwei Tage später erschossen wurde, nach einem Prozess, der weniger als eine Stunde gedauert haben soll. Die Vichy-Leute haben General Giraud an seiner Stelle ernannt. Dessen erste Amtshandlung bestand darin, das Gnadengesuch der Résistance abzulehnen. Die folgenden darin, die antisemitischen Rassengesetze beizubehalten und die Konzentrationslager im Süden nicht zu öffnen, wo Tausende von Juden, Widerstandskämpfern und spanischen Flüchtlingen unter grauenhaften Bedingungen dahinvegetieren. Ausgeschlossen, mich zurückkommen zu lassen. Ich gestehe, dass ich mich verloren fühle, ich möchte, dass er es mir erklärt. Er versteht ebenso wenig wie ich, was vor sich geht. »Sobald wie möglich ersetze ich Sie, Sie können mir vertrauen«, versichert er.

Er hat meine skeptische, ja misstrauische Miene genau gesehen.

»Noch ein wenig Geduld, man muss es philosophisch nehmen« sagt er.

Dazu also ist die Philosophie gut. Sich abzufinden.

5. Februar 1943.

Ich langweile mich. Ich erstarre. Zum ersten Mal in meinem Leben habe ich den Eindruck, zusammenzubrechen. Ich habe zu nichts mehr Lust. Ich tue nichts mehr. Ich schlafe nicht, ich esse nicht mehr, ich wasche mich nicht mehr. Ich warte, auf der Türschwelle sitzend. Ich lauere darauf, dass sich in der regungslosen Landschaft irgendetwas Unerwartetes ereignet, dass ein Sonnenstrahl durch die Wolken bricht, dass ein Vogel plötzlich auffliegt oder dass diese Frauenstimme ein weiteres Mal zu mir dringt.

Diese Zeilen zu schreiben kostet mich maßlose Anstrengung.

Ich habe meine Uhr auf eine Phantasiezeit gestellt, nur um zuzusehen, wie der Sekundenzeiger vorrückt, und damit den Beweis zu haben, dass ich wirklich lebe.

Wo sind meine Freunde heute?

25. Februar 1943.

Dupré ist mit einer Riesenneuigkeit gekommen. Vor drei Wochen haben die Deutschen in Stalingrad kapituliert. Ich war wohl der einzige Mensch auf dieser Erde, der es nicht wusste. Hunderttausend Gefangene! Wieder einmal hat der russische Winter triumphiert. Das Blatt hat sich gewendet. Er wird verlieren. So viel steht fest. Aber wann? Ich habe ein übles Gefühl. Ich werde vorher krepieren. Ich bin nutzlos. Es gelingt mir nicht mehr, mich von der Wichtigkeit meines heiligen Amtes zu überzeugen.

8. März 1943.

Seit drei Tagen regnet es ununterbrochen. Der Himmel ist so trübsinnig, dass man sich ein Dutzend Kugeln in den Kopf jagen möchte. Das nimmt nie ein Ende. Ich bin am Ende, in diesem Loch vergessen. Ich werde hier sterben, in diesem stupiden Vorgebirge. Wenn ich Mut gehabt hätte, hätte ich gekämpft und wäre bereits tot.

Letztlich geht es mir wie meinem Namensvetter in Der Prozess, *in die Ecke gedrängt in einer logischen und unverständlichen Welt. Ich frage mich, welche Vernunft sie organisiert und welche Logik sie verwaltet. Und ich vergeude meine Kräfte und mein Leben beim Versuch, die richtige Frage zu stellen, diejenige, die eine Antwort erhalten wird, denn auf alle anderen, die mich quälen, gibt es keine.*

9. März 1943.

Noch immer flieht mich der Schlaf. Ich glaube, ich habe zwei Stunden geschlafen. Ich weiß nicht, ob ich träumte oder ob ich wach war, ich habe mit Christine gevögelt. Oder ich sah zu, wie ich mit ihr vögelte. Ich bin sicher, dass sie es war. Ich habe ihr Gesicht nicht gesehen. Es war ihre Stimme, glaube ich, vielleicht ihr Geruch, aber bestimmt die Farbe ihrer Haut. Wo ist sie?

4. Juni 1943.

Ob nun mit Chinacrin allein oder zusammen mit Premaline, die Anzahl der Gametozyten bleibt hoch. Mit dem einen oder dem anderen Medikament, einmal pro Woche verabreicht in einer Dosis von je nach dem Alter anderthalb bis drei Tabletten, sind die Resultate gleichermaßen unzureichend. Weniger Gametozyten und vor allem Plasmodien habe ich bei Personen, die Premaline S erhalten, aber das reichte nicht aus, das Auftreten der jahreszeitlich bedingten Malaria-Epidemie zu verhindern.

Zwar ist die Wirkursache der Krankheit das Plasmodium sowie die Anopheles-Mücke, die es verbreitet, aber Sergent hatte wieder einmal recht, das reicht nicht, es bedarf noch eines bestimmten Grads der Häufigkeit, der Menge oder der Intensität. Es existiert eine regelrechte »Gefahrenschwelle«, ab der die Krankheit sich verbreitet. In Paris gibt es mehr Mücken als in Algerien, aber kein menschliches Reservoir für sie. Es gilt also, unter dieser Schwelle zu bleiben, entweder durch energische Antilarven-Maßnahmen oder durch Medikamente gegen das Plasmodium, ein Medikament gegen Malaria muss noch gefunden werden. Bis jetzt existiert es nicht.

Wenn die Krankheit zurückgeht, dann vor allem aufgrund der Antilarven-Maßnahmen: Abfließen der stehenden Gewässer, massives Anpflanzen von Eukalyptusbäumen, Wirksamkeit der Gambusen, deren Eier sich beim Legen öffnen. Dieser Fisch verzehrt eine Unmenge an Larven, er ist wahrscheinlich unser bester Verbündeter gegen die Anopheles-Mücke.

14. Juli 1943.

Ich habe mir einen Tag Ferien gegönnt. Ich habe aufgeräumt, sauber gemacht, gefegt, Berge von Staub entfernt. Am Ende des Tags habe ich die Stimme gehört. Ganz deutlich. Ich bin nicht verrückt. Es ist weder ein Traum noch eine Illusion. Eine Frau singt. Sie kommt aus dem Haus gegenüber. Da bin ich mir sicher.

Dieser Idiot Dupré hat meine Zigaretten vergessen. Ich habe keine mehr. Ich bin gezwungen, getrocknete Eukalyptusblätter zu rauchen. Ekelhaft. Ich habe Entzugserscheinungen. Wirklich. Ich habe überhaupt keine Lust aufzuhören. Im Gegenteil.

23. Juli 1943.

46° im Schatten. Draußen der reinste Backofen. Aufgehört zu arbeiten. Unerträgliche Hitze. Schlimmer als die vorigen Jahre. Ich müsste um vier Uhr morgens aufstehen und könnte dann sechs, sieben Stunden etwas tun, ohne allzu sehr zu leiden. Aber es muss an der Zeit liegen, zu der ich einschlafe, ich wache zu spät auf, die Sonne erschlägt alles. Die Nächte sind drückend, noch heißer als die Tage. Sich bewegen ist ein Abenteuer, das eine große Anstrengung erfordert.

Auch essen ist eine Prüfung. Ich bin mager wie ein Zahnstocher und bärtig wie ein Schiffbrüchiger.

Wenn mir Dupré keine Zigaretten bringt, bringe ich ihn um.

18. September 1943.

Die guten Nachrichten mehren sich. Korsika ist befreit. Die Alliierten sind in Italien gelandet, und als Geschenk ein großartiger Artikel auf der Theaterseite von L'Écho d'Alger*:*

»Gestern im Theater *L'Œuvre moderne* an der Place Bugeaud die Premiere eines mit Spannung erwarteten Stücks, *Der gefesselte Prometheus von Aischylos,* inszeniert von Albert Mathé, der auch die Hauptrolle dieses Klassikers spielt, zusammen mit einer Truppe, in der der Chor und die Schauspielerinnen besonders bemerkenswert sind. Dem Regisseur und Bearbeiter ist es gelungen, die Fallstricke eines hieratischen Textes zu vermeiden, indem er Prometheus in einen mythischen Helden verwandelt, der für die menschlichen Freiheiten revoltiert und sich nicht scheut, den Göttern zu trotzen. Die Vorstellungen zugunsten der Volkshilfe dauern bis zum 25. September. Es empfiehlt sich, Karten vorzubestellen.«

Das Leben geht weiter, zum Glück.

28. Oktober 1943.

Drei Jahre ... DREI! Ich kann es kaum glauben, wenn ich es hinschreibe. Ich weiß nicht mehr, wer gesagt hat, am härtesten seien die drei ersten Jahre. Vermutlich ich selbst.

4. Dezember 1943.

Ich habe die falsche Richtung eingeschlagen. Ich frage mich noch immer, warum ich mich für die Forschung entschieden habe, wo ich doch viel lieber Lebende behandle. Wenn ich in die Welt zurückkehre, werde ich als Arzt in der Stadt oder in einem Krankenhaus arbeiten.

Ich habe vom Montparnasse und von der Bastille geträumt. Amüsiert man sich dort noch immer?

28. Dezember 1943.

Dupré bringt mir einen langen Brief von Sergent, in dem er mir zum Fortschreiten meiner Forschungen und zu meinen Ergebnissen gratuliert. Er dankt mir für den hervorragenden Dienst, den ich dem Institut erwiesen habe. Er schwört, dass meine Prüfung bald enden wird.

21. Januar 1944.

Heute hatte ich die größte Überraschung meines Lebens. Etwas Undefinierbares, zwischen Magie und Bestürzung. Was ich gesehen habe, lässt mich noch immer zittern.

Ich saß auf der Schwelle meines Hauses und las die Zeitung, in Wirklichkeit las ich sie ein zweites Mal, da ich Dupré seit fast einem Monat nicht zu Gesicht bekommen habe. Ich rauchte friedlich. Es ist ein Ort, von dem aus man die ganze Station, das Dorf der Einheimischen und die umliegenden Felder überblickt. In der Ferne erkennt man im Dunst die Ausläufer der Daia-Berge.

Ich weiß nicht, ob das jetzt ein Zeichen meiner wahren Natur oder das Ergebnis meiner endlosen Abgeschiedenheit ist, aber ich weide mich am Hollywood-Klatsch über die Heirat von Orson Welles und Rita Hayworth. Was für eine Schönheit. Ich hasse diesen Mann. Ich träumte gerade von dieser Liebesgöttin, als ich die Stimme hörte.

An diesem Spätnachmittag war die Station menschenleer. Ich sehe mich wieder, wie ich langsam den Kopf hebe. Als würde die Sängerin in Erscheinung treten. Mir gegenüber stand das Haus von Carmona, etwa dreißig Meter entfernt. Die Tür war einen Spalt geöffnet. Der Ton kam von dort. Ohne jeden Zweifel. Ich habe mich vorsichtig genähert. Die Stimme wurde immer gegenwärtiger, klar, deutlich. Ich habe die Tür aufgedrückt. Der Raum war sehr dunkel, ich ging hinein, von der Stimme geleitet, ich erblickte sie, kaum beleuchtet vom hereindringenden weißen Tageslicht, auf dicken grünen Kissen an der Wand sitzend. Sie trug einen prachtvollen, mit einer Fülle von Perlen und Goldfäden bestickten Kaftan aus blauer Seide mit weiten, mit Bändern besetzten Ärmeln und einen ebenso reich verzierten Saroual. Und feine Silber- und Goldketten hingen um ihren Hals. Im Halbdunkel sang sie mit süßlicher, klagender Kehlstimme, mit tränenvollen Lamentos und schrillen, fröhlichen Höhenflügen, während sie mit einem perlmuttgefassten Tamburin und Zimbeln den Rhythmus schlug. Ich erriet ihre mit Khol umrandeten schwarzen Augen. Unter ihrem Schmuck und ihrer Schminke ist sie alterslos. Keine Sekunde schien sie wegen meiner Anwesenheit erstaunt oder ängstlich zu sein. Sie fuhr fort zu singen, ohne mich anzusehen, die Augen ins Leere gerichtet. Vielleicht hat sie meine Erregung gespürt, ihr Timbre wurde schwächer, intimer, rauer, fast näselnd, als schenkte sie mir ihr Lied und als wären dessen unverständliche Worte für mich bestimmt.

Ich weiß nicht, wie lange ich sie so betrachtet habe, verzückt und fasziniert zugleich.

Und dann ist ihre Stimme verstummt, es blieb nur noch der unhörbare Ton ihrer Hand auf der Tamburinhaut. Wie ein Herzschlag. Ich wich zurück und ging wieder in mein Haus.

Ich höre sie nicht mehr.

Jetzt frage ich mich, ob es nicht die Frucht meiner Phantasie ist, und weiß nicht, ob es sich um einen Traum oder einen Albtraum handelt.

9. Februar 1944.

Ich habe ihre Stimme nie wieder gehört. Ich habe gelauert, stundenlang, tagsüber wie nachts. Sie hat nie wieder gesungen.

27. Februar 1944.

Carmona. Das Geheimnis Carmona. Ich habe nie mit ihm gesprochen. Manchmal sehe ich ihn vorbeigehen. Er gönnt mir keinen Blick. Wir haben uns nie etwas gesagt, aber selten habe ich mich jemandem so nahe gefühlt wie diesem Weißen, der wie ein Araber lebt. Ich weiß nicht, warum.

30. März 1944.

In Reagenzgläsern erhalte ich Ausflockungen, sogar übermäßig viele, die an eine positive Reaktion glauben lassen könnten, wenn dieses Serum nicht das eines Malariakranken ist. Der Irrtum ist wieder einmal die Folge eines technischen Fehlers, eines mangelhaften Materials oder Reagenzmittels. Zu Unrecht könnte man auf Positivität schließen, während es sich doch um eine Nullreaktion handelt und es unbekannte Malariakranke gibt. Vorrangig muss nach der Ursache dieses Irrtums in destilliertem Wasser oder in leicht mit Seren verschmutztem Wasser gesucht werden.

25. April 1944.

Sergent kam recht bald mit einem jungen Arzt. Er heißt Rousseau. Ich weiß seinen Vornamen nicht, er drückte mir energisch die Hand. Er stammt aus Bordeaux. Er wird mich ersetzen. Er ist von seiner zivilisatorischen Mission überzeugt. Er schien das Labor für dürftig zu halten, ebenso das Haus. Er kennt meine Arbeiten und wird sie fortführen, mit Stolz, wie er präzisierte. Er hat sich für ein Jahr verpflichtet. Und sich Ziele gesteckt. Er schien sich seiner so sicher zu sein, dass ich ihn schon fragen wollte, ob er Entbindungen vornehmen und einen von einer Schaufel abgetrennten Fußzeh heilen könne. Um ihn zögern zu sehen. Aber ich sagte mir, dass er in Panik geraten und kehrtmachen könnte. Ich habe geschwiegen. Er trägt prachtvolle Lackmokassins. Ich denke, er hat die Stiefel vergessen. Wieder habe ich nichts gesagt. Er fragte mich: »Wie sind die Einheimischen?« Die Frage hat mich überrumpelt. Ich wusste nichts anderes zu antworten als: »Sie sind wie Einheimische.« Entgeistert hat er mich angestarrt. Allerdings errege ich wohl weniger Neid als Mitleid mit meinem zwei Jahre alten Bart, der über meine Brust fließt, und meinen bis über die Schultern reichenden wirren Haaren. Ich bin drei Jahre älter als er, aber ich fühle mich sehr alt, unendlich älter. Seit drei Jahren bin ich hier, ohne mich zu rühren, und bin in die Mitte meiner selbst gelangt.

*

Schweigend steuerte Sergent den Juvaquatre, unbeteiligt sah Josef die Landschaft vorüberziehen; immer wieder sagte er sich, dass er einen wichtigen Augenblick erlebe, gleichsam eine Erlösung nach langer Haft. Er hätte große Freude empfinden müssen, aber er blieb dieser wiedergefundenen Freiheit gegenüber gleichgültig. Er öffnete das Fenster, um den Zigarettenrauch zu vertreiben. Sie waren spät losgefahren, es begann zu dunkeln.

»Sie sind vielleicht müde?«, fragte Sergent. »Wir können die Nacht in Orléansville verbringen.«

»Ich schlafe lieber in Algier.«

»Meinen Sie, dass Rousseau zurechtkommen wird?«

»Mit Stiefeln und Tabak ist es erträglich.«

Sergent lächelte. Im Laufe dieser dreieinhalb Jahre, die er in diesem Kaff aller Kaffs verbracht hatte, hatte Josef sich oft gefragt, ob Sergent einzig aus Großmut gehandelt hatte, um ihm das Leben zu retten, oder ob er die Gelegenheit beim Schopf ergriffen hatte, da er für diesen Scheißjob niemanden fand. Wahrscheinlich etwas von beidem.

Oder wie üblich die Geschichte der Gelegenheit und der Diebe.

»Wer ist die Frau, die singt?«

»Carmona hat Ihnen nichts erzählt?«

»Ich habe den Klang seiner Stimme selten gehört.«

Sergent parkte den Wagen am Rand der Nationalstraße 4, zündete eine Zigarette an und erzählte ihm Carmonas Geschichte. Das heißt einen Teil davon. Den, den er kannte. Oder das, was er darüber sagen wollte:

»Diese Geschichte muss geheim bleiben. Doch Sie haben das Recht, sie zu erfahren. Aber Sie dürfen sie nie erwähnen. Ich weiß, dass ich Ihnen vertrauen kann … Es fing 36 an, damals wurde in der Presse darüber gesprochen. Carmona war Unterleutnant in der Fremdenlegion und einer Kompanie von Pionieren zugeteilt. Das sind die, die Straßen, Tunnels, Eisenbahnlinien bauen. Bei den Paraden sind sie die Axtträger. Er aber ist, wie Sie sicher bemerkt haben, ein robuster Bursche. Eines Abends in Oran, als er Urlaub hatte, ist er ins *Cabaret maure* essen gegangen, eine Kaschemme mit orientalischen Tänzen, wo man nicht allzu schlecht isst. Dort war auch diese Sängerin. Sie heißt Aïna. Sie war recht bekannt. Sie sang diese melodiöse und betörende andalusische Musik. Carmona war fasziniert vom Zauber dieser Frau mit der süßlichen Stimme, und binnen einer Sekunde hat er sich verliebt, unsterblich verliebt. Er hat die Zuschauer gebeten, still zu sein, die Musik zu respektieren, ein Wort gab das andere, es ist ausgeartet, Beleidigungen, Gerangel, er hat mehrere Gäste bewusstlos geschlagen und einen Kommandanten verletzt. Er bekam verschärften Arrest, aber da er ausgezeichnete Zeugnisse hatte, war er nach acht Tagen wieder draußen. In der Legion ist eine Schlägerei keine Schande. Und so rennt dieser Schwachkopf, es gibt kein anderes Wort dafür, in die Kaschemme, macht der Schönen eine Liebeserklärung, und – es ist ein Rätsel! Sie hätte ihn zum Teufel schicken, ihm sagen müssen, dass es zwischen ihnen unmöglich sei, hirnrissig, hätte ihm ins Gesicht lachen, ihn rausschmeißen müssen, aber anscheinend teilte sie seine Erregung. Es ist unbegreiflich. Sie sind zusammen weggegangen. Auf der Stelle. Sie ist ihm gefolgt. Freiwillig. Sie konnte im Grunde tun, was sie wollte, er aber wurde zum Deserteur, und bei Prinzipien versteht man in der Legion keinen Spaß. In diesem Land sind gemischte Paare verpönt, in beiden Lagern verhasst. Ein Weißer und eine Araberin, das ist ein Sakrileg, Verrat. Erst recht, wenn es sich um einen Soldaten und eine populäre Sängerin handelt. Es gibt Grenzen, die zu überschreiten absolut verboten ist. Und außerdem ist es nicht nur eine Schande, sondern auch ein sehr schlechtes Beispiel. Hätte er sich an Kindern vergriffen oder hätte er sie vergewaltigt, dann hätte man gesagt, das ist zwar nicht gut, aber es kommt alle Tage vor. So ist das Leben. Sie aber haben eine Grenze überschritten. Schlimmer ist hier nur, seinen Vater oder seine Mutter zu töten. Und noch nicht einmal das. Was sie getan haben, lässt sich nicht benennen. Alle Welt verabscheut sie. Es sind von allen Seiten verfolgte Flüchtlinge. Was ihn betrifft, so hat die Armee beschlossen, ihn zu erledigen, denn hier ist Desertion ein Verbrechen. Und sie, deren Familie entehrt ist und deren Brüder und Onkel davon träumen, ihr die Gurgel durchzuschneiden, ist nicht besser dran. Für sie wird es keine Verjährung geben. In diesem Land gibt es kein Pardon, niemals. Deshalb verstecken sie sich und sind dazu verurteilt, sich für immer zu verkriechen. Während Ihr Leidensweg dreieinhalb Jahre gedauert hat, wird der ihre nie enden. Wenn der Krieg aus ist, werden sie Algerien hoffentlich verlassen können, in einen Winkel dieser traurigen Welt gehen können, wo man sie vergessen wird, wo sie das Recht haben, zusammenzuleben. Sollte jemand Sie fragen, wo Sie die letzten drei Jahre verbracht haben, dann antworteten Sie nicht. Oder nein, sagen Sie, was Sie wollen. Heute hat das keine Bedeutung mehr, aber sprechen Sie vor allem nicht von ihnen.«

Um drei Uhr morgens kamen sie in Algier an, die Stadt war wie ausgestorben, Sergent setzte ihn am Nelson-Square ab, vor seiner Wohnung, die das Institut für ihn freigehalten hatte.

»Nehmen Sie Urlaub, Josef, Sie haben ihn verdient.«

Josef verbrachte drei Tage damit, zu schlafen, herumzutrödeln, seine Sachen hervorzukramen und vor allem Carlos Gardel, dessen Schallplatten er unermüdlich abspielte, ein endlich wiedergefundener treuer Freund. Wie oft hatte er dieser wunderbaren Stimme in seinem Kopf gelauscht? Er hatte den Reichtum, die Zartheit dieser göttlichen Musik vergessen, ihre aufwühlenden Akkorde, ihren Singsang, der ihn von Neuem in seinen Bann schlug. Er ließ sich von diesem wiedergefundenen Glück berauschen. *Volver* faszinierte ihn jetzt noch mehr und schien für ihn geschrieben zu sein:

Ich fürchte die Nächte,
Die voller Erinnerungen
Meine Träume in Ketten legen.
Doch der Reisende, der flieht,
Wird einmal innehalten.
Und mag das Vergessen, das alles zerstört,
Meine alten Illusionen getötet haben,
So bewahre ich doch eine kleine Hoffnung,
Die alles Glück meines Herzens ist.

›Und wenn ich wieder Bandoneon-Unterricht nähme?‹, dachte er, als er seinen Platten lauschte.

Auf der Straße wurde er angestarrt. Man fragte sich, wer dieser zottelige, schlaksige Kerl sein mochte, der in Stiefeln herumlief und idiotisch lächelte. Vermutlich ein Amerikaner. Die Stadtpolizisten hatten ihn im Auge. Ihm war es schnuppe.

Es duftete nach Jasmin, Kot und Benzindämpfen.

Er ernährte sich von Milchkaffee und Blechkuchen, den

er bei der Bäckerin in der Avenue de la Marne kaufte, verbrachte viele Stunden in der Eisdiele der Rue Lazerge, wo er Zitronensorbets kostete, die neuen Mentholzigaretten rauchte, den Unterhaltungen Unbekannter lauschte, den fröhlichen Kindern zusah, die aus der Gemeindeschule kamen, oder er schlenderte am Meer entlang und durchquerte die Stadt bis Hussein Dey. Aber er vermied sorgfältig, nach links zu gehen, nach Saint-Eugène und zur Pointe Pescade.

Er wollte niemandem begegnen. Am Tisch einer Terrasse an der Place des Trois-Horloges wärmte er sich in der fahlen Nachmittagssonne, als er eine vertraute Gestalt erblickte. Nelly kam auf ihn zu, sie gab einem etwa dreißigjährigen Mann die Hand, er sagte ihr etwas ins Ohr, und sie brach in Lachen aus. Er hatte weder die Zeit noch den Reflex, sich hinter seiner Zeitung zu verbergen. Sie ging an ihm vorbei, ohne ihn zu sehen. Doch für den Bruchsteil einer Sekunde war ihr Blick an dem seinen hängen geblieben. Sie entfernten sich unter den Arkaden. Seltsamerweise war Josef weder traurig noch eifersüchtig, noch enttäuscht. Im Gegenteil. Er freute sich für sie.

Er setzte sich in einen der drei Ledersessel des Männerfrisiersalons in der Rue Géricault. Der Chef fragte ihn, wie er frisiert werden möchte.

»Wie Gardel«, antwortete er, »den Scheitel links und ein wenig Pomade.«

Der Friseur seufzte, um sich Mut zu machen, ergriff eine große Schere, die er noch nie benutzt hatte, und machte einen Kurzhaarschnitt. In seinem ganzen Leben hatte er noch nie so viel Mühe gehabt wie mit dieser verfilzten Mähne und diesem wirren Bart. Er versuchte, mit ihm zu plaudern, stellte Fragen: woher er komme, was er mache, ob er lange in Algier bleibe, und gab dann auf. Dieser Figaro war nicht imstande, ihm etwas anderes als ein vages Lächeln zu entlocken. Josef hatte beschlossen, mit niemandem jemals über das zu sprechen, was er erlebt hatte.

»Möchten sie nicht einen dünnen Schnurrbart à la Clark Gable?«

Josef betrachtete sich im Spiegel, zögerte einige Sekunden – Carlos Gardel trug keinen Schnurrbart – und schüttelte den Kopf.

Als er eine Stunde später ging, fühlte er sich selber fremd, fast ähnelte er dem Mann, der er bei seiner Abreise gewesen war, wenn auch sicherlich dünner und vielleicht mit der roten Haut eines Indianers.

Er bemerkte einige diskrete weiße Haare an den Schläfen.

Dreimal war Josef bis zu Padovani gegangen und hatte sich im Hintergrund postiert. Tagsüber, außer sonntags, waren wenige Leute da, einige Badende am Strand, Kinder am Ende des Tags. Auch Gruppen amerikanischer Soldaten. In keinem Augenblick dachte er daran, zu baden oder im Sand zu faulenzen. Und dann stieß er eines Abends Padovanis Tür auf. War es ein Wink des Schicksals? Es empfing ihn die Stimme von Gardel … *Lejana tierra mía …*

Noch immer ist dort der Balkon
Mit den Blumen und der Sonne,
Nur du bist nicht da, du fehlst mir,
Oh, mi amor …

Er erinnerte sich, dass auch Padovani für den argentinischen Sänger schwärmte. Der Saal war halb voll. Der Wirt bediente eine Gruppe lärmender Gäste am Tresen, als er ihn erblickte.

»Seht nur, wer da ist!«

Maurice drehte sich um, und als er Josef erkannte, blieb ihm einen Augenblick der Mund offen.

»Na so was … ein Wiedergänger!«

Er stürzte los, schloss ihn in die Arme, klopfte ihm fest auf den Rücken und schrie:

»Welche Freude, welche Freude, welche Freude!«

»Auch ich freue mich, dich wiederzusehen.«

Maurice hatte Tränen in den Augen, schüttelte ungläubig den Kopf.

»Wo bist du gewesen, zum Teufel? Du hast uns vielleicht Angst eingejagt. Bist du verhaftet worden?«

»O nein, aber es war eine schlimme Zeit. Jetzt ist es vorbei.«

»Du warst im Krieg?«

Fast hätte Josef es ihm erklärt. Maurice war etwas anderes. Er war sein einziger Freund in diesem Land, wie ein Bruder oder die Vorstellung, die er sich davon machte, jemand, mit dem man ohne Hintergedanken reden konnte. Er überlegte, wo er anfangen sollte, es war so kompliziert, und im Übrigen gab es so viele Dinge in den letzten Jahren, die er nicht verstanden hatte. Wie soll man eine absurde Welt erklären, die niemand kannte?

»Ich möchte nicht darüber sprechen, Maurice.«

»Ich verstehe.«

Leute, die uns lieben, haben den Vorteil, dass sie uns besser verstehen als wir selbst. Und auch wenn sie uns nicht wirklich verstehen, so lieben sie uns wenigstens.

»Hast du Nelly wiedergesehen?«

»Ich habe sie flüchtig in Bab-el-Oued gesehen.«

»Sie hatte keinerlei Nachricht, wir dachten, dass du verhaftet worden bist, wie sollte man das wissen? Es war scheußlich, viele Leute sind verschwunden, vor allem Juden und Kommunisten. Da ich im Generalstab arbeitete, habe ich versucht, Informationen über dich zu bekommen, aber nichts, Funkstille. Sie hat zwei oder drei Monate auf dich gewartet. Dann ist sie diesem Typen begegnet, einem Fotografen, recht sympathisch.«

»Ich habe beide gesehen.«

»O nein, sie sind schon lange getrennt … Der da ist ein Schauspieler, ich glaube, sie sind sehr verliebt.«

»Das ist nicht schlimm. Zwischen uns war nichts Ernstes. Und wie geht es Christine?«

»Wie soll ich es dir erklären, hier hat sich viel verändert.«

Letztlich spricht niemand. Die wichtigen Dinge bleiben tief in uns verborgen. Natürlich, wenn man alles sagen müsste, bräuchte man mindestens ein zweites Leben. Wahrscheinlich sind wir dazu geschaffen, nebeneinanderher zu leben, uns von Weitem zu sehen und es zu bedauern, so wenig voneinander zu wissen. Vielleicht ist auch dies das Geheimnis des Lebens.

»Noch ein Glas, und noch eins, mein Bruder!«

Josefs Kopf drehte sich, und sein Gesicht glühte. Wie hatte er nur alle seine Freunde vergessen können? Sie kamen und schlossen ihn in die Arme, stellten ihn Unbekannten vor, die von ihm gehört hatten, er konnte nicht ablehnen, noch einmal anzustoßen, die Runde geht auf mich. Maurice sah auf die Uhr.

»Los, komm, wir zischen ab.«

Sie umrundeten sein Schmuckstück, wirklich, sein neuer Citroën Traction war verdammt schön, ein makelloser ebenholzschwarzer Fünfzehner, der in den Kurven brummte und bei Steigungen beschleunigte.

»Sechszylinder-Reihenmotor. Keiner überholt mich.«

Im Handumdrehen waren sie an der Pointe Pescade, er fuhr bis Bouzaréa, kehrte über El Biar auf der Corniche zurück. Er überholte die anderen Autos, wie eine Schwalbe ein Insekt schluckt. Hundertzwanzig oberhalb der Küste!

»Maurice, langsam, du wirst uns umbringen!«

Er lachte wie ein Kind, klopfte auf das Lenkrad.

»Mach dir keine Sorgen, Josef, ich fahre ganz gemütlich. Die Nacht ist zu schön. Das wollen wir ausnutzen.«

Er war im Büro befördert worden, war die zweite Hand von Monsieur Morel geworden, schmiss den Laden, kümmerte sich um die dicken Geschäfte, solche, die Kohle bringen, man brauchte sich bloß zu bücken und sie aufzuheben, er hatte das Marketing entdeckt, eine amerikanische Erfindung.

»Sie sind stark, wirklich, die Revolution des Jahrhunderts, die richtige, die die Welt verändern wird. Du kennst das nicht, es ist ganz neu und unschlagbar, das Übrige ist Gefasel. Jetzt ist Verkaufen eine Wissenschaft geworden. Wie die Mathematik. Genau, wie zwei mal zwei ist vier.«

Maurice lud Josef zum Abendessen ein, er durfte nicht ablehnen. Jetzt frequentierte er die Hautevolee, anders konnte man es nicht nennen, anständige Leute gingen nicht zu Padovani. Sicher, für den Aperitif, da war es die beste Kemia von Algier. Aber für das Leben auf großem Fuß gab es das *Santa Lucia,* ein lateinamerikanisches Lokal, das an das Hippodrom des Caroubier grenzte. Im zweiten Stock überragte eine traumhafte Terrasse mit Tausenden von Sternen die Rennbahn sowie die Stadt und das Meer, das man an der unendlichen Weite ohne Lichter erriet. Ungeheuerliche Preise.

»Maurice, hast du gesehen? Das Menü kostet hundert Francs!«

»Ich sagte es doch, ich lade dich ein. Du wirst sehen, es ist große Klasse!«

Maurice kannte jeden. Man hätte meinen können, er wäre ein radikaler Abgeordneter am Vorabend der Wahlen, er drückte Hände, klopfte auf Schultern und fragte jeden, wie es ihm gehe, wunderbares Wetter heute, nicht wahr, einige Privilegierte wurden mit dem Versprechen eines Mittagessens oder eines baldigen Anrufs beglückt, er ging von Tisch zu Tisch, grüßte in alle Richtungen, warf schönen Unbekannten Küsschen zu, deutete zwei drei Drehungen und einige Tanzschritte zum Rhythmus der kubanischen Kapelle an, die, versicherte er, die Nächte des *Tropicana* von Havanna entflammt hatte und Paso doble, Mambos und Rumbas aneinanderreihte, diese heißen modernen Tänze, für die er schwärmte.

»Jetzt tanze ich wie ein Gott. Wie du, alter Knabe.«

Josef fragte sich, wie er es anstellte, überall so viele Freunde zu haben und dass sie ihn alle beim Vornamen nannten. Maurice blieb an einem Podium stehen, wo eine Tischrunde ihn mit »Da ist er ja endlich« und »Momo, komm her« begrüßte. Jedem stellte er Josef vor, einige standen auf, um ihn zu umarmen, erfreut, dass er sich zu ihnen geselle, hießen ihn willkommen bei den »Limited Nachtschwärmern unlimited«, wie sie sich lachend nannten. Ein Platz wartete auf Maurice. Sie rückten zusammen, damit auch Josef sich setzen konnte.

Eine junge Frau mit feinen Zügen, schüchternem Lächeln und über den Schultern eingerolltem braunen Haar stand auf.

»Josef, das ist Louise.«

»Louise, das ist er, Josef.«

»Oh, Maurice hat mir so viel von Ihnen erzählt.«

Sie schien sich aufrichtig zu freuen, ihn zu sehen. Es war lange, wirklich lange her, dass Josef so sympathischen Leuten begegnet war, die nichts anderes im Sinn hatten, als sich zu amüsieren, zu trinken, zu scherzen und zu tanzen. Louise war besonders aufmerksam. Josef lehnte zuerst ab, er fürchtete, nach so vielen Jahren Einsamkeit lächerlich zu wirken, aber in dieser Nacht erhielt er seine erste Mambo-Lektion, Louise schlängelte sich wie eine Kubanerin (nun ja, so stellte er sie sich vor, er war noch nie einer begegnet).

»Ein zwei drei vier, Sie bleiben stehen, ein zwei drei vier, Sie bleiben stehen, es ist nicht kompliziert, man muss nur auf die Musik hören. Sehr gut.«

Voller Glück entdeckte Josef, dass er perfekt Mambo tanzte.

Sie verließen das *Santa Lucia*, einander haltend und schallend lachend, ohne zu wissen, warum, schwiegen dann, um eine Zigarette anzuzünden oder die frische Meeresluft zu atmen in dieser Dämmerstunde vor Sonnenaufgang, wenn die ganze Erde schläft, du selbst aber nicht, du bist fröhlich und lebendig und glücklich, auch ein wenig betrunken, und du bist mächtig, stark und ewig, müde zwar, aber das hat keine Bedeutung. Die Nacht hat dich entlassen, der Tag ist noch nicht gekommen, du bist allein auf der Welt mit wahren Freunden, die nicht nach Hause gehen und schlafen wollen, sondern an der Bar des Kasinos ein letztes Glas trinken wollen.

Und immer ist einer dabei, der nicht in Stimmung ist: »Ich jedenfalls gehe schlafen, ich muss morgen arbeiten.«

Wir alle arbeiten morgen.

Bis morgen.

Maurice versicherte, dass mühelos zehn in den Traction passten. Sie waren nur acht, Josef saß vorne mit Louise, die nicht allzu viel Platz einnahm. Maurice spielte Taxi, brachte jeden bis vor die Haustür. Alle verabschiedeten sich mit »Vielleicht bis heute Abend«. Die ersten Arbeiter waren unterwegs. Er setzte Louise vor einem mit Zypressen umgebenen Anwesen ab, das sich am Galland-Park entlangzog, und begleitete sie bis zu ihrer Tür, es schien ihnen schwerzufallen, sich zu trennen.

Dann parkte er gegenüber dem Nelson-Square, doch sie blieben im Wagen sitzen und rauchten. Maurice wollte umziehen, sich in den vornehmen Vierteln niederlassen, in der oberen Stadt, in der Rue Michelet oder der Rue Horace Vernet, er hatte keine Zeit, sich darum zu kümmern. Er schlug Josef zweimal auf den Schenkel, so glücklich war er, ihn wiedergefunden zu haben.

»Und Christine, wie geht es ihr?«, fragte Josef.

Maurice erstarrte, warf seine Zigarette weg, setzte eine gleichgültige Miene auf, als hätte er nicht gehört. Der Bäcker zog seinen metallenen Rollladen hoch.

»Sie kommt von einer Tournee zurück, nächste Woche, glaube ich. Unnötig, ihr vom *Santa Lucia* zu erzählen, sie mag dieses Lokal nicht.«

Nach einer Woche der Erholung nahm Josef die Arbeit wieder auf, kehrte in sein Labor zurück, und nichts befriedigte ihn so sehr, wie sein gesamtes Material und seine Sachen wiederzufinden. Seine Kollegen kamen, um ihm die Hand zu drücken, was ungewohnt war, mehrere Mitglieder des Personals sagten, sie freuten sich, ihn wieder bei ihnen zu sehen, niemand stellte indiskrete Fragen oder machte die kleinste Bemerkung über seine lange Abwesenheit, fast so, als wäre er erst gestern abgereist.

Anfang Juni holte ihn Madame Armand, diesmal sehr heiter, man verlange ihn am Telefon. Anscheinend eine Dame. Er folgte ihr in ihr Büro, sie hatte etwas zu erledigen und ließ ihn allein.

»Josef, ich bin's, Christine.«

»Oh, wie schön, dich zu hören.«

»Maurice sagte mir, dass du wieder da bist. Ich freue mich wahnsinnig.«

»Wirklich?«

»Wir haben uns Sorgen um dich gemacht, aber ich war sicher, dass wir uns eines Tages wiedersehen. Du hättest kommen und mir guten Tag sagen können.«

»Ich brauchte Zeit, um mich wieder einzugewöhnen.«

»Ich lade euch heute Abend zum Essen ein.«

»Kochst du jetzt?«

»Nicht jeden Tag, keine Bange. Zur Feier deiner Rückkehr.«

Um sieben Uhr läutete Josef an Christines Tür. Er hatte einen Strauß orangeroter Gladiolen gekauft, er erinnerte sich, dass sie diese Blumen mochte. Sie fielen sich in die Arme (mein Gott, wie gut sie roch).

»Ich bin so froh, dass du da bist.«

Josef war der Erste. Es dauerte eine Weile, bis er sich zurechtfand, die Wohnung war aufgeräumt, verschwunden der Wust von Kleidern, Kissen, Schminkutensilien, Bücherstapeln und Zeitungen. Auf dem Tisch lagen drei Gedecke.

»Ich habe einen Braten gemacht. Maurice schwärmt für Braten.«

»Kommt Nelly nicht?«

»Sprich bloß nicht von ihr, schlimm genug, dass ich mit ihr arbeiten muss.«

»Seid ihr nicht mehr befreundet?«

»Sie ist eine Manipulantin, sie benutzt die Leute und lässt sie dann fallen, wenn sie sie nicht mehr braucht. Entschuldige, aber schon einen Monat nach deiner Abreise hat sie sich getröstet. Und bei mir war es genauso, ich habe sie aufgenommen und ihr geholfen, wenn sie Probleme hatte, sie hat mich von heute auf morgen fallen lassen, sie lebt jetzt die große Liebe mit einem Pseudoschauspieler, einem ausgemachten Schwachkopf. Und wie soll ich nun die Miete bezahlen?«

Sie nahmen den Aperitif zu zweit, sie fand kein Ende, von Maurice zu erzählen, es war ihm gelungen, zwei Jahre lang sowohl im Generalstab als auch für seine Firma zu arbeiten, niemand wusste, wie er das machte, ein Arbeitstier, und immer liebenswürdig, für jeden ein nettes Wort. Sie hatte schwierige Zeiten durchgemacht, er hatte sie auf bewundernswerte Weise unterstützt, sie wusste, dass sie auf ihn zählen konnte, er war Nelly sehr böse, sie würde diese Wohnung, die sie so liebte, aufgeben müssen, und bei ihren Mitteln bliebe ihr keine andere Wahl als eine schäbige Einzimmerwohnung in einem wenig frequentierten Viertel.

»Du könntest doch jemand anderen finden, mit dem du die Miete teilst.«

»Heutzutage kann man keinem mehr vertrauen. Sag mir, wo warst du?«

»Ich kann dir nur sagen, dass es sehr hart war, ich will nicht darüber sprechen. Es liegt hinter mir.«

»Ich verstehe. Halb neun, wo Maurice nur bleibt?«

Seit mindestens einer Stunde hätte er da sein müssen.

»Immer noch mit Mathé zusammen?«

»Wir hatten gerade eine große Tournee mit Puschkins *Der steinerne Gast* in der Gegend von Constantine. Wir bekamen außergewöhnlich viele Vorhänge. Es gibt Vorschläge, in der Hauptstadt zu arbeiten. Hoffentlich ist ihm nichts zugestoßen.«

Maurice kreuzte um Viertel nach neun auf, er kam um vor Hitze, war schlechter Laune, wollte aber nicht sagen, warum, eine komplizierte Erbschaftsangelegenheit mit sehr wichtigen Leuten, die nur er erledigen konnte. Er trank eine Anisette mit Eiswürfeln.

»Man muss im Leben Prinzipien haben, oder? Gut, dass wir unsere Gewohnheiten wieder aufnehmen.«

Sie setzten sich zu Tisch. Maurice entkorkte die Flasche.

»Ein kleiner Boulaouane Gris, du siehst, ich habe es nicht vergessen.«

Er erhob sein Glas und stieß auf Josef und ihre Freundschaft an, und alle drei stießen auf das endlich zurückgekehrte Glück an.

»Dieser Wein ist ja lauwarm! Herrgott nochmal, Christine, du hättest ihn kalt stellen sollen.«

»Ich habe ihn rausgeholt, als Josef kam.«

»Ist das ein Grund, dass wir dieses Gesöff trinken müssen?«

»Es tut mir leid.«

»Und wann essen wir? Ich habe nämlich Hunger.«

Sie verschwand in der Küche. Sie kam mit dem Braten zurück und stellte ihn stolz auf den Tisch. Maurice stand auf und begann, ihn aufzuschneiden, sein Gesicht erstarrte, sein Arm hob eine sich krümmende braune Scheibe am Ende der Fleischgabel.

»Das soll Fleisch sein? Es ist Pappe! Hast du ihn kochen lassen oder was?«

»Es ist nicht meine Schuld, Maurice, du bist zu spät gekommen!«

»Unglaublich, jetzt ist es auch noch meine Schuld! Ich arbeite, schließlich bin ich kein Beamter! Als du gesehen hast, dass ich nicht da bin, hättest du ihn aus dem Ofen nehmen müssen, das ist doch nicht schwer zu verstehen!«

Er warf Messer und Gabel auf den Tisch, zog seine Jacke wieder an.

»Hier gibt es nichts zu essen! Wir essen außer Haus!«

Vergeblich versuchte Josef, ihn zurückzuhalten, es sei doch nicht so schlimm, er möge durchgebratenes Fleisch.

»O ja, durchgebraten ist er, der Fraß.«

Und auf der Stelle verließ er die Wohnung, den Kopf unter seinem Filzhut gesenkt. Christine folgte ihm ins Treppenhaus.

»Es tut mir leid, Maurice, wir haben zwei Stunden auf dich gewartet, und wir haben geredet. Ich habe nicht dran gedacht.«

Sergent hatte Josefs Bitte entsprochen und ihn ins El Kettar-Hospital in der Kasbah geschickt. Josef hatte drei Krankenschwestern ausgebildet, und zusammen nahmen sie Reihenimpfungen gegen den Typhus vor, der auf den Hochebenen wieder ausgebrochen war und sich in der Stadt ausbreitete. Innerhalb von zwei Jahren waren der Epidemie dreitausend Einheimische und etwas mehr als zweihundert Europäer zum Opfer gefallen, aber Letztere ließen sich massenhaft impfen. In Algier wurden in sechs Tagen aufreibender Arbeit fünfunddreißigtausend Einheimische geimpft. Man würde einen Monat warten müssen, um die Immunität nach der Impfung zu prüfen.

Zuerst hörte Josef ein dumpfes Geräusch, dem er keine Aufmerksamkeit schenkte, dann eine Sirene in der Ferne wie bei Feuersbrünsten, er fuhr fort, die vor ihm aufgereihten jungen Patienten zu impfen. Die Oberschwester betrat den Saal und schrie:

»Sie sind gelandet! Die Amerikaner sind gelandet!«

»Wo denn, Madame Makhlouf?«

»In der Normandie!«

Verblüfft stand Josef auf, bat eine andere Krankenschwester, die Impfung fortzusetzen, und verließ das Hospital. Hupende Autos fuhren vorbei, an den Fenstern wurden französische Fahnen geschwenkt, wer die Neuigkeit wusste, teilte sie den anderen mit, die sie ihrerseits weitergaben, und sie verbreitete sich überall wie eine Welle des Glücks. Die Leute fragten, wollten Näheres erfahren, aber niemand wusste etwas. Die Radiostationen Algeriens oder des Kontinents setzten ihr Programm fort. Viele sagten sich, sie würden uns doch, sollte die Landung tatsächlich stattgefunden haben, keine Unterhaltungsendungen vorsetzen, oder aber es ist nur eine klitzekleine Landung, die kein Interesse verdient. Manche nannten Einzelheiten, die sie als Einzige kannten, und wenn man sie fragte, wie und wo sie sie erfahren hätten, antworteten sie: Jemand hat es mir gesagt.

Josef ging zurück ins Institut, Sergent hatte soeben mit Paris telefoniert, wo ihm die Landung bestätigt worden war, aber auch dort hingen alle am Radio. In den 11-Uhr-Nachrichten hatte der Journalist geschwiegen.

Josef ging zur Agentur Morel, um Maurice aufzusuchen, aber sie war geschlossen.

Bei Padovani thronte das Radio mitten auf der Bar, um die sich etwa zwanzig Personen scharten. Josef traf auf Christine, sie wartete auf Maurice, der am frühen Nachmittag seine Arbeit liegen gelassen hatte. Padovani drehte langsam am Senderknopf, erwischte Dutzende Stationen am andern Ende der Welt, aber keiner sprach von dieser Landung, als wäre sie ein kollektiver Traum, es gelang ihm, BBC zu bekommen, die ein Unterhaltungsprogramm sendete. Um 17 Uhr gab der Sprecher endlich kurze Informationen. Josef übersetzte simultan:

»Heute Morgen sind die alliierten Streitkräfte … an fünf Stränden der Normandie gelandet … sie stießen … auf den lebhaften Widerstand der … deutschen Streitkräfte. Trotzdem … ist es ihnen gelungen, die Kontrolle … über diese Strände zu übernehmen … was den Truppen und … ihrem Nachschub … die Landung ermöglichte … Weiterhin werden … heftige Kämpfe … entlang der Küste gemeldet.«

Sofort setzte die Musik wieder ein. Enttäuscht sahen sie einander an.

»Ist das alles?«

Sie standen noch eine Weile um das Radio herum und lauerten auf die kleinste Nachricht. Gegen 18 Uhr tauchte mit ernstem Gesicht Maurice auf.

»Liebe Freunde, ich komme gerade vom Generalstab. Dank meiner Kontakte konnte ich die Bestätigung erhalten. Ja, es hat heute Morgen eine große, sehr große Landung in der Normandie gegeben, und es ist zu blutigen Kämpfen gekommen, die Nachrichten sind sehr schlecht, die amerikanischen Verluste sind riesig, die Deutschen haben sie zurückgedrängt und sind dabei, sie zu vernichten. Es ist ein Gemetzel.«

»Bist du sicher?«

»Leider ja. Höheren Orts ist man sehr pessimistisch.«

Sie warteten weiter, die Zeit schien endlos zu sein, sie tranken nicht, aßen nicht, rauchten ununterbrochen, wortlos starrten sie auf den Radioapparat und lauerten auf jede Nachrichtensendung, die ihnen aber nichts Neues mitteilte. Noch nie hatten sie sich so ohnmächtig gefühlt. Sie wussten, dass genau in diesem Augenblick dort oben, weit weg von Algier, ihr Schicksal auf dem Spiel stand, Männer schrien, weinten, zitterten und starben, und sie konnten nichts anderes tun, als zusammenzubleiben, nutzlos und lebendig.

Einer ging auf die Terrasse, um Luft zu schnappen, dann ein Weiterer und noch einer, es war ein lauer Abend, schließlich standen alle draußen, dem tiefschwarzen Meer gegenüber, Seite an Seite oder an das Geländer gelehnt. Christine nahm Maurice bei der Schulter, er drückte sie an sich. Der englische Sender strahlte ein Dudelsackkonzert aus.

Es war die längste Nacht ihres Lebens.

Algeriens schönster Strand war menschenleer, so weit das Auge reichte, auf zwei Kilometern mit weit auseinanderstehenden Pinien, aufgereiht wie ein Heer von Wachtposten gegen das Meer. Die Algerier blieben im Schatten; unter diesen Schirmpinien einen freien Platz zu finden war ausgeschlossen. Oder man musste einen Stammgast mit uralten Rechten aus dem Weg räumen, sich streiten und sich beschimpfen lassen. Sidi Ferruch war zwar ein Paradies, aber die Sonne brannte derart, dass es an diesem Sonntagnachmittag im Juli selbstmörderisch war, sich ihr auszusetzen. Um zu baden, mussten die Mutigen ohne Deckung etwa fünfzig Meter zurücklegen, sie rannten schreiend los, um den heißen Sand nicht zu spüren, und warfen sich ins Wasser, in einer Garbe aufspritzender Gischt.

Hinter seinen getönten Brillengläsern las Josef die Zeitung. In Wirklichkeit döste er, wie Maurice. Christine bräunte ihre Beine.

»Übrigens«, fragte Maurice, ohne die Augen zu öffnen, »hast du dir diese Wohnung angeschaut?«

»Noch nicht.«

»Worauf wartest du? Sie ist ideal für dich.«

»Hör zu, Maurice, wir könnten doch zusammenziehen, es wenigstens versuchen?«

Maurice setzte sich auf, wischte den Sand von seinem Oberkörper, zündete eine Zigarette an, atmete tief den Rauch ein.

»Christine, darüber haben wir schon gesprochen, es ist besser, unabhängig zu bleiben.«

Sie zögerte, warf einen Blick auf den schlafenden Josef.

»Man kann sich etwas anderes vorstellen und sich weiterentwickeln.«

»Jahrelang habe ich dich darum gebeten, immer hast du geantwortet, das Schwerste sei, zu lieben und frei zu bleiben. Du sagtest mir, das Schlimmste sei, sich auswendig zu kennen und Rechenschaft ablegen zu müssen. Du wolltest mich nicht fragen, was ich den Tag über gemacht habe, sondern was wir gemeinsam tun wollen. Du hast mich überzeugt. Komm, lass uns baden, danach gehen wir essen, und sag mir nicht, dass du kein Geld hast, ich lade dich ein.«

Maurice sprang auf.

»Was für eine Hitze! Josef, kommst du?«

»Dazu fehlt mir die Kraft.«

Brüllend rannte er los, stürzte sich ins Wasser und wedelte mit den Arme, um Christine aufzufordern, ihm zu folgen.

Josef fixierte sie, sie sah woanders hin.

»Geht's, Christine?«

Sie nickte mit einem jener verkniffenen Lächeln, die irgendwie hängen bleiben und gleich wieder verschwinden.

Sergent betrat das Labor, in dem Josef das Auge an sein Mikroskop presste und gleichzeitig seine Beobachtungen in ein Heft schrieb. Er setzte sich an die andere Seite der Arbeitsplatte.

»Wir haben ein verdammtes Problem mit diesem Schweinetyphus«, sagte Josef, ohne aufzublicken. »Das Blut ist ungewöhnlich virulent, ebenso der Urin, bei Übertragungen durch bloßes Zusammenleben. Und, noch lästiger, das Virus ist äußerst fein, es dringt sogar durch das Porzellan der Chamberland-Kerze, und, was noch ärgerlicher ist, die Inokulation des mit Formol abgetöteten Virus immunisiert das Schwein nicht. Man wird die ganze Herde schlachten müssen.«

Sergent ging zu ihm, Josef rückte beiseite. Seinerseits presste Sergent das Auge eine Weile an das Mikroskop. Verschob langsam das Glasplättchen.

»Es ist ein unbekanntes Virus«, murmelte er. »Das hat uns gerade noch gefehlt.«

Er richtete sich auf, schwieg eine Weile, zog ein fleckiges Blatt Papier aus seiner Jacke.

»Doktor Rousseau ist verschwunden. Als Dupré ankam, hat er diesen Brief gefunden. Es ist seine Kündigung. Er hat sich stillschweigend aus dem Staub gemacht. Er konnte die Einsamkeit, die Hitze und die Mücken nicht ertragen, und vor allem nicht das Phantom Carmona. Er hat weniger als drei Monate durchgehalten. Ich hielt ihn für robuster. Er hatte Angst, verrückt zu werden, er hörte Stimmen. Jetzt ist niemand mehr in der Station, doch in dieser Jahreszeit muss man unbedingt eingreifen und die Bevölkerung behandeln, wenn man nicht will, dass die Malaria wieder zunimmt. Ich habe mich gefragt, ob …«

»Ich bin sicher, dass Sie einen jungen Arzt finden werden, der davon träumt, im Institut Karriere zu machen.«

»Der Nachteil ist ihre Jugend.«

Josef vertiefte sich in seine Notizen. Sergent seufzte und ging zur Tür.

»Vorrangig muss das Knochenmark der Schweine analysiert werden.«

»Ich kümmere mich drum«, sagte Josef. »Übrigens, gestatten Sie, dass ich mir nächsten Sonntag den Juvaquatre ausleihe?«

Es war ein dreistöckiges, gekalktes Gebäude, auf halber Höhe einer jener gepflasterten Treppen, die oberhalb von Bab-el-Oued im Zickzack zur Kasbah hinaufführen, ein steiler, mit Kaktusfeigen und Schilfrohrbüscheln übersäter Weg. Auf den Treppenabsätzen spielten Kinder mit dem Kreisel, Aprikosenkernen oder Knöchelchen, jedes Haus war mit den benachbarten verschachtelt, und sie schienen sich gegenseitig zu stützen.

Wie Maurice ihm geraten hatte, parkte er den Juvaquatre in einer Kurve der Valée-Steigung, und sie begannen den Wagen auszuladen. Man musste etwa zwanzig Stufen erklimmen, unter einem Gewölbe hindurchgehen, einen steilen Weg hochklettern, eine Treppe hinuntersteigen, und nach einer Biegung stieß man auf das Mietshaus von Christine. Ihre Wohnung lag im zweiten Stock und ging auf den kleinen Innenhof. Aber, wie Maurice gesagt hatte: »Wenn man auch keinen Ausblick hat, so ist es doch wenigstens kühl.« Ständig wiederholte er: »Wie angenehm es hier ist!«

Sie machten eine erste Tour, wären fast hingefallen, Maurice tat der Rücken weh, er hatte anderes zu tun und trieb zwei Araber auf, die für drei Francs sechs Sous den Wagen entluden und die Möbel, Kartons und Kisten hochtrugen, die sich bald in Christines neuer Wohnung türmten.

Sie war nicht leichten Herzens umgezogen und hatte sich für diese abgelegene und wenig praktische Wohnung nur deshalb entschieden, weil die Miete niedrig war. Es sollte nur vorübergehend sein, bis ihre Finanzen sich besserten, sie hatte jetzt nur noch ihre Theatergage, seit Radio Alger auf ihre Dienst verzichtet hatte.

»Du hättest nicht zulassen dürfen, dass sie in dieses berüchtigte Viertel zieht«, hatte Josef zu Maurice gesagt, als sie die Adresse suchten.

»Ich wollte ihr Geld leihen, aber du kennst sie ja, Madame ist unabhängig, ich habe ihr vorgeschlagen, in ihrer Wohnung zu bleiben, ich würde Nellys Anteil übernehmen, sie hat abgelehnt. Als hätte ich sie beleidigt.«

»Das wusste ich nicht.«

»Es wäre mir lieber gewesen. Bei einer Frau, die du nicht bezahlst, weißt du nicht, wie viel sie dich kostet.«

Josef fand den Weg nicht wieder, was ihm nicht gleich bewusst wurde. Er verlief sich.

Das war nicht verwunderlich, denn wenn man das Gebäude verließ, durfte man sich nicht irren, musste an der richtigen Stelle abbiegen, er war mit dieser verschlungenen Umgebung nicht vertraut. Er hätte die zweite Treppe rechts nehmen müssen, nicht die erste. Er ging weiter, überzeugt, auf dem richtigen Weg zu sein. Aber wahrscheinlich war er mit seinen Gedanken woanders, bei irgendetwas, das ihm Sorgen machte und das er nicht wahrhaben wollte. Er sagte sich: ›Langsam gehen mir die beiden auf die Nerven.‹

Er gelangte auf einen unbekannten Platz, kehrte um, bog nach rechts, stieg eine Treppe hinauf, eine andere hinunter, ging durch ein Gässchen, durch das er noch nie gekommen war, stieg eine Reihe schmaler Stufen hinunter, landete auf einem Gelände, das als Müllhalde diente, ging den ganzen Weg wieder zurück. Die Häuser sahen alle gleich aus, die Straßen ähnelten sich. Er war verwirrt. Er gelangte zu einer Kreuzung, sah einen alten Araber, der an einer Mauer lehnte. Der Mann stand hinter einem dicken Fass aus Metall mit einem Deckel, auf dem ein buntes Lotterierad befestigt war.

»Ein Zoublie, mein Freund?«

Er begriff, dass Josef nicht wusste, wovon er sprach, hob den Deckel, steckte seine Hand in das Fass, holte eine goldgelbe Waffeltüte heraus und reichte sie ihm.

»Zoublie, sehr gut.«

Josef probierte die Waffel.

»Tatsächlich, sehr gut.«

Der alte Araber drehte das Rad, der Zeiger nahm Geschwindigkeit auf, blieb dann auf Rot stehen. Josef erhielt ein weiteres Gebäck und gab ihm zwei Ein-Franc-Münzen.

»Danke, mein Freund, danke.«

*

Seit einigen Wochen regnete es gute Nachrichten. Jeden Tag erfuhr man aus der Zeitung, dass Patton oder de Lattre Marseille, Paris, Nîmes, Dieppe, Lyon oder Anvers befreit hatte. Und dieser 9. September 44 sollte in aller Erinnerung bleiben. Nicht nur, weil die Deutschen tags zuvor auf ihrer Flucht Pétain und Laval mitgenommen hatten.

Man war sie los, und endlich konnte man Luft holen und sich frei fühlen.

»Sergent hat angerufen. Sie sollen dringend zu ihm ins Mustapha-Hospital kommen«, hatte Madame Armand Josef zugerufen.

An diesem herrlichen Tag mit seinem makellosen Himmel, seiner glühenden Sonne und jener wunderbaren Meeresbrise, die die Hitze in diesem Klima ständigen Jubels und leichten Lebens erträglich machte, war ein sechsjähriges Kind an der Pest gestorben. Ja, an der Pest. Nicht im hintersten Winkel von China oder Indien, sondern in Frankreich. Nicht in einem mittelalterlichen Land, sondern in dieser weißen und stolzen Stadt, mitten im 20. Jahrhundert. Mit einem Schlag war man, voller Entsetzen, drei oder vier Jahrhunderte zurückgeworfen. Und alle waren niedergeschmettert.

Der Hausarzt der Familie hatte das Kind wegen Muskelschmerzen behandelt, ohne die winzigen Schwellungen unter der Haut zu bemerken. Als die Ganglien auf den Schenkeln auftauchten, war es zu spät. Das Kind war bereits dehydriert und lag im Sterben. Die Nachbarin, die drei Tage lang auf es aufgepasst hatte, war ihrerseits ins Krankenhaus gekommen, furchtbare Kopfschmerzen, hohes Fieber und das Blut, das sie spuckte, verrieten die gefährliche Lungenpest, die blindlings tötete und einem keine Chance ließ. Professor Bérieux, der Chefarzt des Krankenhauses, hatte Sergent zur Unterstützung gerufen, aber sie wussten, dass bei der Lungenpest nichts zu machen war, dass auch die Frau sterben würde, sie lag im Koma, und in diesem Stadium gab es keine bekannte Therapie.

Sie konnten lediglich versuchen, die Lebenden zu retten und das Umsichgreifen der Epidemie zu verhindern.

Die Pest verbreitete sich langsamer als das Gerücht der Pest. Es hieß, dass es sie in den Bergen noch nie gegeben habe. Man erzählte, dass die Deutschen sie aus Rache zurückgelassen hätten. Ein bakteriologischer Krieg, wie sollte man es sonst erklären? Oder ägyptische Kaufleute? Nein, maltesische Matrosen! Es wäre untertrieben zu sagen, dass Panik herrschte. Die Klügsten verließen Algier, aber auch aus Marokko, aus Oran und aus Tunesien wurden Fälle gemeldet.

Wir würden also sterben. Jetzt? Wo der Krieg zu Ende ist!

Die Zeitungen erinnerten daran, dass sie in den finsteren Zeiten ein Viertel der Bevölkerung dahinraffte.

Manchmal die Hälfte!

Die Leute verkrochen sich in ihren Häusern oder verließen sie nur mit einem Taschentuch oder einer Maske. Man gab sich nicht mehr die Hand, man sah stundenlang in den Spiegel, man untersuchte sich, und der kleinste Pickel, die geringste Rötung verwandelten sich in Entsetzen. Man verjagte die Leute mit Fausthieben aus den Geschäften, wenn sie blass waren oder gehustet hatten. Ärzte, Krankenschwestern, Hospitäler wurden von Hunderten, vielleicht Tausenden in Angst versetzten Patienten bestürmt, die sie anflehten, sie zu behandeln, einander prügelten, um sich vorzudrängen, ihnen Geld versprachen, ihnen ihren Schmuck gaben, schrien, weinten, sie beschimpften, ihnen drohten.

Algier, die Sündige, strömte zuhauf in die Kirchen, man betete, *Confiteor Deo omnipotente,* man flehte, *Ideo precor beatam Mariam semper Virginem,* man schlug sich an die Brust, *Mea culpa, mea culpa, mea maxima culpa,* und man gelobte. *Indulgentiam, absolutionem et remissionem.*

In der ganzen Stadt gab es keine einzige Kerze zum Anzünden mehr. Und man hatte das Wasser aus den Weihwasserbecken entfernt.

Sergent und die Ärzte des Instituts stürzten sich in einen Wettlauf mit dem Tod, um anhand der Ganglien des Kindes und der Frau einen Impfstoff herzustellen. Das Fleisch der Pestbeulen war mit dem Brei eines kurzen, gedrungenen Bazillus mit abgerundeten Enden gefüllt, der sich ziemlich leicht mit Anilin einfärben ließ. Auf Gelose angesetzt, entwickelten sich daraus durchsichtige weiße Kolonien. Davon legten sie im Brutkasten von 28° auf einer Brühe Kulturen an und erhielten innerhalb einer Woche einen leicht erhitzten Impfstoff, mit dem Mäuse geimpft wurden. Acht Tage später lebten sie noch alle.

Sergent rief das medizinische Personal zusammen. Jedem stand es frei, abzulehnen. Klar und deutlich sagte er, in Anbetracht der Hast und der Prämunisierungsfrist könne er nicht beschwören, dass keinerlei Risiko bestand.

Alle ließen sich impfen.

Unterdessen hatte es etwa zwanzig weitere Fälle gegeben. Die ersten waren der Vater des Kindes, zwei Arbeiter, die auf den Kais in einem mit Lumpen angefüllten Hangar arbeiteten, und drei Docker. Auf ihrer Haut entdeckte man stecknadelgroße, von einem rosa Hof umgebene Schwellungen. Das Ansetzen eines Tropfens der aus dieser winzigen Blase gewonnenen Flüssigkeit ergab stets die Spur eines Pestbazillus.

Kein Zweifel war möglich. Ein Stich des Rattenflohs.

Nach kurzer Inkubationszeit setzte ganz plötzlich das Fieber ein, begleitet von unerträglichen Kopfschmerzen, Muskelschmerzen, Kraftlosigkeit, Erbrechen und Übelkeit, der Bazillus erreichte die Lymphknoten. Die Beulenpest war die harmlosere. Mit einem Antipestserum eiterte die Beule in der Hälfte der Fälle nach einigen Tagen, und selbst wenn die Genesung lange dauerte, überlebte der geschwächte Patient. Wenn sie jedoch zu einer Blutvergiftung führte, gab es nichts zu ihrer Behandlung. Häufig erfasste der Bazillus die Lungen. Wenn der Kranke hustete, traf ein Aerosol von Bazillen auf die Umgebung, und unglücklicherweise führte die Lungenpest innerhalb von drei Tagen zum Tod.

Anfang November wurde ein amerikanischer Soldat angesteckt. Andy McLean stammte aus Wisconsin und kam im Maillot-Militärkrankenhaus in Quarantäne. Die Ärzte der amerikanischen Armee waren entschlossen, das Wundermittel anzuwenden, das Penicillin G, von dem man seit Beginn des Kriegs gehört hatte, das jedoch noch nie in vivo verwendet worden war. Sofort wurden die ins Hospital eingewiesenen Kranken damit behandelt, sie starben alle innerhalb von zwei Wochen. Es war eine schwierige Zeit der Anspannung, Ungewissheit und Mutlosigkeit. Auf den Rat von Paris hin verwendete man die Sulfonamide, ein weiteres neues Mittel, aber es dauerte mehrere Wochen, bis man die richtigen Dosierungen mit Sulfadiazin in Verbindung mit der Serotherapie gefunden hatte.

Die Amerikaner wandten sich energisch gegen das Einfangen der Ratten und erzwangen eine Methode, die in Kalifornien getestet worden war – Ausbringen gesunder Köder, dann toxischer Köder, jedes Mal mit einem anderen Rattengift: Barium, Arsen, Chlorkalk. Man besprühte die Stadt mit einer 5 %igen DTT-Lösung in Kerosin und als 10 %iges Pulver in Talk. Es sah hübsch aus, man hätte es für Schnee halten können.

Noch nie hatte man den Hafen von Algier derart gereinigt.

Man musste sich um über hundert Kranke kümmern, ihre Familien, ihre Kollegen, ihre Nachbarn beobachten, das Bettzeug verbrennen, die Laken, die Decken, die Kleidung. Der Arbeitsaufwand war beträchtlich und nahm mehrere Monate in Anspruch.

Wie die anderen Ärzte des Instituts arbeitete auch Josef Tag und Nacht, schlief nur wenige Stunden auf einem Feldbett, aß hastig, was ihm vorgesetzt wurde. Er machte seine Runde durch die Hospitäler, testete die neue Therapie, untersuchte die Zahllosen, die sich für angesteckt hielten, und stellte Tausende von Diagnosen, indem er einen mit Methylenblau eingefärbten Abstrich verwendete. Auch musste er den Familien Mut machen, ihnen erklären, dass sie unermüdlich forschten, die Ergebnisse seien ermutigend, aber die Krankheit sei noch lange nicht besiegt.

Maßnahmen zur allgemeinen Prophylaxe waren angeordnet worden. Streunende Katzen und Hunde wurden beseitigt. Schluss mit dem Kino, dem Theater, den Konzerten, den öffentlichen Verkehrsmitteln, den politischen oder religiösen Versammlungen, den Sportveranstaltungen, den Pferderennen, den öffentlichen Bädern, den Nachtlokalen und den Bordellen. Bis auf Weiteres verboten.

Die MP, die amerikanische Militärpolizei, überwachte die Einhaltung der Gesetze. Wenn diese Muskelpakete vorbeikamen, hatte keiner Lust zu diskutieren oder zu nörgeln. Im Übrigen hat es keinerlei Protest gegeben. Sie fanden, dass die Bewohner dieser Stadt, anders, als man ihnen gesagt hatte, Bürgersinn besaßen. Zwar lungerten die Männer, ein wenig verloren, auf den Straßen herum, ohne genau zu wissen, was sie tun sollten, zögerten, ob sie im Bistro ein Glas trinken sollten (die Kemias waren verboten); es bildeten sich unschlüssige Gruppen, die Leute sprachen miteinander, wobei sie sich aus dem Augenwinkel belauerten, tauschten schlechte Nachrichten aus und trennten sich rasch, denn man hatte sich nichts Gutes zu erzählen.

Bei Einbruch der Dunkelheit war Algier wie ausgestorben.

Als Josef das Hospital verließ, traf er Mathé, der im Marengo-Park auf einer Bank saß, er las einen Roman und versah ihn mit Anmerkungen.

»Wie schön, Sie zu sehen, Josef, wie geht es Ihnen«, fragte er. »Sie sehen müde aus. Hätten Sie zufällig eine Zigarette?«

Aus unbekannten Gründen wurden die Tabakhändler nicht mehr beliefert. Man kehrte zum Schwarzmarkt zurück.

»Was wird nur aus uns, wenn es keinen Tabak mehr gibt?«

»Behalten Sie das Päckchen, Albert, ich kann so viel bekommen, wie ich will, im Augenblick habe ich viel mit der amerikanischen Armee zu tun.«

»Ich nehme es mit Vergnügen an, aber darf ich Ihnen dieses Buch schenken? Ich glaube, Sie können Englisch. Es ist ein außergewöhnlicher Roman. Er ist fast unbemerkt geblieben.«

Sie hatten sich seit September, seit der Premiere der *Brüder Karamasow* nicht mehr gesehen, eines unmöglich zu bearbeitenden Texts, den er dennoch mit Erfolg bewältigt hatte, vier aufwühlende Stunden mit diesen ewig unzufriedenen Personen, die darunter litten, nicht besser lieben zu können, verwirrt von ihrer Freiheit, auf der Suche nach einer moralischen Kraft, um in der zur Hölle gewordenen Welt leben zu können. Christine spielte bewundernswert die Katerina und Nelly eine realitätsnahe Gruschenka.

»Jetzt habe ich Lust, mich an die *Dämonen* zu wagen. Was halten Sie davon?«

Seit der Schließung der Theater war Mathé arbeitslos, es störte ihn nicht. Er schrieb. Er fragte nicht, wann die Epidemie enden werde, sondern stellte tausend höchst präzise, sogar klinische Fragen, die ihm noch nie jemand gestellt hatte. Darunter eine, die ihm keine Ruhe ließ:

»Warum ist die Epidemie gerade jetzt ausgebrochen?«

»Die Pest gibt es in Algerien sowie rings um das Mittelmeerbecken in endemischer Form seit Urzeiten.«

»Aber warum flackert sie jetzt auf?«

Josef wusste darauf keine Antwort. Er erwähnte die neuen Therapien, mit denen es Bérieux und Sergent versuchten. Als Josef fragte, warum er sich so für den Ursprung dieser Krankheit interessiere, wich Mathé aus.

»Sagen Sie, Josef, stimmt es, dass der Pestbazillus niemals stirbt oder verschwindet, dass er Dutzende von Jahren in den Möbel und der Wäsche schlummern kann, dass er geduldig in den Zimmern und Kellern wartet?«

»Es wird ihn immer geben. Nie wird es uns gelingen, ihn vollständig auszumerzen. Sicherlich wartet er irgendwo im Verborgenen auf den richtigen Moment, um wiederaufzutauchen und zu töten. Es bleibt ein ewiger Kampf.«

»Also wie das Böse in uns?«

Er lud ihn zum Abendessen ein, sie fanden in Bal-el-Oued kein geöffnetes Restaurant, gingen Arm in Arm und rauchend wie Glückselige eine Stunde am Meer entlang, ohne einer Menschenseele zu begegnen, als gäbe es in dieser verfluchten Stadt kein menschliches Wesen mehr. Padovani war geschlossen, sie sahen Licht, klopften an die Tür. Pado öffnete ihnen ausnahmsweise, weil sie es waren. Sie teilten sich Coppa-Wurst, ein Omelette mit Speckwürfeln und ihre letzten Zigaretten.

»Schämen wir uns nicht, ganz allein glücklich zu sein.«

Die Pest zog sich zurück, ohne dass man genau wusste, woran es lag, ob am Ende der Trockenzeit, an den drastischen Maßnahmen zur Vertilgung der Nager, an der Verbrennung der Abfälle, am massiven Einsatz von DTT, an der Quarantäne der Kranken und ihrer Angehörigen, an den Sulfonamiden oder an der Verbindung all dieser Bemühungen. Man zählte fünfundneunzig Pestfälle. Einige sagten, es seien sehr viel mehr.

Dabei war der Donnerstag, der 23. November 44, ein besonders grauenhafter Tag gewesen, grauenhafter als alle anderen. Man mochte sich noch so sehr zusammenreißen, am Ende überwältigte einen der Schmerz der anderen und wurde unerträglich. Als Josef nach Hause kam, verlangte ihn nach einem heißen Bad, stundenlang wollte er in der Wanne liegen, um zu vergessen, was er sah, den Fatalismus vergessen, der ihn überkam und ihn seinerseits infizierte, diese tückische Resignation angesichts des Unglücks, und vor allem wollte er diesen widerlichen Geruch vertreiben, der ihn erstickte und ihn bisweilen am Atmen hinderte. Außerdem wollte er das Buch lesen, das Mathé ihm geschenkt hatte, einen amerikanischen Roman, *They Shoot Horses, Don't They? (Nur Pferden gibt man den Gnadenschuss)*, das noch nicht ins Französische übersetzt war.

»Es wird Ihnen gefallen, nicht nur, weil es ein Buch über den Tanz ist, sondern ein Buch über das Überleben.«

Vor der Tür angekommen, bemerkte er ein zusammengefaltetes weißes Blatt Papier, das in einer Ecke steckte. Er faltete es auseinander und erkannte Christines Handschrift. »Maurice ist ein Unglück zugestoßen. Komm schnell.«

›Mein Gott‹, dachte er, ›es hat ihn erwischt.‹

Ein Schauder überlief ihn, er stürzte zur Treppe. Rannte, wie noch er nie gerannt war, und läutete an der Tür von Maurice. Christine öffnete ihm. Sie blieb reglos stehen.

»Wo ist er?«

»Im Wohnzimmer.«

Maurice saß zusammengesunken im Sessel, tränenüberströmt, mit Mühe stand er auf, fiel in Josefs Arme.

»Er ist tot … er ist tot«, murmelte Maurice.

»Wer ist tot, Maurice?«

»Mein Bruder, mein kleiner Bruder Daniel.«

»Ich wusste gar nicht, dass du einen Bruder hattest, Maurice, du hast mir nie vom ihm erzählt.«

»Wir verstanden uns nicht sehr gut, aber er war trotzdem mein Bruder.«

Daniel Delaunay, der jüngere Bruder, war bei der Einnahme von Straßburg durch die 2. Panzerdivision umgekommen, er war einundzwanzig Jahre alt und mit seinem Vater verkracht; seit Jahren sprachen sie nicht mehr miteinander, weil sie nicht dieselben Ansichten hatten. Als Josef ihn fragte, welche, zuckte Maurice die Achseln. Es war keine gute Zeit für die Familie Delaunay: Hélène, seine geliebte Schwester, hatte soeben den Dreckskerl geheiratet, der ihr zu Beginn des Kriegs ein Kind gemacht hatte.

»Kannst du dir das vorstellen? Einen Klempner! Dazu noch einen Spaghettifresser!«

Es war ein Arbeiter des Familienunternehmens, ein äußerlich sehr sympathischer Typ, der sich nicht in die Karten schauen ließ, jahrelang war er in Pommern Kriegsgefangener gewesen, aber auch darüber wollte er nicht sprechen, weil es ihn anwiderte.

Josef arbeitete für zwei, was jedoch den Vorteil hatte, dass er niemanden mehr sah. Er fand wieder zu jener Einsamkeit zurück, die er in Ouled Smir erlebt hatte, wenn auch in einer gefährlicheren Form (denn es waren viele Leute um ihn herum).

Er begann, Christines Einladungen für den Weihnachtsabend abzulehnen, unter dem Vorwand, er habe Nachtdienst, aber sie insistierte, bis er akzeptierte:

»Gib dir einen Ruck, für Maurice, er ist so traurig. Du bist sein einziger Freund. Er hat das Gefühl, dass du ihn nicht mehr sehen willst. Es würde ihm eine solche Freude machen.«

»Und dir?«

»Mir auch natürlich, du bist dumm.«

Und dann spielte Maurice die Diva, er wusste nicht, ob er kommen konnte, an einem Tag war er sicher, und am nächsten Tag wartete er auf eine unmittelbar bevorstehende Antwort, wollte jedoch nicht sagen, worum es ging, nur, dass es sich um eine Einladung zu einer Privatmesse sehr wichtiger Leute handelte, die er nicht ausschlagen konnte. Christine mochte seine Ausflüchte nicht.

»Pech für dich. Dann gehen wir beide eben allein in die Messe. Du lässt mich doch nicht im Stich, Josef?«

»O nein.«

Maurice wurde nicht eingeladen.

Um neun Uhr versammelten sich mindestens tausend Gläubige in der Kirche von Saint-Joseph. Die Menge drängte sich in den Gängen und draußen auf den Stufen. Maurice besaß einen reservierten Platz in der ersten Reihe. Christine saß zu seiner Rechten und Josef zu seiner Linken. Josef hatte noch nie an einer Mitternachtsmesse teilgenommen. Es war wie ein Konzert, aber auf Lateinisch, mit harmonischen und angenehmen Gesängen.

Und dann begann jemand zu husten. Ein heftiger, kratzender, erstickender Husten. Wahrscheinlich eine Frau.

Josef drehte sich um, aber es waren so viele Leute da, dass er sie nicht ausmachen konnte. Er flüsterte Maurice ins Ohr:

»Wenn es in dieser überfüllten Kirche eine infizierte Person ist, wird es hundert oder zweihundert Tote geben. Man hätte diesen Gottesdienst verbieten müssen.«

»Gott schützt uns.«

Am Ausgang, wo sie nur langsam von der Stelle kamen, erblickte er Nelly. Sie kam, Josef zu umarmen, und stellte ihm ihren Freund vor, er verstand seinen Namen nicht, dann erkannte er einen der Schauspieler der Truppe, sie hatten keine Zeit, miteinander zu reden.

»Du entschuldigst uns«, zischte Christine, »das Essen wartet auf uns.«

Sie zog Josef am Ärmel.

»So eine Unverschämtheit.«

Christine hatte sich viel Mühe gegeben, sie hatte darauf bestanden, sie in ihre Wohnung einzuladen, ihre Küche war winzig. Sie hatte alles weiß gestrichen. Es war das erste Mal, dass sie hier zusammenkamen. Die Kemoun-Karotten und die Chouchouka waren köstlich, der gebratene Fasan mit Zitronat zerging auf der Zunge, Maurice ließ es sich schmecken. Ein Hauch von Glück lag in der Luft, es war fast wie früher.

»Also wirklich, Christine, es ist nichts daran auszusetzen. Du bist eine fabelhafte Köchin.«

Er leerte die Flasche Boulaouane, öffnete eine andere. Christine war im siebten Himmel.

»Langsam, Maurice, mir dreht sich der Kopf.«

Er schenkte die Gläser großzügig ein. Josef streckte die Hand aus, um es zu verhindern.

»O nein, Maurice, auch mir ist etwas schummrig.«

»Noch ein klein wenig, wenn er gut ist, kann es nicht schaden.«

Sie stießen an und äußerten auf Christines Bitte einen Wunsch. Jeder brachte einen Toast aus, Maurice auf ihre alte Freundschaft, Josef auf das bevorstehende Ende des Kriegs und sie auf dieses wunderbare Mahl, auf diesen zauberhaften Moment, der niemals enden möge.

Ein langes Schweigen trat ein, sie tranken zwei, drei Schluck, sie lächelten sich zu, alles um sie herum schien zu schweben.

»Und deine Schwester?«, fragte Josef, um die Unterhaltung wieder in Gang zu bringen.

»Keine Ahnung, und es ist mir scheißegal.«

»Ach ja?«

»Ich bedaure nur meine armen Eltern. Bei all diesen Beschlagnahmungen findet man in Paris keine Wohnung mehr, meine Schwester, ihr grässlicher Typ und das Balg wohnen bei den Eltern. Ich weiß nicht, wie sie diesen Makkaroni ertragen können. Außerdem ist er ein Roter. Papa ist ganz krank davon. Der Schwiegersohn des Chefs, er konnte ihn nicht weiter als einfachen Arbeiter beschäftigen, also hat er ihn zum Baustellenleiter befördert. Nichts zu sagen, er war korrekt, aber ihr wisst ja, ein Kerl, der einer Frau ein Kind macht und sie nicht heiratet, ist ein Schwein und ein Mistkerl.«

»Du übertreibst«, sagte Josef.

»Das in Ordnung zu bringen ist schließlich das Mindeste, oder?«

Wegen der Epidemie gab es in Algier keine Silvesterfeier. So viel Unglück entronnen zu sein hätte sie fröhlich stimmen müssen, aber es blieb ihnen die dumpfe Beklemmung der Angst und eine mit Bitterkeit vermischte Ermattung. Dabei verhieß das kommende Jahr, besser zu werden als die vorherigen, mit der Hoffnung auf eine endlich befriedete Welt, aber niemand, absolut niemand hatte Lust auf die zwölf Mitternachtsschläge und sich ein gutes neues Jahr zu wünschen. Josef hatte Nachtdienst im Maillot.

»Es ist so weit, wir sind im Jahr 45, Doktor Kaplan«, sagte eine Krankenschwester.

Es war ihm egal. Die Nachrichten von der Front waren nicht gut. Das Ende des Kriegs ließ auf sich warten. Josef dachte an seinen Vater. In der letzten Woche hatte er die ganze Nacht mit ihm gesprochen, und er fragte sich, wo er in diesem Augenblick sein mochte.

*

Josef war gerade eingeschlafen oder vielleicht schlief er noch nicht. Ein ungewohntes Geräusch riss ihn aus seiner Benommenheit, es klopfte heftig an der Tür. Mühsam stand er auf, die Schläge hielten an. Eine Frauenstimme schrie: »Doktor Kaplan, Doktor Kaplan.« Seine Uhr zeigte halb vier.

»Was ist?«, fragte Josef.

»Es ist wegen Christine«, kam die Stimme durch die Tür. »Sie hat mir gesagt, ich solle Sie holen.«

Er öffnete einer pummeligen Frau von etwa sechzig Jahren mit glattem wasserstoffblonden Haar.

»Sie müssen kommen, Doktor, es geht ihr nicht gut.«

»Was ist los?«

»Ich weiß nicht. Ich bin ihre Nachbarin. Es geht ihr sehr schlecht.«

Eilig zog er sich an, und sie verließen das Gebäude. Sie fanden kein Taxi, sie nahmen die Avenue de la Marne, gingen den Boulevard Guillemin und die endlose Rampe Valée hinauf. Er lief immer schneller, ließ sie hinter sich.

»Warten Sie auf mich, Doktor, warten Sie.«

»Beeilen Sie sich doch.«

Er hatte fünfzig Meter Vorsprung. Er wartete mit klopfendem Herzen.

›Hoffentlich hat sie sie nicht erwischt‹, dachte er. ›Die Epidemie zieht sich zurück, aber man weiß ja nie.‹

Auf der Treppe ging sie ihm voraus, sie hatte den Schlüssel. Seit dem Weihnachtsabend war er nicht mehr hier gewesen. Christine lag zusammengekrümmt auf ihrem Bett, bewusstlos, die Arme mit geschlossenen Fäusten auf den Bauch gepresst, kaum von einem Laken bedeckt, dessen unterer Teil hellrot war, eine schwarze Lache breitete sich auf den Fliesen aus, es tropfte aus der Matratze.

Und dieses Wimmern, dieses schwache Röcheln, ein leises, fast ersterbendes Gemurmel.

Sie war kreidebleich, Schweiß hatte ihr Haar verklebt, die Wimperntusche war zerlaufen, ihre Stirn glühte. Er fühlte ihren Puls, tastete, um ihn zu finden, er war kaum zu spüren. Plötzlich bekam sie einen Schluckauf, sie atmete stoßweise, ihre Kiefer klapperten, sie erstickte, ihre Brust hob sich auf der Suche nach ein wenig Luft.

»Öffnen Sie das Fenster, schnell.«

Er packte das Laken, aber ihre Hand umklammerte es, er zog kräftig, um es anzuheben. Ihr Bauch, ihre Schenkel, ihre Beine waren blutverschmiert.

»Mein Gott«, murmelte er, »sie hat abgetrieben.«

Er beugte sich vor, wollte sie untersuchen, sie leistete Widerstand, er musste Gewalt anwenden, um ihre Fäuste wegzudrücken, damit er sie auf den Rücken legen konnte.

»Helfen Sie mir, halten Sie sie bei den Schultern.«

Er tastete vorsichtig ihren Unterleib ab, kaum hatte er ihn berührt, als sie aufschrie, als hätte man sie mit einem glühenden Eisen durchbohrt.

»Wie lange geht das schon so?«

Die Frau zögerte, ängstlich. Sie rieb sich Kinn und Wange.

»Seit … vorgestern Abend. Monsieur hat mir gesagt, es wäre nichts, sie würde sich erholen. Als sie gekommen sind, stützte er sie, aber sie konnte gehen. Gestern hatte sie Bauchschmerzen, sie hat mir Ihre Adresse gegeben, aber ich solle noch warten, es werde vorbeigehen, sie hat zwei Aspirin genommen, ich gehe den ganzen Tag putzen, und als ich nach Hause kam, stöhnte sie, sie war ohnmächtig, ich habe Sie geholt …«

»Sie hat eine Blutvergiftung, jede Minute zählt, hier kann ich nichts für sie tun. Wenn wir den Rettungsdienst anrufen, dauert das mindestens eine Stunde. Wir sind ganz in der Nähe des El Kattar-Hospitals, wir bringen sie dorthin, Sie helfen mir.«

Im Wandschrank fand er ein Laken, breitete es auf dem Boden aus, sie legten sie darauf, jeder nahm das Laken an einem Ende und wollten sie hochheben, aber sie blieb nicht gerade liegen, sie rollte sich zusammen, und es gelang ihnen nicht.

»Ich werde sie runtertragen.«

Er nahm sie in die Arme, sie war schlaff wie eine Stoffpuppe. Mit dem Fuß ertastete er jede Stufe. Christine verschwand völlig in dem Laken. Die Frau bahnte ihnen den Weg. Draußen wurde es langsam hell. Auf der Straße beschloss er, so weiterzugehen. Er stieg die menschenleere Rampe Valée hinauf, es waren vierhundert Meter zurückzulegen. Die Frau versuchte, ihn zu entlasten, indem sie die Beine trug, aber sie störte ihn mehr, als dass sie ihm half. Nach hundertfünfzig Metern wog Christine eine Tonne, Josef ging ruckartig weiter, blieb stehen, machte drei Schritte, hielt inne, ging weiter, sein Herz trommelte, seine Muskeln verkrampften sich. In der Ferne sah er die hohen Mauern des Hospitals. Er richtete sich auf und legte sie nach ein paar weiteren Schritten außer Atem auf die Motorhaube eines geparkten Wagens, da er sie nicht mehr tragen konnte.

»Holen Sie Hilfe im Hospital, sie sollen mit einer Trage kommen, schnell.«

Die Frau verschwand in Richtung Hospital. Christine regte sich nicht. Josef schlug das Laken zurück. Sie röchelte nicht mehr, er hielt das Ohr an ihren Mund, er hörte nichts mehr, er lauschte ihrem Herzschlag, er war nicht zu vernehmen.

Er streichelte ihre Stirn, ihr Gesicht.

»Ich bitte dich, Christine, geh nicht weg. Sie kommen in einer Minute. Ich werde mich um dich kümmern. Jetzt wird alles gut. Ich schwöre es dir, Christine, es wird gut.«

Sie war leichenblass, ihre Lippen waren grau, sie lag regungslos wie in einem Totenhemd, leise sprach er mit ihr, vielleicht hörte sie ihn. Vielleicht.

Sie war eiskalt, er nahm sie in die Arme, um sie zu wärmen, er hauchte ihr ins Gesicht.

Schritte ertönten, zwei Männer in Weiß rannten herbei. Einer von ihnen erkannte Josef:

»Doktor, Sie sind voller Blut!«

»Beeilen Sie sich!«

Behutsam legte sie sie auf die Trage und gingen zum Hospital hinauf.

In ihrem Unglück hatte Christine ein wenig Glück gehabt. Anderswo wäre sie wahrscheinlich an dieser systemischen Infektion gestorben. Bei der Landung hatten die Ärzte der amerikanischen Armee ihr Wunder-Penicillin mitgebracht, aber auch die neuen Baxter-Beutel für intravenöse Infusionen. Vier Tage schwebte Christine zwischen Leben und Tod, dann gewann das Antibiotikum die Oberhand. Sie hatte eine Abtreibung mit Seifenwasser hinter sich. Doktor Rodier zufolge, der sie genäht hatte, lag es an der fehlerhaft verwendeten Klistierspritze. Häufig komme es dabei zu Perforationen, ständig zu Komplikationen und zu Spätschäden. Wenn sie davonkäme, könne sie keine Kinder mehr kriegen.

Josef besuchte sie oft, er arbeitete in einem anderen Gebäude, wo etwa fünfzehn noch bettlägerige Patienten wegen der Folgen der Lungenpest unter Beobachtung standen.

Christine erholte sich langsam, aber ihre Probleme blieben. Sie aß kaum, war stark abgemagert, sie blieb liegen, die Augen ins Leere gerichtet. Wenn eine Krankenschwester den

Raum betrat, schaute sie sie nicht an. Wenn man sie fragte, ob sie gut geschlafen habe oder ob sie sich besser fühle, antwortete sie nicht.

Sie murmelte: »Ich habe keinen Hunger« ..., und man musste sie füttern wie ein Baby, ihr das Glas halten, damit sie ihre Medikamente nahm. Sie war zu schwach, um sich auf den Beinen zu halten, knickte ein, sobald man versuchte, sie drei Schritte machen zu lassen. Sie hörte auf keinen Rat, um gesund zu werden, und schien ihrem eigenen Schicksal gegenüber gleichgültig zu sein.

Das Einzige, was sie beschäftigte, war ihre Frisur. Josef hatte ihr einen Spiegel, eine Bürste und einen Hornkamm gekauft, und sie brachte ihre Zeit damit zu, ihr Haar zu glätten, bis sie erschöpft war. Sie geriet in Panik, wenn eine Krankenschwester diese Utensilien wegräumte. Sie mussten in Sichtweite auf dem Nachttisch liegen bleiben.

Abends setzte sich Josef an den Fuß ihres Bettes; da er nicht von seiner Arbeit sprechen wollte, las er ihr aus dem Buch vor, das Mathé ihm geschenkt hatte, und übersetzte es gleich, fragte sie oft, ob sie mit seiner Lösung einverstanden sei, wie sie es übersetzt hätte, und sie fixierte ihn, strengte ihr Gedächtnis an.

»Ich weiß nicht, Josef, ich weiß nicht mehr«, sagte sie erschöpft.

»Willst du, dass Mathé dich besucht? Er macht sich Sorgen, wie du weißt?«

Sie schüttelte den Kopf.

»Und Nelly, willst du, dass sie kommt? Sie hat mich nach dir gefragt. Auch sie macht sich Sorgen.«

Nein, immer nein. Sie gab ihm den Kamm, und er kämmte sie wieder; wenn er innehielt, legte sie ihre Hand auf seine und führte ihn. Sie sagte: »Bitte.« Der Kamm glitt langsam durch ihr schwarzes Haar. Er machte weiter, und sie war zufrieden.

»Danke, Josef, danke.«

»Ich habe dir zu danken. Wenn ich einmal kein Arzt mehr sein kann, könnte ich immer noch Friseur werden.«

Und es gelang ihm, sie zum Lächeln zu bringen.

»Doktor, ein Polizist will Sie sprechen.«

Als Josef im Krankenhaus ankam, saß Inspektor Nogaro im Wartezimmer. Inspektor Nogaro ähnelte in keiner Weise einem Flic, er war schmächtig und trug einen beigen Wollschal um den Hals, weil er ständig eine Angina bekam mit Hustenanfällen, die ihn schüttelten und ihm die Backen eines Jazztrompeters bescherten.

»Sobald es irgendwo eine Mikrobe gibt, gilt sie mir. Ich bin wirklich froh, Ihre Bekanntschaft zu machen, Doktor Kaplan.«

Er schwitzte und betupfte sich mit seinem Taschentuch unentwegt die Stirn. Er hatte Tränensäcke, die ihm das Aussehen eines müden Cockers verliehen, das er einzusetzen wusste, um vertrauliche Mitteilungen und Geständnisse zu erhalten, ohne dass man es merkte. Er kämmte seine Haare von hinten über seinen kahlen Schädel und klebte sie mit Brillantine fest, damit sie sich in tadelloser Form hielten. Er hatte auch einen grauen Filzhut, den er in seiner Hand drehte und nie aufsetzte.

»Ich weiß nicht, wie Sie in dieser Atmosphäre arbeiten können, ich bewundere Sie, ich würde dabei depressiv. Sagen Sie, Doktor, unter uns, ist diese Epidemie vorbei oder was? Gehen wir nach draußen, ich lade Sie zu einem Kaffee ein.«

Seine Stimme war beeindruckend, es fiel schwer zu glauben, dass ein so zierlicher Körper einen so tiefen Ton hervorbringen konnte. Geschickt kompensierte Nogaro seine geringe Größe dadurch, dass er ständig die Hände bewegte. Wie ein Dirigent unterstrich er jeden Satz mit Allegro- oder Moderato-Bewegungen, die Aufmerksamkeit erregten.

Nogaro hatte keinen guten Ruf. Das betrübte ihn, denn er liebte seinen Beruf, hatte ihm seine Familie und seine

Freunde geopfert. Es war nicht leicht, heutzutage Polizist zu sein, schwindlig konnte einem davon werden, vor allem was die anständigen Polizisten anging, die nur ihren Vorgesetzten gehorcht hatten. An einem Tag befahl man ihnen, Juden und Kommunisten zu verhaften, am nächsten Tag waren diese es, die befahlen, gestern sollte der Schwarzmarkt beseitigt werden, und heute waren die Schmuggler die Chefs, und diese brutalen Kehrtwendungen erklärten, warum Nogaro sich im Abseits wiederfand.

Seitdem hielt er sich im Hintergrund und machte die Drecksarbeit. Man schob ihm die Beschwerden zu, mit denen kein anderer Flic zu tun haben wollte, die miesen Ermittlungen waren für ihn, und so war er der algerische Spezialist für illegale Abtreibungen geworden, denn seine Kollegen hatten einen Horror vor diesen widerlichen Dingen, wo man im menschlichen Elend waten musste und wo sogar die Opfer einen hassten.

Sie setzten sich auf die Terrasse. Nogaro kannte den Wirt und den Kellner. Er vertrieb einen lästigen Bettler und fixierte dann, endlich stumm, Josef mit zusammengekniffenen Augen.

»Vor gar nicht so langer Zeit habe ich intensiv nach Ihnen gesucht. Sie waren rechtzeitig verschwunden und haben mir viel Arbeit gemacht. Niemand wusste, wo Sie waren, Ihr Chef verstand nichts, Ihre Kollegen fielen aus allen Wolken, Ihre Freundin machte sich Sorgen, Ihre Concierge hatte Sie nicht weggehen sehen. Schwupp, verschwunden wie durch einen Zauberstab. Es gab nicht viele von euch, die durch die Maschen geschlüpft sind. Übrigens haben Sie gut daran getan. Damals wussten wir nicht, was geschehen würde, man gab uns Listen, sagte uns: Suchen Sie den und den. Wir gehorchten. Wie auch anders? Und dann sind Sie wiederaufgetaucht, ich freue mich für Sie. Ich möchte nur gern wissen, heute hat es keine Bedeutung mehr, wo waren Sie? Wie haben Sie es geschafft, zu verschwinden? Rein persönliche Neugier.«

»Sie wissen es wirklich nicht?«

»Nein, ich schwöre es.«

»Dann erfahren Sie es von mir sicher nicht. Man kann nie wissen.«

»Kellner, noch zwei Kaffee … Die Leute meinen, eine Abtreibung sei nicht so schlimm, ein Schicksalsschlag des Lebens. Für viele Frauen ist es wie eine böse Erkältung, man kriegt sie einmal im Jahr, etwas Unvermeidliches. Aber es ist ein Kapitalverbrechen, Doktor, ähnlich wie der Verrat vor dem Feind. In den letzten Jahren gab es zwei Hinrichtungen von Engelmacherinnen, vierzehn Verurteilungen zu lebenslänglicher Haft und etwa drei zu zwanzig Jahren. Jedes Jahr fallen allein in Algier etwa zwanzig Frauen Abtreibungen zum Opfer, wahrscheinlich doppelt oder dreimal so viel, weil uns die Sterbefälle verheimlicht werden, Ihre Kollegen stellen falsche Atteste aus. In dieser Stadt lebt keine einzige Familie, hören Sie, keine einzige, in der es kein verborgenes Blut gibt, und dabei zähle ich die Araber gar nicht mit, bei denen ist es eine Hekatombe, Sie müssen mir helfen, Doktor, wir müssen diesem Blutbad ein Ende bereiten.«

»Es ist etwas unangenehm, verstehen Sie.«

»Nein, ich verstehe nicht. Sie haben das Recht zu schweigen, ich könnte nichts gegen Sie unternehmen. Wenn Sie schweigen, wird es so weitergehen, und Sie werden zu ihrem Komplizen.«

»Husten Sie immer so viel? Ich muss Sie untersuchen.«

»Sagen Sie nur nicht, dass …«

Seit Tagen saß Christine völlig erstarrt in ihrem Bett, zwei dicke Kissen im Rücken, man hätte sie für eine Statue halten können, doch von Zeit zu Zeit bewegte sich ihr Mund, als murmelte sie etwas, vielleicht aber war es auch nur eine Verspannung, ein banales Zittern.

Oft blieb Josef im Türrahmen stehen und sah sie an. Er wusste, dass sie sprach und an wen sie sich wandte.

»Haben Sie die Ergebnisse, Doktor?«

»Noch nicht, Herr Inspektor.«

»Warum dauert das so lang?«

»Es geht ins Institut, von den Proben muss eine Kultur angelegt werden, man muss Analysen machen, wir behandeln fünftausend Fälle in der Woche, Sie haben alle Symptome einer chronischen Angina. Nichts weiter.«

»Meine Kehle brennt entsetzlich.«

»Keine Sorge, wenn es die Pest wäre, wären Sie bereits tot.«

Josef untersuchte ihn rasch, tastete den Hals und die Speiseröhre ab.

»Sie haben nicht mit dem Rauchen aufgehört?«

»Das ist nicht leicht, Doktor. Man kann sie noch immer nicht vernehmen?«

»Nein, sie befindet sich noch im Schockzustand.«

»Ich habe mit der Nachbarin gesprochen, sie hat nichts damit zu tun und weiß nicht viel. Kennen Sie einen gewissen Maurice Delaunay?«

Josef schaute, als hätte er nicht gehört.

»Wie soll ich weiterkommen, wenn Sie mir nicht helfen? Ich muss denjenigen oder diejenige finden, die dieses Gemetzel angerichtet hat, um sie daran zu hindern, weiter Schaden anzurichten.«

»Sie sagt mir nichts, Maurice ist ihr Freund, wahrscheinlich ist er der Vater, er hat der Nachbarin Geld gegeben, damit sie sich um sie kümmert.«

»Sind Sie sicher, dass man nicht mit ihr reden kann?«

Christine wollte nicht aufstehen, sie hatte zu große Angst vor den Schmerzen, die unerträgliche Erinnerung daran trieb ihr Tränen in die Augen, sie schüttelte den Kopf, flehte Josef mit Blicken an. Er redete auf sie ein, ohne ihr die Möglichkeit zu lassen, Widerstand zu leisten, sie war verspannt, ihre Muskeln waren wie Stein, er tätschelte ihre Hand und war derart unnachgiebig, dass sie sich aufrichtete und setzte, sie zögerte, noch immer in Panik. Tastend suchte ihr Fuß den Boden, sie spürte die beruhigende Kälte, die Krankenschwester half ihm, sie stützte sich auf beide, sodass sie leichter wurde, er sprach mit warmer, fröhlicher Stimme, fast wie ein Vater am Sandkasten. Sie setzte die rechte Fußspitze auf, dann die andere, sie krümmte sich, machte aber vier Schritte, vornübergebeugt, mit kurzen Schreien wegen des Schmerzes, der nicht kam. Dann beruhigte sich ihr Atem, und langsam richtete sie sich auf. Sie schritt voran, lauernd, spürte eine Art Kloß im Bauch, aber keine Stiche … »Gut so, sehr gut, noch einen Schritt, stütz dich auf«, sagte Josefs Stimme. Er spürte ihren Armknochen, ihren Hüftknochen.

Und sie sagte sich: ›O mein Gott, es tut nicht mehr allzu weh.‹

Sie setzten sich auf eine Bank im Hof des Krankenhauses. Sie ließen sich von der Sonne bescheinen, betrachteten das schwindelerregende Ballett der Schwalben. Sie bat ihn um eine Zigarette. Er hätte ihr keine geben dürfen, er wusste es und sie auch. Er nahm sein Päckchen Bastos, klopfte eine heraus, sie nahm sie, dankte ihm nicht. Sie lächelte und roch an ihr mit einem Seufzer des Glücks. Er riss ein Streichholz an, schützte die Flamme mit seinen Händen, zündete Christines Zigarette zuerst an. Tief atmete sie den Rauch ein, bevor sie ihn zum Himmel blies.

Sie räumte ihre Sachen ein, sie passten in ihre Korbtasche. Abgesehen von ihren mageren Wangen sah sie recht gut aus, man hätte meinen können, sie käme vom Strand. Sie kämmte ihr Haar nach hinten und befestigte es mit einer Spange aus Elfenbein. Lange betrachtete sie sich im Spiegel.

»Ich sehe grauenhaft aus.«

»Offen gestanden, das finde ich nicht«, antwortete Josef, auf dem Bettrand sitzend.

Sie wirkte verloren.

»Willst du, dass wir reden?«

Sie schüttelte den Kopf, er ergriff ihre Tasche. Er begleitete sie mit dem Taxi nach Hause. Vor dem Eingang des Gebäudes sagte sie, sie werde sich schon zurechtfinden, sie werde es schaffen, er brauche sich keine Sorgen zu machen, jetzt werde alles gutgehen. Sie nahm seine Hand, drückte sie.

»Danke, Josef, danke für alles.«

Josef arbeitete unermüdlich, lief von einem Hospital und einer Poliklinik zur andern. Er sah Christine kaum, schaute oft bei ihr vorbei, klopfte an ihre Tür, er wusste, dass sie da war, aber sie antwortete nicht, er schob ihr ein paar Zeilen unter der Türe durch … *»Lass von dir hören«*, oder *»Wenn du etwas brauchst, sag es mir«*, er wartete, dass sie sich meldete, aber sie bat ihn um nichts.

Zweimal begegnete er der Nachbarin, aber sie ging an ihm vorbei, als sähe sie ihn nicht.

Sergent fragte ihn, was er zu tun gedenke, er habe ein großes Projekt für ihn. Er wollte ihm die Leitung des Senders des Institut anvertrauen, der in Constantine eröffnet werden sollte. Josef hätte sich über diesen Vorschlag freuen müssen, doch seit einigen Wochen ging ihm eine andere Idee nicht aus dem Kopf, gleich nach Kriegsende wollte er in seine Heimat zurückkehren.

»Überlegen Sie sich's«, sagte Sergent, »wir haben es nicht eilig, es ist normal, dass man Heimweh hat, Sie können drei Monate Urlaub nehmen, er steht Ihnen zu, aber Sie müssen wiederkommen, Kaplan, wir brauchen Sie.«

Josef hatte Inspektor Nogaro nie wiedergesehen. Er dachte, dass er in seiner Abwesenheit in der Klinik gewesen war, um sich seine Untersuchungsergebnisse abzuholen, aber die Krankenschwester zeigte ihm, dass es die letzte liegengebliebene Akte war. Josef brannte vor Neugier, was aus seiner Ermittlung geworden war.

An einem Donnerstag Abend begab er sich ins Zentralkommissariat in der Rue d'Isly.

Als er die Tür zu Inspektor Nogaros Büro aufstieß, telefonierte er, die Zigarette im Mundwinkel. Er erblickte Josef, legte abrupt auf, ohne seinen Gesprächspartner zu verständigen, und richtete sich auf, so resigniert, als würde er gleich füsiliert.

»Ich höre«, sagte er, die Augen schließend.

Josef beruhigte ihn, seine Untersuchungen seien zufriedenstellend. Nogaro wollte es nicht glauben, bestimmt war es etwas Ernstes, sonst hätte er sich nicht herbemüht. Josef insistierte mit seiner Arztstimme. Nichts, rein gar nichts. Langsam drückte Nogaro seine Zigarette aus.

»Also das ist das Allerletzte, das schwöre ich. Beim Haupt meiner Kinder. Das müssen wir feiern. Sie wissen gar nicht, wie erleichtert ich bin.«

Er holte eine Flasche Anisette aus dem Schrank, seufzte tief.

»Das Wasser hier ist lauwarm, wir trinken draußen. Sie haben mir den Schreck meines Lebens eingejagt.«

»Ich kam wegen neuer Auskünfte.«

»In welcher Angelegenheit, Doktor?«

»In der Abtreibungsgeschichte.«

»O nein, Erbarmen! Aus und vorbei! Ich will nichts mehr davon hören!«

An der Theke des Stammbistros des Kommissariats verriet Nogaro, was er auf dem Herzen hatte. Er kippte seine Anisette herunter, als hätte er seit einer Woche nichts getrunken, und ließ sich, bevor Josef die seine geleert hatte, eine weitere bringen, ohne Wasser mit zwei Eiswürfeln.

»Oh, das tut gut. Und nochmal dasselbe. Diese Stadt ist völlig verrottet, Doktor. Sie haben keine Vorstellung von dem, was sich hinter diesen schönen Fassaden abspielt, das ist Algier die Stinkende, ja. Man könnte schwindlig davon werden. Ich warte auf meine Versetzung, pardon, meine Beförderung.«

Nach der dritten Anisette schwieg Nogaro eine Weile,

seine Unterlippe zuckte. Er legte eine Hand auf Josefs Schulter und drückte fest zu.

»Können Sie mir sagen, warum sich die Frauen immer in Idioten verlieben, die sie verrückt machen und schlecht behandeln, aber nie in anständige Typen, die ihnen zu Füßen liegen?«

»Aber doch nicht immer.«

Nogaro hatte die ehemalige Hebamme schnell verhaftet. Dank Maurice. Der hatte sie innerhalb von zwei Minuten verpfiffen. Sie war bereits wegen Abtreibung in der Hauptstadt verurteilt worden und hatte Berufsverbot. Sie behauptete, den Frauen in Not behilflich zu sein. Sie ging ihrem schmutzigen Gewerbe nur in den vornehmen Vierteln nach. Man hatte ihr abscheuliches Material und ein grünes Heft beschlagnahmt, in dem sie über ihr blühendes Geschäft elliptisch Buch führte. Mehrere Ärzte schickten ihr Patientinnen, die sie in deren Auftrag behandelte. Sie hatten die Beleidigten gespielt, bei Jesus Maria und Josef geschworen, dass die Initialen sich nicht auf sie bezogen, natürlich eine Intrige. Die Frau weigerte sich, ihre Komplizen zu nennen, das wäre das Eingeständnis der kriminellen Organisation gewesen. Sie ließ sich ein Vermögen bezahlen, nie weniger als siebentausend Francs, häufig sehr viel mehr. Maurice hatte sich um zehntausend erleichtern lassen. Das einzig Befriedigende an dieser ekelerregenden Akte. Bei ihm hatte man einen Beweis, man hätte ihn drankriegen können, aber er genoss höheren Orts Unterstützung. Und da war kein Flic töricht genug, zu insistieren, wenn ihm gesagt wurde, er solle sich anderswo umsehen. Der Staatsanwalt war entschlossen, nur die Hebamme zu verfolgen. Zurzeit moderte sie in dem schauderhaften Barbarousse-Gefängnis. Wahrscheinlich würde die Strafe nicht allzu hoch ausfallen. Unglücklicherweise war das grüne Heft verschwunden, es standen zu viele Namen drin (er selbst hatte sie gesehen und vergessen). Zum jetzigen Zeitpunkt war es nicht zweckmäßig, einen Prozess einzuleiten, der viel Schlamm aufgewirbelt und ehrbare Familien in den Schmutz gezogen hätte. Und außerdem – ein recht seltsames Phänomen –, die Frauen fingen wieder an, einen Haufen Kinder zu kriegen.

Man fragte sich wirklich, warum.

An einem Sonntagmorgen bemerkte Josef bei einer Rückkehr vom Triolet-Markt Maurice, der vor seinem Gebäude auf ihn wartete. Seine erste Reaktion war, kehrtzumachen, aber Maurice hatte ihn schon eingeholt.

»Hör zu, Josef, ich kann nicht jedes Mal zu dir kommen, wenn ich mit dir sprechen will. Besorg dir ein Telefon.«

»Die Wartezeit beträgt vier Jahre.«

»Ich setze dich auf die Prioritätenliste. Immerhin bist du Arzt.«

»Ich brauche es nicht. Du kannst mich tagsüber im Institut erreichen.«

»Ich habe mehrfach angerufen, werden denn Nachrichten bei euch nicht ausgerichtet?«

»Ich bin pausenlos unterwegs, ich habe viel zu tun, es ist mir gelungen, den Sonntagmorgen zu retten, aber nach dem Mittagessen gehe ich wieder ins Labor.«

Bevor er eine Bewegung machen konnte, hatte Maurice seinen Arm ergriffen.

»Ich habe dir eine große Neuigkeit mitzuteilen, mein Alter. Ich werde mich verloben.«

Verblüfft öffnete Josef den Mund und ließ seinen Einkaufsbeutel fallen, der sich über den Boden ergoss, ohne dass er daran dachte, seine Kartoffeln und seine Tomaten aufzulesen, die die abschüssige Straße hinunterrollten.

»Nicht möglich!«

»Ja, unglaublich, was?«

Josefs Gesicht hellte sich auf.

»Ich bin ja so froh, dass alles ein gutes Ende nimmt.«

»Es war nicht einfach, glaub mir, ihr Vater ist ein schwieriger Mensch, alte Schule, und außerdem ist es eine der größten Familien Algeriens. Er hat eingesehen, dass ich es ernst meinte. Ich bete Louise an, und er hat wohl Erkundigungen über die Familie Delaunay in Paris eingezogen, und auch über meine Stellung. Und er war einverstanden. Sie ist seine einzige Tochter, verstehst du. Du bist einer der Ersten, dem ich es mitteile. Du weißt, dass Louise dich anbetet, sie bedauert, dass sie dich nicht öfter sieht. Wir rechnen mit dir für die Zeremonie, am dritten Sonntag im Juni, ganz Algier wird da sein. Ich bin glücklich, du kannst es dir gar nicht vorstellen!«

Sie sahen sich noch ein paar Sekunden an. Josefs Lächeln war verschwunden.

»Nun, du könntest mir gratulieren.«

»Ich gehe zurück in die Tschechoslowakei, aber selbst wenn ich da wäre, wäre ich nicht gekommen.«

Christine hatte Josef bei *Maximin* angetroffen, dem großen Restaurant hinter der Oper, keiner von beiden war jemals hier gewesen (es war zu teuer). Drei Tage zuvor hatte er ein paar Zeilen bei ihr gelassen, um sie zum Abendessen einzuladen. »Um meine Abreise zu feiern«, hatte er präzisiert. Christine hatte ihr mohnblumenrotes Kleid mit Volants angezogen, das sie noch magerer aussehen ließ, sie hatte sich eine Wasserwelle gemacht und sich geschminkt wie früher, die Männer hatten ihr nachgeschaut. Als sie eintrat, war Josef erleichtert aufgestanden, sie hatte sich verspätet, er hatte Angst gehabt, dass sie nicht käme. Er hatte eine Flasche Pomerol 29 bestellt, einer seiner Kollegen hatte ihm gesagt, das sei der beste Wein der Welt. Sie war da und bewunderte das Belle Epoque-Dekor, die eleganten Frauen und die distinguierten Männer. Der Krieg schien in weiter Ferne zu sein. Sie stießen auf den baldigen Frieden an, auf ihre Freundschaft und ihre Zukunft. Sie stellte ihm tausend Fragen über Prag, über seine Jugend und wunderte sich, ihn schon so lange zu kennen und so wenig über ihn, sein Land und seine Familie zu wissen.

»Warum hast du nie darüber gesprochen?«

»Ich weiß auch nicht viel von dir.«

Sie fand den Wein wunderbar. Der Kellermeister erklärte, 29 sei ein hervorragender Jahrgang gewesen, er sprach voll Ergriffenheit von seiner göttlichen Milde, man müsse ihn eine Zeitlang im Mund behalten, ihn ein wenig anwärmen, um die Johannisbeere zu schmecken und dahinter das diskrete Lakritzaroma, und langsam trinken. Sie schlossen die Augen, und dieser Merlot erfüllte sie mit Glück.

»Wann fährst du?«

»Am 19. April. Und was wirst du tun?«

»Ich habe genug vom Theater mit dem bisschen Geld und den schäbigen Tourneen. Außerdem bin ich bei Radio Alger unerwünscht. Ich werde wohl nach Paris gehen. Ich will zum Film, und der findet dort statt. Jetzt oder nie, ich werde bald vierunddreißig, danach ist es zu spät.«

»Keine Bange, man gibt dir höchstens fünfundzwanzig.«

»Nett von dir, Josef. Wusstest du, dass Maurice jünger ist als ich?«

»Ach! Nein, überhaupt nicht«, sagte er erstaunt.

»Sechs Jahre jünger, das ist viel, nicht wahr? Eines Morgens, als er noch schlief, habe ich auf seinem Personalausweis nachgesehen. Manchmal vergnügte ich mich damit, ihn aufzuziehen, ich sah, dass es ihm unangenehm war, ich bestand nicht weiter darauf, es war mir einerlei. Die Männer sind komisch. Warum hat er es verheimlicht?«

»Vor ein paar Tagen habe ich ihn wiedergesehen, er kam, um mir seine Verlobung mitzuteilen.«

»Das ist es also! Es ist wirklich aus.«

Sie nickte, zwang sich zu einem Lächeln, trank einen Schluck und noch einen.

»Er steigt einem kaum zu Kopf, dieser Wein. Kennst du sie?«

»Ich habe sie zwei- oder dreimal gesehen, ich dachte, es sei eine Freundin.«

Christine errötete, ihre Augen glänzten, sie wischte eine verstohlene Träne weg, lächelte wieder mit zusammengepressten Lippen.

»Du darfst mir nicht böse sein, ich stecke noch immer im Tunnel. Wie nur konnte es so weit mit mir kommen? Alles derart zu vermasseln. Willst du es wissen? ... Es ist wie ein Gift, das dein Gehirn lähmt und das dich gegen dich handeln lässt. Du denkst an etwas und machst das Gegenteil. Du hast einen Traum und schaffst es, dass er scheitert. Ich sah, dass es nicht gut lief, dass er sich von mir entfernte. Er suchte nicht mehr nach Vorwänden. Genau in diesem Augenblick kippte ich um, einige Wochen vor deiner Rückkehr. Es war leicht für ihn, mich abzuweisen, er brauchte mir nur zu wiederholen, was ich ihm hundertmal gesagt habe: Lieben wir uns und bleiben wir frei, behalten wir unsere Unabhängigkeit, seien wir zusammen, weil wir es wollen und nicht wegen irgendeiner Verpflichtung. Du erinnerst dich, als ich abgelehnt habe, ihn zu heiraten, flehte er mich auf Knien an, der Arme, ich fasste ihn nicht mit Handschuhen an, um ihn abzuweisen, wie töricht bin ich gewesen, wie sehr hat er leiden müssen. Ich hatte mich schon fast damit abgefunden, ihn zu verlieren, als diese Geschichte mit seiner Schwester in Paris passierte, mit dem Mann, der sie vier Jahre, nachdem er ihr ein Kind gemacht hatte, heiratete. Ich glaubte Maurice, als er versicherte, es wäre das Mindeste, die Sache in Ordnung zu bringen, sonst wäre er der letzte Schweinehund. Er übertreibt immer. Ich hätte ihn verstehen müssen. Ich habe das Gegenteil getan und munter meine Überzeugungen lächerlich gemacht, ich habe mir eingeredet, dass er sich geändert hatte, und habe mir ein Kind machen lassen. Das war nicht schwierig. Als ich es ihm sagte, war er verwirrt. Einen Moment glaubte ich, ich hätte gewonnen, aber dann hat er ganz unerwartet reagiert, ich erwartete nicht, dass er mich heiratet, nein, aber dass wir zusammenleben mit einem Kind zwischen uns. Daneben hätte er sein eigenes Leben führen können, er hat mich in meiner eigenen Falle gefangen, er war furchtbar schlau, wenn ich das Baby behielte, würde ich ihn nie wiedersehen, er wolle nicht, dass unsere Beziehung auf einer Manipulation beruht, er fühle sich in die Falle gelockt, es sei nicht mehr Liebe, sondern Zwang und Erpressung, er habe seinen Stolz, niemals könne er es akzeptieren, er sagte: ›Wenn du nicht sofort abtreibst, ist es aus zwischen uns, du musst wählen, ich oder dieses Kind.‹ Er hat so darauf bestanden, dass ich weder ein noch aus wusste. Ich fühlte mich schuldig. Er wirkte verletzt und unglücklich, einmal hat er geweint, er schrie, dass ich daran schuld sei, wenn es aus sei und wir uns für immer trennen würden, und ich solle uns als Paar noch eine Hoffnung lassen. ›Du empfindest also keinerlei Liebe für mich?‹, sagte er. ›Ich verspreche dir, nach dem Krieg gehen wir nach Paris.‹ Ständig änderte ich meine Meinung, ich war völlig durcheinander. Das Baby war mir egal, ihn wollte ich, dass er bei mir bleibt. Eine kleine Chance haben, dass es so weitergeht wie vorher. Schließlich habe ich nachgegeben, ich war überzeugt, dass ich abscheulich gewesen war und dass alles sich einrenken werde, dass das Hindernis zwischen uns dieses Kind war, ich war erschöpft und nicht sehr stolz auf diese Geschichte. Er hat sich um alles gekümmert, hat mich zu dieser Frau gebracht, es ist nicht sehr gut gelaufen, er hat mich nach Hause begleitet, ich hatte ihn sehr enttäuscht, er hat mir sofort gesagt, dass es zwischen uns zu Ende sei, dass er Verrat nicht ertrage, ich allein sei verantwortlich, den Rest kennst du. Das Schlimmste aber ist, wie du siehst, dass ich es ihm nicht übel nehme.«

»Wenn ich das alles gewusst hätte, hätte ich ihm mit der Faust ins Gesicht geschlagen.«

»Das hätte nichts genutzt, Josef. Alles ist meine Schuld, ich hätte ihn niemals zwingen dürfen, ich begreife nicht, wie ich mich dermaßen verleugnen konnte. Die letzte Midinette hat mehr Grips als ich.«

Maurice überwältigte sie, füllte sie aus, sie wiederholte sich, stieß gegen ihre Erinnerungen, beschönigte sie, als gäbe es für sie beide noch eine Zukunft, Josef hörte ihr kopfschüttelnd zu, und dann verstummte sie, blieb lange in Gedanken versunken.

»Hör zu, Christine, du bist mit einem großen Handicap versehen: Du hast keinen Sou. Maurice hat gerade den Traum seines Lebens verwirklicht, er wird reich werden, sicher empfindet er Zuneigung für Louise, vor allem aber heiratet er die Tochter des größten Grundbesitzers Algeriens.«

»Das ist nicht wahr, nicht Maurice, er ist nicht eigennützig.«

Sie hatten keinen Wein mehr, Josef bestellte eine weitere Flasche, sie wollte nicht, sie hatte zu viel getrunken, sie hatten auch keine Zigaretten mehr, der Saal hatte sich nach und nach geleert, die Kellner und der Oberkellner warteten geduldig. Mit einer Handbewegung verlangte Josef die Rechnung, man brachte sie ihm augenblicklich in einem hübschen Kästchen aus rotem Leder, die Höhe des Betrags machte ihn fassungslos, es musste ein Irrtum vorliegen, es war doch nicht möglich, dass eine Flasche so teuer war, warum hatte er eine zweite bestellt? Er wollte vor Christine die Rechnung nicht unter die Lupe nehmen.

»Gibt es ein Problem, Josef?«

»Nein, alles in Ordnung. Es ist heiß hier drin.«

Er ließ ein Monatsgehalt zurück und ein Trinkgeld, das ihm Dank eintrug. Er bat um ein Päckchen Zigaretten, das Haus bot es ihm kostenlos.

Draußen war ein lauer Abend, er schlug ihr vor, ein Glas bei Aletti zu trinken, sie war müde, sie war es nicht mehr gewohnt und ging lieber nach Hause, er begleitete sie. Algier war menschenleer, sie gingen Seite an Seite unter den Arkaden des Boulevard de la Marne, er gab ihr seine Jacke, und sie akzeptierte sie, hin und wieder blieb sie vor einem Schaufenster stehen, sie brauchte Schuhe, auch eine Jacke für die Übergangszeit, sie wollte wissen, ob er Braun möge, eine Farbe, die gerade in Mode war. Schweigend gingen sie die Rampe Valée hinauf und kamen zu ihrem Haus.

»Ich möchte dir für alles danken«, sagte sie, »ich weiß nicht, was ohne dich aus mir geworden wäre.«

»Das Wichtigste ist, dass du wieder zu Kräften kommst.«

»Schreiben wir uns?«

»Natürlich.«

Sie küssten sich auf die Wangen, sie erinnerte ihn daran, dass sie immer noch zu dritt waren. Er roch ihr Parfum, ein vertrauter Geruch nach Jasmin und Zitrone.

»Viel Glück für dein neues Leben.«

»Für dich ebenso.«

Sie löste sich von ihm, machte Licht im Flur, winkte ihm, er hörte ihre Schritte im Treppenhaus. Er wartete, seufzte und entfernte sich.

Mit ihren Zickzacks beschrieb die Rampe eine Haarnadelkurve, und die Biegung bildete eine Plattform, die die schlafende Stadt überragte. Der rote Mond beleuchtete das glänzende Meer. Er zündete eine Zigarette an, und genau in diesem Augenblick, als das Streichholz aufflammte, kippte das Leben von Josef Kaplan.

Es war nicht das Ergebnis einer Überlegung, sondern eher eines Impulses, plötzlich hatte er das Gefühl, unbesiegbar zu sein. Während der regungslosen Jahre in der Tschechoslowakei sollte er, vor einem Holzfeuer sitzend, an diesen schicksalhaften Moment zurückdenken. Seine Uhr zeigte 23 Uhr 26. Warum hatte er seinen Weg nicht fortgesetzt, warum war er nicht allein ein Glas trinken oder nach Hause gegangen, um seine Koffer zu packen? Woher zum Teufel war dieser unwahrscheinliche Gedanke aufgetaucht und hatte sich als unumgänglich aufgedrängt? Lange suchte er nach der Antwort, vergeblich, und kam zu dem Schluss, dass die Männer (in diesem Fall auch er) sich wie geborene Idioten verhielten, sobald sie der Frau ihrer Träume begegneten, ihre natürlichen Schutzmechanismen verloren, die Lektionen ihres Vaters vergaßen und sich wie Salongockel gerierten. Dabei war er kein Kind mehr, er war vierunddreißig Jahre alt, er wurde von seinen Kollegen als kompetenter Arzt mit prägnanter Diagnose anerkannt, als unermüdlicher und hingebungsvoller Arbeiter.

Sein ehemaliger Ruf als unverbesserlicher Verführer nutzte ihm in dem Augenblick, da er viermal an die Holztür klopfte, überhaupt nichts. Er hörte Schritte auf der anderen Seite, das Geräusch des Schlüssels im Schloss. Christine erschien, sie hielt eine Bürste in der Hand und zeigte keinerlei Überraschung, als sie ihn sah.

Einige Sekunden lang herrschte Stille, als bliebe die Zeit stehen … Er wurde wieder zum sechzehnjährigen Jungen, der es gewagt hatte, sich mit klopfendem Herzen seiner Nachbarin, der hübschen Milena, zu erklären, spürte wieder diesen eisigen elektrischen Wechselstrom, der ihm die Wirbelsäule hinaufkroch, ihm die Haare sträubte, ihm die Knie weich werden ließ, bevor sie sagte: »Du bist wirklich dumm, Josef Kaplan!«, und ihm die Tür vor der Nase zuschlug …

»Ja, Josef?«

»Christine, ich liebe dich, ich bin wahnsinnig in dich verliebt.«

Sie rührte sich nicht, vielleicht fragte sie sich, ob er ihr nicht einen bösen Streich spielte.

»Ach ja?«, sagte sie.

»Ja, ich liebe dich. Das solltest du wissen.«

»Das hätte ich nicht gedacht … Komisch, Nelly hatte mir das vor Langem gesagt.«

»Willst du mit mir kommen?«

»Wohin?«

»Ich sagte dir, dass ich in die Tschechoslowakei zurückkehre. Christine, willst du meine Frau werden?«

»Was?«

»Willst du mich heiraten?«

Sie antwortete nicht. Es war ihr klar geworden, dass es kein Scherz war, er wirkte ernst und schwach wie ein Mann, der eine Frau um ihre Hand bittet. Wenn sie die Zähne zusammenbiss, dann weder vor Zorn noch zum Spott, vielmehr spürte sie ein Zittern tief in ihrem Magen, und es überkam sie ein nervöses, fast mechanisches Lachen, und lachen wollte sie auf keinen Fall.

»Wir müssen nicht unbedingt heiraten, wenn dir das lieber ist, das hängt von deinen jetzigen Vorstellungen ab, ich will nur, dass wir zusammenleben.«

»Du überrumpelst mich. Darauf war ich überhaupt nicht gefasst.«

»Ich verstehe. Willst du, dass wir darüber reden?«

»Ich möchte lieber nachdenken. Reist du gleich ab?«

»In einer Woche.«

»Lass mir Zeit. Ich muss Bilanz ziehen, mir Fragen über mein Leben stellen. Bist du dir deiner sicher?«

»Und wie!«

Sie nickte, schenkte ihm ein Lächeln und schloss die Tür.

Josef ging in seine Wohnung, recht zufrieden mit sich. Eine gefühlvolle Situation soll man immer aus der Distanz analysieren, sich nicht erregen, wiederholte er sich, sie hatte nicht nein gesagt, das war die Hauptsache, er durfte noch an seinen guten Stern glauben. Ihre Reaktion, der Tonfall ihrer Stimme, ihre Fragen zeigten, dass diese Hypothese ihr weder unmöglich noch überdreht vorkam. Natürlich, sie hatte auch nicht ja gesagt, sie war ihm nicht »Juchhe!« schreiend um den Hals gefallen. Er machte sich keine Illusionen, sie war nicht außer sich vor Liebe für ihn, sie empfand Sympathie gewiss, auch Freundschaft, er wusste, wem ihre Gedanken galten, aber, dachte er, als er, von einer Art Last befreit, im Bett lag, alles hatte sich verändert.

Wie lange braucht man, um nachzudenken? Warum dauert es so lang?, fragte sich Josef an die hundertmal im Laufe dieser endlosen Woche, in der er seine Abreise vorbereitete. Die Tage vergingen, und er hörte nichts von Christine. Er versuchte, sich an ihre Stelle zu versetzen (aber das war nicht leicht). Er selbst hätte sofort akzeptiert. Er musste sich wirklich anstrengen, um nicht zu ihr zu eilen, lief in dem Viertel herum in der Hoffnung, ihr zu begegnen, ging mehrmals an ihrem Hauseingang vorbei, er sah sie nicht. Seine Stimmung verdüsterte sich. ›Sie will mir nicht nein sagen, bestimmt hält sie meinen Vorschlag für so hirnrissig, dass er nur mitleidiges Schweigen verdient.‹

Kein gutes Omen.

Sergent spendierte einen großen Abschiedsumtrunk zu seinem Ausscheiden, es war im Institut nicht üblich, Feste zu feiern, Autoritäten und Notabeln zu empfangen, aber er wollte ihm, wie er in seiner schönen Rede zum Ausdruck brachte, öffentlich seine Hochachtung erweisen und die Hoffnung äußern, dass er bald zurückkomme in dieses Land, wo er nur Freunde habe, dieses Land, dem er so viel gegeben habe und wo es für ihn noch so viel zu tun gebe.

»Vielen Dank, Herr Direktor, aber rechnen Sie nicht damit«, sagte Josef lakonisch.

Mehrmals hatte er in Erwägung gezogen, Christine zu dieser Abendgesellschaft einzuladen, um ihr zu zeigen, welche Wertschätzung er genoss und mit wem sie ihr Leben vereinen konnte, aber er hatte darauf verzichtet. Was er bitter bedauerte.

›Ich hätte es versuchen sollen. Sie hätte ihre Meinung geändert.‹

Das Personal und die Gäste setzten seine Zurückhaltung auf das Konto der Rührung, in Wirklichkeit war Josefs Stimmung düster, ja verzweifelt, ihm wurde bewusst, wie sehr sein Antrag zum Scheitern verurteilt war, je mehr er daran dachte, desto lächerlicher fand er sich, diese Frau hatte ihn nur deshalb beachtet, weil er der beste Freund ihres Geliebten war, daran hatte nie der geringste Zweifel bestanden, oder vielleicht bei jenem einzigen Mal, vor langer Zeit, als sie auf Padovanis Tanzfläche *Volver* getanzt hatten, diesen ins Blut gehenden Tango, da hatte er gespürt, wie ihr Körper sich versteifte, bebte, sich entspannte, jenen etwas stärkeren, kaum merklichen Druck, als ihre Haut die seine liebkoste, ihren verhaltenen Atem. Ihre Schulter stützte sich ein wenig ab, auch ihr Bein, erinnerte sie sich noch an diese drei Minuten der Hingabe? Sie musste es einfach bemerkt haben. Später hatte sie seine Aufforderungen stets abgelehnt. Jetzt hatte er es eilig, diese Stadt zu verlassen und alles zu vergessen.

Josef hatte zwei große, stabile Koffer gekauft. Er verbrachte den Nachmittag damit, darin den Inhalt der fünf mittleren Koffer zu verstauen, er wollte ungehindert reisen. Er hatte seine Sachen aussortiert, nur das behalten, was er im nebligen Norden brauchen konnte. Für den Rest hatte ein Trödler ihm einen schlechten Preis geboten. Von seinem Aufenthalt in Algerien würde er ein paar Kleidungsstücke und das geduldig zusammengetragene Gesamtwerk von Gardel mitnehmen.

Er zögerte, seine anderen Langspielplatten dazulassen, als es gegen 18 Uhr an der Tür läutete. Er machte auf und blieb mit offenem Mund stehen, sprachlos.

»Geht's dir es gut?«, fragte Christine besorgt.

»Ich habe nicht mit dir gerechnet … Willst du reinkommen?«

»Nein, ich habe noch eine Menge zu tun. Um wie viel Uhr geht morgen das Schiff?«

»Um zwölf.«

Sie sah an ihm vorbei und entdeckte die Bücherstapel und Kleiderhaufen.

»Nimmst du das alles mit?«

»Das da lasse ich hier, das Wichtige konnte ich in zwei Koffern unterbringen.«

»Das schaffe ich nicht.«

»Ja, das dachte ich mir.«

»Ich habe viele Sachen, Kleider, an denen ich hänge, einen Berg von Büchern, die ich nicht zurücklassen kann, das ist mein Leben, verstehst du?«

»Du bist einverstanden? Die kommst mit mir?«

Sie nickte.

»Bist du dir sicher?«

»O ja. Ich muss es dir sagen, Josef, ich bin sehr glücklich. Ich danke dir für deinen Vorschlag, es ist wie ein Licht, das sich in meinem Leben entzündet hat, ein Schwall frischer Luft, ich glaube, dass wir beide miteinander leben können. Wir haben doch das Recht auf eine zweite Chance, oder? Mein Problem ist nur, dass ich bei all den Sachen, die ich mitnehmen muss, nicht weiß, wie ich es anstellen soll.«

»Ich habe zwei Koffer, wenn du willst.«

»Das wäre ideal.«

Josef spürte, wie Wellen an seinen Beinen hochstiegen, von unten nach oben über seinen Körper fluteten, am liebsten hätte er gebrüllt, die Energie des Urschreis freigelassen, die ihn schüttelte, aber er hielt sich zurück, presste die Lippen zusammen und schenkte ihr ein verkrampftes Lächeln.

Ja, es stimmt, Christine hatte lange gezögert. Im Lauf der Woche hatte sie mehrfach ihre Meinung geändert, aber niemals, um Josefs Vorschlag abzulehnen, sondern nur um den Hauptgrund herauszufinden, der sie drängte, ihn zu akzeptieren.

Vielleicht hatte sie in der Mitte ihres Lebens die archaische Angst verspürt, allein zu bleiben und zu altern, ohne eine befreundete Schulter zu haben, an die sie sich lehnen konnte. Oder sie hatte sich gesagt, dass es eine unverhoffte Gelegenheit ist. Sie hatte Maurice zweimal zurückgewiesen, und es hatte ihr nichts gebracht. Sie war nicht in Josef verliebt, aber er war nicht unangenehm, im Gegenteil, er war ein schöner Mann, sie hatte die glänzenden Augen der Frauen gesehen, die ihm auf der Tanzfläche nachblickten, hatte oft schmeichelhafte Bemerkungen über ihn gehört. Er tanzte wunderbar, lachte gern, ging gern aus und amüsierte sich gern, interessierte sich für das Theater, das Kino und die Literatur, Mathé schätzte ihn aufrichtig (das war ein Kriterium), und sie hatten recht ähnliche politische Vorstellungen. Ganz offenkundig war er sehr viel intelligenter und gebildeter als Maurice, auch unendlich weniger Macho, aber seltsamerweise hatte dieses Kriterium bei ihrer Entscheidung keine Rolle gespielt.

Dachte sie, es sei besser festzuhalten als wegzurennen? Mit vierunddreißig konnte sie es sich nicht mehr leisten, Ansprüche zu stellen, außerdem war es eine günstige Gelegenheit, dieses verfluchte Land zu verlassen, in dem sie so gelitten hatte. Oder hatte sie, ihr Herz befragend, jenes Zittern verspürt, das darauf hinweist, dass dieser hier vielleicht das große Los ist, wie jene unscheinbaren Samenkörner, die man in die Erde steckt, ohne genau zu wissen, was herauskommen wird? Und außerdem, so sagte sie sich immer wieder, wie um sich davon zu überzeugen, behauptete nicht die Volksweisheit, dass die besten Ehen auf Achtung und Vertrauen gründeten, dass Glück und Liebe zwei völlig verschiedene, sogar widersprüchliche Dinge seien und dass man aufgehört habe, Närrinnen ihres Schlages zu zählen, die beides verwechselt haben?

Hatte sie ihre feministischen Überzeugungen aufgegeben, indem sie sich sagte, er sei eine gute Partie? Vermutlich nicht, Christine war keine eigennützige Frau. Oder hatte sie eher die Bilanz ihres bisherigen Lebens gezogen? Angefangen mit diesem wunderbaren Schauspieler, der sie bis zum Wahnsinn liebte und sie sechs Monate später verlassen hatte, und diesem zweisprachigen Führer, der schöne Augen, eine Frau, zwei Kinder und eine schwangere Mätresse hatte, und dann diesem Gymnastiklehrer, der sich scheiden lassen wollte, wegen des zu zahlenden Unterhalts aber darauf verzichtet, ganz zu schweigen von Maurice, warum nur hatte sie sich immer in Männer verliebt, die sie belogen und verrieten? War es fehlendes Glück oder ihr Schicksal? Sie wurde sich bewusst, dass die Regungen ihres Herzens ihr nur Enttäuschungen beschert hatten, und dieser Zynismus überwältigte sie. Jedes Mal, wenn sie ihr Auge auf einen Mann geworfen hatte, hatte sie die schlechte Wahl getroffen, und das war eine niederschmetternde Schlussfolgerung.

Im Strudel ihres Geistes gab es nur eine Gewissheit: Sie vertraute Josef, sie konnte nicht sagen, warum diese Überzeugung alles überwog, er würde sie nicht verraten, es war eine feststehende Tatsache, eine Kraft, ein verheißenes Land.

Josef wartete ohne Ungeduld auf Christine. Das Brummen der Motoren nahm zu, das Schiff begann zu vibrieren. Aufmerksam verfolgte er die letzten Manöver des Beladens. In keinem Augenblick hatte er Angst, er wusste, dass sie ihre Meinung nicht ändern würde.

Fünf Minuten vor Auslaufen hielt ein Taxi vor dem Schiff. Christine stieg aus und rannte zum Steg.

Josef erinnerte sich an seine Ankunft, wie er verloren in der Geschäftigkeit des Hafens umherirrte, nie hätte er gedacht, dass er so lange bleiben würde, fast sieben Jahre waren vergangen. Er hatte so viel gelernt, jetzt fühlte er sich stark, bereit, der Welt zu trotzen, er verließ dieses Land mit Bedauern und dachte, dass sie eines Tages vielleicht zurückkämen, um sich hier niederzulassen. Es sei denn, sie gingen nach Prag oder nach Paris.

Er würde gehen, wohin sie wollte.

Seine Ankunft im Hafen hatte Josef verpasst, seine Abreise wollte er nicht verfehlen. Auf die Reling des Oberdecks der *Gallieni* gestützt, Christine an seiner Seite, betrachtete er die sich langsam entfernende Stadt, er zeigte ihr das Museum der Schönen Künste und daneben das Hauptgebäude des Instituts, das einem maurischen Palast ähnelte, sie erkannte die Admiralität und hoch oben die immer noch imposante Masse des Fort-l'Empereur. Der Wind blies ihnen den beißenden Rauch der Schornsteine ins Gesicht, Christine interessierte sich nicht für den Anblick der immer weiter zurückweichenden Stadt, sie fühlte sich verschmutzt und flüchtete in Josefs enge Kabine. Sie konnte kaum die Tür öffnen und sich auf der Liege ausstrecken, die beiden großen Koffer des einen, die fünf mittleren der anderen sowie ein paar Taschen verhinderten jede Bewegung. Er sah Algier allein verschwinden, als hätte das Meer die Erde überflutet.

Sie verbrachten den Nachmittag auf Liegestühlen, ließen sich von der Sonne wärmen und redeten. Gegen Abend kam Wind auf, die See ging hoch, das Schiff stampfte, und das Deck leerte sich, Christine fühlte sich abermals nicht wohl und kehrte in die Kabine zurück. Vor dem Krieg, in ihrer Glanzzeit, war die *Gallieni* sicherlich ein stolzes Passagierschiff gewesen, das erste, aber es hatte sich seitdem so viel in der Welt herumgetrieben, dass es einigermaßen ramponiert und verrostet war. Einer der beiden Schornsteine knarrte jedes Mal, wenn das Schiff auf eine Welle traf, und drohte einzustürzen, die Passagiere waren besorgt, was die Matrosen zum Lachen brachte, die schworen, es sei wie neu. Zweimal sah er nach Christine, sie war blass und seekrank.

Zwanzig Stunden nach der Abfahrt, am Freitag, dem 20. April 1945, gingen sie in Marseille an Land, und Josef fragte sich, wie sie mit so viel Gebäck reisen sollten.

Das Schwierigste war, an Informationen zu kommen. Es gab endlose Warteschlangen, um die winzigste Auskunft zu erhalten. Als Josef im Bahnhof Saint-Charles, nachdem er sich drei Stunden in Geduld geübt hatte, zwei Fahrkarten nach Prag verlangte, erklärte ihm ein verdrossener Schalterbeamte, dass die Strecken durch Deutschland unterbrochen seien. Kein Zug fahre aus Marseille ab. Man müsse sich in Paris erkundigen. Der Nächste.

Die Zeitungen berichteten vom verzweifelten Widerstand der deutschen Truppen, die an allen Fronten das unerbittliche Vorrücken und das Zusammentreffen der amerikanischen und sowjetischen Truppen blockierten; die Kommentare der Spezialisten waren pessimistisch, ihnen zufolge konnte der Krieg noch Monate dauern.

»Das Beste wäre, über die Schweiz und Österreich zu reisen«, fasste Josef zusammen. »Aber die Amerikaner sind noch immer nicht in Wien. Wir hätten das Ende des Kriegs in Algier abwarten sollen.«

»Ich muss dich etwas fragen«, sagte Christine. »Wenn wir schon festsitzen, könnten wir da nicht meine Mutter besuchen?«

»Geh nur, ich warte auf dich.«

»Nein, ich möchte dich ihr vorstellen, es ist wichtig für mich. Ich werde ihr ein Telegramm schicken.«

Die Fahrt nach Saint-Étienne dauerte einen ganzen Tag, mit dreimal Umsteigen. Eine regelrechte Expedition. Wegen der Koffer mussten sie einen Zuschlag zahlen, als wären sie zu viert. Aus unbekannten Gründen wurde der Zug drei Stunden im Bahnhof von Valence aufgehalten. Sie verließen den Waggon, um Luft zu schnappen. Josef nutzte die Gelegenheit, um Zigaretten und Bier zu kaufen. Auf Bahnsteig 2 sitzend erzählte ihm Christine von ihrer Jugend, er unterbrach sie kein einziges Mal, stellte keine Frage. Noch nie hatte sie sich jemandem anvertraut, nicht einmal Maurice.

Ihr Vater war in den ersten Kriegsmonaten bei der Marneschlacht gefallen, sie war vier Jahre alt, ihre Mutter hatte ihr Dutzende und Aberdutzende Male gesagt, ohne je entnervt zu sein, dass er nicht wiederkommen werde, er sei dort oben und beschütze sie. Christine hob den Kopf, suchte geduldig in den Wolken, suchte stundenlang, die Augen zukneifend, den Himmel ab, sah nichts anders als bizarre Formen und Vögel, sie verstand nicht, warum er nicht zu ihnen herunterkam, sie lächelte und fragte von Neuem: »Wann kommt Papa wieder?«

Der Mann in den Wolken begleitete sie überallhin. Sie war mit dieser Gegenwart herangewachsen, verwahrte wie Reliquien die drei Fotografien ihres heldenhaften Vaters und sein postum verliehenes rot-gelbes Kriegsverdienstkreuz. Als sie zehn war, entsetzte es sie, dass ihre Mutter vorhatte, ein neues Leben anzufangen, und schamlos behauptete, es sei für ihre Zukunft. Sie verabscheute diesen gutmütigen Industriellen auf immer und ewig, der nicht für Frankreich gefallen war und ihr zu sagen gewagt hatte: »Jetzt, mein Liebes, kannst du mich Vater nennen.«

In den acht Jahren, die sie bis zu ihrer Flucht zum Theater unter seinem Dach verbracht hatte, hatte sie ihn stets mit Monsieur angeredet und sich beharrlich bemüht, ihm das Leben schwer und ebenso unerträglich zu machen wie das ihre.

Mit achtzehn hatte Christine Knall auf Fall das Elternhaus verlassen und war einem Schauspieler aus Lyon gefolgt, der im Theater Massenet in *Phädra* mitspielte, hatte eine Woche lang fasziniert jede Vorstellung besucht und war bei der sechsten Szene des fünften Akts, dem Bericht von Theramenes über Hyppolyts Tod, in Tränen ausgebrochen, ohne sie zurückhalten zu können:

Da sie den Helden, den sie liebt, nicht mehr erkennt,
erblickt sie Hippolyt und fragt noch immer, wo er sei,
klagt sie mit fassungslosem Blick die Götter an,
und seufzend, kalt und beinahe entseelt
*sinkt sie zu Füßen des Geliebten nieder.**

Sie hatte sich unsterblich verliebt (mein Gott war er schön), aber wahrscheinlicher war, wie dieser bösartige Schauspieler ihr gesagt hatte, als er sie zu ihren Eltern zurückschickte: »Nicht mich liebst du, Christine, sondern Hippolyt.«

Aber Christine war nicht nach Hause zurückgekehrt. Nachdem sie ihre Tränen getrocknet hatte, hatte sie ihren Weg nach Paris fortgesetzt, wild entschlossen, Schauspielerin zu werden, sie hatte nur einen Traum, vielleicht eine Obsession, sie wollte *Phädra* spielen. Ihre Mutter hatte einen Schreck bekommen, sie hätte die Polizei rufen und sich auf die Suche nach ihrer minderjährigen Tochter machen müssen, aber sie tat nichts dergleichen, erleichtert, sie endlich los zu sein. Sechs Jahre lang gab Christine kein Lebenszeichen von sich. 1934 war sie also vierundzwanzig, eine Tournee führte sie nach Saint-Étienne zurück, sie lud ihre Mutter ein, zu kommen und sie spielen zu sehen. Madeleine kam während der Probe, um sie zu umarmen, fand ihre Tochter recht schön und ging dann wieder, unter dem Vorwand, eine Besorgung machen zu müssen, ohne die Vorstellung zu besuchen, auch nicht, um sie nach ihrer Adresse zu fragen und was sie aus ihrem Leben gemacht habe. Christine war darüber tief gekränkt.

* Nach der Übersetzung von Simon Werle.

Der Bahnhof von Châteaucreux war vor einem Jahr bombardiert worden und zum Teil noch für den Zugverkehr gesperrt. Christine und Josef warteten in der Bahnhofsbrasserie, ihr aufeinandergestapeltes Gepäck bildete einen Wall um sie herum. Christine schwieg, in Gedanken versunken, sie ließ ihre Zigaretten abbrennen, fast ohne daran zu rühren, zündete mechanisch eine neue an, schaute auf ihre Uhr, fragte alle fünf Minuten nach der Zeit.

»Sie kommt nicht. Wir sollten lieber gehen.«

Madeleine traf ein, blickte sich um, sah sie nicht und meinte wohl, sie seien wieder gegangen. Christine deutete mit dem Kinn auf sie. Es war sie, eine schlanke Frau, sie trug ein elegantes gelbes Kleid und einen beigen Mantel, als ginge sie in die Oper, unter ihrem dazu passenden kleinen Schleier ragte eine blonde Strähne heraus, die sie ständig hinter das Ohr schob. Christine stand auf, ihre Mutter erblickte sie, blieb stehen. Sie gingen aufeinander zu, sie sahen nicht aus wie Mutter und Tochter, sie umarmten sich ohne Überschwang, wechselten ein paar Worte, Christine deutete mit der Hand auf Josef. Madeleine musterte ihn mit erhobenem Kinn. Sie gingen auf ihn zu.

»Mama, das ist Josef.«

»Guten Tag, Madame. Möchten Sie etwas trinken? Einen Tee, einen Kaffee?«

»Ich habe nicht viel Zeit, ich muss Besorgungen machen.«

Sie setzte sich auf den Stuhlrand.

»Kennt ihr euch schon lange?«

»Seit sieben oder acht Jahren«, antwortete Christine für ihn, »aber wir sind noch nicht lange zusammen. Ich war mit jemand anderem, aber das hat nicht geklappt. Josef ist Arzt, und wir kehren zu ihm nach Hause in die Tschechoslowakei zurück.«

»Aber dort ist noch Krieg!«

»Wir müssen ein paar Wochen warten, es wird bald zu Ende sein, und wir sagten uns, dass wir für kurz hier bleiben könnten, uns etwas erholen. Ihr könntet euch kennenlernen und …«

Madeleine richtete sich auf wie eine Sprungfeder. Auch Christine und Josef erhoben sich.

»Es tut mir leid, meine Tochter, das kommt nicht in Frage. Sei mir nicht böse, aber Daniel will dich nicht mehr sehen. Heute Morgen hat er mir gesagt, solltest du das Haus betreten, werde er auf der Stelle verschwinden, du musst verstehen, ich habe nur noch ihn, du bist jung, du hast dein eigenes Leben, ich aber bin verloren, wenn er geht. Du musst einsehen, seit du fort bist, geht alles gut, wir sind sehr glücklich miteinander, es ist traurig, das zu sagen, mir wäre es lieber, wenn die Dinge anders verlaufen wären, aber anscheinend ist das nicht möglich. Ich mag dich sehr, ich habe dich immer geliebt, auch wenn du das Gegenteil denkst. Du wirst immer meine Tochter bleiben, aber mir ist es lieber, wenn du gehst. Ich sage dir ganz aufrichtig, wenn du irgendetwas brauchst, sag es mir, aber komm nicht wieder, es ist zwecklos.«

Sie holte einen dicken weißen Umschlag aus ihrer Tasche und legte ihn auf das Tischchen, ging zu Christine, stellte sich auf die Zehenspitzen, drückte ihr einen Kuss auf die Wange und nickte Josef zu.

»Ich wünsche euch viel Glück und … und …«

Sie suchte nach Worten. Einen Moment glaubten sie, sie werde ihre Meinung ändern, sich ihrer Tochter in die Arme werfen, ihr sagen, sie solle bleiben, aber sie seufzte nur und machte auf dem Absatz kehrt. Sie blickten ihr nach, sie verschwand an der Straßenecke.

»Jetzt hast du gesehen, wie sie ist! Ich hätte es nicht geglaubt. Sie wird sich nie ändern.«

Und nun saßen sie ganz dumm in dem tristen Bahnhof von Saint-Étienne, Josef hätte sich gern die Gegend angesehen, aber an Christines Blick verstand er, dass das eine abscheuliche Idee war, und er versicherte, es sei ein Scherz gewesen. Der erste abfahrende Zug ging nach Grenoble.

»Fahren wir dorthin«, sagte Christine, »beeilen wir uns.«

Sie stand auf, ließ den Umschlag auf dem Tisch liegen. Josef sah hinein, er enthielt ein dickes Bündel Banknoten.

»Du vergisst etwas.«

»Ich will dieses Geld nicht.«

»Du wirst es doch nicht hierlassen!«

»Es ist seine Kohle. Ich weigere mich, sie anzurühren. Nimm du sie doch, wenn du willst.«

Er steckte den Umschlag in die Innentasche seiner Jacke und rief einen Kofferträger. Sie kamen bei wolkenbruchartigem Regen in Grenoble an. Sie wussten nicht so recht, was tun. Warten oder in Richtung Schweiz weiterfahren … so weit weg wie möglich. Plötzlich, als er den Fahrplan studierte, hellte Josefs Gesicht sich auf.

»Ich weiß, wo wir hinfahren.«

»Wohin?«

»Nach Chamonix. Davon träume ich seit Jahren.«

Die Hotels waren geschlossen oder beschlagnahmt und nahmen Flüchtlinge auf, die in den Straßen herumliefen oder im Gras in der Sonne lagen. Josef und Christine fanden ein Zimmer im Hotel *Splendid* in Prax-de-Chamonix, einem an die Stadt angrenzenden Weiler. Madame Moraz beherbergte sie mit Vergnügen für ein paar Tage, gab ihnen das große Zimmer im ersten Stock mit Balkon und Blick auf den Mont-Blanc. Vor dem Sommer erwartete sie keine Gäste, sie langweilte sich ungemein und machte Konversation, als hätte sie seit Jahren nicht mehr gesprochen. Dank ihrer Familie blieb ihr die Rationierung erspart. Sie aßen zusammen in der Küche zu Abend, Kartoffelsuppe mit Räucherwürsten, auf dem Großen Sankt Bernhard und auf dem Mont-Cenis gab es noch Gefechte, noch immer kämpften die FTP [Francs-tireurs et partisans] und deutsche Truppen um die Kontrolle über die Pässe. Es war herrliches Wetter, und das Grollen, das zuweilen durch das Tal hallte, war nicht der

Donner, sondern das Rattern der automatischen Schusswaffen.

»Sie dürfen sich nicht zu weit entfernen. Es gibt eine Menge deutsche Deserteure. Im Prinzip gehen sie eher in die Schweiz, aber man kann nie wissen.«

Da sie die ersten Touristen seit Jahren waren, gewährte sie ihnen den Tarif für »Jungverheiratete«, inklusive Frühstück. Sie war sicher, dass ihnen das Glück brachte, und auch sie selbst hatte Glück dringend nötig.

Josef schloss das Zimmer ab.

Bis zu diesem Augenblick waren Josef und Christine ein unwahrscheinliches Paar. Seit der Abreise aus Algier waren sie nie allein in einem Schlafzimmer gewesen. Es würde nichts Unvorhergesehenes geben, kein Unwetter, keinen verspäteten Zug, keinen mütterlichen Zwischenfall, nur sie beide und ihr Wille. Vielleicht hatten sie diesen Aufschub gebraucht, um sich an den Gedanken zu gewöhnen, er wollte sie nicht brüskieren, sie wollte ihn nicht zurückweisen, und nun fanden sie sich allein in dieser Kirchenstille, ähnlich jenen verlorenen Kindern in der Erregung der Nacht einer von den Familien arrangierten Hochzeit, und auch wenn sie diejenigen waren, die sie organisiert hatten, so fühlten sie sich doch genauso linkisch und unbeholfen, beide wussten, dass es nun keine schöne Idee mehr war, sondern ein unbekannter Körper, mit dem sie den Rest ihres Lebens verbringen sollten, mit dem es galt, sich zu entdecken, sich hinzugeben, den großen Sprung ins Leere zu wagen, intim zu werden, ihre Geheimnisse zu enthüllen und diese falsche Freundschaft zu beenden, ihm von nun an näher zu sein als jedem anderen, mit der gleichen Befürchtung, der gleichen Angst, werden wir uns verstehen, werden wir uns finden? Haben wir genügend Lust aufeinander, nicht für diese Nacht, sondern für die tausend anderen Nächte und Tage? Kann man sich davon erholen, dass man die Dinge verkehrt herum, in einer anderen Reihenfolge gemacht hat, als von der allgemeinen

Ordnung vorgesehen, wo man sich zuerst liebt, so sehr liebt, dass man beschließt, fürs ganze Leben zusammenzubleiben? Vor diesem gefürchteten Augenblick hatten sie schon viele Abenteuer erlebt, aber die waren ihnen keinerlei Hilfe.

Nackt auf dem Badezimmerschemel sitzend fürchtete sich Christine davor, zu Josef zu gehen, die Angst hinderte sie am Atmen. Vielleicht würde sich inzwischen ihr Herz beruhigen, oder es würde am Ende zerbrechen und sie würde hier auf den weißen Fliesen sterben. Sie hatte Angst, dass der Schmerz zurückkehrte, jener Schmerz, der so unerträglich war wie ein glühendes Messer, das in ihren Eingeweiden wühlen und ihren Bauch zerreißen würde, sie fühlte kein Stechen mehr, auch kein Ziehen mehr in ihrer Narbe. Kaum zwei Monate seit jenem unheilvollen Abend, und sie fürchtete noch immer, dass dieser unsägliche Schmerz sie von Neuem überfiel und sie vernichtete. Als sie aufstand, zitterten die Beine, sie tauchte ihr Gesicht in kaltes Wasser und entdeckte im Spiegel eine bleiche Frau mit abgespannten Zügen. Und da verspürte sie ein vergessenes Gefühl, das sie lange beherrscht hatte, sie hatte sich so sehr bemüht, es zu verbergen, zu ersticken, abzutöten, aber jetzt spürte sie es keimen, endlich kehrte der Zorn zurück, wie eine Blume, die in der Sonne aufblüht, jener gute alte Zorn, der sie sofort reagieren, der Welt trotzen, schreien, Forderungen stellen und kämpfen ließ, ohne Rückschläge und Misserfolge zu fürchten. Sie beschloss, dass Maurice ihr kein zweites Mal das Leben vergällen würde.

Sie verbrachten zwei herrliche Wochen, entdeckten einander, gleichsam tastend, ungläubig, fragten sich, warum sie so lange gewartet und riskiert hatten, einander zu verfehlen, ohne zu ahnen, dass das erträumte Leben ganz nahe war, in Sichtweite, man brauchte nur die Augen zu öffnen, ja zu sagen, und wie dieses zu Tage getretene Einvernehmen brachten auch ihre Diskussion sie einander unendlich nahe. Stundenlang sprachen sie miteinander, als wären sie sich erst gestern begegnet, stellten einander tausend Fragen, fügten glücklich die Teile des Puzzles zusammen, blieben zuweilen aber auch still nebeneinander sitzen und betrachteten die Berge.

Sie hoffte eine Gemse zu sehen.

Sie erkundeten die Wege rings um Chamonix, jeden Tag brachen sie zu einem weiteren Streifzug auf, sie waren keine richtigen Bergbewohner, der Morgen hatte schon eine Weile angefangen, wenn sie aus der Tür heraustraten. Für diejenigen, die sie vorbeikommen sahen, bestand kein Zweifel, diese beiden waren ein Liebespaar, Jugendlichen ähnlich; ihre Art, ein wenig schwerelos zu gehen, sich an der Hand zu halten, wie an einer Nabelschnur, oder einander zu begleiten, dem anderen vorauszueilen oder ihm absichtslos die Hand auf die Schulter zu legen. Die Einwohner von Chamonix betrachteten sie wohlwollend, sagten sich: Sie haben Glück, oder: Es tut gut, Leute wie sie zu sehen.

Schon am Tag nach ihrer Ankunft sagten die Leute, die ihnen begegneten, zu ihnen: »Ich glaube, wir bekommen einen schönen Tag«, oder: »Wie geht es ihnen heute?« Instinktiv wandte Josef die alte Methode von Maître Meyer an, Christine war eine bessere Physiognomin, jedem antworteten sie, grüßten, lächelten, blieben stehen, um einen Moment zu plaudern, man kannte ihre Vornamen, wusste, woher sie kamen, und man hätte meinen können, sie stammten aus der Gegend.

Eine verdammt schöne Gegend.

»Man fühlt sich sauwohl hier, was?«

»Und wenn wir uns hier niederließen?«

»O ja.«

»Hör zu, wir fahren nach Prag, und danach kommen wir hierher zurück, und ich mache meine Praxis auf.«

»Und ich werde Schauspielunterricht geben.«

Die alte Moraz stellte ihnen üppige Fresspakete zusammen und zeigte ihnen die Richtung, aber sie irrten sich an jeder Abzweigung und fragten die Bauern nach dem Weg oder die Hirten, die ihre Kühe und Schafe auf den Wiesen weiden ließen. Sie merkten, dass diese Männer liebend gern ihre Berge beschrieben und von ihnen wie über Lebewesen sprachen. Sie erwähnten ihren Charakter, ihre Doppelzüngigkeit oder ihren Großmut. Josef war von den Gipfeln angetan, gern wäre er Frison-Roche begegnet, er hatte dessen Buch *Erster am Seil* in Form eines Fortsetzungsromans bewundert, als er in der tiefsten Provinz verloren war. Manche behaupteten, er sei Soldat, andere meinten, er sei in der Résistance. Sie sympathisierten mit Jacquard, einem Bergführer ihres Alters, einem Vetter von Madame Moraz, der sich damit langweilte, seine paar Quadratmeter Land zu bewirtschaften (dabei träumte er vom Himalaja).

Gegen eine lächerlich geringe Summe führte er sie in die undurchdringlichen Gorges de la Diosaz bis zu den schwindelerregenden Wasserfällen, wo sie sich ohne ihn verlaufen hätten. Zwei Tage später brachen sie im Morgengrauen zum Lac Blanc auf, Jacquard hatte ihnen Schuhwerk und Verpflegung besorgt, sie hatten das Gebirge für sich allein, anscheinend war es eine einmalige Chance. Als sie am Fuße der Flégère anlangten, waren sie fassungslos, es war monumental, eine Steilwand, viel zu hoch für sie, niemals würden sie es schaffen, sie würden vorher sterben. Jacquard empfahl ihnen die Technik der hundert Schritte, die bei den Engländern sehr gut funktionierte. »Sie senken den Kopf, Sie gehen los, ohne nachzudenken, Sie zählen bis hundert, Sie drehen sich um und entscheiden, ob sie weitergehen wollen«, sie lokalisierten den Punkt, von dem sie aufgebrochen waren, die Kühe ähnelten Ameisen, die Einheit betrug hundert Schritte, sie stiegen vier Stunden lang hinauf, hörten auf zu zählen, der Hang war entweder steil und steinig oder grasbewachsen und weich, fast hätten sie aufgegeben, ihre Oberschenkel wogen eine Tonne, ihre Waden waren hart wie Eisen, ihre Lungen brannten, aber unmittelbar vor der Umkehr fanden sie immer ein wenig Kraft, um weiterzugehen, Jacquard wartete auf sie, empfahl ihnen, ihren Rhythmus zu finden, nicht bei jeder Rast zu rauchen, und gab ihnen schluckweise zu trinken.

Um zwölf Uhr kamen sie zum Lac Blanc, es war mehr als eine Entschädigung, niemals hätten sie sich solch ein märchenhaftes Schauspiel vorstellen können; ihnen gegenüber, so weit das Auge reichte, das Mer de Glace und der Mont Blanc, die Drus, die Grandes Jorasses und die Aiguille Verte, zum Greifen nah. Es war so wunderbar, dass sie immer noch länger bleiben wollten, überzeugt, im Paradies angekommen zu sein.

Endlich, endlich war die Welt schön.

Jacquard musste sie zum Abstieg drängen. Der war viel schwieriger, als sie geglaubt hätten.

»Weil Sie nicht gut ausgerüstet sind.«

Jacquard hatte einen Vetter, der ihnen Laufschuhe verkaufte, richtige Treter, und wasserdichte Schneestiefel aus Seehundfell zu einem Vorkriegspreis. Nie wieder würde man solche herstellen. Sie zögerten, es bedeutete eine große Tasche mehr.

Seine Hand suchte sie im Bett, Josef öffnete ein Auge. Christine lag nicht mehr neben ihm. Er spitzte die Ohren, auch im Bad war sie nicht. Er knipste die Nachttischlampe an, knapp 6 Uhr, Christines Kleider lagen nicht mehr auf dem Korbstuhl. Er stand auf und entdeckte den Umschlag, der für ihn auf dem Tisch lag. Er brauchte ihn nicht öffnen, um zu wissen, was er enthielt. Rasch zog er sich an und ging hinunter. Sie trank ihren Milchkaffee in der Küche. Sie sah abgespannt aus und blickte zur Seite wie an ihren schlechten Tagen. Er bemerkte einen an der Tür stehenden Koffer. Er legte den Umschlag auf das Wachstuch.

»In einer halben Stunde nehme ich den Bus.«

»Ah!«

»Nicht, was du glaubst. Ich muss meine Mutter aufsuchen, von jeher vergällt sie mir das Leben, ich kann nicht weggehen und so tun, als wäre nichts vorgefallen, wir beide müssen uns aussprechen, unsere Geschichten müssen auf den Tisch kommen, ich werde nicht zulassen, dass sie sich wieder verdrückt. Wenn sie mir etwas vorzuwerfen hat, soll sie es mir offen sagen, und auch ich werde ihr sagen, was ich auf dem Herzen habe, man muss das Geschwür aufschneiden. Ich fahre hin und komme wieder, es wird nicht lange dauern. Ich brauche ein paar Tage, Josef, ich komme wieder, glaub mir.«

»Ich will dich nicht entmutigen, aber nach dem, was ich gesehen habe, wird es nichts nützen. Vielleicht wäre es besser, zu warten und sich gegenseitig zu schreiben, brieflich klappt es oft besser. Wenn es ein wirkliches Problem gibt, lässt es sich unmöglich durch Diskussionen lösen, man regt sich zu sehr auf. Und außerdem, wir gehen ja nicht ans Ende der Welt, du kannst sie jederzeit besuchen, wenn du es willst.«

»Nein, ich muss hinfahren.«

Sie nahm den Bus um 6 Uhr 45 nach Annecy mit Umsteigen nach Grenoble. Josef wartete, ohne sich zu beunruhigen, noch einmal las er *They Shoot Horses, Don't They?*. Und wieder überwältigte ihn diese verzweifelte Geschichte, und er begann, sie ins Tschechische zu übersetzen. Er erinnerte sich an die Worte, die Mathé ihm eines Abends in Algier gesagt hatte: »Es ist das wichtigste Fragezeichen.«

Drei Tage später war Christine wieder da, sie lächelte und versuchte mit allen Mitteln, über das schlechte Wetter zu sprechen, das sie gehabt hatte.

»Erzähle.«

»Es gibt nichts zu sagen. Sie ist eine arme Frau. Du hattest recht, wir werden uns schreiben.«

Wir alle haben eine Achillesferse. Sogar die Stärksten oder diejenigen, die sie noch nicht gefunden haben. Jemand, der übergangen oder verletzt wurde, zu dem man nicht hat sprechen können und der wie eine Welle mit dem Wort zurückkehrt, das zu viel war, mit der unbedachten Geste; Christines Ferse war ihre Mutter, sie konnte weder mit ihr noch ohne sie leben, sie waren geschaffen, einander nicht zu verstehen, man hätte meinen können, mit zunehmendem Alter werde dieser Stachel weniger schmerzen, aber es war eine stechende Wunde, und auch wenn sie nie davon sprach, so dachte sie doch jeden Tag daran, es war, wie Nelly sagte, ihr archimedischer Punkt, der sie umtrieb, ihr den Magen umdrehte, sie nachts weckte, dem sie keinen Widerstand entgegensetzen konnte, und das Schlimmste, Christine war überzeugt, dass es eine Lösung gab, dass eines Tages alles in Ordnung kommen würde, dass sie ihr schlechtes Gewissen hinter sich hätte, sie wusste noch nicht, dass alte Wunden wie Treibsand sind, sobald man fest auftritt, zieht einen der nächste Schritt in die Tiefe.

Wenn sie sich liebten, spürte sie bisweilen einen jähen Schmerz, wie einen Stich tief in ihrem Bauch, der ihr einen Schrei entriss, aber es kam nicht in Frage, dass er sie untersuchte, er war nicht ihr Arzt.

»Vielleicht wäre es besser, wenn wir keinen Verkehr mehr haben, bis alles ganz vernarbt ist.«

»Wie lange?«

»Ein paar Wochen, zwei drei Monate.«

»Du bist verrückt! Du musst sanfter sein, das ist alles.«

Er war immer unendlich sanft.

Christine hatte einen besitzergreifenden Schlaf, sie presste sich an Josef, packte seine Schulter, schlang ihr Bein um das seine, er hatte nicht mehr viel Platz, aber es war angenehm, sie so dicht bei sich zu haben, sie atmen zu hören, ihr Herz klopfen zu spüren, oder vielleicht war es sein eigenes, er wusste es nicht mehr.

Sie wurde als Erste vom Heulen der Sirene geweckt, das Tageslicht drang durch die Fensterläden und Vorhänge, Josef schlief eng an sie gepresst, hielt ihren Arm, sodass sie sich nicht rühren konnte, sie wollte ihn nicht wecken, er sah so glücklich aus. Sie streichelte sein Gesicht, küsste ihn auf die Stirn. Er öffnete ein Auge, erblickte sie, lächelte sie an.

»Brennt es?«, murmelte er.

»Die Deutschen haben keine Luftwaffe mehr. Es sind die Amerikaner, die uns bombardieren!«

»Wir sollten uns besser in Sicherheit bringen.«

Plötzlich läuteten die Glocken der Kirche Saint-Michel. Sie zogen sich gerade an, als es an die Tür klopfte.

»Wachen Sie auf!«, schrie Madame Moraz.

Christine machte ihr auf, der Besitzerin standen Tränen in den Augen.

»Der Krieg ist aus!«

»Sind Sie sicher?«

»Die Deutschen haben kapituliert! Es steht fest! Es ist der schönste Tag meines Lebens.«

Ungläubig schüttelte Christine den Kopf, sie sank in Josefs Arme, er drückte sie mit aller Kraft an sich, lange.

»Endlich!«

Auf den Straßen beglückwünschten sich die Leute, umarmten sich, schwenkten blau-weiß-rote Fahnen.

»Wir fahren sofort los«, sagte Josef. »Jetzt kommt man durch. Über Deutschland wird es schwierig sein, aber nicht über die Schweiz und Österreich, das sollte gehen. Wir müssten nach Zürich zum tschechischen Konsulat fahren, das ist das nächste, sie werden uns sagen, welcher Weg der beste ist.«

Er fragte Madame Moraz, wie sie nach Zürich kommen könnten. Sie müssten einen Chauffeur finden, der bereit wäre, sofort loszufahren. Einer ihrer Vettern, der Taxi fuhr, weigerte sich wegen der deutschen Deserteure, die die Grenzzone unsicher machten, auch kein anderer war dazu bereit. Schließlich beschloss Madame Moraz, sie zu begleiten. Sie hoffte, in der Schweiz Benzin für die Rückfahrt aufzutreiben.

Sie gingen auf ihre Zimmer, um ihre Koffer zu packen. Christine schaute Josef zu, der nicht wusste, wie er alles unterbringen sollte. Sie wirkte sehr angespannt und verlegen, näherte sich, zögerte, kehrte um. Josef fürchtete, sie könnte es sich anders überlegen. Er ging zu ihr ans Fenster.

»Ich muss dir etwas sehr Wichtiges sagen, Josef. Ich hätte früher darüber reden sollen, aber du musst es wissen, bevor wir zusammen aufbrechen. Und wenn du willst, kannst du deine Meinung über uns ändern, und ich werde es dir nicht übel nehmen.«

Beunruhigt sah er sie an. Sie schwieg, senkte den Kopf, suchte nach Worten:

»Ich will dir nichts verbergen. Wenn wir zusammenleben sollen, muss ich offen und ehrlich sein … ich werde nie Kinder bekommen können. In Algier sagte mir Doktor Rodier, dass es unmöglich sei.«

»Mach dir keine Sorgen, ich wusste es, und wenn wir keine haben können, ist das nicht schlimm, wir werden welche adoptieren, Waisenkinder, bestimmt gibt es viele.«

»Bist du ganz sicher?«

»Es werden unsere Kinder sein, es wird unsere Familie sein, wir werden heiraten und glücklich sein, glaub mir.«

»Mit dem Heiraten sollten wir besser ein wenig warten, wir müssen uns des anderen wirklich sicher sein, oder?«

»Wann du willst, aber du solltest nicht zu lange warten, man muss das Eisen schmieden, solange es heiß ist, vielleicht begehre ich dich später nicht mehr.«

»Mach dich nicht lustig über mich, Josef. Nicht damit. Wie kommen wir nach Prag?«

»Es gibt keinen direkten Weg nach Prag, es ist immer noch weit weg.«

Madame Moraz war guten Willens, aber in ihren Vorkriegs-Simca 8 mit seinem mickrigen Rücksitz und seinem anämischen Kofferraum passten nur zwei Koffer. Sie mussten sich zu schmerzhaften Opfern entschließen, also hinterließen sie fast ihre gesamten Sachen im Hotel.

»Dann haben wir einen guten Grund, wiederzukommen, um sie zu holen«, versicherte Josef.

Er nahm die beiden Paar Schneestiefel aus Seehundfell mit, seine Diplome, Arbeiten und Bescheinungen vom Pasteur-Insitut, um sie seinem Vater zu zeigen, und die Schallplatten von Gardel, weil es das einzig für ihn Unentbehrliche auf der Welt war. Christine zwang ihn, auch zwei Hemden und einen Pullover einzupacken.

Anders als befürchtet, verlief die Reise ohne Zwischenfall, sie sahen nicht den Schatten eines Deserteurs, aber überall jubelnde Dörfer und improvisierte Feste.

Dank einem Zöllner, einem Vetter von Madame Moraz, passierten sie problemlos den überfüllten Grenzposten von Vallorcine, und am 8. Mai um 16 Uhr 15 setzte Madame Moraz sie vor dem tschechoslowakischen Konsulat von Zürich ab.

Im zweiten Stock heftete gerade ein Mann ein ziemlich unleserliches handschriftliches kleines Plakat an die Tür. Er erklärte Josef auf Deutsch, das Konsulat sei nun für unbestimmte Zeit geschlossen. Seit vielen Jahren hatte Josef nicht mehr Deutsch gesprochen und suchte nach Worten. Der Mann versuchte es mit Tschechisch, wurde herzlich, und sie diskutierten zwei Minuten. Josef war ziemlich verlegen und übersetzte für Christine:

»Dieser Herr ist Konsul, wir müssen uns an die Botschaft in Bern wenden.«

»Ich bedauere, dass ich Ihnen nicht weiterhelfen kann«, fuhr der Konsul fort, der auch Französisch sprach.

»Wissen Sie, wie man nach Prag kommt?«

»Zurzeit ist es unmöglich. Es fährt kein Zug durch

Deutschland, die Bahnlinien sind unterbrochen, die Rote Armee besetzt den Norden, und selbst wenn Sie ein Fahrzeug fänden, brauchten Sie eine Menge Passierscheine, es ist besser, auf die Wiedereröffnung der Bahnlinie zu warten, es wird nicht mehr lange dauern, höchsten zwei oder drei Wochen.«

»Wir werden doch nicht hier sitzen bleiben!«, rief Christine aus. »Oder wir kehren nach Chamonix zurück.«

»Gehen wir zum Bahnhof, dort werden wir uns erkundigen«, schlug Josef vor.

Die Augen zusammenkneifend, musterte ihn der Konsul.

»Entschuldigen Sie«, sagte er nach einer Weile, »sind Sie nicht Josef Kaplan?«

»Doch.«

»Ich bin Pavel … Pavel Cibulka.«

»Pavel?«

»Erkennst du mich nicht? Pavel! Wir haben unsere Bar-Mizwa zusammen gehabt, es war im Jahr 23, erinnerst du dich nicht? Später sind wir uns im *Lucerna* begegnet, wenn mein Gedächtnis mich nicht trügt, im April 34, du studiertest Medizin, schon damals hast du mich nicht wiedererkannt, du hattest Probleme mit dem Rektor wegen sozialistischer Agitation.«

»Pavel, es tut mir leid, ich habe eine vage Erinnerung, du hast sehr gut Hebräisch gelesen, glaube ich?«

»Schon damals war ich sprachbegabt.«

»Ich habe ein Problem mit Gesichtern, ich bin überhaupt kein Physiognom.«

»Du bist also Arzt?«

»Ja, und ich möchte gern zurück in die Heimat.«

Aufgrund seiner guten Manieren, seiner distinguierten Redeweise, seinem Kardinalslächeln hatte Pavel es nicht nötig, sein Amt zu rechtfertigen. Schlank, mit gewelltem hellen Haar verkörperte Pavel Cibulka den vollendeten Diplomaten bis hin zu seiner englischen Kleidung, ebenso gut hätte er eine Karriere als jugendlicher Liebhaber ins Auge fassen können, wenn er nicht überzeugt gewesen wäre, dass die Diplomatie der einzige Weg war, sein Talent zu entfalten. Nach seinem Jurastudium war er ins Außenministerium eingetreten und nach mehreren Posten in allen Ecken der Welt, darunter dem angesehenen Posten eines ersten Sekretärs der Moskauer Botschaft, nach Bern berufen worden. Mehrere Jahre hatte er mit Nichtstun verbracht, die im Londoner Exil sitzende provisorische Regierung vertreten. Und jetzt war er dabei, seinen Zürcher Posten aufzugeben, um nach Prag zurückzukehren und an der sich ankündigenden Revolution teilzunehmen.

Nach vielen Jahren des Nachdenkens war er zu dem Schluss gekommen, dass von dem politischen und wirtschaftlichen System, das zu diesem monströsen, von den ohnmächtigen oder willfährigen Demokratien verursachten Krieg geführt hatte, nichts, absolut nichts zu erhoffen war. Wie er Josef und Christine im Laufe der zwei Tage Fahrt erklärte, musste man diese blutrünstige kapitalistische Welt zerstören, die Anhänger der alten Ordnung beseitigen, die Ausbeutung beenden und eine wahre Demokratie für das Volk aufbauen. Diese Hoffnung trug einen Namen, es war die tschechoslowakische kommunistische Partei, und er schloss sich ihr an für den wichtigsten Kampf, den das Land zu bestehen hatte. Er wollte, dass sein alter Freund ihn dorthin begleite, er, der sich schon in der Universität für die sozialistischen Ideen eingesetzt hatte. Schluss mit dem fruchtlosen Gerede und den Kaffeehausdiskussionen, der Moment sei gekommen, zur Tat zu schreiten.

Josef konnte mit Pavel nicht richtig diskutieren, da er auf seine sämtlichen Einwände unwiderlegbare Antworten hatte:

»Mach dir keine Sorgen, Josef, wir werden alle Probleme lösen.«

Vor allem Christine war begeistert. Sie, die jahrelang für die pazifistischen Ideen gekämpft hatte, fand Pavels Programm von erhellender Richtigkeit, es war, als wäre ihr ein neuer Glaube geschenkt worden.

Dank den diplomatischen Depeschen, durch die er vertrauliche Informationen besaß, hatte Pavel seine Rückkehr über Österreich organisiert, denn der Westen und der Norden des Landes waren unter amerikanischer Kontrolle, und er beabsichtigte, über Innsbruck, Salzburg und Linz in die Tschechoslowakei zu gelangen.

Sein Fiat 508 Balilla war weder sehr groß noch sehr schnell, aber ein Kilometerfresser. Wenn Pavel müde war, löste Josef ihn ab. Sie fuhren die ganze Nacht, und wenn sie langsamer wurden, dann lag es nicht an den amerikanischen Absperrungen, sondern an der endlosen Schar österreichischer Flüchtlinge, die vor der Roten Armee flohen und die Straßen verstopften. Sie schliefen abwechselnd, verloren Stunden mit der Nahrungssuche, und Pavel ärgerte sich über diese vergeudete Zeit. Infanteristen des 12. amerikanischen Armeekorps gaben ihnen Konservendosen, auch Benzin, verblüfft, dass Pavel ein Brooklyn-Slang sprach, den er während seines Praktikums bei den Vereinten Nationen gelernt hatte.

Zwei Tage nach ihrer Ausreise aus der Schweiz erreichten sie die Tschechoslowakei. Trotz Pavels Diplomatenausweis brauchten sie drei Stunden, um in Dolní Dvořiště die Grenze zu passieren, und mussten mehrmals anhalten. Die Straße war blockiert. Eine neue Grenze zerteilte den Süden des Landes, und niemand konnte passieren, die Amerikaner respektierten die in Jalta beschlossene Demarkationslinie. Auf der anderen Seite ließ die 2. ukrainische Armee niemanden durch. Pavel stellte sich einem russischen Offizier vor, man nahm ihn mit. Zwei Stunden später kam er zurück, man gestattete ihnen, die Absperrung zu passieren.

Am Donnerstag, dem 10. Mai, um 18 30 Uhr kamen sie endlich in Prag an.

Es lag zehn Jahre zurück, seit Josef seine Geburtsstadt verlassen hatte. Er war überzeugt, er werde sich verloren fühlen, aber er wusste nicht, dass man zu Hause niemals fremd ist. Man meint, alles vergessen zu haben, weil man nicht mehr daran denkt, aber nichts vergeht jemals von den Orten der Jugend, weder die Bilder noch die Farben. Die Erinnerungen kehrten zurück, ohne Überraschung, als wäre er erst gestern weggegangen, jedes Ding war hoffnungslos an seinem Platz, kleiner als in seiner Erinnerung, die verblühte Hauptstadt mit ihrer verhüllten Sonne, ihren schwarzen Mauern, ihrer absurden Burg, dem Lärm der Autos auf den gelockerten Pflastersteinen und jenem unangenehmen Gefühl, dass nichts sich verändert hatte außer drei aufgeschlitzten Gebäuden und den geschlossenen Läden. Der Krieg war vorübergezogen, ohne Spuren zu hinterlassen.

Pavel fuhr langsam, Christine bewunderte diesen Theaterdekor, er teilte ihre Gefühle, jedoch mit einem leisen Bedauern, nicht stärker desorientiert zu sein. Er war es auch, der sie auf die einzige wirkliche Veränderung aufmerksam machte: An jeder Kreuzung standen bewaffnete russische Soldaten, letztlich war das normal, die Rote Armee hatte das Land befreit.

Pavel erzählte von diesem befreundeten Volk und seiner außergewöhnlichen Widerstandskraft, das in diesem barbarischen kapitalistischen Krieg Millionen Einwohner verloren hatte, von seiner heldenhaften Armee, die fast nur mit Hilfe ihres Muts den Nationalsozialismus besiegt hatte, von seinem strahlenden Führer, der eine bessere Welt aufbauen wollte. Pavel sprach, aber nur Christine hörte ihm zu, Josef ergriff wieder Besitz von seinem Territorium, sagte sich, dass Prag wirklich die schönste Stadt der Welt sei.

Ja, Josef war zurückgekehrt, und nie in seinem ganzen Leben fühlte er sich so sehr als Prager wie in diesem komischen Monat Mai.

Wie lange braucht man, um Freunde zu werden, ein paar Monate oder ein paar Jahre? Sie brauchten gerade zwei Tage, um das Gefühl zu haben, füreinander unentbehrlich zu sein, als hätten sie sich schon immer gekannt. Pavel kam mit Nachdruck auf ihre kurze gemeinsame Vergangenheit zurück, vielleicht hatte er das Bedürfnis, ihre neue Freundschaft zu legitimieren, sie unausweichlich zu machen. Zur selben Zeit hatten sie die Große Synagoge und deren Schule besucht, dieselben Lehrer und dieselben Schulkameraden gehabt. Unwichtig, dass sich Josef an niemanden erinnerte, er hatte den Eindruck, dass sein Gehirn dem Luftzug offenstand, der alles Entbehrliche mitriss.

»Erinnerst du dich wenigstens an den großen Tomas? … Ihr habt nebeneinandergesessen. Tomas, na komm schon, sein Vater war bei der Versicherung.«

»Ah ja!«, sagte Josef, um ihm eine Freude zu machen.

Pavel versuchte auch, mit Christine gemeinsame Erinnerungen zu finden. Sie dagegen hatte ein sagenhaftes Gedächtnis. Trotz ihrer Bemühungen ließ sich keine Beziehung oder Bekanntschaft entdecken, über die sie gemeinsam verfügten. Pavel war nie in Algerien gewesen und nur kurz in Paris; trotz seiner Bemühungen war es ihm nie gelungen, sich dorthin versetzen zu lassen, es war sein Traum, Botschafter in Paris zu werden.

»So viel steht fest, eines Tages werde ich dort mein Land vertreten.«

Josef lehnte es ab, dass Pavel ihn vor dem Haus seines Vaters absetzte; es gibt Dinge, die man nur allein, ohne Zeugen tun kann. Pavel parkte auf dem Malé Nămĕstí-Platz unweit des Rathauses. Josef stieg aus dem Fiat und legte die zweihundert Meter bis zur Ecke der Kaprova- und der Valentinska-Straße zu Fuß zurück; er ging langsam, die Hände in den Taschen, wie irgendein Bewohner des Viertels, ohne einen Blick für die Jugendstil-Verzierungen an den schmutzigen, mit aufreizenden Arabesken und Mucha-Imitationen überladenen Fassaden.

Er war fast überrascht, dass das Gebäude noch immer da war, es hätte ihn nicht gewundert, an seiner Stelle ein riesiges Loch zu finden, aber nichts hatte sich verändert außer dem Schild mit dem Beruf seines Vaters, das nicht mehr an der Mauer neben dem Eingang hing, und den Schildern des Zahnarztes im dritten Stock und der anderen Ärzte, man sah noch die geschwärzte Spur der abmontierten Rechtecke und die Löcher im Stein. An der Ecke befand sich noch immer das Antiquitätengeschäft mit denselben österreichischen Schnörkeln. Die Loge der Hausmeisterin war geschlossen, die Liste der Bewohner hinter der Scheibe verschwunden. Er stieg die Treppe hinauf, ohne Licht zu machen, die Holzstufen knarrten unter seinem Gewicht. Auf dem breiten Absatz des zweiten Stocks blieb er stehen, lauschte, ohne das geringste Geräusch zu hören, drückte dann zweimal lange auf die Klingel. Nach dreißig Sekunden wiederholte er es. So viel stand fest, es war niemand in der Wohnung.

Sollte er warten, ein paar Zeilen hinterlassen oder wiederkommen?

Er ging hinunter und befand sich im Erdgeschoss, als die Haustür aufging und eine stark geschminkte alte Frau mit gekrümmtem Rücken und weißem, mit einem kleinen schwarzen Schleier bedecktem Haar mühsam hereinkam, eine Einkaufstasche in der einen Hand und einen Stock in der andern. Josef hielt ihr die Tür auf, sie trat ein, richtete sich mit einem Lächeln auf, um ihm zu danken, und erstarrte plötzlich, als hätte sie den Teufel gesehen, mit weit aufgerissenen Augen und bebenden Lippen. Dann streckte sie unendlich langsam den Arm aus, legte ihre Hand auf Josefs Kinn, befühlte seine Lippen, seine Wangen, und endlich leuchteten ihre Augen auf, sie entspannte sich.

»Danke, mein Gott, danke«, murmelte sie. »O Eduard, ich bin ja so froh, dich wiederzusehen.«

»Ich bin nicht Eduard, gnädige Frau, ich bin Josef, sein Sohn.«

Sie fixierte ihn mit strahlendem Lächeln, nickte mehrmals mit dem Kopf.

»Eduard, wie glücklich du mich machst!«

Sie trat näher, zog Josef an sich und drückte ihn so fest sie konnte. So blieben sie eine Weile, eng umschlungen.

»Ich hatte solche Angst, dass sie dir wehgetan haben, ich fürchtete mich davor, aber du bist da, wohlbehalten, es ist Gottes Wille.«

Sie tätschelte seine Schulter und lockerte ihre Umarmung. Josef überkam ein sonderbares Gefühl.

»Sie … Sie sind Frau Marchova?«

»Anna, bitte.«

»Es ist so lange her, Frau Marchowa, ich hätte Sie nicht wiedererkannt.«

»Siezt du mich jetzt? Dabei habe ich dich auf meinen Knien reiten lassen, und ich habe deinen Vater gut gekannt, einen sehr vornehmen Mann, der den Kaiser kannte. Mach nicht so ein verdutztes Gesicht, Eduard, dein Vater Gustav, hoffentlich erinnerst du dich noch an ihn, außerdem ähnelst du ihm, man könnte dich mit ihm verwechseln.«

Frau Marchova war die Besitzerin dieses schönen Mietshauses, auch desjenigen nebenan sowie eines weiteren im Stadtteil Podolí. Allen Widrigkeiten zum Trotz, vor allem trotz ihrer undankbaren Schwiegertochter und ihrem unfähigen Sohn, der nichts zu melden hatte, verteidigte sie diese Orte. Von schwacher Konstitution, hatte sie auf ihre Gesundheit geachtet, ihren geliebten Gatten schon vor einem halben Jahrhundert beerdigt (die Zeit vergeht so schnell) und vermietete ihre Wohnungen an renommierte Ärzte, die sie ohne Termin konsultierte, wenn sie sich angeschlagen fühlte. Vor Kurzem hatte sie ihren sechsundneunzigsten Geburtstag begangen, und auch wenn sie die Personen und Erinnerungen ihres Lebens durcheinanderbrachte, viele vergaß und Gesichter aus der ruhmreichen Kaiserzeit wiederauferstehen ließ, war sie noch rüstig, lachte wegen nichts, und abgesehen von den bösen Rückenschmerzen, die ihr schwer zu schaffen machten, fühlte sie sich pudelwohl. Ihr ältester Sohn, der erste Mann der Familie, der das glorreiche Alter von siebenundsiebzig Jahren erreichte, hatte die Hoffnung aufgegeben, jemals zu erben; seine Versuche, seine geliebte Mama in einer Nervenheilanstalt unterzubringen, waren auf ein unvorhergesehenes Hindernis gestoßen: Sie ging zu den besten Spezialisten der Stadt, und keiner hätte zu bestätigen gewagt, dass diese reizende alte Dame sich zu sehr an die Sterne klammerte, um den dreisten Ausdruck ihres geldgierigen Sohns aufzugreifen. Sie kamen zu dem Schluss: Erschöpfung, allerhöchstens Zerstreutheit, und die Richter schlossen die Akte. Frau Marchova weigerte sich zuzugeben, dass ihr Gedächtnis ihr Streiche spielte, denn sie erinnerte sich an Details, an die sich sonst niemand erinnerte; sie war imstande, die vollständige Liste der österreichen Herrscher und ihrer Gattinnen seit Otto I. auswendig aufzusagen, was für ihre Schwiegertochter ein Beweis ihrer Senilität war. Sie blieb also in ihrer zu großen Wohnung und erlebte die letzte Freude ihres Lebens, als sie Eduard Kaplan zurückkehren sah, der ihren Ischias so gut behandelte und von dem sie mit gutem Grund geglaubt hatte, er wäre mit Leib und Seele verschwunden.

Sie lud Eduard ein, seine Rückkehr zu feiern und den Rest Madeira zu trinken, der den Krieg überstanden hatte. Josef, der seit sehr langer Zeit keinen mehr getrunken hatte, verzichtete darauf, das Missverständnis aufzuklären. Sie hatte seine Wohnung für ihn freigehalten und gab ihm einen Schlüssel; seit zwei Jahren war niemand mehr hier gewesen außer Irina, der Putzfrau, die einmal im Monat kam, um zu lüften und abzustauben, verrückt, wie schnell in Prag alles verschmutzte, sogar bei geschlossenen Fenstern. Sie erließ ihm die zwei Jahre unbezahlte Miete, Pech für die Natter und die Viper, beließ die Miete auf ihrem Vorkriegsniveau, ein Geschenk, wenn man sich die heute üblichen Preise ansah.

»Gute Mieter wie dich und deinen Vater gibt es heute nicht mehr, welch ein Glück, dass du wieder da bist und außerdem noch so blendend aussiehst.«

Christine und Pavel warteten in einem verrauchten Café unter den Gewölben des Platzes, sie begannen sich Gedanken zu machen und schickten sich an, ihn zu suchen.

Josef setzte sich, trank das Glas aus, das vor ihm stand, und blieb nachdenklich.

»Mein Vater ist vor zwei Jahren festgenommen worden, ich konnte nicht herausfinden, ob vor oder nach dem Attentat auf Heydrich. Bei einer Razzia wurden alle Juden des Viertels zusammengetrieben, und seitdem hat man sie nicht mehr gesehen.«

»Ich hatte dich gewarnt, Josef«, sagte Pavel, »bestimmt sind sie in ein Lager in Polen oder Deutschland deportiert worden. Mein Vater ist in Theresienstadt verschwunden. Man besaß ein paar Informationen, Zeugenaussagen, Luftaufnahmen, man konnte kaum glauben, was erzählt wurde, aber die nach der Befreiung von Auschwitz durch die Russen aufgenommenen Fotos sind entsetzlich, und was die Amerikaner vor vierzehn Tagen entdeckten, als sie in Dachau ankamen, ist genauso unerträglich.«

»Glaubst du, es besteht keine Chance mehr, ihn lebendig wiederzufinden?«

»Wir werden uns erkundigen, das verspreche ich dir, aber was meinen Vater angeht, mache ich mir keine Illusionen.«

Sie bestellten drei Kaffee.

»Worüber habt ihr denn zwei Stunden lang gesprochen?«, fragte Christine.

»Anscheinend ähnele ich meinem Vater, als er fünfunddreißig war, wie ein Tropfen Bier dem andern, und meinem Großvater ebenfalls.«

Er berichtete ihnen von der Verwirrung der alten Frau, zeigte ihnen den Wohnungsschlüssel. Es war spät, sie wussten nicht, wo sie schlafen sollten, Christine wollte dort einziehen, Josef lehnte ab, sie insistierte, es sei doch idiotisch, Miete zu zahlen und nichts davon zu haben. Es war ihr erster Streit. Er regte sich auf, sicher war er müde von der langen Fahrt, emotional aufgewühlt, er konnte sich nicht vorstellen, bei seinem Vater einzuziehen, an seiner Stelle, ohne ihn nach seiner Meinung zu fragen, und ihn zu ersetzen, nein, das ging nicht. Niemals! Sie war von dieser Reaktion überrascht, dachte, er sei zu sentimental. Aber statt es ihm vorzuwerfen, fand sie ihn anrührend.

Pavel schlug ihnen vor, zu ihm zu kommen, bis sie eine Unterkunft gefunden hätten. Und so zogen sie in die Wohnung, in der bis zu seinem Verschwinden sein Vater gelebt hatte. Pavel störte das nicht. Auch nicht seinen Vater.

Christine fühlte sich in Prag in keiner Weise verloren, denn das Leben hier ähnelte dem in Paris oder Algier. Sie aßen selten zu Hause, außer wenn Pavel seine Freunde einlud. Sie gingen oft aus, erweiterten jeden Abend ihren Bekanntenkreis, diskutierten nächtelang in belebten Bars über die beste Art und Weise, das Land zu verändern, und hatten nicht mehr den geringsten Zweifel über den einzuschlagenden Weg, tranken Hektoliter Bier, und, abgesehen von der ungenießbaren Küche, hätte man glauben können, man sei in Montparnasse.

Die Prager Nachtlokale öffneten wieder, man drängte sich dort, um New-Orleans-Jazz zu hören und zu tanzen. Besonders gefiel ihnen das *Lucerna*, ein verrauchter Club, den Josef in seiner Jugend häufig aufgesucht hatte; sie diskutierten heftig, um herauszufinden, ob diese Musik kapitalistisch oder im Gegenteil revolutionär war, eine spontane Äußerung der in diesem komplizierten Land benachteiligten und unterdrückten Schwarzen.

Eines Abends stand eine Frau ihres Alters mit kurzem Haar und in einem roten ausgeschnittenen Kleid vor ihrem Tisch.

»Sie … Sie sind Josef Kaplan?«, fragte sie.

Josef hob den Kopf und nickte.

»Sie … du erkennst mich nicht?«

Er musterte diese schöne junge Frau, suchte in seinem Gedächtnis, vergeblich.

»Tereza … Tereza Kimlova, es war vor dem Krieg, du hast Medizin studiert.«

»Das stimmt«, sagte Josef verwirrt. »Und Sie … das heißt du auch, oder?«

»Ich hatte mich für Literatur eingeschrieben, ich bin Professorin der Philologie. Vielleicht habe ich mich verändert?«

»Ich kann mich nicht recht erinnern.«

»Wir haben oft hier getanzt. Du bist verschwunden, ohne Bescheid zu sagen.«

»Es tut mir leid, mein Gedächtnis ist nicht gut.«

»Josef, du solltest uns vorstellen«, sagte Pavel und rückte seine Fliege zurecht.

»Tereza, das ist mein Freund Pavel.«

»Sehr erfreut, Pavel Cibulka, ich komme aus Brno. (Mit einem riesigen Lächeln gab er ihr die Hand.) Ich bin entzückt, Ihnen zu begegnen, Tereza, ich bin Diplomat.«

»Und ich stelle dir Christine vor, meine Gefährtin.«

»Ah«, sagte Tereza. »Guten Abend.«

»Christine«, übersetzte Josef, »das ist Tereza, eine alte Kameradin.«

»Sie sind Französin?«, fragte Tereza auf Französisch.

Christine nickte und rückte zur Seite, um auf der Bank Platz zu machen. Pavel bot ihr eine Zigarette an, fragte, was sie trinken wolle, sie zögerte, es war warm.

»Ein Bier?«

»Gerne.«

Er holte welches. Tereza sah Christine an.

»Ich hätte an Ihren Kleidern merken müssen, dass Sie Französin sind.«

»Es tut mir leid, aber ich spreche überhaupt kein Tschechisch. Ich werde jetzt hier leben und …«

»Es ist nicht schwer, wenn Sie wollen, kann ich es Ihnen beibringen.«

»Mit dem größten Vergnügen.«

Niemand hat sich je gefragt, aus welchen Gründen zwei Frauen, die denselben Mann geliebt haben, ohne Weiteres Freundinnen werden können, vielleicht wegen dieses gemeinsamen Mannes, oder weil es ihnen egal ist. Zwischen Christine und Tereza, das war offensichtlich, gab es weder Zweideutigkeit noch Rivalität, weder Groll noch Eifersucht. Tereza gehörte nicht zu denen, die zurückblicken, sie freute sich für Josef, dass er Christine begegnet war, und außerdem gab es Pavel, und der war frei, eindringlich sah er sie an, bestimmt war es kein Zufall, dass Josef und Pavel immer zusammen waren.

Der Herr des Hauses besaß die größte Schallplattensammlung mit südamerikanischer Musik und spielte *Nostalgias*, einen melancholischen und schmerzhaften argentinischen Tango, ideal, wenn man zu viel getrunken hat und sentimental wird.

»Forderst du mich nicht auf?«, fragte Christine.

»Später, niemand tanzt.«

»Bitte, tanz mit mir.«

Sie stand auf, Josef folgte ihr, nahm ihre Hand, sie gingen zur Tanzfläche. Sie drehten sich als Einzige, alle betrachteten sie. Letztlich hatten sie nur ein einziges Mal zusammen getanzt, vor sehr langer Zeit. Sie ließ sich führen, blieb im richtigen Moment stehen, tanzte mit ihm weiter, nahm jede Bewegung vorweg, ließ sich sehr weit weg entführen, man hätte meinen können, sie hätten Tausende Tangos zusammen getanzt.

Ein anderes Paar folgte ihnen, und noch eines, Pavel forderte Tereza auf.

»Ich kann nicht sehr gut tanzen«, sagte sie.

»Und ich überhaupt nicht.«

»Ich habe keine einzige Erinnerung an diese Frau, wie konnte ich sie vergessen, Christine? Vor allem wenn sie denselben Vornamen hat wie meine Mutter.«

»Du hast nie von deiner Mutter erzählt.«

»Bei ihrem Tod war ich zehn, ich habe sie vergessen, ich denke nie an sie.«

Christine hatte gute Vorsätze gefasst und beschlossen, unverzüglich Tschechisch zu lernen, eine trockene Sprache, in der es nur harte Konsonanten gibt. Es war nicht leicht, die Leute, denen sie begegnete, die vielen Freunde von Pavel, wenige von Josef, sprachen Französisch, auch wenn sie es ein wenig verhunzten, aber sie wollten ihr unbedingt zeigen, dass es ihre bevorzugte Fremdsprache war. Wenn sie sich auf Deutsch ausdrückten, entschuldigten sie sich beinahe. Sie bat sie, Tschechisch mit ihr zu sprechen, sie wollte üben, sich korrigieren zu lassen, sie waren einverstanden, berichtigten ihre Aussprache, die sie amüsierte, und fuhren dann sehr rasch auf Französisch fort. Tereza gab ihr fünfmal in der Woche Privatunterricht. Nach drei Monaten konnte Christine den Unterhaltungen folgen, und nach sechs Monaten sprach sie fließend, behielt jedoch immer einen leichten Akzent.

Glücklicherweise war die Wohnung von Pavels Vater neben der Musikakademie, von wo aus man die schlammige Moldau sah, groß genug, dass alle darin Platz fanden. Josef schlug ihm vor, die Miete und die Unkosten zu teilen, er nahm gerne an. In Anbetracht seines unbezahlten Urlaubs, in dem er sein Buch, das er im Schweizer Exil angefangen hatte, beenden wollte, und des miserablen Vorschusses des tschechischen Verlegers hatte Pavel zwar keinen Heller mehr, dafür aber Hoffnungen.

Sein Meisterwerk hieß *Der Frieden von Brest-Litowsk, Diplomatie und Revolution*, ein Werk mit über tausend Seiten über jenen grundlegenden Vertrag, der fast die Welt erschüttert hätte. Als er erster Sekretär in der Moskauer Botschaft war, hatte Pavel Zugang zu unveröffentlichten Archivmaterialien, eine wahre historische Goldgrube. Seine Enthüllungen würden wie ein Donnerschlag sein, er rechnete mit der Veröffentlichung dieses Textes, um seinen Ruf zu begründen, und hoffte auf zahlreiche Übersetzungen. Anfangs mochte Christine es, wenn Pavel ihr die haarspalterischen Feinheiten dieses betrügerischen Spiels und die machiavellistischen Hintergründe dieser komplizierten Unterhandlung im Detail erklärte, sie profitierte davon, um ihr Vokabular zu vervollkommnen.

»Auf Tschechisch, Pavel, auf Tschechisch.«

Doch nach einer Weile interessierte sie die Geschichte nicht mehr so sehr. Sie bekam den Drehwurm bei all den diplomatischen Telegrammen, sie verlor sich in dem Ballett der Unterhändler mit den unaussprechlichen Namen und zögerte, ihm zu sagen, dass es ihr auf die Nerven ging.

Pavel war ziemlich enttäuscht, als Christine sich weigerte, sein Manuskript auf einer tragbaren Underwood abzutippen unter dem Vorwand, sie sei keine Sekretärin, sondern Schauspielerin. Sie schätzte es gar nicht, dass er insistierte, unter dem fadenscheinigen Vorwand, diese Übung sei eine ausgezeichnete Lehre für ihre neue Sprache. Er fand sie aufbrausend, nahm es ihr aber nicht übel.

»Wir könnten es doch mal versuchen, oder?«
»Nein!«

Am 9. Juni begleitete Pavel Josef ins Lager Theresienstadt. Christine wollte unbedingt mitfahren. Sie legten die sechzig Kilometer zurück, ohne ein einziges Wort zu sprechen, kamen im Laufe des Vormittags vor der Festung an. Abgesehen von den drei Stacheldrahtreihen auf den Mauern wirkte sie weder feindselig noch beängstigend. Drei ukrainische Soldaten standen Wache und untersagten ihnen den Eintritt. Auf Pavels Bitte hin ging einer zu einem Offizier. Sie geduldeten sich eine ganze Weile und wagten nicht, die sie umgebende Stille zu durchbrechen, als gäbe es im Umkreis von Kilometern kein Lebewesen, keinen Vogel und keinen Windhauch mehr. Er kam mit einem Militärarzt zurück. Letzterer konnte ihnen wegen einer Typhusepidemie, die noch immer im Lager grassierte, nicht erlauben, es zu betreten. Das Verbot duldete keine Ausnahme.

Seit der Befreiung einen Monat zuvor hatten die siebzehntausend Gefangenen, die dort eingepfercht waren, zum großen Teil das Lager verlassen; es war in ein behelfsmäßiges Krankenhaus für diejenigen umgewandelt worden, die zu krank waren oder nicht mehr die Kraft hatten, woanders hinzugehen. Die amerikanische Armee hatte ihnen Kisten mit Antibiotika gegeben, die aber bei den schwersten Fällen unwirksam waren, das heißt bei allen, die geblieben waren. Der Arzt fühlte sich zum Verzweifeln machtlos, hatte jeden Tag zehn Todesfälle, tags zuvor war anscheinend ein großer französischer Dichter darunter gewesen. Das Archiv war nicht seine Hauptsorge, die Deutschen hatten vor ihrer Flucht einen Teil davon verbrannt, sobald wie möglich werde er Nachforschungen anstellen lassen. Pavel und Josef diskutierten über eine halbe Stunde mit ihm. Der Arzt drückte Josef herzlich die Hand, er freute sich, einem Kollegen des berühmten französischen Instituts zu begegnen, und versprach, ihm bei der Spurensuche nach seinem Vater behilflich zu sein.

»Worüber habt ihr so lange gesprochen?«, erkundigte sich Christine bei Pavel.

»Er hat mir meine Befürchtungen bestätigt. Über Theresienstadt waren Geschichten in Umlauf. In der Schweiz hatte ich jemanden vom Roten Kreuz getroffen, der auf einer Inspektionsreise dort gewesen war. Ich hatte ihn ausgefragt, denn aus gutem Grund vermutete ich, dass mein Vater dort interniert war, und ich machte mir Sorgen. Dieser Diplomat hatte mich beruhigt; seinen Worten nach war es ein mustergültiges Gefängnis, ich kannte ihn, er war weder ein Sympathisant der Nazis noch ein Dummkopf, sondern ein rechtschaffener Mann. Sein Bericht widersprach zwar anderen Informationen, aber ich hatte keinen Grund, an ihm oder an dem zu zweifeln, was er mit eigenen Augen gesehen und überprüft hatte: höchstens drei bis vier Personen, sauber und korrekt gekleidet, in adretten Zellen mit Blumentöpfen an den Fenstern, von entspannten Gärtnern gepflegte Rasenflächen, eine Bibliothek mit einem Saal voller Leser, eine gut gefüllte Küche, ein Frisiersalon, wo die Haare gelegt wurden, Verkaufsbuden, wo die Häftlinge Lebensmittel kaufen konnten, zwei Cafés, in die sie sich setzen konnten, einige spielten Geige oder Klarinette, andere hörten ihnen zu, es gab eine Jazz-Gruppe, er hatte einer von den Gefangenen aufgeführten Oper beigewohnt, es gab einen Kinderchor, deren kleine Sänger glücklich und bei guter Gesundheit zu sein schienen. Außerdem war ihm ein untrügliches Detail aufgefallen: Die Frauen waren geschminkt! Die Nazis hatten einen Film gedreht, um die Gerüchte zum Schweigen zu bringen … Ich hatte ihn in der Botschaft gesehen, das hatte mich natürlich beruhigt, oder vielleicht wollte ich glauben, dass sie nicht komplette Monster waren, dass es in meinem Land anders war, dass mein Vater durchkommen werde. Nun ja, heute haben wir den Beweis, es war eine Mystifizierung, eine

Maskerade, alle Akteure dieser diabolischen Täuschung sind genauso ermordet worden wie neunzig Prozent der tschechischen Juden. Theresienstadt war ein Konzentrationslager wie alle andern, die Lebensbedingungen waren schauerlich, dreißig- oder vierzigtausend sind an Hunger, Durchfall oder Typhus gestorben, vor allem war es das Vorzimmer von Auschwitz ... Du wirst deinen Vater nie wiedersehen, Josef.«

Dieser Völkermord hatte unvorhersehbare Folgen, nur ein winziger Teil der Überlebenden wanderte nach Israel aus, die anderen traten massenhaft in die Kommunistische Partei Tschechiens ein.

In der Tschechoslowakei, das wussten sie mit Sicherheit, würden sie in einer strahlenden Welt leben.

Die Wochen nach der Befreiung waren zwiespältig gewesen, der Krieg war noch allgegenwärtig, überwucherte den Alltag und sickerte ins Bewusstsein, ein Schraubstock, aus dem man sich nicht befreien konnte. Dennoch musste man diese finsteren Jahre hinter sich lassen, versuchen, von vorn anzufangen, vorwärtsblicken, ohne ständig an die Vergangenheit zu denken, zu vergessen suchen, um nicht zu versinken, sich organisieren, arbeiten, Pläne schmieden und ganz einfach wieder zu leben beginnen.

Als Josef den Platz vor dem Rathaus überquerte, sah er, dass ein Teil eingestürzt war. Er ging bis zur Kaprova-Straße. Das Elternhaus war noch immer merkwürdig still. Er öffnete die Wohnungstür mit dem Schlüssel, den Frau Marchova ihm gegeben hatte. Der Strom war abgeschaltet worden, er bewegte sich im Halbdunkel, stolperte über Dinge auf dem Boden, trat auf Glas, öffnete die Fensterläden, um Licht zu haben, entdeckte verblüfft, dass in die Wohnung eingebrochen worden war. Die Bibliothek war durchwühlt, die Bücher waren verstreut, das Buffet stand offen, zerschlagenes Geschirr übersäte den Boden, die Kissen der Sessel und der beiden Kanapees waren aufgeschlitzt, die Gemälde von den Wänden verschwunden, der Phonograph war zersplittert, der Tonarm herausgerissen, die Schallplatten zerbrochen, als hätte man sich einen Spaß daraus gemacht, sie an die Wand zu werfen. Offenbar verabscheuten die Einbrecher Gardel, seine Sammlung war in tausend Stücke zersprungen, auch Bach mochten sie nicht, den *Goldberg-Variationen* war dieselbe Behandlung zuteil geworden.

In jedem Zimmer ließ die Unordnung auf eine systematische Durchsuchung schließen.

Im Sprechzimmer herrschte ein wüstes Durcheinander, die pharmazeutischen Produkte lagen verstreut herum, die Fläschchen waren an den Wänden explodiert und hatten lila, rote und gelbe Spuren hinterlassen. Im Zimmer seines Vaters erblickte er das Pergament mit dem von seinem Großvater Gustav rekonstruierten Familienstammbaum, es war zerknüllt, aber nicht allzu sehr beschädigt. Er rollte es vorsichtig zusammen, suchte das grüne Lederetui, es war unter das Bett gerollt, er holte die beiden Teile hervor und steckte das Pergament mühsam hinein. Sein eigenes Zimmer war verwüstet, die Wolle quoll aus der Matratze, seine Bücher waren in zwei oder drei Teile auseinandergerissen, er fand den herausgerissenen Deckel von *Die Geschichte eines Gelehrten* von René Vallery-Radot und suchte in dem Durcheinander vergeblich nach der anderen Hälfte. Unten im Schrank entdeckte er einen Holzkasten mit einem Dutzend Platten von Gardel, die dem Massaker entronnen waren, er nahm sie mit wie Reliquien.

Im Vestibül sah er als einziges Zeichen von Ordnung in dieser durchwühlten Wohnung, dass die Post weiterhin gekommen war, Frau Marchovas Putzfrau hatte sie auf den Abstelltisch gelegt, in gleichmäßigen Stapeln, es gab elf davon. Sie hatte nichts aufgeräumt, auch nichts instand gesetzt und sich wohl auch nicht allzu viel Mühe gemacht, der Staubschicht nach zu urteilen, die die Möbel bedeckte.

Er läutete an der Tür im Erdgeschoss, hörte Frau Marchova schreien: »Ich komme, einen Moment, ich komme«, aber sie brauchte mehrere Minuten, bevor sie öffnete. Die alte Frau war zusammengekrümmt und klammerte sich an ihren Stock, den Rücken zum Fragezeichen gebogen, mit Mühe gelang es ihr, den Kopf zu heben, und sie lächelte.

»Oh, Eduard, ich freue mich so, Sie zu sehen. Ich habe solche Schmerzen. Das können Sie sich gar nicht vorstellen. Ich habe nicht die Kraft, zu Ihnen hochzukommen.«

»Versuchen Sie es nicht, Frau Marchova, es würde nichts nützen, meine Praxis ist jetzt woanders. Es gibt ein Medikament, das helfen würde, aber ich weiß nicht, wo ich es im Moment finden kann. Ich werde mich drum kümmern. Hier, ich habe Ihnen die Miete mitgebracht.«

Josef legte ein Bündel Geldscheine auf den Tisch.

»So bald wie möglich komme ich wieder.«

Als er das Gebäude verließ, seinen Kasten unterm Arm, wurde ihm klar, dass sein Vater nach der Plünderung seiner Wohnung nie wieder hier gewesen war. Reglos blieb er auf der Kaprova-Straße im hereinbrechenden Abend stehen, von einer Hitzewelle erfasst, die ihm den Atem nahm. Er hatte doch nur seinem Vater nahe sein, auch sich selber ein wenig wiederfinden wollen, aber man hatte ihm alles genommen. Alles.

Die Mörder waren auch Diebe.

Es war das letzte Mal, dass Josef in die Wohnung seines Vaters zurückkehrte.

Josef wurde am 26. Juni 1945 in die Kommunistische Partei der Tschechoslowakei aufgenommen, er stellte keinerlei Frage, und keiner der Verantwortlichen stellte eine zu seiner Person. Ein gutes neues Mitglied, Sympathisant der ersten Stunde und von Pavel empfohlen, einem langjährigen Mitglied. Josef kannte die Lehre. Er verstand nicht, wie es auf dieser geschundenen Erde einen einzigen Menschen geben konnte, der nicht zustimmte, der schamlosen Ausbeutung des Menschen durch den Menschen ein Ende zu setzen. Wie nur konnte man diese Ideen nicht teilen?

Als er sich auf der Versammlung äußerte, die über seine Mitgliedschaft entschied, brachte er die Teilnehmer mit seiner medizinischen Sicht des Kommunismus zum Schmunzeln. Der Kapitalismus sei eine latente Krankheit wie die Masern oder die Grippe, befördert vom Egoismus und von der Habgier, die richtige Behandlung sei die Solidarität unter den Menschen und die Uneigennützigkeit; die Partei werde wieder das Grundprinzip der Vorbeugung und der sozialen Hygiene anwenden: jedem nach seinen Fähigkeiten, jedem nach seinen Bedürfnissen; der Impfstoff hieß Gerechtigkeit und sozialer Fortschritt.

»Nicht dumm«, sagte der Zellensekretär, »auch nicht ganz falsch, etwas originell.«

Josef war bei Weitem nicht der Einzige, der Mitglied wurde. Innerhalb von zwei Jahren trat über eine Million Tschechen, freiwillig und mit Begeisterung, in die Partei des Widerstands gegen die Nazis ein. Schluss machen mit den Ausbeutern und den Ungleichheiten, für die Arbeiter war der Moment gekommen, ihr Schicksal in die Hand zu nehmen und von einer Alternative zur zusammenbrechenden alten Welt zu träumen.

Auch Tereza trat ihr bei. Christine zögerte: In Frankreich wäre sie Mitglied geworden, aber hier verstand sie kein Wort von dem, was auf den Versammlungen gesagt wurde, sie sprachen zu schnell, und selbst wenn ihre neue Freundin es ihr übersetzte, wollte sie zuerst die Sprache beherrschen, bevor sie sich engagierte.

Augenblicklich fand Josef eine Stelle im Motol. Es fehlte an Biologiespezialisten, die Direktion bat ihn, die Abteilung für Infektionskrankheiten aufzubauen, Motol war das Hospital seiner Studienzeit, mehrere seiner ehemaligen Kommilitonen arbeiteten hier, und nach einigen Wochen war es, als hätte er diesen Ort nie verlassen. Er fühlte sich zu Hause.

Gleich nach seiner Ankunft suchten ihn die Veterinärabteilungen des Landwirtschaftsministeriums auf. Eine rätselhafte Krankheit löste Krämpfe aus und lähmte das Hinterteil der Schweine, die in großer Zahl verendeten. Josef begann, durch ganz Böhmen zu reisen. Die Bestände der zahlreichen Viehzuchtbetriebe wurden von einem Virus dezimiert, das vor allem zu Beginn der Mast den Magen-Darm-Trakt angriff und das Nervensystem befiel. Er spürte eine endemische Variante der Teschener Krankheit auf und entdeckte, dass ein großer Teil der Herde betroffen war. Glücklicherweise war das Virus nicht immer pathogen, er verbrachte an die zwei Jahre damit, einen Impfstoff zu entwickeln, aber die nach seiner Meinung beste Behandlung war das regelmäßige Säubern der Ställe mit reichlich Wasser.

Zwischen Pavel und Tereza klappte es schnell. Sie hatten sich gefunden. Eine Chance, wie sie sich in einem Leben nur einmal oder (für die Glückspilze) allerhöchstens zweimal bietet, es war eine Osmose, und diese süße Euphorie kam zu der unausweichlichen Mauserung des Landes hinzu und verschmolz mit ihr, ein ebenso erregendes Abenteuer, wir werden wirklich glücklich sein.

Tereza fühlte sich so wohl bei Pavel, dass sie immer öfter dort blieb, kurz bei sich vorbeischaute, um sich umziehen, und drei Wochen nach ihrer Begegnung bei ihm einzog. Es war das Chaos; bald sah die Küche aus wie ein Schlachtfeld, es kam zu Reiberein über die Art und Weise, wie die marxistische Arbeitsteilung zu verstehen und anzuwenden sei. Pavel beging den Fehler, Christine zu bitten, sich um ein paar Aufgaben im Haushalt zu kümmern, unter dem zweifachen Vorwand, dass er Ruhe brauche, um sein Buch fertig zu schreiben, und dass sie ja nichts anderes zu tun habe, als Vokabeln zu lernen und zu versuchen, mit dieser vertrackten Grammatik zurechtzukommen. Stundenlang füllte sie die Schulhefte, die Tereza ihr gab, und schlug sich geduldig herum mit den unendlichen Feinheiten der tschechischen Deklinationen, Genera und Substantive.

»Ist das dein Ernst, Pavel?«

»Du hast Zeit, und du tust uns einen Gefallen.«

»Hast du mich genau angesehen?«

»In einer sozialistischen Republik arbeiten Männer und Frauen auf die gleiche Weise.«

»Ein Grund mehr, dich ans Geschirrspülen zu machen.«

Im Nachbarhaus wurde eine Wohnung frei, Josef und Christine zogen sofort dorthin. Nachdem plötzlich die Schwierigkeiten des Alltags wegfielen, blieb nur noch die Freundschaft. Von nun an sahen sie sich, wenn sie Lust dazu hatten.

Josef wollte ihre in Chamonix gebliebenen Sachen kommen lassen, aber er war entsetzt über den verlangten Preis. Er beschloss, sie auf ihrer nächsten Reise zu holen, und sie mussten sich andere Kleider kaufen.

Drei Monate später luden Pavel und Tereza Josef und Christine zum Abendessen ein. Es war das erste Mal, dass sie nur zu viert waren, sie hatten ihnen eine große Neuigkeit mitzuteilen und wollten unbedingt, dass sie sie errieten. Josef meinte, Pavel habe endlich sein Buch beendet.

»Das nun doch nicht, ich brauche ein Jahr, um alles abzuschreiben und zu korrigieren.«

Christine vermutete, Tereza wolle ihr Studium wieder aufnehmen.

»Ich habe daran gedacht, aber ich habe nicht mehr den Mut dazu.«

»Bist du zum Botschafter ernannt worden?«, versuchte es Josef.

»Das kommt noch, keine Bange.«

»Bist du schwanger?«, erkundigte sich Christine

»Nicht sofort.«

»Wirklich, wir haben keine Ahnung.«

»Wir heiraten!«

»Das ist nicht wahr!«

»Wollt ihr unsere Trauzeugen sein?«

Sie feierten diese Mitteilung mit einer Flasche Riesling aus der Walachei, Pavel liebte diesen fruchtigen Weißwein, der sich wie Wasser trank und fröhlich stimmte.

»Ich erhebe mein Glas auf unser schönes Land und unser aller Glück.«

Schwungvoll stießen sie an. Plötzlich erstarrte Pavel.

»Fühlst du dich nicht wohl?«, fragte Tereza besorgt.

»Meine Freunde, ich habe eine Idee, eine glänzende natürlich. Heiraten wir doch gemeinsam, ich meine am selben Tag. Das wäre großartig. Wir feiern die Hochzeit drei Tage und drei Nächte lang.«

Josef schaute Christine an, die nichts sagte.

»Warum nicht, es wäre amüsant.«

»Wir müssen darüber reden, Josef.«

In dieser Nacht gingen Josef und Christine nicht gleich nach Hause, sie liefen lange durch die Gassen des Hradschin, ohne miteinander zu sprechen. Er wartete, dass sie die Frage anschnitt, sie ebenfalls. Sie setzten sich auf eine Bank im Wallenstein-Garten, die Statuen nahmen im Mondschein geheimnisvolle Formen an, es war eine laue Septembernacht. Er bot ihr eine Zigarette an, und sie rauchten gemächlich.

»Du willst also heiraten?«, sagte sie.

»Ich möchte gern.«

»Hör zu, Josef, wir sind noch nicht sehr lange hier, du bist aktiv, und ich verbringe meine Tage damit, Tschechisch zu lernen, ich fange gerade an, drei Wörter aneinanderzureihen. Lass mir noch etwas Zeit, außerdem muss ich Arbeit finden, ich kann nicht länger nur herumsitzen. Und außerdem bedeutet die Ehe doch, eine Familie zu gründen, oder?«

»Ich möchte gern mir dir leben, verheiratet oder nicht verheiratet, das ist dasselbe. Wir werden ihre Trauzeugen sein, und das nächste Mal ist es vielleicht umgekehrt.«

Man kann die Geschichte nicht aufhalten, sie ist ein tosender, oft schmerzhafter Strom. Man hatte fünf Jahre eines schmutzigen Kriegs hinter sich, und sogar die Sieger waren verbittert und freudlos, und endlich öffnete sich ein kleines Fenster, ein Hoffnungsstrahl erleuchtete die verdunkelten Seelen, man würde in einer besseren Welt leben, das stand für alle eindeutig fest. Zwar gab es noch ein paar Gegner, wie Dornen im Fuß, die Kapitalisten versuchten, das Schlimmste zu vermeiden, und die ehemaligen Anhänger des Reichs wollten in Vergessenheit geraten, aber Begeisterung und Hoffnung überwogen.

Alle hatten es eilig, mit der alten Welt Schluss zu machen.

Die politische Lage war völlig neu, noch nie hatte man eine solche Konstellation erlebt: Eine Regierung der nationalen Einheit, von den slowakischen Konservativen bis hin zu den tschechischen Kommunisten, dirigierte das Land, eine bunt zusammengewürfelte Koalition unter dem alten Präsidenten Edvard Beneš, versehen mit dem Glorienschein seines Londoner Exils und Stalins Unterstützung.

Man baute die Tschechoslowakei wieder auf, die nach dem Ersten Weltkrieg aus der Vereinigung dreier Gebiete hervorgegangen war: Mähren, Böhmen und der Slowakei, wobei den beiden letzteren nur die Grenze gemeinsam war und im Süden das Sudentenland, eine wahre Zeitbombe, die Hitler einen guten Vorwand geliefert hatte, den Krieg anzufangen.

Die große Abrechnung konnte beginnen, viele Monate lang beherrschte sie die Diskussionen und vereinte vorübergehend alle Parteien in einem leidenschaftlichen Nationalismus. Die Beneš-Dekrete sollten die zweieinhalb Millionen Sudeten, deutschstämmige, kollektiv schuldig gesprochene Tschechen, zuerst in Lager einsperren und dann zwangsweise nach Österreich und Deutschland ausweisen sowie über vierhunderttausend Tschechen ungarischer Herkunft nach Ungarn abschieben und ihre Habe ohne Entschädigung beschlagnahmen.

Niemand widersprach diesen Maßnahmen wirklich, sie schienen weder ungerecht noch grausam zu sein, man hielt sie einfach für eine Wende der Geschichte. Die Nazi-Verbrechen hatten ein solches Ausmaß angenommen, dass sich kein Tschechoslowake, ob von der Rechten oder der Linken, die Zukunft ohne Sühne vorstellte, man konnte nicht mehr nebeneinander leben, als wäre nichts geschehen, eine massive Buße war eine gerechte Strafe für das Schweigen, für die heimlichen oder aktiven Komplizenschaften. Auf den Kundgebungen und in den Cafés hörte man immer wieder, gleich einem reinigenden Leitmotiv, die Worte: Wir müssen unter uns bleiben.

Wie Pavel auf einer Versammlung erklärte: »Unwichtig, ob sie kollaboriert haben oder nicht, es sind Deutsche, und wir wollen sie hier nicht mehr haben!«

Das bereits ausgeblutete Land verlor fast ein Viertel seiner Bevölkerung.

Josef brach um sieben Uhr morgens ins Hospital auf. Christine arbeitete im Haus. Den ganzen Vormittag bemühte sie sich, Tschechin zu werden, und zwang sich zu Übungen, Deklinationen, Konjugationen, lernte mühelos dreißig Wörter am Tag, wiederholte sie nochmal und behielt sie ohne Weiteres. Sie las Kinderbücher und entzifferte die Zeitung vom Vortag. Sie machte riesige Fortschritte dank Tereza, die ihr nach ihren Vorlesungen eine Privatstunde gab, die den ganzen Abend dauerte.

Um ihr zu helfen, hatten alle beschlossen, untereinander kein einziges Wort Französisch mehr zu sprechen. Zwar vergaßen sie es ziemlich oft, aber nach zwei Wochen sprachen sie ganz automatisch Tschechisch, mit großer Geschwindigkeit, sie konnte schlecht und recht folgen und schaffte es, an der Unterhaltung teilzunehmen, die anderen korrigierten ihre Fehler der Syntax, der Grammatik und des Vokabulars, und am Ende des Jahres sprach sie ziemlich fließend.

Nachmittags begab sie sich auf Wanderschaft, sie entdeckte Prag, bei jedem Wetter, auch wenn es regnete – und es regnete oft –, sie überließ sich dem Zufall, ohne Führer und Stadtplan, immer der Nase nach, sie notierte, was sie sah, in ein Heft, befragte die Passanten, die ihr mit Freuden Auskunft gaben, sagten: »Sie sind unsere erste Touristin seit … (sie suchten in ihren Erinnerungen) … vor dem Krieg!«

Das Leben fing wieder an.

»Ich bin keine Touristin«, antwortete sie mit einem Akzent, der die anderen belustigte. Sie erkannten, dass sie sich anstrengte, Tschechisch zu sprechen, manchmal hielt man sie für eine Italienerin oder auch für eine Ungarin, je nachdem.

Sie liebte diese ungewöhnliche, schwarze und altmodische Stadt, wo die Leute Zeit hatten, zu plaudern und einander zuzuhören, das Patchwork der Stile und die sich überlagernden Spuren ihres verblassenden Glanzes. Sie verirrte sich häufig, drehte sich im Kreis, bis zur Erschöpfung stieg sie hinauf und hinab, blieb dann stehen, machte Notizen, bemühte sich, auf Tschechisch zu schreiben, und nahm die Gewohnheit an, sich an der Burg und an der Moldau zu orientieren, und schließlich fand sie sich so gut zurecht, als wäre sie in Prag geboren, und eignete sich jedes Viertel an. Wenn sie den anderen am Abend Fragen stellte, fiel ihr auf, dass diese ihre Stadt gar nicht so gut kannten, nur Teile von ihr, sie waren voller Vorurteile gegenüber bestimmten Bezirken, und sie wollte, dass sie mitkämen und eine Straße oder ein Haus entdeckten, sie insistierte, es ging ihnen auf die Nerven.

Der einzige Schatten, der jemals zwischen Christine und Josef fiel, zog herauf, als sie die Gardel-Platten zuoberst in den Schrank räumte, sie hatte es satt, jeden Abend, wenn sie nach Hause kam, diese schmalzige Stimme zu hören, ihr war der Jazz lieber, »Das ist doch viel lebendiger, oder?«, und vor allem war diese Musik zu melancholisch, Josef wurde ganz schlaff, wenn er ihr lauschte.

Tereza und Pavel heirateten am Samstag, dem 15. Dezember 45, Christine und Josef waren Trauzeugen. Verblüfft las der Bürgermeister das freundschaftliche Glückwunschtelegramm von Rudolf Slansky, dem Generalsekretär der Partei. Die Zeremonie war zweimal verschoben worden. Das erste Mal hatte der Bräutigam eine dringende Auslandsreise antreten müssen, über das Ziel hatte er sich bedeckt gehalten. Mitten in einer Unterrichtsstunde hatte Tereza Christine wissen lassen, dass ihr Liebster für unbestimmte Zeit in Moskau war, man durfte mit niemandem darüber sprechen. Bei seiner Rückkehr erwähnte der gewöhnlich so redselige Pavel lediglich uninteressante Verwaltungsfragen. Das zweite Mal musste Josef überstürzt wegen einer Schweineepidemie aufbrechen, die einen Zuchtbetrieb im Süden heimsuchte. Pavel wollte unbedingt noch vor Ende des Jahres heiraten, um es in Schönheit zu beschließen, wie er sagte, sie waren ein wenig abergläubisch, fürchteten eine Art Fluch, und bis zum letzten Moment warteten sie ängstlich, überzeugt, dass eine abermalige Widrigkeit sie daran hindern könnte, in den Hafen der Ehe einzulaufen.

Eine fröhliche Hochzeit ohne Bumsmusik, mit zwei Dutzend alten Freunden, die sich in einem Restaurant im Bezirk Smichov versammelten. Sie feierten und tanzten bis zum Morgengrauen, tranken allen Wein, den Pavel mitgebracht hatte, und leerten zum großen Teil den Keller.

Josef war mit einem Teil seiner Gardel-Sammlung gekommen, sie schoben die Tische beiseite, rückten zusammen, er eröffneten den Ball mit Christine, die anderen schlossen sich ihnen an, nur Pavel und Tereza blieben sitzen.

»Ich werde es dir beibringen«, sagte Josef und zog Tereza

mit sich. »Entspann dich, sieh mir in die Augen und sage dir, dass ich für die nächsten drei Minuten Pavel bin, der Mann deines Lebens, und dass du entschlossen bist, mich zu verführen.«

»Wie gut sie tanzt!«, sagte Pavel, plötzlich bewundernd.

Christine forderte ihn auf, einen Tango zu tanzen, er lehnte ab, seit frühster Jugend hatte er ein Gespür für das Lächerliche, sie insistierte so sehr, bis er schließlich seufzend zustimmte. Er machte seine Sache gar nicht so schlecht, trat Christine nicht auf die Zehen, und nach einer Minute drehten sie sich und schwangen die Hüften mit Eleganz.

»Pavel, darf ich dich was fragen?«, sagte sie auf Tschechisch.

»Natürlich, Christine.«

»Weißt du, ich bin Schauspielerin, zum ersten Mal sitze ich so lange untätig herum, ich muss auf eine Bühne und spielen, sonst könnte ich nicht hierbleiben, du musst mir helfen, eine Rolle zu finden, auch wenn sie klein ist.«

»Mach dir keine Sorgen, in Prag kenne ich alle Welt oder fast, und für mich gibt es nur zwei Arten der Trennung.«

Diese Versicherung wurde mit solcher Offenkundigkeit auf Französisch formuliert, sein Gesicht war so kategorisch und gleichzeitig so entspannt, dass Christine nicht zu sagen wagte, sie habe nichts verstanden.

Es begann zu schneien, als sie ein wenig beschwipst das Lokal verließen. Sie wünschten sich allen noch mehrmals viel Glück und machten sich, einander stützend, auf den Heimweg. Pavel vertrug den Weißwein seiner Heimat nicht gut (es stimmte ihn melancholisch). Christine fiel auf, dass Tereza besorgt wirkte, die Flocken häuften sich auf ihrem Haar, sodass sie wie eine alte Frau aussah.

»Was ist los?«, fragte Christine. »Bist du traurig?«

»Ich glaube, ich bin schwanger«, murmelte sie.

»Das ist wunderbar. Pavel muss verrückt sein vor Freude.«

»Ich habe ihm noch nichts gesagt. Ich warte, bis ich sicher

bin. Vor ein paar Jahren hatte ich eine Fehlgeburt, und ich habe Angst.«

Pavel war ein Stratege, ein Meister im Billard über drei Banden, er kannte viele nützliche und wichtige Leute oder solche, die es bald sein würden, und wenn sie ihm unbekannt waren, fand er einen Freund, der sie ihm vorstellte. Er lud einen alten Kumpel der Partei zum Abendessen ein, der Journalist einer Veranstaltungsrubrik war und mit Emil Pelc ankam, einem glänzenden jungen Schauspieler, der gerade am Vinohrady-Theater engagiert worden war, um die Rolle des Banquo in *Macbeth* zu spielen, das erste bedeutende Stück, das seit der Befreiung auf einer Prager Bühne aufgeführt wurde. Wie durch Zufall saß Emil neben Christine. Sie sprachen über ihre Lieblingsstücke, diejenigen, in denen sie gespielt hatten, und andere, von denen sie träumten; sie brauchten keine fünf Minuten, um herauszufinden, dass sie in Paris gemeinsame Freunde hatten sowie eine gemeinsame Leidenschaft für Piscator (den größten aller Regisseure). Sie fand wunderbare Worte, um ihrer Verehrung für Racine Ausdruck zu geben, ihrer Entschlossenheit, *Phädra* zu spielen.

»Aber wie soll man die Musik des französischen Textes wiedergeben?«

Sie hatte eine Eingebung, er würde einen grandiosen Hippolyt abgeben. In zwei Sekunden war Emil überredet, und er stellte sie George Freijka vor, dem Regisseur, der die Rollen besetzte.

Dieser suchte zwei Wochen lang Ausflüchte, ihr Vorspielen war nicht überzeugend, ihm missfiel ihr Akzent und ihr zu steifes Spiel. Sie verstand seine Bemerkungen nicht sehr gut und reagierte mit leichter Verspätung auf ihre Stichworte. Er wollte ihr gerade sagen, er werde ihr schreiben, als Emil ihn daran erinnerte, dass es heutzutage einen historischen Hintergrund gebe, den dürfe er nicht vernachlässigen.

Auf diese Weise kam Christine zu ihrer ersten Rolle in ihrem Gastland.

Alle Schauspieler auf Erden schwören darauf: Die Größe der Rolle war ohne jede Bedeutung, allein die Qualität und die Kraft der Figur verlockten sie. Freijka glaubte, sie dadurch loszuwerden, dass er ihr die Rolle der Zweiten Hexe anvertraute, das heißt die kürzeste in *Macbeth*.

Sechzehn Zeilen!

»Er übertreibt, oder?«

Sie hoffte auf die Erste Hexe mit ihren zweiundfünfzig Zeilen und ihrer großen Tirade und begann, an ihrem Text zu arbeiten, um ihn zu überzeugen.

»Du furzt höher als dein Arsch, meine Kleine!«, sagte er ernervt.

Sie beherrschte die Feinheiten der Sprache noch nicht, um sich über diese Ermahnung aufzuregen. Sie bewarb sich um Hekate, denn ungeachtet ihrer fünfundzwanzig Zeilen war dies eine wichtige Rolle. Oder notfalls Lady Macduff. Um Ruhe zu haben, gab Freijka ihr die Rolle der Dritten Hexe. Entweder – oder. Mit Vergnügen nahm sie an.

Christine hatte also dreiunddreißig Zeilen zu lernen, dazu die fünfzehn Zeilen des Chors der Hexen. Die entscheidendste Rolle ihrer Karriere. Niemals, in keinem Land der Welt, hatte eine Schauspielerin einen so kurzen Text so oft geprobt. Nacheinander ließen Tereza und Josef sie ihn aufsagen. Josef, der außer für Gesichter das Gedächtnis eines Elefanten hatte, war der Erste, der das Stück auswendig kannte. Auch Pavel gab ihr das Stichwort. Wochenlang setzten sie sich nach dem Abendessen ins Wohnzimmer; Pavel spielte Macbeth, Tereza übernahm Lady Macbeth und Josef die anderen Rollen, er gab häufig Hinweise für das Spiel, man hörte gern auf ihn.

Freijka fand, sie lerne irrsinnig schnell, ihre fremdartige Sprechweise wirkte Wunder, sie verkörperte eine sehr überzeugende Dritte Hexe, und als die Schauspielerin, die Lady Macduff spielte, von einem Auto angefahren wurde, ersetzte Christine sie aus dem Stand. Niemand im Publikum erriet ihre ausländische Herkunft und merkte, dass sie die beiden Rollen spielte. Wie ihre Kolleginnen bekam sie begeisterten Applaus.

Für Pavel war die Mitteilung über das kommende Baby eine Überraschung. Er brauchte eine ganze Weile, bis ihm klar wurde, dass er an der Reihe war.

»Es ist unglaublich!«, wiederholte er in einem fort. »Ich kann es nicht fassen.«

Eines Abends traf er Tereza nicht zu Hause an, sie war ins Krankenhaus gebracht worden. Sie hatte Blut verloren und war ohnmächtig geworden. Ihr Arzt stellte eine Ablösung der Plazenta und einen unnormalen Blutdruck fest, zwang sie, die ganze Schwangerschaft über liegen zu bleiben, sie dürfe nur wenige Minuten am Tag aufstehen. Ihr, die so aktiv war, fiel es sehr schwer, diese erzwungene Bettruhe zu ertragen. Nachts fand sie wegen der Übelkeit keinen Schlaf.

»Ich bin ein Wrack, ich kann nicht mehr.«

Sie hatte panische Angst, das Kind zu verlieren, und fürchtete sich, Pavel von ihrer ersten Fehlgeburt zu erzählen. Diese Furcht war unnötig. Als sie es ihm sagte, maß er dem keinerlei Bedeutung bei.

Christine verbrachte viel Zeit mit ihr. Sie las ihr aus der Zeitung vor, unterhielt sie mit dem letzten Theaterklatsch, und während sie bei sich zu Hause niemals auch nur das kleinste Küchengerät anfasste, machte sie sich ans Kochen – sie war sogar einverstanden, ohne sich allzu sehr bitten zu lassen, die Mengen zu verdoppeln, damit der arme Pavel etwas zu Essen hatte, wenn er abends nach Hause kam –, sehr unkomplizierte Dinge natürlich, geriebene Karotten, hartgekochte Eier und Schweinekoteletts mit Tomatennudeln, auch Püree, um Tereza aufzumuntern; die hatte keinen

Appetit und knabberte Pommes frites, die sie mochte, und übergab sich häufig. Ab und zu fing sie aus unbekannten Gründen zu weinen an.

Und dann geschah ein Wunder, anders konnte man Terezas Auferstehung nicht nennen. Ihr Arzt, die Hebamme und sogar Josef gaben zu, dass die Wissenschaft Grenzen hatte und man noch immer die Psychologie des Schmerzes nicht kannte.

Eines Abends, es war genau 18 Uhr 10, war Christine gerade ins Theater aufgebrochen, Tereza war allein und fror, draußen schneite es, unter tausend Vorsichtsmaßnahmen stand sie auf, um im Ofen Holz nachzulegen, setzte sich auf das Kanapee im Wohnzimmer, zog die Decke über ihre Beine, sagte sich, dass der Abend wohl lang werde, als sie auf einem Kissen Pavels Manuskript erblickte; sie hatte ihn so oft daran arbeiten sehen und meinte, es sei seine Marotte, sein Hobby, er hatte ihr natürlich davon erzählt, leidenschaftlich, sie hatte ihm ein paar Fragen gestellt, aber mehr aus Höflichkeit als aus Interesse, ohne die Bedeutung dieses Textes zu ermessen, nie hatte sie es gelesen, hatte es nicht einmal überflogen. Sie öffnete den dicken Stapel, nahm eine Handvoll Blätter und begann zu lesen. Pavel schrieb wie ein Kind, mit beflissenen, schrägen, sehr runden Buchstaben. An den Rand hatte er Zusätze in Englisch oder Russisch, Abkürzungen und Zahlen geschrieben. Sie las und vergaß alles, ihre Müdigkeit, ihre Sorgen, und wo sie sich befand. Sie war in Petrograd, 1917, und in Brest-Litowsk, sie war auf ein einschläferndes und ungenießbares Buch über irgendeinen in Vergessenheit geratenen Vertrag gefasst, sie entdeckte einen Abenteuerroman mit Lenin, Trotzki und Kamenew in den Hauptrollen und den Aufruhr der in letzter Minute durch diesen verheerenden Friedensvertrag geretteten Revolution.

Sie beendete die ersten dreiundzwanzig Seiten, ohne darüber nachzudenken, nahm einen anderen Packen, las weiter, in die Lektüre versunken und fasziniert.

Als Pavel von seiner Versammlung zurückkam, war es schon spät, der Ofen war ausgegangen, er fand sie mit einem Stapel Blätter auf den Oberschenkeln.

»Was machst du denn, Liebling? Du wirst dich erkälten.«

»Es ist außerordentlich, Pavel, außerordentlich.«

»Findest du?«, sagte er erschüttert.

»Warum hast du mir nicht vorher davon erzählt?«

»Das tue ich doch ununterbrochen, niemand hört mir zu.«

Tereza nahm die drei riesigen, von einer Schnur zusammengehaltenen Schnellhefter in Angriff, die jeweils fünf- bis sechshundert nicht paginierte Blätter enthielten, Faksimiles auf Russisch und Deutsch, diplomatische Telegramme, Presseartikel, Briefe. Sie brauchte elf Tage, um alles zu lesen; nachts vergaß sie ihre Übelkeit und am Tag ihr Elend. Alle meinten übereinstimmend, dass Pavels Manuskript wie ein Medikament von seltener Effizienz ohne Nebenwirkungen bei ihr anschlug.

Niemand konnte herausfinden, ob sie diesen Text gemocht hatte, weil er außergewöhnlich war oder weil der Mann ihres Lebens ihn geschrieben hatte. Vielleicht etwas von beidem. Von diesem Moment an änderte sich etwas zwischen ihnen, sie sah ihn mit entzückten Augen an, und Pavel liebte diese Frau, die ihn so bewunderte, umso mehr.

Einige Tage später bat Tereza Christine, die Underwood-Schreibmaschine vom Schrank herunterzuholen, die Pavel nicht bedienen konnte, und fing an, das umfangreiche Manuskript abzutippen. Die Maschine auf ihren Schenkeln, schrieb sie jeden Tag zwei bis drei Stunden sorgfältig jede Seite ab. Sie hoffte, vor der Niederkunft fertig zu sein, hatte die Arbeit jedoch unterschätzt.

Am 12. Juni 46 brachte sie einen prächtigen Jungen von drei Kilo und dreihundert Gramm zur Welt, der immer neben ihr lag und sie mit ernster Miene beäugte, während sie mit dem Abtippen fortfuhr. Hingerissen lauschte er dem

Trommeln der Finger seiner Mutter auf den Tasten, dem Lied der Metallhebel auf der Walze, und jedes Mal, wenn sie am Ende der Zeile ankam, lachte er, sobald die Klingel des Wagenrücklaufs ertönte.

Pavel hatte ihn Ludvik nennen wollen, wie sein Vater hieß, Tereza hatte nichts dagegen gehabt. Sie hatte auch keine Einwände, als er ihm Brest zum zweiten Vornamen gab, der Standesbeamte fand diesen zweiten Vornamen merkwürdig, zögerte einen Augenblick, trug ihn dann aber doch ein, um es sich mit einem so wichtigen Mitglied der Partei nicht zu verscherzen.

Bis zur Veröffentlichung des Werks im September 1950 durch einen tschechischen Verleger, in zwei Bänden, und ein Jahr später auf Russisch, tippte Tereza alle tausendsechshundertsiebenundachtzig Seiten des Manuskripts von *Der Friede von Brest-Litowsk, Diplomatie und Revolution* ab, und zwar dreimal, infolge der ständigen Änderungen, die Pavel vornahm; Ludvik Brest ließ sie nicht aus den Augen.

Tereza war stets davon überzeugt, dass ihr Sohn Journalist geworden war, weil ihn jahrelang das Klappern der Schreibmaschine in den Schlaf gewiegt hatte.

Jeden Monat ging Josef in die Kaprova-Straße, schaute bei Frau Marchova vorbei, zahlte ihr die Miete, legte einen Umschlag auf den Tisch, er hätte es sich ersparen oder eine Zahlungsanweisung schicken können, aber er hatte es sich zur Regel gemacht, um eine Stunde mit der alten Dame zu plaudern, wie um ihre Schmerzen zu lindern. Sie bot ihm ein Schlückchen Madeira an, sie hatte einen Trick, um sich Flakons zu besorgen, und begann mit einem »Wo war ich stehen geblieben, Eduard?«. Sie unterhielt ihn mit dem Fortsetzungsroman ihres Lebens, erzählte von den verzweifelten Bemühungen dieses Weibstücks, ihrer Schwiegertochter, sie ihrer Habe zu berauben, von dem Silberbesteck, das aus der Kommode verschwunden war, von ihrer Perlenkette, die sie angeblich verlegt hatte, von der Laschheit ihres Taugenichts von Sohn, der es zuließ, dass sie ausgeraubt wurde, von ihrer Beharrlichkeit, Widerstand zu leisten und zu überleben, nur um sie zu ärgern, von ihrer großen Zufriedenheit, morgens die Augen zu öffnen; ihr müdes Herz zuckte munter weiter. Wieder ein gewonnener Tag. Eduards Spritze tat ihr unendlich gut, danach konnte sie sich wieder aufrichten, fühlte diesen verfluchten Rücken nicht mehr, seine nach Kampfer riechende Salbe wärmte ihr Kreuz und belebte sie. Wenn die Hyäne sich nach ihr erkundigte, wie genussvoll war es dann, ihr mitzuteilen, dass es ihr wunderbar gehe, »Besser als gestern und weniger gut als morgen«, sagte sie auf Französisch. Und sie sah, wie das Kinn ihrer Schwiegertochter bebte und ihre zusammengekniffenen Lippen noch ein wenig mehr verschwanden.

»Ach, lieber Eduard, was für ein Glück, dass ich dich habe.«

Ende Januar 46 kam Pavel, ostentativ einen Stapel Teller tragend, zu Josef in die Küche, wo dieser gerade das Geschirr spülte.

»Wir müssten in Ruhe sprechen können«, sagte er leise. »Ich habe dir eine große Neuigkeit mitzuteilen. Wir treffen uns morgen zum Mittagessen in der Tynska-Straße. Du brauchst Christine nichts davon zu sagen, auch sonst niemandem.«

Pavel tat gern geheimnisvoll und ließ seine Sätze in der Schwebe. Man wusste nicht so recht, was er machte, er wurde vom Außenministerium bezahlt, aber was seine genaue Tätigkeit betraf, war er diskret wie eine Stuhlvermieterin.

»Ich arbeite für mein Land«, antwortete er den Aufdringlichen, die ihn ausfragten.

Josef wartete Zeitung lesend, das Restaurant war voll, aber sie hatten ihren reservierten Tisch auf dem Podium. Pavel kam herein, ohne sich zu beeilen, drückte einem Dutzend Stammgästen die Hand, ging zu seinem Freund, setzte sich mit dem Rücken zum Saal und gab seine Bestellung auf. Er sprach von den zunehmenden Wanderungsbewegungen der Sudeten und den Reaktionen der internationalen Gemeinschaft, aus historischen Gründen weigerte er sich, den Terminus »Vertreibung« zu benutzen, und wartete auf das Ende der Mahlzeit und darauf, dass niemand mehr in der Nähe war, bis er Josef bedeutete, sich zu ihm zu beugen.

»Du weißt, dass bald Wahlen stattfinden, die Partei sucht Männer und Frauen aus allen Teile der Bevölkerung, um sie aufzustellen. In deinem Bezirk habe ich an dich als Kandidaten gedacht. Was hältst du davon?«

»Ich bin Kommunist, das stimmt, leider kenne ich mich nicht aus.«

»Du sollst die Partei nicht leiten, sondern Abgeordneter werden.«

»Ich habe keinerlei juristischen Kenntnisse, kannst du dir vorstellen, dass ich ein Gesetz abfasse?«

»Du musst nichts anderes tun, als den Debatten zuzuhören und mit den Genossen zu stimmen.«

»Es wird eine Wahlkampagne geben, ich kann keine Minute dafür erübrigen.«

»Hör zu, Josef, es ist eine außerordentliche Chance, es gibt Tausende von Leuten, die stolz wären, an deiner Stelle zu sein, und du nörgelst, wenn deine Partei dich bittet, etwas für sie zu tun.«

»Ich bin nicht sicher, ob ich der Richtige bin, das ist alles. Und bei der vielen Arbeit, die ich im Krankenhaus habe, wird man meine Abwesenheiten dort bestimmt nicht schätzen.«

»Sie werden entzückt sein, glaub mir. Man hat dich ausgesucht, Josef, wegen all dem, was du heute bist, und wegen deiner Vergangenheit, es ist eine große Ehre.«

»Ich muss mit Christine darüber sprechen.«

»Sie ist nett, ich mag sie sehr, aber es ist deine Entscheidung, sie hat nichts damit zu tun. Du musst akzeptieren, Josef.«

»Es wäre doch lustig, wenn wir beide Abgeordnete werden, oder?«

»Ich wäre es gern geworden, aber ich habe eine wichtigere Mission. Dir kann ich es ja sagen, ich bin mit der Überwachung von Jan Masaryk beauftragt.«

»Dem Außenminister!«

»Er ist antikommunistisch, liberal und proamerikanisch. Ich muss ihn beobachten. Glaub mir, es ist unheimlich viel Arbeit. Aber keine Angst, ich werde dir helfen.«

Josef fürchtete sich vor Christines Reaktion. Er ging zum Theater, sah das Ende der Vorstellung, freute sich, dass sie mit ihren beiden Rollen so gut zurechtkam, und während sie zu Fuß nach Hause gingen, erwähnte er Pavels Vorschlag. Sie blieb stehen, und ihr Gesicht hellte sich auf.

»Du wirst Abgeordneter sein?«, rief sie.

»So weit ist es noch nicht. Man muss gewählt werden.«

»O Josef, ich bin ja so stolz auf dich.«

Sie fiel ihm um den Hals, küsste ihn und drückte ihn fest an sich. In keinem Augenblick erwähnte er sein Zögern, im Gegenteil.

»Du hast die richtige Entscheidung getroffen«, fuhr sie fort. »Und glaub mir, wir werden gewinnen.«

Josef erfuhr nie, wer es ihm erzählt hatte, aber einige Tage später klopfte der Direktor des Krankenhauses an die Tür seines Labors, um ihm zu gratulieren, nein, es werde keinerlei Problem wegen seiner Abwesenheiten während des Wahlkampfs geben, auch nicht nach seiner Wahl, denn das stehe fest, er werde gewählt werden, alle im Viertel würden für ihm stimmen. Seine Kollegen würden ihn mit Freuden vertreten.

Die Wahl war noch nicht gewonnen. Der Ausgang war ungewiss, und es gab keine Möglichkeit, das Ergebnis vorherzusehen, mehrere bedeutende politische Gruppierungen traten gegeneinander an. Man hatte nur einen einzigen Hinweis: die Anzahl der Personen bei den Versammlungen. Noch nie hatte man einen solchen Andrang erlebt. Die Menge bebte, unterbrach ständig den Redner, um zu applaudieren und zu brüllen: »Das Volk an die Macht!« Es lag eine solche Begeisterung in der Luft, dass man sich voller Glück von dieser erfrischenden Welle tragen ließ. Josef entdeckte mit Befriedigung, dass er nicht der Einzige war, der nichts von Politik verstand. Die Partei führte sie, sie brauchten lediglich ihre Beschlüsse mitzutragen und sie zu erklären.

Ende März nahm Josef am achten Parteitag der Kommunistischen Partei der Tschechoslowakei teil, er war beeindruckt, von der tadellosen Organisation wie von den vielen Menschen, die sich drängten, um die Debatten zu verfolgen. Pavel stellte ihn Slansky vor, dem Generalsekretär der Partei, der ihn sehr zu schätzen schien, sowie Gottwald, dem Premierminister persönlich.

»Ah, du bist also der Gelehrte von Pasteur«, sagte dieser. »Du hast einen schwierigen Wahlkreis. Du musst kämpfen, Genosse.«

»Du kannst mir vertrauen«, antwortete Josef.

Ein ganzer Vormittag war der Vorstellung der dreihundert Kandidaten vorbehalten. Josef wurde beklatscht. Christine standen Tränen in den Augen.

Pavel teilte nicht die euphorisierende Gewissheit, dass ihr Sieg unausweichlich sei. Auf der Gegenseite, bei den Sozialisten, der Volkspartei oder den Demokraten, war der Andrang zu den Veranstaltungen ebenso groß, in manchen Regionen vielleicht noch größer, und sie schrien genauso laut. Die Partei blieb in ihren Vorhersagen vorsichtig: unter dreißig Sitzen wäre eine Katastrophe, bis zu fünfzig wäre logisch; um die siebzig: ein immenser Sieg.

Zwei Monate lang wurden alle Städte von einer Wahlkampfarmee besetzt, man musste das Gelände aufteilen und die Feinde daraus vertreiben. Es häuften sich die Vorfälle zwischen Plakatklebern; bei diesem kleinen Spiel besaß die Partei eine Geheimarmee: Die Genossen der Metallarbeitergewerkschaft waren kräftige Burschen, und die anderen gaben schließlich auf. Die Zäune der Baustellen und die Mauern der Stadt erweckten den Eindruck, als existierten allein die Kommunisten und hätten Überzeugungen, als sprächen nur sie von Gerechtigkeit, Hoffnung und Zukunft. An jeder Kreuzung, in den Cafés, auf den Märkten, in den Bahnhöfen wurden Millionen Flugblätter verteilt, und die Passanten hatten kein Interesse daran, sie abzulehnen oder wegzuwerfen. In den Fabriken, den Unternehmen und den Verwaltungen fand eine Versammlung nach der andern statt.

Das Ergebnis der Wahlen vom 26. Mai 46 war eine herrliche Überraschung: 114 Abgeordnete von 300! Mit 40 % der Stimmen war die kommunistische Partei bei Weitem die bedeutendste politische Gruppierung des Landes. Edvard Beneš bat Klement Gottwald, eine Regierung der nationalen Einheit zu bilden. Den Kommunisten wurden neun der wichtigsten Ministerien zugesprochen, das Außenministerium entging ihnen noch, Jan Masaryk klebte an seinem Stuhl.

Josef wurde im vierten Prager Bezirk mit einem Ergebnis von 61 % gewählt und begann eine neue Karriere.

In den beiden folgenden Jahren arbeitete Christine ununterbrochen. Es waren nie bedeutende Rollen, aber das war kein Problem für sie; sie tat, was sie man meisten liebte, inmitten einer Schauspielertruppe auf der Bühne zu stehen und eine Figur zu proben, sie Schritt für Schritt zu gestalten, sie dem Nichts zu entreißen, sie mit einer Fülle unbedeutender Details aufzubauen wie jene pointillistischen Gemälde, auf denen Tausende von aneinandergesetzten Flecken schließlich das Leben wiedergeben. Jeden Abend nahm sie teil an jenem stets neuen Mysterium der Darstellung einer Illusion, endlich war sie glücklich, sie spielte, und abgesehen von ein paar Pedanten fiel niemandem ihr Akzent auf. Mit Vergnügen akzeptierte sie die Tourneen in die Provinz, entdeckte unbekannte Städte, im tiefsten Böhmen und Mähren verlorene kleine Marktflecken, wo sich seit dem letzten Jahrhundert nichts bewegt hatte, mit einem riesigen Stadttheater, einem verblühten Rokoko-Schloss, einer vergessenen Schlacht, einer Erzherzogin von Österreich und einem Marschall des Kaiserreichs. Hingerissene Provinzler zeigten ihr ihre Brauerei, die das beste Bier des Landes herstellte, was außer ihnen jedoch niemand wusste.

Christine vermisste Algier nicht, sie dachte nicht mehr daran. Sie gewöhnte sich an diesen zum Verzweifeln grauen Himmel und an seine blasse Sonne.

Zusammen mit Tereza gehörte sie dem Rat der tschechoslowakischen Frauen an, die dafür kämpften, den Männern völlig gleichgestellt zu werden, und um Arbeit und Familienleben in Einklang zu bringen. Im Namen des proletarischen Internationalismus wurde sie dort ohne Weiteres aufgenommen. Hier begegnete sie Frauen aus allen Schichten und allen Parteien. Sie erklärte ihnen die Lage der Frauen in Frankreich, ihre Entmündigung, das Verbot, ihr Vermögen frei zu verwalten, dass sie ohne das Einverständnis ihres Ehemanns kein Bankkonto eröffnen und keinen Pass beantragen konnten. Alle waren sich einig: Es war ein Glück, in der Tschechoslowakei zu leben.

Josef gelang es ohne allzu große Schwierigkeiten, Beruf und Politik zu vereinbaren. Er nahm an allen Sitzungen der Nationalversammlung teil und wurde zum Berichterstatter der Gesundheitskommission ernannt. Die Regierung der nationalen Einheit verfügte über eine erdrückende Mehrheit, jedes Gesetz wurde vorher ausgehandelt, man brauchte nicht tagelang darüber zu diskutieren. Wie seine Genossen buhte er diejenigen aus, die Ausflüchte machten und unnötige Änderungen vorschlugen, verzweifelte Manöver, um kümmerliche persönliche Vorteile zu retten. Schließlich war die Zeit gekommen, in der das Allgemeininteresse Vorrang hatte. Nur mit Mühe konnte er Zeit für das Krankenhaus herausschlagen, er hatte jetzt sein unabhängiges Labor für Mikrobiologie, und zwei Mitarbeiter waren an seiner Stelle überall im Land unterwegs.

Man kann eine Geschichte auf zweierlei Weise schreiben: während des Geschehens, im Augenblick, da es stattfindet, oder sehr viel später mit ausgeruhtem Kopf und zeitlichem Abstand, wenn die Leidenschaften abgekühlt sind. Die beiden Standpunkte sind dann derart verschieden, dass man sich fragt, wie diese Dinge geschehen konnten, es fällt schwer, die Akteure zu verstehen, ihre Motive, ihre Sorglosigkeit. Alle Tschechen, die die Ereignisse vom Februar 48 miterlebt haben, haben sich diese Frage gestellt, haben sich nach den Gründen ihrer Entscheidungen gefragt. Die meisten fanden nur eine einzige Antwort: Damals waren wir aufrichtig überzeugt, recht zu haben, und wir wussten nicht, was passieren würde. Nachträglich ist es leicht, hellsichtig zu sein, man hat Zugang zu Zeugnissen, zu den Archiven erhalten, und man kennt den Ausgang des Matches.

Als der kommunistische Innenminister acht abweichlerische Kommissare ihres Amtes enthob, um sie durch Sympathisanten zu ersetzen, und damit den Einfluss der Partei auf die Polizei verstärkte, forderten die gemäßigten Minister die Rücknahme des Dekrets und drohten mit ihrem Rücktritt, die Gewerkschaften und die Volksmilizen schickten Tausende von entfesselten Demonstranten auf die Straße. Präsident Beneš, krank und geschwächt, fürchtete einen Bürgerkrieg, ließ die aus dem Amt Geschiedenen fallen, ernannte abermals Gottwald zum Chef einer Regierung ohne

Reaktionäre. Jan Masaryk akzeptierte, sein Portefeuille als Außenminister zu behalten. Zehn Tage später, am 13. März, fand man seine aus dem Fenster gestürzte Leiche am Fuß seines Badezimmers im Cernin-Palast.

Eine riesige Menschenmenge, wie man sie noch nie gesehen hatte, nahm an seinem Begräbnis teil. Pavel, vom allgemeinen Argwohn entnervt, weigerte sich, das Problem zu erörtern. Er, der sonst so gesprächig war, verlor die Nerven und fing zu schreien an. Zwei Wochen lang blieb er unsichtbar.

Die polizeiliche Untersuchung gelangte zum Ergebnis: Selbstmord.

Im Anschluss wurden Wahlen organisiert, bei denen nur die neuen Regierungsparteien eine Liste vorlegen konnten, sie wurden hastig anberaumt und ergaben eine erdrückende Mehrheit für die kommunistische Partei. Beneš trat zurück, an seiner Stelle wurde Gottwald Präsident, die Partei war an der Macht.

Der Prager Februarputsch war beendet.

Anfang dieses Jahres 48 veränderte ein weiteres großes Ereignis das Leben von Christine und Josef. Aus nächster Nähe verfolgten sie die Entwicklung, überzeugt, dass man ein für alle Mal mit den bornierten Konservativen und den Pseudodemokraten Schluss machen, all die Wohlhabenden des alten Regimes mit ihrem Dünkel hinwegfegen müsse. Ja, man sollte nicht länger diskutieren, es war zwecklos, vergeudete Zeit, der Moment war gekommen, die Waffen zu ergreifen und zu kämpfen.

Sie oder wir.

Josef kam nur noch auf einen Sprung ins Krankenhaus, um sein Gewissen zu beruhigen, die meiste Zeit verbrachte er im Sitz der Partei und der Nationalversammlung. Veranstaltungen und Demonstrationen folgten einander, oft stürmische, mit Opponenten, die die Fäuste gegen die Gewerkschaften ballten, mit heftigen Zusammenstößen zwischen Studentengruppen und der Polizei, die zum Angriff überging.

Christine marschierte mit den Künstlern, manchmal mit Tereza und den Lehrern, und mit den anderen brüllend nahm auch Ludvik Brest daran teil, sie trugen ihn abwechselnd auf der Hüfte und versuchten, ihn einzuschläfern. Stundenlang schwenkte Christine ihr Transparent, schrie sich während der Aufführungen heiser. Sie fühlte sich müde und schlaff, schob ihre Mattigkeit auf diese turbulenten Tage, auf die Rolle, die sie abends spielte, auf die endlosen Diskussionen, die kurzen Nächte und die Zigaretten, Josef riet ihr, sich auszuruhen, aber auch er war erschöpft.

»Wir haben eine schwere Zeit durchzustehen. Legen wir uns nochmal ins Zeug, und dann herrscht Ruhe.«

Und dann, an einem Samstag Nachmittag Anfang März auf einer Gewerkschaftsversammlung, schlief Christine ein. Niemandem war es aufgefallen. Doch als der Bezirkssekretär eine Pause machte, um Atem zu holen, vernahm er in der Stille ein Schnarchen. Ihre Nachbarin stieß sie mit dem Ellbogen an, sie wachte auf, verwirrt und beschämt.

Sie suchte einen Arzt auf, der ihr Untersuchungen verschrieb und ihr mitteilte, dass sie schwanger sei.

»Das ist unmöglich, Doktor«, antwortete sie. »Ich kann keine Kinder bekommen. Nein, wirklich, ich versichere Ihnen, es ist physisch unmöglich.«

»Dann ist es ein Wunder, Madame.«

Niemand vermochte ihr zu erklären, was geschehen war. Weder Josef noch einer seiner Kollegen aus dem Krankenhaus, die er zur Verstärkung gerufen hatte. Es gab keinen Zweifel, Christine war schwanger.

Im zweiten Monat.

Ein berühmter Professor, der Josefs Vater gut gekannt hatte, bestätigte es: »Entweder hat Ihr damaliger Arzt sich geirrt, ein derartiger Irrtum kommt häufig vor, oder etwas in Ihnen ist ganz von selbst geheilt, ein wenig wie der Arm eines Seestern (oder der Schwanz einer Eidechse).«

Plötzlich war alles anders. Die Welt hatte sich verändert. Sie ebenfalls. Nie mehr hatten sie von Algier oder von Maurice gesprochen, es war sinnlos, sie lebten in der Gegenwart, sie waren glücklich so, und auf einmal erweiterte sich ihre Zweisamkeit, das Leben schenkte ihnen eine Zukunft.

»Wir werden ein Baby haben!«

»Wie Pavel und Tereza!«

»Ein Kind, wie Ludvik Brest!«

»Das ist wunderbar!«

»Möchtest du lieber ein Mädchen oder einen Jungen?«

»Ich weiß nicht. Und du?«

»Mir ist ein Junge lieber.«

»Mir auch.«

»Und wenn wir jetzt heiraten würden?«

»O ja.«

Nachdem die Nichtkommunisten aus den entscheidenden Positionen vertrieben worden waren, profitierte Pavel von dem großen diplomatischen Ballett, das auf die Ernennung des neuen Außenministers folgte. Eine Zeitlang hoffte er auf Bonn, aber man hielt ihn für zu jung, er wurde zum Botschafter in Bulgarien ernannt, mit achtunddreißig war das gar nicht so übel. In den nächsten zehn Jahren konnte er auf einen glanzvollen Posten hoffen, London oder vielleicht Paris.

Es war keine strategisch wichtige Hauptstadt, aber Pavel war entschlossen, diesem Bruderland Glanz zu verleihen, dank seinen Russischkenntnissen lernte er innerhalb von zwei Monaten Bulgarisch. Mit Tereza und Ludvik bezog er die riesige Botschaft von Sofia, wo sie ein Leben führten, das in keiner Weise sozialistisch war. Tereza, an ihren Rhythmus als Lehrerin gewöhnt, fiel es schwer, sich an die täglichen

Empfänge, die diplomatischen Diners und das gesellschaftliche Leben zu gewöhnen, sie fand die Dienstwohnung viel zu luxuriös, das Personal zu zahlreich und zögerte, ihm Befehle zu erteilen. Sie sprach nur Tschechisch und Slowakisch und war von den Nachmittagen der Botschaftergattinnen ausgeschlossen, die sich der Reihe nach zum Tee und zum Bridge einluden, sie verbrachte ihre Zeit mit Lesen und kümmerte sich um Ludvik, sie unterrichtete ihn jeden Tag, mit vier Jahren konnte er lesen und schreiben, sprach Tschechisch und ein paar Wörter Bulgarisch.

Sie luden Josef und Christine ein, aber der Herr Abgeordnete hatte keine Sekunde übrig, und Madame hatte Proben.

Tereza begann diese trostlose Stadt zu verabscheuen.

Christine war darauf gefasst, wie Tereza das Bett hüten zu müssen, aber sehr schnell verschwand ihre Furcht, sie fühlte sich wohl in ihrer Haut. Josef wollte, dass sie rotes Fleisch isst, führte Krieg mit ihr, um sie vom Rauchen abzuhalten, sie sagte ja, noch zwei, drei Tage, versprochen, sie verhandelte: Nur eine Zigarette nach jeder Mahlzeit, ich bitte dich. Ihr Bauch rundete sich kaum, nur ihre Taille wurde ein wenig dicker, sie setzte die Proben für das Brecht-Stück fort und spielte jeden Abend. Im fünften Monat unterbrach sie die Tourneen, aber auch hier hatte Josef erst heftig protestieren müssen.

Anfang des achten Monats hörte sie auf zu spielen. George Freijka hatte sich aufgeregt, sie seien im Begriff, *Der gute Mensch von Sezuan* zu massakrieren, es gebe Grenzen des Verrats, es sei nicht normal, dass Shen Te eine solche Wampe hat.

»Sie ist eine Prostituierte, keine Familienmutter!«

Die beiden letzten Monate waren die beschwerlichsten, Tereza und Ludvik fehlten ihr, Christine langweilte sich, sie hatte nichts mehr zu tun, außer ihren dicken Bauch und den stets grauen Himmel zu betrachten und auf die Wehen zu warten.

›Er hat es nicht eilig, auf die Welt zu kommen‹, sagte sie sich.

Sie ging auf den Balkon, auch wenn es regnete, betrachtete die Leute, die auf der Straße flanierten, es war wenig los, sie rauchte eine halbe Zigarette. Josef verließ das Haus im Morgengrauen, kam gegen Mitternacht zurück, sie fühlte sich in der leeren Wohnung sehr allein.

Sie schrieb Tereza, die sich beeilte, ihrer Freundin zu Hilfe zu kommen.

Helena wurde am Samstag, dem 9. Oktober 48, geboren. Ein pausbäckiges Baby mit erstaunten Augen, schwarzem Haar, das die Ohren bedeckte, und einer seidigen Haut. Sie bewegte die Fäuste vor ihrem Gesicht wie ein Boxer. Sie schlief ununterbrochen, man musste sie wecken, damit man sie füttern konnte. Christine hatte den Eindruck, mit einer Puppe zu spielen, ein unklares Gefühl, ihre Zeit zu vergeuden, sie wartete auf Anfälle von Leidenschaft und war enttäuscht, dass nichts oder nur sehr wenig passierte. Tereza half ihr sehr, sie kümmerte sich gerne um die Kleine, badete und wickelte sie. Sie verbrachten ihre Tage zusammen, Ludvik untersuchte vorsichtig das neue Wesen und adoptierte es endgültig, als er es auf den Arm nehmen durfte.

Tereza hatte keine Lust, nach Bulgarien zurückzukehren. Nach sechs Wochen kam Pavel, um sie zu holen.

»Ich kann mich an dieses Leben nicht gewöhnen«, sagte sie, »ich eigne mich überhaupt nicht, die Botschafterin zu spielen. Es tut mir leid, dass ich dich nicht stärker unterstützen konnte, Pavel.«

»Wir können uns einigen, wenn du willst. Jeden zweiten Monat, ist das besser?«

Sie reisten gemeinsam wieder ab. Tereza machte es sich

zur Gewohnheit, häufig hin und her zu fahren, aber sie blieb immer länger in Prag.

An einem Tag voller Langeweile schrieb Christine zum ersten Mal seit ihrer Ankunft einen Brief an ihre Mutter, um ihr die Geburt mitzuteilen und ihr drei Fotos ihrer Tochter zu schicken.

Anfang Dezember fühlte sich Christine wie eine Tigerin im Käfig. Sie ging ins Vinohadry-Theater, um den Proben zu folgen. Helena schlief in ihrem Kinderwagen, sie wechselte von Hand zu Hand, ohne aufzuwachen, alle gerieten in Entzücken, ihre starken kleinen Finger setzten sie in Erstaunen, sie öffnete die Augen, deutete ein Lächeln an. Bei ihren Rülpslauten lachten alle vor Glück (sie gab sie jedes Mal von sich, wenn man sie unter dem Kinn kraulte). Sie versuchten zu erraten, wem sie ähnelte, aber Christine wusste es nicht. Sie beglückwünschten sie zu diesem so gelungenen Baby, und als George Freijka ihm unbedingt das Fläschchen geben wollte, da empfand Christine plötzlich eine unbekannte Liebe zu diesem Kind.

»Los jetzt«, sagte er, »an die Arbeit, wir sind spät dran.« (Er setzte sich, Helena auf dem Arm haltend.) »Sprecht nicht zu laut, sie schläft.«

Auch wenn Christine nicht spielte, war sie im Theater, bei ihren Kollegen, und es war fast dasselbe, sie setzte sich hinter George, der Regie führte. Hin und wieder, wenn er zauderte, sich zu ihr umdrehte, sie nach ihrer Meinung fragte, antwortete sie mit einer Kopfbewegung. Fast immer beherzigte er ihre Meinung. Er empfahl sie einem Freund, der für Anfang des Jahres einen Goldoni inszenierte, sie würde eine prächtige venezianische Bürgersfrau abgeben.

Josef konnte ihren Enthusiasmus nicht teilen, Helena sei zu jung, ihre Mutter könne ihr durchaus etwas Zeit widmen, sie könne auf die Bühne zurückkehren, wenn die Kleine zur Schule ginge. Er pries ihr die Vorteile, in einem sozialistischen Land zu leben, das Gesetz über die staatliche Versicherung, für das er gerade gestimmt hatte, berücksichtigte die Hausfrau, und seine Kinder zu erziehen galt nun als ein Beruf mit Rentenanspruch.

»Du musst vernünftig sein, sie braucht dich, meinst du nicht?«

Christine war einverstanden, Josef hatte recht, sie fühlte sich schuldig; aber guter Rat kommt über Nacht, am nächsten Morgen änderte sie ihre Meinung:

»Da wir in einem sozialistischen Land leben, sind wir gleich. Warum kümmerst du dich nicht um sie?«

Schließlich fanden sie eine Lösung: Vormittags kümmerte sich Christine um die Kleine und nachmittags eine Amme. Josef beteiligte sich an den kollektiven Anstrengungen und blieb abends bei Helena, wenn Christine im Theater war.

Im Januar 49 erhielt Christine ein Päckchen aus Frankreich, ihre Mutter schrieb ihr einen langen Brief, um ihr zu gratulieren und für die Fotos von Helena zu danken. Sie schickte ihr ein rosa Jäckchen mit Schmetterlingsknöpfen, das sie in Lochmuster gestrickt hatte, weil es das raffinierteste ist, und aus gemischter Schafswolle, weil es nichts Weicheres und Wärmeres gibt, und natürlich mit dazu passenden Schühchen.

… Ich muss dir sagen, mein Liebes, das ich das nicht erwartet habe. Diese Geburt ist das schönste Weihnachtsgeschenk, das ich je bekommen habe, ich freue mich so für dich, es gibt nichts Besseres für eine Frau als ein Kind, ich kann es kaum erwarten, die Kleine zu sehen, auf den Arm zu nehmen, zu küssen, ich hoffe, dass es eines Tages möglich sein wird, ich finde, dass sie meiner Mutter ähnelt, vor allem der obere Teil des Gesichts …

Christine fragte Josef, ob er meine, dass sie eines Tages nach Chamonix fahren könnten, um ihre Sachen zu holen, in der

Hoffnung, dass Madame Moraz sie aufbewahrt hatte. Vorher oder nachher könnten sie in Saint-Étienne vorbeischauen, und ihre Mutter würde Helena kennenlernen.

»Wir haben für diesen Sommer schon zwei Wochen Ferien am Meer in Bulgarien mit Tereza, Pavel und den Kindern vorgesehen, ich kann nicht weg, ich habe zu viel Arbeit im Auftrag der Nationalversammlung. Warum besuchst du sie nicht mit Helena?«

»Meinst du, ich bekäme ein Visum? Keiner bekommt mehr eines.«

»Bei dir ist es was anderes, du bist Französin, es steht dir frei, das Land zu verlassen, wann immer du willst. Wir stellen einen Antrag. Sollte es Schwierigkeiten geben, weiß ich, an wen ich mich wenden muss.«

»Ich reise gern, aber nicht sofort, bevor der Goldoni zu Ende ist, kann ich nicht weg.«

Der *Landaufenthalt* bekam gemischte Kritiken, und seine Karriere war kurz, diese den finanziellen Interessen und den gesellschaftlichen Konventionen geopferte Liebe entsprach nicht dem Geist der Zeit.

Anfang April nahm Christine mit Helena den Zug, Josef begleitete sie zum Bahnhof, es war das erste Mal, dass sie sich für so lange Zeit trennten, und bei der Abfahrt des Zuges winkten sie ihm heftig zum Abschied.

Während ihrer Abwesenheit merkte er nicht, wie die Zeit verging. Der Gesundheitsminister hatte einen Bericht von ihm verlangt, wie die Tuberkulose bei den Bergarbeitern zu bekämpfen sei, und er nutzte seine Abende und Sonntage als Strohwitwer, ihn zu schreiben und die Eröffnung von drei Sanatorien zu empfehlen.

Einen Monat später ging Josef wieder zum Hlavní Nádraží-Bahnhof, um auf den Zug aus Paris zu warten. Er traf mit einer Stunde Verspätung ein, Christine kam mit zwei zusätzlichen Koffern zurück, sie war mit ihrer Mutter durch die Boutiquen von Saint-Étienne und Lyon gezogen.

Ihre Mutter hatte ihrer beider Garderobe erneuert. Helena fiel Josef um den Hals, sie wollte sich gar nicht mehr von ihm lösen.

»Wie war es?«

»Als hätte es nie Probleme zwischen uns gegeben, wir haben viel miteinander geredet, ich war froh, wieder einmal in Frankreich zu sein, meine Familie und meine Freunde wiederzusehen, aber ich konnte es kaum erwarten, zurückzukehren. Ich habe es bedauert, dass wir nicht zusammen dort sind. Ich habe mit der alten Moraz telefoniert, sie hat immer noch unsere Sachen.«

»Wir werden sie so bald wie möglich holen, ich verspreche es dir.«

Innerhalb des Rats der tschechoslowakischen Frauen standen sich mehrere Gruppen gegenüber, wegen der Reform des bürgerlichen Gesetzbuchs kam es zu Auseinandersetzungen zwischen einer konservativen Minderheit und einer fortschrittlichen Mehrheit, die der männlichen Vorherrschaft ein Ende setzen wollte und den Ausschluss der Minderheit forderte. Tereza und Christine waren allein, wenn sie an den Kommissionen und den Versammlungen teilnahmen und sich wie ihre Genossinnen derjenigen zu entledigen hofften, die sich der Heraufkunft der kommunistischen Frau widersetzten.

Im September 49, als Milada Horáková, die Anführerin der Minderheit, verhaftet wurde, herrschte Erleichterung. Mit ihr wurden zwölf Komplizinnen, die ein Komplott schmiedeten, von der Polizei entlarvt. Das Gesetz wurde im Dezember beschlossen: Es beseitigte den Status des Familienoberhaupts, der Mann verlor seine Entscheidungsgewalt in der Ehe, auch die Kontrolle des Ehemanns über seine Frau wurde beseitigt und die Scheidung in gegenseitigem Einvernehmen im Fall tiefer und dauerhafter Unstimmigkeit eingeführt.

Ein großer Sieg über die Reaktionäre.

Im März 50 hatte Christine Angst, erneut schwanger zu sein. Sie verstand ihren undisziplinierten Körper nicht. Helena war ein Zufall der Natur. Christine zögerte zwei Monate, bevor sie einen Arzt aufsuchte. Dieser bestätigte ihre Befürchtungen.

»Es sind die Geheimnisse des Leben«, wiederholte er, »es gibt keine Erklärung.«

In vier Monaten würde sie vierzig werden, er riet ihr, sich zu schonen und lange Proben zu vermeiden. Christine zauderte, es zu behalten, sie fand sich alt und meinte, sie habe Besseres zu tun, als sich wieder um ein Baby zu kümmern. Sie hatte eine Woche, um sich zu entscheiden, danach wäre es zu spät. Sie sagte es Josef noch am selben Abend. Als sie seinen Blick und sein Lächeln sah, sagte sie, auch sie sei überglücklich. Er begriff, dass sie nicht begeistert war, und versprach ihr, dass er öfter zu Hause sein werde und sie ein schönes Leben haben würden.

»Mit zwei Kindern sind werden wir eine richtige Familie.«

Sie lehnte zwei Vorschläge ab, noch immer Nebenrollen, und beschloss, sich ganz der Bearbeitung ihrer *Phädra* zu widmen, die sie seit drei Jahren liegen gelassen hatte. George hatte ihr seine Hilfe zugesagt, um das Stück auf die Bühne zu bringen. Sie stieß auf ein unüberwindliches Hindernis: Sie konnte zwar übersetzen, die Gedanken und Gefühle wiedergeben, aber Racines Klangschönheit entglitt ihr, selbst wenn sie Reime oder Verse veränderte. Stundenlang arbeitete sie mit Tereza oder Josef, auch Pavel half mit, in seiner Jugend war er Dichter gewesen und hätte Schauspieler werden können, er deklamierte mit Talent. Aber in Tschechisch ergab es keinerlei Melodie, nie etwas Erhabenes. Sie gestanden die Unmöglichkeit ein, diese Harmonie wiederzugeben, aber sie ließ nicht locker.

Der Prozess gegen Milada Horáková und ihre Komplizinnen begann Ende Mai 1950. Tausende Tschechen schrieben dem Gericht, um ihren Abscheu vor diesen Verbrechen der Konspiration und des Verrats zu bekunden und um eine exemplarische Strafe zu fordern. Acht Tage später wurde das Urteil gefällt: viermal die Todesstrafe, viermal lebenslänglich und viermal mindestens zwanzig Jahre Gefängnis. Die Justiz des Volkes triumphierte. Christine hielt diese Strafe für monströs und absurd, es gab weder Beweise noch Geständnisse; ihre Vergehen verdienten nicht den Tod, allerhöchstens eine Haftstrafe. Josef zufolge war es ein Signal an die Feinde des Regimes, das ihnen einschärfte, ihre Machenschaften einzustellen. Einige Schauspieler meinten, es sei eine Inszenierung des Regimes, das sich in der besten Rolle sehen wollte. Die Nachbarn, die Freunde, niemand konnte sich vorstellen, dass man in diesem Land die alleinstehende Mutter einer sechzehnjährigen Heranwachsenden hinrichten würde, eine Frau, die kein anderes Verbrechen begangen hatte, als sich der Partei zu widersetzen. Die einen wie die anderen waren überzeugt, man werde sie begnadigen. Tausende von Telegramme gingen aus der ganzen Welt ein und forderten Nachsicht. Churchill, Eleanor Roosevelt, Einstein, Chaplin und viele andere baten Präsident Gottwald inständig, Milde und Großmut walten zu lassen.

Am 27. Juni 1950 wurden Milada Horáková und ihre drei Komplizinnen gehängt.

Christine war entsetzt. Sie schauderte vor Ekel und bitterer Scham. Sie rannte los, um sich zu übergeben. Sie litt unter Übelkeit, ihre Schwangerschaft wurde zum Albtraum. Niemand in ihrer Umgebung protestierte, reagierte, man sagte – und Josef als Erster: »Wenn sie verurteilt worden ist, dann deshalb, weil sie schuldig war. In unserem Land hängt man keine Unschuldigen.«

Es war ein Kehrreim.

Eines Tages wachte Christine auf und musste sich den

Tatsachen beugen. Es war wahrscheinlich, ja sogar sicher, dass Milada Horáková schuldig war, da man sie verurteilt und gehängt hatte.

Anders war es nicht möglich.

Am 16. Dezember 1950 kam Martin zur Welt. Eine Woche zu früh. Es war eine schwierige Geburt, schmerzhaft und anstrengend. Die Hebamme holte den Arzt zu Hilfe. Noch nie hatte jemand eine Frau so brüllen hören wie Christine. Ihre Schreie waren im ganzen Krankenhaus zu hören und ließen alle vor Entsetzen erstarren. Wie konnte jemand derart leiden? Sie dachten: Ihr Herz wird nicht durchhalten. Die Adern an ihrer Schläfen schwollen an, wurden schwarz, ihre Augen drehten weg. Christine durchlebte acht Sunden die Hölle. In dem Augenblick, als der Arzt sich sagte, er müsse die Mutter retten, tauchte plötzlich Martin auf, mit einem Ruck und ohne zu schreien, in einem Schwall von Blut. Man hielt ihn für tot, sein Herz schlug nicht mehr, man musste ihn reanimieren, er war genauso erschöpft wie seine Mutter.

Christine brauchte drei Wochen, um sich zu erholen. Etwas in ihr schien zerbrochen zu sein, man wusste nicht, was. Wenn man sie fragte, wie sie sich fühle, antwortete sie: »Leer.« Stundenlang bürstete und glättete sie ihr schulterlanges Haar. Ihre Mutter schrieb dreimal, Christine las den Brief, ließ ihn zu Boden fallen, antwortete nicht. Tereza wollte sie abholen, um mit den Kindern spazieren zu gehen, sie backte ihren berühmten Honigkuchen mit Mandeln. Kaum, dass Christine ein paar Krümel davon aß. Schließlich gingen sie ohne sie aus dem Haus. Zweimal kam George, um sie zu besuchen, aber sie interessierte sich nicht mehr für das Theater, auch nicht für seine Klatschgeschichten. Sie hatte *Phädra* aufgegeben, lag stundenlang auf dem Kanapee und blickte ins Leere, ließ ihre Zigaretten abbrennen. Helena wich ihr nicht mehr von der Seite, spielte neben ihr mit einer Puppe, ohne Lärm zu machen. Die Amme kümmerte sich um Martin und den Haushalt. Josef kam früher nach Hause, er wollte, dass sie frische Luft atmete, einen Moment spazieren ging.

»Ich bin müde, Josef.«

Er insistierte, es kam nicht in Frage, sich gehen zu lassen. Bei jedem Wetter spazierten sie alle vier zur Burg, er nahm Martin auf den Arm, Helena an der Hand. Eine gute Stunde waren sie unterwegs. Christine bekam wieder Farbe, und beim Abendessen musste sie zwei Scheiben Braten essen, zu ihrem Besten.

Jeder Tag brachte eine schlechte Nachricht. Ein Nachbar oder eine Bekannte wurden verhaftet. Lehrer, Arbeiter, Bauern, Funktionäre, Leute, denen man tausendmal begegnet war. Sie sahen nicht aus wie Konspirateure. Man sagte sich: Sie, das kann man nicht glauben, er auch nicht, das sind keine feindlichen Agenten, sie doch nicht. Trotzdem gestanden sie ihre Teilnahme an den kapitalistischen Machenschaften. Hinter der Unschuldsmaske verbargen sich teuflische Verräter, sie gaben ihre Schuld zu, es waren niederträchtige Subjekte, sie versuchten, das Land daran zu hindern, den Sozialismus aufzubauen. Man erlebte einen inneren Krieg. Man musste sie eliminieren, die Verwaltung und die Unternehmen säubern, verhindern, dass sich diese schädlichen Ideen weiterverbreiteten. Säubern, um zu einem gesunden Körper zurückzufinden.

Man musste auf der Hut sein. Vor den anderen. Vor denen, die man von jeher kannte, sie verbargen ihr Spiel, ihre Zugehörigkeit zur Verschwörung. Vertrauen war nicht mehr möglich. Zu niemandem. Sogar die nächsten Angehörigen waren verdächtig. Was konnte man denn wissen von den geheimen, abscheulichen Tätigkeiten des Vaters, des Ehemann oder der Schwester? Jeder begann, auf seine Worte zu achten. Eine spontane Bemerkung, ein natürlicher Zweifel, ein pessimistischer Kommentar, ein ungeschickter Scherz, das bedeutet Anklage und Gefängnis. Und vor allem niemals diejenigen bemitleiden, die verhaftet worden waren, auch nicht ihre verzweifelten Familien, vergessen, dass sie noch am Tag zuvor Verwandte oder Freunde waren. Keinerlei Mitgefühl für sie zeigen, sie verjagen wie räudige Hunde. Von nun an galt es, den Argwohn zum Lebensprinzip zu erheben.

Zum Überlebensprinzip.

Seit Pavel jenes kleine irdische Paradies entdeckt hatte, dachte niemand mehr daran, anderswohin zu reisen. Jedes Jahr fuhren sie wieder nach Irakli, niemals würden sie etwas Besseres finden, auch nicht etwas Schöneres und Einsameres. Diese Ferien lohnten sich. Die Reise von Sofia nach Varna dauerte zehn Stunden in einem prähistorischen Zug, auf den jedes Eisenbahnmuseum stolz gewesen wäre und der einen beißenden und stinkenden Rauch ausstieß, und dann noch zwei Stunden im Auto, um nach Irakli in der Umgebung von Obzor zu gelangen, wo der Botschafter beim Bürgermeister ein Haus gemietet hatte, eher einen Schuppen mit rudimentärem Komfort, drei Zimmern und einer offenen Holzterrasse, die als Wohn- und Esszimmer diente, doch bei dieser Rückkehr zur ursprünglichen Natur brauchte man nur Licht und Wärme. Auf der einen Seite fünfhundert Meter bis zum nächsten Nachbarn, auf der andern erstreckte sich ein kilometerlanger Strand von der Farbe strohgelben Samts. Das Schwarze Meer erfüllte sie mit Glück.

Es gehörte ihnen.

Immer gab es jemanden, der sich wunderte, dass ein Dummkopf behaupten konnte, dieses Meer sei schwarz. Türkis, nicht wahr? Sie suchten nach seiner richtigen Farbe, sämtliche Blautöne kamen vor.

Sie waren unzertrennlich wie die Zugvögel, die über den Himmel flogen.

Dieser August 51 war himmlisch, man ließ sich wiegen von dem leichten Wind, Tereza kochte jeden Tag ein hiesiges Gericht, dessen Rezept die Frau des Bürgermeisters ihr gegeben hatte, eine Creme auf der Grundlage von fein geschnittenen Karotten, eingelegt in Joghurt und Olivenöl, das auch vor der Sonne schützte. Alle rieben sich damit ein, außer Pavel, der es nicht ausstehen konnte. Er wurde so rot, dass er eine Woche unter dem Strandkorb bleiben musste. Christine erinnerte sich, dass ihre Mutter ihr die Anfangsgründe des Kochens beigebracht hatte, und verwöhnte alle mit einem Coq au vin und einer Apfeltarte. Manchmal ging seine Exzellenz nackt baden wie ein Anarchist (»Wir sind alle gleich, oder?«). Man war am Ende der Welt, war zusammen und fühlte sich wohl. Josef und er wetteiferten darin, den toten Mann zu machen, ein Rätsel, sie auf dem Wasser treiben zu sehen.

Man sprach nur über die Familie und die Kinder, über sonst nichts, über ihr Staunen, ihre Spiele, Martins erstes Bad, eng an seinen Vater gepresst, er konnte noch nicht laufen und hatte keine Angst vor den Wellen gehabt, über die Komplizen Ludvik und Helena, die sich nie trennten, über dieses süße Leben. Man wünschte, dass es ewig dauern möge, man Prag vergessen und in diesem vergessenen Winkel Bulgariens bleiben und glücklich sein könnte.

Abends aßen sie auf der Terrasse, Josef hatte das Grillen in den Rang einer hohen Kunst erhoben mit seinen Würsten und Steaks auf dem Holzkohlegrill.

Pavel und Tereza wollten ein zweites Kind, aber es kam nicht.

»Macht euch keine Sorgen, es kommt, ohne euch um eure Meinung zu fragen«, versicherte Christine.

»Wirst du uns ein drittes schenken?«

»O nein!«

Die zauberische Nacht schlug sie in Bann, Pavel breitete die Karte mit den Sternbildern auf dem Tisch aus. Sie suchten sie in der Milchstraße und atmeten den Duft der Lindenblüten.

Wären Marsmenschen auf einer fliegenden Untertasse in Prag gelandet, so wäre die Überraschung weniger groß gewesen als die der Tschechen, als sie aus der Zeitung vom 28. November 51 erfuhren, dass tags zuvor Rudolf Slansky verhaftet worden war, der Generalsekretär der kommunistischen Partei, ebenso drei ranghohe Führungskräfte, alles Minister oder Mitglieder des Politbüros. Die Anklage des Verrats war unwahrscheinlich. Wie sollte man glauben, dass diese Kommunisten der ersten Stunde von den Vereinigten Staaten bezahlt worden waren und für Israel spionierten? Man hatte den Eindruck, ein neuer Krieg sei ausgebrochen.

Pavel war am 27. verschwunden. Anscheinend hatte er im Laufe des Nachmittags die Botschaft in Sofia verlassen. Am Morgen hatte er eine Versammlung mit seinen Mitarbeitern geleitet und mit ihnen zu Mittag gegessen, entspannt wie immer. Er hatte sie verlassen, um an einem Bericht über die Leistungen der bulgarischen Landwirtschaft zu arbeiten. Am 28., um drei Uhr morgens, war die Polizei in Prag aufgekreuzt, in der Hoffnung, ihn an seinem Wohnsitz zu finden, hatte Tereza geweckt, die nicht begriff, was man ihrem Mann vorwerfen konnte, und den Beamten drohte, den Genossen Slansky anzurufen, seine Frau sei eine persönliche Freundin, um ihr dieses schändliche Vorgehen mitzuteilen. Die Polizisten hatten schallend gelacht. Schamlos hatten sie die Wohnung auf den Kopf gestellt, Dutzende von Aktenordnern, Heften, Briefen, Zeitungsausschnitten und die Druckfahnen der russischen Übersetzung von *Der Friede von Brest-Litowsk, Diplomatie und Revolution* mitgenommen. Sie hatten nichts weiter gesagt, nur, dass sie wiederkommen und sich um sie kümmern würden, sobald sie mit ihm fertig wären.

Tereza läutete um 6 Uhr morgens bei den Kaplans. Sie war

in Tränen aufgelöst, konnte nicht an sich halten, auch Ludvik hatte sie noch nie in einem solchen Zustand gesehen. Helena, die nie weinte, schloss sich ihr an. Christine nahm alle in die Arme, wollte, dass sie sich hinlegten, weiterschliefen, vergebens. Tereza zitterte, rang die Hände. Josef versuchte, sie zu beruhigen, es könne sich nur um ein Missverständnis handeln, um eine administrative Absurdität, wie sie im Land Kafkas zuweilen vorkomme. Diese Bemerkung hatte den gegenteiligen Effekt, sie nahm sie wörtlich. Drei Stunden lang musste man Trübsal blasen, tausend widersprüchliche Vermutungen anstellen, sich im Kreis drehen und an den Nägeln kauen, rauchen und literweise Kaffee trinken. Um 9 Uhr rief Josef einen Freund im Ministerium an, um Informationen zu bekommen. Sein Gesicht verzerrte sich. Tereza begriff: Es lag weder eine Verwechslung noch ein Irrtum vor, ihr Leben war ins Entsetzen gekippt.

»Slansky ist verhaftet worden! Clementis, Fischl, London und Hajdu ebenfalls.«

»Großer Gott!«

Die Bulgaren suchten Pavel überall. Die Polizei von Obzor machte einen Abstecher nach Irakli, um nachzusehen, ob der Flüchtige etwa im Schuppen am Strand Schutz gesucht hatte. Eine Zeitlang meinte man, er habe die Amerikaner oder eine andere diplomatische Vertretung um Asyl gebeten; man vermutete, dass er über ein geheimes Netzwerk von Komplizen verfügte, sein rätselhaftes Verschwinden bestätigte seine Schuld. Schwer, es einzugestehen, aber er war nirgendwo.

In Luft aufgelöst.

Falls er nicht seinem Leben ein Ende gesetzt hatte. In diesem Fall würde man eines Tages seine aufgequollene Leiche an der Küste oder entlang der Donau oder des Iskars finden, die zu dieser Zeit Hochwasser führten. Diese heute offizielle These stützte sich auf zwei nicht zu bestreitende Argumente: Niemand konnte Bulgarien nach Belieben verlassen, die politische Polizei versicherte zu Recht, dass ihre Grenzen die bestbewachten seien; und außerdem hatte Pavel weder persönliche Dinge noch Geld mitgenommen. Ein Flüchtiger hätte unweigerlich die Fonds der Botschaft geplündert, darunter die tausendachthundertfünfzig Dollar in bar mitgehen lassen (man hatte lediglich das Fehlen seines Buchs auf dem Nachttisch festgestellt). Man suchte noch ein paar Monate nach ihm.

Aus Prinzip.

Pavel blieb unauffindbar. Alle Welt, auch seine Familie und seine Freunde, war überzeugt, dass er für immer verschwunden war. Vermutlich hatte er Selbstmord begangen, oder, wie einige meinten, sich aber hüteten, diese Hypothese öffentlich zu äußern, man hatte dabei mitgewirkt oder ihn dazu gedrängt.

Ein Jahr lang wütete man gegen Slansky und die dreizehn Angeklagten, die bereits vor dem Prozess verurteilt waren. Ihre Angehörigen belasteten sie, ihre Frauen sagten sich von ihnen los, ihre Kinder schwärzten sie an, zu Dutzenden wurden Komplizen verhaftet. Der Prozess gegen die vierzehn dauerte acht Tage, bisweilen hatte man den Eindruck, als sagten die Angeklagten einen einstudierten Text auf, mehrere verlangten für sich selbst die Todesstrafe. War das nicht der absolute Beweis für ihre Schuld?

Vor den Radioapparaten versammelt, die die Verhandlungen direkt übertrugen, wurde die Bevölkerung gezwungen, das Unmögliche einzuräumen. Slansky und die anderen gestanden ihre Verbrechen, klare, präzise Erklärungen mit untrüglichen Details, die Angeklagten gaben ihre antinationalen Aktivitäten zu, ein Zweifel war nicht mehr möglich.

Man weinte, als man ihnen zuhörte.

Die Strafe für Hochverrat, Spionage und Sabotage entsprach den gestandenen Verbrechen: elf Todesurteile, dreimal lebenslänglich. Acht Tage später wurden sie gehängt.

Niemand trauerte um sie.

Ludvik hatte sich schnell daran gewöhnt, zwischen Prag und Sofia zu leben, an die endlosen Zugfahren, aber die Reisen hatten aufgehört. Nach einer Woche hatte er gefragt, wann er Papa wiedersehe, und Tereza hatte geantwortet: »Bald, mein Liebling.« Man war umgezogen, er hatte sein Zimmer verloren, sie fanden sich in einer grauen Wohnung wieder, jeden Abend stellte er dieselbe Frage, und jedes Mal antwortete Tereza: »Bald, mein Liebling.«

Drei Monate nach Pavels Verschwinden reichte sie die Scheidung ein. Sie wurde zwei Monate später ausgesprochen, Tereza nahm ihren Mädchennamen wieder an und bekam das Sorgerecht für ihren Sohn. Als er in dieser Nacht fragte: »Wann kommt Papa wieder?«, kniete sie sich hin, packte ihn an den Schultern, schluckte ihren Speichel, die Worte zerkratzten ihr die Kehle wie Kies:

»Er ist tot, mein Liebling, verstehst du? Papa ist tot, er ist für immer verschwunden. Du kannst an ihn denken, aber du wirst ihn nie wiedersehen. Du hast keinen Papa mehr. Er hat uns verlassen. Ich werde für dich sorgen, alles wird gut, hab keine Angst, ich bin da, ich werde dich nicht verlassen, ich werde immer bei dir sein.«

Mehrmals kam Ludvik darauf zurück, Tereza antwortete, sein Vater denke fest an ihn, er werde sein vielgeliebter Junge bleiben, sie drückte ihn an sich und versprach ihm, ihn immer zu lieben. Stundenlang betrachteten sie die Fotos von früher, sprachen von Pavel, erinnerten sich an die schönen Momente, das Lachen, die Spiele, die Spaziergänge und die Ferien. Schöne Erinnerungen.

Und dann sprachen sie nicht mehr von ihm.

Josef fand, Tereza hätte ihm nicht sagen dürfen, dass sein Vater tot sei. Christine dagegen meinte, sie sei unglaublich mutig gewesen. Sie war ihre einzige Freundin, bei Tereza brauchte sie nicht zu heucheln:

»Ich bin sicher, dass er lebt, irgendwo, wo man ihn nicht erreichen kann, jeden Augenblick denkt er an uns, er weiß, dass wir uns nie wiedersehen werden, er kann uns nicht verständigen, um uns nicht zu kompromittieren, wir müssen so tun, als wäre er tot, aber er lebt, ganz bestimmt.«

»Das glaube ich auch«, antwortete sie.

Tereza hatte gezögert, ihre große Wohnung in der Nähe der Musikakademie zu verlassen, aber sie konnte die Miete nicht mehr bezahlen. Sie hatte eine bescheidene Zweizimmerwohnung in Čelákovice gefunden, einem entfernten Vorort, in der Nähe des Gymnasiums, wo sie eine Stelle als Lehrerin bekommen hatte. Christine und Josef waren die Einzigen, die sich nicht von ihr abgewandt und sie unterstützt hatten.

Pavel hatte sich seit über einem Jahr in Luft aufgelöst. War er tot oder lebendig, frei oder in Gefangenschaft? Josef hatte sich erkundigt, auf die Gefahr hin, verdächtigt zu werden; Abgeordneter zu sein war überhaupt kein Schutz, wichtigere Leute als er waren verhaftet worden, auch Tereza bat ihn, sich nicht mehr einzuschalten. Sie hatte einen Schlussstrich unter die Vergangenheit gezogen, brutal, wie ein Geschwür, das man aufsticht, es tut weh, man schreit, und dann verschwindet der Schmerz. Sie musste es tun, um eine Überlebenschance zu haben, um Ludvik eine zu geben, er war sechs Jahre alt und hatte ein Recht auf ein normales Leben.

Eine Kollegin im Gymnasium war beunruhigt, Tereza Trübsal blasen zu sehen, auch sie hatte eine ähnliche Situation erlebt, ihr Mann war vor zwei Jahre verhaftet worden, man hatte sie gezwungen, sich scheiden zu lassen und sich von ihm loszusagen. Er saß noch immer im Gefängnis, und sie war ohne Nachricht von ihm.

»Du wirst verrückt, wenn du weiter an Pavel denkst«, sagte sie.

Sie lud sie zu sich ein und drückte ihr ein Strickzeug in die Hand. Tereza erinnerte sich an ihre Mutter, und nichts konnte es ihr ausreden, sie wollte ihr nicht ähneln. Aber ihre Freundin bestand so sehr darauf, dass sie sich fügte und die vergessenen Reflexe ihrer Kindheit wiederfand. Strickend redeten sie den ganzen Nachmittag, über nichts Wichtiges, über die Kinder, das Gymnasium und das Tschaikowski-Konzert im Radio.

Und Stricken wurde zu Terezas hauptsächlichem Zeitvertreib. Sie strickte und dachte nicht mehr an Pavel. Sie fertigte Pullover für Josef und Christine, für Ludvik und Helena. Am schwierigsten war es, sich Wolle zu beschaffen, aber dank Josef fehlte es ihr nie daran. Eines Tages sah sie in einer Modezeitschrift naturfarbene Pullover im irischen Stil, es gelang ihr, sie instinktiv zu kopieren, ohne Vorlage. Sie war wirklich begabt.

Zu dieser Zeit erschien auf Terezas Gesicht jenes Lächeln, das sie nicht mehr verließ: es passte so gar nicht zu dem herrschenden Klima und dem Drama, das sie durchgemacht hatte, ein diskretes Lächeln, das sie verjüngte, ihr einen sanften Ausdruck und das heitere und versöhnliche Gesicht einer Nonne verlieh.

Am Sonntag nach Slanskys Hinrichtung wurde Tereza von Christine und Josef zum Mittagessen eingeladen. In diesem beginnenden Dezember regnete es ununterbrochen. Seit einigen Wochen plauderten ihre ehemaligen Nachbarn wieder mit ihr, gerieten in Verzückung über Ludvik, so groß war er für sein Alter. Mit seinem grauen Anzug, seiner gestreiften Krawatte, seiner nachdenklichen Miene hatte er, wie sie fanden, eine erstaunliche Ähnlichkeit mit seinem Vater. Sie tätschelten sein Kinn und riefen: »Oh, wie ähnelt er …«, oder: »Er wird so groß wie …«, und plötzlich hielten sie inne, sahen sich um, ob jemand sie gehört hatte, und versicherten, der Junge sei das Ebenbild seiner reizenden Mutter. Was Ludvik entzückte.

Während des Essens sagte Christine fast kein Wort; eine Stunde lang sprachen Tereza und Josef über die Kinder, die Komplimente, dass Ludvik ganz allein schrieb, über die außergewöhnlichen Fortschritte von Martin, er war gerade zwei geworden und verhedderte sich in endlosen Sätzen. Helena beunruhigte sie ein wenig, mit vier Jahren war sie ein schmächtiges, einsames Kind, das stundenlang mit seiner Puppe spielte und ihr Befehle gab oder Bäume zeichnete. Sie aß wie ein Spatz und fast nur Kekse. Tereza erinnerte sich, dass Ludvik in Bulgarien heikel mit dem Essen war und …

»Habt ihr kein anderes Gesprächsthema?«, unterbrach sie Christine.

»Worüber möchtest du denn reden?«

»Vielleicht über das, was geschehen ist. Wir fallen ins Mittelalter zurück, und keiner sagt etwas. Seid ihr blind oder was?«

»Was meinst du damit?«, fragte Josef.

»Findet ihr es nicht auffällig, dass von den vierzehn Verurteilen elf Juden waren, was bedeutet das? Habt ihr das Gedächtnis verloren? Erinnert euch das an nichts? Ich jedenfalls bin entsetzt, ihr nicht?«

»Das ist lächerlich!«, regte Josef sich auf. »Wie kannst du solche Verleumdungen kolportieren, in diesem Land gibt es keinen Antisemitismus, ebenso wenig wie in der UdSSR. Damit beleidigst du unsere Volksdemokratien, und wer so etwas behauptet, macht sich objektiv zum Komplizen unserer kapitalistischen Feinde. Es ist schierer Zufall. Slansky und die anderen waren gebürtige Juden. Ein bloßes Etikett. Sie waren nicht gläubig und praktizierten nicht, sie waren Atheisten, sie wurden nicht verfolgt, weil sie Juden waren, sondern Verräter und Kriminelle. Das ist die traurige Wahrheit. Im Übrigen bin auch ich jüdischer Herkunft, und ich bin nie belangt worden, im Gegenteil, man hat mich zum Leiter meines Labors und zum Professor der medizinischen Fakultät ernannt.«

»Glaubst du wirklich, was du sagst?«, fragte Christine.

»Es ist eine Wahnvorstellung, wir sind Kommunisten,

wir haben gegen die Nazis und die Faschisten gekämpft, es waren Russen, die die Lager befreit haben, es ist leicht, sich machiavellistische Komplotte auszudenken. Ich habe auch gehört, dass man die Tschechen verfolge, die sich zu den Internationalen Brigaden gemeldet hatten. Auch wenn die meisten derer, die hingerichtet wurden, in Spanien gekämpft haben, warum sollte man ihnen deswegen übelwollen? Es ist ein Märchen!«

»Ein Glück für dich, dass du nicht in Spanien warst. Das sind eine Menge Zufälle, findest du nicht?«

»Du solltest nicht solche Reden schwingen, zum Glück sind wir unter uns. Andere könnten sie falsch interpretieren. Ich schwöre dir, Christine, es ist nichts als Zufall.«

Tereza stand auf, es war spät, sie musste nach Hause, sich für den Unterricht am nächsten Tag vorbereiten. Sie lehnte ab, dass Josef sie im Auto heim begleitete, mit dem Zug ging es recht schnell. Sie lud sie zu sich zum Essen ein, nicht am nächsten Sonntag, da habe sie schon etwas vor, aber am darauf folgenden, jetzt sei sie ordentlich eingerichtet, sie könne sie empfangen, man müsse ein wenig zusammenrücken, sie bestehe darauf. Sie werde Koteletts und Würste grillen.«

»Wenn du mich bei den Gefühlen packst, dann mit Vergnügen. Also bis übernächsten Sonntag.«

Nachdem sie gegangen war, meinte Josef, Tereza habe diese Prüfung sehr mutig und würdevoll bewältigt, sie habe mit einer Charakterstärke reagiert, die man bei ihr nicht vermutete, ohne sich je zu beklagen. Er fand sogar, dass sie blühender aussah als vorher.

»Misstraue dem Schein, Josef, meist haben die traurigsten Menschen das schönste Lächeln.«

Ende 53 beendete Christine ihre *Phädra*, sie hatte ihr sechs Jahre gewidmet, mit langen Unterbrechungen, die heilsam waren. Davon behielt sie eine Frustration zurück, ein bitteres, unangenehmes Gefühl, ihre Arbeit nicht beendet zu haben, die Überzeugung, dass es ihr nie gelänge, es besser zu machen, vielleicht auch die Entdeckung ihrer Grenzen, sie wusste nicht, ob sie weitermachen sollte und wie viele Jahre, oder alles in den Mülleimer werfen sollte, Josef ermutigte sie, sich etwas anderem zuzuwenden, ständig stieß sie auf dieselben Passagen, dieselben unlösbaren Probleme, er erklärte ihr, sie solle positiv denken, sich an den Sinn halten, nicht an den schönen Klang, beides zusammen werde sie nie erreichen.

George Freijka holte sie endgültig aus dieser Sackgasse. Er inszenierte gerade *Der Sturm*, sie spielte die Iris und diente ihm als Assistentin. Er bat, die letzte Fassung lesen zu dürfen. Am nächsten Tag beglückwünschte er sie aufrichtig zu der besten je auf Tschechisch vorgenommenen Bearbeitung und las den andern Schauspielern sogleich Passagen daraus vor, wobei er ihre Aufmerksamkeit auf die Feinheiten der Übersetzung und ihr Geschick lenkte, den Rhythmus des Originals wiederzugeben. Bevor sie ihm danken konnte, schloss er: »Wir werden dein Stück auf die Bühne bringen, es wird unsere nächste Inszenierung sein.«

Er einigte sich mit dem Theaterdirektor, der das Programm plante und von den Texten einen sozialistischen Realismus verlangte, der zur Erziehung der Massen und zum Aufbau der Arbeiterökonomie beitrug. Er stellte *Phädra* als ein marxistisch-leninistisches Stück dar, das die Verheerungen der individuellen Gefühle zum Nachteil des kollektiven Handelns aufzeige sowie die antisozialen Störungen, zu denen die menschlichen Leidenschaften führen können.

George zögerte, bevor er Christine mitteilte, dass sie die Phädra nicht spielen könne, sie sei nicht mehr in dem Alter, er war auf eine heftige Reaktion gefasst, aber sie stimmte ihm zu, schon seit Langem hatte sie sich damit abgefunden, er wollte ihr die Rolle der Ismene anvertrauen, es gelang ihr, die weit wichtigere Rolle der Önone zu erhalten. Das Stück wurde ein triumphaler Erfolg, bekam begeisterte Kritiken und erlebte mehr als zweihundert Aufführungen, Christine musste wieder auf Tournee gehen, sie liebte das. Dieser Erfolg verwirrte sie; niemandem war die Schwäche ihrer Bearbeitung aufgefallen (und ihre Hochstapelei, meinte sie), auch nicht, wie weit sie von Racine entfernt war, aber es entmutigte sie nicht, sie wagte sich an *Bérénice*.

Eines Abends bemerkte Christine, dass Helena die Bürste genommen hatte und endlos ihr Haar glättete. Christine wurde wütend und riss sie ihr aus der Hand.

Saint-Étienne, 17. September 1956

Mein Liebes,

Ich habe dir eine schreckliche Mitteilung zu machen. Vor jetzt neunundzwanzig Tagen ist Daniel gestorben. Der Schock war ebenso groß wie die Überraschung, er wirkte so stark, niemals krank, niemals müde, mit meiner schmerzenden Hüfte hatte ich Mühe, ihm zu folgen. Ich habe so lange versucht, ihn nicht mit meinen Leiden zu behelligen, er gab mir von seiner Energie, ich hatte mich an den Gedanken gewöhnt, mit ihm zu sterben, ich bin ohnmächtig geworden, als ich ihn leblos in seinem Büro vorfand, ich kann es noch immer nicht glauben und sage mir in jedem Augenblick, dass es ein böser Traum ist, ich meine seine Schritte im Flur zu hören und hoffe auf ein Wunder, dass er auftaucht, jovial und entschlossen, aber um mich herum ist Friedhofsruhe, und allein in diesem großen, leeren Haus warte ich ungeduldig auf den Moment, wo ich ihn wiedersehe.

Ich denke oft an die gesegneten Tage, wo du mit Helena hier warst, welche Freude du uns gemacht hast, ich kann dir nie genug dafür danken, es war eine große Befriedigung, dass ihr nach all den verlorenen Jahren Frieden geschlossen habt und euch endlich kennenlerntet. Ich sehe ihn noch, wie er mit ihr auf dem Rücken Hoppereiter spielte, seit so langer Zeit hatte ich ihn nicht lachen sehen, er hätte sich so gefreut, Martin kennenzulernen, er sprach oft von ihm, wie traurig, dass er ihn nicht in die Arme schließen konnte. Du hast einen schönen Jungen, und auch für mich wäre es ein großes Glück gewesen, ihn zu sehen und an mich zu drücken, aber ich will mich nicht beklagen, das konnte er nicht ausstehen.

Doktor Charron drängt mich, mich von einem Pariser Arzt an der Hüfte operieren zu lassen; heutzutage, so versicherte er mir, sei das nur eine Formalität, ich bin nicht überzeugt, vor allem brauchte ich Mut, und den habe ich nicht, es fällt mir schwer, mich fortzubewegen, ich schaffe es nur noch mit Mühe in den Garten, vielleicht ist ja die unendliche Müdigkeit daran schuld, dass ich mich nicht mehr rühren will. Ich habe beschlossen, so zu bleiben und lieber in meinem Wohnzimmer stecken zu bleiben als im Rollstuhl.

Ich schaue mir eure Fotos an und habe den Eindruck, dass ihr alle neben mir sitzt.

Ich warte auf gute Nachrichten von dir, mein Liebes, von Helena und auch von Martin. Dass ich dir geschrieben habe, hat mein Herz erleichtert, ich umarme euch alle zärtlich.

Madeleine, deine dich über alles liebende Mutter.

Dieser Brief kam zu einer Zeit, in der Christine nicht spielte, sie sollte erst Anfang Dezember wieder mit Proben beginnen, für den *Kaukasischen Kreidekreis*. Sie zögerte, wegzufahren, versicherte, ihre Mutter brauche nicht sie, sondern eine Krankenpflegerin. Sie könne ihr Gejammer und ihre versteckten Vorwürfe nicht ertragen. Fünf Minuten später bedauerte sie sie, so allein zu sein, und warf sich Undankbarkeit vor. Josef ermutigte sie, ein paar Wochen in Frankreich zu verbringen und ihr Martin zu zeigen. Christine hätte gern auch Helena mitgenommen, aber dann hätte sie einen Monat Schule versäumt. Tereza versprach, sich um sie zu kümmern.

Christine stellte ihren Antrag und erhielt innerhalb von vierzehn Tagen ihr Visum. Josef und Helena begleiteten Christine und Martin zum Bahnhof Hlavni Nádraží. Sie verabschiedeten sich überschwänglich auf dem Bahnsteig, und langsam entschwand der Zug.

Josef und Helena sahen Christine und Martin nicht wieder. Sie kam nie zurück.

Am Montag, dem 26. November 1956, stiegen Christine und Martin nicht aus dem Pariser Zug. Um Helena zu beruhigen, die so froh war, sie wiederzusehen, versicherte Josef, sie hätten ihn sicherlich verpasst. Und um den ekelhaften Eindruck zu vertreiben, der ihn überkam, wollte er Madeleine in Frankreich anrufen, aber internationale Verbindungen waren von einem Privatapparat aus nahezu unmöglich. Am nächsten Tag ging er in die Hauptpost, wartete zwei Stunden, die Telefonistin unterrichtete ihn, die verlangte Nummer habe keinen Anschluss mehr. Josef setzte Nachforschungen in Gang, Christines Mutter stand nicht im Adressbuch des Département Loire.

Hatte es einen Unfall gegeben, waren sie durch einen Streik, widrige Umstände aufgehalten worden? War Martin krank geworden, hatte sich Christines Mutter operieren lassen? … Wäre ein Problem aufgetreten, so hätte sich Christine mit ihm in Verbindung gesetzt, Josefs Telefon war stumm geblieben. Er stellte sich tausend Fragen. Wenn er wie ein Schlafwandler durch die Straße ging oder in der Nationalversammlung auf seiner Bank saß. Und nachts, viele Stunden lang, wenn er fünf Minuten, nachdem er eingeschlafen war, wieder aufwachte. Überall und immerfort dachte er daran. Eine Obsession.

Es war eine unerträgliche Abwesenheit.

Natürlich fragte er sich, ob sie die Niederschlagung des Aufstands in Budapest vor drei Wochen vielleicht in Schrecken versetzt hatte. In Prag hatten die Zeitungen und der Rundfunk die offizielle Linie und das sowjetische Eingreifen vertreten. In seiner Umgebung vermied man, darüber zu sprechen, man lebte, als wäre niemand betroffen, aber

Josef wusste, dass dieses Blutbad in den westlichen Ländern enorme Auswirkungen gehabt hatte, sollte Christine davon beeinflusst worden sein? Manchmal meinte er, dies sei die eigentliche Ursache ihres Wegbleibens, andere Male sagte er sich, es sei etwas Tieferes, Ferneres, und diese Ereignisse hätten mit ihrer Entscheidung, sie alle zu verlassen, nichts zu tun. Er erhielt einen Termin beim Außenministerium, wurde von einem stellvertretenden Direktor empfangen, der ihm versprach, sich mit der Botschaft in Paris in Verbindung zu setzen, nur diese könne sich damit befassen.

Josef war von Helenas Reaktion überrascht, sie fragte nie nach ihrer Mutter. Sie hörte seine Überlegungen, seine Zweifel, sie sah, wie sein Gesicht härter wurde, sie erlebte sein Schweigen bei Tisch, wenn sein Blick sich im Leeren verlor und er zu schlucken vergaß, was er im Mund hatte, sein gezwungenes Lächeln, wenn er ihr Haar und ihre Wange streichelte, als wäre sie noch drei Jahre. Helena nahm seine Hand und drückte sie an sich.

»Mach dir keine Sorgen, Josef, ich bin da, es wird schon gehen.«

Josef erwartete, Schwierigkeiten mit der Inneren Sicherheit zu bekommen, und hatte sich Antworten zurechtgelegt: seine Frau habe sein Vertrauen missbraucht, sein Verhalten sei immer tadellos gewesen, er sei ein Opfer, kein Staatsfeind; könne man sich vorstellen, dass ein Vater auf seinen Sohn verzichtet und ihn im Stich lässt? Er hatte keinen Fehler gemacht, keine Straftat begangen, immer wieder sagte er sich, dass seine Aufrichtigkeit nicht in Zweifel gezogen werden könne. Er wusste auch, dass das nicht ausreichte. Waren die zahllosen anderen, die man eingesperrt oder gehängt hatte, schuldiger als er? Diese so gut organisierte Gesellschaft funktionierte ja nicht von selbst auf wunderbare Weise, irgendwo musste ein Mensch in einem Büro sitzen, der entschied, nach welchen Kriterien, Herrgott nochmal? Wer drehte das Rad dieser geheimnisvollen Lotterie?

Mitten in der Nacht kam ein Telefonanruf, er schlief unruhig, und bis er es begriff und losstürzte, war Helena ihm zuvorgekommen, das Läuten hatte aufgehört, verzweifelt rief sie: »Hallo, hallo?« War es ein Irrtum? Christine? Oder … Bei jedem Läuten zuckte er zusammen, bekam Herzklopfen, wenn er einem Nachbarn oder einem Freund die Tür aufmachte, der sich erkundigen wollte; auf der Straße wurde er von Männern mit beängstigendem Gesicht angerempelt, Autos fuhren langsamer; er bekam keine Vorladung.

Am 8. Dezember ging er durch die Tür des Kommissariats von Kongresova, wurde von einem Inspektor empfangen. Dieser hörte ihm aufmerksam zu, verließ für eine Stunde das Büro, kam mit einem weißhaarigen Mann in Hemdsärmeln zurück, der sich nicht vorstellte. Josef musste seine Geschichte noch einmal erzählen. Am Ende schwieg der Mann, verzog das Gesicht. Nichts zu machen. Christine war Französin, man konnte sie nicht daran hindern, das Land zu verlassen, aber für Martin hätte niemals ein Visum genehmigt werden dürfen. Er befahl dem Inspektor, Josefs Anzeige aufzunehmen.

»Machen Sie sich keine Illusionen«, sagte er, als er den Raum verließ.

Die Zeit verging, jeder Augenblick entfernte ihn von ihnen, sein Leben war wie ein sinkendes Schiff, er fühlte sie verschwinden, tief verletzt von der Abwesenheit und dem Verrat, er wusste, dass sein Sohn an ihn dachte, bestimmt hatte er eine Menge Fragen gestellt, wie Ludvik bei Pavel. Ihn schauderte, er fürchtete die Antwort, die Christine ihm wohl gegeben hatte.

Nein, er war sich sicher.

Helena schüttelte ihn mitten in der Nacht: »Josef, wach auf, ich habe eine Idee.« Er solle nach Frankreich fahren und sie holen. Er fand diesen Vorschlag einleuchtend, warum hatte er nicht selbst daran gedacht, mit Sicherheit würde er Christine in Paris oder in Saint-Étienne finden. Wo immer sie sich verstecken mochte. Und er würde Martin mitnehmen. »Danke, mein Liebes, ich bin stolz auf dich.« Man verweigerte ihm das Visum, ohne Erklärung, man fürchtete wohl, er werde die Gelegenheit nutzen, um ebenfalls zu fliehen. Er bat seinen Freund, den Gesundheitsminister, sich für ihn zu verwenden. Zwei Tage später rief dieser ihn an: »Lass es sein, Josef, du wirst niemals ein Visum bekommen.«

Mehrere Wochen lang hatte Josef die verrückte Hoffnung, dass Christine anrufen, sie benachrichtigen werde: Es sei etwas Unvorhergesehenes vorgefallen, jetzt sei alles wieder in Ordnung und sie werde nach Hause kommen. Er musste also auf ihren Anruf warten. Sie setzten sich abwechselnd vor den Apparat, nahmen innerhalb einer Sekunde den Hörer ab, legten sofort wieder auf und ließen denjenigen, der sie zu kontaktieren wagte, nicht zu Wort kommen. Josef sagte seine Termine ab, Helena brauchte nicht in die Schule zu gehen, sie blieben im Wohnzimmer sitzen, warteten auf einen Anruf, der nicht kam, auf ein Wunder, sie lösten einander ab. Josef sprach viel mit Helena, verbarg ihr nichts von seinen Schritten und seinen Gemütszuständen, er machte sich nicht klar, dass seine Tochter erst acht war, er sah sie größer. Eine kleinwüchsige Frau. Helena verstand den Grund für Christines Fahnenflucht nicht, sie hatten sich zusammen doch so wohlgefühlt. Es war unlogisch, eines von jenen Geheimnissen, die die Welt regieren, ein inneres Erdbeben, bei dem die Gefühle durcheinandergeraten. Sie nahm es Christine übel, Josef verlassen zu haben, ihm so viel Kummer und Scherereien bereitet und Martin gekidnappt zu haben. Das würde sie ihr nie verzeihen, sie hatte nicht das Recht, ihn zu stehlen. Martin war etwas Heiliges, niemand durfte daran rühren.

Helena starrte auf das Telefon, wartete auf den unmöglichen Anruf. Sie dachte: ›Als Mama sich entschied, hat sie Martin vorgezogen, mich hatte sie weniger lieb.‹ Für sie kein Wort, keine Postkarte, kein Anruf, nichts. Sie zählte wohl nicht viel für ihre Mutter. Sie überlegte, was sie falsch gemacht haben mochte. Woher weiß man, dass man geliebt wird? Es musste doch ein Zeichen, eine Spur geben. Sie spürte ein Brennen auf ihren Wangen, sie schloss die Augen, tief gedemütigt, unterdrückte die Tränen, nein, sie würde nicht weinen, nie mehr. Sie fasste einen Entschluss, wie nur ein achtjähriges Kind ihn zu fassen sich traut: Sie beschloss sie dadurch zu bestrafen, dass sie nie mehr von ihr sprach, sie für immer aus ihrem Herzen entfernte.

Josef wurde ins Außenministerium gerufen, die Pariser Botschaft hatte die Akte zurückgeschickt, die offiziellen Schritte hatten sich als vergeblich erwiesen: Die französischen Behörden betrachteten Martin als Franzosen, und da ihre Eheschließung nicht eingetragen worden war, sei sie in Frankreich wertlos, Josef müsse sich damit abfinden, sie seien machtlos, außer wenn Christine in die Tschechoslowakei oder ein Bruderland zurückkäme.

An diesem Abend beschloss Josef eine große Aufräumaktion und bat Helena mitzumachen. Sie antwortete nicht, blieb auf ihrem Zimmer. Er zerriss die Fotos, zerschnitt diejenigen, auf denen Christine mit Helena oder Martin zu sehen war. Er schmiss das ledergebundene Fotoalbum in den Kamin und sah zu, wie es langsam Feuer fing. Er warf die von Christine aufbewahrten Erinnerungsstücke weg, alles, was an ihre Gegenwart erinnern konnte, ihre Kleider, ihre Bücher, die Theaterplakate, die Programmhefte, die Manuskripte der Stücke, ihre elf Haarbürsten, die Schneestiefel aus Chamonix, die dreizehn Hefte mit der Bearbeitung der *Phädra*, er fand auch die beiden *Bérénice*-Hefte, die vergessen in der Schublade lagen, dieses Detail ließ ihn vermuten, dass ihre Fahnenflucht nicht geplant war. In letzter Sekunde besann er sich und behielt *Bérénice*.

Als er die Asche aus dem Kamin holte, blieb nichts von ihrer Vergangenheit. In der Mitte des verkohlten Albums fand er ein Foto, das wie durch ein Wunder erhalten geblieben war, gewellt und mit geschwärzten Ecken, ein Foto von Christine und Helena auf dem Land. Er war froh, dass dieses Foto sich hatte retten können, er wischte es sorgfältig ab, versuchte es zu glätten, nahm das erstbeste Buch, das ihm in die Hände fiel, und verstaute das Foto in *Licht im August*, wo er es vergaß.

Eines Nachts holte er Gardel aus dem Schrank, entfernte den Staub von den Schallplatten, gönnte sich ein Konzert und fand seinen alten Freund wieder. Am Morgen fragte er Helena, ob er sie gestört habe.

»O nein, ich liebe ihn auch.«

In jener Zeit bewegte sich Josef langsam, nur Helena bemerkte es. Wenn sie nebeneinander hergingen, überholte sie ihn ständig und musste auf ihn warten. Er ging mit hängenden Schultern und war nie in Eile. Sie nahm seine Hand und passte sich seiner Geschwindigkeit an; sogar wenn er sie zur Schule oder zu ihrer Klavierstunde begleitete und man sich hätte beeilen müssen, war es, als machten sie einen Spaziergang.

Sonntags und an Ferientagen kam Tereza und half ihnen, sie kümmerte sich um den Haushalt, räumte auf, machte Einkäufe, ihre Gegenwart beruhigte Josef. Ganze Nachmittage verbrachten sie damit, Schallplatten zu hören, natürlich Gardel, aber auch Smetana, für den sie schwärmte. Tereza ließ sich bitten, sich ans Klavier zu setzen und ihnen ein paar Polkas vorzuspielen. Ludvik spielte mit Helena vierhändig; zuerst weigerte er sich, aber seine Mutter hatte ihm gesagt, er solle nett zu ihr sein. Er brachte ihr das Schachspiel bei. Anfangs hatte Helena keine Lust dazu, aber sie hatte sich angestrengt und kam für ein Mädchen ganz gut zurecht. Auch wenn sie beim Spielen schwatzte, man durfte eben nicht zu viel verlangen.

Helena war noch klein, als Pavel verschwunden war, sie

erinnerte sich an nichts. Sie fragte Ludvik danach. Schon fünf Jahre. Er dachte nicht mehr daran und sprach nie mit seiner Mutter darüber. Nein, er war nicht traurig, nur im Gymnasium, mit den Jungen seines Alters, gab es Probleme, aber sonst kam er zurecht.

»Du hast deine Mutter verloren und ich meinen Vater, wir sind quitt.«

»Nein, ich habe auch einen Bruder verloren.«

Josef verbrachte jeden Abend Zeit mit seiner Tochter, er las ihr ein Märchen vor, Geschichten von mutigen Prinzen und verirrten Prinzessinnen, von einer Froschfee und einem Katzengespenst, die im mittelalterlichen Böhmen spielten, und er ließ keine Zeile aus. »Noch eine«, sagte sie, aber sie stand früh auf und musste schlafen, er deckte sie zu und küsste sie.

»Gute Nacht, Liebes, schlaf gut.«

»Gute Nacht, Josef, bis morgen.«

»Komisch, dass du dir angewöhnt hast, mich beim Vornamen zu nennen.«

»Ludvik sagt nie Papa, wenn er von seinem Vater spricht, er sagt: ›Pavel‹.«

»Ich bin aber da, und es wäre mir lieber, wenn du mich Papa nennst.«

Helena sagte »Ja, Papa« und fuhr fort, ihn »Josef« zu nennen. Er sagte sich, das sei eine Marotte seiner Tochter, und ließ sie gewähren. Es hat sich nie geändert.

Helena

Niemand mochte diese schroffen und feindlichen Landschaften, diese düsteren Felder, diese trostlosen Weiten, diese kahlen Wälder.

Außer Helena.

Diejenigen, die hier lebten, fürchteten die endlosen Winter, die grauen Tage, an denen nie die Sonne schien. Außer Helena. Selbst dann, wenn der aus Polen kommende scharfe Nordostwind blies, den die Wildscheine und die Wölfe fürchteten. Zu viel Schnee in diesem Jahr, die Tiere konnten die Rinde der Bäume nicht mehr abnagen und verhungerten.

Dieses abseits gelegene Tal im tiefsten Böhmen am Rand von Mähren war immer noch weniger unwirtlich als die Welt ringsum. Man lebte ohne Angst vor seinen Nachbarn. In der Nebensaison gab es keine. Man war weit von Prag entfernt. In einem vergessenen Land. Mit dem Frühjahr würden die glücklichen Tage enden, wieder müssten sie allen misstrauen: den Kranken, ihren Familien, den Pflegerinnen und den Besuchern, den Kopf senken, nicht mehr sprechen. Das schlechte Wetter zog sich endlos hin. Die alten Bauern schworen, dass man seit über dreißig Jahren keinen so erbarmungslosen März mehr erlebt habe. Wenn das so weitergehe, wäre es wie 37, der Boden hätte keine Zeit, aufzutauen, die Ernte werde verloren oder lachhaft gering sein.

Pech für den Plan.

Das Jahr 1966 war katastrophal gewesen. Sechsmal waren die Straße und das Telefon unterbrochen worden. Helena und Josef waren die Einzigen, die sich nach draußen wagten. Der Polarwind quälte die Tiere ebenso wie die Menschen. Josef hatte nie Lust, sich der Eiseskälte auszusetzen. Helena bestand darauf, dass er sie begleitete. Er protestierte vergeblich, sie solle ihm nicht auf die Nerven gehen. Mit sechsundfünfzig hatte er das Recht, im Warmen in seinem Sessel zu sitzen, zu lesen und Pfeife rauchend am Kamin vor sich hin zu träumen. Er wollte Würste auf dem Holzkohlefeuer grillen. Sie schrie ihn an, sie habe es satt, ihn meckern zu hören wie einen alten Griesgram. Sie müsse raus und Luft schöpfen, er werde sie doch nicht allein lassen.

Was würde passieren, wenn sie einem schwarzen Wolf oder einem Bären begegnete und ausrutschte?

Jeden Tag erfand sie eine neue Bedrohung, er hatte nicht das Herz, sie im Stich zu lassen. Schimpfend zog er sich drei Pullover und zwei Schals an. Er knurrte noch mehr, weil sie lächelte, es nervte ihn, immer gelang es ihr, ihn hinauszulocken, vor allem seit der Schneepflug die Straße freigeschaufelt und es nicht wieder geschneit hatte. Vom Sanatorium bis zum Dorf waren es zwei sanft abfallende Kilometer, ein Stück Weges, ohne sich zu beeilen, zwischen zwei Schneewehen, ohne je einer Menschenseele oder dem kleinsten Fahrzeug zu begegnen. Es war kein hübscher Spaziergang.

In Kamenice war der Schnee nie weiß.

Hier lebte man wie unter einer Glasglocke. Ohne jeden Horizont. Josef hatte seine in Chamonix gekauften Schneestiefel aus Seehundfell angezogen. Solche Schuhe wurden heute nicht mehr hergestellt. Sie waren unverwüstlich. Helena wusste, an wen er dachte, wenn er sie ansah. Wozu ihn zurechtweisen? Sie wartete auf der Türschwelle auf ihn, er ging rasch zu ihr, damit die Wärme sich nicht davonstahl. Wieder einmal erzählte er ihr von den Spaziergängen zum Lac Blanc oder zu den Georges de la Diosaz, als wäre es das erste Mal.

Anfänglich hatte sie sich widersetzt, sobald er seine Erinnerungen an Paris, Chamonix oder Algier heraufbeschwor, sie hatte es aufgegeben. Sie sagte sich, dass es mit den Jahren vernarben würde, dass seine Wunden verblassen würden, doch je mehr er davon sprach, desto weniger heilte es. Ihr war bewusst geworden, dass es ihm ein Vergnügen bereitete, das stärker war als die Traurigkeit und die Bitternis. Oder wie jene starken Schnäpse, die einen krank machen und auf die man nicht verzichten kann, weil sie einem zu Kopf steigen und einen alles vergessen lassen. Wem sonst hätte er davon erzählen sollen? Man kann sich seine Erinnerungen nicht aussuchen. Man erstickt oder vertreibt sie, aber sie kehren zurück, ohne einen nach seiner Meinung zu fragen.

Außerdem war es auch ihre Geschichte, ob es ihr nun passte oder nicht.

An den endlosen Winterabenden Böhmens blieb er nach dem Essen vor dem Kamin sitzen und rauchte seine Pfeife, ein leichtes Lächeln um die Lippen, den Blick dem Geheimnis der Flammen zugewandt, in der Ekstase eine Mannes, der im Geiste leise vor sich hin singt. Manchmal hörte sie ihn murmeln, verstand, dass er sich an seinen verschwundenen Vater wandte.

Helena wusste, dass sie ihn nicht stören durfte.

Josef streunte durch das Museum seines Gedächtnisses. Er verweilte am Lagerfeuer am Strand vom Algier, hörte eine teuflische Zigeunergitarre, die ihn ins Boot ihrer verwirrenden Arpeggien zog, oder eine Akkordeonmelodie, sah die schummrige Tanzfläche bei Padovani wieder und das schaukelnde Lächeln von Marcelin auf dem Podium eines Gartenlokals am Ufer der Marne, wo er sich in einem endlosen Walzer drehte, und bei jeder Umdrehung war es ein neues glückliches Gesicht, eine andere strahlende Frau, die er in einen Wirbel ohne Ende entführte.

Er schloss die Augen, schwankte, verlor das Gleichgewicht und zog seine Partnerin mit sich in den Reigen. Er bemühte sich, sich die Züge von Viviane ins Gedächtnis zu rufen, erinnerte sich nur an ihre verfluchten Absätze, an ihre Ringellöckchen, die aufblitzende Erinnerung an eine Mimose, an Nelly und ihr raues Lachen, an ihre frechen grünen Augen, und das quälende Gesicht von Christine drängte sich auf, sie lächelte ihn an, erstarrt.

Und dieser hartnäckige Orangenduft, von dem er nicht mehr wusste, woher er kam.

Josef und Helena machten an der Biegung kehrt, die zur Kooperative führte, und gingen gemächlichen Schritts wieder hinauf. Manchmal ließen sie sich von Jaroslav oder Barbara abfangen, die herauskamen, um das Vieh zu versorgen und zu füttern, und sie mussten zwei, drei Gläser von dem hausgemachten Slibowitz trinken, der die Mikroben wirksamer tötete als jedes Medikament, immer wieder über diese elende Zeit reden, die nie ein Ende nahm.

An diesem Abend bestand keine Gefahr, sie draußen zu sehen.

Ob in Prag, Brno oder sonstwo im Land würde man auf den Straßen nur Katzen begegnen, die Restaurants wären geschlossen, alle Veranstaltungen fielen aus. Die wenigen Touristen, die die Hauptstadt besuchten, würden sich fragen, welch rätselhafte Katastrophe die Stadt wohl entvölkert hatte. Ängstlich und verloren würden sie sich in ihre Hotels flüchten auf der Suche nach menschlicher Wärme, aber niemand würde auf ihre Rufe antworten.

An diesem 13. März 1966 sollte die Tschechoslowakei beim Endspiel der Eishockey-Weltmeisterschaft, die im jugoslawischen Ljubljana ausgetragen wurde, gegen die UdSSR antreten. Die Glücklichsten würden sich das Spiel im Fernsehen ansehen, die anderen, das heißt fast die gesamte Bevölkerung, würden sich um einen Radioapparat scharen, um die Übertragung zu verfolgen. Natürlich war es kein Spiel wie die andern. Zwar waren die Tschechen Hockeynarren, die sich bereitwillig gegenseitig umbrächten, sobald es um ihre Clubmannschaft ging, aber die Nationalmannschaft war ihnen heilig. Sogar den stets böswilligen Slowaken.

Als sie Ostdeutschland und dann Polen eine Schlappe beigebracht hatten, schwebten die Tschechen einige Tage lang auf einer großen Wolke. Aus Barmherzigkeit mit den Bruderländern hatte man nur sportliche Kommentare abgegeben, aber für jeden bedeutete es ein unerhörtes Glück und kam, wie Ludvik bemerkt hatte, fast einem Orgasmus gleich. Als sie die Vereinigten Staaten und dann Kanada knapp geschlagen hatten, hatten die Tschechen zum ersten Mal seit einer Ewigkeit eine unbekannte Erregung verspürt, viele hatten sich nach dieser seltsamen Empfindung gefragt, die sie drängte, sich den Amerikanern gegenüber als Marxisten zu fühlen. Die Tschechen hatten nichts gegen die Schweden, sie hatten sie mit wilder Entschlossenheit vernichtet, in der Hoffnung, beim Endspiel dem russischen Ungeheuer gegenüberzutreten, es abzumurksen, ihm bei lebendigem Leib die Augen auszustechen, ihm die Gurgel durchzuschneiden, es langsam und mit Wonne zu zerlegen, es mit einem stumpfen Messer in tausend Stücke zu schneiden und es unter den grässlichsten Qualen kaltzumachen.

Auch wenn niemand sich über dieses verlockende Programm geeinigt hatte, alle träumten davon.

Josef Kaplan mochte Hockey nicht, er scherte sich einen Dreck darum. Gewöhnlich hatte er nur Verachtung übrig für diesen Sport für degenerierte Holzfäller, und doch spürte er nun ein ungewohntes Herzklopfen, eine Erregung, von der er hätte schwören mögen, sie sei ihm fremd geworden. Um nichts in der Welt hätte er dieses Spiel versäumt. Er beschleunigte seine Schritte. Helena ließ sich abhängen.

»Beeil dich, mein Mädchen, sonst verpassen wir den Anfang!«

»Wenn wir zusammen sind, musst du nicht unbedingt Französisch sprechen.«

»Warum zum Teufel hat Karel die Stufen nicht abgekratzt?«, maulte Josef. »Wir werden ausrutschen.«

Mit dem Absatz seiner Schneestiefel hämmerte er auf das Eis ein, das sie umschloss.

Etwa hundert Personen drängten sich im Ruheraum des Sanatoriums, man hatte die Tische beiseitegeschoben, die Stühle in Reih und Glied aufgestellt, die Sessel in die erste Reihe, gegenüber dem Fernsehapparat. Das sonst so schwer zu versammelnde Personal war vollzählig anwesend, auch die Mitglieder der Kooperative, der Bürgermeister des Dorfs, der Lehrer, der Zellensekretär, samt Frauen, Kindern und Freunden, auf dem Boden sitzend. Die meisten standen und waren froh, da zu sein, vor dem einzigen viele Kilometer im Umkreis erreichbaren Fernsehgerät.

Als Josef erschien, rief Ludvik, der in der zweiten Reihe auf einem Stuhl saß, ihm zu:

»Josef, ich hatte die größte Mühe, dir einen Sessel freizuhalten. Helena, komm hierher, neben mich.«

Er deutete auf den freien Platz zu seiner Rechten. Sie drückte ihm einen Kuss auf den Mund und grüßte Freunde im Saal.

»Endlich ist der große Abend gekommen«, sagte Ludvik.

»Du glaubst doch nicht etwa, dass wir gewinnen werden?«, antwortete Helena.

»Aber natürlich. Wir haben eine echte Chance.«

»Ja, in deinen Träumen. Sie spielen wie Götter und wir wie Ziegen.«

»Du bist defätistisch, Helena. Wir sind die Besten.«

»Nach ihnen.«

Josef legte seinen Mantel ab, schüttelte ihn, schnupperte mehrmals.

»Ihr seid in einem Sanatorium, verdammt, hier ist Rauchen verboten.«

»Das ist geschlossen, es sind keine Kranken da«, wandte Jaroslav ein.

»Ich lade euch ein, bei mir zu Hause fernzusehen, wir müssen uns an die Vorschriften halten.«

»Dieses Fernsehen ist Eigentum des tschechischen Volkes, Josef, es gehört dir und mir und allen, die hier sind.«

»Aber ich gehöre nur dir«, sagte Karel mit lauter Stimme zu Marta.

Damit rief er das Gelächter des Publikums hervor sowie »Ich auch«- und »Du hast kein Glück«-Rufe und schlüpfrige Witze über das, was es noch zu kaufen und zu verkaufen gab.

»Ich auch«, sagte Ludvik Helena ins Ohr.

»Du bist mein Liebling«, antwortete sie ihm, »aber ich gehöre dir nicht.«

Josef setzt sich in den Sessel, beugte sich zu seinem Nachbarn.

»Du wirst bemerken, Genosse Sekretär, dass unsere Landsleute undiszipliniert sind. Ich rechne mit dir, um sie zur Vernunft zu bringen.«

»Es ist ein großer Tag, Josef, man muss ein Auge zudrücken.«

Josef zog sein Päckchen Sparta hervor und bot ihm eine Zigarette an.

»Später lüften wir.«

Die beiden Mannschaften waren soeben ins Eisstadion von Ljubljana eingezogen, die Spieler zogen anmutige Drehungen, um sich zu entspannen und vorzubereiten.

»Wir müssen sie umbringen!«, brüllte eine Männerstimme.

An diesem Sonntagabend, dem 13. März 1966, hielt das Land den Atem an. Vierzehn Millionen Tschechen und Slowaken, einschließlich der Kinder, die sich üblicherweise für ihre Clubmannschaft in Stücke rissen, verständigten sich untereinander, diesmal durch einen gemeinsamen Traum vereint (die russische Hockeymannschaft zu verdreschen). Es müsste ein Wunder geschehen, dachten alle, als ihre Spieler sich aufwärmten. Die wenigen Kommunisten wandten sich an Karl Marx persönlich, Lenin, der wohl die Seinen unterstützte, konnten sie um nichts bitten. Die Ungläubigen murmelten heimliche Gebete an den heiligen Wenzel, die zahlreicheren Gläubigen an die heilige Agnes, man brauchte eine kleine Handreichung. Der Sieg stand nicht von vorneherein fest, sie hatten es mit der besten Mannschaft der Welt zu tun, dem besten Trainer, der Feind verfügte über unbegrenzte Mittel und das Selbstvertrauen eines stets siegreichen Champions. Doch etwas fehlte ihnen: der unwiderstehliche Wunsch, ihren Gegner zu töten, geschürt von einem dumpfen, tief sitzenden Hass, einem glühenden Wunsch nach Rache, ja, die tschechischen Spieler waren bereit, wie Gladiatoren zu sterben, sich zu opfern und auf dem Eis ihr Blut zu vergießen. Das Ballett der Spieler nahm kein Ende. Josef wandte sich zu Ludvik um.

»Worauf warten sie?«

Plötzlich wurde die tschechische Nationalhymne gespielt, die Spieler standen still, die Zuschauer im Sanatorium erhoben sich, atmeten tief ein und sangen im Chor die süße romantische Melodie: »Wo ist meine Heimat? Das Wasser braust auf den Wiesen …« Einige hatten Tränen in den Augen, am Ende weinten fast alle, sie schnieften, wischten sich die Augen und setzten sich, um die martialische Hymne der Sowjetunion auszunutzen.

»Wir werden sie massakrieren!«, rief Josef.

»Sie werden über sich hinauswachsen!«, antwortete Helena.

»Wie viel braucht man, um zu gewinnen?«, fragte Josef.

»Ein Tor mehr«, erklärte Ludvik.

Die beiden Mannschaften standen sich gegenüber. Zwölf Spieler mit gesenktem Kopf, im Gleichgewicht auf der Spitze ihrer Schlittschuhe, den Schläger fest in behandschuhten Händen, bereit, loszustürmen, dem Gegner ans Leder zu gehen, ihn zu zerschmettern, in den Staub zu treten, bis er bereut, es gewagt zu haben, sie herauszufordern. In wenigen

Sekunden würde das Endspiel der Weltmeisterschaft beginnen.

Tereza betrat den Saal, begrüßte einige Personen im Publikum, ging zu Josef und beugte sich zu ihm.

»Du hast einen Anruf aus Prag, das Innenministerium.«

»Nicht jetzt, nimm du ihn entgegen.«

»Anscheinend ist es wichtig, er will nur mit dir sprechen. Er braucht nur zwei Minuten.«

Mühsam stand Josef auf und folgte Tereza schimpfend in sein Büro.

»Das machen sie absichtlich, ganz bestimmt.«

Er nahm den Hörer. Tereza sah ihn ängstlich an.

»Doktor Kaplan, ich höre.«

»Guten Abend, Herr Professor, hier Oberst Lorenc von der Inneren Sicherheit.«

»Verzeihung, aber was macht ihr in Prag? Habt ihr kein Radio? Kein Fernsehen? Jetzt ist kein günstiger Augenblick.«

»Wovon reden Sie?«

»Von dem Spiel!«

»Was für einem Spiel? Ach ja, unwichtig. Ich rufe Sie an, weil Sie morgen einen besonderen Patienten bekommen, den Sie betreuen sollen.«

»Wir sind nicht vorbereitet, das Sanatorium öffnet erst in einem Monat, wir sind noch im Umbau, bei dem Frost hat sich alles verzögert.«

»Sie werden schon klarkommen. Ein Befehl des Präsidenten, er schätzt Sie sehr. Es handelt sich um eine ausländische Persönlichkeit, die ernste Gesundheitsprobleme hat, man hat uns bestätigt, dass Sie unser bester Spezialist sind. Aus Sicherheitsgründen und der Vertraulichkeit halber werden Sie mit einem Minimum an Personal arbeiten.«

»Das ist unmöglich, Mitte April kommen die Patienten.«

»Es hat absolute Priorität, es ist ihr einziger Patient. Die anderen werden anderswo hingeschickt.«

»Es sind Leute, die ich seit Jahren begleite, ich kann sie

nicht im Stich lassen … und wenn ich nur einen einzigen Patienten habe, kann ich meine Ziele nicht erreichen.«

»Sie sind davon befreit. Man wird das Gesundheitsministerium in Kenntnis setzen. Sie werden einen Genossen aus Uruguay behandeln, der sehr krank ist.«

»Was? Ich spreche nicht Spanisch, und auch sonst niemand hier …«

»Er spricht fließend Französisch. Wie Sie. Verstehen Sie, es ist eine Mission von nationaler Bedeutung, Sie müssen Erfolg haben, wir wissen, dass wir Ihnen vertrauen können, der Begleitoffizier wird Sie instruieren. Unnötig, darauf hinzuweisen, dass diese Angelegenheit geheim bleiben muss.«

Sieben zu eins!

Als das Spiel abgepfiffen wurde, herrschte quälende Stille, zwanzig oder dreißig Sekunden Niedergeschlagenheit, um aus dem Albtraum zu erwachen. Verstört, klebrig und schmutzig trugen die Tschechen die tausendjährige Last der Besiegten. Ludvik schüttelte als Erster die Benommenheit ab, fragte, was »Schlappe« auf Russisch hieß. Diejenigen, die die Übersetzung kannten, hatten nicht das Herz, zu antworten. Nach dieser demütigenden Niederlage gingen viele mit hängenden Schultern weg. Einige blieben. Gemeinsam schien das Debakel weniger bitter zu sein, sie hatten eine schlaffe und enttäuschte Diskussion darüber, was die richtige Strategie gewesen wäre. Was sollte man zu diesem entsetzlichen Spiel sagen? Gab es überhaupt eine mögliche Strategie? Man hätte wie Helden kämpfen müssen, und man war schlichtweg einfallslos gewesen. Die Russen hatten sich amüsiert wie eine Katze mit einer Maus. Konnte man anders spielen? Den Puck schneller spielen? Eine unüberwindbare Abwehrzone haben, statt dieser erstarrten Trottel, die zufrieden waren, Zweite zu sein. Haben wir nicht zu viel Respekt gehabt vor diesem furchterregenden Gegner?

»Man hätte sie auf slowakische Art niedermachen sollen, ihnen die Knöchel zerquetschen, die Knie demolieren, die Ellbogen in die Rippen bohren, ein Bein stellen und auf die Eier zielen sollen.«

»Nein, Jaroslaw, so geht das nicht, man darf sich nicht erniedrigen und so spielen wie sie, wir Tschechen sind wahre Sportler, Künstler des Pucks und des Schlittschuhs.«

»Also dann sind wir erledigt, dann werden wir immer verlieren.«

Natürlich war der Schiedsrichter bestochen, er hatte keines ihrer zahllosen Fouls bestraft, nicht ihr systematisches unsportliches Verhalten gerügt, er hatte ungerechtfertigte Strafzeiten und Bullies für imaginäre Abseits gegeben. Kurz, ein Spiel gegen die Russen.

Josef blieb in Gedanken versunken. Er hatte die beiden ersten Drittel verpasst, war zu Beginn des dritten zurückgekommen, hatte auf den schwarz-weißen Bildschirm gestarrt, wo sich Schatten bewegten, ohne dem Spiel zu folgen, immer wieder an das Gespräch mit dem Oberst denkend, an seinen übertrieben freundlichen und zugleich drohenden Ton. Die Innere Sicherheit: Diese beiden Wörter lösten stets panische, archaische Angst aus. Das letzte Mal hatte er bei Pavels Verschwinden mit ihr zu tun gehabt. Er war lange verhört worden. Er hätte verhaftet werden können, weil er sein bester Freund gewesen war, und in einem Lager enden können. Josef wusste alles über den finsteren Ruf der politischen Polizei und ihre ungeheure Macht. Sie stand über den Gesetzen, sie hatte ihre eigenen, die niemand kannte, war keinem Minister, keinem Richter Rechenschaft schuldig. Sie entschied, welche Sanktion verhängt werden musste, wer gehängt oder eingekerkert wurde. Keiner wusste, nach welchen Kriterien sie handelte, wer dazugehörte und wer nicht, sie war überall und nirgends. Josef wusste, dass die Innere Sicherheit unter der Hand vom KGB gelenkt wurde. Man hatte also nichts zu sagen. Nur zu schweigen und zu hoffen, dass man überlebte.

Er erhob sich, dehnte sich und versuchte, sich in die Gespräche ringsum einzuklinken.

»War es gut?«, fragte er Helena.

»Hör auf, es war eine Katastrophe.«

»Gegen die Russen war es doch von vorneherein verloren. Man sollte nur Spiele machen, die man mit Sicherheit gewinnt.«

Helena schlief neben Ludvik, nackt an seinen Rücken geschmiegt. Der Wecker läutete, Ludvik machte ihn sofort aus, er knipste die Nachttischlampe an, strich sich mit den Händen übers Gesicht, um aufzuwachen.

»Wie viel Uhr ist es?«, murmelte Helena.

»Viertel nach vier. Hast du geschlafen?«

»Ich weiß nicht. Es ist kalt.«

Er suchte sein Hemd, es lag verknäult auf dem Stuhl, mühsam stand er auf. Helena versuchte, ihn zurückzuhalten, konnte ihn nicht erwischen und zog die Bettdecke wieder hoch. Er kleidete sich bereits an. Sie setzte sich auf.

»Warum so früh?«

»Vaclav holt mich ab. Unser Zug fährt um sechs Uhr von Pardubice ab.«

»Wann kommst du zurück?«

»Nicht vor dem Sommer. Ich habe viel Arbeit bei der Zeitung. Kommst du nach Prag?«

»Ich will mich bei der Filmakademie vorstellen. Ich werde ein Aufnahmedossier zusammenstellen. Mach das Licht aus, ich bin müde.«

»Du solltest in dein Zimmer zurückgehen, bevor alle aufwachen.«

»Oh, das ist ihnen egal.«

Der Mann traf am Abend eines nebligen, beißend kalten Tages ein. Der Kranke lag im hinteren Teil eines Militärkrankenwagens, dem ein nobler, wie ein Spiegel glänzender schwarzer Zil 111 vorausfuhr. In dieser Gegend hatte noch niemand je einen solchen Wagen gesehen. In nichts stand er den schönsten amerikanischen nach. Helena hielt seit dem frühen Morgen Ausschau und sagte Josef sofort Bescheid. Er empfing die Ankömmlinge unten an den Stufen, die Karel gereinigt hatte. Ein bartloser blonder Mann in grauem Anzug, unbestimmbaren Alters, zwischen dreißig und fünfzig, entstieg dem Zil, eine Schulmappe in der Hand.

»Oberleutnant Emil Sourek, ich begleite den Kranken.«

Er sprach langsam und mit leiser Stimme.

»Wer sind diese Leute?«

»Das Personal des Sanatoriums und die Arbeiter, die die Küche renovieren.«

»Man hat Sie unterrichtet, Professor Kaplan. Wir brauchen sehr wenig Leute.«

Sourek wandte sich denen zu, die auf der Freitreppe warteten, an den Fenstern lehnten oder auf den Stufen standen.

»Hört alle gut zu. Ich bin Oberleutnant Sourek von der Inneren Sicherheit«, er betonte jede Silbe, ließ auf die nächste warten, als wöge er jedes Wort. »Mich muss man anschauen, nicht den Wagen. Wir haben einen besonderen Patienten, der Ruhe braucht. Das Sanatorium ist beschlagnahmt, ich zähle auf eure Diskretion. Nur einige wenige von euch werden bleiben. Die andern gehen nach Hause. Macht euch keine Gedanken, ihr werdet normal bezahlt. Die Arbeiter kommen später wieder, man wird euch benachrichtigen. Noch Fragen?«

Er wartete drei Sekunden, drehte sich um sich selbst, jedes Gesicht prüfend.

»Das ist schade, nie gibt es Fragen.«

Er schien über das allgemeine Schweigen betrübt zu sein, blieb bei Josef stehen.

»Wen brauchen Sie unbedingt, um ihn zu pflegen?«

Überrumpelt dachte Josef nach.

»Doktor Kautzner, Lea, meine Oberschwester, Marta, Karel und …«

Sourek öffnete seine Tasche, zog ein Bündel Papiere heraus, die er aufmerksam durchsah.

»Kautzner? … Nein, das geht nicht, Lea wie?«

»Lea? … Konrad.«

»Das geht auch nicht.«

»Ich bestehe darauf, meine Gefährtin wird uns helfen, auch meine Tochter, aber sie sind keine Krankenschwestern.«

Sourek sah auf ein anderes Blatt.

»Und Fräulein Zak? Sie ist sehr gut.«

»Sie ist Anfängerin, wenn es ein Problem gibt, brauche ich Lea.«

Sie verhandelten eine Weile. Schließlich musste Josef mit zwei Personen auskommen: Lea als Assistentin und Marta in der Küche.

»Alle andern gehen nach Hause. Sofort. Machen Sie sich keine Sorgen, Doktor, alles wird gut gehen, wenn nicht, rufen wir eine Hilfskraft des Ministeriums.«

Sobald alle gegangen waren, ließen die beiden Chauffeure die Trage herausgleiten. Der etwa vierzigjährige Mann hatte ein ausgemergeltes Gesicht, eine kurze Nase, vorgewölbte Brauen, einen Haarkranz, umschattete geschlossene Augen und war bis zum Kinn in eine gelbe Wolldecke eingemummt. Josef fühlte ihm den Puls, auf seine Uhr sehend, legte ihm die Hand auf die Stirn, der Mann öffnete einige Sekunden lang ein wenig die Augen.

Josef hatte das Eckzimmer neben seinem Büro herrichten lassen. Es war das geräumigste und verfügte über einen Waschraum. Sobald er den Kranken auf sein Bett hatte legen lassen, fuhren die Chauffeure in ihren jeweiligen Fahrzeugen wieder ab. Ein anderer Mann in einem Lederparka begleitete Sourek. Er war untersetzt, hatte dunkle Haut und gewelltes Haar, er stellte sich nicht vor, sagte nur Sourek etwas ins Ohr und setzte sich automatisch ins Wartezimmer. Sourek erklärte, man müsse ständig die Tür offen lassen, damit er den Kranken im Auge behalten könne. Es sei sein Leibwächter. Josef fand das seltsam, sogar lächerlich, er hatte hier nichts zu befürchten, Sourek stimmte ihm zu, aber er könne nichts daran ändern. Als Josef den Kranken untersuchen wollte, schloss er die Verbindungstür, sofort öffnete der Mann sie wieder, stellte sich in den Spalt und fixierte ihn mit unbewegter Miene. Josef bat Sourek, einzuschreiten, es sei ihm unmöglich, jemanden mit einem Bewacher im Rücken zu untersuchen; wenn man kein Vertrauen zu ihm habe, könne er nichts machen.

»Außerdem brauche ich seine Krankenakte.«

»Was für eine Krankenakte? Wir haben keine. Er ist vor einer Woche bei uns eingetroffen, wir wussten nicht, dass er krank war. Als sein Zustand sich verschlechterte, haben wir uns mit Ihnen in Verbindung gesetzt.«

Sourek suchte den Leibwächter auf. Sie sprachen einander ins Ohr, sich die Hand vor den Mund haltend, der Mann schüttelte den Kopf, Sourek musste insistieren, Josef hörte seine lauter werdende Stimme, schließlich fügte sich der Mann. Bevor er die Tür schloss, zog er eine Maschinenpistole aus seinem Parka, die einer Mauser ähnelte, und legte sie gut sichtbar auf den Nachttisch, ohne Josef aus den Augen zu lassen.

Josef untersuchte den Kranken, befühlte den Halsansatz. Er schlief, wobei er leicht schnarchte und beim Ausatmen Pfeiftöne von sich gab. Er öffnete die Augen, blieb einige Augenblicke in der Schwebe, er wirkte erschöpft. Ein leichtes Lächeln erschien, seine Lider senkten sich.

»Ich glaube, Sie verstehen Französisch, beunruhigen Sie sich nicht, wir werden Sie behandeln.«

Mit einer kaum wahrnehmbaren Kopfbewegung stimmte er zu und versank wieder in seinen Dämmerschlaf. Josef legte die Handfläche auf seine Stirn, runzelte die Brauen. Lea half ihm, ihn auszuziehen, maß seine Temperatur, er hatte

39,5 und einen niedrigen Blutdruck. Er war extrem mager, kaum fünfzig Kilo bei etwa einem Meter fünfundsiebzig, hatte vorspringende Rippen und Knochen, eine helle Haut, Spuren alter Wunden auf dem Körper, eine Narbe auf dem linken Handrücken, eine lange Schnittwunde auf dem rechten Oberschenkel. Sein Atem war kurz und mühsam, und intermittierendes Zittern ließ ihn erschauern. Josef horchte ihn sorgsam ab. Mit Hilfe von Lea richtete er ihn mühsam auf. Der Mann versuchte, sich leichter zu machen, indem er sich auf die Fersen stützte. Josef hörte lange auf seinen Herzschlag und das leise Atemgeräusch. Er nahm seinen Fuß und bog ihn zu seinem Schenkel; als Josef ihm seine rechte Hand auf die linke Schulter legen wollte, stöhnte der Mann, die Bewegung entriss ihm einen Schmerzensschrei.

»Ich glaube, er hat eine schlimme Malaria.«

»Meinen Sie, Herr Doktor?«, wunderte sich Lea.

»Seit Jahren habe ich keine so weit fortgeschrittene gesehen.«

Der Mann öffnete die Augen.

»Haben Sie Kopfschmerzen?… Verstehen Sie mich?«

»Ja«, antwortete er fast unhörbar.

»Und Schwindelgefühle? Haben Sie Schwindelgefühle?«

»O ja … ich habe … Malaria.«

»Wissen Sie, wo Sie sich angesteckt haben?«

Der Mann war wieder eingeschlafen.

»Lea, nehmen Sie ihm Blut ab und legen Sie ihm eine Infusion an. Haben wir noch Chinin?«

»Nicht viel.«

»Geben Sie ihm die höchste Dosis. Wir müssen in Prag darum bitten und vor allem um Chloroquin. Sie sollen es uns dringend schicken. Außerdem hat er was an der Lunge.«

Lea zeigte ihm die nikotingelben Finger.

»Ich habe es gesehen.«

Zu dieser späten Stunde war die Zentralapotheke der Krankenhäuser geschlossen, die Zeit drängte. Josef bat Sourek, einzugreifen. Der schloss sich in Josefs Büro ein, führte zwei Telefongespräche und kam zu ihnen.

»Es wird morgen geliefert. Auf das Chloroquin müssen wir ein oder zwei Tage warten, wir bekommen es aus dem Ausland.«

»Wissen Sie, wo er sich diese Malaria zugezogen hat?«

»Ist das für die Behandlung wichtig?«

»Um keine Zeit zu verlieren. Wir haben verschiedene Behandlungsmethoden und Dosierungen je nach der Art der Mücken.«

»Ich werde mich erkundigen. Können Sie ihn impfen?«

»Leider nein, es gibt keinen Impfstoff gegen Malaria.«

»Ich habe gehört, dass er aus Afrika gekommen ist, ich glaube aus dem Kongo, sagen Sie es bloß nicht weiter.«

»Wem soll ich es denn weitersagen? Und wie heißt unser Unbekannter?«

»Ramón.«

Ein Schiffbruch. Damals hatte er kein anderes Wort gefunden.

Nach zwei aufeinanderfolgenden Abgeordnetenmandaten hatte sich Josef nicht mehr zu Wahl stellen wollen, er hatte es satt, sich Fragen ohne Antwort über sein untergehendes Ideal zu stellen, sich nach dem Warum zu fragen und wie alles schiefgelaufen war. Dem Verantwortlichen der Partei, der sich darüber wunderte und seinen Verzicht mit Fahnenflucht verglich, hatte er gesagt: »Man muss den Jungen Platz machen.« Er hatte geglaubt, das sei eine gute Entschuldigung, aber schnell war ihm klar geworden, dass es das schlechteste Argument war, er war in der Nationalversammlung einer der Jüngsten und der Erste, der freiwillig auf einen so vorteilhaften Posten verzichtete. Auf Bitten des Gesundheitsministers hatte Josef an einem ehrgeizigen Programm für den Kampf gegen die Staublunge und die Tuberkulose teilgenommen, die unter den Grubenarbeitern

Verheerungen anrichteten, und hatte sich zum Direktor dieses nagelneuen Sanatoriums im Norden Böhmens ernennen lassen. Das Schwierigste war gewesen, Tereza davon zu überzeugen, ihn zu begleiten. Als sie zur Besichtigung der Baustelle gefahren waren, drei Stunden Fahrt auf einer endlosen Straße, fand sie die Gegend finster und weitab von allem.

»Wir werden hier glücklich sein, weitab von allem.«

Josef hatte ihr sein Unbehagen erklärt, mit ihr konnte er ohne Angst reden. Er wollte seine Meinungen nicht mehr verhehlen und behaupten, sie lebten in einer perfekten Demokratie, alle Probleme seien auf dem besten Wege, gelöst zu werden, während die Situation doch nie schlimmer gewesen war. Er konnte den klebrigen Optimismus dieses sozialistischen Katechismus nicht mehr ertragen, der sie in einer kollektiven Gruft begrub. Unerträglich auch der obligate Glaube an eine strahlende Zukunft, das Verbot, den geringsten Zweifel zu äußern, wollte man nicht als Verräter gelten, und die Pflicht, sich für die Erfolge eines Regimes zu begeistern, wenn man nur deren Niederlagen sah. Josef hatte weder die Kraft zum Widerstand noch den Mut, ins Ausland zu fliehen. Nur das Bedürfnis, sich zu entfernen und seinem Beruf nachzugehen.

Eine Frage des Überlebens.

Tereza war zwar bereit, ihre Stellung als Lehrkraft aufzugeben, aber sie weigerte sich, Prag zu verlassen, um in dieses gottverlassene Loch auszuwandern. Im Gegensatz zu ihm brauchte sie Leben, Betriebsamkeit, Vergnügungen, Freunde, sie war noch nicht in dem Alter, sich auf dem Land zur Ruhe zu setzen.

Ängstlich sah Josef die Eröffnung des Sanatoriums näher rücken und zögerte seine Entscheidung immer wieder hinaus. Wenn er sie ansah, sagte er sich, dass er niemals ohne sie würde leben können, und am nächsten Tag, ach was, sie übertrieb, schließlich war Prag nur zweihundert Kilometer entfernt. Er mochte das Projekt noch so sehr in den schönsten Farben malen: Dort würden sie in Ruhe leben, die Bauern scherten sich nicht um die Politik, Ludvik trieb gerne Sport, Helena schwärmte für die Natur und könnte Tiere halten, die Kinder hätten jedes ein eigenes Zimmer, sie würden von der frischen Luft profitieren und hätten auch ein gutes Gymnasium, Tereza wollte nichts davon hören. Bestimmt meinte sie, dass Josef verzichten werde, und war überrascht, als er ihr seine Abreise mitteilte. Er hatte Helena für das nächste Schuljahr angemeldet, aber er wollte nicht, dass sie sich trennten.

Am Abend, als Tereza ihm mitteilte, dass Josef und Helena nach Kamenice ziehen würden, empörte sich Ludvik von der Warte seiner vierzehn Jahre herab.

»Wenn man sich trennt, dann liebt man sich nicht mehr«, schrie er seine Mutter an. »Ich glaubte, wir seien eine richtige Familie. Du hast mir immer gesagt, ich solle auf Josef hören, als wäre er mein Vater, und jetzt soll ich auch ihn verlieren? Das hatte also nichts zu bedeuten? Helena ist wie meine Schwester, und ich soll sie nicht mehr sehen, ich verstehe das nicht. Du hättest mich nach meiner Meinung fragen sollen, bevor du dich entscheidest. Ich zähle also nicht? Was ich denke, ist ganz unwichtig? Auch ich bin gern auf dem Land. Ich will nicht, dass wir beide hierbleiben.«

Im Juli 1960 zogen Josef, Tereza und die Kinder in die große Dienstwohnung des Sanatoriums. Josef hatte nicht unrecht, das Leben war hier friedlicher als in Prag, hier kümmerte man sich nur um den Himmel, die Tiere und die Ernten. Auch Tereza hatte nicht unrecht, der Winter dauerte sechs Monate, und man redete nur über Landwirtschaft, sie langweilte sich. Josef ließ sie als Verwaltungskraft einstellen, sie hatte zwar keine Ahnung davon, kam aber zurecht, und niemand merkte es. Sie sagte sich, dass sie sich mit der Zeit daran gewöhnen werde; Hauptsache, wiederholte sie sich jeden Tag, wir sind zusammen.

In diesem März 66 war es fast fünfzehn Jahre her, dass Pavel sich in Luft aufgelöst hatte. Tereza hatte nie eine Nachricht erhalten. Lange hatte sie auf der Lauer gelegen, in der Gewissheit, eines Tages ein Zeichen von ihm oder eine Information zu erhalten. Wenn er es geschafft hätte, sich zu retten, dann fände er eine Möglichkeit, ihr eine Botschaft zukommen zu lassen: Ich lebe, in London, in Paris oder anderswo, mir geht es gut, und ich denke an euch. Aber nichts. Jetzt meinte sie, dieses Schweigen habe nur eine Erklärung: Pavel war tot, sonst hätte er sich ganz bestimmt auf die eine oder andere Weise bemerkbar gemacht. Und nun war das nicht mehr wichtig, ob tot oder lebendig, es lief auf dasselbe hinaus. Das Leben ging ohne ihn weiter. Dennoch war er da, auf dem ersten Platz im Friedhof ihres Gedächtnisses, neben ihrem an Herzversagen gestorbenen Vater und ihrem im Krieg gefallenen Bruder, dessen Leiche nie gefunden worden war.

Weil Ludvik und Helena Pullover brauchten, um dem eisigen Winter Böhmens zu trotzen, hatte sie sich wieder ans Stricken gemacht; hier bestand keine Schwierigkeit, sich Wolle zu besorgen. Sie verstand sich wunderbar auf das Ineinanderschlingen von Maschen und Farben und strickte die modischen irischen Zopfmuster, die ihr die Hochachtung aller Frauen der Gegend eintrugen. Sie bedauerte nur, Helena nicht vom Stricken überzeugen zu können.

»Das ist rückständig«, hatte sie ausgerufen, »ich werde stricken, sobald die Männer damit anfangen!«

Und Josef hatte keinerlei Nachricht von Christine. Er erwartete auch keine. Seine Nachforschungen waren an der unüberwindlichen Mauer der internationalen Regelungen zerschellt. Er verübelte es ihr nicht mehr, sich gerettet zu haben, vielleicht hätte er an ihrer Stelle genauso gehandelt, vor allem nahm er sich seine Naivität übel, dass er geglaubt hatte, das Glück ließe sich wie ein Küchenmöbel herstellen. Eines Abends, aber da hatte er zu viel getrunken (und der Slibowitz fördert die Anwandlungen von Hellsicht), hatte er eine Art Offenbarung, er sah eine Parallele zwischen seinem Schicksal und dem seines Landes, die gleiche übertriebene Hoffnung, die gleichen wahnwitzigen und hingemordeten Träume, oder war das nur ein zufälliges Zusammentreffen?

Seit Christines Flucht 56 hatte Helena ihre Mutter nie erwähnt, nicht ein einziges Mal. Sie hatte Josef nie die kleinste Frage gestellt, und die Antwort auf das Warum, die seinen Vater so umgetrieben hatte, war ihr nicht in den Sinn gekommen, oder sie hatte es sich nicht anmerken lassen. Er aber hätte gern mit ihr darüber diskutiert; er sagte sich, sie ist zu jung, später, wenn sie groß ist, erzähle ich ihr alles, verheimliche ihr nichts, sie soll alles wissen. Doch die Jahre vergingen, jetzt war Helena fast achtzehn, und er wartete noch immer, dass sie dieses schmerzvolle Thema zur Sprache brachte, aber sie hatte das Problem schon seit Langem bereinigt.

Es gab im Jahr einen schlimmen Tag, den 16. Dezember. Da konnte Josef nicht umhin, daran zu denken. Es war Martins Geburtstag, er wurde fünfzehn, nein, sechzehn … Das Unbehagen kehrte zurück, heimtückisch; ein oder zwei Wochen vorher fühlte er einen alten Zorn in sich aufsteigen, er, der gewöhnlich so leutselig war, wurde schroff, seine Aggressivität nahm zu, je näher das Schicksalsdatum rückte. An jenem Abend feierte man nicht, er stellte lediglich einen Teller zwischen sich und Helena auf den Tisch, ohne den geringsten Kommentar, nichts weiter als ein Platz zwischen ihnen, um zu sagen, wir vergessen ihn nicht, er ist noch immer bei uns. Gern stellte Josef sich vor, dass sein Sohn sich an ihn erinnerte, an sein Leben in Prag, und dass er um ihm trauerte, so wie er es bedauerte, seinen Vater und seine Schwester nicht mehr zu sehen. Er ahnte, welche Erklärung ihm Christine gegeben haben konnte, und jedes Jahr durchströmte ihn wie Gift eine Flut an Hass.

In einem Jahr jedoch, es war der 16. Dezember 59, hatte Helena, die damals elf war, gefragt:

»Werden wir Martin einmal wiedersehen?«
»Natürlich, mein Liebes.«
»Meinst du wirklich?«
»Eines Tages sind wir alle vereint.«

Und dann, an Silvester 57, hatte Josef Tereza aufgefordert, einen Walzer mit ihm zu tanzen.

»Erinnerst du dich, als wir jung waren?«
»Und ob ich mich erinnere, als wäre es gestern gewesen.«
»Du tanzt verdammt gut.«
»Du auch.«

Tereza war eine pragmatische, vernünftige Frau, sie liebte Josef aufrichtig, aber doch nicht so sehr, dass sie sich mitten im Nirgendwo lebendig mit ihm begrub. Sie hatte Josef gedrängt, seine Prager Wohnung zu behalten, häufig fuhr sie mit dem Zug hin und zurück, da sie außerstande war, die endlosen Winter und die romantischen Sommer von Kamenice lange zu ertragen. Josef tat so, als ob ihre Abwesenheiten dem Sanatoriumsbetrieb schadeten.

»Du musst mich nehmen, wie ich bin, und nicht zu viel von mir verlangen, Josef. Schon mit Pavel konnte ich es nicht ertragen, in Sofia zu bleiben. Ich muss atmen, Prag ist mein Leben.«

1963, nachdem Ludvik sein Abitur bestanden hatte, schrieb er sich in den Fachbereich Journalismus der literarischen Fakultät ein. Er zog in die Wohnung, und Tereza musste noch häufiger in die Hauptstadt fahren.

»Schließlich kann ich meinen Sohn nicht im Stich lassen.« Josef brauchte eine Weile, um sich daran zu gewöhnen, er sah auch einen Vorteil darin, es ermöglichte ihm, seine Tochter für sich allein zu haben. Wenn sie sich im großen Esszimmer zum Abendessen trafen, genossen sie dieses Tête-à-Tête, die Mahlzeiten dauerten zwei Stunden.

»Stört es dich nicht, dass Ludvik weg ist?«

»Er studiert.«

»Ihr seht euch nicht oft.«

»Doch, in den Ferien.«

»Willst du nicht nach Prag zurück?«

»O nein, da ist zu viel Betrieb.«

»Ich dachte, ihr hättet Pläne geschmiedet.«

»Josef, die Mädchen von heute glauben nicht mehr an den Märchenprinzen. Ich möchte arbeiten, das Leben genießen, keine Familie gründen.«

»Und was willst du machen? Hast du darüber nachgedacht? Als wir darüber sprachen, wolltest du dich nicht bei der Filmakademie von Prag bewerben?«

»Ich schwanke. Es dauert vier Jahre! Das ist lang.«

»Als wir *Die Liebe einer Blondine* gesehen haben, sagtest du, dass dich die Regiearbeit interessiert. Das ist eine gute Idee. Ich werde dir helfen.«

»Weißt du, ich träume auch davon, Schauspielerin zu werden … Was habe ich gesagt, Josef? He? Warum siehst du mich so an?«

»Wie geht es Ramón?«, fragte Sourek, wie immer ängstlich, drei- oder viermal am Tag.

Ramón Benitez Fernandez schwebte eine Woche lang zwischen Leben und Tod mit stetigem hohen Fieber. Manchmal klapperte er mit den Zähnen, rollte sich in seinem Bett zusammen, wollte den Infusionstropf entfernen. Nachts hatte er erschreckende Hustenanfälle, die ihn vom Bett hochhoben und ihn zucken ließen wie einen verprügelten Boxer. Man musste für das Dringendste sorgen, ihm das Atmen ermöglichen. Kortikoid-Injektionen überwanden die Asthma-Anfälle und die intravenöse Verabreichung von Chinin das Fieber.

Die Messung der Parasitämie durch Blutabstrich versetzte Josef fünfundzwanzig Jahre zurück, sofort fand er die Handbewegungen wieder, die er in Algier so oft ausgeführt hatte.

Die Resultate der Analyse zeigten eine anormal hohe parasitäre Dichte, wahrscheinlich eine dem *Falciparum* geschuldete Überinfektion, einer in Zentralafrika sehr aktiven und gegen Chinin resistenten Mücke, die Verheerungen anrichtete und für die es keinen natürlichen Schutz gab. Doch ohne Chloroquin verfügte Josef über keine wirksame Behandlung. Aus unbekannten Gründen musste man sechs endlose Tage warten. Unentwegt ermahnte Sourek den Direktor der Zentralapotheke, sogar Drohungen halfen nichts: Das Medikament kam aus der Schweiz.

»Verstehen Sie, Herr Professor«, erklärte er Josef, »in unserm Land wird es nicht verwendet. Bei uns gibt es keine Malaria.«

Sourek führte weitere Telefongespräche, und das Medikament traf als Diplomatengepäck ein. Josef wollte das Institut Pasteur kontaktieren, um sich nach den letzten Empfehlungen für diese Behandlung und nach dem neuen Doxycyclin zu erkundigen, über das er nichts wusste, vielleicht auch, um mit Sergent oder einem der Ärzte zu sprechen, die er gekannt hatte. Sourek leitete die Bitte nach Prag weiter, ein weiterer verlorener Tag: »Antwort negativ, wir müssen in der Lage sein, selbst zurechtzukommen.« Josef insistierte, Sourek reagierte schroff: »Diskussion sinnlos.«

Trotz einem wenig überzeugenden Kontrollelektrokardiogramm ging Josef das Risiko ein, Chloroquin in der Maximaldosis zu verwenden. Innerhalb von zwei Tagen überwand es den Malariaanfall.

Josef organisierte eine ständige Aufsicht: Lea, Tereza und Helena lösten sich alle zwei Stunden an seinem Bett ab, und wenn er konnte, übernahm Josef die Aufgabe.

Langsam erholte sich Ramón. Sourek wandte sich in stockendem Spanisch an ihn und an seine Leibwache. Josef, Tereza und Helena verständigten sich auf Französisch, Ramón sprach es fließend, Lea überhaupt nicht. Sie verbrachten viel Zeit mit Übersetzen. Wenn sie es vergaßen, was häufig vorkam, wiederholte Sourek, fieberhaft und gereizt: »Was hat er gesagt?«

Sehr bald wollte Ramón aufstehen. Josef fand, dass es nicht ratsam sei.

»Ich kann nicht im Bett bleiben, ich bin nicht in der Lage dazu.«

»Was hat er gesagt?«

Er war unsicher auf den Beinen, man ließ ihn in einem Sessel am Fenster Platz nehmen. Marta machte ihm einen Kartoffelbrei nach ihrer Art, mit fein geschnittenen Zwiebeln. Ramón versuchte, einen Bissen zum Mund zu führen, seine Hand zitterte, etwas fiel herunter. Lea setzte sich neben ihn, nahm ihm die Gabel aus der Hand, wischte ihm mit einer Serviette den Mund ab und wollte sie ihm um den Hals binden.

»Hören Sie auf, ich bin kein Kind!«, rief er aus.

Lea sprach nur Tschechisch und machte weiter. Mit einer Grimasse zog er heftig den Kopf zurück. Helena trat heran, legte ihre Hand auf Leas Schulter.

»Lass nur, ich kümmere mich drum.«

Sie setzte sich an ihren Platz, nahm ein wenig Püree, streckte ihm den Löffel entgegen. Er hielt den Mund geschlossen.

»Wir müssen Sie füttern, Sie müssen sich stärken, später werden Sie es alleine tun«, sagte sie auf Französisch.

Er fixierte sie lange, als ob er sie gerade entdeckte, zögerte einen Augenblick und machte den Mund auf. Er aß langsam, schluckte mühsam, holte Luft. Nach dem fünften Löffel schüttelte er erschöpft den Kopf.

»Lass sein«, sagte Josef. »Ruhen Sie sich aus, Monsieur. Es sind zu viele Leute in diesem Zimmer, geht alle raus. Lea, du kümmerst dich um die Pflege. Tereza, Helena und ich teilen uns die Nachtwache.«

Ramón winkte Josef zu sich.

»Ich will gehen«, sagte er ihm ins Ohr.

»Sie sind noch nicht so weit. Besser, wir warten noch.«

Er schüttelte den Kopf, stützte sich auf die Ellbogen, und es gelang ihm, sich hochzudrücken. Josef auf der einen Seite, sein Leibwächter auf der andern, machte er im Flur ein paar Schritte, die Arme ausgestreckt, sie trugen ihn eher, als dass er ging. Ramón hielt inne, völlig erschöpft, keuchend, schob sie rücksichtslos beiseite und ging schwankend zurück in sein Zimmer, man hatte den Eindruck, als würde er gleich zusammenbrechen, der Leibwächter folgte ihm mit vorgestreckten Händen, bereit, ihn aufzufangen, Ramón sank auf sein Bett.

Da er nur einen einzigen Patienten hatte, hätte Josef seinen Rückstand aufholen, die sich stapelnden Nummern der Zeitschrift *Der tschechoslowakische praktische Arzt* lesen, sein Büro aufräumen und noch tausend andere Dinge tun können, für die er nie Zeit gehabt hatte, aber er war ebenso beschäftigt, wie wenn das Sanatorium voll gewesen wäre. Sourek zog ihn heran bei der Abfassung seines täglichen Berichts, er war dabei überaus pedantisch und verlangte ständig genauere Angaben.

»In Prag mag man Details. Es reicht nicht, ihnen zu sagen, dass es ihm schlechtgeht, ich muss die Entwicklung der Krankheit erklären, was Sie tun, die Schwierigkeiten, die wir haben, und Ihre Prognose.«

»Herr Oberleutnant, Sie verlangen doch nicht von mir, das Arztgeheimnis zu brechen?«

»Die Innere Sicherheit hat Ihnen den Kranken anvertraut, verstehen Sie? Sie stehen unter dienstlichem Befehl. Unser Leben hat keinerlei Bedeutung, sobald das höhere Interesse des Landes im Spiel ist. Und außerdem, wir mischen uns ja nicht in die Therapie ein, wir bitten Sie nur, ihn zu behandeln und uns zu sagen, was er hat.«

Josef wusste, dass er dem nicht entgehen konnte, nur die Toten sind in Sicherheit. Er nannte die Namen der Krankheiten, der Mikroben, der Bakterien, präzisierte die Analysen, die er täglich vornahm, ihre Ergebnisse und die Schlussfolgerungen, die er daraus zog. Sourek notierte.

»Langsam, Herr Doktor ... Können Sie mir ›Hypoglämie‹ buchstabieren?«

Als Josef das Problem des Medikamentenmangels ansprach, hob Sourek den Kopf und hörte auf zu schreiben.

»Ist das wirklich wichtig?«

»Die Behandlung verzögert sich, weil die Zentralapotheke nichts auf Lager hat und uns nur alte Medikamente liefern kann. Für die wichtigen Leute versorgt sie sich in der Schweiz und in Österreich, das Isoprenalin müssen wir uns aus England kommen lassen, und das Doxycyclin ist ein amerikanisches Antibiotikum.«

»Das kann ich nicht schreiben!«

»Wollen Sie, dass er lebt oder dass er stirbt?«

»Doxycyclin, wie viele y?«

Das erste Mal gab Sourek ihm seinen Bericht zur Korrektur, er enthielt derart viele medizinische Fachausdrücke, dass er den Text selbst nicht noch einmal durchlesen konnte und Angst hatte, Fehler gemacht zu haben.

Josef wurde wütend, als er beim Abendessen von Tereza und Helena erfuhr, dass Sourek sie mit Fragen und Drohungen bedrängt hatte. Er verlangte, dass sie als Informantinnen arbeiteten.

Josef begab sich zu Sourek und betrat sein Zimmer, ohne anzuklopfen.

»Halten Sie meine Frau und meine Tochter aus alldem heraus! Sie gehen mir zur Hand, weil Sie mir mein medizinisches Personal genommen haben.«

»Mein Bericht muss die Wirklichkeit widerspiegeln. Ich werde Ihre negative Einstellung erwähnen.«

Ramón gab Josef Anlass zum Staunen, ja zur Verblüffung. Noch nie in seiner Laufbahn hatte er solch einen schwerkranken Patienten am Rande des Komas oder der Ohnmacht gesehen, der sich wie ein Automat aufrichtete, seine Müdigkeit ignorierte, als wären Körper und Geist bei ihm getrennt. Jeder Mensch wäre völlig entkräftet in seinem Bett liegen geblieben, hätte das bisschen Energie geschont, das ihm blieb, er aber scherte sich nicht darum und hörte auf niemanden.

Josef betrat sein Zimmer, Tereza hatte die letzte Nachtwache übernommen.

»Hin und wieder deliriert er«, sagte sie leise. »Er hat hohes Fieber.«

Josef legte ihm die Hand auf die Stirn und fühlte den Puls, Ramón öffnete ein Auge.

»Und, Doktor, wie geht es heute?«, sagte Ramón.

»Das müssen Sie sich selbst fragen, Sie sehen müde aus heute Morgen. Das ist das Chloroquin, ich habe Ihnen eine Elefantendosis verpasst.«

Josef nahm sein Stethoskop, steckte sich die Stöpsel in die Ohren und legte ihm die Membran des Bruststücks auf den Thorax. Er schloss die Augen, um sich zu konzentrieren, verschob leicht den Apparat und lauschte den Atmungsgeräuschen der Lunge.

»Da ist etwas, was ich überprüfen muss. Wir werden Sie ins Krankenhaus von Pardubice bringen, hier fehlen uns die nötigen Geräte. Dort dagegen sind sie für die Röntgendiagnose sehr gut eingerichtet und haben einen hochmodernen Vergrößerungsapparat. Wir machen eine Aufnahme, und dann wissen wir endgültig Bescheid.«

Ramón seufzte.

»Meine Lungen sehen nicht sehr schön aus, ich habe eine alte Tuberkulosenarbe.«

»Das will ich überprüfen. Es lässt sich behandeln.«

»Da ist nichts zu machen. Geben Sie sich keine Mühe, Doktor, ich will nicht als Versuchskaninchen herhalten.«

Ramón schlief, atmete kurz und mühsam. Helena saß auf dem Stuhl gegenüber des Bettes und las im Schein einer schwachen Nachttischlampe. Im Sanatorium herrschte nächtliche Stille. Ramón öffnete ein Auge, betrachtete sie eine Weile beim Lesen. Vielleicht weil das Schnaufen aufhörte, hob Helena den Kopf. Er lächelte schwach.

»Wie fühlen Sie sich?«, fragte sie.

»Es hat schon besseres Tage gegeben.«

»Wollen Sie trinken?«

»Ja, gern.«

Sie goss Wasser in ein Glas, half ihm trinken, er legte seine Hand auf die ihre.

»Ihre Hand glüht ja. Sie haben wieder Fieber.«

»Wie heißen Sie?«

»Ich bin Helena, die Tochter von Doktor Kaplan.«

»Sind Sie Krankenschwester?«

»Nein, aber inzwischen kenne ich mich aus, ich gehe ihm ein wenig zur Hand.«

»Was lesen Sie?«

Sie las mit ihrer etwas tiefen Stimme:

»›Ich sterbe also, und erhoffen will ich nie ein gutes Ende, sei's im Leben, sei's im Tod, ich halte ewig fest an der Besessenheit. Es stimmt, daß richtig liegt, wer ehrlich liebt, viel freier ist, wer zugibt, mein Despot, das ist die Liebe, die so alt ist wie die Zeit. Es stimmt, daß meiner Herzensfeindin Leib der Schönheit ihrer Seele dient als Spiegel, vergaß sie mich, so trage ich die Schuld, und läßt uns Amor so viel Leid erdulden, dann um sein Reich zu führen voller Frieden …‹«

»Oh, *Don Quijote* …, wie lang das her ist, fahren Sie fort, es ist so schön.«

»›Dein Unrecht, deine Unvernunft bezeugen, daß ich mit Recht mein ödes Leben ende, so müde und verhaßt ist's mir geworden, du siehst es vor dir, leuchtend hell und deutlich, mein Herz will deiner Strenge heiter spenden, welch heißes Blut es schon darum vergossen, und wenn's dir in den Sinn gar kommen sollte, den klaren Himmel deiner Augen Schönheit bei meinem Tod zu trüben, laß es bleiben …«*

Sie hob die Augen, Ramón schlief, beruhigt, sie las für sich weiter.

Dieser Ramón war auch ein Schulbeispiel, einer jener Patienten, auf die die Professoren erpicht sind, um ihre Studenten durchrasseln zu lassen. Josef erinnerte sich nicht, jemals einem Kranken begegnet zu sein, der so viele Krankheitsbilder auf einmal aufwies. Seine Blutanalyse ergab eine schlecht behandelte Amöbenruhr, eine der Ursachen für seine Schwäche und Magerkeit. Als Josef ihn davon unterrichtete, war er nicht überrascht.

»Ich werde Ihnen Antibiotika geben, wir dürfen keine Risiken eingehen.«

»Das ist unmöglich, ich bin allergisch gegen Penicillin. Nötig wären Rehydrierungssalze.«

»Ich werde welche besorgen, aber in Ihrem Zustand wird das nicht ausreichen. Es ist uns gelungen, ein neues Antibiotikum zu entwickeln, das gegen Ihre Malaria und Ihre Ruhr sehr gut wirken könnte.«

»Ich vertrage sie nicht.«

»Man ist nicht gegen alle Antibiotika allergisch, hat man Ihnen schon einmal Doxycyclin gegeben?«

»Was ist das? Ein Tetracyclin?«

»Aus derselben Familie. Kennen Sie sich damit aus?«

»Doktor, ich vertraue Ihnen ein Geheimnis an, auch ich bin Arzt. Ich habe nie praktiziert bzw. vor langer Zeit und nur gelegentlich. Aber wenn Sie meinen, es ist unbedingt erforderlich, will ich es gern versuchen.«

»Es dürfte keine Probleme geben. Bei der ersten Reaktion stellen wir die Behandlung ein.«

* Nach der Übersetzung von Susanne Lange.

»Was das Asthma angeht, so will ich kein Kortison mehr nehmen, es schwemmt mich auf.«

»Ich werde Ihnen ein Medikament geben, das noch getestet wird, ein synthetisches Adrenalin, eine Weiterentwicklung des Isoprenalins, aber weniger gefährlich, es ist auch ein Bronchodilatator. Damit sind Sie bald wieder auf den Beinen.«

»In meinem ganzen Unglück habe ich das Glück gehabt, dem einzigen tschechischen Arzt zu begegnen, der sich in Tropenkrankheiten auskennt. Wo haben Sie das gelernt?«

»Ich habe eine Biologievorlesung am Institut Pasteur in Paris gehört, dann hat das Institut mich nach Algier geschickt.«

»Eine Stadt, die ich gut kenne.«

»Ich habe sieben Jahre im Institut Pasteur von Algier gearbeitet, viel Forschung, viel im Feld, davon drei Jahre in einem gottverlassenen Nest. Danach können Sie alles behandeln, Ende des Kriegs bin ich zurückgekommen. Ich habe sehr gern da unten gelebt, auch wenn es nicht einfach war.«

»Ich bin oft dort gewesen, aber ich kenne das Land nicht. Die Franzosen haben es sich dort gutgehen lassen.«

»Das stimmt, sie hatten ein schönes Leben, die Einheimischen weniger. In dem Kaff, in dem ich war, herrschte furchtbares Elend.«

»Das dachte ich mir.«

»Nein, solange Sie es nicht mit eigenen Augen gesehen haben, können Sie nicht verstehen, was das heißt.«

Als Josef das Zimmer betrat, stach ihm als Erstes herber Tabakgeruch in die Nase. Ramón, im Sessel sitzend, sah aus dem Fenster, betrachtete die Landschaft, sein Leibwächter lag auf dem Bett. Auf dem Tisch befand sich in einem Aschenbecher ein ausgedrückter Zigarrenstummel.

»Wer hat hier geraucht?«

»Ich«, sagte Ramón mit gleichgültiger Miene.

»Sie sind verrückt!«

»Warum?«

»Sie haben akutes Asthma. In Ihrem Fall ist es absolut verboten.«

»Von wem?«

»Von mir, von der Medizin.«

»Seit dem zartesten Kindesalter leide ich an Asthma, ich habe schon immer damit gelebt, immer habe ich geraucht, und ich werde bestimmt nicht heute damit aufhören.«

Josef beugte sich zu ihm hinunter. Erstaunt fixierte ihn Ramón mit erhobenen Brauen.

»Hören Sie gut zu, zu Hause oder anderswo können Sie tun, was Sie wollen, aber Sie befinden sich in meinem Sanatorium, und hier bin ich der Chef. Entweder Sie gehorchen mir, oder Sie gehen. Es kommt nicht in Frage, dass ich Sie unter diesen Bedingungen behandle.«

»Ich weiß nicht, warum, aber ich werde auf Sie hören, Doktor. Abgesehen davon haben Sie unrecht, eine Zigarre hat noch nie jemandem geschadet.«

»Hören Sie auf, mich Doktor zu nennen, und sagen Sie Ihrem Leibwächter, er soll seine Füße vom Bett nehmen.«

›Ach, Carlito, wie sehr du mir fehlst‹, dachte Josef, als er eine weitere 78er von Gardel auf sein Grammophon legte. ›Gibt es auf der Welt eine schönere Musik, ein größeres Glück?‹

Jeden Abend nach dem Essen genehmigte er sich ein oder zwei Zigaretten und gab sich, mit den siebenundachtzig Schallplatten seiner Sammlung, ein Privatkonzert, auch wenn einige Lieder sich öfter wiederholten. Wie auch sollte man *Volver* oder *Por una cabeza* nicht immer wieder hören, warum hätte er auf dieses Vergnügen verzichten sollen? Die Magie wirkte noch immer, die überirdische Stimme entführte ihn weit weg, ließ ihn erschauern, alte Erinnerungen an wirbelnde Drehungen durchströmten ihn, göttliche Akkordeonklänge. Wenn er die Augen schloss, kehrte er in die Rue de Lappe oder zu Robinson zurück. An manchen Abenden, wenn er nicht mehr an sich halten konnte, forderte er Tereza zum Tanzen auf, er schob den niedrigen Tisch beiseite, und sie drehten sich drei Minuten lang.

»Noch einen?«

»Mit Vergnügen.«

Tereza hielt sich gut, sie kannte ihn schon so lange, folgte seinen gemessenen Schritten. Sie war etwas dicklich geworden, aber beim Tango hatte das keine Bedeutung, wenn man ihn von innen her tanzt.

Natürlich hatte er Helena das Tanzen beigebracht. In Wirklichkeit hatte sie ihn darum gebeten. 57 oder 58, er wusste es nicht mehr genau, sie war neun oder zehn Jahre alt, hörte endlos *Volver.* Sie war zu ihm gegangen, hatte ihre Hand auf die seine gelegt, hatte ihn zärtlich angelächelt.

»Josef, wenn du mir Tanzen beibringen würdest?«

Er hatte sie an der Hand genommen, einen Kuss darauf gedrückt, sie war zierlich, nicht sehr groß, unsicher.

»Mademoiselle, wollen Sie mir diesen Tanz gewähren?«

Er hätte ihr gern die Grundschritte beigebracht, dass man sich gegen den Uhrzeigersinn dreht, wie man seine Hand auflegt oder sich führen lässt, aber das war unnötig, sie wusste es schon.

Und sie hatten getanzt.

Helena war sehr begabt. Von ihrem Vater hatte sie die Leichtigkeit, jene Art, sich wie auf Glas zu drehen, niemals ihren Arm schwer zu machen, eine Tausendstel Sekunde im Voraus zu spüren, wohin sie zu gehen hatte, und so vorauszuschauen, als wären sie eins.

Das hatte lange gedauert, und dann, mit den Jahren, hatten sie weniger getanzt, sie besaß nicht dieselbe Leidenschaft, sie hatte die Nase voll von den argentinischen Tangos. Sie gab jener ohrenbetäubenden Musik den Vorzug, die aus einer anderen Welt kam. Josef hatte noch Freunde, die reisten, Abgeordnete, hohe Beamte, sie hatten ihm heimlich 33er-Platten mitgebracht, die auf dieser Seite der Mauer mehr wert waren als Gold. Mit Ludvik hörte sie in ihrem Zimmer stundenlang die Animals und die Beatles, sie war eine Privilegierte, die Tochter eines Apparatschiks, die Einzige hier, die Bluejeans trug, echte.

Sie konnte die spanischen Liedchen nicht mehr ausstehen.

Dagegen weinte sie, wenn sie *Don't let me be misunderstood* hörte.

Josef konnte sich über seine geräumige Dienstwohnung im ersten Stock des rechten Gebäudeflügels nicht beklagen, sogar der Minister hatte keine schönere. Das Wohnzimmer ging auf die Landschaft und die Wälder, die er im Schein des Mondes wahrnahm, der gerade hinter den Wolken hervorkam. Hinter der Fensterscheibe spähte er zum Waldrand, manchmal überquerten Hirsche oder Wildschweine die Lichtung, doch an jenem Abend tollte kein Hase auf dem Schnee herum, der noch immer den windigen Hang bedeckte. Er hatte nie erfahren, welcher idiotische Funktionär beschlossen hatte, ausgerechnet hier ein Sanatorium zu bauen, es gab keinen schlimmeren Ort für Kranke, kein ungesünderes Mikroklima, immer war es kalt und feucht, und häufig, sommers wie winters, stießen die Wolken gegen den Hügel und hüllten ihn tagelang in Nebel. Doch hätte man nur vollkommene Gegenden ausgewählt, dann hätte es in diesem Land überhaupt kein Sanatorium gegeben.

Josef war beunruhigt, weil er keine Nachricht vom Ministerium hatte, dabei waren sie dort über die Beschlagnahme informiert worden. Am nächsten Tag würde er mit Prag telefonieren, um zu erfahren, was aus den anderen Kranken werden solle.

»Hoffentlich erholt er sich bald und geht«, sagte er zu Tereza und Helena, die auf dem Kanapee lasen, »damit wir wieder unser normales Leben führen können. Jetzt, wo man die Arbeiter vertrieben hat, bleiben die Bauarbeiten liegen, die Leute werden nicht vor dem nächsten Jahr zurückkehren, und ich hatte solche Mühe, sie zu bekommen. Nun ja, wir müssen eben versuchen, die Küche in dem Zustand zu benutzen, in dem sie sie zurückgelassen haben.«

Er suchte eine Schallplatte, legte sie auf die Drehscheibe, setzte behutsam den Tonarm auf. Ein Knistern kam aus dem hinter dem Gehäuse verborgenen Lautsprecher. Helena seufzte. Josef setzte sich in den Sessel, zündete eine Sparta an und schloss die Augen, um *La ultimá copa* zu hören:

Ich liebte sie, Freunde, liebe sie noch
Und niemals werde ich sie vergessen können
Allein für sie berausche ich mich
Und sie, die weiß, was sie tut ...

Es wurde an die Tür geklopft. Tereza machte auf. Ramón erschien, ein Lächeln im Mundwinkel, sein Leibwächter hinter ihm. Josef ging zu ihnen, dann Helena.

»Guten Abend«, sagte er, »haben Sie keine Angst, alles ist in Ordnung. Ich habe diese Stimme gehört, das hat mir einen Schreck eingejagt, ich glaubte, ich würde verrückt, ich hätte Halluzinationen, darauf war ich nicht gefasst. Sie kennen Gardel?«

»Leider ist es seine Leidenschaft«, antwortete Helena.

»Sie mögen Gardel nicht?«

»Es riecht nach Naphthalin, finden Sie nicht?«

»O nein, nicht Gardel, er ist wunderbar.«

»Ah, siehst du«, sagte Josef. »Wollen Sie sich zu uns setzen?«

»Mit Vergnügen ... *Vete a acostar*«, sagte er zu dem Leibwächter, geh ins Bett.

Er machte ihm die Tür vor der Nase zu, ging behutsam vorwärts und ließ sich auf das Kanapee fallen.

»Sie sehen müde aus«, sagte Tereza.

»Es geht besser. Das Fieber ist gesunken, aber ich fühle mich schlapp.«

»Das ist normal«, sagte Josef, »Sie müssen sich ausruhen.«
»Ich kann nicht länger liegen.«

Seine Augen starrten auf das Zigarettenpäckchen auf dem niedrigen Tisch. Fragend blickte er Josef an.

»In Ihrem Zustand kommt das nicht in Frage.«

»Ich sterbe, wenn ich nicht bald eine rauchen darf. Deswegen kriege ich keine Luft mehr.«

»Nein, es liegt an Ihrem Asthma, und das wissen Sie genauso gut wie ich.«

Josef nahm die Platte von der Drehscheibe und steckte sie in die bedruckte Hülle zurück. Mühsam stand Ramón auf, lehnte Terezas Hilfe ab und ging zu Josef. Er begann, die senkrecht stehenden Schallplatten durchzusehen, zog einige heraus, um die Titel zu lesen.

»Sie haben alle, unglaublich.«

»Es fehlen ein paar, die wirklich unauffindbar sind.«

»Oh … *Tomo obligo*, meine Mutter schwärmte für Gardel und diesen Film *Luces de Buenos Aires*, sie hat mich zweimal mitgenommen, um ihn zu sehen, als ich klein war.«

Er reichte Josef die Platte, der sie auflegte.

»Danke … Ich bin nicht sehr musikalisch«, fuhr Ramón fort, »ich verwechsle die Melodien, aber Gardel ist mir heilig.«

Er setzte sich in den Sessel, langsam stiegen die Akkordeonspiralen auf, Ramón erinnerte sich an die Worte, murmelte sie leise mit:

Jetzt bin ich dran, Freunde, nehmt eure Gläser
Denn ich muss die Trauer vertreiben.
Ohne Freunde, ohne Heimat, weit von zu Hause
Ertränke ich meinen Kummer an deiner Seite …

Am Ende des Chansons blieb er eine Weile in Gedanken versunken, man hörte das immer wiederkehrende Geräusch des Tonarms.

»… Es sind alte Erinnerungen«, sagte er schließlich. »Ich bin kein Melancholiker. Ich denke nie an die Vergangenheit. Aber ich erinnere mich an Gardels Tod, ich war sieben oder acht, es war dramatisch, meine Mutter war zusammengebrochen, es war das einzige Mal in meinem Leben, dass ich sie weinen sah, auch meinen Vater. Dabei hatte er mit Gardel Streit gehabt, bevor er berühmt wurde, sie hatten sich geprügelt, glaube ich, er war am Boden zerstört. Für uns war soeben das Leben auf Erden zu Ende gegangen.«

»Ihm ist es zu verdanken, dass sich der Tango auf der ganzen Welt verbreitet hat«, sagte Josef.

»In Argentinien war er ein lebendiger Gott, weit mehr als ein populärer Sänger. Jeder weinte, als hätte er einen Bruder oder einen engen Freund verloren. Es gab eine richtige Staatstrauer in Buenos Aires, mindestens eine Million Personen war auf seiner Beerdigung. Alle Welt war erschüttert. Das ist jetzt dreißig Jahre her, und ich erinnere mich daran, als wäre es gestern gewesen.«

Aufmerksam sah Josef ihn an.

»Natürlich.«

Die Fortschritte der Wissenschaft (im Allgemeinen) und die neuen Produkte der imperialistischen Laboratorien (im Besonderen) trugen dazu bei, Ramón zu retten. Dazu war Josef gezwungen, Medikamentenverbindungen in noch nie zuvor getesteten Dosen auszuprobieren.

Neun Tage nach seiner Ankunft war Ramón wieder halbwegs auf den Beinen, aber genauso wie Josefs Talent oder die unverwüstliche Konstitution des Kranken trug Marta, die Köchin, zu seiner Wiederauferstehung bei. Marta, die nie Kochkurse besucht hatte und nicht einmal wusste, dass so etwas existierte, die gerade mal lesen und rechnen konnte, aber nicht las und nicht viel zu rechnen hatte, die in der wenig angesehenen Kantine des Veteranenministeriums kochen gelernt hatte, war mit den Jahren bei den Genesungen im Sanatorium zu Josefs unverbrüchlicher Verbündeten geworden.

Am ersten Tag hatte sie ihm ihr Zwiebelpüree serviert, alle hatten bemerkt, dass Ramón zuerst gerochen und dann die Augen geöffnet hatte. An den folgenden Tagen hatte er, noch immer in elendem Zustand, Anspruch auf dieselbe Behandlung, doch bei jeder Mahlzeit nahm die Anzahl der vertilgten Portionen um zwei oder drei Einheiten zu. Wenn Tereza oder Lea versuchten, ihn zu füttern, schüttelte Ramón mühsam den Kopf und hielt den Mund geschlossen. Wenn es Helena war, ließ er es zu.

»Kommen Sie, noch einen, mir zuliebe.«

Und er bemühte sich. Sie war also seine offizielle Amme geworden. Langsam aß er das Püree, weigerte sich, wenn es zu heiß war, und sie blies auf jeden Löffel, um es abzukühlen, bevor sie es ihm an den Mund führte. Als das Antimalariamittel zu wirken begann, richtete sich Ramón auf seinem Kissen auf, Marta fügte eine ihrer berühmten Frikadellen hinzu, die mit weingetränktem Weißbrot verknetet waren und die Größe einer Orange hatten. Josef fand, das sei keine Nahrung für einen erwachsenen Patienten.

»Vielleicht etwas schwer, Malariakranke haben keinen Appetit.«

Als Ramón das Tablett sah, wollte er aufstehen, setzte sich zum ersten Mal an den Tisch und zog selbst den Stuhl heran.

»Wir freuen uns, ihn so zu sehen«, sagte Sourek mit einem überraschenden dankbaren Lächeln.

Sie standen um ihn herum, gerührt wie Höflinge, die dem Mahl des Königs beiwohnen. Helena stellte den Teller vor ihn hin. Er war reichlich gefüllt. Ramón zerteilte die Frikadelle mit der Gabel und verschlang sie mit Püree.

»Gibt es noch mehr davon?«

»Was hat er gesagt?«, fragte Sourek.

An diesem Abend aß er zur allgemeinen Zufriedenheit anderthalb.

Als Josef ihn am nächsten Tag untersuchte, befragte Ramón ihn.

»Ich hoffe, zu Mittag gibt es Frikadellen?«

Marta brauchte sich nicht den Kopf zu zerbrechen, was sie ihm kochen sollte. Sie mochte Männer, die keine Umstände machten, dieser hier mochte gut gefüllte Teller. Über Helena ließ er ihr ausrichten, dass es köstlich war und er noch nie etwas Besseres gegessen habe. Sie pflegte ihn noch fürsorglicher als die anderen Kranken, einen so schönen Mann, auch wenn er aussah wie eine räudige Katze, nichts wie Haut und Knochen, welch ein Jammer, ihn gehen zu sehen mit den Schritten eines Greises, seinen gekrümmten Schultern, sie hatte Angst, dass er zusammenbrach.

Sourek wurde mit einem Problem konfrontiert, das er nicht lösen konnte. Kaum war das Fieber gesunken, war Ramón aufgestanden und hatte beschlossen, sich draußen die Beine zu vertreten. Josef hatte ihm ins Gewissen geredet, indem er jene paternalistische Diplomatie benutzte, wie Ärzte sie verwenden, um mit ihren aufsässigen Patienten fertig zu werden; er hatte seine Schwäche ins Feld geführt, die Wirkung der Antibiotika, das Risiko, sich zu erkälten, und seine schwachen Lungen. Josef musste ihn wohl beeindruckt haben, denn Ramón wagte nichts zu sagen und ließ seinen Grimm an Sourek aus, der in der Küche Tee trank. Da man wie in allen Sanatorien keinen Floh husten hörte, schallte das Grollen seiner Wut durch das ganze Gebäude, eines spanischen Zorns voll haarsträubender Grobheiten, die einen Zugvogel mitten im Flug hätten zum Absturz bringen können. Das Echo drang bis zu Josef, glücklicherweise verstand er diese exotische Sprache nicht und sagte sich: ›Er erholt sich gut, der Junge, ich bin zufrieden.‹

»Bin ich frei oder bin ich im Gefängnis?«, brüllte Ramón Sourek an, der sich nicht erlaubte, etwas zu erwidern. »Wie kann man mir auch nur das Geringste verbieten! Für wen hält sich dieser Quacksalber eigentlich! Es liegt in Ihrem Interesse, das so schnell wie möglich zu regeln, oder es wird übel für Sie ausgehen. Und ich warne Sie, ich will rauchen können! Und zwar Zigarren!«

Türschlagend verließ Ramón den Raum, der Offizier suchte Josef in seinem Büro auf, und unter dem Siegel der Verschwiegenheit vertraute er sich ihm an.

»Ich muss Ihnen verraten, Professor, dass Ramón Benitez ein ungemein wichtiger Genosse ist, eine Persönlichkeit, die ihn betreffenden Anweisungen kommen von …«

Er beendete seinen Satz nicht, das Gesicht plötzlich wie gelähmt, mit dem Zeigefinger deutete er mehrmals kopfnickend zur Decke.

»Ich kenne Präsident Novotny, ich habe seine Frau und seinen Sohn behandelt, ich werde ihn kurz davon unterrichten.«

»Sie haben mich falsch verstanden«, fuhr Sourek die Stimme senkend fort, »es kommt von sehr viel höher, höher als man sich vorstellen kann …, von der Spitze der Sowjetunion. Er spricht wie mit Seinsgleichen mit … Man darf ihm nichts abschlagen. Sie dürfen ihm nichts verbieten.«

»Herr Oberleutnant, ein Kranker ist ein Kranker. Sie haben ihn mir anvertraut, weil ich der einzige Arzt in diesem Land bin, der ihn behandeln kann. Es geht ihm besser, aber er ist noch nicht überm Berg. Glauben Sie, man verzeiht Ihnen, wenn er einen Rückfall erleidet?«

Sourek wurde zum Prügelknaben von Ramón, dem es nicht gelang, Josef etwas mitzuteilen. Als dieser ihn abhorchte und ihn fragte: »Gibt es sonst noch ein Problem, über das Sie mit mir sprechen möchten?«, dachte Ramón ein paar Sekunden nach, bevor er antwortete: »Nicht, dass ich wüsste, nein, es ist alles in Ordnung.« Dann fiel er über den armen Oberleutnant her, brüllte ihn an, beschimpfte ihn, schleuderte ihm ins Gesicht, was ihm gerade in die Hände kam, und Sourek war gezwungen, mit Josef zu verhandeln, der eine Ruhe bewahrte, die ihn selber in Erstaunen setzte, und antwortete: »Nein heißt nein!«

Ramón lief in seinem Zimmer herum wie ein Tiger im Käfig, in unregelmäßigen Zickzacks, stieß gegen das Bett, stolperte über den Sessel, machte vier Schritte vom Fenster zur Tür, setzte sich dreißig Sekunden lang, stand wieder auf, betrachtete durchs Fenster die trübselige verschneite Landschaft und kaute an seinen ohnehin schon kurzen Fingernägeln.

Als es klopfte, antwortete er auf Spanisch, und Sourek oder sein Leibwächter erschien. Er schlug ihnen die Tür vor der Nase zu und regte sich auf, immer auf Spanisch. Er schrie, bis kurz vorm Ersticken, hatte Hustenanfälle, die sein Zerstäuber nicht mehr mildern konnte.

Es klopfte an der Tür, er schrie: »*Que pasen!*« Herein! Man gehorchte ihm nicht, er öffnete Helena.

»Ich kann nicht mehr«, entfuhr es ihm atemlos. »Mir fährt elektrischer Strom durch den Körper. Ich ertrage es nicht, eingesperrt zu sein. Ich glaube, ich werde hier sterben.«

»Gut, wir machen einen kleinen Spaziergang.«

»Ihr Vater will nicht, dass ich rausgehe.«

»Ich werde mich mit ihm einigen«, sagte sie und holte die weiß-grüne Wolldecke aus dem Schrank. Sie legte sie ihm über die Schultern. »Jetzt sehen Sie aus wie ein römischer Kaiser.«

»Es wird ihm nicht gefallen.«

»Wir wollen nicht stundenlang diskutieren. Los, gehen wir.«

Sie winkte ihn an sich vorbei, er betrat den Flur. Sie verschwand kurz im Stockwerk darüber und kam in ihrem Mantel zurück. Sie nahmen die Innentreppe, kamen am Verwaltungsbüro vorbei. Sie öffnete die Tür, ein kalter Wand sprang ihnen ins Gesicht.

»Legen Sie die Decke auf den Kopf … Wie man es bei Säuglingen macht.«

Sie packte die Zipfel der Decke und mummte ihn vollständig ein, nur einen Schlitz für die Augen freilassend. Sie reichte ihm die Hand.

»Die Treppe ist nicht gut ausgerichtet, immer ist sie voll Glatteis, wir müssen aufpassen.«

Vorsichtig stiegen sie die schimmernden Stufen hinab, er stützte sich auf sie, mit der andern Hand klammerte er sich ans Geländer. Unten angelangt, brachte sie die Decke wieder in Ordnung.

»Halten Sie sie fest. Ist Ihnen kalt? … (Aus der Decke kam ein *Nein*.) Wir gehen zur Kooperative. Sagen Sie mir, wenn sie müde sind.«

Helena hob den Kopf und erblickte Josef, der ihnen hinter dem Fenster seines Büros, die Arme verschränkt, mit den Blicken folgte. Er kam ihr riesig vor, er antwortete nicht auf ihr Handzeichen.

Einige Löcher blauen Himmels erschienen, und eine fahle Sonne beleuchtete die Wolken. Die Landstraße war bis zum Sanatorium freigeschaufelt worden, der geschwärzte Schnee, in die Felder geschoben, türmte sich gut einen Meter hoch, die Schneewehen begannen zu schmelzen, das Wasser rann, als hätte es geregnet. Schweigend gingen sie Seite an Seite, Atemhauch drang aus dem Schlitz der Decke. Nach hundert Metern verschwand das Sanatorium hinter der Biegung, sie ging drei Meter voraus, wartete auf ihn, er schlug die Decke auf seine Schultern zurück, er war zerzaust und schwitzte.

»Geht's?«

Er nickte, atmete schnell.

»Gehen wir weiter?«, fragte sie.

»Rauchen Sie?«

»Ja.«

»Haben Sie zufällig eine Zigarette?«

Sie sah ihn mit einem verwunderten Lächeln an. Schon wollte Sie ihm sagen, dass er zu weit ging, er kam ihr zuvor:

»Wissen Sie, beim Zustand meiner Lungen ändert das überhaupt nichts.«

In den schwarzen Augen dieses Mannes lag eine Mischung aus Fragilität und Entschlossenheit, Kindlichkeit und Verzweiflung, etwas, was sie noch nie zuvor gesehen hatte und was sie erschütterte.

»Ich bitte Sie.«

Sie holte ihr Päckchen Petra aus ihrer Manteltasche, gab ihm eine Zigarette, nahm selbst eine. Sie riss ein Streichholz an, er neigte den Kopf, um sie anzuzünden, machte einen langen Zug, blies den Rauch aus und schloss verzückt die Augen.

»O danke. Sie wissen ja gar nicht, wie gut mir das tut.«

»Wollen wir uns noch lange siezen?«

»Nein, ich glaube nicht. Meine Füße sind ganz nass.«

Sie senkte den Kopf, seine schwarzen Stadtschuhe steckten im Matsch.

»Sag das bloß nicht deinem Vater.«

Der Rückweg war länger, die Decke rutschte ab, ein Zipfel schleifte auf der nassen Erde, immer wieder zog Ramón sie über seine Schultern, ihm war warm und kalt zugleich, er ging langsamer, keuchte, er hatte seinen Zerstäuber vergessen.

»Ich weiß nicht, was mit mir los ist.«

»Liegt es vielleicht an der Zigarette?«

»Schämst du dich nicht, dass du mir eine gegeben hast? Weißt du denn nicht, dass ich Asthmatiker bin?«

Sie wollte schon antworten, als sie seine glänzenden Augen sah, sie holte das Päckchen aus ihrer Tasche, zündete eine Zigarette an.

»Möchtest du eine? Aber bei deiner Krankheit rate ich dir davon ab. Und die Füße, geht's damit?«

»Sie sind eiskalt. Du bist sehr schön, weißt du.«

»Wie alt bist du, Genosse?«

»Hör auf, mich Genosse zu nennen, ich werde achtunddreißig.«

»Du könntest mein Vater sein.«

»Wie alt ist dein Vater?«

»Sechsundfünfzig.«

»Ich könnte auch sein Sohn sein.«

»Du bist zwanzig Jahre älter als ich.«

»Und wie sehe ich aus?«

»Müde.«

Sie wirkten alle sehr groß, als sie, aufgereiht auf den Treppenstufen des Sanatoriums, sie zurückkehren sahen, Helena ein paar Meter vor Ramón. Josef kam ihnen ein wenig entgegen, Helena ging an ihm vorbei, ohne stehen zu bleiben, er trat zu Ramón, hob die Decke auf, die dieser hatte fallen lassen.

»Wie lange werde ich so schlurfen?«

»Man braucht Geduld, das wissen Sie doch.«

Mühsam und kurzatmig stieg Ramón die Stufen hinauf, sich auf Josefs Arm stützend. Sein Leibwächter und Sourek gesellten sich zu ihnen.

»Es war nicht sehr vorsichtig, wegzugehen, ohne uns Bescheid zu geben«, sagte Sourek auf Spanisch.

»Was ist los? Darf ich nicht mehr spazieren gehen? Wovor habt ihr Angst? Dass die CIA mich umbringt?«

»Ich bitte Sie, es gibt feindliche Ohren.«

»In hundert Kilometer Umkreis sehe ich keinen einzigen Amerikaner!«

»Man sieht sie nicht, aber sie sind da!«

»Idiot, und da glauben Sie dran! Hauen Sie ab!«

Rasch gingen Sourek und der Leibwächter die Stufen hinauf und verschwanden. Ramón stand Josef allein gegenüber.

»Dieser Schwachkopf hat Angst, dass die CIA mich entführt.«

»Sie haben die Vereinigten Staaten häufig angegriffen, da ist es normal, dass sie Sie nicht mögen.«

»Sie wissen, wer ich bin?«

»Ramón Benitez, uruguayischer Staatsbürger … oder vielleicht argentinischer.«

»Wer hat es Ihnen gesagt?«

»Sie selbst. Ihre Leidenschaft für Ihren Landsmann Gardel hat Sie verraten, und außerdem, ein ehemaliger asthmatischer Arzt voller Narben, der eine gewisse Ähnlichkeit mit einem bekannten Guerillero hat.«

»Ich bitte Sie, sagen Sie es niemandem. Meinen Sie, ich werde mich erholen?«

»Das verspreche ich Ihnen. Aber Sie müssen auch vernünftig sein.«

»Wäre ich vernünftig gewesen, dann wäre ich nicht hier.«

Ich bin Argentinier, aber ich habe Argentinien vergessen. Es ist so lange her, seit ich das Land verlassen habe, ich habe den Eindruck, dass es ein anderer Mann war, ein anderes Leben; in zwölf Jahren bin ich nur einmal für ein paar Stunden zurückgekehrt, ohne meine Angehörigen wiederzusehen oder die Stadt, die ich so liebe; Buenos Aires ist ein Tango, und ich bin ein unwürdiger Argentinier, ich kann nicht tanzen; heute habe ich so wenige argentinische Freunde an meiner Seite, wahre Freunde, wie Brüder, nicht nur Bekannte, dass ich mir oft sage, dass ich in meinem eigenen Land ein Fremder bin, ich habe mich freiwillig von ihm gelöst und entfernt, weil ich dachte, es sei dort nichts möglich; warum habe ich mich so wenig um das Land meiner Geburt gekümmert und es den Reaktionären und den Militärs überlassen? Es stimmt, in meiner Jugend interessierte ich mich nicht für Politik, ich betrachtete die Protestbewegungen und die Studentenunruhen aus der Ferne, ich lebte mit jenem seltsamen und starken Gefühl, dass mein Land Lateinamerika war, der Kontinent des Elends, der Unterdrückten und der Opfer des Imperialismus, dabei gab es hier doch so viele Kämpfe auszufechten, ich überließ es anderen, und sie wurden so schnell beseitigt, dass es war, als wäre nichts geschehen, wir haben die Kämpfenden im Stich gelassen; was uns in Kuba gelungen ist, hätten wir auch in Argentinien tun können, das wird unser nächster Kampf sein, dort ist alles möglich, die Frucht ist reif.

Josef war unzufrieden, er konnte es nicht verhehlen, und Helena war unzufrieden, weil er unzufrieden mit ihr war. Josef hatte sich damit abgefunden, sich nichts anmerken zu lassen, wenn ihm an seiner Tochter oder an Tereza etwas missfiel, und sein Zorn verrauchte schnell. Am nächsten Tag dachte er nicht mehr daran, es lohnte sich nicht, anzuecken und sich zu verletzen. Er legte Wert darauf, dass in seiner Familie Harmonie herrschte, bemühte sich, sie vor seinen Launen zu schützen, die das tägliche Leben vergiften, sagte sich, es sei besser, nicht aggressiv gegen sich zu sein, und meinte, dass es nur Weniges, wirklich sehr Weniges gab, das es verdiente, sich darüber aufzuregen.

Doch an diesem Abend war der Ärger an seinem steinernen Gesicht abzulesen, an seinem verkniffenen Mund und seinen auf dem Tisch liegenden Fäusten, das Feuer wartete nur darauf, sich auszubreiten, aber Tereza goss Wasser auf die schwelende Glut, indem sie das Gespräch an sich riss und den letzten Klatsch der Kooperative erzählte: Miroslav hatte Magda am hellichten Nachmittag mit Milos im Bett erwischt.

»Stellt euch das vor. Am hellichten Nachmittag!«

Wahrscheinlich wäre es ihr gelungen, das Gewitter vorüberziehen zu lassen, hätte Helena nicht überflüssigerweise hinzugefügt:

»Für wen halten sich diese bornierten Bauern eigentlich, haben sie noch immer nicht begriffen, dass sie ihre Frauen nicht besitzen wie eine Kuh oder einen Hund, dem man Befehle erteilt?«

Ja, alle Bemühungen Terezas erwiesen sich als sinnlos, Helena bemerkte es sofort am Gesicht ihres Vaters, das rot anlief.

»Das reicht!«, schrie er und schlug mit der Faust auf den Tisch. Die Suppe begann hin und her zu schwanken und drohte überzuschwappen. »Ich warne dich, ich will nicht mehr, hörst du, ich will nicht mehr, dass du mit Herrn Benitez das Haus verlässt. Ich kann ihn nicht einsperren, und wenn er einen Spaziergang machen will, dann soll er gehen, aber allein!«

»Ich wollte ihm nur helfen, das ist alles, er sah derart verloren aus.«

»Du hast nicht mit ihm spazieren zu gehen. Das kann Sourek oder sein Leibwächter tun. Und je weniger Kontakt du mit Ramón hast, desto besser ist es.«

»Du selbst hast mich gebeten, dir ein wenig zur Hand zu gehen, ich habe anderes zu tun und Interessanteres, glaub mir.«

»Du tust des Guten zu viel. Du musst lernen, an deinem Platz zu bleiben.«

»Wie alt bin ich deiner Meinung nach? Ich habe dir schon einmal gesagt, Josef, ich bin bald volljährig, und du hast mir nichts zu befehlen.«

»Solange du bei mir bist, tust du, was ich dir sage.«

»Wenn du möchtest, kann ich morgen gehen.«

»Ich sage nur, dass du diesem Mann fernbleiben sollst.«

»Ich mache, was ich will, du hast mir nicht zu sagen, was ich tun soll!«

Wütend stand sie auf, warf ihre Serviette auf den Boden und verließ den Tisch. Josef war bestürzt, sein Zorn war vergangen. Helena öffnete die Tür – und Ramón stand ihr gegenüber.

»Was wollen Sie?«, sagte sie auf Tschechisch.

»Man muss Französisch mit mir sprechen. Ich habe geklopft, aber niemand antwortete. Ich habe Schreie gehört. Ist alles in Ordnung?«

»Wünschen Sie etwas?«

»Die Tage sind lang, ich langweile mich in meinem Zimmer. Ich habe niemand, mit dem ich reden kann, wirklich reden.«

»Kommen Sie doch herein, Monsieur Benitez«, sagte Josef und ging mit einladendem Lächeln auf sie zu.

»Nicht so förmlich, nennen Sie mich einfach Ramón.«

Vielleicht lag es an seiner Erschöpfung, aber Ramón blieb nicht gern allein, er brauchte Gesellschaft, er schätzte, erklärte er ihnen, die Freundlichkeit ihres Familienlebens, die menschliche Wärme, die ihm heute fehle, er müsse reden, über dies und jenes, über nichts, einfach über das vergehende Leben.

Tereza bot ihm einen Teller Suppe an. Nichts hätte ihm eine größere Freude gemacht, aber er hatte schon gegessen. Dennoch nahm er an, diese Erbensuppe roch so gut. Er hob Helenas Serviette auf, reichte sie ihr, sie setzten sich an den Tisch und aßen weiter, sprachen über das für die Jahreszeit recht milde Wetter und die Schneeschmelze, die den Frühling ankündigte, nach diesem bösen Wind benötigten sie ihn dringend.

»Darf ich Sie etwas fragen, Josef?«

»Natürlich, Ramón.«

»Wären Sie so nett, eine Platte von Gardel aufzulegen?«

»Welche möchten Sie hören?«

»Falls Sie sie haben … *El día que me quieras*?«

Josef fand die Platte sofort, betätigte die Kurbel und legte den Tonarm auf.

»Sie werden sehen«, sagte Ramón zu Helena, »es ist große Poesie.«

Josef kehrte zum Tisch zurück. Gardels Stimme erklang, warm und überirdisch. Ramón murmelte die Worte vor sich hin, sie konnten sie von seinen Lippen ablesen:

El día que me quieras
la rosa que engalana
se vestirá de fiesta
con su mejor color.

»Wissen Sie, Ramón, Josef ist ein wunderbarer Tänzer«, sagte Tereza.

»Hör auf.«

»Oh, zeigen Sie es mir«, antwortete Ramón, »ich bitte Sie.«

Josef zog seine Krawatte zurecht und bot Tereza seinen Arm.

»Fordere lieber deine Tochter auf, sie tanzt besser als ich.«

Er drehte sich zu Helena um und streckte die Hand aus.

»Es ist so lange her, dass wir nicht mehr zusammen getanzt haben, Josef.«

»Komm, und vergib mir.«

»Dein Pech.«

Sie stand auf, er öffnete die Arme, und sie begannen, sich zu drehen, langsam, jede ihrer Bewegungen war in Symbiose mit der Musik, sie errieten einander so sehr, dass man unmöglich sagen konnte, wer den anderen führte, er wand sich um sie, sie schlang sich um ihn, man hätte sie für Prinz und Prinzessin in einem Film halten können.

Ramón betrachtete sie mit offenem Mund. Am Ende des Lieds achtete niemand auf das Kratzen des Plattenspielers, unmerklich wurden sie langsamer und blieben nach einigen Sekunden stehen, Ramón applaudierte.

»Bravo, bravo, das war großartig.«

Josef suchte in seiner Sammlung und legte eine andere Gardel-Platte auf:

»Willst du tanzen?«, fragte Helena Ramón.

»Leider tanze ich wie ein Klotz, du würdest mich verabscheuen.«

Sie aßen bei Musik, was sie sonst nie taten.

»Wo haben Sie so gut tanzen gelernt?«, fragte Ramón.

»Indem ich den andern zusah, glaube ich, niemand hat es mir beigebracht, ja, ich konnte es spontan. Walzer und Tango sind alte Leidenschaften von mir«, antwortete Jósef.

»In diesem Land tanzt nur noch mein Vater Tango.«

»Bringst du es mir bei?«

»Ich stehe nicht besonders auf Tango.«

»Ich war sehr froh über diesen Spaziergang heute Nachmittag, es hat mir sehr gutgetan. Ich hoffe, wir werden es wiederholen?«

»Wenn mein Vater einverstanden ist.«

Ramón brauchte nicht zu fragen, Josef gab seine Erlaubnis, unter der Bedingung, dass er Kopf und Hals bedecke und vernünftig sei.

»Man müsste Schuhe für ihn auftreiben, die seinen sind nicht wasserdicht«, fuhr Helena fort.

»Ich wusste es!«, rief Josef aus. »In Ihrem Zustand dürfen Sie sich vor allem nicht erkälten.«

»Was ist deine Schuhgröße?«

»Einundvierzig.«

»Dieselbe Größe wie Ludvik«, sagte Tereza, »ich bringe Ihnen ein Paar.«

»Müsst ihr euch duzen?«, fragte Josef, nachdem er gegangen war. »Ich mag das nicht.«

»Er muss sich wohlfühlen, das ist alles.«

Ramón machte es sich zur Gewohnheit, jeden Abend zum Essen zu kommen, er zog diese Familienatmosphäre seinem klösterlichen Zimmer und einer Mahlzeit mit Sourek vor. Es war wie ein Ritual, Josef legte ein paar Platten von Gardel auf, aber sie vermieden es, noch einmal zu tanzen. Ramón hatte Appetit, er ließ sich nicht lane bitten, um von jedem Gericht zweimal zu nehmen, fragte nach ihrem tschechischen Namen, man brauchte es ihm nicht zu wiederholen, er hatte ein erstaunliches Gedächtnis, nur seine Aussprache ließ zu wünschen übrig. Er behielt etwa hundert Wörter, die er aneinanderreihte, um Marta zu gratulieren, sein Akzent brachte sie zum Lachen, sie berichtigte ihn, er ging oft in die Küche, und es gelang ihm, sich verständlich zu machen, um seine Lieblingsgerichte bei ihr zu bestellen. Sehr bald duzte er Josef.

»Das ist doch einfacher, oder?«

Anfangs fiel es Josef schwer, Ramón verbesserte ihn häufig. Er fragte Tereza, ob es sie störe, und da sie keine Einwände hatte, duzten sie sich ebenfalls.

Einmal in der Woche unterzog sich Ramón einer obligatorischen Übung. Sein Haar wuchs schnell, und seine künstliche Glatze verschwand, sein Schädel bedeckte sich mit dichtem schwarzen Flaum. Sein Leibwächter spielte den Friseur. Er legte ihm ein Handtuch über die Schultern, machte seinen Kopf nass und entfernte mit einem Rasierapparat behutsam die sprießenden Haare, wobei er dem Umriss des Kranzes folgte, den er mit einer Schere begradigte. Ihm gegenüber hielt Sourek den uruguayischen Pass in der Hand und beriet den Leibwächter. Schließlich ähnelte Ramóns Gesicht wieder dem anonymen Gesicht auf seinem Passfoto, was ihn überaus befriedigte, als er sich im Spiegel betrachtete.

»Esta perfecta, hombre.«

Und jeden Tag um drei Uhr setzte sich Ramón in einen der großen Sessel der Rezeption. Er wartete auf Helena. Er schlug ein schmales Buch mit zerknittertem weißen Umschlag auf, das er immer bei sich trug, und las ein oder zwei Seiten, oder er tat gar nichts, die Augen ins Leere gerichtet. Manchmal schrieb er auch in ein grünes Heft, das ein Gummiband zusammenhielt. Wenn jemand vorbeikam und ihn fragte, wie es ihm gehe, antwortete er: »Ich weiß nicht.« Er starrte auf die riesigen Schuhe von Ludvik, die Tereza ihm gegeben hatte. Sie waren irrsinnig schwer. Sie glänzten, es war schade, damit rauszugehen, sie polierte sie mit Hingabe, Ramón hatte ihr gesagt: »Zerbrich dir nicht den Kopf, Tereza, unnötig, dir so viel Mühe zu machen.« Sie war überaus zuvorkommend ihm gegenüber. Er hatte noch andere Sachen von Ludvik geerbt, einen blauen Anorak, einen grün-braunen Schal aus dicker Wolle mit der dazu passenden Mütze und mit Leder besetzte Handschuhe, die er benutzte, wenn er Zeit hatte, Hockey zu spielen. Aus dem Fenster sah Ramón zu, wie der Schnee schmolz, die Dielen der Terrasse begannen sichtbar zu werden, weiter entfernt zeichnete der Wald sich ab, Schnee fiel in Packen von den Tannen, von Zweig zu Zweig, bis plötzlich der ganze Baum zum Vorschein kam, als schüttelte er sich nach dem endlosen Winter. Ein Schauspiel, dessen er nicht müde wurde. Und dann kam Helena: »Gehen wir?« Sie wickelte den Schal um ihn, zog ihm die Mütze über die Ohren und den Nacken, und sie brachen zu einem Spaziergang auf. Sie gingen zur Kooperative hinunter. Die Bauern grüßten sie von fern. Niemand hörte auf zu arbeiten, um mit ihnen zu plaudern. Sie gingen bis zur Landstraße, dann durch die von den Holzfällern geschlagene Lichtung, setzten sich auf die gestapelten Stämme, und hier rauchten sie eine Zigarette.

Eine einzige, hatte Helena ihn gewarnt.

Ramón genoss sie, zog so lange daran, bis er sich die Finger verbrannte, er versuchte, eine weitere zu bekommen, feilschte, schwor, dass ihm das nicht schade, ganz im Gegenteil, aber Helena blieb standhaft. Dann gingen sie zurück, ohne sich zu beeilen.

»Sag mir eines, Helena, bist du Kommunistin?«

»Wem antworte ich? Dem Freund oder dem Anführer?«

»Mach dich nicht lustig über mich, ich führe überhaupt nichts an.«

»In diesem Land wurden die Kommunisten gehängt oder ins Gefängnis geworfen. Keiner glaubt mehr daran. Man tut so, als ob, um Ruhe zu haben.«

»Das ist traurig, oder? Vielleicht täuschst du dich?«

»Halten wir Wahlen ab, richtige, und du wirst es sehen.«

»Und du, wozu hast du Lust?«

»Bei der ersten Gelegenheit mache ich mich aus dem Staub.«

»Und wohin willst du gehen?«

»Nach Amerika. Ich träume davon, nach San Francisco zu gehen.«

»O nein, sag so was nicht. Es ist ein furchtbares Land, der imperialistische Totalitarismus mit freien Wahlen.«

»Das glaube ich nicht, nein. Ich will Filme machen, und was immer mir gefällt, ohne einen Zensor im Rücken, meine eigenen Träume leben und nicht die der andern.«

Ich bin Arzt, aber ich habe fast niemanden behandelt, es war der Traum meiner Jugend. Wozu sollte ich sechs Jahre studiert, Tausende von Stunden in der Bibliothek auf einem Stuhl gehockt und mein Diplom mit Belobigungen der Prüfungskommission erhalten haben, wenn nicht, um Leben zu retten? Warum bin ich aufgebrochen, um wie ein Vagabund in Lateinamerika herumzuziehen? Natürlich nur, um mich nicht niederzulassen. Dieses Wort war mir immer ein Gräuel. Ich hatte keine Angst, mit bloßen Händen Leprakranke zu behandeln, ich wusste, was zu tun war, aber bei denen, die das Elend zerstört hat, denen man die Menschenwürde geraubt hat, bei jener asthmatischen alten Großmuter, die ich sterben sah, war ich ohnmächtig, vollkommen ohnmächtig, die Ursache ihrer Leiden waren nicht ihre Lungen. Dieses bittere Elend hat mich immer aus der Fassung gebracht, es ist die allerschlimmste Krankheit. Die universelle Geißel. Gegen die äußerste Not hat der Arzt kein anderes Mittel als ein hohles Wort des Trostes, sein Medikament behandelt die Folge, nicht die Ursache des Übels. Kein Arzt wird jemals die Krankheit des Elends und der Ausbeutung bekämpfen können. Die Ausgebeuteten brauchen kein Mitleid, sondern Gewehre. Genau deshalb habe ich meinen Beruf aufgegeben, und ich bereue es nicht. In Kuba war ich während des Guerillakriegs mit einer grundlegenden Entscheidung konfrontiert, wir mussten fliehen, alles Unnötige aufgeben, ich habe keine Sekunde gezögert, ich habe die Medikamente zurückgelassen und die Munition behalten. Wir haben gesiegt, weil wir den Mut hatten, dem Tod ins Auge zu sehen. Dabei war es eine schöne Idee, die Menschen behandeln zu wollen, warum musste ich sie außerdem noch glücklich machen wollen? Ist das überhaupt möglich? Was ist die richtige Antwort auf die Ausbeutung der Menschen? Gibt es keine andere Alternative, als zu den Waffen zu greifen? Doch heute, so weit von zu Hause entfernt, nach allem, was geschehen ist, quält mich eine Frage: Habe ich wirklich gefunden, was ich suchte?

Josef, Tereza und Helena sahen Ramón beim Essen zu. Er verschlang den Inhalt seines Tellers, als ginge es um einen Wettbewerb, kaum hatte Tereza ihn gefüllt, leerte er ihn auch schon mit wenigen Gabelbissen.

»Sie sind doch nicht in Eile«, wagte Josef zu sagen, »wir haben noch den ganzen Abend vor uns.«

»Möchten Sie noch etwas?«, schlug Tereza vor.

Er schob seinen Teller vor, wieder füllte sie ihn. In Wahrheit war Ramón gleichgültig, was er aß. Nahrung war wie Benzin, das man in einen Tank füllt, damit das Auto fährt.

»Hör auf so zu hetzen, warum isst du so schnell?«, fragte Helena.

Zum zweiten Mal erwähnte er sein vorheriges Leben:

»Ich habe schlechte Gewohnheiten angenommen. Eine Zeitlang habe ich mit meinen Männern nicht jeden Tag gegessen, und wir wussten nicht einmal, wann und ob wir wieder etwas bekämen. Wir hatten keine Angst vor unseren Feinden, aber davor, zu verhungern, wir waren schon so weit, Steine zu lutschen und Gras zu kauen, um uns in Erinnerung zu rufen, wozu unser Gebiss da war. Deshalb haben wir, wenn wir uns ernähren konnten, instinktiv die Strategie des Kamels angewandt, sich im Hinblick auf magere Zeiten den Wanst möglichst vollzuschlagen, es ist natürlich idiotisch, aber es ist ein Reflex der Armen, und man muss großen Hunger gehabt haben, um zu verstehen, dass es nicht idiotisch ist.«

An diesem Sonntagmittag kam Ramón schon früh, Tereza deckte gerade den Tisch, Helena half ihr. Ramón wollte sich beteiligen, Terezas Proteste konnte ihn nicht davon abhalten, seinen Beitrag zu leisten, die Aufgaben des Haushalts betrafen auch ihn.

»Man müsste die tschechischen Genossen erziehen, die sich schwer damit tun«, sagte Tereza.

»Sprich für die Leute deiner Generation«, antwortete Helena. »Heute haben die jungen Leute diese Probleme nicht mehr.«

»Ich habe mich oft gefragt, wozu Revolutionen gut sind, jetzt weiß ich es«, schloss Ramón. »Wo ist Josef?«

»Er stürzt sich wieder auf die afrikanische Küche. Passen Sie auf, er ist da sehr empfindlich.«

»Wir duzen uns, Tereza.«

Josef hatte sich auf der Terrasse eingerichtet und das milde Wetter ausgenutzt, um sein Material hervorzuholen, das den Winter über geschlummert hatte. Er hatte es aus dem Gedächtnis entworfen, kurz nachdem er sich in Kamenice niedergelassen hatte, hatte die Pläne gezeichnet und nicht gezögert, für die komplizierten Metallteile auf die Dienste des Hufschmieds zurückzugreifen. Dieses gut ein Meter hohe Gerät hatte mit nichts Ähnlichkeit, was man in Osteuropa kannte. Auf Räder montiert, mit einem rechteckigen Behälter, der groß genug war, ein Schaf aufnehmen zu können, und einem eisernen Rost, der sich auf dreißig Zentimeter über der Glut einstellen ließ, hatte es ein beachtliches Gewicht. Er war auch der Einzige, der wusste, wie es funktionierte, und es anfassen durfte. Das Gerät war geeignet, unter freiem Himmel Rindfleisch, Schweinekoteletts und alle Arten von Würsten zu grillen.

Na ja, fast alle.

Trotz zahlreicher Versuche war es ihm nie gelungen, dem Geschmack jener köstlichen scharfen Wurst zu begegnen, auf die er in Algier so versessen war. Als er wegging, hatte er nicht daran gedacht, nach dem Rezept zu fragen. Vergeblich hatte er sich bemüht, es aufzutreiben, und die drei Metzger, darunter der seine in Prag, die er darum gebeten hatte, waren guten Willens gewesen, hatten verschiedene Pfeffersorten und Gewürze ausprobiert, Kreuzkümmel, Majoran, Meerrettich, und noch anderes hinzugefügt, es war häufig originell, hatte aber nichts mit der wahren Merguez zu tun. Josef erzählte Tereza, Helena, seinen Freunden und Bekannten davon, ein wenig Rührung in der Stimme. Er hatte sich mit den herben und fetten tschechischen Würsten abzufinden, die man mit viel Zwiebeln oder Paprika anreichern musste, um die Säure zu überdecken. An Festigkeit und Kraft nicht zu vergleichen mit seiner geliebten afrikanischen Wurst.

Josef rühmte sich (und mit Recht), den Barbecue in der Tschechoslowakei eingeführt zu haben. Und auch wenn sich seitdem einige Nachahmer daran wagten, so blieb er doch der Einzige, der diese kulinarische Übung für eine Wissenschaft hielt. Josef hatte sich gehütet, ihnen die vielen Geheimnisse des Garens zu verraten, die er von Padovani persönlich hatte. Das hieß so viel wie vom Mozart der algerischen Merguez.

Er ging auf seinen durchsonnten Erinnerungen, als liefe er mit nackten Füßen auf Glas.

Gegenwärtig schürte Josef die Flammen mit einem Stück Pappe, das er vor der Feuerstelle schwenkte. Ein wenig Glut erschien und verschwand hinter reichlich Rauch, der ihm in die Augen stach.

»Was machst du da, Josef?«, fragte Ramón und trat näher.

»Oh, Ramón, ich bereite einen Barbecue nach algerischer Art vor. Kennst du das?«

»Und wie! Nichts konnte mir größere Freude machen. Du

weißt, dass du einem Champion des Barbecue gegenüberstehst.«

»Ach ja?«, sagte Josef und musterte ihn von Kopf bis Fuß.

»Die Argentinier haben den Barbecue erfunden. Bei uns heißt das *asado*, es ist kein Grillgericht, sondern eine Kunst. Was für Holz verwendest du?«

»Ich nehme Rebholz, dabei ist es doch knochentrocken, ich verstehe das nicht.«

»Du hast zu viel Luftzug, man muss den Brasero ans Haus stellen, vor dem Wind geschützt.«

Und schon verschob er mühsam das schwere Gerät und rückte es an die Mauerkante. Josef wollte ihm erklären, dass er seine Hilfe nicht benötige, er sei Hunderte von Kilometern im Umkreis der unangefochtene Spezialist, als er feststellte, dass das Holz nicht mehr rauchte.

»Siehst du, es ist nicht kompliziert«, fuhr Ramón fort. »Die Argentinier wissen von Geburt an, dass der Wirbelwind der Feind des *asado* ist. Kennst du Argentinien?«

»Nein.«

»Es ist ein schönes Land.«

»Warum bist du nicht dort geblieben?«

»Im Augenblick stelle ich mir häufig diese Frage… Man muss warten, bis Asche auf der Glut ist, bevor man das Fleisch auf den Grill legt.«

Josef verschwand in der angrenzenden Küche, Ramón schürte die Glut behutsam mit dem Stück Pappe, Josef kam mit einer Schüssel voller Fleischstücke und kurzer Würste zurück und stellte sie auf das Fensterbrett. Er nahm ein Entrecote und den Salzstreuer.

»Darf ich dir einen Rat geben, Josef?«

»Natürlich, Ramón.«

»Man sollte das Fett entfernen, damit es nicht tropft und Flammen erzeugt, und man darf das Fleisch nicht salzen, sonst wird es trocken.«

»Hast du das in Argentinien so gemacht?«

»Es ist lange her, ich war ein Kind, es waren richtige Feste, eine Gelegenheit, die Eltern und die Freunde wiederzusehen, nie weniger als zwanzig Personen, manchmal noch mehr. In der Stadt Nydia, bei Córdoba, dort, wo meine Familie wohnte, gab es einen großen Park. Wir Geschwister kümmerten uns um den *asado*, alle wollten noch mehr davon, und ich schwöre dir, es wurde erst hinterher gesalzen.«

Mit dem spitzen Messer entfernte Josef das Fett rings um das Fleisch, legte die Stücke auf den Grill, danach die Würste.

»Ich meine, der Grill ist in der richtigen Höhe«, sagte Josef.

»Ich glaube, ja«, bestätigte Ramón, der sich gebückt hatte, um nachzusehen. »Das Feuer ist perfekt.«

Sie überwachten zwei Minuten das Garen, ohne zu sprechen, Josef wollte das Fleisch umdrehen, als Ramón ihn aufhielt.

»Es ist noch nicht gar, man darf das Fleisch nur einmal umdrehen, in der Hälfte der Garzeit, so bleibt es zart.«

»Wie du willst, aber meiner Meinung nach sind die Würste durch.«

Er spießte eine mit der Gabel auf und reichte sie Ramón, der sie vorsichtig probierte, langsam kaute und das Gesicht verzog.

»In Algier«, fuhr Ramón fort, »habe ich außerordentliche Würste gegessen, etwas scharfe, kennst du die?«

»Und ob, aber hier sind keine Merguez zu finden.«

»Warum warst du in Algier?«

»Fast hätte ich mich den Brigaden in Spanien angeschlossen, aber es war schon vorbei. Ich bekam dieses Angebot vom Institut Pasteur, ein junger Arzt kann so etwas nicht ablehnen. Es ist die beste Schule. Nach der Pestepidemie habe ich 45 Algerien verlassen.«

»Die Pest? In Algier?«

»Sie ist im ganzen Mittelmeerraum endemisch. Es wird nicht viel darüber geredet, aber sie existiert ganz einfach und wird noch lange grassieren. Sie hat sich blitzartig ausgebreitet, es hat viele Tote gegeben.«

»Ist sie sehr ansteckend?«

Josef nickte.

»Es ist gar, oder?«

Ramón prüfte, ob die verschiedenen Stücke durchgebraten waren, nahm sie vom Grill und legte sie auf den Teller.

»Als ich Student war, bin ich mit einem Kumpel auf dem Motorrad von Buenos Aires nach Caracas gefahren, ich weiß nicht, ob du eine Vorstellung von der Entfernung hast. In Peru waren wir einen Monat in einem Leprakrankenhaus.«

»Leprakranke! Das ist bestimmt entsetzlich?«

»Ja, aber es ist nicht sehr ansteckend. Ich wäre gern Arzt gewesen wie du.«

»Nichts hindert dich daran. Schließlich hast du ein Diplom.«

»Ich wollte etwas anderes. Ich weiß nicht, ob ich recht hatte.«

Tereza und Helena ließen sich den Barbecue schmecken, der viel besser war als üblich, sie nahmen zweimal davon, Ramón briet selbst noch einige Stücke, griff aber nur einmal zu, er hatte keinen großen Appetit, sie fanden das Fleisch zarter, sie gratulierten Josef zu diesem Erfolg.

»Bedankt euch bei Ramón, er ist ein Künstler des Barbecue, pardon, des *asado.*«

»Du hast uns dieses Talent verheimlicht«, sagte Helena.

»In meiner Heimat ist es das Nationalgericht.«

»Kennst du Algier gut?«, fragte Josef.

»Ich war mehrmals dort, aus beruflichen Gründen. Ich hatte keine Zeit, die Stadt zu besichtigen. Sie hat mir gut gefallen.«

»Warst du bei Padovani? … Ein Restaurant am Strand, am Ausgang von Algier. Es hat eine Terrasse auf Pfählen, man tanzt auf dem Meer, es ist herrlich.«

»Das hätte mir bestimmt gefallen, aber es war eine offizielle Reise. Das nächste Mal werde ich hingehen. Padovani, sagst du? Ich werde dran denken.«

»Dazu gehört ein kühler kleiner Gris de Boulaouane«, seufzte Josef, »es wäre das vollkommene Glück.«

Er nahm sein Glas, Tereza und Helena ebenfalls.

»Auf dein Wohl, Ramón.«

Tereza und Helena stießen mit Ramón an und wünschten ihm gute Besserung.

»Auch euch wünsche ich alles Gute.«

Kaum hatte er einen Schluck Wein getrunken, begann er zu husten, sie glaubten, er hätte sich verschluckt, aber der Husten wurde stärker, hob ihn von seinem Stuhl, er erstickte, konnte nicht mehr atmen, innerhalb weniger Sekunden wurde sein Gesicht grau, wie ein Ertrinkender.

»Wo ist der Inhalator?«

»In meinem Zimmer«, konnte er zwischen zwei Hustenanfällen sagen.

Helena rannte aus dem Zimmer. Josef fühlte ihm den Puls.

»Mach das Fenster auf«, sagte er zu Tereza.

Die kühle Luft drang in den Raum. Josef hielt ihn an den Schultern.

»Richte dich auf, entspann dich, nur ruhig, versuche, durch den Magen zu atmen, stoßweise, ja so, langsam.«

Helena kam mit dem Inhalator zurück, Sourek und der Leibwächter folgten ihr. Josef füllte den Apparat.

»Atme tief aus.«

Ramón atmete aus, öffnete den Mund; Josef steckte ihm das Mundstück zwischen die Lippen, gab eine Dosis frei.

»Atme ein … langsam.«

Sourek verfasste zwei Berichte am Tag, einen gab er morgens per Telefon durch. Gut zwei Stunden lang belegte er Josefs Büro mit Beschlag, zuerst bereitete er sein Gespräch vor und die Punkte, die er anschneiden wollte, in der Reihenfolge ihrer Wichtigkeit. Er skizzierte die Antwort auf mögliche Fragen, nahm den Bericht vom Vortag und die in der Schwebe gelassenen Punkte wieder auf, dann erfolgte der eigentliche Anruf um Punkt zehn, der mindestens eine halbe Stunde dauerte. Danach verfasste Sourek einen »Zwischenbericht«, in dem er so präzise wie möglich den Inhalt des Gesprächs schilderte und der ihm half, am Nachmittag den vollständigeren und ausführlicheren Bericht zu schreiben, der um siebzehn Uhr von einem Wagen abgeholt wurde.

Josef wusste nicht, mit wem er telefonierte und aus welchen Gründen es so lange dauerte. Jeden Tag wollte man neue Details von ihm wissen. Josef erfuhr nie, wer sich hinter diesem unbestimmten Pronomen verbarg, es war jemand, im Ministerium oder anderswo, der über Sourek stand, keinerlei medizinische Kenntnis besaß und präzise Antworten verlangte.

»Man ist der Meinung, dass Ihren Erklärungen die wissenschaftliche Strenge fehlt.«

»Die Krankheit verändert sich ohne Vorwarnung, sie gehorcht mir nicht.«

»Das Problem ist, dass sie sich ständig verändert, an einem Tag geht es ihm gut, am nächsten hat er einen Rückfall.«

»Wenn es nur an mir läge, wäre er bereits wiederhergestellt und weit weg von hier. Er ist verbraucht, und wenn die Malaria, der Durchfall und das Asthma dazukommt, ist das sehr viel. Außerdem ist seine Stimmung nicht gut.«

»Ach! Ich habe nie darüber gesprochen. Das könnte erklären, warum er zu mir so unausstehlich ist.«

»Bei uns ist er sehr nett. Ich weiß nicht, ob er deprimiert ist, weil er krank ist und es nicht erträgt, so schwach zu sein, oder ob es etwas anderes, etwas Tieferes, Älteres ist, das mit seinen Krankheiten nichts zu tun hat.«

»Wollen Sie damit ein psychisches Problem andeuten?«

»Ich bin kein Fachmann, aber er hat die Symptome eines Mannes, der unter einer Depression leidet. Vielleicht sollte man einen Psychologen heranziehen, jemanden, der helfen könnte.«

»Das ist sehr ärgerlich. Wenn es nicht zu auffällig ist, sollte man lieber nicht darüber sprechen.«

In Josefs Wohnung stand das Brett auf dem niedrigen Tisch wie eine Pflanze oder eine Nippfigur, ein Dekorationsstück, dem er keine Aufmerksamkeit mehr schenkte. Früher spielte er mit Helena Schach, aber sie war zu stark geworden. Ludvik noch stärker. Dieses Spiel verdross ihn. Er hatte keine Geduld mehr und keine Lust, nachzudenken. Wenn es sonntags so sehr schneite, dass man nicht ausgehen konnte, ohne fürchten zu müssen, zu versinken, oder an den endlosen Winternächten, wenn die Abende länger waren als die Langeweile, schlug Tereza ihm eine Partie vor, und er war einverstanden, sie gab sich Mühe, aber er besiegte sie fast immer.

»Nein, du bist ein schlechter Spieler, ich gewinne genauso oft wie du«, versicherte sie.

Als sich Ramón an diesem Abend auf das Kanapee setzte, lieh ihm Tereza einen dicken und weichen granatroten Wollschal, den sie gestrickt hatte und den sie ihm um die Schultern legte, und sein Blick fiel auf den niedrigen Tisch.

»Oh, ein Schachspiel.«

Es hatte Pavel gehört. Der Botschafter der UdSSR hatte es ihm drei Monate vor seinem Verschwinden zum Geburtstag geschenkt. Tereza liebte dieses Schachbrett aus grüngeädertem Marmor mit seinen fein geschnitzten Elfenbeinfiguren (stets war Pavel ihr inneres, geheimes Licht).

»Es ist wunderschön«, fügte Ramón hinzu, als er einen Turm in die Hand nahm und die kunstvolle Figur bewunderte.

»Ich glaube, es kommt aus China, nach dem, was man uns gesagt hat.«

»So ein schönes habe ich noch nie gesehen. Und ihr spielt damit?«

Josef hätte ihn warnen sollen, aber er war nicht geistesgegenwärtig genug.

»Natürlich.«

Ramón nahm das Spiel mit beiden Händen und hob es vorsichtig hoch. Die Figuren zitterten, aber keine fiel um, behutsam stellte er es auf den Tisch zwischen ihnen.

»Josef, nun zu uns beiden.«

»Ich habe keine große Lust, Ramón, es wird lange dauern.«

Ramón drehte das Schachbrett um, Josef hatte nun die Weißen vor sich. Tereza kam näher, Helena setzte sich auf einen Stuhl. Ramón nahm den Schal ab.

»Dann spielen wir schnell, um uns aufzuwärmen, es ist so lange her, dass …«

»Das sagt man immer«, unterbrach ihn Josef lächelnd.

Die Partie war nach dreißig Minuten zu Ende. Ramón starrte mit größter Aufmerksamkeit auf das Brett, zog seine Figuren wie ein Kater, kaum hatte man gesehen, dass er sie berührte, hatte er sie auch schon gezogen, Josef warf ihm verstohlene Blicke zu, biss sich auf die Lippe, zwickte sich in die Wange. Beim dreiundzwanzigsten Zug hob er die Augen und sah Ramón an, der sich weiter auf das Spiel konzentrierte, dann seufzte Josef und legte seinen König um.

»Herzlichen Glückwunsch. Du hast mich kalt erwischt.«

Über das Schachbrett hinweg gaben sie sich die Hand.

»Eine Revanche?«

»Nicht jetzt, ich werde einen Kräutertee machen.«

»Helena, kannst du spielen?«, fragte Ramón.

»Und wie!«

»Komm lieber und hilf mir«, sagte Josef, als er aufstand.

»Ich dagegen spiele gern eine Partie, aber ich warne dich, ich bin kein Ass«, sagte Tereza.

Sie setzte sich auf Josefs Platz, und sie stellten die Figuren auf. Widerwillig folgte Helena ihrem Vater in die Küche. Josef setzte Wasser auf.

»Wenn du mit ihm spielst, musst du ihn gewinnen lassen.«

»Sonst noch was?«

»Es wäre besser, für ihn.«

»Ich sehe nicht ein, warum.«

»Immer musst du über alles diskutieren. Kannst du nicht einmal tun, worum ich dich bitte, ohne Fragen zu stellen?«

»Ich werde spielen wie üblich, und wenn er besser ist, wird er gewinnen.«

»Ich jedenfalls habe ihn gewinnen lassen.«

»Ach ja? Das ist mir gar nicht aufgefallen.«

»Ich hatte keinen guten Tag.«

Ich heiße Ernesto. Zu Hause nannte man mich Ernestino, um mich nicht mit meinem Vater zu verwechseln. Wir hatten denselben Vornamen. Das ist bei uns Tradition. Ich war der kleine Ernesto, ich wollte nicht klein sein und tat alles, damit man es vergaß. Meine Eltern haben mich großgezogen, wie ich es mir nicht besser hätte erträumen können, frei und ohne Zwang, von ihnen habe ich nur Liebe und Wohlwollen erfahren, für die Erziehung das beste Vorbild der Welt, mein Vater hat mir geholfen, mich zu entfalten. Werden meine sechs Kinder etwas anderes von mir behalten können als die Erinnerung an einen Bärtigen, der sie fünf Minuten auf seinen Knien hat reiten lassen? Ich habe sie ihren Müttern überlassen und mich nie um sie gekümmert. Was kann ein Mann anderes für seine Kinder tun, als ihnen ein gutes Leben zu bereiten, ihnen das Beste zu geben, damit sie eines Tages sagen können, mein Vater ist ein guter Vater gewesen. Ich wollte, dass sie in einer besseren und gerechteren Welt leben. Bei näherer Betrachtung habe ich mich vor allem um die Zukunft der anderen gekümmert und meine eigenen Kinder vernachlässigt. Niemals hatte ich gedacht, wie sehr ich ihnen fehlen musste, so wie sie heute mir selbst fehlen. Vielleicht war ich nicht dafür geschaffen, Kinder zu haben. Mein letztes heißt ebenfalls Ernesto, ich weiß nicht einmal, welche Farbe seine Augen haben, ich erinnere mich kaum an sein Gesicht, er ist noch nicht einmal ein Jahr alt, und ich habe ihn zweimal in den Armen gehalten. Nicht ich habe seinen Vornamen ausgesucht, sondern meine Frau, ich war nicht gerade begeistert, aber ich sah, dass es ihr Freude machte, also sagte ich: Warum nicht? Da ich kein Ehemann bin, der oft zu Hause ist, wollte sie mich wahrscheinlich noch rufen, wenn ich nicht da war. Aber ich frage mich, ob es wirklich eine gute Idee für einen Jungen ist, heute Ernesto Guevara zu heißen.

Ramón wäre es schwergefallen, sich dem zu entziehen. Als Tereza gesehen hatte, wie schlecht er für die schneidende Kälte der Hügel gewappnet war, hatte sie ihm Ludviks Sachen geliehen, aber dieser hatte nur weniges in seinem Schrank zurückgelassen. Eines Abends nach dem Essen hörte Ramón eine Platte von Gardel, sie hatte sich neben ihn auf das Kanapee gesetzt, während Josef und Helena den Tisch abräumten.

»Frierst du, Ramón?«

»Es ist warm hier drin.«

»Ich habe Lust, dir einen irischen Pullover zu stricken wie den von Josef. Was hältst du davon?«

»Er ist wunderschön, ich habe den gleichen in New York gesehen. Aber es ist unnötig, dass du dir die Mühe machst.«

»Jeder Mann hat das Recht auf einen schönen Pullover.«

Ramón sagte sich, dass es in diesem Land wohl üblich sei und es unhöflich wäre, abzulehnen. Sie standen gleichzeitig auf. Sie gab Helena ein Blatt Papier und einen Stift und holte ihr Maßband.

»Heb die Arme, ich werde deine Maße nehmen.«

Sie legte das Maßband um seinen Oberkörper.

»Sechsundachtzig … du bist nicht gerade dick, Ramón.«

»Wie Don Quijote könntest du sagen: ›Und wieder spüre ich unter meinen Fersen die Rippen von Rosinante.‹«

Er musste den Arm beugen, und sie maß die Länge von

der Schulter bis zum Handgelenk, von der Achsel bis zur Hüfte und zur Taille, Helena schrieb alles auf.

»Du bist nur Haut und Knochen. Dabei isst du doch anständig.«

»Ich habe mit wenig angefangen. Seit ein paar Tagen hat mich Josef nicht mehr gewogen. In einem Monat hatte ich fünf Kilo zugenommen.«

»Man fragt sich, wo die geblieben sind.«

»Wer ist Ludvik?«

Mit den milderen Temperaturen war der Schnee geschmolzen. Ramón und Helena saßen am Rand der Lichtung auf einem Stapel vierkant zugeschnittener Fichtenstämme, er ganz oben, sie etwas tiefer, und rauchten eine einzige Zigarette, an der sie abwechselnd zogen. Sie hörten das Geräusch der Säge, den Hieb der Äxte, die Schreie der Holzfäller, die nach der Schneeschmelze ihre Arbeit wieder aufnahmen. Wären sie bis zum Waldrand gegangen, so hätten sie sie auf der andern Seite des Hangs sehen können. Sie wärmten sich an der schwachen Sonne, die durch das Laub drang.

»Er ist mein Freund. Er studiert in Prag. In diesem Sommer kommt er zurück.«

»Was studiert er?«

»Journalismus.«

»Ist er wirklich dein Freund?«

»Und der einzige, den ich hatte, wenn du es genau wissen willst.«

»Verzeih mir, schläfst du mit ihm?«

»Das kommt vor, ja.«

»Das ist seltsam, oder?«

»Warum?«

»Er ist der Sohn von Tereza.«

»Oh, ich verstehe. Tereza ist nicht meine Mutter, und Ludvik ist nicht mein Bruder. Mein Vater hat wieder geheiratet, und sie sind zu uns gezogen, um mit uns zu leben. Jetzt allerdings betrachte ich Tereza als meine Mutter, ich gebe zu, es ist eine etwas eigenartige Beziehung.«

»Bist du in ihn verliebt?«

»Warum fragst du?«

Er antwortete nicht, sie hob den Kopf, er machte einen langen Zug an der Kippe, bis er sich beinahe die Finger verbrannte, und drückte sie auf dem Baumstamm aus.

»Wir sind fast ein altes Ehepaar, wir kennen uns schon immer. Das war immer klar mit uns.«

»Und deine Mutter?«

»Meine Mutter? Sie ist verschwunden. Vor langer Zeit.«

Sie ist nicht traurig, wenn sie von ihrer Mutter spricht. Sie muss jung gewesen sein, als sie gestorben ist, und Tereza hat sie vollständig ersetzt. Ich wollte ihr keine Fragen stellen. Und ich stelle ihr schon zu viele. Sie dagegen stellt mir keine einzige. Ich hätte ihr von dieser großen Leere in mir erzählen können, die mich unwiderstehlich aufsaugt, vor fast einem Jahr ist meine Mutter gestorben, und ich war nicht da, sie hat mich zu Hilfe gerufen, man hat sich geweigert, ihr zu sagen, wo ich war, was mag sie sich gedacht haben? Sie wollte, dass ich zu ihr komme, dass ich an ihrer Seite bin in diesem Augenblick der Ewigkeit, an dem wir uns trennen. Ich hätte ihr so gern die Hand gehalten, ich hätte ihr von meiner Kraft gegeben, ich hätte sie festgehalten, ich hätte ihr die letzte Freude gemacht, vor dem Abschied noch einmal ihren Sohn zu sehen. Aber an jenem 19. Mai 1965 war ich Tausende Kilometer von Buenos Aires entfernt, im tiefsten afrikanischen Dschungel, auf der Flucht, in höchster Not, und suchte zu verstehen, warum alles zusammenbrach, warum die Afrikaner nicht kämpfen wollten, wie man das Fiasko unseres abenteuerlichen Guerillakriegs vermeiden konnte. Ich bin aus dieser Katastrophe seelisch zerstört und körperlich dem Tode nahe herausgekommen, es war nicht allein das unfassbare Scheitern all meiner Ideen, sondern die unselige Art und Weise, wie es zu diesem Desaster gekommen war, wir haben uns wie Amateure verhalten, blind und borniert. Wir waren die Pieds Nickelés der Revolution. Und das Allerschlimmste war, dass ich wegen meiner Verblendung, meiner Ungeschicklichkeiten, meiner wiederholten Irrtümer ganz allein schuld war an dieser erbärmlichen militärischen Posse. Und mitten in dieser Pleite erfahre ich von ihrem Tod. Niemand hatte daran gedacht, mich zu verständigen! Ich wusste, dass sie unheilbar krank war. Und alles, was ich da unten, irgendwo mitten im Kongo, tun konnte, war eine Totenwache auf unsere Art, ihr einige jener Tangos von Gardel vorzusingen, die sie so liebte.

Als Sourek ihm mitteilte, dass man in Prag sehr zufrieden mit ihm war, spürte Josef, wie sein Gesicht heiß wurde und ein leichtes Zucken über seinen Rücken lief. Der Oberleutnant verteilte nie Belohnungen, sagte nie danke, Josef wusste nur zu gut, wie die Innere Sicherheit funktionierte, um sich die geringste Illusion zu machen, und war auf der Hut, wartete auf den Dolchstoß.

»Ich versichere Ihnen, Professor«, fuhr Sourek fort, »Obert Lorenc schätzt ihre Mitarbeit sehr. Kann er Ihrer Meinung nach abreisen?«

»Medizinisch gesehen ist sein Malariaanfall geheilt, und sein Asthma hat sich stabilisiert. Er ist zwar nicht vor einem Rückfall gefeit, aber von mir aus kann er das Sanatorium verlassen.«

»Als ich ihn darauf angesprochen habe, hat er nicht einmal geantwortet.«

»Ich kann ihn nicht rauswerfen. Er ist schwach, er muss sich ausruhen.«

»Es gibt zu vieles, was wir nicht wissen. Was zum Beispiel erzählt er Ihrer Tochter, sie gehen von morgens bis abends spazieren. Worüber reden sie, hä, wissen Sie das? Und während des Abendessens, spricht er da über politische Themen, die die UdSSR oder die USA betreffen?«

»Niemals.«

»Was sagt er?«

»Wir plaudern über dies und jenes. Nichts Wichtiges.«

»Man will alles wissen, alles!«, unterbrach ihn Sourek.

»Was Sie vorschlagen, gefällt mir nicht! Ich spioniere niemandem nach!«

»Pech für Sie, ich werde meinen Bericht schreiben.«

Sourek kam nicht dazu. Josef begegnete Ramón, er saß in einem der Sessel an der Rezeption und wartete auf Helena.

»Geht es dir nicht gut, Josef? Du bist ganz rot.«

Es war nicht ratsam, zu enthüllen, was geheim bleiben musste, nicht klug, die Machenschaften zu erwähnen, aber Josef war zu aufgewühlt, um sich zurückzuhalten.

Ramón war wütend. Noch nie hatte man ihn so laut schreien hören. Sourek ähnelte einem schuldbewussten Kind. Ramón schleppte ihn in Josefs Büro, und sie telefonierten mit Prag. Sourek diente seinem Oberst als Dolmetscher; das Gespräch war kurz. Im Handumdrehen packten Sourek und der Leibwächter ihre Koffer und trafen sich unten an der großen Treppe wieder. Josef ging zu ihm und fragte, ob er etwas für ihn tun könne. Sourek schien ihm nichts übel zu nehmen, aber Josef wusste, dass man bei einem Offizier der Inneren Sicherheit niemals dem Schein trauen durfte.

»Wenn etwas Wichtiges passiert, rufen Sie diese Nummer an«, sagte Sourek leise und gab ihm ein zweimal gefaltetes Blatt Papier.

»Wie soll ich wissen, ob es wichtig ist?«

»Für uns ist alles wichtig.«

Der Wagen, der jeden Tag Soureks Bericht abholte, traf um 17 Uhr ein. Ramón diskutierte abseits mit seinem Leibwächter, der ihn umarmte und sich auf die Rückbank setzte. Sourek ging zu Ramón, schlug die Hacken zusammen und verbeugte sich ehrerbietig.

»Ich erweise Ihnen meine Hochachtung, Comandante.«

»Hauen Sie ab!«

Erschrocken blieb Sourek einige Sekunden wie gelähmt stehen, entbot dann Ramón wie ein Automat einen militärischen Gruß, aber seine Hand zitterte vor seiner Stirn. Er trat mehrere Schritte zurück und setzte sich neben den Chauffeur. Der Wagen verschwand hinter der Kurve.

»Die wären wir los!«, sagte Ramón.

»Warum hat er solche Angst vor dir?«, fragte Josef.

»Ein Wort genügt, und er verschwindet vom Erdboden. Es ist kompliziert, das in fünf Minuten zu erklären, sagen wir, dass Leonid Breschnew mich braucht.«

»Du kennst Leonid Breschnew!«

»Sehr gut sogar und Kossygin und all die andern. Nach allem, was sie uns angetan haben, können sie mir nichts abschlagen.«

»Entschuldige, vielleicht bin ich indiskret, aber was haben sie euch denn angetan?«

»Sie und Chruschtschow, diese ganze Clique, sind Feiglinge, sie denken nur daran, ihre Haut zu retten und sich so lange wie möglich zu halten, es sind Bürokraten. In Wahrheit hassen sie die Kommunisten, und sie haben uns in die Scheiße geritten, und zwar für lange Zeit, wegen ihnen werden wir da nie mehr rauskommen.«

»Sourek hat mir eine Telefonnummer gegeben. Ich soll ihn über dich informieren.«

Er zeigte ihm das Stück Papier.

»Vergiss nicht, zu telefonieren, Josef. Und mach dir keine Sorgen, das hat absolut keine Bedeutung. Ruf sie jeden Tag an, um sie über mich zu unterrichten. Und sollten sie eines Tages Ärger machen, sag ihnen, dass du mein Freund bist.«

Eines Tages vielleicht, wenn ich den Mut und vor allem die Geduld dazu habe, werde ich aufschreiben, was ich weiß, was ich gesehen, gehört und ertragen habe, und ich werde den größten Betrug unserer Epoche anprangern: die Konfiszierung und Beseitigung des kommunistischen Ideals durch die Kommunistische Partei der Sowjetunion. Es gibt nichts Unkommunistischeres als diese Leute. Es sind Drückeberger, Feiglinge, Bürokraten, die es geschafft haben, sich an die Spitze der Macht zu hieven, und nur eines erhoffen und erwarten: sich so lange wie möglich dort zu halten. Mit allen Mitteln. Ihre einzige Obsession ist, von den Vorteilen ihrer Ämter maximal zu profitieren. Das Präsidium des Obersten Sowjets ist nichts anderes als der Verwaltungsrat eines Unternehmens, dessen einziges Ziel es ist, sich zu behaupten und seine phänomenale Macht zu bewahren. Alles Übrige – das Elend, die Ausbeutung des Menschen durch den Menschen, der Klassenkampf – sind Argumente, die ihnen als Köder dienen, um ihre Handlungen zu rechtfertigen und die Dummköpfe zu manipulieren, die noch daran glauben. Sie lehnen jede Auseinandersetzung mit ihrem natürlichen Feind ab. Der Kapitalismus, der Imperialismus und die Ausbeuter der ganzen Welt gehen guten Zeiten entgegen. Vor den Sowjets brauchen sie keine Angst zu haben. Die Amerikaner können Millionen Bomben über Vietnam abwerfen, ihre Stellungen zu ihrem Vorteil ausbauen, von den sowjetischen Kommunisten haben sie nichts zu befürchten. Am 28. Oktober 62 haben wir den Kampf endgültig verloren. An jenem Tag hat Chruschtschow seine Versprechen gebrochen und seine Raketen aus Kuba abgezogen. Er hat dem amerikanischen Bluff nachgegeben und vor der ganzen Welt das Gesicht verloren. Niemals hätten die Amerikaner als Erste einen Atomkrieg angefangen. Ohne direkten Angriff. Diese Preisgabe war die Preisgabe unserer Hoffnungen. Danach waren alle Kämpfe zum Scheitern verurteilt. Zwischen ihnen wird es nur noch Scharmützel geben, um sich die Krümel zu teilen. Aber es wird keinen frontalen Zusammenstoß mehr geben. Weil die sowjetischen Führer, sogenannte Kommunisten, ihr Lager gewählt haben. Weder das der Freiheit noch das der Unterdrückten. In Wahrheit hassen sie die Kommunisten, und ihretwegen haben wir keine Zukunft mehr.

Soureks Ausschaltung war nicht unbemerkt geblieben. Von der Küche aus hatten Tereza, Helena, Marta und Karel erstaunt seine Abreise verfolgt. Dass ein menschliches Wesen (noch dazu ein Ausländer) es wagte, sich mit einem Offizier der Inneren Sicherheit anzulegen, ihn öffentlich zu beschimpfen, war etwas Undenkbares, etwas, wofür es in der gewöhnlichen Sprache keinen Namen gibt. Nicht dass es sie auch nur im Entferntesten bekümmert hätte (im Gegenteil), aber es war derart blasphemisch, dass es sie nicht gewundert hätte, wenn auf dieses gottverlassene Tal in Böhmen augenblicklich eine Atombombe gefallen wäre, um sie dafür zu bestrafen, Zeugen dieser kriminellen Übertretung gewesen zu sein. So viel stand fest, sie waren schuldig, weil sie etwas gesehen und gehört hatten und es weitersagen konnten, was niemand in diesem Land sich hätte vorstellen können. Sie fragten sich, ob sie nicht Zuschauer einer kollektiven Fata Morgana gewesen seien.

Karel suchte, gefolgt von Marta, das Weite. Tereza überkam jene dumpfe alte Angst, die sie so lange gequält hatte und die sie aus ihrem Gedächtnis und ihrem Körper gelöscht zu haben glaubte. Ohne etwas zu sagen folgte sie ihrem Beispiel.

Helena, die allein in der Küche zurückgeblieben war, setzte Wasser auf. Sie hörte ein Geräusch und drehte sich um, Ramón war gerade hereingekommen.

»Ich koche Tee, willst du einen?«

»Mit Vergnügen, aber sehr stark.«

Sie blieben nebeneinander stehen und warteten auf das Sieden des Wassers.

»Weißt du, wer ich bin?«

»Ein südamerikanischer Kommunist, wenn ich richtig verstanden habe.«

»Dein Vater hat dir nichts gesagt?«

»Nein.«

»Du hast ihn nichts gefragt?«

»Nein.«

»Er hat dir nichts von mir erzählt?«

»Er spricht nie über seine Patienten.«

»Ich bin Guevara.«

»Wer ist das?«

»Ernesto Guevara. Man nennt mich Che. Bestimmt hast du von mir gehört?«

»Nein, entschuldige, das sagt mir nichts.«

»Die Revolution, in Kuba?«

»Selbst die tschechoslowakische Politik interessiert mich nicht, also Kuba, ehrlich, das ist mir ziemlich egal, ich weiß nicht mal, wo genau es liegt. Nimmst du es mir übel?«

»Nein.«

»Doch, ich sehe genau, dass du es mir übel nimmst. Aber ich will nicht lügen, in diesem Land sind wir dabei, an der Lüge zu krepieren, ich jedenfalls will nicht länger lügen.«

»Ich verstehe, als ich achtzehn war, war mir die Politik auch egal.«

»Und wie soll ich dich jetzt nennen: Ramón oder Ernesto?«

»Wie du willst.«

Das unwiderrufliche Scheitern des afrikanischen Kampfs hat mir die Augen geöffnet, es ist unmöglich, ohne die Unterstützung der Bevölkerung irgendetwas zu unternehmen. Wenn die Ausgebeuteten sich nicht auflehnen, nicht kämpfen wollen, um ihr Schicksal zu verändern, dann ist der Revolutionär eine sterile Frucht, ein mechanisches Wesen. Ohne sie ist nichts möglich, genau deshalb hatten wir in Kuba Erfolg und sind in Afrika gescheitert. Diese endlose Krankheit, der Immobilismus, zu dem ich gezwungen bin, und dieses entsetzliche Schweigen, das mich auf mich selbst zurückwirft, bringen mich zu einer schmerzhaften Feststellung. Von jeher war ich von denselben Ideen durchdrungen, dieselben Gefühle haben mich geleitet: Die Gewalt der Ausbeutung musste mit der Gewalt der Unterdrückten beantwortet werden, ich sah keinen anderen möglichen Weg, außer unsere Hoffnung auf eine neue Welt aufzugeben. Während all dieser Jahre war der Hass die Substanz meines Körpers, der Hass auf den Feind, der mich dazu trieb, ihn zu vernichten, über die menschlichen Grenzen hinaus, und wenn ich mir ansehe, was aus mir geworden ist, ermesse ich, wie sehr ich mich von meinem Ideal entfernt habe. Ich bin nicht sicher, ob ich immer für die gute Sache gekämpft habe, sondern vielmehr aus tief in mir verborgenen trüben Bedürfnissen. Alle Menschen hassen den Krieg, fürchten und meiden ihn. Wenn man angefangen und an den Teufelskreis geglaubt hat, wenn man einmal vom Krieg gekostet hat, kann man ihn nicht mehr entbehren. Man kann nicht mehr aufhören, man will immer wieder damit anfangen. Vielleicht ist für mich der Augenblick gekommen, diesen leidenschaftlichen Wettlauf aufzugeben.

Helena hatte den Eindruck, die ganze Nacht kein Auge zugetan zu haben. Sie wusste nicht, wie viel Uhr es sein mochte, sie knipste die Nachttischlampe an: zwanzig vor fünf. Resigniert stand sie auf und schlüpfte in ihren Morgenrock. Sie nahm die Treppe zur Küche hinunter, kam zum Absatz mit der Rezeption. Sie wollte weiter hinuntergehen, als sie stehen blieb, lauschte, im Sanatorium herrschte Grabesstille. Im Halbdunkel erblickte sie eine Gestalt und machte Licht. Ramón saß da und sah sie an.

»Was machst du hier im Dunkeln?«

»Ich konnte nicht schlafen.«

Sie setzte sich in den Sessel neben ihm.

»Ich auch nicht … Wie geht's dir?«

»Meinst du, ich soll gehen oder bleiben?«

»Ich weiß nicht.«

»Dein Vater sagt, dass ich geheilt bin.«

»Einige Kranke bleiben mehrere Monate hier, bis sie völlig wiederhergestellt sind. Wir haben viele Bergarbeiter mit einer Staublunge. Manche kommen her, weil sie ein Recht darauf haben, andere, um die gute Luft zu atmen, sich auszuruhen und von Martas Küche zu profitieren, es ist fast wie Ferien, manche kommen, um ihre Familie und ihre Sorgen zu vergessen. Im letzten Jahr hat mir ein alter Bergarbeiter gesagt, er komme, weil wir Fernsehen haben.«

»Was soll ich tun?«

»Das musst du entscheiden, jeder hat seine Gründe, zu bleiben oder zu gehen.«

Nachdem Ramón so oft an der Kooperative vorbeigekommen war, hatte er jetzt den Wunsch geäußert, einmal hereinzuschauen. Normalerweise konnten die Patienten des Sanatoriums sie ohne Weiteres besuchen, sie plauderten mit den Bauern, die sie freundlich empfingen und nicht zögerten, Zeit mit ihnen zu verbringen. Einige Kranke fühlten sich dort so wohl, dass sie ein wenig bei der Heuernte oder kleinen Arbeiten halfen.

Helena fragte, wann Ramón kommen könne, aber Jaroslav wollte sich nicht festlegen, er habe überhaupt keine Zeit. Sie erklärte, dass es ein Kranker wie jeder andere sei, der ihre Produktionsmethoden kennenlernen wolle. Zum ersten Mal wurde Jaroslav grob, es komme nicht in Frage, dass Ramón hier auftauchte.

»Ich kenne dich seit vielen Jahren, Jaroslav, das sieht dir gar nicht ähnlich. Du verbirgst mir etwas. Hast du Anweisungen erhalten? Was haben sie von dir verlangt?«

Jaroslav sah ihr gerade in die Augen.

»Geh, Helena, und lass uns in Ruhe!«

Sie wollte kein Theater machen, wozu es Josef erzählen. Ramón sagte sie, die Bauern der Kooperative seien zu sehr von ihrer Arbeit in Anspruch genommen, um sich um ihn kümmern zu können.

»Na gut, schade«, sagte Ramón. »Es ist nicht wie bei uns.«

Von diesem Tag an mied Helena die Kooperative. Statt die Landstraße hinunterzugehen, nahmen sie den Feldweg hinter dem Sanatorium und erreichten den Wald auf einem Umweg.

Hin und wieder, zwei- oder dreimal in der Woche, hatte Ramón einen Erstickungsanfall, er bekam keine Luft, nicht unbedingt, nachdem er eine Zigarette geraucht hatte (im Gegenteil, so schwor er, Rauchen trockne die Lungen und tue ihm sehr gut) oder nachdem er zwei Stunden spazieren gegangen war oder den Hügel erklommen hatte. Auch wenn er es nicht wahrhaben wollte, es passierte, wenn er sich überanstrengte. Er wurde bleich und röchelte schwach, seine Brust zuckte, er setzte sich, manchmal direkt auf den Boden, holte den Inhalator aus der Tasche, schüttelte ihn, bog den Kopf nach hinten, steckte sich das Mundstück tief in den Rachen und atmete eine Dosis ein. Ein oder zwei Minuten verharrte er so, die Augen geschlossen, bis er wieder atmen konnte, dann stand er auf und ging weiter.

Ramón war überrascht, dass Helena so wenig neugierig war und ihm keine Frage nach seinem Leben stellte, als interessierte sie sich nicht dafür. Sie setzten sich auf eine Pyramide gefällter Bäume.

»Weil wir es uns abgewöhnt haben«, erklärte sie. »In diesem Land ist es immer verdächtig, eine Frage zu stellen. Die Leute würden sich fragen, ob du sie nicht ausspionieren willst. Es gibt Zehntausende, die für die Polizei arbeiten, natürlich weiß man nicht, wer. Sie ist überall und nirgends. Man hat uns so oft gewarnt, dass wir gelernt haben, uns ständig zu beobachten. Josef sagt, es sei eine gesellschaftliche Epidemie und wir seien alle infiziert. Also spricht man nicht mehr miteinander oder erzählt sich nichts Vertrauliches, nur die Banalitäten des Alltags, und selbst dann, wenn du sagst, der Preis der Kartoffeln sei gestiegen oder du hättest auf dem Markt keine Schweinekoteletts gefunden, dann bist du wahrscheinlich ein Volksfeind, und manche sind deswegen im Gefängnis.«

»Misstraust du mir?«

»Natürlich nicht. Hier vergisst man es ein wenig, weil wir weit weg von allem sind, aber jeder lebt wie in einem Gefängnis, nur dass man mehr Platz hat. Niemand fühlt sich wirklich frei.«

»Weißt du, dass es das Gegenteil dessen ist, was wir anfangs wollten, wofür wir gekämpft haben?«

»Möglich, aber nur das Ergebnis zählt. Kann man in deinem Land frei seine Meinung sagen?«

»Was die Ausgebeuteten brauchen, ist, ihre Familie ernähren zu können, ohne bei der Arbeit zu sterben, sich kostenlos behandeln zu lassen und ihre Kinder kostenlos zu erziehen, die Meinungsfreiheit kommt später. Sie wird vor allem von unseren Feinden benutzt, um uns anzugreifen.«

»Du täuschst dich vollkommen, Ramón. Es ist genauso wichtig, sich frei zu fühlen, wie sich satt zu essen.«

Die Sonne schien sanft auf die Lichtung. Ramón zog seinen naturfarbenen Pullover aus. Helena nahm ihr Zigarettenpäckchen und bot Ramón eine an. Sie legte ihren Mantel ab und benutzte ihn als Kissen. Sie rauchten Seite an Seite, auf dem Rundholz sitzend, die Augen geschlossen, das Gesicht dem Himmel zugewandt. Plötzlich hörte Helena eine Stimme, die sie rief. Sie richtete sich auf und erblickte etwa zehn Meter entfernt ihren Vater und Tereza. Sie gingen im Wald spazieren, und von Zeit zu Zeit rief Josef: »Hallo, Helena, Ramón.« Sie näherten sich dem Holzstapel.

»Es ist Josef«, flüsterte Helena, »wenn er dich rauchen sieht, wird er losbrüllen.«

Helena und Ramón versteckten sich wie Kinder. Mit angehaltenem Atem kauerte sie sich hinter einen Stamm und legte einen Finger auf ihren Mund, um ihm zu bedeuten, kein Geräusch zu machen. Sie warf ihre Zigarette weg und trat sie aus, Ramón zog ein letztes Mal daran und machte ohne Eile die Kippe aus. Tereza und Josef waren jetzt nur noch wenige Meter von ihnen entfernt, er hätte sich gern einen Augenblick hingesetzt, um sich auszuruhen, aber Tereza wollte ihren Spaziergang fortsetzen. Ramón beobachtete sie durch einen Spalt zwischen zwei Stämmen. Helena zog ihn am Arm, und er duckte sich. Josef und Tereza gingen an dem Holzhaufen vorbei, ohne sie zu bemerken, und setzten plaudernd ihren Weg fort.

Helena und Ramón hörten ihre Stimmen leiser werden. Sie schloss die Augen, atmete wieder normal, sie schien zu schlafen, er näherte sich geräuschlos, legte seine Hand auf ihre Wange, streichelte ihre Stirn mit den Fingerspitzen, sie rührte sich nicht, ein winziges Lächeln erschien auf ihren Lippen. Er legte seinen Mund auf den ihren, sie schlang ihre Arme um ihn, sie küssten sich, fieberhaft, Helenas Finger glitten unter Ramóns Hemd, sie strichen über seinen Rücken, als ob sie von ihm Besitz ergriffe, Ramóns Hand hob ihren Rock, sie drückte ihn mit unvorhergesehener Kraft an sich. Sie liebten sich hastig, wie im Fieber, ohne sich auszuziehen, aneinandergepresst, linkisch, mit kleinen Schreien des Glücks, dann blieben sie lange liegen und sahen sich wortlos an.

Es wurde ein seltsames Abendessen. Etwas hatte sich verändert, aber weder Josef noch Tereza vermochten zu sagen, was. Helena antwortete einsilbig und starrte auf ihren Teller. Ramón aß fast nichts, Tereza sorgte sich um seine Gesundheit.

»Nein, bestimmt, Tereza, es geht mir gut.«

»Du siehst schlecht aus«, meinte Josef. »Morgen machen wir Analysen.«

Helena verließ die Tafel vorzeitig, sie müsse ihre Anmeldeunterlagen zusammenstellen. Ramón schob Müdigkeit vor, um sich seinerseits zu verdrücken.

In der Nacht sahen sie sich wieder, zwangsläufig. Ramón hatte gewartet, bis Stille ins Haus eingekehrt war. Er ging im Dunkeln durch das Sanatorium, auf bloßen Füßen, stieg die Treppe hinauf und klopfte zweimal an Helenas Tür. Sie öffnete sofort.

»Wir müssen reden«, sagte Ramón.

»Worüber?«

»Über das alles, auch über deinen Vater.«

»Ich pfeife drauf.«

Sie zog ihn an sich, küsste ihn, die Hand in seinem Haar, ohne ihn aus den Augen zu lassen. Sie zog ihm das Hemd aus und löste seinen Gürtel, Ramóns Hose fiel zu Boden. Sie knöpfte ihren Pyjama auf und ließ ihn herabgleiten. Nackt standen sie sich gegenüber, seine Haut war unglaublich weiß. Sie fielen einander in die Arme, sie zog ihn aufs Bett und legte sich auf ihn.

Nach der Liebe blieben sie lange reglos liegen. Sie streichelte seine Brust.

»Morgen reise ich ab«, sagte Ramón.

»Warum?«

»Ich kann nicht mehr bleiben, ich fühle mir sehr unbehaglich deinem Vater gegenüber. Ich gehe lieber.«

»Wenn du gehst, gehe ich mit dir.«

»Ich habe ein kompliziertes Leben, und du warst nicht vorgesehen, es wird für uns beide nicht leicht sein.«

»Du willst nicht, dass ich mit dir gehe?«

Er zögerte mit der Antwort. Sie richtete sich ein wenig auf.

»Ich werde mit Josef reden«, murmelte sie.

»Weißt du, du darfst dir keine Illusionen machen.«

Sie legte ihm die Hand auf den Mund, küsste ihn dann.

Josef kochte in der Küche Kaffee, als Helena hereintrat. Er hatte seinen blauen Morgenrock an. Er war überrascht, dass sie so früh schon auf und angezogen war.

»Willst du Kaffee?«, fragte er.

Sie setzte sich. Er stellte zwei Schalen auf den Tisch und wartete, dass der Kaffee durchlief.

»Was ist?«

»Warum fragst du?«

»Du siehst merkwürdig aus.«

»Ich werde mit Ramón weggehen.«

»Was?«

»Wir beide gehen weg. Gleich.«

»Und wohin?«

»Ich weiß nicht. Wahrscheinlich nach Prag.«

»Was ist los, Helena?«

»Ich bin in ihn verliebt.«

»Du bist verrückt!«

»So ist es nun mal, ich kann nichts daran ändern.«

Der Kaffee war durchgelaufen, aber Josef nahm ihn nicht vom Feuer. Er sackte auf einen Stuhl. Mit leerem Blick schüttelte er den Kopf.

»Ist dir klar, mit wem du gehen willst?«

»Du kennst ihn nicht, niemand kennt ihn.«

»Weißt du, wie alt er ist?«

»Das ist ohne Bedeutung.«

»Und Ludvik?«

»Er wird es verstehen.«

»Nein, ich schwöre dir, er ist kein Mann für dich«, sagte er mit schwacher Stimme. »Er nicht.«

Er ging zum Herd und zog die Kaffeekanne weg, die zu kochen begann.

»Hör zu, Helena, wir alle haben unsere Marotten. Man hat seinen Körper nicht immer unter Kontrolle. Manchmal ist er stärker als wir, man kann nicht widerstehen. Aber von ihm hast du nichts zu erwarten, nichts zu erhoffen. Es wird nicht dauern. Glaub mir. Ich sage es um deinetwillen. Ich will nicht, dass du leidest.«

Sie sah Josef gerade in die Augen.

»Ich bitte dich, hindere mich nicht daran.«

»Ich habe Angst um dich.«

Sie näherte ihre Hand, als wollte sie die seine ergreifen, aber sie entschied sich anders.

»Mach dir keine Sorgen, Josef.«

Ramón hatte gebeten, kurz telefonieren zu dürfen. Josef hatte ihm sein Büro überlassen. Ramón hatte versucht, sich zu erklären, aber Josef hatte ihn auf eine Weise angesehen, dass er darauf verzichtet hatte.

Gegen 11 Uhr traf ein Wagen ein, gefahren von einem unbekannten Mann, der eine graue Windjacke trug. Der Chauffeur verstaute die beiden Gepäckstücke im Kofferraum. Ramón und Helena nahmen auf dem Rücksitz Platz, ohne Zögern.

Auf den Stufen des Sanatoriums sahen Josef und Tereza sie wegfahren. Tereza legte ihren Arm auf Josefs Schulter und schmiegte sich an ihn.

Im Wagen, der sie nach Prag fuhr, blickte Ramón durch die Fensterscheibe ins Leere, die Landschaft glitt vorüber, ohne dass er darauf achtete. Verstohlen sah Helena ihn an. Er biss sich auf die Unterlippe. Im Rückspiegel sah sie das ausgemergelte Gesicht des Chauffeurs. Sie fragte sich, ob er Tscheche war. Sie nahm ihr Zigarettenpäckchen, tat so, als suchte sie in ihrer Tasche nach den Streichhölzern, und wandte sich an ihn:

»Haben Sie bitte Feuer?«

Der Mann sah weiter auf die Landstraße, ohne zu antworten.

»Es ist der Chauffeur der Botschaft, er spricht nur Spanisch«, sagte Ramón. »*Dame fuego, Diego.*«

Der Mann öffnete das Handschuhfach, nahm eine Schachtel Streichhölzer, Ramón gab sie Helena.

»Danke«, sagte sie. »Willst du eine Zigarette?«

»Jetzt nicht. Ich danke dir.«

»Woran dachtest du gerade?«

»Endlich eine Frage. Schließlich weißt du nicht viel von mir und von dem, was ich gemacht habe, ich werde dir davon erzählen, wir haben Zeit. Ich bin in dieses Land gekommen, weil ich nach dem afrikanischen Fehlschlag – auch das werde ich dir später erzählen – in meinem Zustand nicht nach Hause zurückkehren wollte, Bilanz ziehen musste, verstehen musste, was geschehen war. Als ich vor zwei Monaten in Prag ankam, ging es mir so schlecht, dass ich mir nicht einmal vorstellen konnte, wieder gesund zu werden. Ich hatte den Bogen so sehr überspannt, dass er zerbrach. Ich war überzeugt, dass es das Ende war, und ich war verzweifelt, so weit von meiner Heimat zu sterben, ohne meine Frau und meine Kinder wiederzusehen. Die tschechische Regierung hatte mich in einem Haus in der Prager Vorstadt untergebracht, dorthin fahren wir jetzt. Ich bin ein paar Tage dort geblieben, und als meine Gesundheit sich verschlechterte, ließen sie einen Arzt kommen, ich sehe noch sein Gesicht vor mir, der Unglückliche, ein Arzt kann einem Patienten viel erzählen, ihm versichern, er werde es überstehen, er solle die Hoffnung nicht verlieren, auch wenn er weiß, dass alles im Eimer ist, aber einen anderen Arzt kann er nicht täuschen. War es diese entsetzliche Niederlage oder die Häufung der Krankheiten oder beides zusammen, jedenfalls hatte ich überhaupt keine Kraft mehr und konnte nicht mehr atmen. In meinem Halbkoma hörte ich, wie der Arzt zu ihnen sagte, es sei das Ende und man könne nichts mehr tun. Wenn der Moment kommt, wozu weitermachen? Man muss aufhören können. Aber sie sahen alle aus, als läge ihnen an mir wie an ihrem Augapfel, als wäre ich ihnen unentbehrlicher als ihre Mutter, ich verstand ihre Fürsorge nicht, sie kamen an mein Bett, um mich aufzumuntern, mir Mut zu machen, weiterzukämpfen, mein Überleben hatte für sie absolute Priorität erhalten. Ich habe mich im Sanatorium wiedergefunden, ich hatte dabei nicht mitzureden. Ich sagte mir, dort werde ich sterben, es ist nicht so wichtig, irgendwo muss man schließlich sterben. Ich wollte es so schnell wie möglich hinter mich bringen, wollte nicht mehr leiden, mich dahinschleppen, und dann, in dem Augenblick, als ich dich am ersten Abend im Zimmer sah, wollte ich plötzlich weiterleben.«

»Es war Josef, der dir das Leben gerettet hat.«

»Das stimmt. Aber du hast mir Lust am Leben gegeben. Ohne dich wäre ich tot.«

Ramón nahm Helenas Hand und lächelte sie an. Der Wagen blieb an einem Bahnübergang stehen.

»Stimmt es, dass du Arzt bist?«

»Dein Vater hat dir nichts gesagt?«

»Er spricht nicht über seine Patienten.«

»Er ähnelt dem Menschen, der ich gern gewesen wäre. Ich glaube, auch ich wäre ein guter Arzt gewesen. Ich liebte das. Ich war den Menschen nahe. Ich hätte nützlich sein können. Und dann hat das Schicksal es anders gewollt.«

Ramón und Helena richteten sich in der Villa in Ládví ein, die die tschechische Regierung der kubanischen Botschaft zur Verfügung gestellt hatte. Der Kühlschrank war gefüllt worden. In den Beeten blühten Geranien. Es war ein ruhiges Viertel. Der Chauffeur stellte ihre beiden Koffer in den Eingang. Ramón diskutierte leise mit ihm, dann ging er.

»Wie findest du es?«, fragte Ramón. »Gefällt es dir?«

»Es ist nicht übel, aber es ist eine sehr abgelegene Vorstadt.«

»Das wusste ich nicht. Ist Prag weit weg?«

»Mindestens fünfzehn oder zwanzig Kilometer. Es muss einen Zug geben.«

»Wir haben einen Chauffeur. Er wartet draußen.«

»Das ist nicht sehr praktisch.«

»In einem Hotel würden wir ständig überwacht. Hier haben wir wenigstens dieses Problem nicht. Aber wenn es dir lieber ist, können wir in Prag ein Hotel suchen.«

»Nein, wir werden uns hier wohlfühlen.«

Als Erstes, noch bevor er seine Jacke auszog, öffnete Ramón eine kleine Holzkiste auf dem Buffet. Er schien erleichtert zu sein. Sie enthielt etwa zwanzig kubanische Zigarren. So dicke hatte Helena noch nie gesehen. Sie waren von einem seiner Freunde hergestellt worden, dem besten *torcedor* von Havanna, sie waren etwa zwanzig Zentimeter lang und verströmten einen herben Geruch, der Ramón entzückte. Genüsslich atmete er ihn ein, als wäre es ein Parfum. Er wollte unbedingt, dass Helena probierte. Er zündete zwei davon an, indem er das Ende an der Flamme eines langen Streichholzes erwärmte, und gab er ihr eine.

»Das ist zu stark für mich«, sagte Helena und vertrieb mit der Hand den Rauch, der das Zimmer erfüllte. »Und ich weiß nicht, ob das für dein Asthma sehr ratsam ist.«

»Ich will dir eines sagen, der Rauch der Havanna erstickt den Drachen, der in meiner Brust schlummert. Schon seit Langem habe ich mich nicht mehr so wohlgefühlt. Man soll nicht übertreiben, aber zwei Zigarren am Tag haben noch nie jemandem geschadet. Im Gegenteil.«

Auch wenn Helena nicht verstand, worin das Risiko bestand, jedenfalls weigerte sich Ramón, mit seinem nachgewachsenen Haar das Haus zu verlassen. Seit er Sourek und seinen Leibwächter vertrieben hatte, rasierte er seinen Kopf selbst. Zweimal hatte er sich geschnitten, und beim letzten Mal hatte eine Schnittwunde reichlich geblutet, seither hatte er es sein gelassen.

Er bat Helena, ihm zu helfen. Er setzte sich auf einen Stuhl, zog seinen Pass aus der Tasche und zeigte ihr das Foto, dem er unbedingt ähneln musste. Sie legte ein Handtuch auf seine

Schultern, befeuchtete sein Haar, betätigte vorsichtig das Rasiermesser, und die Tonsur gelang ihr perfekt. Er wollte, dass sie auch die Dichte des Haares verringerte, was ihr mit der Schere ebenfalls gelang.

»Vielen Dank, Helena, es ist perfekt«, sagte Ramón, als er sich im Spiegel betrachtete. »Ich habe wieder meinen Buchhalterschädel. Niemand kann mich erkennen. Aber du würdest mich vielleicht lieber mit der Frisur eines jungen Mannes sehen.«

»Darauf pfeife ich.«

Und sie nahm ihn in die Arme und küsste ihn.

Ich möchte mein Glück in die ganze Welt hinausschreien, lauthals meine Freude zum Ausdruck bringen, Pirouetten drehen, lachen und aus vollem Halse singen, so große Lust habe ich, diese Erregung zu teilen, ich hielt sie für unmöglich, wie eine solche Empfindung für sich behalten? Wenn sie mich ansieht, kriege ich eine Gänsehaut, und ich fühle mich wie ein Sechzehnjähriger, der gerade das Mädchen geküsst hat, das er liebt, ich bin sicher, dass ich, wenn ich die Hand ausstrecke, den Mond herunterholen und ihr schenken könnte. Aber ich werde nichts sagen, niemand wird es erfahren.

Und sie, ahnt sie es?

Ich weiß nicht genau, wozu wir hergekommen sind. Wir werden abwarten, nichts überstürzen. Was kann sie wollen? Hat sie überhaupt eine Vorstellung?

Ein paar Probleme müssen noch gelöst werden, ich brauche nur Zeit, um alles zu regeln, aber eines ist so schwerwiegend, dass es mich völlig erdrückt. Ich bin zwanzig Jahre älter als sie, es ist wahrscheinlich hoffnungslos, und deshalb darf ich nichts übers Knie brechen.

Jeder Tag mit ihr ist ein gewonnener Tag.

Genau besehen ist es sehr praktisch, einen Chauffeur zur Verfügung zu haben, der einen fährt, wohin man will. Anfangs störte es Helena, alle Welt schaute sie an.

»Sag dir, er ist wie ein Taxifahrer, der nur einen einzigen Kunden hat.«

Am ersten Tag wollte sie den Zug nehmen, man hätte drei Kilometer bis zum Bahnhof von Ládví gehen und sich dort eine Stunde gedulden müssen, um in einen Bummelzug zu steigen, der ewig lang an jeder Station hielt und unendlich viel Zeit brauchte, bis er in Prag ankam. Diego dagegen war immer verfügbar. Er konnte einen ganzen Tag lang warten und reglos im Wagen sitzen; sobald Ramón aus der Villa kam, ließ er den Motor an.

»Nachts schläft er doch nicht etwa im Auto?«

Diego kannte Prag und seine Vorstadt besser als Helena. Unnötig, ihm den Weg zu zeigen. Er setzte sie immer an der Mánes-Brücke ab, und wenn Ramón und Helena zurückfahren wollten, holte er sie hinter der Bushaltestelle ab, wo er parkte, ohne dass ein Polizist jemals irgendetwas von ihm wollte.

Ab der Mánes-Brücke stand Prag ihnen offen, sie konnten in alle Richtungen gehen, in die Altstadt oder zur Burg, der Zufall lenkte ihre Schritte. Sie durchmaßen die Stadt vom Hradschin bis zur Oper und vom Kloster St. Agnes bis zur Vyšehrad-Festung, sie schlenderten herum, die Nase im Wind, Ramón ging langsam, betrachtete jedes Denkmal, als wollte er es sich für immer einprägen, stellte präzise Fragen zur Architektur: »Warum stehen Statuen auf den Dächern?« oder »Wie konnte das so schwarz werden?« Helena war außerstande, ihm zu antworten, sie entdeckte Ecken, an denen sie hundertmal vorbeigekommen war, ohne darauf zu achten, antiquarisch kauften sie einen Stadtplan von vor dem Krieg, sie waren die einzigen Touristen, man hielt sie für Ausländer.

Ramón liebte die windungsreichen Ufer der Moldau und kehrte immer wieder dorthin zurück.

Häufig besuchten sie Cafés, um sich auszuruhen, aber als sie ihm das Café *Slavia* zeigte mit seiner riesigen Fensterfront zum Kai des Flusses, seiner Aussicht auf den Petrin-Hügel und die Burg, wurden sie dort Stammgäste. Besonders gern saß Ramón auf einer Fensterbank, um in aller Ruhe zu schmökern. Er hatte seinen Platz gegenüber dem Gemälde des *Absinthtrinkers* gefunden und musterte die geheimnisvolle junge Frau in Grün, wahrscheinlich die dämonische Verführerin, er war enttäuscht, als er erfuhr, dass man keinen Absinth mehr servierte und dass es ein verbotenes Getränk war.

Sie lasen Seite an Seite, plauderten mit Tischnachbarn, Helena dolmetschte. Wenn sie Hunger hatten, aßen sie kleine Sandwichs, harte Eier und Schwartenmagen.

»Wie wohl man sich hier fühlt«, sagte Ramón. »Findest du nicht?«

»Wie viele Leute von der politischen Polizei befinden sich deiner Meinung nach in diesem Saal und beobachten uns? Ist es dieser zeitunglesende sympathische Rentner, sind es die Schachspieler, mit denen wir diskutiert haben, die beiden Frauen, die dort am Fenster plappern, oder die Studenten, die da hinten Späße machen? Das etwas nervöse Mädchen dort, das auf ihren Geliebten wartet, die Arbeiter, die ein Bier trinken, die Kassiererin, die einer Bulldogge ähnelt, oder der Wirt, oder auch der Mann da drüben, der allein eine Zigarette nach der andern raucht und seine Fingernägel betrachtet? Falls die Polizisten nicht draußen warten? Was meinst du?«

»Man darf nicht paranoid werden. Wir glauben immer, dass die Polizei allgegenwärtig ist, dass sie überall ihre Augen und Ohren hat, aber in Wahrheit weiß sie nicht viel. Und offen gesagt, sind wir denn so furchtbar interessant? Was nützt es ihnen, uns auszuspionieren? Sie haben wirklich viel Zeit zu verlieren.«

Bericht von W.F. Freitag, 10. Juni 1966.

Die Obengenannten sind von 16 Uhr 40 bis 18 Uhr 25 im Café Slavia geblieben. Sie waren heute zum zweiten Mal hier (siehe den vorherigen Bericht). Sie haben sich zehn Minuten lang etwas leise ins Ohr geflüstert (sind sie misstrauisch?). Ich konnte ihr Gespräch nicht hören, es auch nicht von ihren Lippen ablesen. Er hat einen Tee getrunken und darauf bestanden, dass er sehr stark ist (ist das ein verschlüsseltes Zeichen?), sie hat einen Kaffee und dann Sandwichs bestellt. Irgendwann hatten sie einen Lachanfall, ich weiß nicht, warum. Er hat ihre Hand genommen und sie geküsst. Sie haben auch gelesen, er ein Buch auf Spanisch, das er aus seiner Tasche geholt hat, und sie meine Zeitung. Als sie hereinkamen, haben sie zehn Minuten der Partie der Schachspieler zugeschaut, dann haben sie mit einem Rentner aus dem Rathaus und Parteimitglied über das schöne Wetter geredet. Mit mir hat vor allem sie geredet, um mich zu bitten, ihr meine Zeitung zu leihen, und zu fragen, ob der Schwartenmagen gut ist. Außer mit dem Kellner haben sie mit niemand sonst gesprochen. Vielleicht ist der Kellner unser Komplize. Nachprüfen. Die Überwachung wird fortgesetzt. RAS.

Notiz von Oberleutnant Sourek: Auch der Kellner ist einer unserer Agenten. Seinen Bericht anfordern.

Helena schleppte Ramón zu dem monumentalen Nationalmuseum, weil es angefangen hatte zu regnen. Sie konnte sich nicht erinnern, wann sie zum letzten Mal hier gewesen war, auch nicht, mit wem, vielleicht mit Tereza, sie müsste Ludvik fragen, falls es nicht schon viel früher war …

»Gibt es ein Problem?«, fragte Ramón, als er ihre Reglosigkeit und ihren Kummer bemerkte.

»Nein, nichts, alte Erinnerungen, gehen wir rein.«

»Weißt du, Museen langweilen mich. Stundenlang vor Bildern rumlaufen geht mir auf den Geist. Ich gehe lieber spazieren.«

»Es ist vor allem ein naturwissenschaftliches Museum.«

Ramón bewunderte die paläontologische und archäologische Abteilung, es war eine seiner Leidenschaften. An diesem Tag erzählte er ihr, dass er nach seinem Studium das Glück hatte, durch Lateinamerika zu reisen, er habe die Maya-Tempel in Guatemala bestaunt und die in den Urwäldern von Yukatán verborgenen Pyramiden erklommen, er sei fasziniert gewesen von dieser Zivilisation der Baumeister und Mathematiker, die schon, als es Rom noch nicht gab, über außergewöhnlich subtile Verfahren verfügten, das Dezimalsystem und astronomische Kalender von unglaublicher Präzision erfunden haben, bevor sie aus geheimnisvollen Gründen verschwanden. Ramón konnte kein Ende finden. Mit seiner rauen und sanften Stimme beschrieb er die schwindelerregenden Besteigungen, die ihm ebenso den Atem nahmen wie die Herrlichkeiten, die er entdeckte. Er sprach auch von dem elenden Leben der Bauern, fernen Nachkommen der Konstrukteure, und von ihrer Wut über die Plünderung der Denkmäler. Helena lauschte ihm, ohne ihn zu unterbrechen, er sah, dass sie an seinen Lippen hing, und er fuhr fort, entführte sie ins Labyrinth der mythischen Stätte Chichén Itzá, der größten und faszinierendsten Stadt der Maya. Er habe sich vorgenommen, noch einmal herzukommen, und vielleicht sei nun der Augenblick gekommen, sein Versprechen wahr zu machen. Er sah ihre funkelnden Augen, und zum ersten Mal sprach er von der Zukunft.

»Es wäre schön, zusammen hinzugehen, oder? Würde dir das gefallen?«

»O ja.«

Wenn sie durch Prag flanierten, begegnete Helena zuweilen Schulfreundinnen oder Bekannten von Ludvik. Anfangs hatte sie die Gegend um den Hradschin lieber gemieden, aber in der Altstadt traf sie genauso viele von ihnen, und sie fand sich damit ab. Wenn sie nicht eingesperrt in der Villa bleiben wollte, gab es keine andere Lösung. Es war weniger Helena, die Aufmerksamkeit erregte, als der halb kahle Mann mit dem rätselhaften Lächeln, der sie begleitete. Ein Ausländer, den sie als Freund ihres Vaters vorstellte und dem sie die Stadt zeigte. Es war eine gute Erklärung, außer dass sie denselben Leuten mehrmals begegnete, sie bemerkte deren spöttisches Lächeln und fügte hinzu, er sei offiziell zu Besuch, und nun lächelte keiner mehr.

»Du bist voller Narben, überall, unglaublich.«

Sie lagen nackt im zerwühlten Bett, beim schwachen Schein der flackernden Nachttischlampe. Ramón zuckte die Achseln, nicht aus Prahlerei, er erinnerte sich nicht, es war so lange her.

»Diese hier, wo war das?«

Helenas Zeigefinger folgte einer langen Narbe auf Ramóns Hals. Sie sah ihn fragend an, er lächelte.

»Du willst es mir nicht sagen?«

»Ich weiß es nicht mehr, es war in einem anderen Leben.«

»Und da, was ist passiert?«

Sie hatte ihre Hand auf eine andere Narbe auf seinem Oberschenkel gelegt, die weiß und dünn war. Er verzog das Gesicht.

»Hast du oft gekämpft?«

Er nickte, und sie nahm ihn in die Arme.

»Das alles ist vorbei.«

»Ich spüre deine Knochen.«

»Dabei habe ich zugenommen.«

»Du bist immer noch mager.«

Sie blieben einen Augenblick schweigend liegen, aneinandergeschmiegt.

»Du willst, dass ich dir Fragen stelle, nicht wahr?«

»Ja, ich will, dass du alles von mir weißt.«

Bericht von L.S. Mittwoch, 15. Juni 1966
Um 10 Uhr 15 sind sie aus dem Wagen der Botschaft gestiegen und haben sich zu Fuß über die Mánes-Brücke entfernt. Der Mann war barhaupt, bekleidet mit einem Anzug aus grauem Serge, die Frau trug einen Rock aus beigem Stoff und eine weiße Bluse mit einer blauen Strickjacke über den Schultern. Sie sind in die Krizovnicka-Straße eingebogen. Sie sind mehrmals stehen geblieben, um die Gebäude zu inspizieren. Er hob ständig den Kopf. Wir konnten nicht ermitteln, was er betrachtete. Sie hat im Theatercafé (hinter dem Staatstheater) ein Päckchen Zigaretten gekauft, sie ist herausgekommen und dann mit dem Mann wieder hineingegangen, und sie haben jeder einen Kaffee getrunken, er hat drei Apfeltaschen gegessen, sie hat nichts gegessen. Sie sind in die Národni-Straße eingebogen und bis zur Metrostation Mustek gegangen, sie haben auf dem Bürgersteig diskutiert und sich dann auf eine Bank des Museumsgartens gesetzt. Der Mann hat ein Buch gelesen, das er aus seiner Tasche gezogen hat, sie hat sich an der Sonne gewärmt. Irgendwann hat er mit dem Finger auf etwas gedeutet. Sie haben mit erhobenem Kopf geplaudert, aber wir konnten nicht sehen, worum es sich handelte. Zweiunddreißig Minuten später sind sie durch die Vodičkova-Straße weggegangen. In der Lazarská-Straße ist dem Mann schlecht geworden, wahrscheinlich ein Asthma-Anfall, denn er hat einen Inhalator benutzt, den er in seiner rechten Tasche hatte. Nach ein paar Minuten haben sie ihren Weg durch die Spatena-Straße und die Ostrovni-Straße fortgesetzt, wobei sie immer den oberen Teil der Gebäude beobachteten. Um 13 Uhr 08 haben sie das Café Slavia betreten.

Ramón und Helena saßen auf einer Bank der Grünanlage, es war so mild an diesem Morgen. Ramón hob den Kopf: Ihm gegenüber, hoch oben auf einen Palast, standen anachronistische Statuen am Rand des Abgrunds und schienen bereit zu sein, in die Wolken zu fliegen. Er konnte sich nicht sattsehen an diesem Anblick und ihrer schlafwandlerischen Leichtigkeit. Sie rauchten eine Zigarette, dann nahm er sein Buch und begann zu lesen. Helena bog den Kopf nach hinten, schob ihre Haarsträhne zurück und ließ sich bräunen. Sie öffnete ein Auge, betrachtete ihn lange, schließlich bemerkte er es und lächelte.

»Was ist?«

»Was liest du denn die ganze Zeit?«

»Oh, mein Lieblingsbuch. Ich habe es immer bei mir.«

Er zeigte ihr das Vorsatzblatt.

»Kenne ich nicht«, sagte sie. »Es gibt einen tschechischen Dichter mit demselben Namen, Jan Neruda.«

»Ich glaube, er hat seinen Namen aus Bewunderung für dessen Poesie angenommen. Pablo ist der größte Dichter der Welt. Ich hatte immer den Eindruck, dass er mein Gefährte ist, mein einziger Freund, ich bin ihm nur ein einziges Mal begegnet, er sieht nicht aus wie ein Dichter, aber er ist der freieste Mensch, den ich je getroffen habe, ich trage ihn an meinem Herzen, er lässt mich niemals los. Während des Guerillakriegs in der Sierra Maestra las ich abends meinen Männern oft seine Gedichte vor, meistens hörten sie zum ersten Mal Gedichte, sie mochten es sehr, auch das ist die Revolution. Ich habe eine seiner Sammlungen sogar auf Band aufgenommen. Ich weiß nicht, ob es die schönsten Verse der Welt sind, das interessiert mich nicht, aber es sind diejenigen, die ich am meisten liebe. Sie bewegten mich schon hoffnungslos, als ich ein junger Mann war, ich las sie meiner Cousine vor, sie haben sich tief in mir festgesetzt.«

»Liest du mir eines vor?«

»Warte, ich übersetze dir mein Lieblingsgedicht, er war noch keine zwanzig, als er es schrieb.«

Ramón blätterte in dem Band, hielt bei einer Seite inne und holte Atem:

Ich liebe der Seeleute Liebe, sie
küssen und gehen davon.
Sie lassen zurück ein Versprechen.
Und niemals kehren sie wieder.
In jedem Hafen wartet ein Weib,
die Seeleute küssen und gehen davon.
Eines Nachts gehen sie schlafen
mit dem Tod ins Bett des Meeres …

Im Café *Slavia* wurden Ramón und Helena schnell Stammgäste. Um zur Familie zu gehören, bedurfte es nicht viel: regelmäßig kommen, guten Tag sagen, mit dem einen oder anderen plaudern. Ramón machte alle neugierig. Was trieb dieser komische Vogel? Man sah so wenige Touristen. Helena erklärte, er sei in Freund aus Uruguay, der im Landwirtschaftsministerium seines Landes arbeite und die Gelegenheit für eine Kur in Karlsbad nutze. Dieser Ausländer, der ein paar Wörter Tschechisch stammelte, erschien allen sofort sympathisch. Vor allem, dass Ramón nicht mit seinen Zigarren geizte. Keiner hatte jemals solche gesehen. Jedem, der wollte, bot er eine an und machte sich auf diese Weise viele Freunde. Hin und wieder nahm Helena Ramóns Zigarre, zog zwei- oder dreimal an ihr und fing an, Geschmack daran zu finden.

»Wir haben nie zusammen Schach gespielt«, sagte Helena, als sie ihm die Zigarre zurückgab.

»Kannst du spielen?«

»Nicht sehr gut.«

»Das sagen gute Spieler immer. Ich misstraue bescheidenen Leuten.«

Er überließ ihr die weißen Figuren. Im Gegensatz zu ihm dachte sie vor jedem Zug lange nach. Sie hielt den Kopf gesenkt und sah auf das Schachbrett, völlig in das Spiel vertieft. Er schaute sie unablässig an. Vielleicht hätte er besser daran getan, mehr auf das Spiel zu achten. Bei jedem oder fast jedem Zug nahm sie ihm eine Figur. Als er einem Schachgebot auswich, machte er einen Fehler, den sie sofort ausnutzte, und nahm ihm einen Springer. Er war in Schwierigkeiten.

»Du bist sehr aggressiv. Wo hast du so spielen gelernt?«

»Bei Ludvik. Er ist ein Ass. Er spielt auf Turnieren. Es ist die tschechische Schule des ständigen Angriffs oder die russische Antischule, wenn du lieber willst.«

»Ich sagte mir schon, dass es nicht Josef sein konnte, er spielt nicht sehr gut.«

»Es ist ihm egal, er lässt seine Gäste gewinnen.«

»Du glaubst wirklich, dass du mich schlagen kannst?«

»Was meinst du?«

Er überlegte einen Augenblick, zog seinen Läufer. Sie spürte die Gefahr und rochierte, Ramóns Königin drohte Gefahr, er musste seinen zweiten Läufer opfern. Der Rentner vom Nebentisch trat näher, um der Partie zu folgen, und hüllte sie in seinen Zigarrenrauch. Ramón hatte begriffen, dass er Mühe hätte, sich aus der Affäre zu ziehen, und er entschied sich für die Politik der verbrannten Erde durch systematischen Figurenabtausch. Ihr blieb nichts anderes übrig, als ein Unentschieden anzunehmen.

»Ich ärgere mich über mich, ich habe das Endspiel verpatzt«, räumte Helena ein.

»Du spielst wirklich gut. Gewöhnlich gewinne ich immer. Noch eine?«

»Morgen vielleicht.«

»Wenn Sie wollen, ich stehe Ihnen zur Verfügung«, sagte der Rentner zu Ramón.

»Was hat er gesagt?«, fragte Ramón Helena. Sie übersetzte.

»Mit Vergnügen«, antwortete Ramón und stellte die Figuren wieder auf.

Ein starkes Bedauern ließ Helena nicht los, es gelang ihr nicht, sich davon zu befreien: Sie konnte Ramón nicht ins Kino mitnehmen, um mit ihm einen Film aus der Reihe des

Neuen Tschechischen Films anzusehen, da keiner davon in spanischer oder französischer Sprache gezeigt wurde. Dabei hätte sie so gewünscht, ihm einen Eindruck davon zu vermitteln, als bliebe, wenn es ihr nicht gelänge, immer eine Lücke oder ein Abgrund zwischen ihnen, weil es in ihren Augen von größter Bedeutung war.

Eines Abends waren sie bis zum *Lucerna* gegangen, wo noch immer *Die Liebe einer Blondine* lief. Aus Verzweiflung hatte sie sich gefragt, ob sie es ihm nicht simultan übersetzen könnte, aber er hatte gemeint, das sei eine komische Idee.

»Mach dir nichts draus«, sagte Ramón, »eines Tages werde ich diesen Film sehen, sie werden ihn auf Spanisch zeigen.«

»Ja, aber vielleicht auch nicht, und du wirst nie verstehen, was ich dir sagen wollte.«

Sie war untröstlich, dass sie nicht zusammen hingehen konnten. Das war das Wichtigste. Zusammensein, um die Erregung zu teilen und danach darüber sprechen zu können.

In der Vorhalle des Kinos hingen Filmaufnahmen, sie brachte sie in eine chronologische Ordnung, aber es gelang ihr dennoch nicht, den Film wiederzugeben, denn das Wichtigste war ja nicht die Geschichte, sondern alles andere, das, was in den Blicken und im Schweigen und zwischen den Szenen lag, alles, was nicht gefilmt war.

»Es ist die Geschichte unseres Landes in den letzten zwanzig Jahren, das Ergebnis der systematischen Zerstörung der Individuen, als die schönen Ideen zerrieben wurden, als die Lüge und die Feigheit zu Prinzipien einer erstarrten Gesellschaft erhoben wurden, es war die Nivellierung durch die Mittelmäßigkeit und die in der Jugend verwurzelte tiefe Überzeugung, dass nur ein Dritter Weltkrieg uns befreien könne. So weit war es mit uns gekommen. Und dann haben einige begonnen, die Codes umzudrehen, zwischen den Zeilen zu schreiben, doppeldeutige Dramaturgien zu konstruieren, Bilder herzustellen, die das Gegenteil von dem sagten, was man sah. Mit Humor und Spott, unseren Lieblingswaffen. In diesem Film hättest du gesehen, wie man die Anspielung und den Doppelsinn zur Überlebenskunst erheben kann, subversiv über Politik zu reden, ohne dass es den Anschein hat, und zu erzählen, was die Leute erleben, ihre Traurigkeit, ihre Enttäuschung, ihre Not und den ungeheuren Graben, der zwischen uns besteht, ohne dass die Zensur es merkt.«

Helena hatte der Famu, der Prager Filmakademie, Bewerbungsunterlagen geschickt. Es gab mehr Kandidaten als verfügbare Plätze. Sie musste vor der Zulassungskommission erscheinen. Sie wartete auf ihre Vorladung und fürchtete, durchzufallen.

Weil sie zu jung war.

Am Sonntag, dem 19. Juni, kurz vor Mitternacht, wurde an der Tür der Villa geläutet. Ramón ging hinaus und sprach auf der Freitreppe zehn Minuten lang spanisch mit einem etwa fünfzigjährigen weißhaarigen Mann, der einen eleganten Anzug trug und den Helena noch nie gesehen hatte. Durchs Fenster erblickte sie Diego, der vor dem Haus parkte und wartete. Dann stieg der Mann vorn in das Auto, das wegfuhr.

Ramón blieb eine Minute draußen und kam dann herein. Er verkündete ihr etwas schroff, er müsse am nächsten Tag abreisen, mehr könne er nicht sagen, auch nicht wohin, noch wie lang seine Reise dauern werde. Wegen dieses Treffens sei er in die Tschechoslowakei gekommen, aber seine Krankheit habe ihn gezwungen, alles zu verschieben. Er habe keine Wahl und hoffe, dass es nicht allzu lang dauern werde. Eine Sache von ein paar Tagen.

Sie fühlte, dass es sinnlos war, auch nur die kleinste Frage zu stellen.

In dieser Nacht liebte er sie mit besonderer Intensität, mit einer Art unbekannten Wut. Plötzlich war sie überzeugt, dass es das letzte Mal war, dass auch er es wusste und dass sie sich nicht mehr sehen würden. Sie erstickte, es steckte ein Schrei in ihrer Brust, der nicht herauskam. Sie sah ihn an, er lächelte ihr zu, liebkoste sie, sie presste sich an ihn, sagte jedoch nichts von ihrer Vorahnung und gab sich hin wie nie zuvor.

Er glühte. Sie fragte sich, ob er Fieber hatte und wieder krank wurde.

»Du bist unglaublich heiß«, sagte er. »Fühlst du dich gut?«

Sie wusste nicht mehr, wessen Körper glühte, ihrer oder seiner. Vielleicht waren es beide.

Sie lagen im Dunkeln nackt aneinandergeschmiegt, sie schliefen nicht. Das Licht der Straßenlaterne drang durch die Ritzen der Fensterläden.

»Vertrau mir, ich komme zurück«, sagte er mit sanfter Stimme.

»Was wirst du danach machen? Wirst du weggehen?«

»Der Kampf ist nicht zu Ende. Es wird überall gekämpft.«

»Ich verstehe nicht ganz. Es ist euch gelungen, ein korruptes Regime zu stürzten, warum diesen Sieg nicht festigen?«

»Du hast recht, nach der Revolution muss man Fabriken, Straßen und Schulen bauen, das Land bearbeiten und pflegen, aber die Bürokraten ergreifen die Macht und lassen sie nicht mehr los. Männer wie ich haben keine Zukunft.«

»Wirst du dein Leben lang Revolution machen?«

»Ich hoffe es.«

»Also ist Revolution dein Beruf?«

»Ja, in gewisser Weise.«

Ramón stand früh auf. Helena schlief noch. Er ging unter die Dusche, rasierte sich gründlich, zog den im Schrank hängenden marineblauen Anzug an. Dreimal fing er an, seine Krawatte zu binden. Er sah nach, ob sein Pass auch wirklich in der Tasche war, holte Papiere aus einem Koffer und verstaute sie in einer Ledertasche. Während des Frühstücks sprachen sie nicht viel. Er sagte ihr, sie könne bis zu seiner Rückkehr hier bleiben.

Sie nickte.

Es hupte zweimal. Ramón stand auf, ohne seinen Kaffee ausgetrunken zu haben, sah aus dem Fenster, zog seine Jacke an, drückte die Zigarette aus und prüfte sein Aussehen im Spiegel. Er ähnelte einem Geschäftsmann. Er drückte Helena einen Kuss auf die Stirn, streichelte ihre Wange, sie nahm seine Hand und umarmte ihn. Er rückte von ihr ab und ging hinaus, ohne sich umdrehen. Sie hörte die Tür der Villa zuschlagen, dann den Motor des sich entfernenden Wagens, lange starrte sie das Wachstuch an.

Helena packte ihre Sachen und reiste am Vormittag ab. Sie schloss die Fensterläden und die Türe und ging die drei Kilometer bis zum Bahnhof von Ládví mit ihrem Koffer zu Fuß. Sie wusste nicht genau, wohin sie fahren sollte, sie hatte nichts entschieden. In Wahrheit hatte sie keine Lust, irgendwohin zu fahren. Das Gefühl, ein ausgesetzter Hund zu sein. Der Zug stank nach Rost. Vielleicht lag es an den Vorstädtern mit ihren eisernen Mienen. Noch nie in ihrem Leben hatte sie sich so allein gefühlt. In diesem Augenblick wusste sie nichts mehr mit Sicherheit, sie fragte sich, ob Ramón sie geliebt hatte oder ob er bloß mit ihr hatte schlafen wollen. Es gibt Fragen, auf die man nie antworten soll. Sie zögerte, nach Kamenice zurückzufahren.

›Nicht gleich‹, dachte sie. ›Nein, was soll ich dich dort? Das alles ist jetzt vorbei. Aber ich darf nicht Gefangene dieses Mannes bleiben, auch von sonst niemandem. Ich muss allein zurechtkommen. Ja, ich muss mich wachrütteln.‹

Die an ihr vorübergleitende Fabriklandschaft war noch düsterer als sonst. Sie legte die Stirn an die kalte Fensterscheibe. Er war da, in der Spiegelung des Glases, mit dem Lächeln eines kleinen Verführers und erhobener Braue. Sie wollte sich nicht von ihm vereinnahmt fühlen. Ist das die Liebe, dieser Ansturm?, fragte sie sich. Sie schloss die Augen und hörte zum ersten Mal die fröhlichen Rockgitarren des Films. Und dann wurde ihr plötzlich klar, sie war wie Andula, die Heldin aus *Die Liebe einer Blondine*, die nach vagen Versprechungen dem schönen Pianisten nachgegeben hatte und sich, nach dem Strohfeuer einer Nacht, allein mit ihren verlorenen Illusionen wiederfand. Andula war die Freundin, die ihr am nächsten stand, und wie sie würde sie überleben. Mit ihr im Kopf. Es war fast beruhigend.

Es war kein Kino.

Der Zug traf in Prag ein. Helena kannte niemanden, bei dem sie unangemeldet aufkreuzen konnte. Sie brauchte Zeit und Ruhe, um Bilanz zu ziehen und herauszufinden, was sie wollte. Zwar gab es die Wohnung der Familie neben der Musikhochschule, aber dort wohnte Ludvik, und sie konnte sich nicht vorstellen, zu läuten und ihn albern zu fragen, ob sie bleiben könne. Als ob nichts vorgefallen wäre. Sie wusste nicht, was Ludvik über sie dachte. Wusste er überhaupt Bescheid über das, was geschehen war? Sie hatte ihm nichts gesagt. Und wahrscheinlich hatten weder Josef noch Tereza es ihm erzählt. Sie war außerstande, sich seine Reaktion vorzustellen, wenn er es erführe. Wäre er erschüttert, oder würde er darüber lachen? Oder wäre er wütend?

Nein, nicht Ludvik.

Sie wollte ihn vor seinem Arbeitsplatz abholen. Nach der Universität war Ludvik bei *Rudé právo*, der Parteizeitung, als Journalist eingestellt worden. Sie nahm die Metro, stieg in der Station Jiřího z Poděbrad aus und setzte sich nach 15 Uhr in das Café an der Ecke der Slezká-Straße. Durch die Fensterscheibe sah sie die Eingangstür des Zeitungsgebäudes. Sie wusste nicht, um wie viel Uhr Ludvik herauskäme, und ob er überhaupt im Gebäude war. Mit gewissem Stolz hatte er seine flexiblen Arbeitszeiten bis Redaktionsschluss um Mitternacht erwähnt, und sie fragte sich, ob sie sich so lange gedulden müsse. Als er im März nach Kamenice gekommen war, hatte er gewisse Spannungen in der Redaktion erwähnt, aber sich nicht weiter darüber ausgelassen. Sie wartete, die Augen auf die Eingangstür der Zeitung geheftet. Sie trank drei Kaffee und aß kleine Sandwichs. Um 19 Uhr bemerkte sie Ludvik, der mit zwei Männern herauskam. Sie diskutierten auf der andern Straßenseite. Sie verließ das Café, ihren Koffer in der Hand, und ging ihm entgegen. Er entdeckte sie mit überraschter Miene.

»Helena! Was machst du hier?«

Helena hatte die Frage nicht erwartet, weder diese noch irgendeine andere.

»Ich war im Viertel …«

»Das ist nett. Du hättest nach Hause gehen können.«

»Ich habe die Schlüssel vergessen.«

»Hör zu, ich habe gerade eine Reportage hinter mir. Ich tippe meinen Artikel, und dann komme ich. Du kannst dort auf mich warten, es wird nicht lange dauern.«

Das Café war voller Journalisten, die laut über das Tagesgeschehen diskutierten. Sie brauchte keine Zeitung zu kaufen, sie brauchte ihnen nur zuzuhören: In Vietnam häuften sich die Bombardierungen, Präsident Lyndon Johnson drohte, seine Bomber zu schicken und Hanoi und Haiphong dem Erdboden gleichzumachen. Dieser endlose Konflikt werde wahrscheinlich im Mittelpunkt der Gespräche zwischen Breschnew und de Gaulle stehen, der gerade zu einem Staatsbesuch in Moskau eingetroffen war. Man dürfe nicht mit einem Eingreifen der Chinesen rechnen, die in ihrer Kulturrevolution steckten. Die Titelseite der Zeitung werde der Resolution vorbehalten sein, die von den Teilnehmern des 13. Parteitags der Kommunistischen Partei der Tschechoslowakei einstimmig beschlossen worden war und die die sofortige Einstellung der Feindseligkeiten forderte.

»Ganz bestimmt wird diese Resolution die Amerikaner in Angst und Schrecken versetzen«, sagte ein Journalist.

Die anderen um ihn herum brachen in Lachen aus.

Entgeistert starrte Helena sie an. Noch nie hatte sie gehört, dass jemand sich offen über die Partei lustig machte, und dass es Journalisten der Parteizeitung waren, kam ihr unwahrscheinlich vor. Sie sah schon die Polizei auftauchen, die losstürzen würde, um diese Lästermäuler zu verhaften. Es geschah nicht nur nichts, sie machten sogar völlig ungestraft weiter. Ludvik kam um 23 Uhr 10, er grüßte mehrere Personen mit einem Handzeichen, setzte sich ihr gegenüber und bestellte Sandwichs und ein Bier.

»Kennst du diese Leute?«, fragte sie leise und deutete auf die hinter ihnen lärmende Gruppe.

»Es sind Kollegen.«

»Sie machen sich über die Partei und die Resolutionen des Parteitags lustig!«

»Das ist nicht schlimm, alle sind Parteimitglieder. Du kennst doch den Spruch: ›Er lügt wie *Rudé právo*.‹ Sie wollen Schluss machen mit diesem ständigen Nebel, in dem wir leben. Die Dinge ändern sich. Wir sind dabei, die Partei von innen her zu unterwandern, damit sie sich hin zur Demokratie entwickelt. Stell dir vor, der Parteitag hat soeben ein Programm der ökonomischen Liberalisierung beschlossen. Hier sind wir viele, die Dubček unterstützen und Schluss machen wollen mit Novotny und den alten Stalinisten.«

»Was du da sagst, ist sehr gefährlich, du solltest aufpassen und nicht in der Öffentlichkeit reden. Ich bitte dich, fall nicht auf.«

»Interessierst du dich jetzt für Politik?«

Ludvik schlang die Sandwichs hinunter, als hätte er seit zwei Tagen nichts gegessen, er trank sein Bier aus und bestellte ein weiteres.

»Isst du nichts?«, fragte er

»Ich habe so etwa wie einen Kloß im Bauch ... Ludvik, ich muss dir etwas sagen ... ich habe jemand kennengelernt.«

Er sah sie ungläubig an und blieb ein paar Sekunden stumm.

»Was soll das heißen?«

»Das heißt, dass es zwischen uns aus ist.«

»Aha.«

»Entschuldige, aber ich wusste nicht, wie ich es dir sagen sollte.«

»Ich schätze deine Offenheit. Wenigstens ist alles klar.«

»Es tut mir leid, wenn ich ein wenig unverblümt war.«

»Du hast recht, Helena, und auch ich werde dir etwas sagen. Mit uns beiden war es nicht möglich. Es hätte nicht gedauert. Unsere Geschichte war von unseren Eltern eingefädelt worden. Wir folgten dem Weg, den sie uns von Anfang an vorgezeichnet hatten. Wir sind eher wie Geschwister.«

»Du hast sonderbare Beziehungen zu deiner Schwester. Du scheinst es vergessen zu haben, aber du warst es, der mich zu den größten Schamlosigkeiten angestiftet hat und der ständig mit mir schlafen wollte.«

»Ich brauchte nicht sehr zu insistieren.«

»Ja, aber zumindest dachte ich nicht, dass ich mit meinem Bruder schlief.«

Ludvik und Helena verließen das Café, bevor es zumachte. Ein befreundeter Journalist schlug vor, sie im Auto mitzunehmen und an der Legii-Brücke abzusetzen. Danach gingen sie zu Fuß weiter. Ludvik trug den Koffer bis zum Zollturm und blieb stehen, um sich eine Zigarette anzuzünden.

»Warte«, sagte Helena und machte ihre Handtasche auf.

Sie holte aus einer länglichen Schachtel zwei Zigarren.

»So was rauchst du?«, rief er.

»Du wirst schon sehen, man gewöhnt sich dran.«

Sie riss ein Streichholz an und wärmte, wie sie es Ramón hatte tun sehen, das Ende der Zigarre, bevor sie sie anzündete und Ludvik reichte, dann zündete sie die ihre an. Sie stützten sich auf das Brückengeländer und betrachteten das dunkle Wasser der Moldau.

»Die Eltern haben dir nichts gesagt?«, fragte Helena.

»Nein, wir telefonieren nicht oft. Und ich war beschäftigt.«

»Die Person, mit der ich zusammen war, hat das geraucht.«

»Es ist ziemlich stark. Ihr seid nicht mehr zusammen?«

»Ich möchte nicht darüber sprechen.«

»Wenn wir beide nicht miteinander sprechen können, mit wem denn dann?«

»Es ist der Kranke, der nach dem Hockey-Endspiel ins Sanatorium gebracht wurde. Ein Ausländer, ein … wie soll ich es sagen … rätselhafter Mann.«

»Ich habe ihn nicht gesehen, ich war schon weg.«

»Nie hätte ich gedacht, dass ich mich in einen Mann wie ihn verlieben würde. Es ist passiert, ohne dass ich es merkte. Und jetzt hat es mich wirklich erwischt. Er ist gegangen, ich weiß nicht wohin, und mir ist, als wäre ich ein Flugzeug, das ohne jemand im Cockpit in die Tiefe trudelt. Er ist wohl in seine Heimat zurückgekehrt und wollte es mir nicht sagen.«

»Letztlich weißt du also nichts. Vielleicht machst du dir unnötig Sorgen.«

»Als er mir gegenüberstand, glaubte ich ihm. Hundertprozentig. Allein an seinem Blick spürte ich, dass er die Wahrheit sagte. Ich hatte nicht den geringsten Zweifel. Er hat wohl nachgedacht. Man lässt sich hinreißen. In Wirklichkeit haben wir nichts miteinander zu tun. Alles trennt uns: Er ist zwanzig Jahre älter als ich, er ist verheiratet und hat fünf oder sechs Kinder, er wohnt am andern Ende der Welt und hat einen komischen Beruf. Deswegen ist er gegangen. Bevor es unmöglich wird, umzukehren, und man zu unglücklich ist.«

»Was hat er gemacht?«

Helena wollte antworten, aber sie hielt sich zurück, sie zuckte die Achseln, zog zweimal an ihrer Zigarre und folgte mit den Augen dem aufsteigenden Rauch.

»Unwichtig. Gehen wir.«

»Warte, ich muss dir was sagen.«

Sie drehte sich zu Ludvik um, der seine Zigarre in den Fluss warf und einen Augenblick schwieg. Sie musste die Ohren spitzen, er sprach leise, wie zu sich selbst:

»Auch ich habe jemand kennengelernt, es ist schon lange

her, es war nichts Ernstes, die Frau eines Kollegen, eines guten Kumpels, und dann ist eine richtige Geschichte draus geworden, ich kann es dir nicht mal erklären, wir wollten zusammenziehen, aber dann wurde er krank. Außerdem haben sie zwei kleine Kinder, und er manipuliert sie. Wenn wir zusammen sind, geht es uns wunderbar, aber aus allem andern um uns herum finden wir nicht heraus. Er erpresst sie mit seiner Zuneigung, und ihr gelingt es nicht, die Nabelschnur zu durchschneiden. Anfangs meinte ich, er werde sich damit abfinden, aber es zieht sich hin, jetzt muss er sich operieren lassen, sie weiß nicht mehr ein noch aus, wir müssten eine Lösung finden, und im Augenblick gibt es keine. Wir müssen warten, bis die Dinge sich klären. Man könnte glauben, dass Liebesgeschichten immer sehr kompliziert sind.«

»Nicht die Liebe ist kompliziert, wir sind es.«

»Stimmt, wenn wir zusammen waren, war es einfach … Bist du mir böse?«

»Warum?«

»Wegen all dem.«

»Das Leben ist so.«

»Ich will dir was sagen, vielleicht sollte ich ja nicht, aber ich bereue nichts.«

»Ich auch nicht.«

Helena bezog wieder ihr Zimmer und fand voller Freude ihre Sachen wieder. Am späten Vormittag wachte sie auf. Ludvik war gegangen, ohne sie zu wecken. Ohne ihre Eltern kam ihr die Wohnung noch angenehmer vor.

Am Nachmittag ging sie bei der Famu vorbei, um zu sehen, wie es um ihre Akte bestellt war, aber die Verantwortliche konnte ihr nicht sagen, wann die Zulassungskommission sie kommen lassen werde. Vielleicht nicht vor September. Als sie das Gebäude verließ, stieß sie auf ihre Freundin Vera, die sie seit fast einem Jahr nicht mehr gesehen hatte. Vera sollte als zweite Assistentin beim ersten Spielfilm eines ehemaligen Famu-Schülers mitarbeiten, der Ende Juli in der Slowakei gedreht werden sollte, und sie schlug Helena vor, sie dem ersten Assistenten vorzustellen, der sein Team verstärken wollte. Begeistert stimmte Helena zu.

Ludvik hatte sehr unregelmäßige Arbeitszeiten. Es machte ihm nichts aus, und er akzeptierte alles, was sein Abteilungsleiter von ihm verlangte. Er konnte den langweiligen Debatten eines Parteitags folgen, ohne mit der Wimper zu zucken, einen heldenhaften Eisenbahner am andern Ende des Landes interviewen oder eine Umfrage über die Verdienste der kollektiven Gymnastik arrangieren, er saß stundenlang an seinen stets zu langen Artikeln, dann hatte er zwei Tage frei. Das Schwerste war, dass er jeden Tag Magda sah, er war so glücklich, sie zu sehen (wenn er sie nicht gesehen hätte, wäre es noch schlimmer gewesen), sie arbeitete in der Abonnentenabteilung, sie unterrichtete ihn über die Behandlung von Petr, es war ihm scheißegal, trotzdem erkundigte er sich, weil er auf diese Weise mit ihr zusammen war. Es gab Höhen und Tiefen, die Ärzte schienen nicht viel zu wissen. Ludvik hatte gesagt, wenn er stürbe, wären sie frei und könnten zusammenleben. Er sei bereit, sich um die Gören zu kümmern, sie war schockiert gewesen, dass er etwas so Schreckliches sagen konnte. Abends begleitete er sie ins Krankenhaus, das erlaubte ihnen, noch eine halbe Stunde zusammen zu sein, er verließ sie am Tor. Tags zuvor hatte er sogar eine Stunde gewartet, bis sie herauskam, aber als sie ihn gesehen hatte, war sie in Tränen ausgebrochen, und er wusste nicht, was aus ihnen werden sollte.

»Was würdest du an meiner Stelle tun?«, fragte er Helena.

»Wenn sie ihn jetzt verlässt, würde sie es sich ihr Leben lang vorwerfen. Du musst Geduld haben und durchhalten, koste es, was es wolle.«

»Man sagt, Prüfungen stärken die Liebe.«

»Ja, so sagt man.«

Helena traf den ersten Assistenten, der sie in herablassendem Ton fragte, warum sie Filme machen wolle.

»Weil das alle meine Tage und Nächte in Anspruch nehmen wird und ich im Leben nichts Besseres zu tun habe, nicht wahr?«

Er stellte sie sofort für den Film ein, der gerade vorbereitet wurde. Es war zwar nicht gut bezahlt, aber die Unkosten wurden übernommen. Helena hoffte auch, dass sie an anderes denken würde als an Ramón. Sie machte sich an die Arbeit, half beim Schneiden und bei der Suche nach Drehorten. Noch nie hatte er eine so hübsche und fleißige Assistentin gesehen.

Schade, dass sie auch so abweisend war.

Eines Nachmittags, als sie es nicht mehr aushielt, gab sie vor, krank zu sein, und nahm den Zug nach Ládví. Sie sagte sich, dass Ramón vielleicht zurückgekommen war und Trübsal blies, weil er nicht wusste, wie er sie finden konnte. Sie brauchte zwei Stunden, um zu dem verschlossenen Haus zu gelangen. Sie läutete, niemand antwortete. Woher sollte sie wissen, ob er dagewesen und wieder gegangen war? Sie fragte einen Nachbarn, der sie misstrauisch beäugte und sich ohne Antwort entfernte. Sie kritzelte ein paar Zeilen auf einen Zettel und schrieb ihre Prager Adresse darauf. Es gab keinen Briefkasten, um ihn einzuwerfen. Vergeblich versuchte sie, ihn in den Türspalt zu schieben. Es gab keine Stelle, wo sie ihn befestigen konnte. Sie sagte sich, dass sie eine Botschaft hinterlassen müsse, dass er verstehen würde, wenn er sie sähe, und fand nichts anderes, als ihren roten Schal um einen der Gitterstäbe zu schlingen.

Es war jetzt sieben Tage her, dass Ramón abgereist war. Sieben endlose Tage ohne Nachricht. Auch wenn man weit wegfuhr, so sagte sie sich, auch wenn man lange politische Verhandlungen zu führen hatte, würde es nicht so lange dauern. Keine Woche. Er selbst hatte nicht den Eindruck, als meinte er, dass es so lange dauern werde. Natürlich, wenn er sie hätte benachrichtigen wollen, hätte er sie nicht erreichen können. Wie lange würde sie noch warten müssen? Ab wann müsste sie glauben, dass keine Hoffnung mehr bestand? Die einzige Person, der sie die Frage stellen konnte, war Ludvik, und der wusste die Antwort auch nicht.

Drei Tage später lud er sie zum Abendessen ein, um sie aufzumuntern. Er zeigte seine Schlechtwettermiene. Nachdem sie den mährischen Weißwein gekostet hatten, enthüllte er ihr, dass Petr erfolgreich operiert worden war. Und das Schlimmste, Magda war im siebten Himmel.

»Im Augenblick«, sagte er, sein Glas leerend, »bin ich nicht sehr optimistisch. Petr hätte sterben können, dir kann ich es ja sagen, es hätte mich nicht wirklich gestört. Ich wäre für das Folgende da gewesen, hätte sie aufgemuntert. Jetzt wird er uns eine monatelange Genesung bescheren, und er weiß, wie man sich bedauern lässt, der Dreckskerl. Ich glaube, dass weder du noch ich uns allzu viel Hoffnung machen sollten. Dein Ramón wird nicht wiederkommen. Zehn Tage! Warum dauert das so lang? Wo ist er wohl hingegangen, was kann er wohl treiben, he? Nein, aus den Augen, aus dem Sinn, ihm ist klar geworden, dass eure Geschichte zu kompliziert war und dass er sich in ein unmögliches Wespennest gesetzt hatte. Er hat sich gesagt, fallen lassen und abhauen. Er hatte nicht die Courage, es dir ins Gesicht zu sagen, das ist menschlich. Was wirst du tun?«

»Im Moment arbeitete ich beim Film. Ich rechnete damit, dass es mich ablenkt, aber er ist da, wie ein Phantom, überall, wo ich bin, begleitet er mich, er schläft mit mir ein, er weckt mich, er setzt sich in allen Personen fest, mit denen ich spreche. Es stört mich nicht wirklich. Sogar hier, wenn ich spreche, ist er eingeblendet. Vielleicht verschwindet er, wenn die Dreharbeiten beginnen.«

»Ich habe ein paar Tage frei. Wie wäre es, wenn wir nach Kamenice führen und die Eltern besuchten, das brächte dich auf andere Gedanken, und ihnen würde es Freude machen.«

»Ich habe keine Lust, sie zu sehen. Bitte, erzähle ihnen nichts.«

Am Donnerstag, dem 30. Juni, stand Helena in der Küche und machte Ludviks Abendessen, als es nachdrücklich läutete.

»Ich gehe«, sagte Ludvik.

Eine Minute später kam er verlegen zurück.

»Wer ist es?«

»Ein Typ mit Glatze in einem marineblauen Anzug, der Französisch spricht und fragt, ob du da bist.«

Helena machte sich nicht die Mühe, ihre Hände abzutrocknen und ihre Schürze auszuziehen. Sie stürzte zum Eingang. Ramón wartete an der Türschwelle. Sie hielt einige Sekunden inne. Töricht fragte sie: »Bist du es?« Sie wollte nur sicher sein, dass es sich nicht um eines jener teuflischen Trugbilder handelte, die sie schon so oft genarrt hatten. Sie bemerkte nicht, wie abgespannt er aussah, nur sein unmerkliches Lächeln, das größer wurde. Ein Schauder kroch in jede Hautpore und setzte sich in ihrem Rückgrat fest, ihr Gesicht rötete sich, ihre Unterlippe zitterte leicht.

›Nicht, dass es …‹, sagte sie sich, aber auch dieser Gedanke erlosch.

Innerhalb einer Sekunde flog der Kloß in ihrem Bauch davon, und sie fand zu ihrer Leichtigkeit zurück. Er breitete die Arme aus, sie warf sich hinein.

»Ramón, Ramón, Ramón.«

Noch nie hatte eine Frau ihn mit solcher Kraft umarmt. Lange hielten sie sich eng umschlungen.

›Unglaublich, wie stark sie ist‹, dachte er und fühlte, dass er schwankte.

Sie streichelte sein Gesicht, befühlte jeden Zentimeter seiner Haut, als wollte sie sich versichern, dass wirklich er es war.

»Wie hast du mich gefunden?«

»Als ich deinen Schal am Gitter der Villa sah, habe ich Sourek gefragt, wo du seiest, und er hat mir deine Adresse gegeben. In solchen Dingen sind sie sehr effizient.«

»Du siehst müde aus.«

»Es wird schon gehen.«

»Komm, ich stelle dir Ludvik vor.«

Er folgte ihr ins Wohnzimmer, wo Ludvik wartete.

»Ludvik, das ist Ramón.«

Sie gaben sich freimütig die Hand, und Ludvik fragte sich, ihn eingehend betrachtend: ›Was findet sie bloß an diesem Bürohengst?‹

Ludvik schlug ihm vor, seine Mahlzeit zu teilen, Ramón dankte ihm, er hatte keinen Hunger. Sie standen da, traten von einem Fuß auf den andern und wussten nicht, was sie sagen sollten. Helena verschwand und kam mit ihrer Jacke zurück.

»Dank für alles, Ludvik«, sagte Helena. »Ich werde es nie vergessen.« Sie küsste ihn auf die Wange. »Viel Glück und verliere nicht die Hoffnung.«

Ramón und Helena rannten die Treppe hinunter, sie gingen, sich an den Händen haltend, an den Kais der Moldau entlang, stiegen dann zur Burg hinauf. Der Sommer hatte Besitz von der Stadt ergriffen. Ramón musterte die geflügelten Statuen auf den Dächern der Paläste, verkleidete Engel, aufreizende Frauen oder missgebildete Propheten, die aussahen, als wollten sie sich gleich in die Lüfte schwingen oder sich ins Leere stürzen. Er bemerkte ein Café mit drei kleinen Tischen draußen, sie setzten sich auf die Terrasse und bestellten Bier.

»Du kannst dir gar nicht vorstellen, wie glücklich ich bin, dass du da bist. Ich hatte Angst, dass du mich vergessen hast.«

»Ich steckte in der Zwickmühle. Beim Besuch von de Gaulle ist etwas dazwischengekommen, es hat länger gedauert als vorgesehen. Wir haben unsere Zeit damit verbracht, uns Vorwürfe zu machen. Von den Russen ist nichts zu erwarten. Ihr Kommunismus ist lediglich eine Variante des Kapitalismus. Sie sind die besten Verbündeten der Amerikaner. Letztlich hat diese Versammlung nichts gebracht. Sie haben mich zum Teufel geschickt. Nie mehr wird sich irgendetwas ändern. Wir haben verloren. Ich habe ihnen gesagt, dass ich mit allem aufhöre.«

»Wovon sprichst du?«

»Von nichts. Das hat jetzt keine Bedeutung mehr.«

Sie öffnete ihre Tasche, nahm ihr Zigarettenpäckchen, bot ihm eine an.

»Ich habe deine Zigarren aufgebraucht. Sie hatten Erfolg. Schau diesen blauen Himmel an, Ramón, diese Wärme, würde man glauben, dass man in Prag ist? Es ist so wunderbar, dass du da bist.«

»Ich bin zurückgekommen, aber ich werde wieder wegfahren, Helena.«

»Ach so«, sagte sie enttäuscht.

Er nickte. Ihr Gesicht verzerrte sich.

»Und ich wollte wissen, ob du bereit wärst, mit mir zu kommen.«

Helenas Bein begann zu zittern, sie fürchtete, sich zu bewegen. Sie fragte sich, ob er wirklich hatte sagen wollen, was sie gehört hatte, oder ob wieder ihre Phantasie mit ihr durchging. Ihr Atem beschleunigte sich, als ob sie gerannt wäre. Langsam stand sie auf, sah ihn fragend an.

»Ja, ich möchte, dass wir zusammen fortgehen. In den letzten Tagen hatte ich Zeit, nachzudenken, und ich bin mir meiner sicher, wir können versuchen, etwas gemeinsam zu machen. Ich will keine großartigen Versprechungen abgeben, das ist nicht meine Art. Bisher war ich davon überzeugt, dass ein Mann nicht dafür geschaffen ist, sein ganzes Leben mit derselben Frau zusammen zu sein, aber dank dir ist diese Vorstellung jetzt völlig verschwunden. Heute weiß ich mit Bestimmtheit, dass du die Frau, die einzige Frau bist, mit der ich jeden Tag meines Leben zusammen sein will. Ich fühle mich so neu wie ein junger Mann. Wir könnten in mein Land gehen, nach Argentinien. Dort bin ich frei und kann tun, wonach mir der Sinn steht. In Buenos Aires oder in Córdoba. Wenn du wüsstest, wie schön Córdoba ist, wie gut man dort lebt, wie glücklich wir dort sein werden. Wir werden leben wie die anderen, morgens werde ich im Krankenhaus arbeiten, ein wenig müde nach Hause kommen, und abends gehen wir spazieren. Samstags gehen wir tanzen, du wirst es mir beibringen. Was du tun wirst, weiß ich nicht, du wirst schon sehen, es gibt viel zu tun, wenn du willst, werden wir Kinder haben, auch meine können zu uns kommen, wir werden zusammen eine schöne Familie sein. Und in jedem Augenblick sagen wir uns, was für ein schönes Leben wir haben.«

»Du bist für solch einen Alltag nicht geschaffen, du wirst es bereuen.«

»Eines musst du wissen, schon immer steckte in mir eine Gewalt, sogar ein Hass, der meine Handlungen bestimmte; du aber hast meinen Zorn getötet, unersättlich kauerte er in meinem Herzen, und nun hat sich diese Wut verflüchtigt. Und wenn ich in mich hineinschaute, gab es dort nur noch dich. Ich bin gegen das Glück der Menschen nicht gleichgültig geworden, ich wollte wirklich die Welt verändern, es ist mir nicht gelungen, aber zumindest hat sie mich nicht verändert. Ich bin gerade achtunddreißig geworden, ich habe mein Leben darauf verwendet, für diese Ideen zu kämpfen, versucht, ihnen zum Sieg zu verhelfen, ich hoffe aufrichtig, dass es einmal so sein wird, ich aber werde dafür kein Gewehr mehr in die Hand nehmen, es gibt andere Wege. Ich bin nicht sicher, dass ich die richtigen eingeschlagen habe. Jüngere Leute mit mehr Begeisterung und Entschlossenheit werden es besser machen als ich. Vielleicht hätte man andere Wege erkunden sollen, akzeptieren sollen, was mir immer widerstrebte, die Gewalt noch weiter treiben, aber ich habe nie an den Terrorismus und die Strategie der Verzweiflung geglaubt. Wenn das die Lösung ist, lehne ich sie ab, es ist nicht meine Auffassung vom Kampf. Heute meine ich, dass die Partie gefälscht und von vornherein verloren ist, weil diejenigen, die kämpfen sollten, ihr Lager verraten und die Bequemlichkeit und die Ruhe gewählt haben. Und allein werden wir abgeschlachtet. Ohne dich hätte ich weitergemacht, aber du bist da. Du hast mir die Augen geöffnet und machst mir Mut, die Vergangenheit hinter mir zu lassen. Von der Zukunft ist nichts zu erhoffen. Es wird keine rosigen Zeiten geben. Erwarten können wir nur, dass das Morgen noch schlimmer ist als das Heute. Deswegen müssen wir glücklich sein, zusammen und jetzt.«

»Aber die Revolution war dein Ideal.«

»Alles ist vorbei, Helena. Übrigens schon seit Langem, aber es war mir nicht bewusst geworden. Die Russen wollen vor allem, dass nichts sich ändert, und sie lassen uns im Stich. Wir haben keine Chance mehr, uns durch den Kampf zu befreien. Also müssen wir es auf anderen Wegen versuchen. Was wir nicht mit den Waffen erreichen konnten, müssen wir durch Verhandlung und den Parlamentarismus erreichen. Ich hatte noch viele andere Dinge vorbereitet, die ich dir sagen wollte, um dich davon zu überzeugen, mich zu begleiten, dass ich bestimmt der beste Mann sei, dem du begegnen könntest, dass unser Altersunterschied überhaupt nichts bedeute, weil das Wichtigste ist, sich zu lieben, ich hatte eine Menge großartiger Argumente, aber ich erinnere mich nicht mehr. Ach ja, ich wollte dir sagen, dass du mich noch nicht kennst, ich kann viele Dinge, und ich hoffe, dass du einverstanden bist, weil ich sonst nicht weiß, was aus mir werden soll.«

Um Haltung zu bewahren nahm Helena ihr Glas, aber es war leer. Sie zündete eine Zigarette an.

»Wenn du Zeit zum Nachdenken brauchst, kein Problem, nimm dir so viel Zeit wie nötig, das ist normal. Und stell alle Fragen, die du willst. Ich möchte auch eine Zigarette.«

Sie gab ihm seine Zigarette.

»Da gibt es nichts nachzudenken«, sagte Helena. »Wir fahren, wann du willst und wohin du willst. Ich bin unendlich glücklich, Ramón, du kannst es dir gar nicht vorstellen. Nur um eines möchte ich dich bitten.«

»Natürlich.«

»Für mich es ist wichtig, sogar sehr wichtig. Alles andere ist mir egal. Versprich mir, mir zu sagen, wenn du eines Tages deine Meinung änderst. Ich bitte dich, Ramón, lüge mich niemals an.«

»Ich schwöre, ich werde dir immer die Wahrheit sagen.«

Man möchte immer derselbe bleiben, aber das ist nicht möglich, das Leben entwickelt sich. Der Mensch, der ich heute bin, ist nicht der von vor zehn Jahren. Die Revolution ist etwas für die Jugend, man kann nicht ständig einen Guerillakrieg führen, bis man ein Greis ist, nicht wahr? Man muss stark sein, ohne Gemütszustände und voller Gewissheiten. Wenn ein Revolutionär nicht das Glück hat, jung zu sterben, endet er zwangsläufig als Diktator und Henker. Saint-Just ist mit vierundzwanzig gestorben. In einem bestimmten Moment besteht der Mut darin, aufzuhören und etwas anderes zu tun. Eines Tages muss man sein Gepäck abstellen, sein Gewehr senken, das Leben eines Mannes führen und Kinder großziehen. Ich kann nicht weiter der einzige Revolutionär der Welt sein. Mein Entschluss steht fest, ich werde wieder Arzt. Ich hoffe in Córdoba. Ich fahre mit Helena, sie ist die Frau, mit der ich leben will. Ich werde sie mit Argentinien bekannt machen, mit meinem Vater und meiner Familie, sie wird Spanisch lernen und sich schnell wie zu Hause fühlen, denn es ist ein gastfreundliches Land. Aber mit ihr könnte ich überall leben. Wenn sie möchte, werden wir Kinder haben. Ich schließe ein Kapitel meines Lebens ab und werde die Anonymität glücklicher Menschen kennenlernen. Nie mehr wird jemand von mir hören, und in einem Jahr wird sich keiner mehr an mich erinnern.

Sie zogen wieder in die Villa in Ládví. Als hätte es keine Unterbrechung gegeben. Zweimal fragte Helena, was während Ramóns Abwesenheit geschehen war. Er rauchte Zigaretten, die er aus einem blauen Päckchen mit kyrillischen Buchstaben zog, sie vermutete, dass er in der UdSSR war, aber er wollte nicht darüber sprechen.

»Was bringt es, zu diskutieren, wenn man weiß, dass es keine Lösung gibt?«, wiederholte er. »Ich habe ihnen gesagt, dass sie nicht mehr mit mir rechnen könnten, dass ich etwas anderes aus meinem Leben machen wolle.«

»Und was haben sie geantwortet?«

»Nichts. Es ist die Rede davon, dass wir am 19. Juli abreisen. Du hast deine Meinung nicht geändert?«

»Wenn du glaubst, du könntest mich so leicht loswerden, dann täuschst du dich, Ernesto.«

»Mir ist es lieber, wenn du mich so nennst. Ramón war ein Betrüger.«

»Für mich wirst du immer Ramón sein, aber ich liebe auch Ernesto.«

Ramón ermunterte sie, für zwei oder drei Tage nach Kamenice zurückzukehren, er schlug ihr sogar vor, sie zu begleiten und sich mit ihrem Vater auszusprechen.

»Du willst doch Josef nicht etwa um meine Hand bitten. Erstens tut man das heutzutage nicht mehr, und außerdem, was machst du, wenn er nein sagt?«

»Ich schätze ihn sehr, und er hat mich gerettet. Wir hätten miteinander geredet, und er hätte alles verstanden. Wir wären in gutem Einvernehmen voneinander geschieden.«

»Ich bin nicht so mutig, es ihm ins Gesicht zu sagen.«

»Denk gut nach, Helena, womöglich wirst du ihn lange nicht mehr sehen oder vielleicht gar nicht mehr.«

»Sag so was nicht.«

»Dann fahr allein hin.«

Der Gedanke, ihrem Vater gegenüberzustehen, schien ihr eine nicht zu bewältigende Prüfung zu sein. Sie fürchtete seinen Blick, wenn sie ihm ankündigte, sie werde ihn für immer verlassen. Josef würde ihr keinen Vorwurf machen, sie kannte ihn, er würde ihr wünschen, dass sie glücklich wird, und aufrichtig versichern, dass ihr Glück sein einziger Wunsch sei. Sie war es, die sich nicht entschließen konnte, ihn zum letzten Mal im Leben zu umarmen.

Wie kann man sich verabschieden, wenn man sich so sehr liebt?

Wenn man sich trennt, dann in der Hoffnung, sich eines Tages wiederzusehen, sonst ist es, als stürbe jeder für sich allein. Sie beschloss, ihm zu schreiben. Sie setzte sich auf einen Sessel im Wohnzimmer, einen Schreibblock auf den Schenkeln, sie schrieb »*Josef*« oben auf die Seite und hielt den Stift in die Luft und wusste nicht, wie sie fortfahren sollte. Es gab so vieles, was sie ihm sagen wollte, die alte Narbe, die ihr immer noch Schmerzen bereitete und von der sie sich nicht befreien konnte. Sie kritzelte, strich durch, verbesserte, und beim letzten Versuch stand sie auf und legte den Schreibblock beiseite.

»Ich rufe ihn an, bevor ich abreise. Das wäre … nun ja, weniger …«

Freitag rief Helena den ersten Assistenten an und sagte ihm, sie müsse den Film aufgeben. Er wollte wissen, warum, sie hatte keine Lust zu diskutieren, er versuchte, es ihr auszureden, sie legte schnell auf. Sie ging in die Familienwohnung, aber Ludvik war nicht da. Sie rief ihn bei der Zeitung an, um Bescheid zu sagen. Er wünschte ihr viel Glück. Sie packte ein paar Sachen zusammen. Acht Tage mussten sie sich noch gedulden, bevor sie das Flugzeug nach Wien besteigen konnten, dann von Algier nach Lissabon und Rio oder vielleicht von Madrid nach Mexiko, dann nach Argentinien, aber es konnte auch einen Flug über Dakar geben. Ramón wusste noch nicht genau, welche Strecke sie nach Buenos Aires nehmen würden, auch nicht, ob er unterwegs ein paar Tage zwischenlanden müsste, um einige Angelegenheiten zu regeln oder bestimmte Personen zu treffen, er hielt sich bedeckt und wartete auf Antworten.

Als Ramón zu Helena in die Villa zurückkam, wirkte er verärgert. Die kubanische Botschaft zögerte, ihm seine Route zu nennen. Außerdem brauchte Helena unbedingt ein Ausreisevisum. Ramón hatte gebeten, dass man sie davon befreie, aber es war unmöglich. Es war wohl nur eine Formalität.

Am nächsten Tag setzte Diego sie vor der Bartolomejska-Straße 4 ab. Helena kannte den Ruf dieser finsteren Adresse und betrat angstvoll das Gebäude. Es war der Sitz der Inneren Sicherheit. Viele Leute waren hineingegangen und nie wieder herausgekommen. Die Prager machten einen Umweg, um dieses Trottoir zu vermeiden, denn manche schworen, dort Schreie aus dem Souterrain gehört zu haben.

Vor allem nachts.

Sourek empfing sie sofort mit etwas gezwungener Unterwürfigkeit, er ging ihnen voraus in ein anonymes Büro im Erdgeschoss und holte zwei Formulare aus einem Ordner. Er begann mit Helena Tschechisch zu reden, aber Ramón unterbrach ihn und wollte, dass er Französisch sprach.

»Es gibt zwei Ausreisevisa«, fuhr Sourek fort, »das Visum Nummer 1 mit einem festen Datum, an dem Ihre Rückkehr zwingend vorgesehen ist, und das undatierte Ausreisevisum, das beinhaltet, dass Sie darauf verzichten, in die Tschechoslowakei zurückzukehren.«

»Ich weiß nicht, wann ich zurückkommen werde«, antwortete Helena.

»Also ist es endgültig. Sie sind sich bewusst, was das bedeutet?«

»Gibt es keine andere Möglichkeit?«, fragte Ramón.

»Meines Wissens nicht. Wenn Sie das Land endgültig verlassen wollen, gewähren wir Ihnen das Visum Nummer 2, und es gibt kein Problem. Sollten Sie jedoch eines

Tages zurückkehren wollen, dann müssen Sie bei einer Botschaft einen Antrag auf ein Einreisevisum stellen, und ich kann Ihnen nicht garantieren, dass ihm stattgegeben wird. Ich glaube, es hat noch nie eines gegeben. Ich spreche lieber offen, damit Sie Ihre Entscheidung in Kenntnis der Sachlage treffen können.«

»Das ist Erpressung!«, empörte sich Ramón.

»Ich führe Befehle aus, nicht ich entscheide. Ich muss hinzufügen, dass das Visum Nummer 2 eine Aberkennung der tschechischen Staatbürgerschaft zur Folge hat.«

»Das ist doch nicht normal!«, rief Helena aus.

»Hör zu, wenn du nachdenken willst«, sagte Ramón, »noch ist Zeit. Wir haben es nicht eilig. Wir können hierbleiben. Wir haben zwar nicht darüber gesprochen, aber schließlich können wir uns auch in Prag niederlassen.«

Sourek fixierte Ramón, fragte sich wohl, ob er es ernst meinte oder scherzte.

»Mein Entschluss steht fest«, sagte Helena ruhig. »Ich will dieses Land verlassen.«

»Wie Sie wollen.«

Er gab ihr das Formular 2, sie füllte es aus und unterschrieb. Sourek prüfte, ob alles in Ordnung war, er wirkte zufrieden, stempelte das Dokument und unterschrieb ebenfalls.

»Sie bekommen Ihr Visum in ein paar Tagen.«

Helena war entmutigt. Sie war überzeugt, man werde ihr dieses Visum nie geben und sie bliebe ewig Gefangene, aber Ramón war kategorisch: die tschechischen Behörden könnten ihm nichts abschlagen, und sie ließ sich überzeugen. Er neckte sie:

»In Wahrheit frage ich mich, ob du mich wirklich liebst oder ob du mich benutzt, um diesem Land zu entfliehen.«

»Ich würde überall mit dir leben. Sogar in Prag, wenn es nicht anders ginge. Aber es wäre so viel besser, in einer

Welt zu leben, wo es keine politische Polizei gibt, wo man tun kann, was man will, ungehindert reisen und reden kann, ohne ständig überwacht zu werden, ohne schwören zu müssen, dass man glücklich ist, während man vor Angst stirbt. Es stimmt, ich will weg, weil ich weiß, dass ich hier nie das Glück erleben werde.«

Ramón hatte sich nicht getäuscht. Fünf Tage später brachte Sourek das kostbare Visum in einem braunen Umschlag. Niemals, präzisierte er, sei es so schnell gegangen. Wahrscheinlich erwartete er einen Dank für seinen Eifer. Er war enttäuscht, dass Ramón ihn auf der Außentreppe empfing und ihm die Tür vor der Nase zuschlug.

»Es ist das Visum Nummer 2«, sagte Ramón zu Helena. (Aufmerksam prüfte er das Dokument.) «Es hat sechs Stempel. Damit kannst du sicher sein, dass Breschnew persönlich grünes Licht gegeben hat.«

»Machst du Witze?«

»Überhaupt nicht. Hier geschieht nichts ohne die Zustimmung des KGB. Wir nehmen das Flugzug am 19. Juli nach Moskau, dann Richtung Buenos Aires, aber ich weiß nicht, wo wir zwischenlanden.«

»Bist du sicher, dass du nicht nach Kuba zurück willst?«

»Dort habe ich nichts mehr zu tun. Natürlich, meine Familie ist dort, wir können sie trotzdem sehen. Ich hoffe, dass sie nach Argentinien kommen und den Doktor Guevara umarmen.«

»Warst du auch in Kuba Arzt?«

»Du errätst nie, was ich da gemacht habe.«

Sie wartete einige Sekunden.

»… Ich war Bankier, ich leitete die Nationalbank.«

»Du! Warst du denn dazu in der Lage?«

»Überhaupt nicht. Das kam auf seltsame Weise zustande. Nach der Machtergreifung saßen wir um einen riesigen Tisch. Am andern Ende deutete Castro auf den Verantwortlichen für jedes Ministerium. Irgendwann höre ich ihn fragen: ›Ist ein Kommunist im Saal?‹ Ich hebe die Hand. Ich war übrigens der Einzige. Ich war sehr überrascht, als er erstaunt fortfuhr: ›Gut, Ernesto, du bist zum Präsidenten der Nationalbank ernannt.‹ Darauf war ich nicht gefasst, vor allem, da ich mich damit überhaupt nicht auskannte und Geld mich noch nie interessiert hat. Nach der Sitzung habe ich ihn aufgesucht und ihn gefragt, warum er mich ernannt habe. Er antwortete: ›Als ich die Frage stellte: Ist ein Ökonom unter euch? Hast du die Hand gehoben …‹ Anfangs war es nicht einfach, glaub mir, aber ich habe mich reingekniet, es hat mir gezeigt, dass ich alles tun konnte, sogar das, was ich nicht mochte.«

Vor der Abreise wurde Ramón durch Versammlungen in der Botschaft in Anspruch genommen, über die er nicht sprechen wollte. Diego holte ihn morgens ab und brachte ihn abends zurück. Am 18. Juli bestätigte er Helena, dass die Abreise für den Nachmittag des nächsten Tages vorgesehen war.

Er wollte noch einen letzten Spaziergang durch Prag machen, sie schlenderten durch die Altstadt, stiegen zur Burg hinauf und aßen in einem Restaurant zu Abend, das Ramón schätzte.

In der Nacht wälzte sich Helena in ihrem Bett und konnte nicht schlafen. Sie stand auf, ohne Ramón zu wecken, ging ins Wohnzimmer und setzte sich in den Sessel. Sie legte den Schreibblock auf ihre Schenkel.

›Ich stehe mit dem Rücken zur Wand‹, sagte sie sich. ›Ich kann nicht weggehen, ohne ihm zu schreiben. Das ist ausgeschlossen. Er würde es nicht verstehen.‹

Rechts oben schrieb sie »*Prag, Dienstag, 18. Juli 1966*«, und darunter »*Josef*«. Sie zündete eine Zigarette an, saß dann lange vor dem weißen Blatt und wusste nicht, wie sie anfangen sollte …

… Es ist spät, und erst im letzten Moment finde ich endlich den Mut. Seit einem Monat sind wir hier, und ich habe es nicht geschafft, dir zu schreiben, noch weniger, dich anzurufen. Bestimmt hast du auf ein paar Zeilen oder einen Anruf gewartet und bist über mein Schweigen enttäuscht. Es war nicht so, dass ich irgendetwas von deiner Seite befürchtete. Vor mir hatte ich Angst und auch davor, alte Dämonen wiederzuerwecken.

Ramón schläft im Zimmer nebenan. Wir werden zusammen fortgehen. Ja, morgen fliegen wir nach Argentinien. Wir werden dort leben, in seiner Heimat. Er hat mich darum gebeten, und nur darauf habe ich gewartet. Ich will dir sagen, dass ich unendlich glücklich bin. Ich weiß nicht, wie lange es dauern wird, acht Monate oder acht Jahre, diese Frage stelle ich mir gar nicht, ich fahre ohne andere Hoffnung, als mit diesem Mann in den Tag hinein zu leben und so lange, wie uns Zeit dafür gegeben wird. Ich weiß mit Bestimmtheit, dass jeder Tag, den ich mit ihm lebe, der schönste meines Lebens sein wird.

Das Land, in das wir gehen, ist so weit weg, so ganz anders als hier. Es wird eine Mauer zwischen uns stehen. Und sie wird nicht so bald fallen. Ja, es kann sein, dass wir uns nie wiedersehen, schon diese Worte zu schreiben, zerreißt mich. Das alles konnte ich dir vorher nicht sagen.

Und dann ist ihr Schatten zurückgekehrt und hat mich verfolgt. In dem Augenblick, wo ich fliehen will, so wie sie, ohne dich zu benachrichtigen und ohne mich umzudrehen, sage ich mir, dass ich dir nicht viel geholfen habe. Ich habe dir nicht die Hand gereicht, ich habe dich mit deinem Schmerz allein gelassen, das bedauere ich jetzt. Wir haben diese klaffende Wunde mit uns herumgetragen, jeder für sich, und nicht gewagt, miteinander darüber zu sprechen, ich weiß, dass du nie aufgehört hast, an sie zu denken, und dass mein Weggang diesen Schmerz wieder beleben wird. Vielleicht hättest du ihn mit mir teilen wollen, aber ich hatte die Tür zuge-

macht, um nicht unterzugehen. Du wirst mit deinen Frauen deines Lebens kein Glück gehabt haben.

Während ich dies schreibe, bin ich aufgewühlt, weil weder du noch ich auf diese abrupte Trennung vorbereitet waren, aber ich habe das Gefühl, mein Schicksal zu erfüllen. Du hast mir immer gesagt, dass man sich weder verraten noch seine Gefühle berechnen soll, und du hast so oft wiederholt, dass man, wenn man die Chance hat, das Glück kennenzulernen, und sei es nur flüchtig, nicht die geringste Reue haben darf. Ich bin überzeugt, dir treu zu sein, und ich weiß auch, dass du trotz der Traurigkeit, trotz der Verlassenheit für mich glücklich sein und es mir nicht übel nehmen wirst.

Wir werden jeden Tag unseres Lebens aneinander denken, und nichts wird dieses Band je zerreißen können.

Auf Wiedersehen, Papa.

Ihre Sachen nahmen nicht allzu viel Platz ein. Die von Ramón passten in einen Koffer, der noch kleiner war als der von Helena. Diego verstaute sie im Kofferraum. Ramón musste bei der Botschaft vorbeifahren, um ein paar Details zu regeln, er wusste noch immer nicht, ob in Moskau ein Treffen vorgesehen war oder nicht. Helena hatte beschlossen, auf einen Sprung in die Wohnung zu gehen. Um diese Zeit wäre Ludvik sicher in der Zeitung. Sie würde ihm den Brief hinterlegen, damit er ihn Josef übergab, wenn er in den nächsten Tagen nach Kamenice fuhr. Es gab auch ein paar Bücher dort, von denen sie sich nicht vorstellen konnte, sie nicht mehr bei der Hand zu haben.

»Kann ich noch einen Koffer mitnehmen, nur mit Büchern?«, fragte sie.

»Nimm alle Bücher mit, die du willst, du wirst so schnell keine auf Tschechisch finden. Wir treffen uns am Flughafen. Wenn du willst, kann Diego dich abholen und hinfahren.«

»Ich brauche nicht lang. Ich werde den Bus nehmen. Das ist mir lieber. Ich will mich noch von Prag verabschieden.«

Als sie die Villa verließen, achteten sie nicht auf einen schwarzen Wagen, der ihnen diskret folgte (aber alle Wagen waren schwarz). Diego setzte Ramón bei der Botschaft ab und Helena neben der Musikhochschule. Sie betrat das Gebäude, ohne den schwarzen Wagen zu bemerken, der in der Nähe parkte.

Die Familienwohnung war still. Ludvik war wohl früh weggegangen, denn sein Bett war zerwühlt, und im Spülbecken stapelte sich das Geschirr. Sie legte den Brief gut sichtbar auf das Buffet und schrieb ihm ein paar Zeilen, um ihn zu bitten, ihn Josef zu geben.

Lieber Ludvik,

Ich fliege in drei Stunden nach Argentinien, und leider fürchte ich, dass wir uns nicht wiedersehen werden. Unser Land wird mir bald versperrt sein, darüber bin ich natürlich traurig, aber ich bereue meine Entscheidung nicht. Ich wollte dir sagen, dass du in meinem Herzen immer den ersten Platz haben wirst. Für immer wirst du mein bester Freund bleiben. Ich zähle auf dich, um Josef aufzumuntern. Er weiß noch nichts. Es wird ihm einen Schock versetzen. Begleite ihn. Er liebt dich wie seinen Sohn. Sag ihm, dass ich glücklich bin. Ich nehme ein paar Bücher aus der Bibliothek mit, ich hoffe, du vermisst sie nicht. Ich behalte den Wohnungsschlüssel, und solange ich lebe, werde ich eine winzige Hoffnung bewahren, einmal zurückzukommen und euch alle an mein Herz zu drücken.

Helena nahm ein paar Kleider aus ihrem Schrank. Dann begann sie, die Bücher auszuwählen, ging eine Weile an den Regalen entlang und sah ihre Jugendgefährten durch. Sie stand vor einem unvorhergesehenen Dilemma. Es gab welche, die wie kleine Steine in ihrem Gedächtnis lagen und an denen sie vorbeigegangen war. Lohnte es, sich damit zu belasten, der Kritik zu vertrauen, die versicherte, sie seien unerlässlich? Sie sagte sich, sie müsse vorankommen, dass sie die gelesenen nicht mehr lesen musste. Der Koffer war nicht groß genug für alle. Sie musste einige beiseite lassen, sie wog sie in der Hand, fragte sich, ob es ihr je gelänge, Joyce ebenso zu lieben wie Hemingway. Sie nahm *Licht im August* mit, für nichts auf der Welt hätte sie sich davon getrennt. Sie wog ihre alten Faulkners, als das Telefon läutete. Sie zögerte einen Moment, und nach fünf Klingeltönen nahm sie ab.

»Hallo, Ludvik!«, sagte eine Frau.

Helena erkannte diese panische Stimme nicht gleich wieder.

»Tereza, bist du es?«

»Ja. Wer ist da?«

»Ich bin's, Helena.«

»Ah, du bist zu Hause, o mein Gott, dein Vater ist verhaftet worden!«

»Was?«

»Heute im Morgengrauen sind sie aufgekreuzt und haben ihn abgeführt.«

»Warum?«

»Sie haben nichts gesagt. Es war sehr brutal. Sie haben die Tür aufgebrochen, haben ihm sogar ins Gesicht geschlagen, er hat aus der Nase geblutet.«

»Aber warum denn?«

»Er hat protestiert, hat sich aufgeregt, das hätte er nicht tun sollen. Es war die Innere Sicherheit.«

»Bist du sicher?«

»Leider, ich kenne sie. Ich hatte genug mit ihnen zu tun.«

»Was hat er getan?«

»Überhaupt nichts. Seit Jahren kümmert er sich nicht mehr um Politik. Ich weiß nicht, was ich tun soll, ich habe einen alten Freund beim Ministerium angerufen, aber er ist noch nicht da. Ich sagte mir, dass Ludvik vielleicht etwas weiß. Ist er nicht da?«

»Er muss bei der Arbeit sein. Als ich ankam, war er schon

weg. Aber ich werde ihn anrufen. Mach dir keine Sorgen, es kann nichts Ernstes sein, ein Irrtum oder …«

Sie sprach nicht zu Ende. Eine jähe Angst überkam sie, sie runzelte die Brauen, ihr Atem ging schneller.

»Helena, ist was?«

»Ja, Tereza, ich werde ihn anrufen. Ich halte dich auf dem Laufenden.«

Helena legte auf. Sie fühlte sich von einer Woge fortgerissen, die sie erstickte, sie widersetzte sich, kämpfte gegen den entsetzlichen Gedanken, den zu formulieren sie sich weigerte. Dabei hatte Josef ihr oft genug eingeschärft, dass es keine Zufälle gebe. Nicht in diesem Land. Sie fürchtete den Augenblick, wo sie sich dem Zufall würde stellen müssen.

›Nein, es ist nicht möglich«, sagte sie sich. ›Es kann keinen Zusammenhang geben.‹

Sie suchte die Telefonnummer der Zeitung in ihrem Notizbuch, sie fand sie auf einem herumliegenden Exemplar der *Rudé právo.* Die Telefonistin bat sie um einen Moment Geduld. Helena betete zu einem unbekannten Gott, Ludvik möge ihr antworten. Nachdem sie eine Minute gewartet hatte, sagte ihr die Telefonistin, dass Ludvik bei einer Reportage sei und nicht vor dem Abend zurückkomme. Helena wollte keine Nachricht hinterlassen. Als sie auflegte, zitterte ihre Hand.

Es läutete an der Wohnungstür.

Sie rannte hin, überzeugt, dass Ludvik zurückkam und ihre Sorgen verschwinden würden. Sie öffnete Oberleutnant Sourek. Er war in Begleitung eines jüngeren Mannes, auch er in Uniform. Sourek grüßte sie mit einer Kopfbewegung und trat ein, ohne um Erlaubnis zu bitten. Der andere Polizist blieb im Hintergrund, die Hände hinter dem Rücken verschränkt.

Wie ein Automat wich Helena zur Wand zurück. Sie wollte sich in Luft auflösen, mit der Tapete verschmelzen, sie war darauf gefasst, dass er sie schlagen oder seinen Revolver ziehen und aus nächster Nähe auf sie schießen würde. Der Gedanke zu sterben erschreckte sie nicht. Aber er ging ins Wohnzimmer, drehte sich um, lächelte ihr zu und wartete, dass sie ihm folgte.

»Setzen Sie sich«, sagte er leise.

Sie ließ sich in den Sessel fallen. Er setzte sich ihr gegenüber und sah auf seine Uhr.

»Wir haben nur wenig Zeit«, fuhr er in überaus sanftem Ton fort, als unterhielte er sich mit einer Freundin. »Wir kennen uns nicht sehr gut. In Kamenice hatten wir keine Gelegenheit, viel zu reden. Es waren besondere Umstände. Sie wissen, wer ich bin? (Helena nickte.) Gut. Und ich weiß zwei drei Dinge über Sie. Schlechter Umgang. Individualistische Geisteshaltung wie alle jungen Leute heutzutage. Wir haben eine Akte über Sie. Tereza hat Sie über die Verhaftung Ihres Vaters informiert. Ich muss Ihnen sagen, dass es ernst ist. Sogar sehr ernst.«

»Was hat er getan?«

»Er ist des Verrats und der Spionage angeklagt.«

»Sie irren! Er kümmert sich ausschließlich um die Kranken.«

»In der Tat ein praktischer Deckmantel.«

»Das ist unmöglich.«

»Die Angehörigen der Verbrecher sind die Letzten, die etwas von ihren Machenschaften ahnen. Aber ich bin nicht gekommen, um über die Schuld Ihres Vaters zu reden. Er wird gestehen. Alle gestehen. Wir haben eine alte und dicke Akte über ihn, die bis zum Verschwinden von Pavel Cibulka zurückreicht. Sie waren damals sehr jung, aber Sie haben bestimmt davon gehört. Ihr Vater hat ihm bei der Flucht geholfen. Es gib noch weitere Verbrechen. Jüngeren Datums. Wir haben Zeugen. Es wird einen Prozess geben, und er wird verurteilt werden. Zwangsläufig. Für diese Verbrechen ist die Todesstrafe üblich. Durch Erhängen. Das steht nicht absolut fest, er kann auch zu lebenslänglicher Haft verurteilt und in ein Arbeitslager geschickt werden. Anscheinend ist es dort recht hart.«

»Warum stürzt ihr euch gerade auf ihn? Ich werde mit Ramón sprechen.«

»Ihr Vater kann heute Nacht auch einen Herzanfall erleiden. Kann man es wissen? In seinem Alter, bei der Erschöpfung, der Traurigkeit. Oder in ein paar Tagen. Leider werden Sie abreisen und können ihm in dieser schweren Zeit nicht beistehen.«

Helena starrte ihn an, versuchte, den verborgenen Sinn der Worte zu entschlüsseln. Ihre Panik war verflogen. Sourek setzte ein zerknirschtes Lächeln auf, sah dann von Neuem auf seine Uhr. Eine peinliche Stille trat ein, vom Ticken der Wanduhr gestört, der zweite Polizist glich einer Statue. Sourek nahm eine Zigarette, zündete sie an, ohne Helena eine anzubieten. Er blies den Rauch nach oben und wedelte mit der Hand, um ihn zu vertreiben.

»Sie sollten sich beeilen, Sie werden den Abflug verpassen«, sagte er. »Ihr Treffen ist in vierzig Minuten. Das Flugzeug wartet nicht.«

»Was wollen Sie?«, fragte sie.

Sourek seufzte und sah auf seine Fingernägel.

»Es besteht eine Möglichkeit, Ihren Vater zu retten. Eine einzige.«

Er zögerte, fortzufahren, wie um die Wirkung zu erhöhen. Sein freundschaftliches Lächeln blieb auf seinen Lippen.

»Ich bitte Sie«, murmelte Helena.

»Ich werde direkt sein, hören Sie gut zu, was ich Ihnen sage, ich werde es nicht wiederholen. Wenn Sie darauf verzichten, abzureisen, wenn Sie hier bleiben, werden wir die gerichtlichen Schritte gegen Ihren Vater einstellen. Er wird sehr schnell frei sein. Dann kann er seine Tätigkeit wieder aufnehmen. Sie selbst können Ihr Studium an der Filmakademie fortsetzen. Wir werden alles vergessen. Das Leben wird weitergehen, als wäre nichts vorgefallen. Wenn Sie sich aber für Ihre Abreise entscheiden, wird er verurteilt. Sein Schicksal liegt in Ihrer Hand. Die Entscheidung liegt bei Ihnen.«

»Und Ramón?«

»Er muss abreisen. Ohne Sie. Das ist die unerlässliche Bedingung des Handels.«

»Ich weiß nicht, ob er akzeptieren wird.«

»Sie müssen ihm sagen, dass Sie Ihre Meinung geändert haben: Sie haben nachgedacht, Sie wollen nicht mehr abreisen, Sie lieben ihn nicht genug, um alles aufzugeben.«

»Er wird mir nicht glauben.«

»Unwichtig, ob er Ihnen glaubt. Wichtig ist nur, dass er abreist.«

»Und wenn er sich weigert?«

»Pech für Ihren Vater. Sie müssen ihn überzeugen.«

»Warum tun Sie das?«

Sourek wollte antworten, hielt sich zurück, zuckte die Achseln, drückte seine Zigarette aus.

»Wenn Sie einverstanden sind, rufen Sie in einer halben Stunde am Flughafen an. Sie können sich mit Ramón unterhalten. Ich lasse Sie nachdenken.«

»Ich brauche nicht mehr nachzudenken.«

»Nein, nein, nichts überstürzen. Wie immer Ihre Entscheidung ausfällt, ich will, dass Sie die Vor- und Nachteile genau abwägen. In aller Ruhe. Sie werden in Ihrem Leben nie eine wichtigere Entscheidung zu treffen haben, Sie können dafür durchaus ein wenig Zeit aufwenden.«

Er nahm eine weitere Zigarette aus seinem Päckchen. Diesmal bot er ihr eine an.

Helena schloss die Augen, um sich auf Josef zu konzentrieren. Sie hatte ihre Entscheidung bereits getroffen. Sie hatte nicht mehr als eine halbe Sekunde dafür gebraucht. Sie war sich ihrer sicher. Sie wusste nicht, ob es gut war oder nicht, es lag auf der Hand. Es gab nicht einmal eine Wahl. Es existierte keine Alternative. Genau in diesem Augenblick erschien nicht Josefs Gesicht vor ihren geschlossenen Augen, auch nicht das von Ramón. Christine drängte sich auf. Die sie seit zehn Jahren verdrängt hatte. Von der es nur noch ein Foto im Haus gab. Ein einziges, das Josefs Sühnefeuer entgangen war. Ein Schwarz-Weiß-Foto mit gezacktem Rand, auf der rechten Seite von der Flamme geschwärzt, durch Zufall in *Licht im August* gefunden. Ein Acker mit einem Heuschober im Hintergrund und, weiter entfernt, einem Stück Fluss zwischen Fichten. Die Mutter hielt ihre Tochter an der Hand. Helena musste sieben Jahre alt sein und hatte ein weißes Tuch auf dem Kopf. Vielleicht der Sommer vor ihrem Verschwinden? Man sah Christines Augen nicht richtig, denn sie blinzelte in der Sonne. Ja, Christine hielt sie an der Hand, aber wahrscheinlich stellte sie sich nicht vor, dass sie sie für immer loslassen würde. Es blieb ihr von ihrer Mutter nur dieses eine Bild. Kein anderes. Alles Übrige war ausgelöscht. Helena erinnerte sich an jenen durchsonnten Nachmittag, an dieses weiße Licht, an ihren Spaziergang am Ufer des Flusses und an ihr beider Lachen. Oder vielleicht hatte sie diese Erinnerungen erfunden? Wie es häufig vorkommt, wenn man sie unbedingt braucht.

Sourek wiederholte Helena, was sie sagen und verschweigen musste, was sie erreichen musste, und wie es ihr am besten gelingen werde. Ein wenig Pädagoge, ein wenig Regisseur. Er schlug ihr Sätze vor, die sich bewährt hatten, und legte ihr nahe, welchen Ton sie anschlagen sollte:

»Seien Sie schroff und ganz ruhig. Haben Sie sich immer in der Gewalt. Sehr wichtig, sprechen Sie bestimmt. Sie sind entschlossen. Sie werden weder die Erste noch die Letzte sein, die ihre Meinung ändert. Er versteht nicht, was Sie sagen? Ihr Sinneswandel ist unbegreiflich? Umso besser, er wird verunsichert sein. Sie brauchen sich weder zu erklären noch zu rechtfertigen. Was er von Ihnen oder Ihrem Gemütszustand hält, hat keinerlei Bedeutung mehr. Vor allem, antworten Sie ihm nicht. Sie sind nicht da, um zu diskutieren, sondern um Ihren Entschluss mitzuteilen.«

Sourek versicherte sich, dass sie die Bedingungen des Handels genau verstanden hatte, versprach, dass Josef sofort nach Ramóns Abflug freigelassen werde, sie könne Vertrauen haben. Keine Rede, dass er sich schriftlich verpflichtete. Sein Wort genügte. Er hatte keinen Grund zu lügen. Vor allem kein Interesse daran. Josef war lediglich Wechselgeld. Er ließ sie mit seinem Assistenten allein.

Es waren nur wenige Reisende auf dem Flughafen von Ruzyně. Sourek erspähte Ramón sogleich, er saß in der Cafeteria im Erdgeschoss. Als wahrer Profi nahm er sich Zeit, ihn zu beobachten. Mit seinem Anzug, seiner einfarbigen Krawatte und seiner Glatze sah Ramón aus wie Herr Jedermann. Ein brauner Koffer stand neben dem Tisch. Niemand schenkte ihm die geringste Aufmerksamkeit. Ramón las ein Buch, rauchte eine Zigarette und hielt hin und wieder nach Helena Ausschau. Er sah auf seine Uhr, las dann weiter. Sourek gab einer Hostess hinter einem Schalter ein Handzeichen und ging dann auf Ramón zu. Dieser hob den Kopf, als er im Lautsprecher seinen Namen hörte und zur selben Zeit Sourek auf sich zukommen sah.

»Herr Ramón Benitez wird dringend am Abflugschalter verlangt«, wiederholte der Lautsprecher.

»Ich glaube, man verlangt Sie«, sagte Sourek.

Ramón stand auf und folgte Sourek, der die Hostess fragte und es Ramón übersetzte.

»Sie werden am Telefon verlangt.«

Sourek deutete auf die Kabine hinter dem Stand. Ramón trat ein, schloss die Tür und nahm den Hörer ab.

»Ich bin's, Ramón, ich wusste nicht, wie ich dich erreichen konnte«, sagte Helena.

»Was ist? Du bist spät dran. Soll Diego dich abholen?«

»Nicht nötig, ich werde nicht kommen.«

»Was sagst du da?«

»Ich werde nicht mit dir abreisen.«

»Aber warum?«

»Ich bin noch nicht so weit, alles aufzugeben, ans andere Ende der Welt zu reisen, meine Familie zu verlassen. Noch nicht.«

»Heute Morgen …«

»Ich weiß, aber es ist zu überstürzt, es geht viel zu schnell.«

»Wir hatten es beschlossen, es war abgemacht.«

»Ramón, ich brauche mehr Zeit.«

»Wir müssen jetzt abreisen. Danach wird es nicht mehr möglich sein. Du hast ein Visum, nutze es.«

»Vielleicht später.«

»Was glaubst du denn? Ich musste kämpfen, um es zu kriegen. Ein anderes wirst du nicht bekommen.«

»Ich kann so nicht weggehen.«

»Helena, ich werde nicht auf dich warten können. Unser Leben steht auf dem Spiel. Verdirb nicht alles. Wir werden glücklich sein, ich verspreche es dir, wir beide werden eine wunderbare Geschichte erleben.«

»Ich bitte dich, dränge mich nicht, ich kann nicht weg.«

»Aber ich pfeife auf Argentinien! Wenn du willst, kann ich durchaus hierbleiben. Du siehst, so gibt es kein Problem, ein Visum ist nicht mehr nötig. Wir lassen uns in Prag nieder. Wir beide. Ist dir das recht? Dein Leben wird sich nicht verändern, ich bin es, der sich anpasst.«

Helena war überrumpelt. Sie wusste nicht, was sie antworten sollte. Diese Möglichkeit war nicht vorgesehen. Mit den Augen fragte sie den Polizisten, der das Gespräch mithörte. Er schüttelte den Kopf. Er hatte keine Argumente, die er ihr vorschlagen konnte. Helena zögerte.

»Hallo, Helena?«, sagte Ramón. »Hörst du mich? Was hältst du davon?«

»Du hast nicht verstanden, ich will nicht mit dir leben. Es ist aus mit uns. Du musst allein abreisen.«

Ramón hielt den Hörer von sich weg, sein Mund stand offen, er rang nach Atem. Einen Moment lang meinte er, einen Asthmaanfall zu bekommen, wühlte in seiner Tasche, aber er brauchte den Inhalator nicht, atmete wieder, keuchend. Er schloss die Augen, versuchte, seine Gedanken zu sammeln. Als er sie wieder öffnete, erblickte er Sourek durch die Scheibe.

»Was ist los, Helena? Gibt es ein Problem?«

»Aber nein.«

»Dass du Angst hast, wegzugehen, dein Land, deine Familie zu verlassen, kann ich verstehen, es ist eine schwierige Entscheidung. Aber dass du mir sagst, du willst mich nicht mehr, einfach so, am Telefon, das ist absurd. Was ist los?«

»Nichts, ich habe meine Meinung geändert, das ist alles.«

»Ich glaube dir nicht. Ich kenne dich, und ich glaube dir nicht. Wir werden mündlich darüber sprechen. Wo bist du? Bei dir?«

»Ja.«

»Rühr dich nicht vom Fleck, ich komme.«

»Und dein Flugzeug?«

»Ich scheiß auf das Flugzeug! … Sag mir, Helena, haben sie dir was angetan?«

Helena schwieg, sie presste die Lippen zusammen, um den Schrei zu unterdrücken, der in ihr aufstieg, und schluckte.

»Sie haben Josef verhaftet«, schrie sie.

»Was?«

In diesem Augenblick unterbrach der junge Polizist neben Helena die Verbindung.

Ramón hieb mit der Faust auf die Ablageplatte der Kabine, öffnete heftig die Tür, stürzte sich auf Sourek, packte ihn am Revers seiner Jacke und schüttelte ihn.

»Was habt ihr mit ihr gemacht? Schweinebande!«

Sourek umklammerte seine Hände, ein Polizist eilte herbei, um ihn zu festzuhalten.

»Beruhigen Sie sich!«, sagte Sourek. »Ich werde es Ihnen erklären.«

Sourek sah Ramón in die Augen. Gewöhnlich senkte er den Kopf und gab sofort nach. Ramón lockerte seinen Griff.

»Folgen Sie mir«, sagte Sourek und zog seine Uniform gerade.

Sie gingen hinter der Theke vorbei durch einen Flur. Sourek vor Ramón. Der Polizist folgte, Ramóns Koffer tragend. Sie betraten einen Saal, in dem zwei Polizisten Karteikarten einordneten. Als sie Sourek erblickten, standen sie auf und verließen sofort den Raum. Sourek machte die Tür zu, zeigte Ramón einen Stuhl und setzte sich auf die Tischkante. Ramón blieb lieber stehen.

»Was ist das für eine Geschichte? Sie haben Josef verhaftet?«

»In der Tat.«

»Warum?«

»Das geht Sie nichts an. Es ist eine interne Angelegenheit.«

»O nein, nicht mit mir. Ich hatte lange genug mit Ihnen zu tun, um zu wissen, dass alles in Moskau entschieden wird und dass Sie nur da sind, um die Befehle auszuführen, die man Ihnen erteilt.«

»Die einzigen Befehle, die ich erhalte, kommen von meinem Vorgesetzten, wer ihm seine gibt, weiß ich nicht. Aber Ihnen kann ich es sagen, die Akte von Josef Kaplan ist sehr ernst. Er riskiert viel. Deshalb will seine Tochter nicht verreisen.«

»Ich werde bleiben und ihr helfen.«

»Das ist nicht vorgesehen.«

»Ich werde nicht abreisen, ohne Helena wiedergesehen zu haben und ohne zu wissen, was mit Josef geschieht.«

Sourek schüttelte den Kopf. Seine Miene war untröstlich. Er nahm seine Zigarettenschachtel aus seiner Tasche, bot Ramón eine an, der ablehnte, sah dann auf seine Uhr.

»Ihr Flugzeug geht in fünfundvierzig Minuten.«

»Wissen Sie, wer ich bin, Sourek? Muss ich wirklich Novotny oder Breschnew anrufen, wollen Sie das?«

Sourek drehte das Telefon um, das auf dem Tisch stand, und schob es zu Ramón.

»Rufen Sie an, wen Sie wollen. Vielleicht auch Castro oder Ihre Botschaft.«

»Ich habe nicht die Absicht, die Botschaft von einem abgehörten Telefon aus anzurufen. Bringen Sie mich nach Prag zurück.«

»Sie haben nicht verstanden. Ihre Unterstützer haben Sie fallen lassen. Ihr Spiel ist aus. Josef Kaplan wurde wegen Spionage verhaftet. Bei uns ist es die gefürchtetste Anklage. Er wird verurteilt werden. Wenn außerdem seine Tochter ohne Aussicht auf Rückkehr ins Ausland flieht, ihn im schlimmsten Augenblick verlässt, bestärkt dies das Gericht in der Überzeugung seiner Schuld. Wenn sie aber bleibt und ihren Vater unterstützt, gibt es vielleicht ausnahmsweise einen Gnadenakt.«

»Das ist Erpressung, es ist Wahnsinn!«

Ramón zog das Telefon zu sich, suchte die Nummer der Botschaft in einem Notizbuch. Sourek ging hinaus und blieb vor der Tür stehen. Wieder sah er auf seine Uhr. Ramón sprach Spanisch. Sourek hörte seine laute Stimmte durch die Wand, aber das Gespräch war unverständlich, er würde es später abhören, in aller Ruhe. Dann senkte Ramón den Ton und wurde maßvoller. Sourek presste sein Ohr an die Wand. Nach vier Minuten und zehn Sekunden legte Ramón heftig auf, und es herrschte Stille. Sourek öffnete die Tür ein wenig. Ramón stand niedergeschlagen vor dem Telefon. Sourek wartete. Durch den Türspalt sah er Ramóns Rücken, die Hände vor dem Gesicht. Plötzlich wurde er von Zuckungen geschüttelt. Man hätte meinen können, dass er weinte. Sourek hielt das nicht für möglich. Nicht er. Vielleicht ein Anfall. Bestimmt sein Asthma. Dann beruhigte sich das Asthma. Nach einigen Minuten ging Sourek zu ihm.

»Sie lassen mich fallen«, murmelte Ramón mit fahlem Gesicht.

»Es ist ein Problem, das nicht Ihr Land betrifft, das ist alles.«

»Lassen Sie mich sie ganz kurz sehen, und ich reise ab.«

»Das ist nicht möglich.«

»Fünf Minuten. Das ist keine große Sache.«

»Man kann sie nicht mehr erreichen. Sie ist auf dem Weg zu ihrem Vater im Gefängnis.«

»Wenn ich gehe, hat Josef dann wirklich eine Chance, davonzukommen?«

»Vor zehn Jahren wäre er gehängt worden. Heute wird er davonkommen.«

»Wird Helena gerichtlich belangt werden?«

»Selbstverständlich nicht. Sie wird wieder ein normales Leben führen.«

Die Tupolew 114 startete mit Verspätung. Es wurde keine Erklärung gegeben. Es waren nicht viele Leute an Bord. Das Flugzeug würde sich bei der Zwischenlandung in Moskau füllen. Das Bordpersonal war sehr kompetent. Es hatte die Anweisung erhalten, sehr zuvorkommend zu sein gegenüber diesem Uruguayer, der während des Abflugs am Bullauge klebte und auf die Wolken am Horizont starrte und der trotz seiner Hustenanfälle rauchte wie ein kaukasischer Feuerwehrmann.

In Moskau stieg er nicht aus, um sich die Beine zu vertreten. Als die Stewardess ihn auf Spanisch fragte, ob er etwas wünsche, antwortete er nicht, schüttelte nur den Kopf. Während des endlosen Flugs hörte sie nie den Klang seiner Stimme und meinte, er sei stumm. Er schlief keinen Augenblick, aß nichts, akzeptierte einen Orangensaft. Er rauchte, und wenn er nicht den Himmel betrachtete, vertiefte er sich in einen Gedichtband:

Ist meine Erinnerung auch ein Schleier
ferner als der Horizont
und dein Lächeln ein Schiff
gestrandet in meinem Gedächtnis
so wird doch der Morgen kommen und staunend jubeln
beim Anblick der roten Brüder am Horizont
*die fröhlich der Zukunft entgegengehn.**

*

Auf einem Betonbett sitzend wartete Josef in einer dunklen Zelle. Ein schwaches elektrisches Licht drang durch ein kleines Klappfenster, Pisse- und Ammoniakgestank erschwerte ihm das Atmen. Er spürte einen stechenden Schmerz im linken Ellbogen, vielleicht war er gebrochen, als er auf der Treppe des Sanatoriums ausgerutscht war. Er wagte kaum, ihn zu berühren. Durch die Eisentür lauschte er auf die Geräusche und vernahm undeutliche Laute. Er wusste nicht, wie spät es war und wie lange er schon dahinvegetierte. Man hatte ihm keine Zeit gelassen, seine Armbanduhr anzuziehen.

Josef war aus dem Schlaf hochgeschreckt, als die Tür zu seinem Schlafzimmer heftig geöffnet wurde. Sechs Männer waren eingedrungen, hatten ihn am Boden festgehalten, ihm die Arme auf den Rücken gebogen und ihm Handschellen angelegt. Als er Erklärungen verlangt hatte, hatte er einen harten Schlag auf Wange und Nase erhalten. Tereza war rücksichtslos aufs Bett geworfen worden. Sie hatten ihn mitgenommen, barfuß und im Schlafanzug, ohne ihm Zeit zu lassen, sich anzukleiden. Josef hatte nicht verstanden, warum sie ihm einen Sack über den Kopf gestülpt hatten, er war gestolpert und die Stufen hinuntergefallen. Dann hatte er sich durchgerüttelt in einem Lastwagen wiedergefunden, und nach einer langen Strecke war er andere Treppen hin-

* Gedicht von Ernesto Guevara.

untergegangen, hatte die Kälte eines Souterrains gespürt und war in diese Zelle geworfen worden. Sie hatten ihm die Kapuze und die Handschellen abgenommen.

Und in seinem zerrissenen, blutbefleckten Schlafanzug war Josef jetzt durstig.

›Was habe ich nur getan?‹, fragte er sich dauernd. Er versuchte herauszufinden, was ihm diese Behandlung eingetragen hatte. Bis er Kopfschmerzen davon bekam. Wenn man in den Winkeln des Gedächtnisses wühlt, findet man immer vergessene Rückstände, auf die man nicht stolz ist, unterschlagene Vergehen und Geheimnisse, die vermutlich keine mehr waren. Josef dachte nach, welchen Vergehens er sich schuldig gemacht hatte. Aber er fand keines.

Die Zellentür öffnete sich kreischend. Josef stand ohne Aufforderung auf. Die Polizist bedeutete ihm, hinauszugehen. Anfangs hallten ihre Schritte wider, begleiteten sie wie ein Ballett, und als sie ankamen, war nichts mehr zu hören. Rechts und links unbeleuchtete Flure. Eisentüren. Zellen oder was sonst? Der Verhörraum lag ganz hinten in einem endlosen Tunnel. Ein großer rechteckiger, braungestrichener, schlecht beleuchteter Raum mit einem schwarzen Tisch und zwei Eisenstühlen in der Mitte.

Beim ersten Mal sah sich Josef einem korpulenten, etwa fünfzigjährigen Offizier gegenüber, dessen Bauch die Jacke blähte (und der ihn an einen Truthahn denken ließ). Josef sagte sich: ›Ich darf mir meine Stimmung nicht anmerken lassen, ich muss ihn davon überzeugen, dass …‹ Der Offizier würdigte ihn keines Blickes, in die Lektüre mehrerer vor ihm liegender maschinegeschriebener Blätter vertieft. Ein uniformierter Polizist, der hinter einem an der Wand stehenden Tisch saß, schrieb in ein Register. Ein anderer bewachte die Tür.

»Ich höre, Josef Kaplan«, sagte der Offizier, ohne den Kopf zu heben.

»Warum werde ich so behandelt?«

»Wollen Sie mir einreden, dass Sie es nicht wissen?«

»Es muss ein Missverständnis vorliegen.«

»Warum halten uns alle Leute, die wir festnehmen, für Dummköpfe?«

»Was werfen Sie mir vor?«

»Natürlich wissen Sie es nicht?«

»Nein. Überhaupt nicht.«

»Vermutlich sind Sie unschuldig? Wie alle anderen. Das kennen wir, wir nehmen mit Vorliebe Unschuldige fest. Wir machen unsere Arbeit schlecht, ist es das?«

»Das wollte ich nicht sagen.«

»Also wissen Sie es.«

»Ich weiß nicht, was Sie mir vorwerfen.«

»Sie fangen schon wieder an. Sie meinen auch, dass wir ungerecht und borniert sind? Dass erneut ein Justizirrtum vorliegt?«

»Wessen werde ich beschuldigt?«

»Sie haben eine dicke Akte, Josef Kaplan. Sie müssen Komplizen in hohen Positionen haben, nur so konnten Sie der Justiz so lange entkommen.«

Endlich hob der Offizier den Kopf. Er hatte ein Doppelkinn, Tränensäcke, Haare wuchsen aus seiner Nase (wie bei einem Wildschwein, sagte sich Josef), und seine Zähne waren gelb.

»Wer sind sie?«, fragte er, jede Silbe betonend.

»Ich habe keine Komplizen. Ich habe nichts getan.«

»Wir wissen viele Dinge, man soll uns nicht für dumm verkaufen.«

»Das ist nicht meine Absicht.«

»Ich freue mich, dass Sie mitarbeiten wollen.«

»Ich weiß nicht, was ich Ihnen sagen soll.«

»Sie vergeuden meine Zeit, und das ist schlecht für Sie.«

Der Offizier machte ein Handzeichen, der an der Tür stehende Polizist trat zu Josef.

»Ich habe große Schmerzen an der Schulter und am Ellbogen«, sagte Josef zu dem Offizier. »Bestimmt ist etwas gebrochen. Ich brauche einen Arzt.«

»Sie sind doch Arzt, untersuchen Sie sich selbst.«

Er versenkte die Nase sofort wieder in seine Akten.

Helena, Tereza und Ludvik trafen am frühen Nachmittag beim Sitz der Inneren Sicherheit ein. Der diensthabende Polizist hinter seinem Schalter befahl ihnen, sich auf eine Bank im Warteraum zu setzen, dort blieben sie und beobachteten das Kommen und Gehen. Als Ludvik nach 18 Uhr nachfragte, schien ein anderer Polizist sie zur Kenntnis zu nehmen, telefonierte kurz und sagte ihm, er solle sich wieder hinsetzen. Gegen 21 Uhr sagte ihnen wieder ein anderer Polizist, sie sollten gehen. Niemand könne über ihr Anliegen Auskunft geben. Helena insistierte, verlangte, Oberleutnant Sourek zu sprechen. Wieder telefonierte der Polizist hinter dem Schalter und sagte, nachdem er aufgelegt hatte, der Herr Oberleutnant sei nicht da und sie sollten sofort das Gebäude verlassen. Dann standen sie auf dem menschenleeren Trottoir der Bartolomejskastraße. Sie hatten keinerlei Auskunft erhalten und wussten nicht einmal, ob Josef hier festgehalten wurde oder anderswo.

Es gab keinen Stuhl mehr. Josef war müde, aber er wagte nicht, den hinter dem Schreibtisch sitzenden Offizier um einen zu bitten. Die Ermittler wechselten bei jedem Verhör und fingen wieder bei null an. Dieser hier musste etwa dreißig Jahre alt sein, wirkte aber jünger, und in seinen Zügen lag eine gewisse Gutmütigkeit. Es war besser, es sich nicht mit ihm zu verscherzen. Josef hatte einen mehrere Tage alten Bart und zerzauste Haare. Sein Schlafanzug war dreckig, voller Flecken, die Jacke hatte nur noch einen einzigen Knopf. Der Offizier sah auf seine Uhr und rümpfte plötzlich die Nase, musterte Josef von Kopf bis Fuß.

»Sie stinken nach Scheiße.«

»Ich glaube, ja. Es tut mir leid. Es gibt kein Wasser, um sich zu waschen. In der Zelle ist nur ein Rinnstein, wo ich meine Notdurft verrichten kann.«

»Ich verstehe Ihre Verteidigung nicht, Josef Kaplan. Sie täten besser daran, gleich zu gestehen.«

»Ich habe mir nichts zuschulden kommen lassen.«

»Wir erfinden also, wir sind Sadisten.«

»Ich bin ein Staatsbürger, der die Gesetze seines Landes achtet.«

»Wir haben Beweise für Ihre Schuld.«

»Ach ja, welche denn? Zeigen Sie sie mir.«

»Es hat Untersuchungen gegeben. Wir haben Zeugen.«

»Wessen bin ich angeklagt?«

»Erzählen Sie mir von Pavel Cibulka.«

»Pavel?«

»Er war Ihr Freund?«

»Ja. Das heißt, bis zu seinem Weggang.«

»Aha! Sie räumen ein, dass er weggegangen ist, Sie haben ihm geholfen, woher wüssten Sie es sonst?«

»Ich meinte bis zu seinem Verschwinden. Wenn ihm etwas zugestoßen wäre, hätte man ihn gefunden.«

Der Offizier drehte sich zu dem Polizisten um, der Notizen machte.

»Du hast notiert, dass der Angeklagte zugibt, der Freund von Pavel Cibulka gewesen zu sein. Das ist ein äußerst gravierendes Eingeständnis.«

»Ich wusste nichts, das schwöre ich. Ja, wir waren Freunde, aber ich wusste nicht, was er machte. Ich selbst war in Prag, damals war ich Abgeordneter. Er dagegen war in Sofia, wir sahen uns zweimal im Jahr.«

»Wenn Sie gewusst hätten, dass er schuldig war, hätten Sie ihn angezeigt?«

Josef senkte den Kopf, er sah die Falle, spürte, wie sich der Schraubstock schloss.

»Wenn er ein Verbrecher gewesen wäre, hätte ich ihm gesagt, er solle der Justiz seines Landes vertrauen.«

»Das habe ich Sie nicht gefragt. Wenn Sie etwas über ihn gewusst hätten, hätten Sie ihn angezeigt?«

Josef atmete tief. Ein säuerlicher Geruch erfasste ihn.

»Er war mein Freund. Mehr habe ich nicht zu sagen.«

Nach dem siebten oder achten Verhör gab Josef es auf, sie zu zählen, er wusste es nicht mehr und scherte sich nicht darum. Sie brachten ihn in seine Zelle zurück und holten ihn kurz darauf wieder ab. Als er sie darauf aufmerksam gemacht hatte, dass man ihn soeben erst verhört habe, hatte er zwei kräftige Ohrfeigen erhalten. Er musste immer alles wiederholen. Die Ermittler kommunizierten nicht untereinander.

Und dieser widerwärtige Geruch, der ihn erstickte, er musste sich beim Atmen die Hand vor Mund und Nase halten. Er fand keinen Schlaf, sie überwachten ihn wohl durch ein Loch in der Wand; wenn es ihm endlich gelang, einzuschlafen, weckten sie ihn, und als er geschrien hatte, er sei erschöpft, hatte er eine weitere Ohrfeige bekommen. Also sagte er nichts mehr, er folgte ihnen mit gesenktem Kopf, setzte sich auf den Eisenstuhl, wartete auf die Fragen, immer dieselben.

Wiederholte, dass er unschuldig sei.

Die Ermittler folgten einander ohne Logik, mit dem einzigen Ziel, ihn mürbe zu machen. Er wusste es. Aber er wusste nicht, wie lange er durchhalten könnte. Bevor er die Taue kappen, bevor er akzeptieren, bevor er gestehen würde. Nur um Ruhe zu haben. Josef wollte schlafen. Er sagte sich, dass er nicht standhalten werde. Wenn er ihnen etwas sagte, würden sie ihn vielleicht in Ruhe lassen. Ja, das war die Lösung, ihnen einen Knochen hinwerfen, sie ablenken.

Ja, aber was sollte er ihnen sagen?

Josef hatte jeden Anhaltspunkt verloren, wusste nicht, wann es Tag und wann es Nacht war. Er wusste nicht, wo er sich befand, dass die Innere Sicherheit das Franziskanerkloster gegenüber der Bartolomejskastraße 4 annektiert hatte. Man gelangte auf die andere Straßenseite durch einen Korridor, der sich in ein unterirdisches Netz von Zellen, Verhör- und Versammlungsräumen und Archiven verzweigte. Keiner der Polizisten wusste, was Josef vorgeworfen wurde, aber da man ihn in der Hand hatte, da er der Freund eines Volksfeindes war, hatte Sourek sich gesagt, man könnte die Gelegenheit nutzen; wenn man ihn ein wenig ausquetschte, bekäme man sicherlich Informationen. Um zu angeln braucht man schließlich nur seine Angelrute mit einem Haken und einem Köder auszuwerfen, man weiß nie, ob man etwas herausholt, weder welchen Fisch noch von welcher Größe.

Das ist eine der Freuden des Angelns.

Man verhörte Josef pausenlos. Die besten Spezialisten des Hauses lösten einander ab, wiederholten bis zum Erbrechen immer dieselben Fragen, wandten alle bekannten Tricks an, Drohung, Gebrüll, Freundlichkeit, Geld, Versprechungen, Beleidigungen, wieder Drohungen, man entzog ihm das Essen, den Schlaf, gab ihm nichts zu trinken, sperrte ihn in eine ekelhafte Zelle, wo er seine Notdurft direkt auf dem Boden verrichten musste, er war achtundvierzig Stunden splitternackt, man machte Blitzlichtfotos von ihm, man schleppte ihn gefesselt von einem Raum zum andern, man ohrfeigte ihn mit Fingerringen, man verdrehte ihm den linken Arm, bis er blau wurde, man zwang ihn, so lange stehen zu bleiben, ohne sich setzen zu dürfen, bis er zusammenbrach, man schwor ihm, dass er zu zehn Jahren Arbeitslager im grauenvollen Uranbergwerk von Jachymov verurteilt werde, wo es niemand mehr als zwei Jahre ausgehalten habe, man ließ ihn auf Tonband aufgenommene weibliche Schreie hören, sagte, es sei Helena, die man im Nebenraum vergewaltige, und sie alle würden es ihr besorgen. Josef standen Tränen in den Augen, er zitterte, aber er hatte fast nichts zu sagen. Was er hätte gestehen können, behielt er für sich. Er war überzeugt, dass man ihn ohnehin liquidieren würde, ob er nun spräche oder schwiege. Er erinnerte sich, dass am Ende zwei Männer ein Messer ins Herz von Josef K. gestoßen hatten. Er flehte sich an, ihnen zu widerstehen.

Durchzuhalten bis zum Schluss.

Am Dienstag, dem 26. Juli 66, prüfte eine Versammlung von Verantwortlichen der mit dem Kampf gegen den inneren Feind betrauten dritten Abteilung der Inneren Sicherheit den Fall von Josef Kaplan. Sourek ließ die Ermittler reihum zu Wort kommen. Zuvor hatte er die Berichte analysiert, aufmerksam die Zusammenfassungen der Verhöre gelesen. Wohl oder übel musste er zugeben, dass man nichts aus ihm herausgeholt hatte. Mit Ausnahme eines Oberleutnants, der die Fortsetzung der Nachforschungen empfahl, jedoch ohne objektive Gründe anzuführen, waren die elf anderen der Meinung, dass es reine Zeitverschwendung sei. Sourek räumte seinen Irrtum ein. Niemand verargte es ihm. Man konnte nicht jedes Mal Erfolg haben.

Häufig zieht der Angler nichts an Land.

Nach sieben Tagen und sechs Nächten wurde daher beschlossen, Josef Kaplan freizulassen. Man gestattete ihm, eine heiße Dusche zu nehmen, ein Barbier rasierte ihn, man gab ihm ein grünes Hemd, einen grauen Anzug, der ihm zu groß war, und genagelte Schuhe. Man ließ ihn in einer sauberen Zelle warten. Und am späten Nachmittag setzte man ihn wortlos vor die Tür. Josef stand auf der Bartolomejskastraße, hob den Kopf und sah nur blauen Himmel.

Er lächelte, sagte sich, dass der Himmel herrlich war, als er Helena auf sich zustürzen sah. Sie warf sich in seine Arme. Sie umarmte ihn, befühlte mit Tränen in den Augen sein Gesicht. Streichelte sein Haar. Lange hielten sie sich eng umschlungen.

Helena stellte ihm viele Fragen, aber Josef wollte nicht sprechen. Er sagte kein Wort über seine Haftbedingungen und über die Misshandlungen, die er erlitten hatte. Auch später, Tereza gegenüber, wollte er nicht darüber sprechen. Er verabscheute die Leute, die sich beklagten (ihm hatte niemand ein Messer ins Herz gestoßen). Er wusste nicht, ob die Angst ihm den Mund verschloss oder ob er kein Opfer werden wollte.

Oder ein wenig von beidem.

»Ich bin da. Wir sind wieder zusammen. Das ist die Hauptsache.«

Josef beschloss, zu Fuss nach Hause zu gehen. Er musste sich die Beine vertreten und Luft holen. Er genoss es, seine Stadt wiederzusehen. Beim Gehen hielt er sich den linken Arm. Helena fand ihn abgemagert und müde.

»Es liegt an diesem Polizistenanzug, dass ich schlecht aussehe. Und Ernesto? Wo ist er?«

»Ernesto ist wieder nach Hause gereist.«

»Ach so.«

Verträumt senkte sie den Kopf.

»Willst du, dass wir darüber sprechen?«, sagte er.

»Das nützt nichts. Das bringt ihn nicht zurück.«

»Ich glaube, es ist gut so. Mit euch beiden wäre es nicht gutgegangen.«

»Das werden wir nie erfahren. Er mochte dich sehr, wie du weißt.«

»Ich mochte ihn auch. Helena, du bist jung, du hast das Leben noch vor dir. Er war kein Mann für dich.«

Er legte den Arm um ihre Schulter, und so gingen sie weiter. Dieser Sturm hatte sie durcheinandergebracht. Seit Langem hatten sie nicht mehr dieses Gefühl der Ruhe empfunden. Weder Helena noch Josef erwähnten die überstandenen Prüfungen. Man tat, als wäre es für ihn eine ganz gewöhnliche Festnahme, für sie eine banale Trennung gewesen.

Eine andere Art, weiterhin zusammenzuleben.

Josef hatte sich verändert. Dinge, denen er vorher keine Aufmerksamkeit geschenkt hatte, besaßen nun eine besondere Bedeutung. Zum Beispiel war es ihm wichtig, dass sich die Familie mindestens einmal in der Woche versammelte. Sie hatten vereinbart, jeden Sonntag zusammen zu Mittag zu essen. Ludvik, der es mit seiner Geliebten nicht leicht hatte (er konnte sie nur jeden zweiten Sonntag im Letna Stadion sehen, weil ihr idiotischer Ehemann kein Spiel seiner Lieblingsmannschaft versäumte), richtete es ein, auf einen Sprung vorbeizukommen. Ebenso wollte Josef, der vorher nie auf die Feste geachtet hatte, sie jetzt begehen, »zur Feier des Tages«, wie er sagte.

»Eine Familie ist wie ein Chor, wenn einer fehlt, singen die andern alle falsch.«

Als er das behauptet hatte, hatten Tereza und Helena sich überrascht angesehen. Von nun an waren Geburtstage sakrosankt. Wenn Josef und Tereza in Kamenice waren, kamen sie extra nach Prag. Andernfalls traten Helena und Ludvik die Reise an.

»Sogar für einen Abend lohnt sich die Mühe, oder?«

Die Familie hatte sich vergrößert. Am 13. April 67 war Antonin zur Welt gekommen. Ein rosiges Baby mit ruhiger Miene und scharfen braunen Augen. Helena erklärte, der Vater sei unbekannt. Niemand stellte Fragen. Sie war in der Filmakademie aufgenommen worden, ein zeitraubendes Studium mit wahnwitzigem Stundenplan. Tereza hatte Antonin geerbt. Sie hatte nur darauf gewartet. So hatte sie einen guten Grund, aus Kamenice zu fliehen und in Prag zu bleiben. Nie hatte ein Baby so viele Jäckchen gehabt. Josef hatte die Gelegenheit genutzt, die Organisation umzustellen, und verbrachte nur noch drei Tage im Sanatorium, es war ihm gelungen, einen aufopferungsvollen und gewissenhaften jungen Arzt einzustellen, und er hoffte, bald das Heft aus der Hand geben zu können.

Der 9. Oktober 67 war ein großer Tag. Helena wurde neunzehn. Aus diesem Anlass hatte Josef das sonntägliche Mittagessen auf Montagabend verschoben. Ausnahmsweise waren alle pünktlich, und niemand war in Eile. Tereza hatte ein Galaessen gekocht und deshalb den ganzen Nachmittag in der Küche verbracht. Josef hatte sich um Antonin gekümmert, hatte ihn gebadet und gewindelt. Helena kam als Letzte um sieben Uhr, voller Gips und Farbe, denn sie arbeitete an einer Filmdekoration. Sie nahm eine Dusche und gab Antonin sein Fläschchen. Das Essen war vorzüglich und unbeschwert. Mit ausgestreckten Armen trug Josef den Schokoladenkuchen herein. Helena blies ihre neunzehn Kerzen auf einen Schlag aus. Es kam der Moment der Glückwünsche und Umarmungen. Dann übergab jeder sein Geschenk. Tereza hatte einen violetten Pullover gestrickt.

»Ich weiß, es ist nicht sehr originell, aber einen schönen Wollpulli kann man immer brauchen.«

Ludvik schenkte ihr *Hafen im Nebel* von Mac Orlan. Helena, die den Film sehr geliebt hatte, war verrückt vor Freude beim Gedanken, den Roman zu lesen, nach dem er gedreht worden war, und ihn mit der Bearbeitung vergleichen zu können. Josef überreichte ihr ein in weißes Papier eingeschlagenes Päckchen von der Größe eines Schuhkartons. Helena entdeckte ein tragbares Philips-Transistorradio aus beige-grünem Kunststoff.

»Du hast eines auftreiben können!«, rief sie aus und fiel ihm um den Hals.

»Unnötig, mich zu fragen, wie es mir gelungen ist, dieses kapitalistische Gerät zu besorgen. Vermutlich wird es dazu beitragen, meine Akte anwachsen zu lassen. Ich hoffe, es funktioniert, denn für den Kundendienst müsste man in den Westen gehen.«

Der Apparat wog an die drei Kilo, und mit seinen zwei metallenen Antennen konnte man Lang- und Mittelwelle empfangen. Helena fragte, wie es funktionierte. Josef drückte einen der fünf Knöpfe an der Vorderfront, und das Radio begann zu knistern. Er betätigte den linken Drehknopf und bekam mehrere Sender. Ein Sprecher sprach Deutsch, ein anderer Englisch. Opernmusik, eine Diskussion in einer unbekannten Sprache, wahrscheinlich Ungarisch, eine französische Werbung für ein Möbelgeschäft auf den Großen Boulevards. Josef sah auf die Senderskala.

»Es ist Radio Luxembourg.«

Das akustische Zeichen für die 21-Uhr-Nachrichten ertönte:

»Die Nachrichten stehen heute abend im Zeichen des Todes von Ernesto Guevara in Bolivien …«

Helenas erste Reaktion war: ›Nein, das ist nicht möglich, das ist nicht meiner.‹

Josef stellte den Ton lauter, sie rückten näher und bildeten gleichsam ein Bollwerk um den Apparat, die Köpfe dem gelben Licht zugewandt.

»Die Umstände seines Todes sind noch nicht ganz klar. Nach seiner Verhaftung durch die bolivianische Armee soll Che, wie er genannt wurde, durch eine Maschinenpistolensalve hingerichtet worden sein, die ein Soldat der bolivianischen Armee abgefeuert hat …«

›Es muss eine Verwechslung sein, eine Namensgleichheit. Es ist nicht er. Nicht mein Ernesto‹, dachte sie.

»… Im März dieses Jahres hatte Che eine bewaffnete Aktion auf den Hochebenen begonnen. Nach zahlreichen Rückschlägen schien diese Guerilla verzweifelt zu sein, ihre etwa zwanzig Mann starke Gruppe wurde umzingelt von den Rangers der bolivianischen Armee, die einigen Quellen zufolge von der CIA unterstützt wurde. Ernesto Che Guevara war neununddreißig Jahre alt und …«

In diesem Augenblick begann die Welt sich um Helena zu drehen, verzerrte Bilder stürzten auf sie zu, Lichter und Gebrüll, eine starke Hitze kroch ihre Wirbelsäule hoch, und sie brach zusammen.

Dieser Geburtstag war der letzte ihres Lebens, den sie feierte. In der Folgezeit lehnte Helena es ab, dass dieses Datum erwähnt oder gar begangen wurde. Etwa zehn Jahre lang war sie außerstande, ihr Geburtsdatum anzugeben.

Ich, Helena Kaplan, bin die Einzige auf der Welt, die die Wahrheit kennt. Und niemand außer mir wird sie je erfahren. Seit seiner Abreise vor etwas über einem Jahr war ich ohne Nachricht von ihm, aber ich hatte immer die irrsinnige Hoffnung, ihn wiederzusehen. Ich weiß, das war unbesonnen, aber wie soll man die Hoffnung verdrängen? Wenn einem gegen den eigenen Willen immer wieder eine Stimme sagt, man dürfe nicht resignieren, unsere Geschichte könne nicht so enden, mit diesem unfreiwilligen Schiffbruch. Ich war mir sicher, dass er zurückkommen und uns holen würde, Antonin und mich. Wir sind auseinandergerissen worden, aber das Band, das uns vereinte, konnte nicht auf Befehl gelöst werden, es ist nicht verschwunden, und Ramón wird mich stets begleiten.

In der Fakultät lief das Gerücht von der bolivianischen Guerilla, aber hier sprachen die Zeitungen nicht davon, und man wusste nicht, dass er es war. Bei näherer Betrachtung war es ein unlogisches, politisch absurdes und unvorbereitetes Unternehmen. Eine verzweifelte Militäraktion, wie bei jenen Kavalleristen, die Maschinengewehre mit blankem Säbel angreifen. Heldenhaft und töricht. Und vor allem ist er von den seinen völlig im Stich gelassen worden. Sie haben ihn ermorden lassen, ohne den kleinen Finger zu rühren. Als ob sie ihn loswerden wollten und als wäre er ihnen tot nützlicher als lebendig. Niemand, der auch nur ein bisschen Grips hat, hätte sich in dieses Wespennest begeben, in dieses feindlich gesonnene Land, wo niemand Spanisch spricht und die Indianer ihn für einen gefährlichen Träumer hielten. Welcher verständige Mensch mit seiner Erfahrung hätte sich in ein solches Abenteuer gestürzt, ohne Mittel, ohne Ausrüstung, ohne Medikamente, ohne Kommunikation, nur mit ein paar Dutzend zerlumpten Gefährten gegenüber einer bolivianischen Armee, die über erhebliche Mittel und die Unterstützung der CIA verfügte? Es war kein Kampf, sondern eine Menschenjagd, eine programmierte Tötung, er hatte nicht die geringste Chance, davonzukommen, seinem Schicksal zu entrinnen, als hätte er so enden wollen, der Idee treu, die er sich vom Kampf machte, und sich für das Glück der anderen opfern wollen, allein mit seinem Gewehr gegenüber der ganzen Welt.

Ja, die Wahrheit ist, dass er Selbstmord begangen hat.

*

Ludvik triumphierte. Auch wenn es ein bescheidener Triumph war. Die von Anton Dubček, dem neunen Sekretär der kommunistischen Partei, geführten fortschrittlichen Kommunisten und Präsident Svoboda waren auf dem besten Weg, ihre Wette zu gewinnen. Ein ehrgeiziges Reformprogramm veränderte das Land: Abschaffung der Zensur, Pressefreiheit und Freizügigkeit, Beschränkung der Polizeigewalt, Abkehr vom ökonomischen Dirigismus und vom administrativen Zentralismus, Einführung der Mitbestimmung, der Autonomie der Unternehmen und des Föderalismus.

Als Dubček es wagte, Slansky, Clementis und die Opfer der Prozesse von 52 zu rehabilitieren, wurde das als eine Provokation gegenüber den Russen empfunden, aber diese reagierten nicht. Das Wetter war schön wie nie zuvor, man atmete den Frühling, ein köstliches Erschauern. Tereza und

Ludvik schöpften Hoffnung. Vielleicht bekämen sie endlich Nachricht von Pavel und erführen, was wirklich vorgefallen war.

Die Angst war verschwunden.

Im Juli 68 öffneten sich die Grenzen. Eine Generation, die nur die Diktatur kannte, stürmte los. In Helenas Umgebung fuhren alle weg: Ihre Freunde, ihre Bekannten wollten anderswo die Luft der Freiheit atmen. Professoren, Regisseure, Schriftsteller, Journalisten flohen in Scharen. Man sprach von nichts anderem. Sodass man sich fragen konnte, ob jemand im Land bleiben werde. In den Westen zu gehen war einfach und leicht, es genügte, sich zur deutschen oder österreichischen Grenze zu stürzen, der Schlagbaum hob sich, man machte einen Schritt, und schon war man frei.

Helena sprach mit Josef darüber. Wäre er einverstanden gewesen, dann wären alle nach Paris gefahren (mit Ausnahme von Ludvik, der nichts davon hören wollte). Dort hätte Josef arbeiten können, am Institut Pasteur oder sonstwo. Aber Josef fühlte sich zu alt, um auszuwandern und noch einmal bei null anzufangen. Vor allem aber blieb er, wie er Helena erklärte, die ihn bedrängte, weil er sich für eine Flucht nicht unglücklich genug fühlte.

Und außerdem konnte Ludvik sie davon überzeugen, dass es unnötig war, das Land zu verlassen.

»Wir sind im Begriff, zu gewinnen. Wir werden in unserem Land frei sein, warum also weggehen? Hä? Wir werden reisen und wiederkommen können, wozu also davonlaufen, als wären wir schuldig. Fliehen müssten vielmehr die Stalinisten.«

Das Land änderte sich. In den Artikeln von *Rudé právo* und der anderen Zeitungen, im Ton der Debatten und der Nachrichtensprecher im Fernsehen. Vorher hätte niemals jemand gewagt, öffentlich am Wort eines Ministers oder an der Parteilinie zu zweifeln, das Mehrparteiensystem oder Bezahlung nach Verdienst zu fordern. Ja, über Böhmen wehte ein

Wind der Freiheit. Nicht alles war perfekt, bestimmt nicht. Aber die Revolution würde sanft und gewaltlos sein. Man würde keine neue Diktatur einführen.

»Glaub mir«, schloss Ludvik, »es lohnt sich, zu bleiben, um zu sehen, wie Dubček und Svoboda den Sozialismus mit menschlichem Antlitz einführen.«

Am 21. August 68 marschierten die Armeen des Warschauer Pakts in die Tschechoslowakei ein und fegten den »Prager Frühling« hinweg. Wie mit nackten Händen kämpfen gegen dreihunderttausend Mann mit sechstausend Panzern und fünfhundert Flugzeugen? Zwischen zwei- und dreihunderttausend Tschechen machten sich die halboffenen Grenzen zunutze und flohen. Und drei junge Tschechen opferten sich, um gegen die Invasion zu protestieren. Ja, sie verbrannten sich.

Die Angst kehrte zurück.

Ende August versuchte es Helena erneut. Noch könne man nach Österreich ausreisen. Es sei eine unverhoffte Gelegenheit, die sich vielleicht nicht noch einmal bieten werde. Josef blieb kategorisch. Niemals werde er ins Exil gehen. Sie insistierte bis zum Äußersten. Sie wollte sich nicht mit ihm überwerfen.

Am Samstag, dem 7. September, beschloss sie, am nächsten Tag mit ihrem Sohn abzureisen. Ganz gleich, was geschehen würde. Antonin, der gewöhnlich durchschlief, weinte die ganze Nacht, als ob er krank wäre. Sie wiegte ihn, wachte bei ihm und schlief am Ende im Sessel gegenüber der Wiege ein. Als sie am Sonntag aufwachte, betrachtete er sie mit seinen großen runden Augen. Wäre Helena allein gewesen, dann wäre sie der allgemeinen Bewegung gefolgt, sie träumte von Amerika und San Francisco, aber Antonin war da. Es kam nicht in Frage, ihn im Stich zu lassen oder ihn im Ausland einem Risiko auszusetzen. Hier hatte sie die Gewissheit, ihr Brot zu verdienen und ihn beschützen zu können.

Josef hatte keine Lust, sich zu rechtfertigen. Helenas Drängen hatte ihm Unbehagen bereitet. Er hatte zwei oder drei gute Argumente für seine Weigerung gefunden, dachte, sie werde den Sprung wagen und mit Antonin abreisen. Er jedenfalls hätte es getan. Aber er ermunterte sie nicht dazu. Das hieße, sich selbst einen Dolch ins Herz zu stoßen.

Nach dem Einmarsch erhitzten sich die Gemüter, er sah, wie erregt die jungen Leute waren und dass sie kämpfen wollten. Er wusste, dass es danach noch schlimmer wäre, dass die Partei sie für ihren Wunsch nach Freiheit würden büßen lassen. Und nun fragte er sich, ob es sich lohnte, zu bleiben und sein Leben in einem Gefängnis unter freiem Himmel zu verbringen. Vielleicht könnte er anderswo nochmal von vorn anfangen? Aber nicht in Paris. Er hatte sich geschworen, niemals dorthin zurückzukehren. Er fürchtete böse Begegnungen. Es gab dort ein Phantom, dem er nicht über den Weg laufen wollte. Und dann verging ein Tag nach dem andern, und es gab keine brutale Unterdrückung, keine Rache, und zur allgemeinen Überraschung durfte Dubček an der Macht bleiben. Helena machte eine schlimme Zeit durch, sie nahm an allen Protestbewegungen teil, und das deprimierte sie am meisten. Man musste sich zusammenreißen, umkehren, die heimtückischen Träume vertreiben, die den Frühling verzaubert hatten.

Anfangs hatte Josef sich vorgesellt, sie könnte allein wegfahren und ihm den Kleinen überlassen. Eines Abends hatte er ihr zwischen Tür und Angel gesagt:

»Mach dir keine Sorgen, weißt du. Ich werde immer für Antonin da sein. Mich um ihn kümmern.«

Sie hatte ihn angestarrt, als wäre er verrückt geworden.

»Was glaubst du denn? Dass ich meinen Sohn im Stich lasse? Für wen hältst du mich?«

Ein paar Tage später warteten sie auf Ludvik, der sich zum Abendessen verspätet hatte. Tereza spielte mit Antonin. Josef überlief ein Schauder. Er meinte, Christine zu sehen. Helena sah aus dem Fenster, den Blick ins Leere gerichtet, mit der Schulter an der Wand lehnend kämmte sie sich unermüdlich und fuhr endlos mit der Bürste durch ihr kurzes Haar.

Am 13. April 69 feierten sie Antonins zweiten Geburtstag. An diesem Tag wartete Ludvik am Ausgang der Filmakademie auf Helena. Sie war nicht überrascht, ihn zu sehen. Seit einigen Wochen holte er sie häufig ab. Er hatte sie in den Monaten nach dem Einmarsch sehr unterstützt (in Wirklichkeit hatten sie sich gegenseitig unterstützt). Sie wusste nicht, was ohne ihn passiert wäre. Er hatte sie daran gehindert, einen großen Fehler zu begehen, indem er ihr riet, sich der Protestbewegung ihrer Genossen von der Akademie nicht anzuschließen.

»Jetzt nützt das nichts mehr. Machen wir unsere Arbeit und leben in Ruhe.«

Und ihrerseits hatte sie ihn aufgemuntert, als seine Freundin abrupt die Trennung verkündet hatte. Magda hatte bei der Zeitung angerufen. Er meinte, sie rufe an, um sich mit ihm in der Kantine zu treffen, aber sie hatte ihm erbarmungslos verkündet, dass es zwischen ihnen aus sei, ihre Geschichte sei ein Irrtum, sie hänge an ihrem Mann und ihrer Familie. Petr sei großmütig gewesen und habe ihr ihren Seitensprung verziehen, also leb wohl.

Ludvik war wie gelähmt gewesen. Aber nach dem ersten Schock hatte er sich recht gut erholt.

»Sie war gar nicht so interessant, weißt du, es war rein körperlich. Es gab nichts anderes zwischen uns, verstehst du?«, hatte er zu Helena gesagt.

Zum Glück hatte Magda die Zeitung verlassen, und er musste ihr nicht mehr in den Fluren begegnen. Sie war Petr nach Ostrava gefolgt, wo er eine Stelle als Schweißer bekommen hatte.

Ludvik hatte für Antonin Bauklötzchen gekauft (er kaufte

ihm jede Woche ein Spielzeug) und ihr ein Buch. Er kaufte ihr gebrauchte französische Bücher (ungefähr eines im Monat). Man hätte befürchten können, dass Ludvik, nachdem er sich so stark bei den Reformern engagiert und auf der Generalversammlung Demokratie gefordert hatte, mit der neuen Leitung Probleme bekäme, aber er war bei *Rudé právo* zum Abteilungsleiter ernannt worden.

»Acht Führungskräfte sind ins Ausland geflohen«, erklärte er. »Ich mache mir keine Illusionen, es ist eine Beförderung, um Lücken zu füllen.«

Helena hatte die größten Schwierigkeiten mit dem Optik-Kurs. Er war sehr technisch. Sie verstand nicht, wozu das gut sein sollte, aber es gab keine Möglichkeit, ihn abzubrechen. Sie gingen nebeneinander, und sie erzählte ihm, welche Probleme sie mit der Diffraktion und der Refraktion, dem Prisma und dem Diopter hatte, er hörte ihr zu, als begeisterte er sich dafür. Sie blieb stehen, um sich eine Zigarette anzuzünden. Er sah ihr gerade in die Augen, er hatte ein ziemlich rotes Gesicht und atmete schwer.

»Helena, willst du mich heiraten?«

Sie wusste nicht recht, was sie antworten sollte. Vielleicht hatte sie sich verhört.

»Du willst, dass wir beide heiraten?«

»Ich sagte mir, dass das die beste Entscheidung wäre, die wir treffen könnten. Was hältst du davon?«

»Ich weiß nicht, Ludvik, ich muss nachdenken.«

»Weil ich dich wirklich liebe. Ständig denke ich an dich. Wir waren einander versprochen. Und auch wenn wir gewartet haben, dadurch haben wir Erfahrungen sammeln können. Jetzt bestärkt es mich in meiner Überzeugung.«

»Ich hatte mir nicht vorgestellt, dass wir heiraten würden.«

»Vor gar nicht so langer Zeit wäre es uns ganz normal vorgekommen. Wir verstanden uns doch gut, wir beide, oder?«

»Das stimmt, aber es ist in unserm Leben so vieles geschehen. Ich weiß nicht mehr, woran ich bin, ich muss Bilanz ziehen, Ludvik, gib mir Zeit.«

»Es eilt ja nicht. Außerdem ist es kein Muss, wir können auch zusammenleben, ohne verheiratet zu sein.«

Helena war es peinlich, so wenig Begeisterung zu zeigen. Sie bemühte sich, ihn anzulächeln, suchte nach einem aufmunternden Wort, das sie jedoch nicht allzu sehr verpflichtete, etwas, das ihm Hoffnung ließe, ohne sie zu binden. Ihr fiel nichts ein.

»Mal sehen«, sagte sie.

Helena wusste nicht, was sie tun sollte. Manchmal war sie kurz davor, ja zu sagen, und wenn sie dann vor Ludvik stand, schwieg sie. Tausend Gründe ließen sie zurückschrecken, und einige konnten sie dazu bewegen, einzuwilligen. Sie zögerte, fürchtete, er könnte schließlich aufgeben, und geriet in Panik, dachte, dass es eine verdammt gute Gelegenheit war. Sie sah sich nicht mit einem anderen Mann, sah sich nicht schöntun, lachen, verführen, von einem Fremden geliebt werden, allein der Gedanke entsetzte sie. Ludvik kannte sie wenigstens. Wenn sie ihn zu lange zappeln ließe, würde er es am Ende vielleicht leid werden und sich anderweitig umsehen. Sie hatte niemanden, den sie um Rat fragen konnte. Josef war der Einzige, mit dem sie gern darüber geredet hätte, aber sie ahnte seine Antwort. Jetzt war sie es, die Ludvik von der Zeitung abholte.

»Willst du mich immer noch heiraten?«

»Natürlich, nichts lieber als das.«

»Und Antonin?«

»Wenn du willst, adoptiere ich ihn.«

»Dann brauchen wir bloß noch zu heiraten.«

»Großartig.«

»Ja.«

Josef und Tereza waren über diese Lösung entzückt. Zweimal sah Josef, wie Helena sich das Haar bürstete, ganz mechanisch, immer wieder (aber er sprach mit niemandem darüber).

Ja, es störte ihn wirklich.

Es wurde eine sozialistische Hochzeit. Mit wenig Pomp.

Es hatte viele Anzeichen gegeben. Lautstark wurden Forderungen nach Unabhängigkeit, Autonomie und Demokratie gegenüber der Partei erhoben. In Polen, in Ungarn und jetzt in Ostdeutschland. Die kommunistische Macht reagierte nicht mehr. Wie jene Leichen, die noch nach dem Tod zittern. In anderen Zeiten hätten diese Unruhen keine fünf Minuten gedauert. Man hätte die Rädelsführer festgenommen und verurteilt, was die anderen zur Ruhe gebracht hätte. Niemals hätte ein Breschnew die Prahlereien von Solidarność geduldet, er hätte Panzer nach Gdańsk geschickt, sie hätten auf die Gewerkschaftsarbeiter geschossen und so viele von ihnen getötet, bis keiner mehr auf den Straßen war. Die ganze Welt hätte protestiert, und danach hätte man nichts mehr davon gehört. Und nun begann auch der beste Verbündete des Imperiums zu grollen, Zehntausende Deutsche zogen immer an einem bestimmten Tag durch die Straßen. Schweigend. Friedlich. Ohne dass jemand eingriff. Als gäbe es in diesem Land keine Polizei und keine Armee mehr.

Nicht, dass die polnische oder deutsche Führung keine Lust dazu gehabt hätten, ohne mit der Wimper zu zucken hätten sie Tausende ihrer Mitbürger umgelegt, doch ihnen gegenüber hatte der Imperator verfügt, dass nicht geschossen werde. Und sie konnten sich nicht einmal vorstellen, nicht zu gehorchen. Gorbatschow, dieser Apparatschik und Generalsekretär der Kommunistischen Partei der Sowjetunion, hatte beschlossen, keine Gewalt anzuwenden, um das Volk in die Knie zu zwingen. Über die Freiheit lässt sich nicht streiten, sie ist nicht verhandelbar und ist unteilbar. Entweder alles oder nichts.

In allgemeiner Verblüffung und Ungläubigkeit verbreitete sich die Ansteckung auch im Imperium selbst. Die wurmstichigen Regimes, denen der Atem, die Ideen und die Legitimität ausgingen, brachen mit überraschender Geschwindigkeit zusammen. Am 9. November 89 fiel die Berliner Mauer, und mit ihr versank die kommunistische Welt.

Josef bedauerte, dass der erste sowjetische Führer, der einen Sozialismus mit menschlichem Antlitz einführen wollte, auch der letzte war.

»Schade ist vor allem, dass er Kommunist war«, antwortete Helena, bevor sie sich unter die Hunderttausende von Demonstranten auf dem Wenzelsplatz mischte.

Eine Woche nach dem Fall der Mauer entledigten sich die Tschechen innerhalb von zwei Tagen ihrer kommunistischen Partei, ohne dass ein Tropfen Blut vergossen wurde. Und alsbald warf man die roten Fahnen und die Symbole der Unterdrückung weg, und man entfernte den Stacheldraht, der das Land von Westdeutschland trennte: Endlich konnte man das Land in aller Freiheit verlassen.

Man konnte auch einreisen.

Anfang Dezember lag ein bleierner Himmel über Prag, der Graupel begann Glatteis zu bilden. Auf den abschüssigen Straßen des Hradschin passten die Fußgänger auf, dass sie nicht ausrutschten. Mit Schneestiefeln und einer Einkaufstasche stapfte Josef vorwärts. Er begegnete einer Frau mit einem Hund, plauderte zwei Minuten mit ihr, kraulte den Kopf des Hundes und ging weiter. Auf dem Bürgersteig gegenüber der Musikhochschule versperrte ihm ein massiger, auf einen Stock gestützter Mann den Weg. Er trug einen hellen Mantel mit Fischgrätenmuster, der über einem vorgewölbten Bauch offen stand, üppiges weißes Haar bedeckte seine Ohren und bildete im Nacken einen Pferdeschwanz. Josef wich dem Mann aus und ging an ihm vorbei, als dieser ihn rief:

»Josef!«

Langsam drehte Josef sich um, der Mann kam ihm entgegen. Sie musterten sich einige Sekunden.

»Pavel?«, murmelte Josef.

Pavel nickte. Sie blieben so stehen und erkannten sich wieder, dann breitete Pavel die Arme aus, sein Stock fiel zu Boden, sie umarmten und küssten sich.

»Wie lange ist es her?«, fragte Josef.

Pavel überlegte kurz.

»Ich bin 51 geflohen. Das sind … achtunddreißig Jahre! Das ist jetzt weit weg … Ich bin ja so glücklich, das kannst du dir gar nicht vorstellen, alter Junge. Du aber hast dich nicht verändert, noch immer genauso schön, ich dagegen habe vierzig Kilo zugenommen.«

»Pavel, tut mir leid, Tereza ist tot.«

»Wirklich?«

»Letztes Jahr, eine bösartige Lungenentzündung. Wir konnten nichts tun.«

»Mein Gott, ich hätte sie gern wiedergesehen.«

»Wir haben fast dreißig Jahre lang zusammengelebt.«

»Das wusste ich nicht.«

»Wir waren beide sehr allein.«

»Ich nehme es dir nicht krumm. Wir haben unser Leben nicht selbst gewählt. Sie war sicher mit dir glücklich.«

»Es war lange nach deinem Verschwinden und lange nach dem von Christine.«

»Deshalb also! Ich hätte es ahnen können. Eines Tages, es war im Mai 68, bin ich ihr in Paris begegnet. In der Rue Vavin. Ich habe sie wiedererkannt, und sie mich auch, da bin ich mir sicher, sie sagte mir, dass ich mich irrte, dass sie nicht Christine heiße, aber sie war es. Dieselbe Stimme, dieselbe Erscheinung. Du bist kein Physiognom, ich aber sehr wohl.«

Josef wurde nachdenklich, zwang sich zu einem Lächeln.

»Und außerdem sind Ludvik und Helena verheiratet und haben drei Kinder.«

Als Ludvik die Tür öffnete, erblickte er einen korpulenten Mann mit zerzaustem weißen Haar und hinter ihm Josef. Seine Augen wanderten von diesem Mann zu Josef, kehrten zu dem Mann zurück, der ihn mit ängstlichem Lächeln ansah. Und dann begriff er. Er war wie versteinert, Tränen begannen zu fließen, ohne dass er sie unterdrückte. Er schluchzte, seine Kinnbacken zitterten, aber er konnte sich nicht rühren. Sein Weinen lockte Helena herbei.

»Was ist denn, Ludvik?«

Ihr Mann weinte in den Armen eines älteren Mannes, der ihm auf die Schulter klopfte. Und nun erkannte auch sie Pavel. Sie fiel ihm um den Hals, küsste ihn fieberhaft und schrie:

»Antonin, Mädchen, kommt alle her, euer Großvater ist wieder da!«

Pavel war gekommen, um seine Familie und die Atmosphäre des Landes wieder kennenzulernen (der Nebel fehlte ihm), doch er wollte nicht lange bleiben. Höchstens eine Woche.

Ludvik musste ihn bedrängen, ihm drohen, ihn nie mehr sehen zu wollen, falls er so schnell wieder abreiste. Pavel war einverstanden (fast bedauernd), bei ihm zu wohnen. Er behauptete, Wiedergänger sollten die Lebenden niemals belästigen, sonst wäre es ein Horrorfilm. Er ließ nicht mit sich reden und weigerte sich, die Festtage mit den seinen zu verbringen. Als er ankam, wusste er nicht, was er vorfinden würde, wer lebte oder tot war. Seit eh und je war er auf das Schlimmste gefasst gewesen und erwartete nichts Bestimmtes. Es gab ein Loch von achtunddreißig Jahren. Ein ganzes Leben. Er hatte sich mit seiner Einsamkeit arrangiert, er brauchte Zeit, um sich an den Gedanken zu gewöhnen, wieder eine Familie zu haben, und sich daran zu erinnern, wozu sie gut war.

Er erzählte von der Güte und dem Mut eines türkischen Fischers, von seiner Flucht im Laderaum von dessen Boot, seiner Ankunft in Kiyiköy und von seinem schwierigen Leben als politischer Flüchtling in Paris, von den Freunden, die sich in einem Schachclub getroffen hatten. Dass er geglaubt hatte, vor Kummer zu sterben, angefangen hatte, zu viel zu trinken und zu essen, und dass die Wunde schließlich heilte und vernarbte. Dass er Tereza und Ludvik in einen Winkel seines Gedächtnisses geräumt hatte, eine schöne Erinnerung, die ihm nicht mehr wehtat.

»Wenn man sich einmal mit allem abgefunden hat, hat man keine Lust mehr, auf den Friedhof zu gehen.«

Er entdeckte seine Enkelkinder. Antonin war im dritten Jahr seines Medizinstudiums, sprach wenig und hörte aufmerksam zu; Anna wollte Journalistin in der Frauenpresse werden, und Klara, die noch ins Gymnasium ging, hatte zu nichts Lust. Dieser wiederauferstandene Großvater mit seinem Pferdeschwanz und seinem geheimnisvollen Leben faszinierte alle. Seine Enkelinnen stellten ihm hundert Fragen, die er nicht beantworten konnte. Sie fragten ihn nach der neuesten Pariser Mode. Pavel versuchte sie aufzurütteln (geistig). Es betrübte ihn, dass die junge Generation nur daran dachte, unerschwingliche Kleider zu kaufen, amerikanische Fernsehserien anzuschauen und zu feiern.

»Wir haben gekämpft, damit ihr keine Opfer der Ausbeutung mehr seid, nicht, damit ihr brave Konsumenten werdet.«

»Dürfen wir dich in Paris besuchen?«, fragten Anna und Klara.

Antonin war der Einzige, der sich entfernt für Politik interessierte. In den Ferien plante er eine große Motorradreise mit seinem besten Freund (sie verbrachten ihre Freizeit damit, eine alte Norton zu reparieren) durch Europa, um Leute kennenzulernen und zu sehen, wie sie lebten. Danach, wenn er sein Diplom hätte, wollte er irgendwo in Afrika arbeiten.

Vielleicht in Tansania.

Ludvik bat um Sonderurlaub, aber bei all den Ereignissen gab es so viel zu tun, dass nichts daraus wurde. Es gelang ihm lediglich, jeden Tag ein paar Stunden herauszuschlagen, um sie mit seinem Vater zu verbringen. Er konnte nicht verstehen, dass Pavel in Frankreich bleiben und sich nicht für immer in seiner Heimat niederlassen wollte.

»Ich habe mich derart bemüht, mich einzuleben, dass ich heute Franzose geworden bin. Ohne es zu wollen. Meinen Freunden geht es wir mir, seien sie Deutsche oder Russen, Ungarn oder Rumänen, wir haben darüber gesprochen, keiner will zurück. Wir haben die Vergangenheit hinter uns gelassen. Wir werden in den Ferien kommen, aber wieder nach Hause fahren, nach Frankreich. Dort ist heute unser Leben.«

Die meiste Zeit verbrachte Pavel mit Josef. Sie trafen sich in einem Café in der Nähe des Rathauses und gingen dann Arm in Arm spazieren. Trotz seiner Knieoperation fiel Pavel das Gehen immer noch schwer. Er hätte abnehmen müssen, aber er hatte einen gesegneten Appetit, und alle seine Anstrengungen waren vergebens. Es ärgerte ihn, Josef so schlank zu sehen wie früher.

»Sag mal, wir werden beide bald achtzig, aber du, du siehst aus wie sechzig. Wie machst du das, Josef?«

»Es liegt in der Familie.«

»Erinnerst du dich an die Reise von Zürich nach Prag? Wir haben uns ganz schön verändert, was?«

»Das stimmt, aber wenigstens sind wir noch da.«

»Übrigens, kennst du hier zufällig Verleger? Es geht um mein Buch.«

Sie vermieden es, zu viel über die Vergangenheit zu sprechen, dazu hatte der eine so wenig Lust wie der andere, aber manchmal ging es nicht anders. Sie waren die Einzigen, die sich wirklich verstehen konnten. In einem Punkt allerdings hatte sich Pavel nicht verändert, und darüber zankte er sich mit aller Welt. Ludvik und Helena gingen der Frage lieber aus dem Weg, aber Josef lächelte nur und ließ ihn reden. Pavel war Kommunist geblieben. Er war der personifizierte Untergrund und Widerstand. Und er genierte sich nicht, die Stimme zu erheben oder diejenigen abzukanzeln, die an der Richtigkeit seiner Überzeugung zweifelten.

»Ich bin immer noch Kommunist. Und ich habe nicht vor, das zu ändern.«

»Nach allem, was sie dir angetan haben, bist du nicht gerade nachtragend«, wandte Ludvik ein.

»Ihr habt nichts begriffen. Nicht die Kommunisten haben mir übel mitgespielt. Sondern Dreckskerle und Verräter an der Sache. Wir Kommunisten, die wahren, haben immer für Gleichheit und Gerechtigkeit und gegen die Willkür gekämpft. Ich habe mein ganzes Leben daran geglaubt, und ich werde nicht heute mein Mäntelchen nach dem Wind hängen und mit den Wölfen heulen.«

»Leute wie dich gibt es heute nicht mehr viele, Papa.«

»Ihr werdet schon sehen, ihr Vollidioten, was ihr mit dem triumphierenden Kapitalismus erlebt, jetzt, wo es keinen Kommunismus mehr gibt, der euch verteidigt.«

Nach zwölf Tagen reiste Pavel ab. Er hatte es eilig, Paris, seine Freunde und seine Schachpartien wiederzufinden. Wenigstens in Frankreich gab es noch Kommunisten. Jede Menge. Er versprach, im nächsten Jahr wiederzukommen, und Josef, sich um ihn zu kümmern. Pavel ließ sich nicht davon abbringen, er wollte Erkundigungen einziehen.

»Ich lege keinen Wert darauf«, sagte Josef. »Ich bin zu alt. Man kann nichts ändern.«

Fünf Monate später, im Mai 90, erhielt Josef eine Postkarte von Pavel mit dem Eiffelturm. Es war das erste Mal, dass Pavel von sich hören ließ. Auf die Rückseite hatte er geschrieben: »Ich habe sie gefunden. Keine guten Nachrichten. Es ist nicht sinnvoll, dass du kommst.«

Josef zögerte kurz, er hätte Pavel anrufen und nach Genauerem fragen können, aber er schnappte sich einen Koffer und packte ein paar Sachen hinein. Er beschloss, Helena nichts davon zu sagen. Doch im Wartesaal des Bahnhofs meinte er dann, dass es unmöglich war, ihr nichts zu sagen. Aus einer Telefonkabine rief er sie bei ihrer Arbeitsstelle an. Wie immer war Helena überlastet und zwischen zwei Sitzungen. Josef hatte keine Zeit, seinen Satz zu beenden. Kaum hatte er gesagt, er habe eine Karte von Pavel erhalten und reise für ein paar Tage oder länger nach Paris, legte sie auf.

*

Paris hatte sich nicht verändert. Oder nur wenig. Als er fortgegangen war, um seinen Posten in Algier zu übernehmen, hätte er sich nie vorgestellt, dass fünfzig Jahre vergehen würden, bevor er wiederkäme. Und hätte man ihn am Tag zuvor gefragt, dann hätte er in einem Ton, der keine Widerrede duldete, geantwortet, dass er nie mehr in diese Stadt zurückkehren werde. Und im Taxi, das ihn zu Pavel brachte, war Josef wirklich froh, Paris wiederzusehen, hatte jedoch nur einen Wunsch, so schnell wie möglich wieder abzureisen.

Gern wäre Pavel mit ihm in ein Restaurant gegangen, wo ein göttliches Cassoulet serviert wurde, um Zeit zu haben, sich wiederzufinden und im Jardin de Luxembourg eine Schachpartie zu spielen. Er hätte ihm seine langjährigen Kumpel vorgestellt, Russen und Ungarn, einige waren regelrechte Großmeister, aber Josef wollte nichts davon wissen, er war nicht gekommen, um herumzuspazieren. Er wollte auch nicht, dass Pavel einen gewissen Igor rief, einen Taxifahrer im Ruhestand, der sie umsonst hätte kutschieren können. Noch am selben Tag nahmen sie den Zug nach Meaux.

Die Résidence des Châtaigniers war ein vornehmes, von einer hohen Mauer umgebenes Altersheim. Pavel und Josef durchquerten den Park. Betagte Frauen und Männer (aber viele dürften jünger sein als die beiden) nutzten den milden Tag, gingen spazieren, lasen, plauderten oder saßen müßig herum. Pflegerinnen halfen einigen beim Laufen. Die Direktorin empfing Josef. In der Woche zuvor hatte sie Besuch von Pavel erhalten. Sie stellte ihm einige Fragen über seine Verbindungen zu Christine, erwähnte die irreversible Verschlechterung ihres Gedächtnisses und bat ihn dann, ihr zu folgen. In der Empfangshalle und den angrenzenden Zimmern warteten behinderte alte Frauen auf irgendetwas.

»Ich will allein hingehen«, sagte Josef zu Pavel, der sich auf einen Sessel setzte.

Am Ende eines Flurs klopfte die Direktorin an eine Tür und öffnete, ohne die Antwort abzuwarten. Josef betrat einen spartanischen Raum mit einer gelbgeblümten Tapete. Auf einem Stuhl saß eine Frau, den Blick auf den Park gerichtet, aber sie drehte sich nicht um, als die Direktorin ihr sagte, sie habe Besuch. Josef erkannte sie sofort. Christine hatte weißes Haar, das ihr auf die Schultern fiel, sie hielt sich gerade, fast steif. Sie war aufgedunsen. Ihre auf dem Oberschenkel liegende Hand umklammerte eine ovale Bürste. Mit ihrem glatten, kaum faltigen Gesicht wirkte sie nicht wie achtzig. Josef legte ihr die Hand auf die Schulter. Sie wandte den Kopf nicht um. Er stellte sich vor sie, kauerte sich nieder. Sie erblickte ihn, prüfte sein Gesicht. Nach einer Weile zeigte sich ein Lächeln.

»Guten Tag, Christine, ich bin's, Josef … Erkennst du mich?«

»Ja, natürlich, Sie sind der Friseur. Ich möchte sie kürzer haben. Ohne die Franse, wäre das nicht besser? Was meinen Sie?«

Hoffnungsvoll reichte Christine ihm die Bürste. Josef nahm die Bürste und drückte ihr einen Kuss auf die Stirn.

Für die Rückfahrt bestellte Josef ein Taxi. Er schwieg, und Pavel stellte keine Fragen. Es hätte nicht viel genützt.

Jetzt gab es überall Autobahnen, aber die Wagen kamen nicht schneller voran.

»Es wäre schön, wenn wir morgen Martin sehen könnten«, sagte Josef.

»Die Anstaltsleitung tut nicht, was man will. Du hast erst in vier Tagen einen Termin. Vorher ging es nicht.«

Josef musste sich in Geduld üben. Pavel fand ein Zimmer für ihn im Hotel der Rue de Seine, wo er sechsundzwanzig Jahre lang Nachtwächter gewesen war.

Am nächsten Tag stellte Pavel ihm Mahaut vor, der Christine und Martin ausfindig gemacht hatte. Mahaut war ein ehemaliger Polizist, der von den Antillen stammte und es nicht schaffte, sich zurückzuziehen. Er rundete seine Pension ab, indem er gelegentlich als Privatdetektiv arbeitete, dank seinen früheren Beziehungen bei der Präfektur, durch die er Zugang zu allen Karteien hatte.

Pavel und Mahaut duzten sich und waren alte Freunde. Das Abendessen war pantagruelisch und das Cassoulet in der Tat außergewöhnlich. Am Ende der Mahlzeit zog Mahaut eine rote Plastikmappe aus seiner Tasche und entnahm ihr zwei Blätter. Er warf einen Blick darauf, seufzte und leerte sein Glas Madiran.

»Es tut mir sehr leid für Sie, weil Sie ein Ehrenmann sind«, sagte er zu Josef, »aber Ihr Sohn Martin ist ein Gauner. Ein kleiner Gauner. Ich weiß nicht, wie man es sonst nennen soll. Er hat früh angefangen, und sein Strafregister ist trostlos. Eine Litanei von Verurteilungen. Einbrüchen, Vergewaltigungen und Handel mit allen möglichen Sachen. Es ist immer schlimmer geworden. Zusammen mit den Vorstrafen als Minderjähriger hat er insgesamt vierzehn Verurteilungen auf seinem Konto. Mit vierzig hat er bereits dreizehn Jahre hinter Gittern verbracht. Zurzeit verbüßt er eine fünfjährige Haft wegen Drogenhandels, und es läuft gegen ihn noch ein

Ermittlungsverfahren wegen eines weiteren Drogendelikts. Er wird noch einmal vier oder fünf Jahre bekommen, ohne dass die Möglichkeit zur Bildung einer Gesamtstrafe besteht, denn er wird keine Strafmilderung erhalten. Ein Kollege, der ihn kennt, hat mir seine Geschichte erzählt. Mit sechzehn hat er sich im Gymnasium und dann in Nachtclubs beim Dealen erwischen lassen. Ein kleiner Konsument, eine kleine Strafe auf Bewährung. Zuerst erregen sie Mitleid, man hofft, dass sie da herausfinden, aber er hat weitergemacht, abermalige Verurteilung, Bewährungsstrafe, Kumulation von vier Bewährungen, Entziehungskuren, Dealerei, Händlerring, Schlägereien und Verletzungen. Er hat seine Familie ins Unglück gestürzt, sein Stiefvater hatte es satt, für ihn zu blechen, und hat ihn rausgeschmissen, Scheidung von der Mutter.«

»Sind Sie sicher?«, unterbrach ihn Josef.

Mahaut suchte in seiner Akte, zog eine Fotokopie heraus.

»Sie hat im Juli 58 Georges Lavant geheiratet. Und sie sind 76 geschieden worden.«

»Sie kann gar nicht wieder geheiratet haben, wir wurden nie geschieden.«

»Ich weiß nicht, wie sie es angestellt hat. Zwei Jahre lang hat sich Martin ruhig verhalten. Er hat mit einer Frau gelebt, aber sie hat ihn fallen lassen. Da ist nichts mehr zu machen, glauben Sie mir. Typen wie er schaffen es nie. In seinem Alter bleibt ein Gauner ein Gauner. Sie wissen nicht, was sie sonst machen sollen. Vergessen Sie ihn und fahren Sie nach Hause. Sonst macht er es wie mit seinem Stiefvater und seiner Mutter, er wird Sie schröpfen.«

Hinter einem Holztisch sitzend wartete Josef in einem durch zwei halbhohe weiße Zwischenwände abgeteilten Raum. An jeder Seite des Raums befanden sich sieben Boxen. Schmale offene Oberlichter ließen ein wenig Luft in diesen von der Sonne aufgeheizten Saal. Ein Wärter in marineblauer Uniform ging, die Hände auf dem Rücken, auf dem Flur auf und ab oder blieb mit dem Rücken zur Tür stehen, um das Besucherzimmer zu überwachen. Drei der vierzehn Boxen waren nicht besetzt. Häftlinge jeden Alters, im Hemd oder im T-Shirt, plauderten mit den Besuchern, meist einer Frau, einige hatten ein Kind auf den Knien und die Frau dann ein weiteres. Viele hielten sich über dem Tisch die Hand. Im Neonlicht hatten alle bleiche Gesichter. Die Hitze machte den Kindern zu schaffen. Das Geräusch der verhaltenen Gespräche verschmolz zu einem lauten Stimmengewirr, in dem das Weinen eines von seiner Mutter gewiegten Kindes zu hören war.

Neben der Tür leuchteten zwei Lichter auf, ein blaues und ein rotes, um anzuzeigen, wenn jemand hereinkam oder hinausging. Ein Wärter öffnete die Verbindungstür nach draußen. Josef sah einen etwa vierzigjährigen Mann mit müdem Gesicht, schütterem Haar und einem mehrere Tage alten Bart hereinkommen. Der Mann trug ein zerknittertes gestreiftes Hemd und Bluejeans. Er blieb vor ihm stehen, als wäre er auf der Hut.

Josef hatte gemeint, er würde, wenn er Martin sähe, eine Gefühlsregung oder eine Erschütterung verspüren, ein inneres Signal würde ihn informieren: Das ist dein Sohn, der im Alter von sechs Jahren entführt wurde. Er war überzeugt, dass die Blutsverwandtschaft sprechen würde, ihn aufstehen ließe, sie beide dazu drängen würde, sich fest zu umarmen und dabei auf den Rücken zu klopfen. Martin hätte geschrien: »Papa, Papa!« Und Josef: »Mein Sohn, mein Liebling!« Als er diesen Mann musterte, fragte sich Josef, ob es wirklich Martin war. Vielleicht irrte er sich. Er fühlte nichts Besonderes. Sie ähnelten sich nicht.

Es war unangenehm.

Der Blick des Mannes schweifte durch den Raum und hielt bei Josef inne, der in der einzigen freien Box saß. Er entspannte sich und kam näher. Josef erhob sich. Ein paar Sekunden blieben sie einander gegenüber stehen.

»Monsieur«, sagte der Mann und grüßte ihn mit einer Kopfbewegung.

»Martin?«

Als Martin seinen Vornamen hörte, runzelte er die Brauen.

»Kennen wir uns?«

»Martin, ich bin's. Ich bin Josef. Dein Vater.«

»Mein Vater! Was erzählen Sie da? Mein Vater ist tot.«

»Ich bin Josef Kaplan. Und du bist mein Sohn Martin.«

Martins Gesicht wurde rot. Es verzerrte sich wie vor Schmerz, und er war kurz davor, zu schreien. Er ballte die Fäuste.

»Sie hat mich belogen! Das ist nicht wahr. Es ist nicht möglich. Das kann sie nicht getan haben.«

Martin begann von einem Fuß auf den andern zu torkeln, sein Atem ging schneller. Er schlug heftig mit der Hand auf den Tisch, sodass alle zusammenzuckten. Köpfe reckten sich über die Zwischenwände. Der Wärter kam herbei.

»Was ist los?«

»Nichts, Chef«, sagte Martin.

»Immer mit der Ruhe«, sagte er.

Er entfernte sich und nahm seinen Rundgang wieder auf.

Martin starrte Josef feindselig an.

»Was beweist mir das?«, fragte er.

»Warum sollte ich herkommen und es dir sagen? Wozu?«

»Keine Ahnung. Vielleicht sind Sie verwirrt. Wie sie.«

»Willst du dich nicht setzen?«

Martin ließ sich auf den Stuhl fallen, Josef setzte sich ihm gegenüber. Martin hielt die Augen geschlossen, den Kopf gesenkt. Schweiß stand ihm auf der Stirn.

»Sie hat mir immer gesagt, dass Sie tot sind.«

»Hast du gar keine Erinnerung?«

Martin schüttelte den Kopf.

»Überhaupt keine?«, wiederholte Josef. »Weder an mich noch an Helena?«

»Wer ist Helena?«

»Deine Schwester. Sie ist zwei Jahre älter als du.«

»Aha … Nein, ich erinnere mich an nichts. Sie hat mir gesagt, dass Sie einen Unfall hatten, dass Sie tot sind. Und dann habe ich nicht mehr dran gedacht. Es gab zwar ein paar Bilder in meinem Kopf, aber ich wusste nicht, wo sie herkamen.«

»Wo habt ihr gewohnt?«

»In Saint-Étienne. Bei meiner Großmutter. Und dann gab es Georges.«

»Georges? Ihren Mann?«

»Er war wie mein Vater. Wir haben auch in Paris gelebt. In meinem Kopf geht alles durcheinander. Warum kommen Sie jetzt?«

»Du kannst mich duzen.«

»Weshalb nach all der Zeit?«

»Vorher ging es nicht. Es gab die Mauer.«

»Welche Mauer?«

»Die Berliner Mauer.«

»Aber die war in Deutschland, und Sie waren in der Tschechoslowakei.«

»Wir waren nicht frei. Es war ein riesiges Gefängnis. Mit vielen Hundert Millionen darin.«

»Was sind das für Geschichten? Sie haben nichts getan, mich zu finden.«

»Was konnte ich tun? Du weißt ja nicht, wie wir gelebt haben. Es war nicht zum Lachen. Wir waren eingesperrt. Mit Wachttürmen, Polizeihunden und Tausenden von Kilometern Stacheldraht. Es gab sogar eine falsche Grenze. Wer sie überquerte, glaubte in Deutschland angekommen zu sein und ruhte sich aus. Es war eine Falle, um sie leichter verhaften zu können. Ich konnte nicht weg, es gab Helena, sie war zu klein, man hätte uns erwischt. Und ich konnte sie nicht im Stich lassen. Ich steckte in der Klemme.«

»Aber warum haben Sie so lange gewartet? Ich weiß ja

nicht, aber wenn ich ein Kind gehabt hätte, hätte man es mir nicht weggenommen. Ich hätte gekämpft, ich hätte mich gewehrt.«

»Anfangs habe ich es versucht. Beim Ministerium, bei der Botschaft, aber damals war es nicht möglich, es war nichts zu machen.«

»Wer sagt mir, dass das stimmt?«

»Ich. Du musst mir vertrauen.«

»Vertrauen, vertrauen …«

Martin brach in bitteres Lachen aus und sah Josef verächtlich an.

»Gut, Sie sind mein Vater, und was ändert das für mich? Werden Sie mir meine Kindheit zurückgeben? Werde ich hier rauskommen? Werde ich ein schönes Leben haben? Nein, ich sitze hier im Loch. Und zwar für lange. Ich war überzeugt, dass es ihretwegen war, weil sie mir mein ganzes Leben versaut hat, weil sie mich nie geliebt hat, für sie gab es nur ihre schäbigen Rollen und ihre Scheißkarriere, sie hat immer nur an sich gedacht und wie sie mich loswerden könnte. Ich glaubte auch, es sei wegen diesem Waschlappen von Georges, er war ihr Lakai, gerade gut genug, Scheine hinzublättern. Letztlich habe ich mich geirrt, Sie tragen einen verdammt großen Teil an Verantwortung. Das habt ihr prima hingekriegt, ihr beide. Bravo, ich hoffe, Sie werden es bis an Ihr Lebensende bereuen. Die andere kann es sich leider nicht mehr klarmachen, sie hat Glück, sie ist anderswo. Aber auch als sie noch bei Verstand war, war es nicht anders. Nie war es ihre Schuld, sondern immer meine. Ja, ich hoffe wirklich, dass Sie bereuen, was Sie mir angetan haben. Weil ich Ihretwegen hier bin. Und zwar allein. Ja, ich bin ganz allein auf Erden.«

»Ich verstehe dich, es ist normal, dass du schlecht auf mich zu sprechen bist. Aber ich werde dich nicht fallen lassen, Martin, ich werde dir helfen. Wir sind getrennt worden, aber es geschah gegen unsern Willen, wir können darüber hinwegkommen. Jetzt bin ich bei dir. Wir können wieder ein wenig Leben zwischen uns aufbauen. Es wird nicht leicht sein, aber man muss es wollen.«

»Ach ja, und wie? Mit einem Zauberstab? Hopp, ein Löffel Mitgefühl, und schon sind die beschissenen Jahre verflogen? Leckt mich doch, Sie und Ihre Scheißreue. Ich liebe Sie nicht und werde Sie niemals lieben. Für mich ist mein Vater Georges. Er war der Einzige, der für mich zählte. Hören Sie mir gut zu, das Einzige, was ich brauche, ist nicht Ihr Pfaffenblick und Ihre Nettigkeit. Mit Ihrer Zuneigung kann ich nichts anfangen. Heute brauche ich Kohle. Nur das kann mir helfen. Kohle für die Kantine, um den Fraß hier aufzubessern. Kohle für den Anwalt. Denn mit diesem Arschloch, der keinen Finger rührt, werde ich hier verrecken.«

*

Wieder in Prag, lud Josef Helena zum Mittagessen ein. Das kam sonst nie vor. Wenn sie sich sahen, dann immer sonntags im Familienkreis. Er brauchte Ruhe, um mit ihr zu reden. Sie sagte sofort zu.

Er erzählte, dass er Martin gefunden habe. Josef hatte beschlossen, seinem Sohn zu helfen. Was immer geschehen mochte. Auch wenn es hoffnungslos und zum Scheitern verurteilt war. Er wollte wissen, ob sie dabei mitmachte, und sie fragen, was sie davon hielt. Er wusste zwar nicht genau, was er tun konnte, und fürchtete, nicht mehr genug Zeit zu haben. Es war eine Obsession geworden. Was würde geschehen, wenn er stürbe?

»Wir sind die Einzigen, die ihm die Hand reichen können, oder?«

Helena versprach, darüber nachzudenken. Josef schilderte Christines Lage und ihre Krankheit. Er meinte, für sie sei nun der Zeitpunkt gekommen, nach Frankreich zu reisen und ihre Mutter wenigstens einmal wiederzusehen, bevor es nicht mehr möglich wäre, selbst wenn es zwecklos sei. Helena unterbrach ihn:

»Für mich ist sie gestorben, als ich acht Jahre alt war. Ich werde zu meinem Vergnügen nach Frankreich reisen, aber gewiss nicht, um sie zu treffen.«

»Du musst ihr verzeihen.«

»Warum? Wozu soll das jetzt gut sein?«

»Damit du Frieden findest. Ich jedenfalls habe ihr verziehen.«

»Ich lebe lieber mit meinem Zorn. Ob sie lebt, tot oder geistesgestört ist, interessiert mich nicht. Sie hat kein Mitleid mit mir gehabt, auch nicht mit dir und mit Martin. Sie hat uns alle drei zerbrochen. Wir haben schlecht und recht überlebt. Dir ist es zu verdanken, dass ich es überwunden haben. Sie hat Martin zerstört. Ich werde ihr nie verzeihen. Vielleicht bin ich wie meine Mutter. Aber ich bin lieber so, wie ich bin.«

Im April 1996 stimmte das tschechische Parlament nach endlosem Palaver für ein Gesetz, das es jedem Staatsbürger erlaubte, bei der Inneren Sicherheit Einblick in seine eventuelle Akte zu nehmen. Vierzig Jahre lang hatte die StB, die politische Polizei, unter Aufsicht des KGB die Bevölkerung überwacht. Es kursierten unglaubliche, nicht überprüfbare Zahlen. Es hieß, die Geheimpolizei habe sechzehntausend Beschäftigte, was bedeutet, ein Tscheche von tausend arbeite dort, es habe hundertdreißigtausend Informanten oder gelegentliche Zuträger gegeben, also über zehn Prozent der Bevölkerung, und seit 1948 mehr als hunderttausend Akten. Man wusste auch, dass die StB Zehntausende davon vernichtet hatte, die neuesten und für die noch tätigen Beamten kompromittierendsten.

Helena erinnerte sich an Soureks Bemerkung. Er hatte ihre Akte erwähnt. Sie wollte wissen, was geschehen war, und hoffte, die Antworten zu erhalten, die ihr fehlten, um die zerstreuten Fäden ihres Lebens miteinander verknüpfen zu können. Sie stellte einen Antrag auf Einsichtnahme, zahlte eine Gebühr von fünfzig Kronen und wartete auf die Antwort.

Ludvik behauptete, es sei sinnlos, im Schlamm zu wühlen, das tauge nur dazu, die Gegenwart zu belasten. Diese Position vertrat er auch bei der Zeitung, deren stellvertretender Chefredakteur er war. Josef teilte seine Ansicht und wollte seine Akte nicht einsehen, er war für eine allgemeine Amnestie.

»Was werden wir erfahren? All die unschönen Dinge, die wir getan haben? Wir haben genug von Prozessen und Anklagen. Ob wir wollen oder nicht, es ist ihnen gelungen, uns zu ihren Komplizen zu machen. Lassen wir uns die Zukunft nicht verderben.«

Im Dezember erhielt Helena einen Brief vom Innenministerium, der ihr mitteilte, es gebe in den Archiven einen Akte auf ihren Namen. Sie nahm den Zug nach Pardubice, wo die Akten zusammengeführt worden waren.

Sie musste sich eine Stunde im Warteraum gedulden, bis ihre Nummer aufgerufen wurde. Sie folgte einem Gerichtsdiener in einen quadratischen Saal, in dem vier Arbeitstische standen. Drei waren von Männern belegt, die Einsicht in ihre Akte nahmen, unter Aufsicht einer Frau in Khakiuniform, die auf einem Podium saß. Auf dem vierten Tisch stand ein brauner Karton.

Die uniformierte Frau prüfte Helenas Identität, bat sie, sich zu setzen, öffnete den Karton, holte eine von zwei Bändern zusammengehaltene dicke beige Akte heraus, kontrollierte noch einmal, ob der darauf stehende Name auch wirklich der ihre war. Helena durfte sich Notizen machen, es war verboten, die Schriftstücke zu verändern, mit Anmerkungen zu versehen, sie mitzunehmen, sie zu fotografieren oder zu fotokopieren. Alle Dokumente waren nummeriert und mussten wieder in dieselbe Reihenfolge gebracht werden.

Helena blieb einen Augenblick reglos vor ihrer Akte sitzen. Sie trug die Nummer 398181. Ihr Name war mit violetter Tinte kalligraphiert. In der linken Ecke ein Etikett mit dem handschriftlichen Vermerk: »*3. Abteilung – beigefügt Akte Ramón Benitez Fernandez vom 20.7.66: (ein Aktenzeichen Ramón Benitez existiert nicht mehr), Anweisung 66.1625, Oberst A. Lorenc.*« Zwei runde Stempel, jeder mit einer anderen unlesbaren Unterschrift, bestätigten die Beifügung. Helena holte tief Luft und schlug ihre Akte auf. Sie enthielt 373 nummerierte Dokumente, hauptsächlich die 42 Berichte von Sourek im Sanatorium, 25 Protokolle der Telefonüberwachung, 15 Kostenaufstellungen von reisenden

Agenten, 176 Observationsberichte während Ramóns und Helenas Aufenthalt in Prag, Nachbarschaftsbefragungen und Notizen von Informanten und Agenten.

Und einen gestohlenen Brief und die Zusammenfassung einer Zusammenkunft von Mördern.

Und drei ekelerregende Berichte. Und eine monströse Rechnung.

Havanna, 9. Oktober 1966

Helena,

Ich war entschlossen, dir niemals zu schreiben. Ich wollte dir nicht zum Geburtstag gratulieren. Ich hatte keine Lust, in eine törichte Gefühlsduselei zu verfallen. Es nützt nichts, in unserer Vergangenheit zu stochern. Man kann nicht heute mit wenigen Worten nachholen, was wir nicht aufzubauen vermochten. Doch heute Abend habe ich einen jener Winke bekommen, wie ihn das Schicksal so gern auf unsern Weg legt, um uns unsere Lage in Erinnerung zu rufen.

Ich habe mich oft gefragt, wozu die Revolution in Kuba wohl gut gewesen war. Soeben erhielt ich die Antwort auf einer Kinoleinwand. Zuerst muss ich dem Kulturaustausch mit der Tschechoslowakei danken, der diese Vorführung ermöglicht hat. Und als ich erfuhr, dass dort dieser Film gezeigt wurde, bin ich hingeeilt. Ich weiß nicht, ob ich Die Liebe einer Blondine *deshalb mochte, weil es ein großartiger Film ist oder weil er mich an Prag erinnerte oder weil ich dich auf der Leinwand sah anstelle der anziehenden Schauspielerin. Anderthalb Stunden hatte ich das Glück, bei dir zu sein, wir haben zusammen getanzt, ich habe dich in die Arme geschlossen und dich noch einmal geliebt. Ich hätte mir diesen Film niemals anschauen dürfen. Als ich das Kino verließ, wollte ich zurückkommen und dich holen, aber …*

Unsere Leben gehören uns nicht. Andere schreiben sie für uns. Ich muss woanders hin. Wir werden uns nicht wiedersehen. Ich werde eine Rolle spielen, die ich nicht spielen wollte, in einem schlechten Film mit einem törichten Ende, aber die ser Film wird sicherlich viel Erfolg haben. Und anscheinend wird es ein großer Sieg für unsere Sache sein. Außer für mich.

Im Augenblick, da ich aufbreche, wollte ich, dass du weißt, wie sehr ich dich geliebt habe, du warst ein wunderbares Licht, du wirst mich immer begleiten, wo ich auch bin, und ich wünsche jedem Mann auf dieser Erde, dass er eine Frau wie dich kennenlernt.

Sei nicht traurig. Denk an mich, wie ich an dich denke.

Ernesto G.

Bericht Nr. 23/E.S. (Akz. 398191), Donnerstag, 30. Juni 1966.

Agent Ludvik Cibulka hat um 20 Uhr 23 angerufen. Er bestätigt die Rückkehr von Ramón Benitez. Kaum war er angekommen, ist Helena Kaplan mit ihm weggegangen. Sie haben nicht gesagt, wohin.

Anmerkung Sourek: Rings um die Villa von Ládví Agenten aktivieren. Dringend.

Bericht Nr. 30/E.S. (Akt. 398181). Freitag, 31. Juni 1966.

Agent Ludvik Cibulka hat um 11 Uhr 31 angerufen. Er hat soeben einen Anruf von Helena Kaplan erhalten, die glücklich war, ihm ihren Entschluss mitzuteilen, mit Ramón Benitez nach Argentinien zu gehen. Sie werden morgen einen Visumsantrag stellen.

Anmerkung Sourek: mit dem Protokoll der Telefonüberwachung von Ládví vergleichen.

Bericht Nr. 41/E.S. (Akt. 398191), Mittwoch, 5. Juli 1966.

Agent Ludvik Cibulka berichtete uns von seinem gestrigen Abendessen mit Ramón Benitez und Helena Kaplan. Der oben genannte Ramón Benitez sagte, falls er innerhalb der nächsten 48 Stunden kein Visum habe, werde er nicht zögern, die kubanische Botschaft in Prag um Intervention beim Präsidenten zu ersuchen, und wenn es sein muss, ist er entschlossen, Genossen Kossygin zu kontaktieren, zu dem er die besten Beziehungen haben will.

Quittung Nr. 181-66, 23. Juli 1966:
Ich, der Unterzeichnete Ludvik Cibulka, bestätige, von Oberleutnant Emil Sourek als Vergütung für meine Dienste den Betrag von fünfzehntausend Kronen (15 000) in bar erhalten zu haben.
Datiert und unterzeichnet Ludvik Cibulka, beglaubigt von Oberleutnant Sourek.

Anmerkung von Oberleutnant Sourek für Oberst Lorenc:
Agent Ludvik Cibulka bittet um Beförderung innerhalb der Redaktion von *Rudé právo*. Positiv zu bescheiden. Er ist ein nützlicher Idiot.

Zusammenfassung der Dringlichkeitssitzung vom Sonntag, dem 2. Juli 1966, bei der Inneren Sicherheit in Prag.
Anwesend waren: der erste Sekretär der kubanischen Botschaft in Prag, der Militärattaché der Botschaft der Sowjetunion in Prag, Oberst A. Lorenc und Oberleutnant Sourek.
Oberst Lorenc unterrichtet die kubanischen und sowjetischen Behörden über den Visumsantrag, der am Vortag von Helena Kaplan gestellt wurde, der Geliebten von Ernesto Guevara alias Ramón Benitez, sowie über ihre gemeinsame Absicht, die Tschechoslowakei Richtung Argentinien zu verlassen, wo sie sich niederzulassen beabsichtigen.
Der Vertreter der kubanischen Regierung bezeichnet diesen Plan als extravagant und den Interessen der Regierung und des Volks von Kuba zuwiderlaufend. Er weist darauf hin, dass die kubanischen Behörden, in Übereinstimmung mit den sowjetischen Behörden, beschlossen haben, zwei oder drei Vietnam zu schaffen, insbesondere in Mittel- und Lateinamerika. Auf die Gründe und die strategische Bedeutung dieses Programms gegen den amerikanischen Imperialismus und Kapitalismus braucht hier nicht näher eingegangen zu werden.
Ernesto Guevara ist die Schlüsselfigur dieses Vorhabens. Er ist für die proletarische Sache von Nutzen. Und es kommt nicht in Frage, dass

er sich diesem wohldurchdachten und von den kubanischen und sowjetischen Verantwortlichen ausgearbeiteten Plan heute entzieht.

Wie der sowjetische Repräsentant präzisiert: Wir brauchen keinen glücklichen Guevara. Infolgedessen muss die Abreise von Helena Kaplan mit allen Mitteln verhindert werden.

Damit die Operation gelingt, ist es jedoch ebenso unerlässlich, dass Guevara in völliger Unkenntnis der Intervention der hier Anwesenden gelassen wird und überzeugt ist, dass Helena Kaplan spontan von ihrem antisozialistischen Abenteuer Abstand nimmt.

Oberleutnant Sourek hat folgenden Plan ausgearbeitet: Am Tag vor ihrem Abflug wird Josef Kaplan, Helenas Vater, von der Inneren Sicherheit festgenommen und inhaftiert. Oberleutnant Sourek schlägt Helena Kaplan folgenden Handel vor: Entweder sie verzichtet auf ihre Abreise und ihre Beziehung zu Guevara, dann wird ihr Vater nach Guevaras Abreise freigelassen, oder sie geht mit ihm, dann wird ihr Vater wegen Hochverrats hingerichtet. Oberleutnant Sourek zufolge, der sie gut kennt, dürfte diese Drohung genügen, sie zum Verzicht zu bewegen.

Für den Fall, dass sich Helena Kaplan darüber hinwegsetzt, wurde beschlossen, dass sie noch am selben Tag einem schweren Verkehrsunfall zum Opfer fällt. Um Guevara zu zwingen, allein wegzugehen und nicht in der Tschechoslowakei zu bleiben. Sollte sich der Unfall als unwirksam erweisen, wird die endgültige Eliminierung von Helena Kaplan während ihres Transports ins Krankenhaus stattfinden.

Helena las diese Zusammenfassung zweimal. Obgleich sechs lange Jahre vergangen waren seit jenem traurigen Tag im Juli 1966, an dem sie gezwungen worden war, den Mann ihres Lebens zu verlassen, bekam sie eine Gänsehaut und begann zu weinen. Das passierte ihr sonst nie.

Sie hatte so viele Gründe, zu weinen.

Ich heiße Josef Kaplan und werde heute, an diesem Sonntag, dem 25. April 2010, hundert Jahre alt. Ja, hundert. Man meint, das sei ein besonderer Geburtstag, aber ich muss sagen, hundert zu werden ist weder besser noch schlechter als fünfundzwanzig oder fünfzig zu werden. Das ist ein Alter wie jedes andere. Vielleicht ein wenig seltener. Man gratuliert mir, als hätte ich eine sportliche Spitzenleistung vollbracht, eine Art Marathonlauf, aber ich habe nicht den Eindruck, irgendetwas gewonnen zu haben. Ich fühle mich recht gut. Abgesehen davon, dass ich abnehme und anscheinend nichts daran zu ändern ist, geht es mir blendend. Oft werde ich gefragt, was mein Geheimnis ist, wie ich dieses hohe Alter bei so guter Gesundheit erreicht habe, und ich weiß nicht, was ich darauf antworten soll. Wenn ich aufwache, trinke ich ein Glas Wasser, das ist alles. Hätte ich alle Pillen schlucken müssen, die mein Arzt mir hatte andrehen wollen, wäre ich lange vor ihm an Vergiftung gestorben. Ich lebe besser als die Mehrzahl der Leute, denen ich begegnet bin und die immer irgendwelche Wehwehchen haben. Ich wiege sechsundfünfzig Kilo und ähnele einer Don Quijote- Marionette. Ich habe keinen Hunger mehr. Ich werde entschwinden, weil mich eines Tages ein Windstoß davontragen wird wie einen Papierdrachen, oder der Wind wird am Ende durch meine Rippen blasen, aber das ist nicht schlimm, einmal muss man schließlich aufhören. Dabei versuche ich nicht unbedingt, weiterzuleben. Ich pfeife auf das Ende. Schon immer. Es ist mir zutiefst gleichgültig. Vor dem Tod habe ich ebenso wenig Angst, wie ich Angst vor dem Leben hatte. Ich habe meinen Fluch überwunden. Josef K.

war eine Figur von Kafka. Er ist nicht ich. Ich habe nichts mit ihm zu tun.

Was mich am meisten wundert, ist nicht, dass ich hundert geworden bin, sondern im Jahr 2010 lebe. Nur wenn ich mich umsehe, fühle ich mich alt. Als Kind habe ich das Elend des Ersten Weltkriegs gesehen und das Blutbad, von dem wir meinten, es könne niemals übertroffen werden. Ich erinnere mich an den Schrecken, den uns die Russische Revolution einjagte, und an die furchtbare Spanische Grippe, die meine Mutter dahinraffte. Es hat so viele Kriege, so viel Ungeheuerliches gegeben, dass man an uns Menschen verzweifeln könnte, aber auch so viele Fortschritte und Entdeckungen. Ich werde nicht die unendlich lange Liste der Ereignisse des Jahrhunderts aufzählen. Doch müsste ich nur eines von ihnen herausgreifen, dann wäre es der Fall der Mauer. Weil an diesem Tag die schlimmste Diktatur aller Zeiten zusammenbrach, die größte Lüge der Menschheitsgeschichte. Heute ist das Leben zwar hart, aber wenigstens ist es das Leben freier Männer und Frauen.

Dennoch ist es schwierig zu behaupten, dass ich in die Zukunft blicke. Jetzt sind meine Tage gezählt. Ich kann die Körner auf dem Grund der Sanduhr zählen. Sicherlich bin ich der Letzte meiner Generation. Eine armselige Genugtuung. Wenn ich mich umsehe, habe ich den Eindruck, die endlose Allee eines Friedhofs entlangzugehen. Ich schließe die Augen, und mein Vater kehrt zurück. Vor Kurzem wurde mir bewusst, dass er niemals, niemals die Stimme gegen mich erhoben hat. Auch sehe ich alle diejenigen wieder, die mich begleitet haben: Viviane und Nelly, Maurice und Mathé, Sergent und Carmona, Pavel und Tereza. Nach mir wird sich niemand mehr an sie erinnern. Wenn ich an sie denke, habe ich das Gefühl, einer aussterbenden Art anzugehören.

Und Christine, natürlich … Christine … Ja, wir haben uns geliebt. Vielleicht nicht so stark oder so lange, wie ich gewollt hätte, aber sie war die einzige Frau, die zählte. Sie leuchtete, anders kann ich es nicht ausdrücken. Es war so viel Glanz in ihr, dass sie noch heute in mir strahlt. Was immer sie getan hat, niemand hat das Recht, sie zu verurteilen. Wir haben die Nase voll von Richtern. Von Leuten, die einen verurteilen, ohne einen zu kennen. Am Ende meines Lebens kann ich nur sagen, dass ich, wenn ich noch einmal von vorn anfangen müsste, es ohne zu zögern tun würde. Mit ihr. Denn ich weiß es, sie hat mich geliebt. Wirklich.

Es ist schönes Wetter in Prag, mit einem lauen Wind, wir haben die Fenster geöffnet.

Ich bin hundert und habe das unerhörte Glück, von denen umgeben zu sein, die mein Herz liebt. Von Helena, ihren drei Kindern und ihren sieben Enkelkindern. Sie hat sie gut erzogen. Sie machen schöne Dinge. Es war nicht immer leicht für meine Tochter. Vor allem nach ihrer Scheidung. Sie hat sich ein wenig abrupt von Ludvik getrennt, aber die Frauen der Familie hatten schon immer einen eigenwilligen Charakter. Antonin hat am meisten darunter gelitten. Sie haben ihm nie sagen wollen, wer sein Vater ist. Es war ihre Entscheidung, und ich respektiere sie. Seit Ludviks Tod kennen nur noch wir beide die Wahrheit. Helena wird sie ihm niemals aussprechen, und ich auch nicht. Wenn ich Antonins Worten lausche, dann erkenne ich in seinen Bewegungen, seinem Lachen und seiner Hochherzigkeit Ernesto wieder.

Glücklicherweise hat Antonin einen Freund gefunden. Martin lebt bei uns. Er wird bald sechzig. Ich habe ihn noch mehrmals im Sprechzimmer besucht. Es war nicht sehr praktisch, aber es hat sich gelohnt. Als Christine starb, hat er die Erlaubnis erhalten, zu ihrer Beerdigung zu gehen. Helena dagegen wollte nicht kommen. Martin hat nicht geweint. Aber er hat mit seiner Vergangenheit Frieden geschlossen. Er hat den Anwalt gewechselt und ist schließlich aus der Haft entlassen worden. Er lebt mit mir in Prag. Er macht für französische Touristen den Fremdenführer. Wir gehen oft zusammen spazieren. Er weiß mehr über diese Stadt als ich. Er stellt mir viele Fragen über unser aller Leben. Er hat den Stammbaum gefunden, den mein Großvater angefertigt hatte, und beschlossen, ihn fortzuführen.

Nur eines bedauere ich, dass ich nicht mehr tanzen kann. Vor einigen Jahren hat Antonin mir einen Walkman mit sämtlichen Chansons von Gardel geschenkt. Welch ein Glück, diesen alten Freund wiederzufinden. Ununterbrochen höre ich Volver …

»Dem sensiblen Reisenden empfehle ich, falls er nach Algier geht […], im Restaurant Padovani zu speisen, einer Art Tanzlokal auf Pfählen, am Meer, wo das Leben leicht ist.«

Albert Camus, L'été